围困长者

李发锁 —— 著

人民日报出版社

序言　战略与战术+艺术之绝唱

何建明

我想对读者高声地说一句：你可以不去了解新中国是怎样走来的全部，你也可以不用去成为一个军事爱好者，但你得了解中国共产党人和他们的领袖们是如何缔造了一个人民共和国的一些基本历史及那种历史到底是怎样的精彩与辉煌的部分。李发锁的大作《围困长春》即是这样的历史和它的精彩与辉煌部分。

到2019年，新中国成立整70周年。70多年前中国发生了什么，中国共产党人如何指挥波澜壮阔、惊心动魄的"解放战争"，今天活在这个世上的人，多数并不是那段历史的亲历者。我们只是从父辈和史书上知道了点点滴滴，自然还有相当多的人其实连"点点滴滴"都不甚清楚。这样的"国史"课，其实每个中国人都应当补上，因为这是弄清楚"你是谁""你从哪里来""你到哪里去"的最好办法。爱党、爱国、爱我们的领袖，皆是靠这样的基本历史知识的普及才会产生的情感。"忘记历史就是背叛。"为了永远不背叛自己的祖国，每一个中国人就应该牢记我们党和人民军队所创造的历史，包括对领袖和开国元勋们的丰功伟绩的牢记。

我甚至可以说不怎么认识本书的作者李发锁，当然肯定在哪个会议上见过面——这得怪我，有些小官僚主义。但确实面对全国那么多作家，又加上自己才疏学浅，不敢轻易为他人写"评论"与"作序"。再者近期自己又恰逢创作任务一个接一个的要紧时，每天的时间只能用小时来计算"码字量"……所以一听说"作序"之类的事，着实"惊恐"。但李发锁让我狠狠地颠覆了：首先是他的大作样稿由出版社寄来时，那装书稿的纸箱子足有好几斤！面对《围困长春》如此洋洋几十万字的超长篇，我不由心底叫苦不迭：天，这得花几天时间看完哪！

李发锁，我"恨"你！你让我花了整整两天半时间看完你的作品！长春啊长春，我也"恨"你，你这个似乎远离了国人关注前沿的城市，也许因为这部作品又让人刮目相看，因为共和国诞生的冲锋号——首先是从你这儿开始的……

"恨"并快乐着、欣慰着、满足着！这是我对《围困长春》的基本情感。言之快乐，是因为看一部好书，看好书总是快乐的，比码字赚稿费意义更丰富，收益也更多；说欣慰，是因为作为当代纪实文学（报告文学，还是非虚构、纪实作品）写作队伍中的一名老兵，我能看到一个平时并不熟知的"黑马"从远方突然蹦出来、蹦到自己眼前，而且展示出异常精彩的舞姿与优美旋律时，你说还有比这更欣慰和欣喜的吗？

李发锁，好样的！你为当代文学增添了一束灿烂的光芒！

然而，《围困长春》的意义，远非文学的，它更多的是我党、我军的一段不可轻视的重要历史。在这个历史中的人物和他们的表现，皆可歌可泣。他们是永不可忘却的"共和国缔造者"，无论他们后来怎样，在"围困长春"这一伟大战役中所表现出的天才的军事指挥艺术和历史性贡献，必定名垂千秋。不用多说，毛泽东和林彪是这一历史过程中的主角。从某种意义上讲，这个"围困长春"的战役与取得的卓越战绩，是他们两个人的珠联璧合之作——战略家与战术家融合之杰作、经典之杰作！

整部书中涉及的人物不下百人，但读者一定也会与我一样，真正牢记的就这两个最重要的人物。这两个人物决定着整个战役的主导权，影响着整个战役的走向与命运。林彪这个人现在不是太好论，尤其说到他的功绩问题。看了《围困长春》，我们似乎明白了为什么大家对他又恨又舍不得，因为这实在是一个中共军事史上少有的天才军事家，而且是个怪怪的人物。即便是他在"好人"的时候，你也不一定喜欢他，更何况他后来"出逃"叛国。写这样的人物，彰显这样的人物的历史功绩，不是件容易的事。然而令人欣慰的是，作者以严肃的态度尊重了历史，尊重了我们党的历史，尊重了我们人民军队的真实的历史。

从读者的角度和文学的角度看，我以为《围困长春》它不仅好看，令人不舍掩卷，像看一部经典大片，关键是这部书尊重了史实，校正了一些以前在"围困长春"和解放东北这段历史上的不同"说法"，这是极其重要的问题。而此前的"说法"，还就是不负责任地否定和歪曲了主要指挥者林彪的形象与功绩。关于林彪在新中国成立后和"文革"中的事，党已经做出过决议，我们不用去重复，但对他在辽沈战役和整个解放战争中的表现与功绩，最好的态度就是正视和尊重历史本身。《围困长春》很好地完成了这一使命，因而它的贡献是不简单的。

从军事角度去看，这部作品通过人物活动和战争进程的不断推进，以毛泽东为代表的军事战略艺术和以林彪为代表的前线指挥的军事战术艺术，真可谓绝伦地表现、完美地展现，蒋介石不输才怪！战略家的毛泽东的性格与大局眼光和定夺天下的智慧，与战术家的林彪的性格与精到极致的天才艺术，都在本书中得到了淋漓尽致地叙述与表达，使本书的读者会自然而然地忘却了何谓小说、何谓纪实、何谓影视文体与艺术间的差异，让一段久别了的历史与战争场面，复活在我们眼前，看后热血沸腾、惊心动魄！战略家和战术家属于毛泽东与林彪这样的一群中国共产党人和中国人民军队的将帅；他们在战略与战术中的高超表现与对自己军事才能的娴熟运用，使得围困长春与整个辽沈战役获得了理想的结局。而作家李发锁运用文学艺术上精湛娴熟的叙述，使得一个历史事件、壮丽篇章，成为一个艺术品，重新呈现到国人面前，这是需要欢呼和庆贺的。作为同行，我隆重推荐这部优秀作品，它使我第一次真正认识了作者李发锁，也再一次重新认识了好的纪实体文学是有巨大生命力的，它比任何其他艺术样式更具真实的魅力。

毫无疑问，《围困长春》是一部纵论战略与战术＋艺术的绝唱之作！让我们——

致敬长春,一个不该轻看的城市;

致敬天才领袖们,一群更不该忘却的伟人;

致敬文学和作者,你们总是让人意外,又让人突然间惊喜与激情起来!

(序作者为著名报告文学作家、中国作协副主席)

目录

- 001 引子
- 005 第 1 章 英雄所见略同
- 017 第 2 章 "被强国"的软弱与强硬
- 032 第 3 章 关东原本是我们的家乡
- 042 第 4 章 长春是个聚焦的舞台
- 054 第 5 章 黄埔同学初对决
- 064 第 6 章 斯大林的俄式思维
- 077 第 7 章 毛泽东一锤定音
- 089 第 8 章 美国人伸手了
- 099 第 9 章 秃子打伞,无法无天
- 115 第 10 章 四平保卫战
- 132 第 11 章 毛泽东告诉林彪,你们不要幻想
- 144 第 12 章 剿匪:专家贺晋年,英雄杨子荣
- 155 第 13 章 南拉北打
- 170 第 14 章 马背上的指挥中枢
- 184 第 15 章 战场腰部的血战
- 194 第 16 章 遥远的呐喊
- 205 第 17 章 请再给我一支枪
- 215 第 18 章 士兵的争夺与争夺士兵
- 227 第 19 章 冬天里,林彪的胃口特别好
- 238 第 20 章 杂牌"60熊"
- 249 第 21 章 战略之对决

263	第 22 章	不是冤家不聚头
276	第 23 章	"食口"的加减法
292	第 24 章	卡子
307	第 25 章	两样的日子
322	第 26 章	心战
336	第 27 章	心硬如铁
352	第 28 章	密战之大策反
372	第 29 章	南下之争
384	第 30 章	战锦州方为大问题
402	第 31 章	"大门"终于关死了
423	第 32 章	"58063"与"过去……约在"
443	第 33 章	瓜熟蒂自落
460	第 34 章	"从长计议"
480	第 35 章	送命的 5 天与夺命的 3 天
497	第 36 章	决战辽西
516	第 37 章	人心向背之谜底
537	第 38 章	东北争夺在继续
549	第 39 章	领袖之胸怀
565	第 40 章	家与国
569	参考书目	

引　子

　　1945年8月8日下午4时50分，苏联外交部长莫洛托夫紧急召见日本驻苏大使佐藤尚武。一见面，看到佐藤尚武想说打趣的话，便挥手打断了，冷冷地说，他只是代表苏联政府递交日本政府一份照会，从8月9日起，苏联对日本已进入战争状态。

　　满脸晦气的佐藤尚武询问是否可以将消息告诉日本政府，莫洛托夫立即表示同意。待佐藤尚武回到大使馆，发现电话和无线设备均被切断了，只好起草明码电报到莫斯科公共电报局办手续，消息发到日本，已经是东京8月9日凌晨了。[1]

　　在莫洛托夫召见佐藤尚武70分钟后，莫斯科时间8日18时，苏军华西列夫斯基元帅下达了向中国东北日军进攻的命令。攻击进行4小时后，当日22时，塔斯社奉命向世界发布消息。莫斯科与中国及日本时差均为6小时，苏联8月8日，也就是中国及日本8月9日。这一震惊世界的军事行动，各国领袖反应各不相同：

　　进军命令下达时不巧赶上了暴风雨，斯大林笑着说了一句："暴风雨是给日本武士下的。"便叼着烟斗看电影去了。

　　上午便得到苏联通知出兵消息的杜鲁门总统，忍不住内心高兴，午后就此举行了记者招待会。

　　东京皇宫内的裕仁天皇正在幻想着一向中立的苏联尽快答应出面向同盟国调停讲和，以延缓或中止美军的凌厉攻势。

　　蒋介石则在绞尽脑汁思虑如何让斯大林降低出兵条件，尽快赶在苏联出兵东北前把条约签下来。

　　毛泽东对苏联即将参战一无所知，常驻延安的苏军情报组对苏联与国民政府的谈判未漏半丝口风。[2]

三天前的8月6日，名为"小男孩"的原子弹投在了日本陆军总部所在城市广岛，帝国大本营的反应仅仅是，"派了以物理学家吉尾西岛博士为首的专门委员会去广岛研究原子弹爆炸的后果"。显然，原子弹并未撼动日本战争机器的核心部件，却促使了苏联加速进军中国东北的进程。

根据原先的预令，苏军确定于8月11日发起攻击。8月7日斯大林向华西列夫斯基发出训令：外贝加尔方面军和远东第一方面军务必于8月9日展开行动，因为杜鲁门那句"我们在日本投掷原子弹，迫使俄国重新考虑它在远东地位"的话早已传入斯大林耳中。

战争的残酷法则是，停战前士兵的战靴踏在哪里，哪里便是双方势力范围的分界线。苏军要赶在日本宣布投降前占领东北。

尽管当时美国一些人对投掷原子弹提出异议，但陆军部长亨利·史汀生证实："总统一刻也不想拖延第二颗原子弹投掷。"在苏军踏进东北的同时，8月9日，名为"胖子"的原子弹投向了日本。

为彰显丘吉尔对核试验贡献而命名的"胖子"最初投掷目标首选小仓，其次才是长崎，第三是新潟。由于天气与油料不够两个原因，最终的霉运落到了长崎头上。[3] 当然，真正让长崎倒霉的原因是日军两个重要兵工厂配置于市中心。

8月10日凌晨，日本裕仁天皇终于发出了乞降照会，照会电文是通过中立国瑞典政府转送美、英、中、苏四国的，并未向日本国内公布，日军仍在抵抗。[4] 苏军的凌厉攻势仍在继续。即使日军放弃抵抗，苏军也要占领整个东北，亲手实现对日军的缴械。

8月10日，对中国人来说是个沸腾的日子。

重庆《大公报》以"大时代展开了"为题发出社论，慷慨激昂的社论说："宇宙伟大，人类不灭，而正义是必胜的！"中央社则发出了"日本投降了"大字号外，记者驾驶着三轮摩托绕城一周，一路狂发。锣鼓声、喇叭声、鞭炮声与人们的狂呼声、喊叫声灌满了横街竖道，连电影院里的人们也跑到街上来。

延安的军民连夜举行了盛大游行。山坡上、山沟里、大街小巷到处都是灯笼火把，人们把脸盆、饭罐什么的都拿出来敲打着，把帽子、汗衫使劲抛向空中。那可真是一个狂欢之夜。路边的瓜果也有随便吃的。延安一个卖桃的小贩把桃一个个塞进狂欢的人们手里：不要钱的胜利果，大家自由吃呀！

鞭炮迅速告罄，店家大吉关门。茶馆有免费茶，酒馆有免费酒，重庆一些店铺被挤破门板，打碎玻璃，老板说是喜气盈门，警察在一边鼓掌大笑。喜极而泣的人们周身每个细胞都被兴奋灌满了，撑胀了。不仅仅是重庆与延安，中国还有若干城市，昆明、贵阳、西安等，一齐儿沸腾了！[5]

胜利来得突然、意外，让人猝不及防。狂欢的声浪中有两个人却与众不同，一个是蒋介石，一个是毛泽东。

重庆的酷暑加上狂欢的热浪使得蒋介石越发焦躁难耐。这一年的6月，美国政府告知他《雅尔塔协定》的内容，并要求他抓紧与苏联就出兵问题展开谈判。苏联出兵是早晚的事，时间表攥在斯大林的手中。

此时，国民党的精锐部队都集中在中国的西南和西北地区，运送这些部队进入华南、华东、华北乃至东北需要时间。对此种态势，杜鲁门有着透彻的分析："蒋介石的权力只及于西南一隅，华南和华东仍被日本占领着，长江以北则连任何一种中央政府的影子也没有……事实上，蒋介石甚至连占领华南都有极大的困难。"[6]

日本投降后，东北统治权力出现真空，能与自己争夺的力量唯有共产党。华北的大部由共产党控制着，而且八路军就在长城附近和离东北咫尺之邻的山东、河北。他要抢在苏军进入东北前，同苏联谈妥一个协议，让斯大林把东北交到自己而不是共产党的手里。

无奈的是从6月末开始，至今谈了两个多月，斯大林价码始终居高不下，尤其即将签订那个条约中赤裸裸的出卖领土条款，使其握笔的手颤抖不已。如今，斯大林竟然在条款未签订的情况下，单方面突然出兵。蒋介石感到斯大林最后通牒的强硬与霸道，后脊梁一阵阵发凉。

延安窑洞中的毛泽东彻夜无眠。苏联对日本宣战，毛泽东一时感到意外。此前，斯大林对美、对蒋的所有交易都对同信马列的盟友中共保密，有时甚至是刻意掩盖。陕北山沟里的毛泽东靠着听广播、看报纸预测到苏联战胜德国后一定会打击日本，但未曾料到如此之快。

此前5天的8月4日，毛泽东起草给中原地区负责人李先念的电报对形势的估计是："日寇明冬可能失败，还有一年时间供你们做准备工作。你们必须在这时间内准备一切对付必然要到来的内战局面。"[7]

此刻，毛泽东可谓一喜一忧。喜的是终于打败了日本侵略者，于当天上午便起草了《对日寇的最后一战》的声明，里面以兴奋的语气宣布："最后地战胜日本侵略者及其一切走狗的时间已经到来了！"[8]

毛泽东的忧虑正如他后来于1947年12月28日在中央十二月会议上讲的那样：日本投降对我们是个喜事，也是个负担，因为来了蒋介石。从中国革命的宏观角度看，仅仅打败了日本，美国帝国主义支持的国民党反动派仍极庞大，也是"革命尚未成功"。而且日本一倒，内战危机空前严重，严峻的形势已经摆在面前。

无数历史证明，领袖所以异于常人，不仅在于常人所不具有的深邃洞察力和预见力，还在于处理与扭转历史进程的巨大胆识魄力与正确战略策略。面对苏联出兵所带来的巨大形势变化，蒋介石与毛泽东将以何种不同的胆魄，分别采取什么战略策略呢？

注释

[1] 徐焰：《苏联出兵东北》，解放军出版社，2015年版，第151—152页。
[2] 同上书，第150页；丁晓平《1945·大国博弈》，华文出版社，2015年版，第251页。
[3] 《1945·大国博弈》，第241页。
[4] 同上书，第260页。
[5] 张正隆：《中国1946》，2014年版，第4页。
[6] 王树增：《解放战争》（上），人民文学出版社，2009年8月北京第1版，第17页。
[7] 《苏联出兵东北》，第178页。
[8] 《毛泽东选集》第三卷，人民出版社，1991年6月第2版，第1119页，中共中央毛泽东著作编辑出版委员会。

第 1 章　英雄所见略同

20 世纪上半叶，日本军阀一直惯用不宣而战，突然袭击，并屡屡得手。世人记忆犹新的除了偷袭珍珠港、夜袭沈阳北大营，最让俄国人切齿于心的是 1904 年 2 月 8 日的夜袭俄驻中国旅顺舰队，致使俄军遭受重创而失去制海权。接下来的 3 月间，沙皇 32 万大军被日军毙伤 6 万，生俘 2 万；在 5 月的交战中，日军又击沉俄战舰 19 艘，俘虏 5 艘，沙皇被迫讲和。1905 年，俄日在美国朴茨茅斯达成协议。

那时，正是光绪皇帝当政的 25 个年头，王朝已是风雨飘摇，只能底气不足地宣称"中立"。战争是在中国领土上实施的，自然拿中国的土地做交易，战胜了的日本人从俄国人手中接过了旅顺、大连的"租借权"，以及长春至旅顺铁路——南满铁路及其支线和附属煤矿。同时，俄国在割让库页岛的前提下，勉强保住了在北满的利益。

此前，最扎中国人眼的是"中东铁路附属地"，那是俄国人在长春二道沟（市内河流之二）的国中之"国"。此时，打胜了的日本人似乎凡事要强俄一头，又在头道沟上建了"南满铁路附属地"。两家占地面积均为 5 平方公里左右。两块附属地似中国东北姑娘头上的两块疤瘌。贪得无厌的日本人巧妙利用了条款上每公里可留 15 名"护路兵"的名义，在长春至大连铁路线上安排若干士兵长期驻留，以后又将其命名为"关东军"，并凭借强大起来的关东军，最终将俄国人挤出整个东北。[1]

现在轮到俄国人复仇了。

宿仇越深，报复越狠；击敌越重，出手越稳。为给日军突然的致命一击，俄军于 10 个月前秘密实施了万里大调兵，调兵均以"演习"为名向边境开进。边防人员照常休假，高级军官视察边境都换上士兵服装。

在主攻东北的方向上，苏军统帅部煞费苦心，将远东唯一的一个坦克集团军放在东北西部。这一部署果然厉害，日军做梦也未想到，开战仅几天，东北西部没有防御工事的荒凉山岭与草原上，突然涌出了上千辆坦克、装甲车、自动火炮和数十万苏军在向"首都"长春突袭。加之牡丹江、延边方向的辅助突击，两把铁钳将东北从中间割裂。最具有讽刺意味的是，日本关东军司令官山田乙三大将在苏军攻击前一日突然离开长春，赴大连观看歌舞伎表演去了。

8月15日，日本天皇裕仁发布投降诏书；17日，山田乙三下令放弃抵抗；18日，伪满洲国皇帝溥仪在通化大栗沟宣布"退位"；19日，苏军受降使团的飞机与500多名空降兵降落长春；21日，苏军坦克开进长春街头。缴械后的日军自山田乙三大将以下共52万关东军，在苏军撤离东北后被押往苏联西伯利亚。[2]

日军刺刀下的满洲国随着日军的缴械瞬间便轰然坍塌了，从城市到乡村，东北的政治权力立马出现了若干空洞与间隙，这层层叠叠的权力真空由谁来填补与占领？谁会捷足先登呢？

在苏军进攻队伍中，有两个人值得历史予以特殊记载，一是周保中，二是金日成。

周保中，云南大理人，1902年出生。本是天花弃婴复拾的幸存儿，一个意志坚定的生命强者。参加过北伐战争并担任过团长、副师长，是1927年加入中共的老党员。九一八事变后，先后担任中共满洲省委军委书记、东北抗联第五军军长、抗联第二路军总指挥。1942年被迫率抗联余部1000多人退往苏联，任抗联教导旅即苏联远东方面军步兵第88旅旅长。

苏联出兵前的7月，教导旅抽调280人组成"伞降先遣部队"和先导队，分派到苏军各方面军担任侦察、向导、袭敌后方等特殊使命。这应当是最艰险的任务。苏军发起攻击前，前线连以上军官都得到了抗联教导旅提供的日军防御工事大致标图。

战斗展开仅仅十几天，令人惋惜的是，这部分抗联老战士大多牺牲。

9月8日15时，周保中率领100余名抗联战士乘坐苏军4架运输机降落长春。走下飞机双脚踏在地上的时候，这个一米八三的汉子，突然跪在地上，把头贴向地面，泪流满面，带着哭腔喊道："祖国啊！你的游子回来了!"这一年,周保中43岁。

卡宾枪口下的军事管制,苏军需要自己信任的人帮助维持秩序。周保中就成为苏军第一任长春卫戍司令部的副司令,化名为黄绍元中校。自8月29日至9月3日,周保中领导的抗联300多人分别乘坐苏联运输机和汽车抵达57个大中城市,协助苏军实行军事管制。57个大中城市的卫戍副司令全是抗联的人在担任。

接着,周保中又找到华西列夫斯基元帅,不待元帅把感谢抗联的话讲完,便急着说:"我要扩军,你得给我武器。"华西列夫斯基倒也痛快:"战利品算我们共同的,你们需要什么就可以拿。"

周保中捷足先登了。而熊式辉、蒋经国等国民党接收大员直到一个多月后的10月12日,才姗姗到达长春。9月下旬,周保中同中共地下党员傅根深、赵东黎接上了头,并主持成立了中共长春市委,接管了长春市警察局,迅速展开武装队伍的组建。抗联各城市的负责人一齐行动,短时间内便发展队伍4万余人。

后来,被毛泽东称赞为"我们的民族英雄"的周保中在东北解放战争中担任东北民主联军副司令、吉林省人民政府主席,1955年被授三枚一级勋章。长期的战争岁月,尤其十几年艰苦的抗战生涯损坏了他的身体,于1964年不幸病逝,享年仅62岁。

在历史前进的坎坷旅途上,总会有人身先士卒,抢先为队伍奋起探险,不管他们最终起的作用大小,先行者的足迹将会永远载入史册。[3]

在苏军第25集团军进攻队伍里,有一个高大英武的年轻人,名字叫金日成。他是周保中抗联教导旅第一营的营长,他的部队有400余名朝鲜抗联战士,进攻方向不是东北而是朝鲜,进攻对象是拥有4个师团的日军第17方面军。进攻势如破竹,8月19日,苏军便占领了平壤。23日,苏军先头部队进到了北纬38度线便止步不前了。美苏两国双方有约在先。这是在苏联出兵那一天的临时约定。

8月9日,苏军几个师从中国东北边境转道向朝鲜急速推进,美国人立即出现了担忧。当初,波茨坦会议并没明确美苏两军在占领朝鲜时的分界线,那么苏联红军战士的战靴就可以踏在任意的地方,而距离朝鲜最近的美军还远在几百公里以外的冲绳，无论如何也抢不过苏军。

当晚，五角大楼紧急召开会议。总统杜鲁门要求，应当在朝鲜整个地区的作战范围"画一条线"。陆军参谋长马歇尔要求随行参谋叫迪安·腊斯克的年轻上校："要在30分钟之内搞出来"一个双方可以接受的占领界线。

30分钟是有限的，沉思片刻，迪安拿起一支红色的铅笔干脆利索地在朝鲜地图上画出了一条直线。这条线和49年前日俄分割这个国家的那条线完全一致：北纬38度线。

让美国人意外的是，斯大林痛快答应了这条界线。事后美国人后悔了：要知道斯大林这么痛快，不如把线往北移动一下，划在39度线上，那样中国的军港旅顺就在美国的势力范围里了。

9月9日，美军从仁川港登陆，撤往南朝鲜的日军第十七方面军立即向美军缴械。停在三八线上的苏军等来了最高司令官叫麦克阿瑟的美国军队。美苏两国士兵在三八线上举行了一个联欢会。美军跳的是踢踏舞，苏军跳的是马刀舞。美国士兵对粗壮的哥萨克人能用脚疯狂旋转身体惊讶不已。从此，朝鲜分裂为南北两部分。[4]

有志于民族复兴的朝鲜青年军官金日成，内心极愿意随苏军进军汉城及其以南区域，使南北朝鲜统一为一个整体。但作为仅有400余人队伍的司令官，他的发言权轻于鸿毛。于是，他在北方建立了自己的政权。这一年他33岁。

白山黑水之间辽阔的中国东北大地，百年来一直处于多事之端。这块土地原本是中国一个重要的少数民族女真及其后人满洲即满族的发源地，骁勇的努尔哈赤和皇太极率领彪悍的八旗子弟兵，就以满洲为基地进军中原，于17世纪统一了中国。为此，东北地区近代亦通称为满洲。[5]

满洲按方位习惯分为四满，即东满、南满、北满、西满。[6]

这块土地太过丰饶了。人类居住的这个星球上，有三块著名的黑土地：一块位于北美洲的密西西比河流域，一块位于欧洲的第聂伯河流域，另一块就是位于亚洲东北部中国东北地区的黑龙江、松花江和乌苏里江流域。这块黑土地以土壤肥沃资源丰富而名传天下，曾令无数中国人抛家舍子、满怀憧憬去"闯关东"。

从一定意义上说，战争打的是经济实力。

日伪 1944 年调查统计表明：东北铁矿蕴藏量 38 亿吨，煤的蕴藏量 228 亿吨，有色金属铜的蕴藏量为 132 万吨，铅与锌 113 万吨，铝 354 万吨。东北钢铁工业所需的大量炼焦用煤、矿石均可就近取材。鞍山、抚顺、小丰满依次被称为中国的钢都、煤都、电都。绵延不绝的长白山和大小兴安岭，森林总面积 261 万公顷，木材储量达 30 亿立方米，占全国 1/3。

战争胜利是以人的生命为代价的。东北（含内蒙古东部地区）人口达 3800 万，有取之不尽的兵源。当然士兵是要吃粮，军马是要喂草的，而东北这块黑土地可耕面积 3273 万公顷，出产农作物 50 种以上，年产粮食 2000 万吨。尤其是大豆产量，为当时世界大豆产量的 60% 以上。

交通是社会运转的血脉。遍布东北的铁路大小 50 余条，总长 1.4 万公里，公路 10.8 万公里，几乎占全中国铁路、公路总长的 1/2。水路交通则面临黄海与渤海，大连、营口、丹东、葫芦岛均为优良港口。

这块丰饶至极的土地，战略位置又太过重要了。它位居东亚之中心，东邻朝鲜半岛，西连蒙古草原，北视西伯利亚，南通冀鲁大地，为历代兵家必争之地。

什么东西太过优美便会遭人羡妒与垂涎，甚至必欲夺为己有而后快。于是，"红颜"薄命的悲剧便多次在东北重复上演。

1927 年 7 月，日本那个疯狂奋发的田中义一首相专门针对东北炮制了臭名昭著的《田中奏折》，明确提出了"惟欲征服支那，必征服满蒙；如欲征服世界，必先征服支那"的侵略国策。[7]

果然，四年后燃起了"九一八"战火。日本人正是以东北为基地支撑，突进华北、华中，一路将战火烧向华南及黔桂大地，重演了皇太极问鼎中原的版本。

百多年来的东北屈辱发展史在验证"红颜"薄命道理的同时，也确凿无疑地印证了一个说法："得东北者得天下"，或者说"欲得天下者，必先得东北"。

人们常说，英雄所见略同。在东北的问题上，毛泽东与蒋介石不仅见识相同，连说法也惊人地一致。

毛泽东说："东北是很重要的，从我们党、从中国革命最近和将来的前途看，东北是特别重要的。如果我们把现有的一切根据地都丢了，只要我们有了东北，那么中国革命就有了巩固的基础。"[8]

蒋介石说："国民党命运在东北。盖东北之矿产、铁路、物产均甲冠全国，如东北为共产党所有，则华北亦不保。"[9]

毛泽东对他的同事解释说，"我们这样一点根据地被敌人分割的相当分散，各个山头、各个根据地都是不巩固的，没有工业，有灭亡的危险"。只要取了东北，根据地便与苏联、蒙古、朝鲜相接，出现一个"背靠沙发"的局面，从而脱离被国民党四面包围的险境。为此，毛泽东强调，"要准备20到30个旅，15万到20万人，脱离军区，将来开到东北去"。[10]

蒋介石则以"生命线"回应毛泽东的"存亡"之说："东北是一个比西欧大国还要大的地方，那里重工业占全中国一半以上，是我们民族复兴的生命线，得失影响国际视听和全国的人心。"[11]讲究颜面与国际视听，特别是美国人的看法是蒋介石的一个突出特征。

毛泽东与蒋介石在讲这些话的时候，是否想起了皇太极与日本关东军从东北挺进中原的历史，是否回忆起金兀术从黄龙府出发，越过长城掳回了大宋王朝徽、钦二宗的悠悠往事，至今我们并不得知。他们都看到和计划着以东北强大的物资基础为支撑，最终战胜对手的意愿却是确凿无疑的。他们共同始料不及的是，东北一旦为一方占有，便会迅速发生多米诺骨牌的效应，夺得东北的一方挥师入关，仅仅一年就将失去东北的一方彻底打倒了。

毛泽东说要往东北派兵的话是在1945年的5月，并不知道苏联即将对日开战。那时强大的关东军仍然盘踞在整个东北。毛泽东估计日本失败将在1946年冬，即给李先念电报所说的"明冬"，为此讲话带了"将来"两个字，实际上是在计划进军东北。

蒋介石在这一年的6月就从《雅尔塔协定》上得知苏联出兵、日本战败在即的消息，便着手了军事调动。无奈400万国军大部集中在并无日军的大西南，离东北最近北战场的抗战部队只有傅作义与马占山的7万杂牌军，也只好急事现烧香，将几万人编成的集团军立马升格为第十二战区。

同时，按着美军顾问团的建议，于7月间自包头东进，以便在苏联出兵后，迅速切断东北与华北的联系，使中共与苏军不能接触，从而建立"防共隔绝走廊"。[12]

在傅作义向中共晋绥解放区进攻的同时，或许为转移并牵制延安共产党首脑机关的视线。7月21日，胡宗南部在美制火箭炮掩护下，向陕甘宁边区最前端的爷台山发起进攻，并占据了这一制高点。8月8日，八路军组织队伍向爷台山反击。双方剧烈厮杀后，八路军夺回了该地。后来史书有载，正是在爷台山隆隆炮声中，国共双方迎来了苏联对日开战，出兵东北。[13]

1945年6月10日，中国共产党召开的第七次全国代表大会进入选举阶段，毛泽东出面亲自为东北籍代表拉选票，实际上是在为"将来"进军东北做干部准备。用他一年前在中共中央六届七中全会主席团会议上的话说："中国的国土蒋介石丢到哪里，我们就到哪里。还要准备几千干部到满洲去！"[14]

苏联出兵东北的消息8月9日上午传到了延安，毛泽东立即通知在延安的中央委员和相关负责人到杨家岭来，召开七届一中全会第二次会议。会议定的基调是配合苏军作战，"具体如何配合，还要等战争的展开"。[15]

历史的进程往往比人们预料的更为迅速。"一年等于二十年"的情景在重大转折关头会不以人们的意志而猛然出现，伟人也不例外。就在苏联出兵的第二天傍晚，日本投降的惊雷消息又通过广播传到了延安。战争就要结束了，原先准备"将来"的计划打算，都要立即于眼下实施。在万众军民狂欢的声浪中，毛泽东一下子便将自己扔进了空前繁忙的旋涡之中。

毛泽东把办公地点索性转移到枣园里的乒乓球桌前。一边处理文件和书写命令、文告，一边接见即将派赴各地的领导干部与将领们，忙碌得无暇吃饭喝水，饥渴时抓起乒乓球桌上的馅饼和刚成熟的瓜果，风卷残云般塞进嘴里。从8月10日24时至11日18时，未合一下眼，伏案奋笔疾书，连续以延安总部总司令朱德名义起草了七道命令。

其中第二、第三、第六道命令明确规定了与苏军的配合协同事宜，第二道命令直接下达进军东北：

为了配合苏联红军进入中国境内作战,并准备接受日满伪军投降,我命令:

一、原东北军吕正操所部由山西、绥远现地,向察哈尔、热河进发。

二、原东北军张学诗所部由河北、察哈尔现地,向热河、辽宁进发。

三、原东北军万毅所部由山东、河北现地,向辽宁进发。

四、现驻河北、热河、辽宁边境之李运昌所部,即日向辽宁、吉林进发。

总司令 朱德[16]

或许是多年争斗对对手的深刻了解,蒋介石也是锋芒相对,早有准备,同一天,连发三道命令:

一、命令国民党军前线各部队"对敌放弃要点,应即派部队进驻","距离较远之部队,应察状况可能向前推进","对于敌人遗留之武器弹药材料财物,必须派兵严为看管",而共产党武装"如有争夺城镇,妨害我之行动,应断然剿办为要"。

二、命令各沦陷区伪军"应就现地点负责维持地方治安,保护人民。各伪军尤应乘机赎罪,努力自新,非本蒋委员长命令,不得擅自移动驻地,并不得受未经本委员长许可之收编"。

三、命令第十八集团军(八路军)总司令朱德、副总司令彭德怀"应就原驻地驻防待命。其在各地区作战地境内之部队,并应按受各该战区司令长官之管辖","为维护国家命令之尊严,恪守盟邦协议之规定,各部勿再擅自行动为要"。[17]

8月13日,朱德、彭德怀回电蒋介石,电文充满了毛泽东的文风:

重庆蒋委员长勋鉴:

在你给我们的命令上说:"所有该集团军所属部队,应就原地驻防待命。"此外,还有不许向敌人收缴枪械一类的话。……"驻防待命",

不进攻了，不打仗了。现在日本侵略者尚未实行投降，而且每时每刻都在杀中国人，都在同中国军队作战……为什么你叫我们不要打了呢？我们认为这个命令你是下错了，而且错得很厉害，使我们不得不向你表示：坚决地拒绝这个命令。因为你给我们的这个命令，不但不公道，而且违背中华民族的民族利益，仅仅有利于日本侵略者及背叛祖国的汉奸们。

第十八集团军总司令朱德、副总司令彭德怀[18]

延安言之有理，蒋介石推辞说，是远东盟军总司令部规定的，与己无关。12日，麦克阿瑟以远东盟军总司令的名义，命令日本政府和中国战区的日军只能向国民政府及其军队投降，不得向中国其他武装力量缴械。至于什么原因，并未公开说明，谜底只由美国政府与蒋介石掌握。15日，美国总统杜鲁门在任命麦克阿瑟为驻日占领军司令官的第一号通令中说：

蒋介石唯一享有在中国受降的权力。"假如我们让日本人立即放下他们的武器，并且向海边开去，那么整个中国就会被共产党人拿过去。"[19]

对延安总部朱、彭两位司令怒气冲冲的回电，蒋介石反倒谦恭起来，第二天，竟然发出了出乎毛泽东预料的电报：

万急，延安
毛泽东先生勋鉴：

倭寇投降，世界永久和平局面，可期实现，举凡国际国内各种重要问题，亟待解决，特请先生克日惠临陪都，共同商讨，事关国家大计，幸勿吝驾，临电不胜迫切悬盼之至。

蒋中正　未寒
一九四五年八月十四日[20]

接下来，8月20日、8月23日，又接连第二封、第三封电报邀请，言语一次比一次恳切热烈，绵里藏针："深望足下体念国家之艰危，悯怀人民之疾苦"，"惠然一行，共定大计，则受益拜惠，岂仅个人而已哉"，"兹已准备飞机迎迓，特再驰电速驾"！

重庆《大公报》社评称赞蒋介石此举为"蔼然诚坦，溢于言表"。

有史料记载，邀请毛泽东赴重庆谈判这一计策，是由蒋介石国民政府文官长吴鼎昌所出。当初计策的标底是认定毛泽东不会有胆量来重庆。应当说，这一招的确高明，既把蒋介石打扮成一心谋求和平的领袖，又将不肯和平的内战责任推到共产党头上，战端未开，政治上先胜一局。[21]

日本投降，美与蒋站在了一块儿，这对中国共产党绝对是一个危险的信号，同宗同脉的苏联共产党的立场就显得尤为重要。

日本宣布投降后，中共中央派遣中社部李士英带着电台去绥蒙边境，与苏联秘密联络，期望取得苏方支持，抢先接管东北。苏方冷淡，没有态度。毛泽东听了李士英汇报后感叹："他们不相信我们中国共产党会取得胜利，最后解放全中国，这是不相信中国革命的力量啊！"[22]

就在蒋介石对毛泽东发出第二封邀请电的同一天，苏共中央8月20日致电中共中央，要求毛泽东去重庆同国民党谈判，并说中共不能打内战，否则民族会遭到灾难，国家有毁灭的危险。[23]正逢一年中最热的时候，毛泽东感到了一丝冷意。

8月26日，国民政府与苏联政府于14日签订的《中苏友好同盟条约》内容公布，规定苏军从日本人手里解放的东三省只能交给国民政府，并且苏联政府给予中国道义上与军需品及其他物资之援助，"完全供给中央政府即国民政府"。

消息传来，毛泽东及他的战友们，尤其是在风风火火闯关东的干部战士们陷入了深深的失望，如同被兜头泼了一盆凉水。

著名的英国历史学家和传记作家菲力普·肖特后来在他的《毛泽东传》中对这一情形进行了透彻、生动地描述：杜鲁门支持蒋介石武断地决定，"日本将领只能向国民党军队投降。毛又陷入了泥潭之中，连忙打电报向斯大林求助。其后，在当月15日，这位苏联领导人投过来一颗炸弹"。就在日本投降的前一天，《中苏友好同盟条约》签订了。"这位领导人再一次为了苏联的民族利益而出卖了中共。""在毛毫不知晓的情况下，允诺不再支持中共反对国民党政府。""一切都已昭然若揭：如果内战爆发，中共将独立作战。"[24]

日本投降后，中国大地上政治实力为"三国四方"。

显然，强大的美国、苏联与比较强大的蒋介石国民政府坐在了一起，共同面对比较弱小的中国共产党。尽管蒋介石用人格担保毛泽东的安全，毛泽东会去重庆吗？斯大林已经用法律约定东三省由国民政府接管，朱德总司令第二道命令中那四支队伍是否继续向东北进发？苏军会让他们踏过山海关吗？

注释

[1] 顾万春、李荣先：《长春城市变迁》，长春出版社，1998年版，第101页；于泾：《长春史话》第一集，长春出版社，2001年版，第193—195页。
[2] 徐焰：《苏联出兵东北》，解放军出版社，2015年版，第222页、第273页。
[3] 《5年万里追随，一生铭记将军》，《往事》，2014年，第4期，第4页，政协长春市委员会文史资料委员会。
[4] 王树增：《朝鲜战争》，人民文学出版社，2009年4月北京第1版，第7—8页。
[5] 《苏联出兵东北》，第18页。
[6] 东满：指中长路沈阳至长春段以东的吉林、辽原、安图、延吉、敦化等地区；南满：指中长路沈阳至大连以东的丹东、庄河、通化、清源和沈阳西南的辽中地区；北满：指哈尔滨、牡丹江、北安、佳木斯等地区；西满：指中长路沈阳至哈尔滨以西的齐齐哈尔、洮南、开鲁、阜新、双辽、扶余等地区。
[7] 王树增：《抗日战争》第一卷，人民文学出版社，2015年6月北京第1版，第18页。
[8] 张正隆：《中国1946》，白山出版社，2014年版，第72页。
[9] 同上书，第81页。
[10] 《毛泽东年谱》，人民出版社、中央文献出版社，1993年版，第603页；刘统：《东北解放战争纪实》，东方出版社，1997年版，第21页。
[11] 王树增：《解放战争》（上），人民文学出版社，2009年10月北京第1版，第516页。
[12] 《苏联出兵东北》，第283页。
[13] 同上书，第179页。
[14] 《东北解放战争纪实》，第21页。
[15] 《毛泽东年谱》（中卷）。
[16] 《解放战争》（上），第36页。
[17] 同上书，第13页。
[18] 同上书，第13—14页。
[19] 《中国1946》，第16页。
[20] 同上书，第6页；《东北解放战争纪实》，第11页。

[21] 尚传道:《四进长春》,《长春文史资料》第 8 辑,1985 年版,第 10 页,政协长春市委员会文史资料研究委员会。
[22] 郝在今:《中国秘密战》,金城出版社,2015 年 1 月第 2 版,第 319 页。
[23] 《苏联出兵东北》,第 286 页。
[24] (英)菲力普·肖特:《毛泽东传》,中国青年出版社,2004 年 1 月北京第 1 版,第 322 页。

第 2 章 "被强国"的软弱与强硬

世界是一盘棋。从某种意义上说，是几个大国在博弈，众多弱国小国不过是棋盘上的卒子。

鉴于1945年发生了诸多重大事件，包括4月12日美国总统罗斯福逝世、杜鲁门总统宣誓就职；包括5月1日希特勒的自杀身亡，及5月7日德国宣布投降；包括8月6日第一颗原子弹投向人类；包括8月10日日本天皇宣布投降等等，历史性地将这一年定义为20世纪的转折之年。荷兰著名作家伊恩·布鲁玛把1945年称为"零年"。

这一年，扭转历史乾坤并对其后继续产生重大影响的事件，对中国说来，莫过于《苏联参加对日作战的协定》。

在苏军节节胜利的情况下，美国对日本的战争却步履维艰，日本海军虽然严重失利，陆军主力仍比较完整，全部兵力仍有700余万人。其中日本本土有400万人，而且仍在顽强抵抗，名副其实要战至一兵一卒。在硫磺岛战役中，美军虽然歼灭了2万日军，自己也付出2.6万人死伤的代价。随后进攻冲绳时，美军付出了高达5万人的死伤。美军方据此估计，进攻并占领日本本土，至少要付出100万美军的伤亡。[1]

美国军政首脑分析认为，即使攻占了日本本土，战争还不一定结束，日本天皇与军部可能会迁都满洲或朝鲜继续作战。再从中国战场看，1945年春，国民党正面战场已处于强弩之末的日军横扫西南，攻下了豫湘桂广大地区，重庆为之震动。美国驻苏大使哈里曼在给美国政府的报告中特别提醒：美国面临的"巨大危险是苏联可能袖手旁观，等我们牺牲了大批美国人生命，打败日本之后，红军长驱直入东北和中国的北部大片地区"[2]。

罗斯福担心中国战场可能崩溃，粉碎大陆上的日军只能寄希望于苏联参战，而且不能拖得太久。让苏联出兵，美国则面临两个问题：一个是出兵后的苏联可能会支持中共建立红色政权，一个是苏联会开出相当高的价码。罗斯福决定首先解决出兵问题。

罗斯福的做法是，首先说服瞧不起蒋介石的丘吉尔，尔后拉上蒋介石，于1943年秋天在开罗召开中美英三国首脑会议，硬给中国扣上了"四强之一"的帽子。正如罗斯福所说，这样在对付苏联时，就会产生3∶1的优势。

会上，蒋介石要求收回香港，罗斯福同意，却遭到了丘吉尔的拒绝。本来开罗会议罗斯福是想要美英苏中四强一起参加的，斯大林表示不愿同蒋介石见面。因为在1941年4月13日，斯大林亲自主持与日本签订了《日苏中立条约》[3]，正在同德国艰苦作战的斯大林不想得罪日本，从而避免两线作战。

11月27日上午，《中美英三国开罗宣言》文稿由罗斯福带往德黑兰，以征求斯大林意见，斯大林阅后表示同意。

1943年12月1日，德黑兰会议结束当天，《中美英三国开罗宣言》公布。其中，重要条款为："日本所窃取于中国之领土，例如满洲、台湾、澎湖列岛等，归还中国。"

这是"二战"后中国得到的最大收益。

罗斯福为什么如此支持中国？有评论认为，他的基点是英国已经走向衰落，中国虽然仍是18世纪，但在"二战"中举足轻重。他对儿子小罗斯福说："假如没有中国，假如中国被打垮了，你想一想有多少师团的日本兵可以因此调到其他方面来作战！他们可以马上打下澳洲，打下印度，并且可以一直冲向中东。"

罗斯福的目的就是以中国牵制日本。罗斯福未说的话是，支持中国也是为了战后美国在远东的利益——中国可以作为美国在远东利益上与苏联抗衡的缓冲区，尤其是紧邻苏联的中国东北。这实际已经埋下了国共东北争夺战的导火索。

不管怎么说，以法律形式确定台湾、澎湖列岛属于中国，这应当是蒋介石的政治成功与对中华民族的一个贡献。[4]

让苏联出兵则必须开出足以使斯大林动心的价码，这一点罗斯福并不担心。再高的价码也要不到遥远的美国去,罗斯福可以拿中国利益与斯大林交换。开罗会议结束不久,美英苏三巨头又在德黑兰举行首脑会议。罗斯福率先向斯大林抛出诱饵:"俄国在远东没有一个港口是完全不冻的,因为符拉迪沃斯托克(海参崴)只是个部分不冻港,而且还被日本控制的海峡所包围。"

对此,斯大林很感兴趣,但毕竟想到了不冻港是中国的,于是表示中国人不会喜欢的。罗斯福立即以中国"保护人"的身份向斯大林保证说,自由港的主张适用于远东,"中国人会喜欢在国际保证下的一个自由港的主张。"斯大林立即高兴地说:"那将是不坏的。"[5]

罗斯福给予的礼物超出了斯大林的预期,剩下该解决政权的颜色问题了。

多年的国际历史表明,国与国订立的联盟纽带主要靠利益在维系,没有永远不变的朋友和敌人,只有永远不变的利益。

同盟国胜利在即,丘吉尔那个著名的"勋章可能也有反面"的论点也产生了:"构成三大盟国之间主要纽带的共同危险,已于一夜之间消失殆尽","新敌人就是昨天光荣的盟国","苏联的威胁已经取代了纳粹敌人"。这些观点后来成为他《第二次世界大战回忆录》一书最后一个重要章节,题目是"深渊裂开了"。丘吉尔凭借这本书获得了诺贝尔文学奖。[6]

丘吉尔的观点完全代表了罗斯福及其美国政策的思想基点。尽管斯大林于1944年6月就对美国大使哈里曼表示同意罗斯福的意见,即"蒋介石是唯一能把中国合在一起的人",并讥笑中国共产党是"麦琪淋"(人造奶油)式共产党人。[7] 在雅尔塔会议上,罗斯福还是设法让斯大林表态支持蒋介石的国民政府。

1945年2月11日,苏美英三巨头正式签订的《苏美英三国关于日本的协定》内容如下:

> 苏、美、英三大国领袖同意,在德国投降及欧洲战争结束两个月后,苏联将参加盟国方面对日作战,其条件是:
> 1. 维持外蒙古(蒙古人民共和国)现状。

2. 恢复1904年日本背信弃义的进攻所破坏的原属俄国的各项权利，即

（甲）库页岛及临近一切岛屿须交还苏联；

（乙）大连商港须国际化，苏联在该港的优越权益须保证，苏联之租用旅顺港为海军基地须予恢复；

（丙）对担任通往大连之出路的中东铁路和南满铁路，应设立一中苏合办的公司以共同经营之；经谅解，苏联的优越权益须予保证而中国须保持在满洲的全部主权。

3. 千岛群岛须交予苏联。

经谅解，有关蒙古及上述港口铁路的协定尚须征得蒋介石委员长的同意。根据斯大林的提议，美总统将采取步骤取得该项同意。

三国领袖同意，苏联之此项要求须在击败日本后毫无问题地予以实现。

苏联本身表示准备和中国国民政府签订一项中苏友好同盟协定，俾以其武力协助中国达成自日本枷锁下解放之目的。

J·斯大林

富兰克林·D·罗斯福

温斯顿·S·丘吉尔[8]

由于这个协定是在雅尔塔——苏联人的克里米亚半岛签订的，历史上通称为《雅尔塔协定》。这是一个苏、美、英三国出卖四"强"国盟友之一中国利益的秘密协定。当时会场担任记录的美国职员外交家查尔斯·波伦后来评论说："它是背着我们中国盟友订立的。"蒋介石被蒙在鼓里。

这份严重损害中国利益的协定，斯大林借口不想在突袭日军前公布，美英苏三国一直对中国保密了4个多月。6月14日，当国民政府外交部长宋子文从罗斯福手中接过《雅尔塔协定》时，不禁大吃一惊。这个条约的核心是苏联要全面恢复获得20世纪初日俄战前沙皇俄国在中国东北的全部权益。

其实，列宁领导的苏维埃于1919年、1920年已两次发布放弃在华所

有利益的声明。斯大林的要求无疑是巨大的历史退步。不仅如此，斯大林还自食其言。1924 年中苏（北洋政府与苏维埃）双方签订《中苏解决悬案大纲协定》时，斯大林正式承认外蒙为中国领土一部分，并达成中苏两国合营中东铁路的条约。荒唐的是，1931 年日本发动九一八事变，斯大林见东北利益难保，宣布对中国东北采取"不干涉政策"，单方面于 1935 年将中东铁路以 1.4 亿加 3000 万日元苏联职工安置费的价格卖给了日本控制的满洲国。已经出卖过的权益要求再次无条件恢复，而且理直气壮。

宋子文对杜鲁门说："这次会议没有中国代表参加，其协定自然对中国没有约束力。对这种密约，中国不能予以承认。"

得到宋子文报告的蒋介石大为光火，作为一个主权国家，他完全可以按着宋子文说的道理予以拒绝，虽然他在日记中写有"痛愤"二字，最终却委屈地遵从了美国的意旨，迎合了斯大林，派出以外交部长宋子文为团长的一干人去莫斯科谈判。

6 月 30 日，宋子文抵达莫斯科，代表团中一个引人眼热的成员是宋的非亲娘舅外甥蒋经国。蒋介石让亲儿子参加谈判，是想向斯大林表达私人友谊，为艰难的谈判尤其是外蒙古的归宿问题注入润滑剂。

蒋经国，蒋介石发妻毛福梅的独子。20 年代"五卅"运动爆发，在上海浦东中学读书的蒋经国与同学一道参加反帝游行，被学校以"行为不轨"开除。接着转到北京一所国民党子弟校学俄语，又上街示威反对北洋军阀政府，受了两周监禁。是周恩来的老师鲍罗廷，推荐这个既热衷学运游行又狼狈万分的 15 岁青年，去了大名鼎鼎的莫斯科中山大学。他的同学中有大名鼎鼎的王明、王稼祥等人，还有年轻的邓小平，两人个子都不高，排队时常站在一起。

1927 年，蒋介石发动反共"清党"大屠杀，已是共青团员的蒋经国跳上讲台咒骂父亲是"反革命刽子手"。4 月 24 日，汉口《人民论坛报》转载道："蒋介石曾经是我的父亲和革命的朋友。他已经走向反革命阵营，现在他是我的敌人。"蒋介石名声在莫斯科一落千丈，蒋经国的名声却与日俱增，第三国际将他转为共产党员。1935 年改名为"尼古拉"的蒋经国在苏联发表了《致母亲的公开信》，其中最令人叫绝的一段是述说当年蒋介石终日在外吃喝嫖赌，不管家中妻儿饥寒。有一次母亲劝他不要出门，竟被他一脚从楼上踢下去，人事不省，足见蒋是一个毫无人性的流氓云云。蒋介石颇为难堪。[9]

由于斯大林阴晴忽变的性格，蒋经国在苏联的13年吃了许多苦。做苦工从粗工开始，当过翻砂工、矿工，耕过田，被派到农村时没有床睡，甚至讨过饭。有一日，他发现一家餐馆后面水沟里漂着一层油水，就把油水刮起来，吃煮热的"油水"填肚子。夜里冷得受不了曾委身过垃圾桶。1927年他申请加入苏联红军，被派到驻扎莫斯科的第一师当士兵。

苦难造就了蒋经国，后来他当过重机械制造厂技师、助理厂长，《重工业日报》主编。1935年3月与善良的俄罗斯孤女芬娜结婚。后来，蒋介石为其取了一个中国名字——蒋方良。回国后，他在母亲毛福梅被日军飞机炸死的地方，亲笔书写并立下"以血洗血"的墓碑。

1937年，苏联与国民政府恢复合作关系，将蒋经国及其妻儿送回中国。临行前，斯大林专门接见了共产党员蒋经国，并向他在苏联所生的孩子送了精致玩具，希望他回国后不要辜负苏联共产党的培养。

蒋经国挖空心思，给父亲送了一套乌拉尔黑色大理石小装饰品，给宋美龄选了一件波斯羊皮外套。蒋介石根本不在乎大理石装饰品和波斯羊皮外套，就像不在乎这个儿子把自己称为"笨蛋""军阀""仇敌""罪犯"一样。他在杭州一座叫"澄庐"的湖滨别墅，透过落地玻璃窗，看见13年前走掉的儿子被带到门前。宋美龄满面微笑地迎上去的时候，他坐在客厅沙发上纹丝不动。这个杀人如麻的战争枭雄，此刻却用报纸挡住了湿润的双眼。[10]

看到蒋经国的出现，斯大林心中失望与愤懑之情油然而生，这个当年的"尼古拉同志"已经成为共产党内离经背道的"叛徒"，成为蒋介石的青年军政治部主任、中央干部学校教育长、陆军中将的外交委员——一个熟悉苏联内情的谈判对手。斯大林谈判的口吻便不自主地严厉起来。

宋子文表示最大的让步是允许苏联在外蒙驻兵，让外蒙保持最大限度的"自治"，但不得从中国独立出去。斯大林毫不容情地回答："外蒙在地理上之地位，可使他人利用之，以推翻苏联在远东之地位……苏联在外蒙领土应有自己之法律权！"

从 6 月 30 日到 7 月 12 日，斯大林先后六次会见宋子文，要求兑现《雅尔塔协定》。但蒋介石并不愿意承认外蒙古从中国独立出去。

外蒙古不仅有 156 万平方公里广袤的土地，而且有丰富的煤、铜、石油等资源，图拉河流域被认为是世界上最大的沙金产区之一。面对强硬的斯大林，蒋介石无奈之下打出感情牌，让蒋经国以个人身份单独会见斯大林，谈一下外蒙古的问题，结果反而弄巧成拙。

斯大林咄咄逼问道："你们对外蒙古，为什么坚持不让它独立？"

蒋经国耐心解释道："您应当谅解，我们中国八年抗战就是为了把失土收回来。今天日本还没有赶走，东北、台湾还没有收回来，一切土地都在敌人手中，反而把这样的一块土地割让出去，岂不失却了抗战的本意？我们的国民一定会起来反对政府，那我们就无法支持抗战。所以我们不同意外蒙古归并给苏联。"

斯大林抬高声音："倘使你们国家有力量，自己可以打倒日本，我自然不会提出要求。今天，你没有这个力量，还要讲这些话，就等于废话！"[11]

蒋经国犹如被狠狠扇了一个耳光，无言以对。

7 月 20 日，蒋介石致电美国总统杜鲁门救助。三天后，杜鲁门却以主人对仆人的口气打官腔说："你若同斯大林元帅在《雅尔塔协定》的正确解释上持有不同意见，希望派宋（宋子文）同莫斯科继续努力，以达成谅解。"

美、苏的态度是一致的，蒋介石打算屈服了，又实在想不出办法向国民交代。在苏联参战与日本投降后，"陪都"重庆的蒋介石于闷热如火炉般的高温中极度焦躁不安，肝火如气温一样居高不下。还是政学系的亲信熊式辉出了两个自欺欺人的主意：

一是关于承认"外蒙独立"一事，必须将外蒙地图列入附件，以免苏方尔后得寸进尺，对我国需索无已。二是在条约上另加一条"但书"，即在此项协定签订后，"无论在精神上，或物质上苏俄均须援助国民政府，而不得承认其他政权"——暗指中共。

第二条是蒋介石确定无疑的始终宗旨。正是这两条对蒋介石欲盖弥彰的"金点子"，熊式辉被蒋介石任命为首任东北行营主任。

对熊式辉的第一条，蒋经国做了完善：外蒙古独立，必须经过公民投票，如果投票结果倾向独立，国民政府才能承认。

当然，在这两条之外，蒋介石内心深处还设计了不便明言的第三条：出卖国土干系重大，背负子孙骂名，他要找一个替罪羊。

8月10日，即苏军出兵的第二天，斯大林坐到了外交人民委员莫洛托夫的位置上，亲自担任苏方谈判代表。他"好心"地提醒说，中共的军队马上就要进入东北了。

这一砝码立马触到了蒋介石的最痛处。8月13日，接到新任外交部长王世杰"倘再停止谈判，则形势必立变，前途隐患甚大"的电报，当晚即复电，允其"权宜处置"。[12]

8月14日，中国国民政府外交部长王世杰与苏联政府外交人民委员莫洛托夫在莫斯科签订了《中苏友好同盟条约》及两个换文和四个协定。上述文件主要内容概括如下：

（一）中苏两国协同其他联合国对日本作战，直至获得最终胜利为止。在战后彼此给予一切可能之援助。

（二）苏联根据友好同盟条约所给予中国的道义上和军需品及其他物资之援助，完全供给中国中央政府；中国中央政府同意外蒙古独立。

（三）中国长春铁路，为中苏两国共同合作，并共同经营。大连为自由港，港口主任由苏籍担任，中国应将所有港口工事及设备之一半，无偿租于苏方。苏联经该口之出入货物，均免除关税。

（四）中苏两国共同使用旅顺口为海军根据地。改海军根据地由苏联担任防护，苏联有权驻扎陆、海、空军。该区域内之民事行政属于中国，但旅顺市主要民政人员之任免，应征得苏联军事指挥当局之同意。[13]

斯大林得到了他在东北所要的绝大部分权益，但未能全面得到大连的控制权。《中苏友好同盟条约》签订的第二天，日本宣布投降了。让人扼腕叹息的是，仅仅差了一天！假如再多坚持一天，外蒙的命运会如何？但历史不允许假设。

这个条约事后受到了广泛的诟病与批评。蒋介石便甩出了第三条计策，在败逃台湾后，以自己当时并未正式同意为名，把王世杰当作擅专签订这个卖国条约的替罪羊。深知蒋氏为人的大舅子宋子文，在8月7日赴苏进行第二轮谈判的临行前，辞去了外交部长职务，改由行政院长身份前往莫斯科。随员中有新任外交部长王世杰。[14]

1946年1月5日，国民政府宣布承认外蒙古独立，又于败走台湾后的1953年不承认外蒙古独立，却不解释当年屈从的原因。内部有人私下说，诿过于人、藏奸不漏是蒋氏的终生习惯行为。

在离开苏联时，一位苏联官员问蒋经国："你再次来这里，有什么感想？"蒋经国冷冷地说："十年前我来这个大厅，墙正中挂的是一幅列宁鼓动武装起义的油画，这次看到墙上换成了彼得大帝的像。"

《中苏友好同盟条约》对中国人心理伤害最大的莫过于150多万平方公里土地的丧失，从而使肥硕的树叶型国土缩成了公鸡型。

事后多年，诸多历史学者对此进行了拷问与研究。诸多评论认为，蒋介石最终屈服的原因，除了让斯大林把东北交到自己而不是共产党手里之外，巨大的美援也是他难以抵挡的诱惑。

早在开罗会议期间，罗斯福在答应帮助蒋介石装备90个美械师的同时，提供10亿美元贷款援助。[15]如果不按《雅尔塔协定》与苏联签订同盟条约，这些便会泡汤。日本失败在即，这90个美械装备师对共产党将派上大用场。

美国记者怀特清楚记得，蒋在重庆亲口告诉自己："日本人是疥癣之患，共产党是心腹之患。"皮肤上的疥癣即使溃烂了，也不会怎么样，心腹之患随时可以使人丧命。

8月13日，毛泽东在延安干部会上发表了《抗日战争胜利后的时局和我们的方针》的讲话，其中有一句是："国民党怎么样？看它的过去，就可以知道它的现在；看它的过去和现在，就可以知道它的将来。"[16]

蒋介石的过去怎么样呢？仅1927年4月到1928年上半年，337000名共产党员和革命群众死于国民党的屠刀之下，至1932年已达100万人以上，可谓创造了世界顶尖的白色恐怖。有人翻遍历史，得出结论，在中国欲成大事者，实践上必须具备三个条件：一是爱才如命，二是挥金如土，三是杀人如麻。近代中国恐怕没有一个比蒋介石更具备这三条要求了。

蒋介石早年留学日本，在给表兄的照片背后的题词是：腾腾杀气满全球，力不如人肯且休！光我神州完我责，东来志岂在封侯。[17]

毛泽东13日话音刚落，14日，蒋介石充满诚意邀毛赴渝谈判的电报便到了。

张学良和杨虎城现在哪儿？叶挺和廖承志现在哪儿？都在戴笠严格控管的小房子里。想起这些，延安的红色特工首领李克农急得直流眼泪。

对共产党的领袖，蒋介石并非一次下手，他用法庭审判了陈独秀，用死亡压垮了向忠发，用子弹射穿了瞿秋白，甚至事后还将枪毙向忠发、瞿秋白的照片放在案头欣赏。忠厚的民主同盟主席张澜都看出来了："蒋介石在摆鸿门宴。"

对毛泽东赴重庆，周恩来明确表示不同意：如果蒋"借口留毛长期住渝，不让回延"，"于我损失太大"。8月23日，中共中央政治局召开扩大会议，朱德、彭德怀见毛泽东表示一定要去，便一同表态说，如果要去，等我们和老蒋打一下，把他的气焰打下去一些再去。

8月26日，政治局再次召开会议，毛泽东明确表示：去！现在的中国老百姓没有比什么更盼望和平，我们要"以极大的努力和耐心领导人民制止内战"。毛泽东也做了多套方案的打算："要充分估计到蒋介石逼我城下之盟的可能，但签字之手在我。"他提出在不损害根本利益前提下对根据地让三步：一是广东至河南，二是江南，三是江北。可谓退避三舍。但是"陇海路以北迄外蒙古一定要我们占优势，东北我们也要占优势"。

为了避免内战，争取和平，毛泽东准备让出内地数省大片根据地，对东北则下定决心要"占优势"。而蒋介石为了得到东北，已经忍痛割掉了外蒙古。针尖与麦芒能捏合一块吗？对此，毛泽东做了最坏打算："如果这些还不行，那么城下就不盟，准备坐班房。"[18]

政治局会议决定由刘少奇代理主席职务，书记处另推陈云、彭真为候补书记，以便正常运转。

诸多国外媒体与人士对毛泽东赴重庆的前景进行了预测与评价，最有代表性的是苏联人的看法。莫斯科常驻延安代表塔斯社记者孙平（音译），在其日记中写道："毛仿佛是去受难似的。他要去扮演一个难堪的角色。"[19]

在延安，毛泽东总是一套旧布制服、布鞋，有时戴顶灰布八角帽。这一次去重庆，身穿一套灰布中山装，脚上一双皮鞋，头上一顶巴拿马盔式帽，一副出远门的打扮。中山装是前些日子在北平定做的。

延安那种艰苦环境也难修边幅，可共产党人希望自己的领袖帅气、英俊。江青更是如此，那顶盔式帽是她向苏联驻延安联络组的医生借的。毛泽东戴上觉得有点紧。周恩来摘下自己那顶帽子，毛泽东接过来试了试说：正好，我就夺人所好了。

8月28日，延安阳光普照，时常雾气沼沼的山城重庆，太阳忽然露出了笑脸，一扫阴霾，晴空万里。15时37分，飞机降落机场，记者们一拥而上。有人注意到了毛泽东步下舷梯的鞋底是新的。那双皮鞋是叶剑英特意买的。

没有口号、鲜花、仪仗队，也没有盛大的群众欢迎场面，可自毛泽东踏上重庆土地那一刻起，他就成了人们心中的明星。

成都《华西晚报》社评《毛泽东到了重庆》："这是一个比日本突然宣布无条件投降更使人欣喜的消息。"意料之外，猝不及防，没人认为毛泽东会来。用柳亚子的话说："弥天大勇诚能格，遍地劳民战倘休。"人们由衷赞赏毛泽东的重庆之行，是其背后预示着全国百姓渴盼和平的曙光。

当晚，蒋介石在其山洞官邸举行宴会，为从第一次"围剿"起，便以5万起步再到10万又到15万大洋悬赏人头、多年追索而不得的"匪首"毛泽东接风洗尘。

19年前，在广州他们曾是同道的战友。那时，蒋介石是国民革命军的统帅，毛泽东则以国民党员的身份代理国民党中央宣传部长。一年后，国共两党决裂，他们成为对手，进行了多次殊死较量。那晚，当两人握手的一瞬间，国共双方的高级官员们似乎都觉得有点不可思议。

两人对双方的底牌及谈判的焦点早已洞悉心脾，无非三个主要问题：一是建立一个什么性质的政府。毛泽东要求取消一党独裁，建立联合政府，并发表了《论联合政府》之雄文。

该文在重庆印了3万本小册子，蒋介石做了最"精辟"的一句评述："组织联合政府无异于推翻政府。"

第二是关于地盘问题。共产党的主张是，考虑华北实际已在中共控制之中，国民党政府的影子也没有，故热河、察哈尔、河北、山东、山西五省主席及北平行营主任应由中共推举委任，其他有解放区的省份的副职也应由中共推举。

蒋介石的底线是，如果非让出一省地盘不可时，便让毛泽东到大西北出任新疆省政府主席（第二年的7月1日，蒋介石把新疆省主席的位置给了嫡系近臣张治中）。

第三是军队问题。共产党要求按其实际已有的127万部队逐步整编为48个师，而国民党则要求只能编为12个师，而且要即刻编成。当时中共南方局提供的情报是，蒋介石的底线是最后可以让步到16个师。

毛泽东说："没有我们这几十万条破枪，我们固然不能生存，你们也无人理睬。若叫我将军队交给政府，理犹可说；教我交军队于蒋先生个人，更不可解。"

蒋介石对周恩来说："盼告润之，要和，就照这条件和；不然，请他回延安带兵来打。"

毛泽东回答："现在打，我实打不过你，但我可以对日敌之办法对你；你占点线，我占面，以农村包围城市。你看交军队于个人，能解决问题吗？"[20]

毛泽东的字为"润之"，蒋介石字"中正"。

双方差距之大，早在各自意料之中，蒋介石怒火中烧了："共匪诚不可理喻也。目前与奸党谈判，乃系窥测其要求与目的，以拖延时间，缓和国际视线，俾国军抓紧时机……控制所有战略据点、交通线……即以土匪剿之。"[21]

对谈判早已失去耐心和兴趣的蒋介石做了两件事。

9月27日，蒋介石把毛泽东丢在重庆，悄悄飞到昆明附近的西昌，部署对"云南王"龙云动武。抗战胜利后全国只有两块地方蒋介石不能完全说了算，除了共产党的陕甘宁边区，就剩下龙云的云南了。从人事、财政到军队，都由龙云说了算。打定主意要剿灭共匪首府延安的蒋介石要先巩固后院，而云南是自己的后方。

10月3日，杜聿明率军围攻五华山，将龙云软禁起来。此时，龙云的6个师正被蒋介石调往越南受降，而中央军的10个师就堵在了中越边境。[22]

蒋介石虽然成功解决了云南的问题，却为自己种下了恶果。三年后，滇军60军曾泽生部在长春起义，揭开了蒋家王朝塌台的序幕。此为后话。

第二件事蒋介石却没有成功。他要武力教训一下不听话的共产党，让毛泽东见识一下国军的威力。8月29日，蒋介石授意何应钦密令各战区重新印发《剿匪手本》。

9月10日，上党战役正式打响。10月5日，晋冀鲁豫各部队发起最后总攻。6日上午，阎锡山8个师两万余人全军覆没。4天后又生俘19军军长史泽波以下六千余众。战役结果完全出乎蒋介石的预料，这使他面对毛泽东时，竟有点神情恍惚。

嘴巴子没有吵成的结果，枪杆子起了促进作用。在上党的隆隆炮声中，10月10日，《双十协定》签字了。

毛泽东离开重庆前，蒋介石与毛泽东又见了一面，并进行了长谈。毛泽东向蒋介石谈起了土地革命。蒋介石说很好，将来这些事都给你们来办，并劝告毛泽东，不要搞军队，专门在政治上竞争，可以被接受。毛泽东表示，赞成军队只为国防不为党派。蒋介石对毛泽东说，我们二人能合作，世界就好办了。

1945年10月11日，两人握手道别。毛泽东留下他平生与蒋介石第一次、也是最后一次的几张合影回延安了。此一别便是他们的永别。这一年，蒋介石58岁，毛泽东52岁。

回到延安的毛泽东在干部会议上说："已经达成的协议，还只是纸上的东西。纸上的东西并不等于现实的东西。"[23]

有史料证实，重庆谈判期间，国民党中统局曾拟定了以"蒋总统要经常咨询国事"为借口，扣留毛泽东于重庆的计划，最终被蒋介石否定。[24]

实际上，蒋介石一再嘱咐陈立夫和戴笠对毛泽东的安全做到万无一失，并精心安排毛泽东与自己比邻而居，便于保卫。戴笠曾亲口对蒋的侍从副官居亦侨说："这几天的日子不好过，内外都要经常查看，万一有了意外，不但对委座无法交代，自己脑袋也会搬家呀！弄得我寝食不安啊。"[25]

蒋介石所以如此，除了考虑美、苏压力和全国舆论之外，主要是当时处于人生巅峰的他，自我感觉良好。

8月30日，蒋在日记中写道："毛泽东果应召来渝，此虽威德所致，而实上帝所赐也。"一个"应召"，一个"威德"，把蒋高高居上、盲目自信的心态表露无遗。谈判中，蒋介石深感毛泽东太难对付，日记中记"中共之罪恶"达11款，毛泽东离渝当天，犹恨意难消："共党不仅无信义，而且无人格，诚禽兽之不若矣。"

但是，为什么否定了中统局对毛软禁的计划呢？用他自己的话说，毛"绝无成事之可能"，"终不能跳出此一掌一握之中"。

有后人评论说，蒋介石一生误判多多，对此乃最大的误判也。假设当初蒋介石预料到三年之后国共形势乾坤大颠倒，将毛泽东软禁三年，则中共的三大战役何人指挥？中国的前途和命运两说呢。

还是那句话，历史就是历史，历史不容许假设。

注释

[1]徐焰：《苏联出兵东北》，解放军出版社，2015年版，第84页。
[2]同上书，第86页。
[3]同上书，第74页。
[4]丁晓平：《1945·大国博弈》，华文出版社，2015年版，第99—100页。
[5]《苏联出兵东北》，第90页。
[6]《1945·大国博弈》，第60页。
[7]《苏联出兵东北》，第87页。
[8]《国际条约集》(1945—1947年)，世界知识出版社，1963年版，第8—9页。
[9]黄龙翔：《蒋经国家事》附录，北方妇女儿童出版社，1988年版，第218—224页。
[10]金一南：《苦难辉煌》，华艺出版社，2009年版，第473页。
[11]吕文利：《被斯大林改变的中国边疆》，《夕阳红》，2015年第16期，中共吉林省委老干部局编。
[12]《苏联出兵东北》，第98页。
[13]《1945·大国博弈》，第108页。

[14] 同上书，第 107 页。
[15] 同上书，第 99 页。
[16]《毛泽东选集》第四卷，人民出版社，1999 年 6 月第 2 版，第 1123—1124 页，中共中央毛泽东著作编辑出版委员会。
[17]《苦难辉煌》，第 23 页。
[18]《毛泽东年谱》，人民出版社、中央文献出版社，1993 年版，中共中央文献研究室编；刘统：《东北解放战争纪实》，东方出版社，1993 年版，第 15 页。
[19]（英）菲力普·肖特：《毛泽东传》，中国青年出版社，2004 年 1 月北京第 1 版，第 322 页。
[20] 张正隆：《中国 1946》，白山出版社，2014 年版，第 62 页。
[21] 王树增：《解放战争》（上），人民文学出版社，2009 年 8 月北京第 1 版，第 24 页。
[22] 郝在今：《中国秘密战》，金城出版社，2015 年 1 月第 2 版，第 316 页。
[23]《毛泽东选集》第四卷，第 1156 页。
[24]《解放战争》（上），第 26 页。
[25] 居亦侨：《跟随蒋介石十二年》，湖南人民出版社，1988 年版，第 196 页。

第 3 章　关东原本是我们的家乡

细心的人可以发现，毛泽东以朱德的名义发布的第二道进军东北命令的前三支部队，即吕正操、张学思、万毅所部的前边都冠以"原东北军"名头。日本垮台了，曾离乡背井多年的东北军打回家乡"接受日满敌伪军投降"，不仅师出有名，而且合民心愿。第四支李运昌部虽为共产党之军队，"配合苏联红军"作战当无可厚非。

一些史料认为，四支部队在 8 月 11 日接到命令即向东北进发并很快进入了。真实的历史是，至当月底，离东北最近的李运昌部仍在热河未动。那道命令宣传意义大于实际军事行动。

1945 年 8 月 26 日，毛泽东赴重庆前夕起草的《中共中央关于同国民党进行和平谈判的通知》中关于进军东北的一段话，由于中苏两党关系一直到 20 世纪 80 年代才解密：

"东北三省在中苏条约规定的范围，行政权在国民党手里，我党能否派军队进去活动，现在还不能断定。但是派干部去是没有问题的。……派千余干部由林枫同志率领去东北，万毅所率军队必须进至热河边境待命，可去则去，不可去则在热河发展，造成强大的热河根据地。"[1]

现今一些人难以理解当年闯关东、争东北之艰难，或认为东北争夺战只是国共两家，实际上是共产党在同国民党及支持蒋的美国和倾向蒋的苏联在争夺；因为斯大林已将东北交给了蒋介石，换取垂涎已久的外蒙古。

或认为争夺战只是军人在战场上的抢夺，实际上是毛泽东、蒋介石、杜鲁门、斯大林几个巨人战略思维的角逐与拼搏。毛泽东及其领导的弱小共产党勇敢地争夺满洲，不仅直接挑战了美英苏等强国的《雅尔塔条约》，同时也是在挑战世界巨头杜鲁门、斯大林的个人权威。

当时，延安也有领导干部向毛泽东建议，苏联虽然没有支持我们，却也没有表示阻拦我们，大家都信仰马列，作为共产党不至于对我们开枪。

毛泽东一直默不作声。[2] 他太了解斯大林了。对中国背信弃义的《中苏友好同盟条约》说明，为了苏联的利益，斯大林能够将任何他国的利益踏在脚下。

同时，在对待国共两党关系的态度上，斯大林不仅一直将苏联国家利益置于意识形态之上，而且一直以来看好国民党，瞧不起共产党。

斯大林多次表示，蒋介石是唯一有力量统一中国的人。在1927年的"四一二"政变之前，斯大林把亲笔签名的自己的相片寄给了蒋介石。[3]

毛泽东不能改变这个可能出现的事实：斯大林为了苏联的利益，把屁股坐到国民党一边，对共产党做出不测之举。

历史进程表明，伟人所以伟大，并非所有的判断与决策都事事正确，而是能随时吸纳他人的正确判断，修正自己的思维，从而做出正确的决策。在进军东北、争夺满洲的问题上，刘少奇发挥了重大作用，历史应该浓重记上一笔。

毛泽东赴重庆以后，8月29日，代理主席职务的刘少奇主持中央再次研究东北形势，并于当天向晋察冀、山东分局发出指示："晋察冀和山东准备派到东三省的干部和部队，应迅速出发，部队可用东北军和义勇军等名义。只要（苏联）红军不坚决反对，我们即可非正式地进入东三省。不要声张，不要在报上发表消息。进入东三省后，亦不必坐火车进占大城市，可走小路控制广大乡村和红军未曾驻扎之中小城市，建立我之地方政权和地方部队，大大地放手发展。在我军不能进入的大城市，亦须尽可能派干部去工作。不要勉强与红军做正式的接洽与联络，亦不要请求红军给我们帮助。只要红军不作声，不坚决反对我之行动即好。但红军所坚决反对之事我必须照顾，不要使红军在外交法律上为难。山东干部与部队，如能由海道进入东三省活动，则越快越好。"[4]

与后来坐着美式吉普卡车、美国军舰与飞机抢进东北的国民党军不同的是，闯关东的八路军和新四军几乎没有汽车，甚至连马车也不多，全靠双腿一步一步量着走向东北。

八路军冀东部队，最好的脚力是毛驴，只有团以上干部才可配备。因马娇贵，比毛驴爱生病，贫穷的八路军养不起更多。冀热辽军区司令员兼政治委员李运昌所领导的这个小块根据地全部人马为1.3万官兵及5个地委书记和2500余名地方干部，分三路向热河、辽宁和吉林挺进。这是接到中央电报后第一支向东北开进的共产党武装。

其中16军分区司令员曾克林和副政委唐凯所率领的东路军，有两个团和朝鲜支队共4000余人直向山海关挺进。在刘少奇代表中央8月29日通知的第二天早上，便占领了北宁铁路上的前所车站，切断了守关敌军的退路。

山海关城墙高大坚固，守敌为2000余人，日军600余，其余是伪军，他们遵照蒋介石的命令，不向"未经本委员长许可"之八路军缴械。

曾克林的部队没有一门炮，正在为难之际，远处开来了5辆汽车，还拖着3门炮——六七十人的苏军看到眼前没有军衔、武器五花八门的队伍中还有人穿着日军军装，转盘枪便一齐指上了。双方持枪对峙了两个小时，苏军唯一一个翻译竟是一个蒙古人。俄汉两种语言中夹杂了蒙语，这是一次艰难的沟通。

突然，曾克林对唐凯说，让他们看看你的胳膊！唐凯右臂上一个醒目的印记：镰刀和斧头。苏联军官愣住了，那是当年13岁的穷孩唐凯用钢针沾着草木灰，一针一血刺出的图案。为的是被地主民团杀害的少共书记临死前的一句话：共产党指到哪里，我们就打到哪里，死也不反悔！这个图案一直印在唐凯的身体和心灵上，直到后来成为共和国将军的他于83岁那年终老之时。

苏军军官大叫着："格未尼斯特（共产党）！"向唐凯伸出了双臂。

接下来，曾克林要求苏军配合打下山海关。苏军名叫伊万诺夫的营长犹豫了：我们只能在满洲境内作战，山海关属于华北，一打就过界了。显然，对方同自己一样只是一支肩负重要战略侦察使命的部队。在超过国家统帅商定的范围之外作战，他没有这个权力。

曾克林不达目的誓不罢休，再三说明利害，终于获得苏军炮兵的支持。8月30日下午5时，八路军在前面冲锋，苏军在后边炮轰城墙，战斗以八路军牺牲上百人、苏军牺牲两名士兵的代价胜利结束。

山海关，亦称榆关，秦皇岛东北方向30华里，在中国历史上有着生死攸关的战略地位。"两京锁钥无双地，万里长城第一关。"因为是中国东北与华北重要地域分界处之门户，所以成为"天下第一关"。这个关隘的拿下，实际上为中共部队进入东北打开了大门。[5]

接下来，曾克林率军乘势北上。9月4日与锦州的苏军会合后，留下1个团守卫锦州，带上其余部队坐上火车又向沈阳抢过去。

9月5日到达沈阳火车站，不料却被苏军团团围了起来，以机枪封门，不许下车。任曾克林如何解释，苏军城防司令卡夫通少将毫不通融。

曾克林与唐凯商量，决定以硬对硬：冀热辽是我们的土地，我们一直在这里抗战。我们是毛泽东领导的共产党队伍，你们是斯大林领导的共产党队伍，你们不让我们来，让谁来？

卡夫通回答："根据《雅尔塔协定》和中苏条约，最高统帅是不会同意你们进沈阳的。"

曾克林反驳："我们的最高统帅是毛泽东、朱德。""要我们离开沈阳，需要延安总部的命令。"

双方争吵起来，交谈毫无结果。第三次交涉时，还是唐凯手臂上的图案多少起了一些作用，一个姓格拉辛科的政治副司令与卡夫通商量后，同意让八路军下车，但要驻到沈阳30里外的苏家屯。

闷罐车厢内闷了一天的2000余人终于下车了，随后被成千上万的群众队伍欢呼着前呼后拥起来。撤出沈阳途中，苏军两名上校乘吉普车赶到中途拦住说，你们不要去苏家屯了，就住在市区故宫东面的小河沿吧。

两天后，苏军驻沈阳最高首长克拉夫钦柯大将等一干将领会见并宴请了曾克林和唐凯，热情称起了"同志"。并道歉说："你们来沈阳，我们没有去车站欢迎你们，很对不起。"[6]

这种"认亲"，显然得到了莫斯科最高层的批准。

苏军答应给予支持，曾克林便在沈阳大干起来，成立了沈阳卫戍司令部并自任司令，大力发展部队，不到10天，便扩展到两万多人。

苏军把日本关东军在苏家屯一个军火仓库交给他们"看守"。曾克林便下令开仓取枪，很快搬出3万支步枪、300挺机枪和100多门炮，轰轰烈烈，动静闹得很大。苏军又"请"曾克林离开沈阳，理由是根据《中苏友好同盟条约》苏军只能把沈阳交给国民党政府。

老家在江西的曾克林，半个月来，从中苏两军联合攻取山海关，到一路坐苏军提供的火车抢占锦州，再到闷罐车门口被架机枪，还到苏军大将宴请并呼"同志"，又到了要撵出沈阳市，实实在在体验了老家梅雨季的全过程。他实在想不明白，苏联人的态度怎么阴晴不定，说翻脸比梅雨来得还快？

诚然，一支孤军，从冀东一路流血流汗、饥餐渴饮闯进沈阳，作为一个基层部队首长怎么会知道，正是他们率先挺进关东，成功地完成了一次存亡攸关而重大的战略侦察。他们每个军事行动，包括行动地点、行动幅度及分寸，都直接为美、苏、国、共最高层所关注，拨动着各位巨头的敏感神经，关乎"三国四方"战略举措的调整与变化。

后来，曾克林因为在延安夸大了东北形势的大好，尤其是"沈阳及各地堆积之各种轻重武器及资材甚多，无人看管，随便可以拿到"，使不少入满的八路军只带轻武器，甚至是没带武器，给他们与国民党军战斗带来了许多艰难甚至损失，而受到了指责与批评。但是，这位开国将军作为刘少奇赞誉的抢占东北的"先锋官"则当之无愧。

请神容易送神难。江西人曾克林也上来了犟脾气。不过考虑到苏军的态度还算和气，用了"请"字，曾克林重复了先前那句话，要我们离开沈阳，必须得有延安总部的命令！于是，延安上空来了一架飞机。

1945年9月14日上午，宁静的延安上空突然出现了一架军用飞机。这架飞机与前几年轰炸延安的日本飞机一样，以那个高耸于清凉山对面的宋代宝塔为主要地貌识别标志在盘旋。这是事先没有信息和通告的不速之机，哨兵们都握紧了枪，瞪起了警惕而疑惑不解的眼睛——因为这是一架美制道格拉斯却涂着苏军红五星的飞机。

事后，诸多史料在记载这段历史时，几乎都有这个场景的一页：飞机中的不速之客带来了影响历史走向的重大消息。

飞机舱门打开了，曾克林钻出舱门，后边是苏军驻满洲最高司令官马利诺夫斯基元帅的全权代表贝鲁罗索夫上校和翻译谢德明中校。贝鲁罗索夫向朱德总司令递交了马利诺夫斯基元帅四点声明：

一、按照红军统帅部指示，蒋军与八路军进入满洲，应按照特别规定的时间。

二、红军退出满洲之前，蒋军及八路军均不得进入满洲。

三、因八路军之单独部队已到奉天（沈阳）、平泉、长春、大连等地，红军统帅请朱总司令命令部队退出红军占领之地区。

四、未得红军允许进入满洲之国民党部队，已被红军缴械。红军统帅部转告朱总司令，红军不久即将撤退。届时中国军队如何进入满洲，应由中国自行解决，我们不干涉中国内政。

正式通报之外，贝鲁罗索夫还说了两句话：一句对上述声明解释性质的话是，进入沈阳的中共部队公开打出八路军的旗号，会在国际上造成影响，给苏联带来外交上的麻烦。另一句是："我的上级马利诺夫斯基元帅，不论对总司令个人还是对八路军，均抱有深厚之同情。"[7]

这是同盟军之间表达友情的话语。

反应敏捷的朱德马上表示，可不用共产党八路军名义进入东北，并说明八路军在抗日战争时期开辟的冀热辽根据地包括辽宁西部，理应将这一地区交给中国共产党。

贝鲁罗索夫马上表示，同意将山海关及锦州一线交给八路军，还希望中共中央派负责同志去东北与苏军统帅部协调。身为校级军官这样表态，明显是有苏联最高层的授权。

当天下午，刘少奇主持中央政治局临时会议，听取曾克林的汇报，同时向重庆的毛泽东汇报情况。晚上，延安的杨家岭、重庆的红岩村13号，相隔千里的两地灯光同时彻夜通明。

在杨家岭窑洞中的政治局会议形成两项决议：一是成立中共中央东北局，以彭真为书记，陈云、程子华、林枫、伍修权为委员，马上随苏军飞机去沈阳；二是从华中、华北派遣100个团的干部去东北。

对这个"千载一时之机"，刘少奇格外珍惜。9月15日向党内发出通知时，对部队进入东北的方式做了更具体详细规定："进入满洲边境时，绝不可被红军及英、美、国民党人发现，绝不要经过红军（苏联）驻扎的地方";"在东北绝不能采用八路军的番号,也不能用共产党的公开名义和红军接洽并取得其帮助";"如部队进入满洲不可能,即放下武器,脱下军装,作为劳工或难民开到沈阳附近再装备"。同时,指示胶东渡海部队,不要顾虑美军海上截击,"万一遇美军盘查,军队可坚称向冀热辽军区之乐亭与山海关某地进发,便衣可坚称难民回东北"。[8]

9月16日,搭乘了彭真等人的飞机从延安起飞,在山海关落地加油时冲出跑道,机头扎进一块稻田里,叶季壮受了重伤被抬出飞机。头部受了撞击的彭真与陈云等人改乘火车加快向沈阳进发。"九一八"这一天,彭真一行进入沈阳原张作霖大帅府安营扎寨,开始了工作。

9月17日至19日,延安与重庆的电讯波号猛然多了起来。三天之内,中共中央做出了一系列安排:"山东主力及大部分干部迅速向冀东与东北出动。""新四军江南主力部队,立即转移江北。"

此前,中央对能否进军东北没有把握时,曾设定了一个以20万大军夺取中原的计划,现今发展方向180度急转弯。

9月19日,刘少奇提出了"向北发展,向南防御"的全国战略方针,毛泽东当日即复电赞同,要求新四军在江南的部队北撤,"越快越好,此间已当作一个让步条件,向对方提出"。

根据新的方针,中共山东分局书记、山东军区司令员兼政治委员罗荣桓率领机关及山东5个主力师、18个基干团进入东北。陈毅率领新四军军部及部分部队接替山东。其下属黄克诚新四军3师主力4个旅、3个特务团共35000余人,在师长黄克诚、副师长刘震、洪学智,政治部主任吴法宪带领下,从苏北淮阴踏上征程。

黄克诚没有轻信"东北遍地是武器和物资的说法",不但坚持让官兵带上所有武器,而且带上了过冬的棉衣。事后证明,他的这个违背上级意图的命令有惊人的预见性。

山东八路军6万多部队分别从陆路、海路进入了辽东半岛。他们是万毅率领的渤海支队3500人,师长梁兴初第1师7500人,师长罗华生第2师7500人,鲁中军区政委罗舜初的第3师和警备3旅9000人,山东军区副司令员兼第5师师长吴克华率领的第5师、第6师8000人,渤海军区司令员兼第 7 师师长杨国夫率领的 8000 人，渤海军区副政治委员刘其人率领的 3 个团 5000 人，以及罗荣桓和山东军区政治部主任肖华分别率领的军区机关与直属部队 4000 人。

黄克诚的新四军和罗荣桓的山东八路军部队，后来成为林彪所领导的第四野战军的最初基础和种子，其带兵的首长几乎都成了解放军叱咤风云的赫赫战将。当然，也有许多官兵离开家乡便一去未复返，永远长眠于千里之外的关东大地。有些人因为走得急，甚至都未来得及向亲人道一声别。

黄克诚的部队从江苏淮北到东北可谓千里迁徙，没有多少车马，全靠两条腿。出发时正赶上痢疾流行，不少老战士生了病。到了河北又遇上连阴雨天，部队在泥泞的道路上跋涉，不少人脚都走烂了。历尽千辛万苦，于 11 月 10 日总算到达了玉田境内，减员 3000 多人，部队疲惫不堪。

渤海支队万毅的部队由于没有队伍接防，拖延了一些日子。9 月 28 日，刘少奇电告罗荣桓："向东北和冀东进兵及运送干部是目前关系全国大局的战略行动，对我党及中国人民今后的战争有决定作用。在目前是时间决定一切，迟延一天即有一天的损失。"[9]

但是，罗荣桓却无法动身，接替自己的陈毅还在途中，山东的摊子不是一扔就走的。此时的罗荣桓肾病越来越重，已经卧床不起。忍着剧烈腰痛，躺在床上调遣人马，让肖华指挥走海路，一部分过黄河走陆路。留下许世友坚持山东斗争，接受陈毅指挥。

陆路启程后，海路因为船只困难，进展较慢。9 月 30 日，罗荣桓再次受到中央批评："渡海行动，如此迟缓，已是大错，如不立即补救，将逃不了历史的惩罚。"

10 月 25 日，毛泽东亲自给陈毅、罗荣桓下达严厉的渡海命令："渡海与野战并重，而渡海最急。"要求"精密组织渡海，务使每日不断，源源北运"，"山东应出之兵……下月必须出完，并全部到达辽宁省，那边需用至急"。[10]

此时的罗荣桓一直在尿血，通过敌占区时，既不能乘车，又不能骑马，只好由担架抬着行军，痛苦可想而知。11 月 5 日到达龙口海滨，当时征集到的中汽船 30 余只，每只可载七八十人；小帆船 140 多只，每只只能载二三十人。为了赶路程，只要没赶上狂风暴雨天气，满载战士的渔船便冒险出海，把命运交给船老大。

罗荣桓化装成商人，登上一般小汽船，离开海岸后，就似一片轻飘飘的树叶，起伏颠簸。不少人被晃得晕头转向，呕吐不止。堪称奇迹的是，重病在身的罗荣桓没有晕船。[11]

在 10 万大军闯向关东之际，重庆谈判中的毛泽东提出向国民党让出南方八个解放区以争取国内和平，并通过协定公之于世。蒋介石得意了，历来只知道与政府争地盘的共产党最终还不得不屈服地让出八块地盘吗？

10 月 8 日，粟裕向中央报告，江南新四军主力已经渡过长江，撤过了江北。10 月 17 日，毛泽东回到延安在干部会上做报告说："长江以南各个解放区，不让也得让，争也争不到，何必不慷慨一点让出来呢？算总账没有蚀本，没有吃亏。这个地方失了，那个地方得，失了一寸，得了一尺，还赚九寸。"[12]

历史进程多次演绎了这样一个事实，领袖的战略眼界高低，一定是决定胜败的核心因素，策略的高度灵活性则是打败僵化教条对手的关键。

蒋介石陶醉于收入囊中八块解放区时，根本想不到或自傲地不去想毛泽东在"明修栈道"。当共产党 10 万大军"暗渡陈仓"纷纷挺进东北的时候，国民党在东北还没有一兵一卒。军事委员会委员长"东北行营"的牌子只能挂在离东北数千里之外的重庆，行营主任只能在重庆一个叫上清寺的地方办公。[13]

到达东北的中共高级干部中有 20 名中央委员和候补委员，占七大选出的全部中央委员和候补中央委员的 1/4 以上。其中有 4 名是政治局委员——彭真、陈云、高岗、张闻天。可见毛泽东对争夺东北的决心与魄力。

9 月 19 日，毛泽东在重庆做了一个至关重大的决定，为东北十万大军选定了一个统帅——林彪。而山东军区司令员兼政治委员罗荣桓则是毛泽东为林彪选定的配角——东北人民自治军第二政治委员。当时，林彪只是中央委员，党内职务应排在上述 4 名政治局委员之后。[14]

毛泽东行事往往出人意料地不拘条框和习惯模式。

林彪原本是去山东接替生病的罗荣桓的工作。9 月 23 日，到达河南濮阳时得到中央北上的命令，掉头向河北南宫、固安出发，从那里徒步穿越封锁线。于10月中旬到达了冀热辽军区司令部，又接到中央电令其速去沈阳。此刻他的身边没有任何一支队伍，也不知道自己将指挥哪些队伍。军令如山，继续向北。

10月30日，中央连发两电追问行踪。先是毛泽东问彭真："林彪等现至何处？"后是刘少奇致电林彪："你们现在何处？"[15]

半个月没有消息的林彪哪儿去了？

注释

[1]《辽沈决战》（下），人民出版社，1988年版，第590页，中共中央党史资料征集委员会。
[2] 徐焰：《苏联出兵东北》，解放军出版社，2015年版，第288页。
[3] 金一南：《苦难辉煌》，华艺出版社，2009年版，第78页。
[4]《苏联出兵东北》，第289页。
[5] 张正隆：《中国1946》，白山出版社，2014年版，第75—76页。
[6]《苏联出兵东北》，第294页。
[7] 王树增：《解放战争》（上），人民文学出版社，2009年8月北京第1版，第40—41页。
[8]《苏联出兵东北》，第297页。
[9]《中国人民解放军第三次国内革命战争史料选编》，第1辑，第1册。
[10] 同上书。
[11] 刘统：《东北解放战争纪实》，东方出版社，1997年版，第38页。
[12]《党史研究资料（2）》，四川人民出版社，1981年版，第702页。
[13] 张潜华：《政学系在东北接收问题上的如意算盘》，宋国琛主编：《党在长春的地下斗争》，1991年6月版，第348页。
[14]《苏联出兵东北》，第301页。
[15]《中国人民解放军第三次国内革命战争史料选编》，第1辑，第1册。

第 4 章　长春是个聚焦的舞台

20 世纪上半叶的长春，在若干年份曾为满洲（东北）的政治、经济、军事中心。

日本投降前，长春地区总人口已逾 120 万，超过东京（都市区人口），号称亚洲第一大都市。除却屈辱的伪满洲国及其骑在其头上的关东军司令部外，苏联出兵后驻中国东北总部曾设在长春，国民党东北行营曾设在长春，中共东北局曾设在长春。

1946 年四平战役后，国共两军隔松花江对峙时期，国民党松花江北的合江、黑龙江、嫩江、兴安、松江等五省的流亡政府或省党部，加上后从吉林市迁来的吉林省政府，共 6 省机关齐聚长春。

长春曾有过辉煌的历史。南宋名将岳飞誓言"直捣黄龙府，与诸君同饮耳"的黄龙府便是长春辖下的农安县。孙中山先生在《挽刘道一》诗中也曾写道："几时痛饮黄龙酒，横揽江流一奠公。"[1]

金太祖完颜阿骨打南渡混同江（今松花江），为图吉利，将农安改为"济州"（济乃涉水，州同舟也），不久升格为隆安府。元太祖忽必烈改国号"大元"后，黄龙府成为元王朝统治东北的中心。

"长春"这个名字是清朝以后才出现的。

上溯到 1800 年，嘉庆皇帝在伊通河上游东岸选中了一个村落（今新立城镇），钦命设置"长春厅"；再往前，所有史册均寻不到"长春"的字样了。新立城镇后来出了两个大人物，此话后叙。

嘉庆皇帝的继任者道光皇帝在登基的第四个年头，又从北京紫禁城内把目光投向了长春，钦命长春厅迁入现今的长春。

那时，长春生机勃发，到 19 世纪末升格为长春府。20 世纪初，清王朝的东三省总督就多次拟议把总督衙门迁往长春，以便"控驭三省"。光绪十五年，清王朝在长春设立了级别介于省下府上的道台，并建了道台衙署。张作霖生前也曾计划将大帅府迁往长春，只是日本人没让他来得及实施。

领袖们如何看待长春呢？

1946年3月25日，毛泽东亲笔给东北局彭真的电报指示中的第二条说："力争我党占领长春，以长春为我们的首都。"[2] 果然，4月18日，民主联军便拿下了长春。

马歇尔敏锐地意识到，共产党占领长春，"对于国民政府的影响甚至更是灾难性的"。[3]

蒋介石认为，长春乃国家政权的象征：不打到长春，不谈和平！[4] 毛泽东针锋相对，要求林彪"把长春变为马德里"。[5]

领袖们对长春高度一致的看法，演变成了大动干戈的战火。此为后话。

长春与众不同，即便向好的前夜，长春的天也是灰黑的。苏军出兵的8月9日，与沸腾狂欢的重庆、延安等城市不同的是，长春陷入了一片混乱。

或许是回应美国投在日本广岛原子弹的爆炸声响，4年后才有了原子弹的苏联出兵当天，同时派出了最重型的杜2轰炸机飞往长春上空，轰炸目标说是关东司令部，却投到了长春南岭居民区地带。漆黑的夜里，人们扶老携幼，仓皇逃出房间，寻找可以避难的地点。孩子哭、大人喊，却不知战争灾难因何而起。[6]

10日晚10点左右，苏军飞机再次空袭，一颗照明弹投在了妓院街区，虽未炸到伪满皇宫，吓得皇帝溥仪带着祖宗牌位，躲进了同德殿东院的防空洞内。12日，溥仪带着"国务院"总理大臣张景惠一干人，随日军逃到通化大栗子沟铁矿矿长住宅的临时"行宫"。15日，日本天皇宣布投降后，17日，溥仪在日本人安排下宣读"退位诏书"。

从1934年3月1日起的傀儡康德皇帝溥仪到1945年8月18日"退位"，总共"在位"11年6个月18天。

这期间共颁布过6个"诏书"，最后的第6个"退位诏书"是扶他上台的张景惠递到他手里，让他照本宣科读的。仪式总共14分钟。前5个"诏书"都曾广泛印发，甚至每个小学校都有一份，定期要求学生诵读默写，至今有档案可查。最后这个诏书，中外出版物虽有涉及，都语焉不详。最重要的当事人溥仪在《我的前半生》一书中也无记述。

后来，接近和熟悉当年掌故的长春人回忆，这份重要的历史文件发在了《康德新闻》的最后一张——1945年8月20日一份特别的号外上。原本4开2版的《康德新闻》变成8开一张，而且粘到了长春吉野町（今长江路）路北东二条路东的满铁长春洗衣房院外。至于印数，自然少得可怜，但毕竟是伪满洲国垮台的证明文书。[7]

18日夜，溥仪在关东军的安排下，从大栗子沟登上火车到通化，转乘小飞机到沈阳准备换大飞机去日本避难。还是晚了一步，19日，在沈阳机场被从空而降的苏军空降部队俘虏，押往苏联伯力战俘营。这一年溥仪39岁。

自公元前221年秦始皇到公元1912年2月12日溥仪第一次退位，共计2133年、492位皇帝。溥仪是皇帝的"终结者"。作为清朝皇帝，中国人是承认的，但1934年日本人操纵"登极"的伪满"皇帝"，中国人是不承认的。

8月11日，苏军飞机的轰鸣声并未使一些伪满重臣心慌，留守的"国民勤劳部大臣"兼"新京特别市长"于镜涛自12日起反倒对长春市大力整顿，委派新的公安局长，将长春市署2000多万元分给新任市府各长（20至60万不等），特别分给警卫团长樵铭远100万元，自提400万元。

8月15日，伪满军官学校大部分学员和伪满国军自发起义，攻击留守的日军。一些百姓瞄准追打单个日本军人和伪满警察。日军以自卫和保护侨民为由，沿大同大街（今人民大街）摆开阵势，出动坦克、装甲车巡逻，并把高射炮放平为"平射炮"，以随时攻击起义的中国军民。双方剑拔弩张，局势十分紧张。当晚，于镜涛在长春电台发表讲话，要求"维持治安"，"等待中央"来接收。

8月18日，张景惠返回长春，登时发起火来："我几天不在家，他们都反了！"通知大臣各归原位，照常上班，并召集各大臣开会，成立由日系官吏参加的维持会。推举自己为会长，发表电台声明，等待中央前来"从自己手里"接收政权。[8]

张景惠内心有底。九一八事变前，他任哈尔滨行政长官时，蒋介石与他有过密约。作为张作霖把兄弟，为其立过不少功劳，张作霖死后，张学良以元老相待。张学良易帜归国民党后，蒋介石为笼络张景惠，委任他为国民党军事参议院院长。

九一八事变后，有两个人到哈尔滨见张景惠，说是蒋主席密使。命令张景惠在不抵抗主义下与日本人虚以敷衍，委婉周旋。当时还是哈尔滨路警处副处长的于镜涛在座。[9] 1931年3月19日，国民党中常会决议，派张景惠等5人为哈尔滨党务特派员。

于14年前便布下暗子，不能不承认蒋介石的远见与高明。

但天算不如人算，张景惠和蒋介石的愿望都落空了。8月26日，进入长春一周的苏军以发"请帖"开会名义，将伪满大臣一网打尽。张景惠、于镜涛等人被全部押往西伯利亚。

引渡回国后，张景惠被关押在抚顺战犯管理所改造。其间，他不止一次在人前大骂蒋介石，死前语如梦呓："让我挺住，挺住！坚持最后一定会有办法的。我要走，不让我走，我还有一些钱（张景惠存放在战犯所金器就有七十余件套），不干也能生活得不错，何必弄成现在这个样子，被人骂我汉奸！"

在国民党派系政治中，凡是和张群、吴铁城、熊式辉等人接近的，都不免被人视之为政学系。所谓政学系，实际上只是一个政客集团，既无信仰，又无原则。仅凭政治策略的运用，揣摩和根据蒋介石的心理、情绪、愿望的需求而进行政治策动，提出相适应的主张和策谋，为蒋介石解决一些重大问题。由于时常与蒋介石的意见一拍即合，特别是无组织特点，在蒋介石的心目中，政学系的政治比重，超过了CC派和复兴社各派系之上。

政学系最大的政治资本是对各党派的运用。早在1930年，为争取张学良和蒋介石合作，张群和吴铁城两人都去过东北。回来后吴铁城说了两句话："不到东北，不知中国之大；不到东北，不知中国之危。"[10]

日本垮台后，国民党上层有很多人想到东北主政一方，除了张群、吴铁城等政学系外，陈诚等一些要员均想一试身手。张群是蒋介石的左右手，党派和各地实力派都需要他去协调运动。吴铁城作为中央党部秘书长也无法离开。退而求其次，蒋介石选定了政学系另一骨干熊式辉，并预先让其参与了宋子文率领的对苏谈判代表团。目的是使熊借机熟络苏联高级官员，为顺利接收铺垫基础。

后来的发展证明，国民党上层诸多官员与人士、包括美国都认为，蒋介石东北接收政策的最大失误与败笔——政学系的行政接收。

留在大陆的诸多国民党军政要员后来写了不少回忆录。虽然其中有一些为自我辩解和替共产党讲好话的成分，但一些重大的基本史实还是回放了实际。对于初期蒋介石接收东北的政策，杜聿明在回忆录中说了两句至关重要的话，一句是"在军事方面则仍举棋未定"；一句是"幻想在苏军完全消灭日本关东军后，从苏军手中毫不费力地把东北接收过来"。[11]

一个"举棋未定"，一个"幻想"，如实描述了抗战胜利后蒋介石盲目自大、感觉良好的心态。

有了外蒙惨重代价换来的满洲"完全供给中央政府"的"中苏条约"做保证，政学系行政接收的谋略完全合拍蒋介石"毫不费力"的"幻想"。当然，远在西南的国民党精锐部队，中间隔着共产党控制的华北之外，八路军铁路、公路"大翻身"的彻底破坏，蒋介石很难实行军事接收。

蒋介石自8月31日发表熊式辉为东北行营主任后，9月5日又发表了东北九省二市行政长官名单。将东北三省划为辽宁、辽北、安东、吉林、松江、合江、黑龙江、嫩江、兴安九省及哈尔滨、大连二市，是政学系的主意。地盘虽然小了，级别却一般高。于是又是一番激烈争夺。名单发表前一个多月，国民党各派系长官、大佬纷纷出马活动，安插亲信势力。

辽宁省主席徐箴做过蒋介石家乡浙江奉化区专员，和CC派陈果夫、政学系张群都有关系。辽北省主席刘翰东是陈诚在保定军校的同期同学。松江省主席关吉玉则是孔祥熙的关系。黑龙江省主席韩俊杰曾长期追随于右任。兴安省主席吴焕章在1930年吴铁城到东北找张学良为蒋介石当说客时，便秘密投入了吴铁城的门下，为之通风报信，为说服张学良易帜立了大功。总之，九省二市没有一个是无根之木的。[12]

吉林省主席郑道儒是国民政府文官长吴鼎昌争取到的。吴在贵州当省主席时，郑任省府秘书长。比哈尔滨、大连都发达和重要的长春市原定划为直辖市，吴鼎昌向蒋介石建议改为吉林省辖市。他对即将担任吉林省民政厅长的亲信尚传道说:"这样,我就替郑达如(郑道儒字达如)争得一个重要地方。"

吴鼎昌正得意把长春市争到了自己一派,却没料到半路杀出了个蒋经国,直接向他父亲老蒋保荐赵君迈任市长。

赵君迈是湖南世家赵恒惕的弟弟,当过衡阳市市长,蒋经国在赣南时与之建立了密切关系。当时,蒋经国正在建立以自己为中心的"新太子系",需要扩张自己的地盘与势力。长春虽定为省辖市,由于蒋经国的关系,组织与编制、级别同行政院直辖市一般无二,实际上只与吉林省名义隶属关系,并不需要买省里的账。[13]

九省二市(实际是三市)主席、市长确定之后,各省市委员和厅处局长又是一番你争我夺。陈立夫、陈果夫、陈诚、朱家骅等都向吴铁城、张群、熊式辉写信,介绍了一大批人,闹得熊式辉焦头烂额。根据各省市提出名单,商请中央党部人事处和蒋介石的侍从室三处,又分发各省市主席、市长二轮提名,与吴铁城逐一圈定后,再由蒋介石批准。一时间,闹得鸡飞狗跳,好不容易在一个月后的10月上旬大体完成组阁。

政学系设计的东北权力架构是,在最高行政机构东北行营下设政治委员会和经济委员会。政治委员会主任已经由熊式辉自兼,经济委员会主任由政学系派的张嘉璈担任。张嘉璈,大资本家,1927年"4·12"政变前夕曾为蒋介石提供经费,南京政府建立后,蒋亲临张家致谢。

行营参谋长是重要角色,由何柱国担任。考虑他是原东北军将领,报请蒋介石同意,不让他兼任委员会委员,以冲淡他的政治影响,使参谋长成为纯幕僚的从属地位。熊式辉还不放心,又在行营设秘书长,由自己的亲信胡家凤担任,以牵制行营参谋长何柱国。

熊式辉向蒋介石申请的另一个重要角色是东北外交特派员,由蒋经国担任。表面上说蒋经国留苏多年,熟悉苏联情况,骨子里是怕东北接收出现意外,有蒋经国同去可以减轻政治责任。[14]

得意非凡、雄心勃勃的熊式辉于1945年10月7日,派出了副参谋长董彦平一干人马,为自己去长春与苏军商洽接收东北打前站。

那一天,东北经营架构下的军事机构——东北保安司令长官司令部的人选，蒋介石尚未发表。而此前的9月7日，八路军曾克林的部队已经控制了沈阳，成立了共产党的卫戍司令部，随后而来的10万八路军和新四军正分海陆两路浩荡于进发东北的途中。蒋介石第一步就慢了半个节拍。

蒋介石10月18日确定杜聿明为东北最高军事长官，比毛泽东9月19日确定林彪为东北人民自治军总司令整整晚了一个月。

10月8日蒋介石曾发表关麟征为东北保安司令，不到一周便流了产。原因是龙云被蒋授意的杜聿明逼下台，何应钦与宋子文"陪请"龙云到重庆后，龙逢人便大骂杜聿明并要求惩办他，实际指桑骂槐对着蒋介石，弄得蒋介石既尴尬又被动，以自己并不知道为由抓杜聿明为替罪羊，于10月16日下令将云南警备司令杜聿明撤职查办，以关麟征替代杜聿明，企图平息舆论与龙云的愤怒。

杜聿明职务虽撤，却未来得及查办，仅仅过了两天，蒋介石又发表杜聿明为东北保安司令长官，舆情一时惊愕无语。

熊式辉把到东北看成走马上任，出发的日子定在10月10日（中华民国国庆日），率领张嘉璈、蒋经国等40余人从重庆起飞。同行的人们个个喜笑颜开，12日抵达长春。这批人只是九省二市官吏中层以上400余人的1/10。

东北行营设在伪满长春八大建筑之一的满炭大楼（现吉林大学校部）。苏军很热情，派红军士兵站岗，红军女战士担任招待。当晚还举行了盛宴和歌舞晚会。接下来的谈判便进入了艰涩。自13日至19日，熊式辉、蒋经国、张嘉璈与苏军马利诺夫斯基元帅等进行了三次谈判。主要内容归结起来是中方提出4条，苏方回复4条。

熊式辉的第一条，是请苏方协助我方建立政权，并接收各省市行政机构。这条"中苏条约"上有规定。马利诺夫斯基元帅答复，行政接收事务苏方可以协助。熊式辉第二条，是协助我方接收日本及伪满在东北的工业及其设备。马利诺夫斯基不置可否，提出经济接收事务指定专人同经济委员会张嘉璈商洽。熊式辉第三条是，我方海上船运军队，苏方要指示适合港口，并提出在大连港登陆。马利诺夫斯基强调，大连为自由港，中国军队不能在此港登陆。其他港口则语焉不详。熊式辉第四条，是我方要空运少量部队到沈阳、长春等大城市,请苏方协助。马利诺夫斯基回复,这应由两国政府决定之,言外之意中苏条约上并无此条,不是我们两个在此可决定的。

在第二次会谈时,熊式辉提出东北行营要编练地方保安团队,马利诺夫斯基未置可否,但明确表示,不准改编东北伪军。并说明,东北各地的抗联和原东北军武装及其建立的政权是东北人民建立的,属中国内政,苏军不便干涉。

第三次会谈时,熊式辉提出东北行营将准备赴各地视察,包括北宁线。马利诺夫斯基自然不能承认已让贝鲁罗索夫代表自己将山海关及锦州一线交给了八路军,狡黠表示说,去北宁路视察的行营人员苏军可派人陪同前往,但不能保证锦州以南地段的安全。

手握百万苏军重兵的马利诺夫斯基元帅面对理直气壮的熊式辉,态度和蔼却绵里藏针,寸步不让。熊式辉的勃勃雄心顿时凉了半截:筹备了数月的"行政接收"要泡汤!

12月21日,一脸灰土的熊式辉飞回重庆向蒋介石汇报请示对策,蒋介石做出了两项决定:(一)饬令中央各部会及东北九省市重要接收人员迅即飞往长春,做好"行政接收"的各种准备。(二)抽调中央精锐部队,立即由海陆空三路向东北运兵,做好"军事接收"的各种准备。[15]

蒋介石主观认为,苏军的态度与要求只是军方的意见,并不代表苏联政府的意见,所有行政人员和中央部队立即进入东北,摆出强硬的姿态,逼迫苏军就范。同时,将谈判情况以备忘录形式由外交部转达苏联政府,请斯大林予以纠正。尔后,让杜聿明赴长春面见马利诺夫斯基,毕竟军人同行之间好沟通。

10月24日,杜聿明将东北保安司令部长官部设在北平(北京)外交大楼,28日飞抵长春。在苏军驻满洲总部(原关东军司令部)阔大门廊里站着的马利诺夫斯基元帅,见到杜聿明便上前一个熊抱,极为友好地表示:"我们苏联始终要同中国人民友好的……因为我们早就有了杰出的孙中山和列宁他们两人的友谊……杜将军带领中国军队接收东北领土主权,苏军很欢迎,你们从海路、陆路来,我们都欢迎。"[16]

杜聿明提出让苏军指示并协助登陆港口问题，马利诺夫斯基亲切说明，旅顺、大连地区为苏军另一元帅指挥范围，安东、营口以北，西至山海关都属自己指挥范围，苏军解除日军武装后即准备撤退。现在山海关、葫芦岛已没有苏军，只有八路军的部队，营口尚有苏军少数部队。

杜聿明当即提出，请苏军掩护国民党军队在营口登陆。马利诺夫斯基痛快答应了，并给杜聿明画了一份苏军位置图，写明苏军营口警备司令及掩护国民党军登陆要旨。

离开苏军司令部的杜聿明怀着对熊式辉复杂的心态进行了汇报，眼前浮现着苏联元帅亲切直爽的形象，心里在替苏军鸣不平的同时，进一步增强了对只会玩嘴皮的政学系的蔑视程度。

30日，杜聿明飞回重庆向蒋介石汇报，并将苏军所送的地图给蒋介石看。蒋喜形于色，表示十分高兴，说已同美国顾问团交涉好，由美舰运输第13军及第52军到营口登陆，接收东北，并指示杜聿明尽快同美军联系。

11月3日，杜聿明在秦皇岛登上美国军舰，同第七舰队代理司令巴贝中将一起前往营口。次日早晨，军舰到达辽河口。杜聿明在巴贝陪同下，从旗舰换乘小舰奔营口港驶去，安排联络官上岸与苏军接洽。

杜聿明从望远镜里发现中国军人正在搭建工事。十几分钟后得到联络官报告，苏军已经撤离，营口已由八路军接管。巴贝将军耸耸肩膀，对杜聿明做了一个鬼脸："杜将军，美国才是中国的真正朋友，你相信吧？"[17]

营口岸上的八路军是胶东军区吴克华的部队，6000余人，10月24日就到达了营口。马利诺夫斯基元帅在28日答应杜聿明登陆营口时，吴克华部已经到达了4天。态度和气的苏军元帅实实在在耍弄了国民党将军杜聿明一把。[18]

蒋介石既恼怒尴尬，又大感不解，弄不明白苏联人为什么会出尔反尔。他决定军事、行政双管齐下，既然海上登陆成了泡影，便从陆路山海关打出去，把共产党赶出东北。同时，继续加强谈判，据理力争，尽快建立国民党省、地、县各级行政机构。

相当长一个时期，斯大林相信国民党不相信共产党；相信蒋介石，不相信毛泽东。这来自斯大林一直信奉实力主义的思想根源。他始终感兴趣的是拥兵数百万、控制全国政权的蒋介石。

若干年来，蒋介石不仅把枪杆子运用得炉火纯青，而且一直所向无敌。他通过辞职、下野、收买、驱逐、行刺、战争等手段，使众多对手如多米诺骨牌一般纷纷倒地：赶走许崇智、软禁胡汉民、孤立唐生智、枪毙邓演达、刺杀汪精卫，用大炮机枪压垮冯玉祥、阎锡山、李宗仁、白崇禧、陈济棠，用官爵和"袁大头"买通石友三、韩复榘、余汉谋。中国政治舞台古今各种权谋样样精通，所有风云人物全被他打翻在地。

当然，其间的政治之肮脏、手段之龌龊，斯大林是不计较的。他的一句名言是："胜利者是不受审判的。"[19]

如此乱世枭雄自然应当受到支持与赏识。斯大林把中国革命成功的希望一直放在蒋介石身上，不遗余力支持。

蒋介石起家的黄埔建军本钱，来源于苏俄200万卢布和大批枪械。1926年运抵广州的四批军火，大炮24门、炮弹1000发、枪支1.8万支、子弹为1200万发。[20] 甚至，购买苏联武器价格比市场低20%。贸易援华贷款利息3%，而同期美国是4%—5%。[21] 当然，斯大林的目的是要蒋介石把日本拖在中国，尤其是正在东北虎视眈眈苏联远东的百万日本关东军。

就在工农红军被蒋介石围剿被迫长征时，1934年10月16日，蒋介石的私人代表蒋廷黻在莫斯科与苏联外交人民委员斯托莫尼亚科夫会谈。苏联的态度是"真诚希望发展和巩固两国关系"。对于蒋介石，苏联"也像尊重其他的对我们友好的领导一样尊敬他"，以致斯大林以蒋介石划线，1936年12月12日西安兵变的张学良被称为"叛徒"。[22]

而对共产党和处于艰难中的八路军，上述这些援助都没有份。对中国共产党1921年初建时期有记载的援助是，"陈独秀1922年6月30日致共产国际的报告，从1921年10月起至1922年6月止，共收入国际协款16655元"。[23]

斯大林不看好中国共产党，还源于自毛泽东执掌共产党后一直坚持独立自主、自力更生原则，走符合中国实际的土地革命与农村包围城市道路。斯大林认为毛泽东走不同于苏维埃的道路，只是一群"土地革命者"的盲目行为。

1943年，为了缓和同西方美英的关系，斯大林取消了共产国际这个组织。但多年形成的"老子党"对他国共产党颐指气使的习惯仍然如旧。斯大林对毛泽东最为不满的事情是，在1941年6月23日德国闪击苏联的第二天，莫斯科要求全世界共产党人把保卫苏联作为中心任务，斯大林提出"中共能不能抽调若干旅或团，摆在长城附近，牵制日军"[24]，毛泽东提出，中国共产党援助苏联的具体办法，就是坚持抗战把日本强盗赶出中国："与日寇熬时间的长期斗争方针，而不采取孤注一掷的方针。"

只知蹲在共产国际"柳克斯"大厦中啃洋教条的王明，在苏共与中共关系中没起好作用。他立即返回延安，以共产国际书记处书记名义，当面指责毛泽东并屡屡向共产国际状告毛泽东的种种"错误"，致使中苏两党关系越发趋冷。不久，共产国际季米特洛夫致电延安，一连串提了15个问题予以责问。[25]

实事求是地说，多年来斯大林支持国民党而不支持共产党，最根本原因是他看好蒋介石，瞧不起毛泽东。即使到了抗日战争胜利前夕，争斗多年唯一没有被蒋介石挑落马下的毛泽东，已有近亿人口的地盘和百万大军，斯大林仍然不相信毛泽东而始终如一地钟情蒋介石。

1945年5月28日，罗斯福绝对倚重、多次完成机密任务的哈里·霍浦金斯向杜鲁门报告了第三次会见斯大林"摸底"的收获：斯大林说到蒋介石，态度毅然决然："没有其他的人像他那样强大。""他将尽一切努力促进中国在蒋介石领导下的统一。""他将欢迎蒋委员长的代表同他的军队一同进入满洲，以便在满洲设立中国的行政机构。"同时，斯大林还没点名字地说到了与蒋介石对立的那个人："没有哪个共产党领袖拥有足够的力量来统一中国。"[26]

言犹在耳，如何解释9月14日飞临延安的那架苏联飞机？如何看待苏联把答应的登陆港营口提前四天交给了中共军队？

斯大林这是怎么了？

注释

［1］杨雨舒:《岳飞"直抵黄龙府"的往事》,《往事》,2016年,第2期,第45页,政协长春市委员会文史资料委员会；唐继革等:《长春二百年》,《长春文史资料》总第59辑,2000年4月版,第8页,长春市政协文史和学习委员会。

［2］赵欣:《新中国的首都曾考虑建在长春》,《往事》,2014年,第1期,第61页。

［3］王树增:《解放战争》(上),人民文学出版社,2009年北京第1版,第95页。

［4］张正隆:《中国1946》,白山出版社,2014年版,第243页。

［5］《中国人民解放军第三次国内革命战争史料选编》,第1辑,第1册；刘统:《东北解放战争纪实》东方出版社,1997年版,第170页。

［6］《长春二百年》,第126页。

［7］于泾:《长春史话》第二集,长春出版社,2009年版,第247—252页。

［8］丘树屏:《伪满洲国十四年史话》,《长春市文史资料》第53辑,第315页,长春市政协文史和学习委员会编。

［9］同上书,第316页。

［10］张潜华:《政学系在东北接收问题上的如意算盘》,宋国琛主编:《党在长春的地下斗争》,1991年6月版,第345页。

［11］杜聿明:《国民党破坏和平进攻东北始末》,《辽沈战役亲历记》,中国文史出版社2012年版,第461页。

［12］《党在长春的地下斗争》,第348页。

［13］尚传道:《四进长春》,《长春文史资料》第8辑,1985年版,第12—13页,政协长春市委员会长春市文史资料研究委员会。

［14］《党在长春的地下斗争》,第347页。

［15］同上书,第356页。

［16］《辽沈战役亲历记》,第463页。

［17］同上书,第466页。

［18］《东北解放战争纪实》第60页。

［19］(英)菲力普·肖特:《毛泽东传》,中国青年出版社,2000年版,第340页。

［20］金一南:《苦难辉煌》,华艺出版社,2009年版,第27页。

［21］常拉堂:《抗战时期苏联对华军援与军售》,《夕阳红》,2015年,第24期,第49页。

［22］《苦难辉煌》,第372页、450页。

［23］同上书,第32页。

［24］郝在今:《中日秘密战》,金城出版社,2015年第2版,第295页。

［25］同上书,第296页。

［26］丁晓平:《1945·大国博弈》,华文出版社,2015年版,第91页。

第5章 黄埔同学初对决

看到9月19日中央"万万火急"电报时，林彪一行已达河南濮阳。那是在一所农家小院里，林彪让人把电报念了一遍，毫无准备的众人顿时议论纷纷。林彪一句话没说，将战马牵出院子，加鞭跨上了马，独自朝前走去。原定跟随林彪去山东的肖劲光、邓华、李天佑、聂鹤亭等一干人见状，顿时噤了声，立即上马赶了上去。

林彪一向沉默少语，不与任何人开玩笑、唠家常，谁也不知道他脑子里在想些什么，部下对他一向敬畏。倒不是他架子大，他就是这么个不善于"思想交流"和"感情沟通"的人。

林彪的马率先出了林子，面前两条路，一条向东——山东；一条向北——东北。林彪选择了后一条，催马快行。众人见状心里有谱了，纷纷催马向前，把林彪拥裹在队伍中央，急急赶路。中途下起了大雨，道路泥泞难行，谁也没有遮雨的东西，也没地方可躲雨。众人淋得浑身透湿，风一吹，阴冷得直打哆嗦。可是林彪还在不停地催马向前。

跟随林彪的几名骨干后来都成了共和国威名赫赫的战将，邓华、李天佑都被授予上将军衔，而被授予大将军衔的肖劲光则是毛泽东最中意的干部之一。

土地革命时期，肖劲光曾任红7军团政委；抗日战争时期，任陕甘宁留守兵团司令员。肖劲光是毛泽东战略战术的崇拜者，尤其敬佩"你打你的，我打我的，打得赢就打，打不赢就走"，"集中优势兵力打歼灭战"等一系列运动战术和游击战术，在敌强我弱情况下，绝不拿红军战士的生命打阵地战！

那是在李德与博古当政的时期，李德命令闽赣军区司令员兼政委的肖劲光"死守黎川"。当时国民党攻击黎川的是三个师，肖劲光的主力已被调远征福建，手中只剩 70 人的教导队和一些地方游击队。肖劲光抗命率队撤出。黎川城失守，李德、博古大为震怒，将肖劲光递交瑞金最高临时军事裁判法庭公审，开除党籍、军籍，判处五年徒刑。

毛泽东让妻子贺子珍去监牢探监，转告自己的话说："肖劲光应该撤退，做得对！"那时的毛泽东已被排斥在中央和红军最高决策圈子之外，但是握有审批大权的中央军委副主席兼总政治部主任王稼祥支持毛泽东的意见，拒绝在审判书上签字。被关押了一个多月的肖劲光被贬到红军大学当教员。[1]

现今，已是中共最高领袖的毛泽东把心中的悍将肖劲光作为副手配给林彪，由山东转任东北。10 月 31 日给中共东北局的电报，任命肖劲光为东北人民自治军总司令林彪的"副司令兼参谋长"。肖劲光比林彪大 4 岁，林彪那一年 38 岁。

看到落汤鸡似的一群人在泥泞的路上闷声不语地艰难跋涉，邓华突然在雨中大声讲起了笑话。他抹了一把脸上的雨水说："下雨也不是坏事呀，我们无非是洗个澡，可是蒋介石的飞机怕下雨哟。"

"对呀，雨天给我们争取了时间，是老天在帮助我们八路喽。""下吧！越大越好，一直下到俺们到东北才好啦。"随行的众人纷纷附和，营造乐观情绪。

大家的嬉笑中突然听到林彪一阵使劲压抑的咳嗽声，越不想让他人听到，咳得越厉害，原本苍白瘦削的脸变成酱紫色。嬉笑声戛然而止，众人面面相觑，都有些尴尬。蒋介石的飞机雨天飞不出来，体弱多病的林彪怕雨淋呀。

平型关战役使林彪一战成名，却被晋军误伤，体质一落千丈，弱不禁风。瘦削、清秀、白净，看上去要比实际年龄小几岁的脸，不少人说"不像个将军"。有的说"更像个学者"，还有的说"像个大姑娘似的"。如果不是把他的名字同其人联系在一块，实在是一张平淡无奇的脸，却受到了毛泽东的器重与喜爱。

1942 年 2 月，在苏联养病的林彪回到延安。时任中央书记处办公室主任的师哲在他的回忆录中写道：这天一早，我从窑洞出来，和毛主席不期而遇。他正向山下走，边走边说："林彪回来了，我去接他。"我听后心头一震，心想，朱总司令从前线回来，恩来、弼时从苏联回来，主席都没有这样……而今天竟亲自迎接比朱总、恩来、弼时地位低得多的青年林彪……主席握着林彪的手回到窑洞里，并亲自吩咐伙房为林彪搞饭吃，让林住在杨家岭，靠近他。[2]

美国人索尔兹伯里在其著名的《长征——前所未闻的故事》一书中直言不讳："林彪是毛泽东的宠儿。"

毛泽东对林彪既像严师，又似长辈，尽管斥责林彪："你还是个娃娃，你懂什么？"丝毫没影响对其信任。林彪对毛泽东的崇拜信服和尊重发自内心，就似学生对老师，晚辈对长辈。起码在战争年代一直如此。尤其在毛泽东失势时，越发亲近。

1929年8月8日，毛泽东被迫辞去红四军前委书记职务。红四军28团团长林彪得知后，连夜写信给毛泽东，表示不赞成毛泽东离开前委，应当留下来坚持斗争。这是唯一的一个，也是相当关键的支持。红四军的主力是28团，掌握28团等于基本掌握红四军。

接信后，毛泽东一夜未睡，给林彪回了一封8000字情真意切的长信："你的信给我很大的感动，为你的勇敢的前进，我的勇气也起来了……"毛泽东将红四军成立以来的喜怒哀乐尽诉笔端，对林彪一吐衷肠。[3]

长征过草地时，毛泽东身边的12个身强力壮的战士，都是林彪在红一军团挑的。据说临走前，林彪请他们吃饭说："一定要保护好、照顾好毛主席。红军不能没有毛主席。"

毛泽东发现了军事天才林彪，并给他创造了展示的舞台。1928年，毛泽东与朱德会师井冈山时林彪只是个连长，5月升任营长，到11月便升为红四军主力28团团长。一年后升任红四军第一纵队司令员。1930年，已是红四军军长的林彪活捉敌18师师长张辉瓒，毛泽东诗兴大发，写下了那首千古名篇——《渔家傲·反第一次大围剿》。那一年林彪23岁。1932年，在毛泽东坚持下，林彪担任红一军团团长，此时林彪仅25岁。

毛泽东甚至把后来的十大元帅的聂荣臻、罗荣桓都曾分别派给林彪当政委。在毛泽东领导下，林彪打了若干艰苦的胜仗：血战湘江、四渡赤水、突破乌江、抢夺腊子口，红一军团立下了赫赫战功。长征前及长征中红军最危急之时，毛泽东主要依靠的左膀右臂是林彪的红一军团和彭德怀的红三军团。

林彪与彭德怀相比较，论勇林不如彭，论谋彭不如林。彭德怀如一团火，随时准备摧枯拉朽地燃烧起来，而不惜以自己为干柴。林彪似一潭水，深不可测，随时溺敌于无形。如今，毛泽东把彭德怀留在了干旱贫瘠的西北自己身边，把林彪派到了风调雨顺的肥沃东北。毛泽东是想让那团火烧得更加猛烈，让表面平静的潭底深处更加汹涌吗？

林彪一行总算要到平汉铁路了，必经路旁有一座碉堡，不知有无军兵把守。一向谨慎的林彪决定夜间过路。为快速轻装，林彪命令抛弃马车和部分用品。穿越平汉路时，还是发生了枪战，碉堡内射出猛烈的子弹。因为夜色漆黑，没有多少损失就闯了过去。

清点人员突然发现了林彪与叶群的女儿豆豆没有过来，负责豆豆的警卫班长董科生也不见了。林彪心里一个抖颤，命令部队继续快速前进，叶群顿时泪下如雨。

离开延安时，叶群曾把豆豆放在一家条件较好的人家寄养，后来听说那家成分高，吓得又抱了回来带上，由人挑着跟在行军队伍后边。一边筐里放着生活用品和衣物，一边筐里放着豆豆。由于孩子轻，还放了一块石头。过铁路前，林彪先后从前边回来三趟叮嘱："过路时把豆豆抱出来，别打响了让敌人把孩子拽走。""别抱早了，到铁路边再抱，别闪了孩子的腰，或者弄感冒了。""不打枪，就不要把孩子抱出来。"

过了平汉路，董科生松了口气，在路边撒了一泡尿。没承想过路没大打，过了路前边"呼啦"一排火光，紧接着一排手榴弹爆炸。被敌人阻击的一部人往回撤，跑到一片豆子地里。董科生不见了挑夫，钻进了豆子地拼命摸来摸去，老半天摸到一个筐，豆豆在筐里睡着了，只是满身屎尿。董科生用大毛巾把豆豆系在腰上，一口气跑出去十几里路，天亮时把孩子交到双目失神的叶群手里。

后来，才知道挑夫受了重伤，而阻击林彪的是已接受蒋介石"就现地点负责维持地方治安"，"乘机赎罪，努力自新"的伪军。他们以"实际行动",迎接即将沿平汉路北进的国民党第十一战区孙连仲所部。

林彪昼夜兼程地赶路,身边带了一台原北方局的电台,却没有译电员,一路也未经过大的军分区机关。等到10月29日赶到沈阳向顶头上司彭真报到后得知,他的黄埔老同学杜聿明已做好了攻击山海关的全部准备。林彪几乎没来得及喘上一口气,又受命匆匆赶往锦州,部署组织守关。[4]

杜聿明,黄埔军校一期生,蒋介石的得意门生与爱将。生于出美女的陕西米脂县,因而没有绥德大汉的英俊,个头中等偏上,还瘸了一条右腿。不过,军人男子汉的气概主要表现在战绩上,残伤身体上的疤痕反倒成了勋章的象征。1939年桂南昆仑关大捷,使其名扬中外。

那时,他是中国唯一的机械化5军军长。对手是曾参加过南口、忻口、太原、台儿庄、广州战役的日军坂垣征四郎的第5师团。激战10余天,昆仑关得而复失,失而复得,坂垣师团的12旅团在昆仑关被歼4000多人。

人世间的事情往往充满了戏剧性的巧合。6年后,杜聿明即将对决的也是因战"关"而名扬天下的名将林彪。两人都被称为军中儒将。相同的是,林彪的平型关与杜聿明的昆仑关都是进攻战。杜聿明是仰攻,实打实的硬拼战,林彪是占据有利地势埋伏的巧仗,歼灭的也是坂垣师团所属21旅团1000多人。歼敌战绩虽不如杜聿明大,但凭借土八路的破枪烂炮,在中国军队节节败退时,爆响了一曲敢打必胜的英雄凯歌,鼓舞了全国人民的抗战意志与信心。应当说,二者都是非凡的。此为巧合之一。

巧合之二,此次守关的同为抗日名将的林彪处于劣势,这同1933年杜聿明的遭遇相同。那时日军占领山海关后大举进攻热河。副师长杜聿明在师长受伤后代理指挥,激战三昼夜,全师伤亡4000余人,日军伤亡2000余。这不是一次胜仗,却是英雄的悲壮之举。如今优势与当年日军一样的杜聿明,怎么看待即将失败的林彪?他算不算同当年的自己一样的悲壮英雄?杜聿明当时想没想到自己以强凌弱的对手是黄埔四期的小学弟呢?

考虑对手是林彪,杜聿明调集第13军、第52军两个军攻打山海关。毛泽东曾把守住山海关的希望寄托在最早进入东北的李运昌部。但李运昌部队新兵多、武器少，平均两名战士才有一支步枪，仅有的几门炮只有几发炮弹。部队分散于辽西各个地区，真正守山海关的只有沙克（后任东北民主联军第4纵队副司令员，1955年被授予少将军衔）两个团，2300余人。李运昌请求增援。在增援部队日夜疾进时，杜聿明下令向山海关发起武力侦察进攻。

11月5日，国民党13军84师向山海关城西北的娘娘庙、二郎庙等制高点重炮轰击，并占领这些制高点。在突进到离城北门一里远的地方，被沙克组织反击夺下阵地，还捉了一些俘虏。敌进攻部队随之退到10里以外，进攻颇显迟缓。双方僵持不下时，山东部队杨国夫的七师3个团步行一个多月赶到了山海关。当晚，两个营乘夜色冲击国民党军89师阵地。

杨国夫长征中当团长，身经百战，善打硬仗和游击战，指挥闯进敌军内部的部队四处打枪投掷手榴弹，乘乱缴获了1门炮、18挺机枪、50支步枪，尔后从容撤退。国民党军不知来了多少共军，盲目地猛烈迎击。天亮时，才发现是自己人互相混战，导致一个团伤亡惨重，守在沙河的一个连伤亡殆尽。

得到报告的杜聿明有些讶然，认为13军军长石觉的报告同他事先掌握的"山海关解放军武器破烂，没有炮火"的情报差距太大。杜聿明的情报是基本准确的，除了所部侦察机关外，还来自军统、中统等谍报机关。他知道，13军是蒋介石的嫡系汤恩伯的部队，抗战时期，为保存实力，汤一贯使用听到日军炮声就撤退的伎俩，实力保全下来了，部队的战力与意志非常薄弱。

孙子兵法有云："知己知彼，百战不殆。"

即使统率数十万兵马的将军，有时也需要亲临一线侦察。

13日，杜聿明亲自带领13军的军、师、团长级长官，以及全连覆灭只身逃回的连长，到沙河查看共军炮火弹着点，了解火炮口径，以确定共军实力。结果走了几处，均未发现炮弹痕迹，只有几处手榴弹炸痕，认定共军只是没有炮火的非主力部队。当即将该连长判记死刑，让其戴罪立功。同时，鉴于13军的战斗力，杜聿明决定等52军到达后再攻山海关。52军为半美械装备，总体战力超过全美械装备的13军。

按着杜聿明亲自组织拟定的攻关方案，11月15日凌晨，国民党军两个师开始猛烈进攻，杜聿明亲自到前线督战。从山东长途跋涉而来的杨国夫师官兵依旧穿着单衣，离了山东老区，没有百姓往阵地上送食物，伤员也没人抬。16日清晨，杨国夫只得边打边撤，山海关外围阵地相继失守。下午4时，13军与52军在山海关以东10公里处会合。杨国夫主力早已无了踪影。

杜聿明占领了八路军曾克林部从日伪军手中夺取的山海关，国民党进入东北的大门已经敞开。[5]

毛泽东在延安从合众社新闻广播中得知山海关失守的消息，直接发报给李运昌，命令他的部队在"山海关、绥中、兴城之线必须坚守。掩护我主力黄、梁集中锦州。时间至少三星期，多则两个月"[6]，并且要李运昌报告所部兵力和战斗力情况。

李运昌如实报告说，山海关至兴城一线总共1万兵力，装备很差，守住绥中、兴城一线恐难完成任务。毛泽东还是要求运动防御："节节坚决抗退，既不死守，又不轻易放弃阵地。"[7]

山海关之失守应在毛泽东预料之中。阻止蒋军进入东北，毛泽东把目光盯在了辽西第一军事重镇锦州。占据了锦州，便卡断了关内与东北的咽喉。

11月15日，毛泽东给林彪、彭真的电报说："目前山海关作战并非真面目战斗，我黄梁两部四万二千远道新到，官兵疲劳，地形不熟……必无好仗可打，即使歼敌一部，不过战术胜利而兵力暴露，不得休整，势将处于被动。"他要求黄梁二部隐蔽到锦州一带，处于内线。俟敌进入该地区"业已疲劳消耗至相当程度，我则可集中最大兵力，计黄克诚三万五千，梁兴初七千，杨国夫七千，李运昌、沙克在盘山，锦州至山海关一带者至少二万，共约七万人，于最有利之时机地点，由林彪或荣桓亲去指挥，举行反攻"[8]。

但是，杜聿明没有给共产党部队集结的时间，他向13军和52军下达了死命令，督促两军实施500里长途奔袭。18日绥中失守，国民党军直逼兴城，遥望锦州。

在杜聿明步步紧逼，势不可当时，林彪在做什么？

接到毛泽东的电报，心急火燎的林彪，带着轻便的指挥班子，进至兴城、锦西一带查看地形，集结部队，等待黄克诚、梁兴初主力，以实现毛泽东的设想。那是林彪东北三年战争艰难岁月的起点。

11月19日离开沈阳，带着罗荣桓给他的情报处长苏静、作战处长李作鹏和一部电台，以及一个警卫排，乘坐两辆敞篷车开往前线。到了锦州附近的江家屯，听到不时从远处传来的枪炮声，司机偷偷逃跑了。好不容易找来几匹马，林彪裹着一件以前从日军缴获来的黄呢子大衣骑马而行。

后来，被授予共和国中将军衔的苏静回忆：刚到东北，混乱到了什么程度，说了都让人不相信。白天行军打仗，晚上觉也睡不成。林彪手里没有部队，亲自带李作鹏和一个小分队去打土匪。当地老百姓欢迎国民党，要下我们侦察员的枪。

在兴城，林彪终于找到了自己的部队，却是伤痕累累的杨国夫部。几天来"伤亡失散千余人，极疲惫。无棉被，许多无鞋赤脚战斗，情绪不高，抵抗力降低"（林彪，1945年11月20日致彭真、罗荣桓电）。这支部队一时难以投入战斗。

11月21日，山东军区1师梁兴初8000人赶到了兴城，这个师前身是八路军115师的685和686团，林彪的老部队，从10月初出发至今已徒步一个半月，疲劳不堪，比杨国夫部强不了多少。

11月21日，经过慎重考虑，林彪给中央军委和沈阳的东北局发了一封电报，详细汇报了部队情况后说："我有一个根本意见，即：目前我军应避免被敌各个击破，应避免仓促应战，应准备放弃锦州及以北二三百公里，让敌人拉长分散后，再选弱点突击。"[9]

这是林彪到东北后发出的第一个比较重要的电报，是请求中央允许撤退。这显然与毛泽东在锦州与敌作战的精神不一致。

对于一个将军，不论古今中外，撤退都不能说是光彩的。但有时撤退比进攻还需要有勇气。"一个在展开的最初阶段中所犯的错误，是永远无法矫正的。"普鲁士和德国军事专家毛奇这句话，黄埔军校许多人都应该知道。

是学长杜聿明帮助学弟林彪完成了战略撤退，因为杜聿明进攻的速度太快了。林彪这封电报发出的第二天，即11月22日，杜聿明连占兴城、锦西、葫芦岛。11月25日早晨，又占领了锦州城。

当然，作为学弟的林彪并不领情，掌握了梁兴初的1师后，杜聿明进锦州屁股还未坐稳，便接到13军告急说，驻千家寨的89师主力被击溃，阵地大多失守。杜聿明吓出一身冷汗，急令54师回援。令其不解的是，林彪并未乘势发展战果，打了一下便撤退了。

说来难以置信，作为10万大军的司令，手上没有大功率电台，发不出去电报。

11月21日，林彪致电中央军委、东北局："杨国夫与我全无密本联络，情况不明。"11月23日，黄克诚致电彭真并中央军委："与林（彪）台密本始终未弄通，林来电报均未译出。"为此，林彪根本无法调动指挥部队。直到12月3日，才找到一部好用的电台。[10]

杜聿明占领锦州的同一天，黄克诚的新四军3师终于到达了锦西江家屯。这支派往东北人数最多的部队，从苏北淮阴经过50多天长途跋涉，病倒、掉队、逃跑减员达4000人，全师3个旅剩下32000人。黄克诚与林彪相距不远，却无法知道对方位置，见不了面，便给毛泽东直接发电报："现在处于无党、无群众、无政权、无粮、无经费、无医药、无衣服鞋袜之困难情况，部队士气受极大影响。"建议"建立农村根据地，作长期斗争之准备"。

11月22日，罗荣桓致电李运昌：（一）新四军作战部队急需皮帽子、棉鞋。前由沈阳后勤部发给你们军区供给部运锦州的两万顶皮帽、五千双棉鞋，请先拨给新四军用。以后另由后勤部补给你们。（二）现再由这里送一批被服和弹药给新四军。[11]

注释

[1] 林星雨：《林彪传》，花城出版社，2006年版，第107—108页。
[2] 同上书，第154—155页；刘统：《东北解决战争纪实》，东方出版社，1997年版，第33页。
[3] 金一南：《苦难辉煌》，华艺出版社，2009年版，第352页。

［4］《东北解放战争纪实》，第47页。
［5］同上书，第68页。
［6］《中国人民解放军第三次国内革命战争史料选编》，第1辑，第1册。
［7］《东北我军行动部署摘要》，李运昌、沙克报东北局：《山海关部队情况》。
［8］《毛泽东军事文集》第三卷，军事科学出版社、中央文献出版社，1993年版。
［9］王树增：《解放战争》（上），人民文学出版社，2009年8月北京第1版，第48页。
［10］阎峻：《林彪军事生涯》，1945年（中华民国34年），白鹿书苑；《东北解放战争纪实》，第75—76页。
［11］《林彪军事生涯》，1945年。

第 6 章　斯大林的俄式思维

　　杜聿明以锦州为中心，四处扫荡八路军疲惫之师时，林彪的部队正按着后撤锦州以北二三百公里地的方针，向周边中小城市及农村开辟根据地，虽然艰难异常，实力并未大损。

　　万毅的山东八路军于 10 月中旬到达吉林的盘石、海龙一带，周保中部 8000 人分布于吉林和延吉等东满地区。同时，东北局的领导也分赴各地。陈云、高岗则去北满开展工作，并带了 200 多名干部。

　　蒋介石自以为得计，催促长春的熊式辉加强同苏谈判，尽快接管各级政权。但熊式辉的行政接收陷入难产的阵痛。蒋介石自认为，苏联不该得的外蒙古，自己已忍痛割让了，斯大林不该不讲道义。蒋介石忽略了一个历史事实，自己正是不按道义出牌才得到"胜者为王"主义者斯大林的长久支持。

　　一切以苏俄利益最大化为原则的斯大林，和多年从未到过东北的蒋介石，两人此前都忽略了一个事实：东北太富了，富得流油了！

　　张作霖父子在此称王割据时，就建设了一批工矿。日本人侵占东北后，又本着"日本化"方针建成原材料工业和军工后勤基地，十余年间在东北投资 20 亿美元以上，相当于同期日本海外投入的 70% 以上。

　　当然，"满洲的建设成果"是建立在数百万中国奴隶劳工的血汗白骨之上。这块远非贫瘠外蒙古的"肥牛"，是苏联人从日本人手里夺过来的，将要交给中国政府，不剥下两层皮来，是不是太亏本了？

　　苏方经济顾问斯拉德考夫斯基向中方经济委员会主任张嘉璈提出中苏共同经营东北经济的一揽子方案，154 个大型工厂企业共同经营。张嘉璈表示，根据中苏条约，双方可以签订贸易协定，欢迎苏方来投资，但这些要在苏军撤回国内后进行。斯拉德考夫斯基态度强硬起来：日本人在东北的一切工矿设备都是苏军对日战利品。张嘉璈反驳:战利品这个名词只适用于敌人的作战武器及军事直接有关供应品,根本不能包括工矿企业。[1]

谈判陷入僵局,政权接收自然无法进行。反正远未到撤军的时候,按照约定,百万苏军要靠中国政府好吃好喝供养着。办法是苏军自行印发号称"红军票"的钞票,可以随意购买东北大地上任何物品。《大公报》披露:"这种军用票,将来要由中国收回,所以苏在我东北的军费完全由中国负担。苏军在东北发行的军用票有多少呢?苏方却未告诉我们。"[2]

红军票大量流入民间,掠夺可以带走的民间资产和生活资料,百姓生活雪上加霜。对此,心硬如铁的蒋介石是不会在乎的。于是苏联人又使出了手中另一张牌。

笔者此前说过,嘉庆皇帝钦命设置"长春厅"选的村落叫新立城。不承想王朝塌台100多年后小镇上出了两个大人物,为刘姓兄弟俩。祖父为乡村郎中,父亲当过东北军的连长。长兄是20世纪60年代接替马寅初的北京大学校长陆平,曾投身于"一二·九"运动,担任过华北野战军三纵政治部主任。兄弟俩因地下工作等原因都改了原名。长兄原名刘志贤,弟弟由刘志诚改为刘居英。

刘居英18岁加入中国共产党,担任过共产党山东省政府首任秘书长。1934年因反满抗日被迫逃离家乡,再回家已是11年后,出任长春市市长——这是苏军打压熊式辉而出的另一张牌。

一直摇摆于国共之间的苏联决定给国民党一点颜色,把急吼吼等着接管的政权先交给共产党。东北局副书记陈云告诉刘居英说,这是我党和莫斯科"商定"的结果。[3]

为了扩大声势,给熊式辉等心理更大压力,苏军还举行了一个仪式,安排红军谢德林中校,专程陪同刘居英去市政府赴任,并要求原政府人员两旁列队行礼欢迎。

在市长办公室,谢德林向日本投降后的市长曹肇元(曾任伪满市公署总务处处长)宣布:"从今天开始,这位先生接替你的市长职务,你马上与他办理交接。"

曹肇元不情愿地交出图章、人员名册、金库存款单和800多元伪币。

刘居英一一签收，对伪维持会图章拒绝接收，说我不用"这玩意"。

当了市长后，刘居英根据市委意见，任命了一批我党自己的同志担任各区区长。公安局长掌握"刀把子"，由张庆和替换掉伪满首都警察厅总监赵万斌。

张庆和是李大钊的侄女婿，1943年便同妻子李玉贞一起成为中共冀热辽军区的情侦人员，曾在伪满洲国军事部当过少校参谋，出任市公安局长便于隐蔽身份。不久，又派进100余名干部，把各区公安分局长都换上了共产党自己的人掌握。

接收了市政府的刘居英找苏军卫成司令加尔洛夫将军，以加强治安为名从万毅部队抽调一个营的骨干开进长春，加上当地参军数百人，组建了"长春保安总队"。这是共产党进入长春的第一支武装。

国民党东北行营原由苏军负责警卫，苏军对进出的行营人员盘查很严，行营害怕苏军限制和监视其活动，向苏军申请自行安排警卫。熊式辉想有自己的武装，找国民党省党部招募了部分原伪满军警和警校学生站岗。

夜晚，便被长春保安总队缴了械。保安总队是万毅所部的正规部队，收拾伪警察和警校学生自然牛刀宰鸡般容易。

解决东北问题的根本，还要靠枪杆子说话。1945年10月，中共东北局在各满成立党的领导机构和军事机关。10月27日，周保中任吉林省军区司令员，建军、扩军和整军工作迅速发展，苏方对此予以默认。由长春地下党招收的失业工人及青年知识分子2000余人，组成了吉长部队。只要不打公开旗号，便允许进入城市。

最早进入长春的地下党员许慎（时任市委秘书长、组织部长）回忆：因为有"中苏条约"限制，苏军当时对国民党允许行政官员进来，不允许军队进来。"有一次，长春宋家洼子进来一批部队，有一个营。周保中（当时是穿苏军装的'黄中校'）让我去看看，是不是八路军。如果不是八路军，苏军就缴械。我坐马车去了，一打听，不是。于是，苏军就把他们缴了械，解散了。我们从延安、各根据地来的部队都进来了，是以保安队的名义。"[4]

1945年10月下旬，陈云来到长春，发现在这个原伪满洲国首都周围有过 8 种旗号的武装 7000 多人。其中有曾抗日的土匪，有地主武装，但部队主要成分为失业工人。陈云与周保中商定整编改造这支部队，竟然得到了苏军的同意和支持。苏军命令这 8 支散杂部队限期到伪满军校旧址——长春郊区拉拉屯新建的长春警察学校，集中报到并接受训练整编，否则即行武力剿灭。

陈云派于克（新中国成立后任吉林省省长）去整编，于克当时手里只有 10 人的警卫班。8 支部队进警校后，国民党特务即进行断电、放火等破坏活动。恰好万毅部队执行他项任务带来 30 多个干部，是个包括团营干部的"团架子"救了急。7000 人最后净化为 4000 人，编入了曹里怀支队为一个独立团。[5] 曹里怀便是刘居英安排以"长春保安队"名义进入长春的部队司令员（后任吉黑纵队司令员、第四野战军 47 军军长，1955 年被授予中将军衔）。

部队发展很快，八路军最想得到的帮助是苏军能提供武器，苏军在公开交涉中不肯给武器。赫鲁晓夫在回忆录中写道：听东北归来的将领讲，因不便公开向中共军队提供武器，于是将其集中到一些仓库里并暗中通知来"偷盗"。"截至 11 月下旬，八路军从苏军所占的日军仓库中取出 10 万支枪和 300 门炮。"（1945 年 11 月 30 日，陈云、高岗致中共中央电）最先出关的冀东部队，就是靠这些武器招兵买马，两个月由不足 1 万人扩大到 10 万人。[6]

坐在长春原关东军司令部、现苏军驻满洲总部最高司令官马利诺夫斯基元帅对愤懑中的熊式辉总是一张笑脸。按"中苏条约"，允许国民党在长春挂各种牌子，除了为东北行营大牌子站岗外，什么吉林省党部、东北行营党部、长春市党专等等，只要是国民党的牌子都允许挂，而共产党的牌子一个也不许挂。也不许以共产党名义出头，却暗地把政权交给共产党掌握。不仅是长春市，各地县一概不承认，但共产党在各县建立政权、军队、党组织一概默认。于是在东北民主联军发展快的地区，若干共产党政权和组织，得以迅速建立。

国民党陆军二级上将熊式辉自然也非等闲之辈，深谙枪杆子是嘴巴子的硬支撑，伪满汉奸政府头目及少数伪满军将级军官被苏军俘虏后，绝大多数军警宪特分散在长春及东北各地隐藏起来，少部分曾因抗日被押的国民党员和中统军统特务被放出监牢，这些人成了国民党依靠的基础。

应当承认，蒋介石在1945年8月11日的三道命令的确充满了政治谋略与智慧，尤其第二道"各伪军尤应乘机赎罪，努力自新……"的命令，一下子把上百万伪满残余拉到了国民党一边。

漏网的伪满残余军政头目，手里都掌握着武装，军统在东北的特务组织乘机行动，大发委任状。一时间，中央"先遣军""光复军""挺进军"司令、军长的帽子满天飞，伪满汉奸们纷纷改头换面从地下冒了出来。最惹眼的是，当年伪满铁石部队的大汉奸姜鹏飞，被国民党委任为新编27军中将军长。[7] 蛟河县4000名未被缴械的日军也被国民党收编，在国民党掌握武装的地区，建立了若干政权和组织。

在长春的国民党有两家。一个是CC系的吉林省党部，石坚任主任；一个是朱家骅系的东北党务联合办事处，简称"党专"，由罗大愚主持。石坚的党部，多数人是伪满特务、警察，摇身一变成了国民党所谓"潜伏"的地下党。党专多数是爱国青年，到党部一看，原来抓我们上刑的是你们呀？！很生气，两家斗得厉害，但在反共上却是一致。东北行营依靠这部分人，做了许多工作。

CC系的齐世英原本是蒋介石批准，代表国民党组织部视察东北党务的，利用"吉林省党部"搜集中共与苏军的合作情报及中共军队分布发展情况。苏军抓住他"我们东北的敌人：第一是苏联，第二是共产党，第三是日寇，第四是汉奸"的话，向外交委员蒋经国提出严重抗议，蒋介石只好把齐世英从接收队伍里调回重庆。[8]

好脾气的马利诺夫斯基元帅也有下狠手的时候，找理由砸国民党党部的牌子，给熊式辉以心理打击。理由是违背"中苏友好条约"搞反苏。一些苏联士兵闯进党部，稀里哗啦一顿砸，牌子一摘，人往外一轰，关门！国民党自然不承认，但苏军把材料往东北行营一送，你承认不承认？

许慎回忆说："据我所知封过三次。长春地下国民党党部的名单就是苏军交给我们的。他把一批名单交给了我，一再跟我讲，要帮助收集这些东西，有了就告诉他们，好去封。"[9]

斯大林对多年钟情和支持的蒋介石为何有如此大的态度转变？难道仅仅是为了得到东北的经济利益？如果这样认为就太小看低看斯大林了。经济问题当然十分诱人，肥得流油的东北对修复伤痕累累战争创伤的苏联益处多多，但斯大林第一位考虑的是世界战略格局的变化——确保饱受战争蹂躏的苏联国家的安全。

在"中苏友好同盟条约"谈判中，斯大林坚持索要外蒙古、宋子文和蒋经国坚持不让时，斯大林拿出一张地图指着说："倘使有一个军事力量从外蒙古向苏联进攻，西伯利亚铁路一被切断，俄国就完了。"见宋、蒋二人不解，斯大林说："日本在战败 20 年左右后又会东山再起。""《凡尔赛和约》之后，所有的人都认为德国不会再起来了，但在大约 15—17 年之后，它就恢复了实力。如果日本被迫屈服，那它最终也能够重复德国所做的一切。"[10]

大卫·霍洛韦评论道："20 世纪 30 年代日本和德国在东、西方对苏联构成的双重威胁，对斯大林有关战后世界的想象产生了非常大的影响。他预计日本和德国在第二次世界大战后到头来还会东山再起……英国和美国会设法使这两个国家恢复它们的实力，以便制衡苏联。""所以占据几块阵地意义重大……确保苏联在欧洲和亚洲的支配地位。"[11]

"二战"结束后，美国运用强权政治，不仅放过了德国，更为世界制造麻烦的是同样恶劣地控制并放过了日本。实践证明了斯大林具有战略家与政治家的远见。20 世纪下半叶，德国和日本的崛起，正好印证了斯大林预言的前瞻与卓识。

一贯天地不惧、坚持独立自主于世界之林的毛泽东，获悉了《中苏友好同盟条约》内容后，对斯大林的不满与蔑视便产生了。不管斯大林为保卫苏联自身安全的理由有多么充分，绝不应该以损害他国利益为前提。这是典型的大国沙文主义的强盗逻辑。

在世界国家丛林中，任何国家都不希望自己的邻居是一个强国。所以，后来当斯大林支持蒋介石、李宗仁的国共"划江而治"计划时，毛泽东断然拒绝，气势豪迈地发出了《向全国进军的命令》。

但在 1945 年，握有政府签字权的是蒋介石，"三国四方"中最弱小、骨头最硬的毛泽东,不仅没有发言权,而且被两强与一比较强的另三方瞧不起。

作为一个伟大的政治家与战略家,斯大林对世界上发生的任何有关格局势力划分和苏联国家安全的事情,有着警犬一样的敏锐嗅觉。

"二战"结束前,巨头们对各自势力范围有着严格的边界划分,满洲是苏联对日本的受降区域——势力范围,帮着曾克林攻打属于华北地界山海关的那个伊万诺夫营长事后曾受到批评。急于让蒋介石攻占山海关的美军,帮助侦察也只限于关前:"一辆美军汽车开到山海关我军47团阵地前,被47团战士开枪阻击。打死一个美军士兵,其余4人和汽车都被扣留。"[12]

世间之事虽然都有其必然规律,但往往引发于偶然。一件未经美国总统杜鲁门批准的行动——美军用飞机降落沈阳,深深刺激了斯大林警惕的神经。

1945年8月20日,一架美国军用飞机在沈阳市中心上空,投掷了驻华美军司令官给日本军官的呼吁书传单,说美军要同被日军俘虏的盟国官兵联系。当飞机里的美军按一幅白布指示信号落地走出机舱后,发现并非日军而是持枪的苏军人时,露出了惊讶的表情。这是太平洋盟军最高司令官麦克阿瑟的命令——接走麦克阿瑟从菲律宾逃走时留下指挥部队、1942年又率美军投降的不光彩将军温赖特中将。[13]

这样的重大行动是应当经杜鲁门总统批准的。这位39岁便当上美国西点军校校长、61岁任美国远东军最高司令的麦克阿瑟在达到职业军人权力和荣誉顶峰时,头脑也昏昏然到了顶点。所有人,包括总统杜鲁门——西点军校培养出来的将军都不在话下:"如果华盛顿对我不碍手碍脚的话","我可以把一只手绑在身后,只用一只手就能对付"。这是他对杜鲁门总统特使杜勒斯说的话。[14]

有评论说,麦克阿瑟一生经历表明,他既是叱咤风云的一代战将,又是国际政治的低能儿。他不明白,军人永远是政客们的掌中之物。他接走被日军俘虏的美国将军,就是为了数天后在对日受降上一雪前耻。

9月2日9时08分,在"密苏里"战列舰上,待投降的日本投降代表梅津美治郎在投降书上签完字走回自己的位置,"麦克阿瑟走向桌上摊开的卷宗，他邀请两名美国将军——几天前才从沈阳日本战俘营获得解放的温赖特和珀西瓦尔陪伴着他，一笔一画地签上了自己的姓名"。[15]

他让日军向曾经的俘虏投降以羞辱日军。出了一口恶气后，麦克阿瑟到尼米兹海军上将的客厅里去喝香槟酒了，却不想给杜鲁门惹了一个大麻烦。"再也找不到比这更有效的办法来使总统勃然大怒了。"

接下来，美国人的行动已不仅让斯大林警觉，而是陷入了深深的不安。1945年9月30日，美国海军陆战队18000人在天津塘沽登陆；10月1日，又登陆秦皇岛，3000人进入天津并抢修秦皇岛至山海关的铁路和公路；10月10日，美国海军陆战队登陆青岛。这一切，显然是支持蒋介石加快向东北发展。同时，苏联情报部门获悉了美国政府出资6亿美元帮助蒋介石向全国各地运兵的计划。

如果蒋介石完全倒向美国，一个美国扶持的东北政权，无疑等于第二个摆在家门口的"日本关东军"！

争取蒋介石的策略之一便是与国民政府共同经营全东北154个大型工矿企业的那个一揽子方案。这样，苏方在获利的同时，也把蒋介石押在自己的战车上。蒋介石对合营并不情愿，苏方开出的条件是，驱赶中共林彪的部队出东北，但蒋介石并不相信。

我不能得到的，绝不能让你得到手。10月25日，苏军代表通知东北局："如果说过去需要谨慎的话，那么从现在起，你们应该以东北的主人自居，放手去干了。"[16]

斯大林以支持中共夺取东北的策略来压服蒋介石低头靠向自己。他内心里坚持认为，只有蒋介石有力量统一中国，共产党不过是手里的一张尚可一用的牌，随时视情况便抛出去刁难蒋介石。当然要给这张牌配好对，中共力量越壮大，自己与蒋介石讨价还价的砝码越有分量。而且支持共产党没有风险，同宗一脉的中共不会反苏。

8月14日签订的《中苏友好同盟条约》，就似一场无爱又无奈的买卖婚姻。本以为卖了女儿会在强势的"亲家"支持下保住田产，却不料"亲家"又看上了自己的房产。既然是一桩买卖，便毫无感情可言，裂痕在最初那一纸"婚约"便烙刻上去了。双方为了利益而讨价还价地妥协和争吵，自进入"婚房"那一刻便无休无止。

当年的外交特派员蒋经国在对苏谈判中,刻骨铭心体验了弱国无外交的痛楚。1954年他在台湾出版了与苏军交涉、谈判期间的日记,下面是其中6天的部分文字:

10月26日:"下午,俄顾问巴某来见,彼代表马利诺夫斯基正式向我方说明,谓自我行营人员来长春后,各地多发生反俄行动,并声明不准我行营人员出外视察。""其语气与态度,则完全带有恐吓性与警告性。"

11月3日:"行营接军委会电报,谓有美军部代表,由美经日韩前来东北,行营应设法招待。行营为慎重起见,将此事通知俄方;而俄方则误会,以为行营要求准美机来长,下午即提抗议。""即此小事,亦可知美俄关系之恶劣矣。"

11月5日:"昨夜未能安睡,门外枪声车声不绝于耳,此东北不安之象也。东方发白,余于床上综忆交涉经过计十三项:一、俄方反对我军在大连登陆,并已正式提出声明。"……"三、俄方本允修理北宁路,以便我军运输,后又谓自锦州至山海关一段,因有共军而情况不明,彼不愿做任何处理……五、行营要求编组地方部队,业被俄方拒绝……六、俄方本已允诺:除大连外,行营视察员可赴各地视察,后又借口地方不安,撤销允诺……八、我方请俄方在营口锦州等地准备火车,以作运兵之用,亦遭拒绝。九、我方要求空运部队能在俄军撤退一星期前降落,俄方只允在四天之前……""情况虽属紧张,尚非破裂时候,吾人决不可轻易放弃东北……下午一时会见马利诺夫斯基……会谈达三小时之久,最感困难者,即对方开始承认,旋复否认,确难解决问题。但苏俄真面目本来如此,故亦不足为奇。"

11月8日:"下午独居卧室中,念国家之多难,不觉悲痛泪下,闷坐三小时之久。"

11月11日:"俄方今允协助我空运,又云哈尔滨有枪三千交行营。我方在哈无人无兵,以此为言,其非开玩笑乎?彼之用意何在,殊难揣测……"

11月12日:"昨有匪(指共产党)五百余人由烟台抵此,今日下午又有装备完整之两千共军开入长春城内，城外二十里地，亦集中有该军一千五百人，机场附近彼等已布置齐全。则共军已开始集中兵力，对长春作包围态势矣。而交涉已不能生效，我空运部队纵能降落，亦觉难免开火，事态必至扩大……午约知友数人小食于'菜根香'，意在遣烦，而不知悲痛心情已随凄凉景象而俱至也。"[17]

这些痛入骨髓之记忆，是不是蒋经国后来奋发图强的动力之一？

市长刘居英虽未贴着共产党的标签，但其施政纲领及工作重心酷似共产党。发动群众恢复经济建设，自来水正常供应了，商店开张营业了，街路有人清扫了。"长春保安队"进来后，偷盗抢劫的也少了。

这些东北行营没有意见，唯独对抓捕伪满汉奸特务不能接受。因为蒋委员长已给了这些人"乘机赎罪，努力自新"的机会。更重要的是，这些人将成为东北行营建军的对象。没出几天，东北行营便察觉刘居英身份有异。有的认为他有抗联背景，有的认为他是地方势力头目。

张嘉璈亲自出马探查。在市长办公室，他傲慢地告诉刘居英："我代表中华民国政府，你这个市长应该先到东北行营报告。"

刘居英也轻蔑地回答："我是苏联红军军管的市长，什么东北行营，我不知道！"将张嘉璈递过来的名片又扔了回去。

几天后，国民党情报机关一份密电递到了熊式辉手中："刘居英原系中共山东省政府秘书长。"熊式辉、张嘉璈等人既惊讶又懊恼，惊讶的是苏军竟然把政权私下交与共产党；懊恼的是自己竟然对中共的渗透及其与苏共的勾结事先毫无防备。熊式辉一面向苏军提出抗议，一面在广播电台上攻击刘居英，"嘴上没毛的小孩子竟然当市长……"

接下来的两件事让熊式辉等行营人员惊心动魄。一件是为东北行营警卫的"长春保安队"的战士竟然面朝行营大楼，枪上刺刀，怒目而视——这哪儿是忠心警卫的态度，完全是仇视的目光嘛。晚间，在行营大楼周围出现了"国民党行营滚回去"的标语。白天，保安队视而不见，不予清理。接收大员顿时惶恐不安起来，唯恐当了八路军的俘虏。偶尔街上还出现穿八路军服的士兵，也不见苏军及保安队去管。

双方已经扯破了脸。刘居英索性大干起来。第二件是在一天上午，召开万人大会要公审国民党特务。上万群众已经到了现场，苏军卫戍司令部打来电话询问集会缘由，刘居英推说是庆祝和宣传什么的。苏军说，听说是公审，快让公安局制止。一连来了三次电话，一次比一次严厉，最后苏军长春卫戍司令卡尔洛夫少将亲临现场，指挥苏军直接把群众驱散了，会也没有开成。

当年28岁的市长刘居英几十年后总结起来，把这两件事称为外交策略上捅的"娄子"："怎么能在苏军的军管之下，这样搞国民党呢？过分刺激了。不策略。"[18]

蒋经国把这些情况向重庆做了报告，蒋介石指示外交部急电斯大林，要他派专人解决长春问题。莫斯科的答复是：斯大林同志目前不在莫斯科，要等他回来后才能处理。蒋介石勃然大怒后冷静下来，经过反复考虑，11月15日，下令行营接收人员总撤退。

当然，这主要是给斯大林施加压力，而并非彻底决裂。留的后手是400名接收人员只撤退了半途，全部到北平暂停；留下行营副参谋长董彦平等12人与苏军保持联系。同时，蒋介石又致电美国总统杜鲁门求援："苏俄违约背信造成的东北局势，不仅危及中国领土的完整与统一，实已构成东亚和平及秩序的重大威胁，唯有中美双方积极的协调的行动，才能防止其继续变化。"[19]

这次单边撤退，是蒋介石在外交上对斯大林采取的一次主动攻势，意在唤起美英等国在舆论上的支持与声援。蒋介石的旗号是苏军违背了中苏条约中"给予中国以道义上的军需品及其他物资上之援助，完全供给中国中央政府"之规定。言外之意，苏联既然不履行把东北完整交到国民政府手中，国民政府也可以不履行《雅尔塔协定》把外蒙古独立出去。这一下子戳到了斯大林的痛处。

第二次世界大战后，世界势力重新划分利益格局，老牌的英帝国主义已经江河日下。世界主要由美苏两国在主宰。两次世界大战均未在美国本土上打，各种城市设施及工业制造业几乎完好无损，反倒使美国大发战争财。

太平洋战争爆发后，美国军火工业达到了举世罕见的生产能力。"整个

'二战'期间，美国生产飞机20多万架……1941年以后，美国总共下水了航空母舰131艘、战列舰10艘、巡洋舰48艘、驱逐舰60艘、护卫舰800多艘、潜艇200多艘……军火生产高昂的利润强烈刺激了美国经济发展……使得掌握着全世界2/3黄金储备的美国迅速成为名副其实的世界第一强国。"[20]

苏联，1/3的国民财富毁于对德战争，2700万人丧生，其中男性壮丁的半数已经伤亡，军人死亡达到866万人。战时男子征兵年龄由17岁直至55岁。同年钢产量也只有1200万吨，国家实力远非美国可比，但却显示出苏联强大的潜力和顽强性。尤其是数目达1136万人的陆军，经残酷战争锻炼已是世界上最强的陆战力量，令美国人望而生畏。[21]

美国人什么都不吝惜，就是怕美国人死的太多。战争终究是实力的较量，美国和苏联互相敬畏着，苏联畏惧美国的成分要更多些。因为美国有原子弹，苏联那时还没有。

这种畏惧一直延续到5年及其以后。1950年朝鲜战争爆发后的10月8日，美军飞行队两架喷气式飞机攻击了苏联境内一个机场。担心苏联出兵，美国人怀着巨大的恐惧立即向苏联表示歉意，并一再说明是领航的错误，飞行大队长已被解职，两个肇事飞行员已受到惩戒，美方愿意赔偿一切损失。结果苏方一直没反应，好像此事不曾发生一样。美国反而认为苏联人深藏不露，越发恐惧。

其实，扔在苏联的几枚炸弹，已经使苏联人吓出一身冷汗。斯大林在意识深处强烈认为，不到万不得已，绝不能与美国交战。于是，毛泽东收到了斯大林"苏联空军没有准备好，不能出动"的电报。

当周恩来代表毛泽东向斯大林表示，即使没有空军的支援，中国也决定出兵朝鲜时，斯大林流出了眼泪。不管西方这个史料记载是否可信，中国人敢于同美国人决战的气概，确在斯大林意料之外。

毛泽东当时说了一句话，"斯大林根本不了解中国"。言外之意是：斯大林根本不了解中国共产党人。[22]

毛泽东在说这句话时，是否轻蔑地想起了5年前斯大林也是同样如此对美国表示恐惧："苏军不能与美军发生直接冲突，如果美军与蒋军一同登陆进攻，苏军将主动撤退避免冲突。"[23] "东北决不能打，在满洲发生战争，尤其伤及美人，必至引起严重后果，有全军覆没及惹起美军入满的绝大危险。"（1946年1月13日停战令颁布后，苏驻华大使对周恩来发出的警告）。[24]

注释

[1] 刘统：《东北解放战争纪实》，东方出版社，1997年版，第142—143页。
[2] 1946年3月25日，《大公报》社论。
[3] 于祺元：《长春解放前夜》，《长春文史资料总第77辑》，2008年8月版，第26页、174页。
[4] 同上书，第183页。
[5] 于克：《解放战争时期东满的剿匪锄奸反特斗争》，张赞新、杨子忱主编：《解放战争时期长春剿匪斗争》，1997年版，第164—165页。
[6] 徐焰：《苏联出兵东北》，解放军出版社，2015年版，第309—311页。
[7] 《东北解放战争纪实》，第261页。
[8] 张潜华：《政学系在东北接收问题上的如意算盘》，宋国琛主编：《党在长春的地下斗争》，1991年版，第352页。
[9] 《长春解放前夜》，第186页。
[10] 吕文利：《被斯大林改变的中国边疆》，《报刊荟萃·非常关注》，2015年，第4期，第39页。
[11] 丁晓平：《1945·大国博弈》，华文出版社，2015年版，第104—105页。
[12] 《东北解放战争纪实》，第64页。
[13] 《苏联出兵东北》，第218—219页。
[14] 王树增：《朝鲜战争》，人民文学出版社，2009年4月北京第1版，第32页。
[15] 《1945·大国博弈》，第271页。
[16] 阎峻：《林彪军事生涯》，1945年（中华民国三十四年），白鹿书苑。
[17] 蒋经国：《痛定思痛》，1955年版（台湾）；张正隆：《中国1946》，白山出版社，2008年版，第83—84页。
[18] 《刘居英同志的回忆》，《长春解放前夜》之附录，第177页。
[19] 台湾国防研究院：《苏俄在中国》，1961年版，第305页。
[20] 王树增：《抗日战争》第三卷，人民文学出版社，2015年8月北京第1版，第119页。
[21] 《苏联出兵东北》，第83页。
[22] 《朝鲜战争》，第一章，"打败美帝野心狼"一节。
[23] 1945年10月28日，苏联代表对中共东北局的通知；《林彪军事生涯》，1945年。
[24] 《中国1946》，第161页。

第7章　毛泽东一锤定音

当蒋介石直起腰杆子转身欲去时，"不在"莫斯科的斯大林突然从莫斯科发来了温暖友好的电波讯号。一向弯腰忍而求和的人突然间挺起腰杆子，背后一定有强人在撑腰。斯大林清楚，蒋介石背后撑腰的是美国人。

11月17日，接收大员们的飞机刚飞离长春，苏联政府外交人民委员会对国民党外交部的照会也到了："中国政府军队能无阻碍在长春和沈阳降落，苏军将予应有之协助。"[1]

为了表示这次说话是真的，第二天，马利诺夫斯基元帅委派巴甫洛夫斯基中将和加尔洛夫少将，亲临东北行营满炭大楼，笑脸安抚留守的董彦平。为确保其人身安全，撤走了东北行营的警卫——刘居英"长春保安队"的警察部队，换上了苏军士兵担任。[2]

面对美蒋的压力，斯大林手中刁难国民党的一张牌——共产党变成了苏联的挡箭牌。斯大林似乎忘记了不久前刚刚要求中共"以东北的主人自居，放手去干"的鼓励与承诺，现在着手清除中共"放手去干"的成果了。

苏方17日给蒋方的电报并非诳语。对中共党政机关及军队的驱赶先从长春下手了。苏军要求中共11月19日撤离长春。

那天下午，还是在市长办公室，此前被撤换的曹肇元志得意满地先到了。加尔洛夫见刘居英进来了便说："所以让你来当市长，是因为曹先生身体不好。现在他身体已经好了，今天还是让他当市长。"当了11天市长的刘居英座椅又被曹肇元坐回去了。[3]

蒋介石"乘机赎罪，努力自新"的伪满旧臣代替了共产党，是斯大林对国共态度与政策摇摆的一个标志。

离国民党杜聿明主力部队越近的沈阳，苏军驱赶中共越紧迫。当时城里东北人民代表会议刚开一天，苏军代表便闯上门，告诉主持会议的林枫，要会议立即解散，代表们马上撤出去："限你们两个小时解散，不然我们就进会场去解散。"林枫严肃回应："如果你们自己去解散，岂不是干涉了中国内政？"苏军被抓住把柄，想了想便没有进去。会议却开不下去了。

第二天，彭真和伍修权亲自到苏军沈阳卫戍司令部交涉，还是那个曾用机枪封堵火车厢门、不许曾克林下车的卡夫道少将，不管彭真如何说明中共的愿望和理由，卡夫道就一句话，这是上级的指示。最后竟挥拳咆哮："你们不走，我就用坦克把你们赶走！"彭真坚持不撤离，怒不可遏："从来还没有共产党的军队用坦克去赶另一个共产党的军队。"[4]

意识形态往往决定立场与行动，但在国际交往中，最终起决定作用的一定是国家利益。

在中共军队最需要指导的紧要关头，领袖毛泽东却生病了。对于毛泽东这次生病的情形及其原因，中国国内诸多史料与文献，鲜有记载与评论。

在中国境外的史料记载与评述中，英国著名历史学家和传记作家菲力普·肖特做了详细的描写："访问者们被告知说，他正忍受着极度疲惫的痛苦。他的译员师哲回忆说：'整个11月当中，我每天看他几次。他有时躺在床上，全身发抖，手脚痉挛，冷汗不止……他要求用冷湿毛巾敷头，照做了，却无济于事。'""他的神经衰弱症又犯了。"说到发病原因，菲力普·肖特认为，尽管"中国党的领导人已习惯于苏联的背叛行为。然而，这一次却是毁灭性的打击"，"斯大林再一次粗暴地割断共产党人脚下的根基"。"此时他突然发现，他竟然如此地孤立无援——手脚都给大国压倒一切的利益束缚住了。"[5]

应当承认，尽管斯大林曾多次对中共背信弃义，但在此前，多半是不支持的"中立"或暗中掣肘，或在纸面条约中将东北交与国民党，实际默认中共进入。尽管他为了苏联利益，把中共当成手里的一张牌，客观上却帮助中共在东北建立"根基"。但是，当中共的发展刺激了对手美国，为了苏联自身利益，他把中共当成一张过时了的牌毫不吝惜丢了出去，而且不惜第一次破天荒地向中共动用了坦克，丝毫不管此时的中共机关与军队，几乎已经暴露在强大的国民党军眼前。

斯大林的背信弃义给中共带来了灾难性的打击。毫无思想准备、匆忙中从沈阳撤退的东北局陷入手忙脚乱。一些单位没有时间通知到，此前一天，负责迎接冀中200名干部的辽宁省委组织部的萧岗，第二天回到省委驻地，省委组织部已遭洗劫。只好临时将两卡车干部一部安排去本溪，一部去辽西。第二天早上，萧岗化装成当地人寻找另一批冀中干部。沈阳城内枪声四起，街上行人绝迹。一些干部在撤退中被敌人杀害。

11月28日，彭真在给中央的报告中说："我们25日退出沈阳，此间国特即有数处骚动，并有数处警察叛反我们。"街上对穿灰色衣服的八路军干部不时打黑枪，甚至在大白天向中共委任的辽宁省主席张学思汽车里扔手榴弹。杨易辰率领的干部刚下火车，便被军统特务用无声手枪打死一人。[6]

与此同时，长春铁路沿线的大中城市掀起一股投敌叛乱浪潮，原被我方收编的当地武装纷纷倒戈。

沈、哈、长三大城市中，最早被苏军强迫撤离的是长春。已被迫脱下苏军军装的"黄绍元中校"——长春卫戍区副司令周保中，以及张启龙、伍晋南等吉林省工委的领导与机关，顿时成了"流亡政府"：先是撤出长春城外20里的拉拉屯，后又迁到放牛沟和波泥河子，再后迁至吉长两市之间的岔路河镇。到处转移流浪，通讯不畅，无法正常指挥下级机构和部队。

相反，已不受苏军任何限制的国民党"吉林省党部""东北党务专员办事处"公开大肆发展党员，网罗日伪残余，加快收编土匪。短短几天，桦甸、农安、德惠、榆树、舒兰等县都挂出了国民党县党部的招牌。

中共原先招兵买马式的扩军方式恶果爆发了。农安县独立团一个营500余人，杀害了中共县委书记兼县长刘德彪后集体叛变。其他叛变的地方武装如九台县数百人、怀德县上千人、范家屯650人。敦化县八个大队中除一个朝鲜中队外，七个半叛变。叛军多达9000余人，拖走枪支5000多。

按苏军命令，哈尔滨撤退时间为11月23日。东北局北满分局书记陈云是11月16日到的哈尔滨，手里只有力量单薄的1500人老部队，除李兆麟辞去了松江省副省长职务，以中苏友好协会会长名义留下坚持外，其他人换上便衣转入地下。

北满的情况更加严重。逊河县里的国民党军统特务组织叛乱，一次杀害中共县长顾延岭等17人。顾延岭是中共抗大干部，临刑前不甘心地破口大骂："抗战八年没有牺牲，今天要死在你们这些汉奸特务手里！"

中共在松江省原掌控的十几个县，只剩下一个宾县，陈云的北满分局只能在此落脚。齐齐哈尔为中共嫩江省委和省军区驻地，市内有一个警备旅1600人、700支枪，而国民党组织的伪满警察和各县地方武装成立的"光复军"人数多达18000人，并拥有装甲车、大炮等重武器，占领齐齐哈尔数日，便同时抢占了所属各县城。

12月29日，陈云、高岗在给东北局的报告中说，北满号称有44000人部队，但可靠者只有11000人。他们分析："如此大量不可靠部队，将来定成后患。"[7]

事实发展完全证实了他们的预见。先拿到日军装备的新部队，老骨干很少，其他许多人原为伪满国兵和警察，曾参加或未参加抗日的土匪，利用东北八路军扩军的机会，抱着"先当八路，再当中央"的心理进入中共部队；一些原本就对共产党反感的私人武装，则抱着保持实力伺机"反正"的想法参加中共部队，结果新兵新枪却无心战斗，老部队有战斗意志，却是破枪烂炮。由山东进入东北的6万老部队，只有8门迫击炮、16挺重机枪、529挺轻机枪、2.2万支步枪，一时难以投入战斗。[8]

事后，吃尽了苦头的东北局及各满分局，曾认真总结了前一段扩大武装的教训，一致认识到，片面追求数量、不注重质量招兵买马式的建军方式，不仅不能扎实地扩大人民武装，而且会使国民党军警宪特乘隙混入我军内部，窃取某些领导权，并像病毒一样从内部腐蚀吞噬我军健康肌体，从根本上搞垮人民武装。冀东部队出关后新扩大的10万人中，竟有4万余人投降叛变便是例证。[9]

采取招兵买马方式扩军，除了对东北复杂阶级关系缺乏了解，尤其是对伪满残余基础的雄厚、国民党军统特务渗透组织能量，以及中共在东北群众基础的薄弱没有足够认识外，中共初入东北另一个失策之处，是没有把本来就不多的干部集中使用，一个县往往只派一个县委书记、县长，一个公安局长，再加两个助手。

这种类似"传檄而定"的政权，实际是建立在沙滩之上的楼阁。在并无群众基础的地方，造成牺牲则成必然。自挖思想根源，还在于缺乏对艰苦与长期残酷斗争的思想准备。

历史证明，轻易取得的成功一定不具有价值。一切不经过艰苦奋斗得来的胜利，都不是最终的胜利。成功与辉煌的产床只能是苦难与牺牲，别无他途。

40年后的1984年，长春市邀请当年亲历那段斗争的老同志座谈。当年的市委民运（宣传）部长赵东黎在谈到刘德彪等一些同志的牺牲时心情依然很沉痛，认为当时对敌斗争的指导思想也不十分明确："那时的理论叫东北经济发达，东北不能再用农村包围城市那个方式。东北是城市统治乡村，只要掌握了大城市，乡村不成问题。"[10]

任何正确的理论都应从实践中获得，而实践的本身包括流血牺牲。

斯大林仅仅扭过头来对蒋介石展露了一个笑脸，便让抢先入关占了上风的中共吃尽了苦头。虽未落下马来，却四处落荒而逃。万幸的是，杜聿明的13军和52军在11月22日占领锦州后，先头部队只向锦州东80里的沟帮子探了一下头，便止步不前了。国共双方的主力部队在辽西对峙了近一个月，没有大的战斗发生。

林彪的指挥部与黄克诚、梁兴初的主力3万余人，驻守于锦州东到义县之间的乡村。杨国夫部在他们的西南。已经到了寒冷的冬季，部队衣食无着，陷入严重困境。

12月3日，林彪给东北局的告急电报说："部队数万之众，每日拥挤于狭小地域，向老百姓无代价索取粮、菜、柴及拉牲口、大车，根本无钱付。故群众对我甚不满。""急需送钱来。如万一无满币，亦请迅速送东北银行纸币来。"黄克诚的部队半月过去了，"七无"问题不仅没有改进，反而加剧。"杨国夫部发生严重逃亡，且有下级干部与成班带枪逃走之现象。该师由山东出发到锦西，逃亡已达30%以上。"[11]

12月5日，主持东北局的彭真给中央回电："我们拟集中3万至4万主力争夺沈阳，并集中1万主力威胁长春。""如蒋军开到后，苏军即撤走，我即坚决争取消灭顽敌，先占领沈阳，再夺取长春。"[12]

12月7日，刘少奇以中央名义复电东北局，明确表示不同意见，同时肯定："林彪2日电部署以旅为单位分散打土匪，做群众工作是对的。"[13]

12月15日，东北局再报中央下一步的总方针："主要力量应放在控制长春线两侧广大地区（包括中小城市及次要交通联络点），建设根据地。"[14]

刘少奇感到十分不安。12月24日，以个人名义给彭真发出一封长电："1.毛主席因疲劳过度，已休息一个多月，现仍在休养中。2.东北情况我不会比你更清楚，但我对你们的部署总有一些不放心，觉得是有危险的。你们主力是部署在沈阳、长春、哈尔滨三大城市周围及南满，似乎仍有夺取三大城市的态势……3.现在东北的主力和干部，必须分散部署。应以大部分到东满、北满、西满各战略要地去建立根据地，只留一小半在三大城市附近发展，并随时能撤走……"[15]

在东北革命战争战略问题上，究竟采取什么方针，直接关乎中共及军队在东北的命运及前途。中国革命的实践证明，对形势准确判断并制定相应的正确路线，直接关乎革命的生死存亡。

12月11日，林彪给东北局和中央发出长电，在检讨了我军目前九项弱点问题后，建议对东北斗争须做长期打算。当前最重要的是坚决肃清土匪与改造旧政权，建立后方基地，包括军工厂、兵站、医院；对部队进行整编训练。将部队"以团为单位，一概分散于广大乡村打匪，做群众工作，收集资料，建军与整训，准备度过整个冬天，而在明春再集中打大仗"。

12月25日，林彪再给中央发了一封电报："凡愈靠近城市与铁路的地方，人心愈浮动，群众愈难争取；而这一带亦往往首先失掉，使群众工作的建设白费力气。距城市与铁路线（北宁、长春两路）愈远的地方，人心愈巩固，群众工作愈易发动，且敌来的可能少，故愈易成为巩固的后方。""应将重心布置于边缘地区，先把那一带搞起来，然后用群众运动的影响，来向城市扩张群众运动。""我绝大部部队皆应严格离开城市，住到乡下去。"[16]

派往东北的其他领导干部也都向中央表达了意见，包括政治局委员陈云、高岗、张闻天以及罗荣桓、黄克诚、李富春等人，可谓意见纷繁不一。

仔细阅读这些意见，笔者发现，当年中共在东北的最大问题是大敌当前的危急情况下，党政军两个一把手，即东北人民自治军第一政治委员彭真，与东北人民自治军总司令林彪出现了严重分歧，而彭真是中共东北局书记，名副其实有最终决定权的一把手。

毛泽东会否定一把手而支持二把手吗？

陈云的意见似乎侧面声援了林彪。他说，必须防止干部中认为不经过严重斗争而可以取得全东北的想法，竭力避免把一切希望寄托在苏联的援助上，以苏联对我们援助一时增减而发生盲目的乐观或悲观失望的情绪。[17] 陈云还把上述思想提到反对党内错误倾向的高度。这符合毛泽东独立自主、自力更生的一贯思想。

病中的毛泽东一直关注着东北局势的发展，或者如西方评论人士所说，说他的病相当程度与东北（斯大林的态度）有关。他仔细阅读了每一封电报，经过深思熟虑之后，于12月28日亲自起草了给东北局的七点指示意见，即《建立巩固的东北根据地》。提出了核心任务是在东满、北满和西满建立巩固的军事政治根据地："这种根据地的地区，现在应当确定不是在国民党已占或将占的大城市和交通干线，这是在现时条件下所做不到的。也不是在国民党占领的大城市和交通干线的附近地区内。这是因为国民党既然得了大城市和交通干线，就不会容许我们在其靠得很近的地区内建立巩固的根据地。这种地区，我党应做充分的工作，在军事上建立第一道防线，决不可轻易放弃。但是，这种地区将是两党的游击区，而不是我们的巩固根据地。因此，建立巩固根据地的地区，是距离国民党占领中心较远的城市和广大乡村。"[18]

毛泽东否定了彭真，支持了林彪，七条指示中许多话语都与林彪上述的意见几乎一样。《建立巩固的东北根据地》成为中共与国民党争夺东北的纲领性文件。细读七条指示，其核心灵魂像极了一句话，即重庆谈判中毛泽东公开告诉蒋介石的："你占点（城市）线（铁路），我占面（广大边缘地区），以农村包围城市。"

国民党行政接收团从长春总撤退后，中苏双方谈判由重庆直接向莫斯科交换意见。这细微变化说明蒋介石已变被动为主动：不是我到长春找你占领下的苏军总部谈，而是中华民国首都重庆与苏联首都莫斯科在"平等"对话。

实际上，蒋介石心里有数，粗腿长在美国身上，跟苏联的大腿比起来，自己仍然是胳膊。蒋介石当时采取的策略是："在中苏经济合作问题上，尽量适应苏联的要求，宁可把谈判拖下去，也不做正面拒绝。在接收问题上，尽量要求苏联的协助，决不让共产党继续占据在东北。"

根据这个方针，"11月30日，重庆与莫斯科直接谈判达成了五点意见：（一）苏军协助国民党军队空运到长春和沈阳两地，并由国民党政府先派机场工作人员进行准备。（二）其他地点由国民党政府组织警察，负责地方治安。（三）苏联军队展至1946年1月3日撤尽，等待国民党军队接收。（四）东北工矿企业就其性质可作为战利品，一律归苏占有和使用。（五）关于具体细则，仍须在长春做最后决定，始能执行。"[19]

12月4日，蒋经国、张嘉璈再抵长春，于5日、7日、9日，同马利诺夫斯基连续三次会谈，蒋介石空运部队入长春和行政接收政权两项，均得到满足。而且苏军答应为着陆的国民党军队担任地面警戒，另派军队协助国民政府接收人员，到各地接收政权。

苏军所以痛快答应，是第（四）点，中方对工矿企业作为战利品归苏的承诺。但在长春谈判具体"执行"时，双方对"战利品"的概念解释出现了分歧。本着蒋介石"拖下去"，"不做正面拒绝"的策略，张嘉璈提议，长春铁路沿线各工矿业及辅助线问题，中苏双方组织委员会讨论解决。

蒋经国与张嘉璈在经济谈判上尽量适应苏方，唯恐影响行政接收的实施。而苏方大军压境，不怕最终你不屈服。斯大林也准备了两手，第一手要与中方"合营"东北企业，把蒋介石绑在苏联战车上最好。如果不成，那就把东北剥下一层皮，拆走全部设备。所以，在进军东北不久，从国内调遣3000多名技术人员，随军进入东北各大城市及工业基地探查。

这一次，斯大林采取的策略是先退一步，实际是收回拳头攒足劲头，视"合营"成功与否，决定将拳头最终砸向国共哪一方。

1945年12月至次年的1月间，是中苏两国的"蜜月期"。

此前被苏军禁止的伪军收编取得了成效。不到半个月时间，熊式辉已经收编了伪满吉林市警察队陈惠民部人、枪1000多,蛟河县张雪棠地主武装1000余人,敦化县唐王的土匪武装500多人。尔后,一齐开至长春市郊。面对长春周边曹里怀、万毅等八路军正规部队的压力,熊式辉以铁石部队刘德溥部为主力,在北平编成了东北行营直属保安队,名为东北保安第二总队,于1946年1月5日空运至长春。

有了部队保护,各省、市行政长官人人踊跃,纷纷开始履任视事。除辽宁省政府主席徐箴于12月8日在杜聿明长官司令部驻地锦州开张办公外,其他省市最捷足先登的是长春市市长赵君迈,不需离地儿便于12月22日就任市长。原市长曹肇元改为参议留用。当天,国民党中央银行长春分行开张,发行东北九省流通券。

接下来,在苏军联络官陪同下,哈尔滨市市长杨绰庵、沈阳市市长董文琦,分别于12月27日急匆匆赶往赴任。辽北省主席刘翰东、松江省主席关吉玉是铁石部队空运长春后,在军队护送下分别于1月10日和12日在四平和哈尔滨就职。黑龙江省主席韩俊杰1月5日由长春到了哈尔滨后,未敢进一步去省会北安,在哈尔滨设了一个办事处,权作赴任了。

而吉林省政府主席郑道儒,自长春总撤退到北平后,脑中一想起满炭大楼面朝里站岗怒目而视的士兵便心慌意乱,住进了东交民巷德国医院再也不出来,委派财政厅长王宁华代理主席。如此,熊式辉梦寐以求的"行政接收"总算有了一个眉目。[20]

1946年1月22日,身穿褐色毛皮大衣、头戴紫貂皮帽、面带微笑的宋美龄在蒋经国的陪同下,缓步走下飞机。这张照片至今保存在长春市档案馆里。受蒋介石委托,宋美龄此行长春专为慰问苏联红军。

次日,宋美龄在伪满中央银行四楼举行了盛大宴会,宴请苏军总部高级将领,发表热情致辞,由蒋经国亲自担当翻译。致辞后,逐一向苏军高级将领授勋,勉力增强苏军的好感与友情。

苏军似乎并不太领情:一是宋美龄本打算会晤马利诺夫斯基元帅,苏军代表解释的理由是,元帅因公临时回国。事后有权威人士传说,马利诺夫斯基并未回国,只是不愿见宋美龄而已。二是熊式辉事先准备了从机场到市内万人欢迎队伍,却被苏军强行解散,"理由"是为保证安全。闹得宋美龄好无兴致。

宋美龄抗战时期为中国争得美援，曾在美国国会发表演讲使其一夜成名，在医院里看望伤员，在炮火连天的掩体里慰问官兵使其赢得了国内外良好声誉与尊重。苏军出兵五个多月后才姗姗迟来慰军，实乃迟来的热情。蒋介石"夫人外交"，另有深意。[21]

按着"中苏条约"《苏军从满洲撤退计划书》的规定，苏军将于1945年12月3日全部撤退回苏联。由于林彪将杜聿明死死拖在辽西锦州一线，沈阳以北的东满、西满、北满，除了一盘散沙的土匪及伪满残余，国民党一个正规部队也没有。共产党的部队虽被迫从沈阳、长春、哈尔滨几个大城市撤出，苏军一旦撤退，将毫不费力杀回来。蒋介石要求苏军延迟撤退回国。这正合斯大林之心意，但他还要端起架子，吊足蒋介石的胃口。

《大公报》转载塔斯社关于东北苏军暂缓撤退的双方商谈经过称："马利诺夫斯基元帅曾以关于依照8月14日的苏中条约，苏军从满洲里撤退的计划书，递交中国政府的熊式辉将军。这个计划书（大意）：到1945年12月3日，所有苏军都从满洲撤退。中国代表们一再申明，中国政府在向满洲运送它的军队方面，由于中国非政府的军队在若干地方出现而受到颇大的困难……倘若苏军依照规定的时间从满洲撤退，中国政府就要面向极端困难的局势……既不能把自己的军队运到满洲，也不能在满洲组织民政机关。鉴于这一点，苏联政府已对中国表示许可，将暂缓从满洲撤退。这事已由中国政府异常满意地接受了。"[22]

于是，国民党中央社12月1日发表消息："关于苏军在东北撤退一事，中苏两国政府经磋商后，业经同意改定以明年1月3日为完成撤退之期。"

12月25日，蒋介石派蒋经国以自己私人代表身份飞往莫斯科，恳请斯大林将撤军时间再往后延。斯大林说了一句意味深长的话："只要国民政府能保证今后美国不在东北得到利益，我们苏联一定可以做必要让步。"

言下之意就是，你们决不能让美国一个兵到东北来，否则东北的问题就没个解决。斯大林采取以退为进方针，12月28日，苏联外长莫洛托夫表示："由于中国政府之要求，苏军之撤退将延至明年2月1日。"[23]

斯大林给了蒋介石晚撤军的面子与"帮助"，再次提出合营东北企业的要求，蒋经国按着行前蒋介石授意的"拖延"战术，答应回国向蒋介石汇报。为给蒋介石更大压力，斯大林软硬两手一齐使用。

软的一手，答应以驱逐中共军队出东北，换取中苏"合营"东北的154个大型企业；硬的一手，于1946年1月21日即宋美龄赴长慰问苏军前一天，苏联政府向国民党政府发出正式备忘录称："东北各省内曾被日军利用之一切日本企业，均经苏联视为苏军战利品。"[24]

有此背景，宋美龄见不到马利诺夫斯基元帅便不足为奇了。但是，自我感觉良好的宋美龄长春一行却摆足了派头。到"中山纪念堂"演讲，乘坐的是溥仪皇帝的座驾——美国博加德牌轿车。虽然才四十多岁，却由蒋经国与市长赵君迈左右搀扶着下的车。当然，懂政治的宋美龄不忘前往长春孤儿院看望孤儿。宋美龄在长活动由东北电影制片公司拍摄了名为"蒋夫人莅临长春"的特号新闻纪录片。

宋美龄这些做派与抗战时期判若两人，表现了一种胜利者的自得与尊贵，反映了抗战胜利后蒋介石及其国民政府的普遍心态与脱离民众的做派。

注释

[1] 于祺元：《长春解放前夜》，《长春文史资料总第77辑》，2008年8月版，第31页。

[2] 董彦平：《苏俄据东北》，第6章。

[3] 《刘居英同志的回忆》，《长春解放前夜》之附录，第177页。

[4] 伍修权：《回忆与怀念》，第6章，第1节。

[5] （英）菲力普·肖特：《毛泽东传》，中国青年出版社，2000年版，第324页。

[6] 萧岗：《走向胜利的历程——回忆东北解放战争中的一些亲身经历》，《辽沈决战》，人民出版社，1988年版，中共中央党史征集委员会。

[7] 刘统：《东北解放战争纪实》，东方出版社，1997年版，第90—92页。

[8] 徐焰：《苏联出兵东北》，解放军出版社，2015年版，第315页。

[9] 同上书，第316页。

[10] 《赵东黎同志的回忆》，《长春解放前夜》之附录，第205页。

[11] 《东北解放战争纪实》，第93页。

[12] 《四野战史资料汇编》，四野战史编辑室，1960年编。

[13] 《中国人民解放军第三次国内革命战争史料选编》，第1辑，第1册。

[14] 《四野战史资料汇编》。

[15] 《辽沈决战》（上册）；《东北解放战争纪实》，第98—99页。

[16] 《四野战史资料汇编》。

[17]《辽沈决战》(上册)电报稿。
[18]《毛泽东选集》第四卷,人民出版社,1991年6月第2版,第1179—1182页,中共中央毛泽东著作编辑出版委员会。
[19]张潜华:《政学系在东北接收问题上的如意算盘》,宋国琛主编:《党在长春的地下斗争》,1991年版,第359页。
[20]同上书,第360页。
[21]张贤达、孙莹:《长春历史话题》,吉林大学出版社,2013年版,第64—66页。
[22]杜聿明:《国民党破坏和平进攻东北始末》,《辽沈战役亲历记》,中国文史出版社,2012年版,第477页,全国政协文史和学习委员会编。
[23]同上书,第477页。
[24]《党在长春的地下斗争》,第361页。

第 8 章　美国人伸手了

苏联与国民政府商定推迟从东北撤军，立即引起了美国杜鲁门总统的警觉。推迟撤军也有不撤的可能，如果苏联百万大军常驻东北，蒋介石便有可能倒向苏联，美苏对垒的前沿阵地便会由北满的漠河一下子推到山海关前。这是美国人绝对不能允许的结果。

"二战"后厌战情绪弥漫了全球。

1945 年 8 月，在菲律宾首都马尼拉，15000 名美国军人上街游行，标语是"让我们回家！"。美国国会秋季会议开始时，议员们收到了成百上千双美军家属送来的鞋，邮包的留言是："战争不是结束了吗？让小伙子们回家吧。"1947 年，美国国防开支预算由 820 亿美元锐减到 130 亿美元。[1]

这一年，美国士兵正以每小时超过 650 人的速度恢复百姓身份与生活。杜鲁门在 1946 年 1 月宣布，每天复员人数将在 2.5 万人以上。[2]

美国在中国有巨大的利益。日本战败后，美国取代了日本在华投资的霸主地位。1947 年，美国资本在华投资占各国在华投资总额的 80%。[3]

中国国共两党势不两立的争斗，使杜鲁门深陷纠结之中。美国国务院认为，国民政府在中国已失去民心，装备简陋的共产党却深得民心。杜鲁门认为，美国对国共两党军事冲突调停失败，则缘于美国驻华大使赫尔利工作不利。于是，他以服役 42 年的美国陆军总参谋长、退役了的五星上将马歇尔，替换了赫尔利，希望通过美国巨腕让国共两个瘦弱的手腕停止争斗。

临行前，马歇尔面见杜鲁门总统与贝尔纳斯国务卿，讨要美国政府调停的最终底线："假如蒋介石不肯让步，美国真的要抛弃他吗？"

杜鲁门回答明确，"美国出于战略目的也要支持蒋介石。但是，如果因为蒋不肯让步导致内战爆发，从而让共产党占据大半个中国，苏联人又能够控制满洲,美国由此失去太平洋战争的主要目的,这也是美国的失败和损失。"

马歇尔又问:"如果共产党不肯让步呢?"

国务卿代总统回答:"那就全力支持国民政府。"[4]

玩了一辈子枪杆子的蒋介石终于发现,跟同样真枪实炮打出来的斯大林大元帅交往,若想不费一兵一卒,完成行政接收,东北九省二市的政权就是建在沙堆上的楼房。可是从大西南将精兵运到东北,路途遥远尚在其次,沿途的艰难不亚于唐僧西天取经。首先路已不成路,公路、铁路已被"大翻身"地破坏,不仅铁轨枕木被运走,桥梁也被炸毁。

更重要的是,几条交通命脉都有中共重兵阻拦。津浦路上,南有陈毅,北有粟裕,先机控制了140公里和20公里的地段,硬生生切断了贯穿中国南北的大动脉。平汉路上,则堵着刘伯承、邓小平。10月中旬,沿平汉路北进的第十一战区孙连仲部,到月末被歼两万三千余众,连战区副司令长官兼40军军长马法五都当了共军俘虏。而离东北最近的平绥路上,则踞守着聂荣臻、贺龙。

蒋介石进军东北的唯一依靠只能是美国人了。但美国人并不是慈善家,美国人的一切行为都是以利益为第一前提。这一点同苏联人并无二致。

尤其在"二战"之初,美国对日本侵华采取绥靖政策。"自1937年至1939年,美国仍对日出口了价值7.16亿美元的各类物资,是同期对华出口额的5倍。仅1938年,日本从美国获得的各种战略物资,就占其进口总量的一半以上……美国军火商源源不断地将飞机零件和重型炸弹卖给日本,在淞沪、南京、徐州、武汉乃至重庆,难以计数的中国军民死于美国制造的炸弹。"[5]直到珍珠港事件发生。

美国支持蒋介石的前提是为美国人之所用,支持之先则是控制。控制蒋介石使之屈服的手段除了美援外,还控制蒋介石美械装备起来的部队。

"八一五"后,蒋介石原定按邻近地区向日军缴械并占领城市。美国要求南京、上海、广州、天津、北平等"油水"大的都市,必须由美械装备的军队前往受降与接收。否则,美军即停止对蒋军的运输援助。"为争夺受降指挥权,美蒋之间曾经发生过激烈的矛盾斗争:美军曾将运到印度应当交给中国的中型、重型（30吨级）战车三百余辆交给英军，并将在云南各机场的军用飞机千余架及其他装备予以破坏，迫使蒋介石屈服。"

蒋介石屈服了，原因是"共军大部都在敌（日军）后，比我们前进的更快""只有依靠美国空运，我们才能抢在前头"。

其实，美国控制蒋介石由来已久。这不是蒋介石第一次屈服。

在抗日战争胜利后期，美军顾问团已"渗透到蒋军部队基层单位（连）里，控制着蒋军的装备（部队是否美械装备由美军决定）、训练（美械及半美械装备必须接受美式训练），及部分人事权（如新编30师师长胡素由美方请求撤换的，又如57军刘安祺部由西安调至昆明，赴印参战时，美方对团长以上干部一律不要，迫令将该军编散）"。[6]

历史学家黄仁宇曾担任过中国印缅远征军中方最高指挥官郑洞国的副官。他在《黄河青山》中真实记录了中国指挥官的尴尬处境：

"新一军的总部没有指挥权。我们的总指挥郑将军只要负责维持中国部队的军纪即可……直到今天，我仍然无法理解，是谁和美国达成协议，让我们的总指挥毫无指挥权。""郑将军于印度及缅甸执勤时，唯一可以有效指挥的军队，只不过是一整排由中尉统领的卫兵。第二次缅甸之役开打时，中国兵投入战场，事先都没有通知他。"不仅郑洞国不知道，他下属的师长也不知道。美军"指挥部的先遣司令部直接下令给各团及各营。后来战事扩大，命令才下到师长级"。[7]

黄仁宇回忆："郑将军和史迪威及指挥部（美军）的关系愈来愈恶化，他飞回重庆两次，要求蒋介石解除他在驻印军的职务。有一次还声称如果不换他，他就不离开中国（我是后来从郑夫人处听到的）。蒋介石大骂他一顿，但又安慰他，只要他继续和美国人周旋，对抗战就是一大贡献。""1944年夏天，他被升为驻印军的副总指挥，进一步确定他是个没有实责的将领。""史迪威被召回美国后，继任者索尔登毫无意愿改变现状。新的美国总指挥从来不曾请副总指挥开会研商。"可见以前不是史迪威个人问题，而是美国对中国军官的习惯行为。[8]

从蒋介石一边大骂郑洞国，一边又对他安慰升职，可以发现，面对美国的欺压要挟，其内心的苦恼与愤懑无以言表。今日读来，蒋介石忍辱负重的精神实乃令人敬佩，毕竟那天大的委屈是为了抗战。但现今屈服于美国，则为了获得对其内战的支持，毫无半点亮色可言。

美国人对蒋介石，可谓爱恨交加。

尤其是令驻华美军司令官、盟军中国战区参谋长史迪威不理解而提出的令蒋介石恼怒不已的那条意见是，应该把封锁解放区的国民党军调往抗日前线。因为那条封锁线吸住了大约20万最好的政府军队和5万共产党人的部队。[9]

在中国的两大政治势力集团比较中，务实的美国人最终选择了蒋介石。尽管国民党官僚腐败，失去民心，但蒋介石能够向美国输出利益，有这根本的一条就足够了。如果他不听话，美国人在与其利益交换时，有把握使其屈服和听命。

因为，那个山沟沟里从未见过大世面、得到过大利益支持、因而一贯崇尚独立自主自力更生的毛泽东，连同宗一脉的强人斯大林都没办法让其听话，更别期望他听从美国的意旨，并向美国输出利益了。

1945年9月中旬，美国政府宣布，蒋介石要求美国供应的20只舰艇中的8艘（驱逐舰、潜水艇各4艘）先予"赠予"。同月28日，又宣布将云南各机场的剩余设备全部交蒋空军接管。10月31日，美军在华最高指挥官魏德迈宣布："为完成美军对中国政府之协作，自将运送中央政府部队至中国境内各战略地区。"

美军第七舰队继11月上旬运送13军、54军抵秦皇岛后，秦皇岛便成了"二战"以来最繁忙的军港。白天黑夜，汽笛声此起彼伏，舰船穿梭而行，国民党军队蜂拥上岸。据说，当时秦皇岛人在码头随便弯腰下去，就能捡到一只金黄色纽扣，而不是贝壳。

这些部队海运秦皇岛前，多数经过了空运。新6军由芷江空运南京，94军由柳州、靖远运至上海，再运往北平，93军由武汉运至北平，74军由九江运至南京。在"二战"后与美国海军空前大海运相俪伴的，便是美军在中国有史以来最大的空中大运兵。美国政府为此动用运兵费用达6亿美元，运送总兵力达14个军30多万人。多数运至东北，以及毗邻东北的华北，便于随时支援东北。[10]

美国人不仅帮助蒋介石运兵，还亲自动手替蒋介石抢地盘。黄海舰队巴尔贝中将认为，秦皇岛本来不必如此拥挤和忙乱不堪，于10月6日率舰队在烟台港口外张开巨大的炮口要求登陆，并要求事先已从日伪军手里夺取港口的八路军退出。

中共胶东区八路军武装在登陆通道后修筑了抵抗工事，严阵以待。10月7日，叶剑英以18集团军参谋长名义发表公开声明，美军如果"在该地强行登陆，因而发生任何严重事件，应由美方负其全责"。[11]

遥望着烟台港上八路军的土炮老枪，巴尔贝无奈下令舰队撤出烟台海面。惜命的美国人是明智的：虽然舰炮可以摧毁岸上的工事，但铁板舰船开不上陆地，登上陆地的美军士兵面对躲在墙边树后也不惜命的八路破枪中射出的子弹，都一样会轻易丧失掉性命；虽然物质上美国人比共产党强过若干倍，但在精神状态上，惜命的美国兵比敢于以命相搏的八路军官兵要软弱若干个等级。

1945年12月15日，美国总统杜鲁门发表声明，宣布中国内战要停止，国民党一党专政要结束，表明了美国不希望中国发生内战的对华政策。这得到了同样不希望中国发生内战的斯大林的积极回应。"如果有什么人能解决（中国）这个形势的话，那就是马歇尔将军。"

毛泽东深知，蒋介石根本没有和平的诚意，但面对敌强我弱的军事力量和人民和平的意愿，毛泽东对美国人的调解持欢迎态度。

12月21日，马歇尔在南京对蒋介石说了两项意见：一是除非看到目前致力于和平的努力是有效的，否则美国不能保证对中国继续经济和军事援助。二是国共冲突越激烈，越有利于苏联支持中共。[12]

蒋介石表面对和平持欢迎态度，暗地里加紧反对行动，密电杜聿明抓紧向东北发动进攻。杜聿明忠实执行蒋介石命令，坐镇锦州，责令52军主力于12月24日冒着大雪向北镇和黑山进攻。得手后，13军主力于28日沿铁路又向义县进攻。

义县是黄克诚、梁兴初的主力休整地区，从锦州后撤时，曾破坏了沿途铁路，炸毁了铁路桥梁。没料到，杜聿明采取机械化抢修、大迂回包抄、夜间接近、拂晓进攻战术，黄、梁部均无棉衣，夜里放不远侦察哨，被攻了个措手不及。林彪指挥部队撤出义县，分别退往彰武、法库、通辽一线。杜聿明随即控制了热河与沈阳间铁路线。

一向用兵迅速的杜聿明乘势分兵两翼：南下，进攻营口；西向，进攻朝阳与热河。1月7日，国民党52军25师分两路进攻营口。吴克华的第二纵队2旅4团在副旅长指挥下前去增援，带着指挥部人员到附近找友邻部队时，突然与敌遭遇，除副旅长带警卫员逃出外，指挥班子全员被俘。

锦州失守后，热河与承德是国共双方争夺的焦点，热河失守则关内与东北联系便被国民党切断。

中共在热河只有黄永胜教导2旅两个团兵力，李运昌带两个旅新部队赶去配合作战。国民党军主力沿铁路乘车西进，李运昌部则在地上步行，时值寒冬，无处寻找粮食、柴草，又逢土匪骚扰，新部队士气低落。李运昌和黄永胜的电台与林彪的总台失联5天之久，不能得到总部的及时支援。结果使战斗力不强的国民党13军一路势如破竹，于11月5日占领朝阳，9日攻占叶柏寿，10日抢占凌源，13日又攻下平泉。[13]

中断了一个多月的国共谈判在马歇尔的努力下，再次恢复。12月27日，国共双方代表刚坐下来，国民党代表张群突然提出，华北的赤峰和多伦也属于东北范围，这两处地方必须由国民党军队接收。

蒋介石深谙战略布局，其分割包围的意图十分明显：赤峰和多伦是进入东北的陆路通道，占据了那里，便彻底切断了中共华北解放区与东北的联系；在孤立进入东北的林彪部队的同时，便于回头对华北解放区形成反包围。

要求传到延安，毛泽东勃然大怒：共产党不反对部分国民党军队进入东北，但国民党始终拒绝协商军队进入的办法。如果国民党仍然坚持这个主张，一旦发生大规模军事冲突，共产党概不负责！

调停艰难而国共冲突不断。倍感压力、心情恶劣的马歇尔对蒋介石施压了。蒋介石态度强硬地说，这一举措是防止苏联以东北为跳板染指华北——暗指美军势力范围。马歇尔提醒蒋介石，他是代表美国政府来华的，目前的权力是苏美英三国认可和赋予的，如果今晚达不成协议，对蒋介石委员长切身利益是不利的！

尽管宋美龄在翻译时尽量使用和缓语气，还是使蒋介石感到了压力——离开了美援，尤其是美国的军运，他的部队只能在离东北遥远的地儿睡觉。

停战协定文件终于在1946年1月10日凌晨完成。国民政府主席蒋介石、中共中央主席毛泽东分别对各自部队发布停战命令。命令于1月13日午夜12时生效，双方停止一切军事冲突。[14]

停战有利于中共发展根据地，并使疲惫的部队恢复实力。这是蒋介石不愿意看到的，但马歇尔的胁迫和压力又使他不能不装出和平的行为，私下的愤怒情绪从他的侍从室秘书唐纵的描述中可见一斑："美国舆论对我最坏，压迫最甚；去年底杜鲁门声明、莫斯科公报与马歇尔来华，对政府施用之压力，无殊前年。"

蒋介石清楚马歇尔后边站的是华盛顿的杜鲁门、莫斯科的斯大林。蒋介石也是一个为理想信仰百折不挠、意志顽强之人，他的目标是做一言九鼎的领袖，绝不允许其他党派挑战自己的独裁大权。他已经为此奋斗了几十年，即使当前有强大的美、苏在掣肘，也丝毫改变不了他的初衷。

他的自信来源于：一切以获取最大利益的美国，无论自己怎么做，杜鲁门都不能不支持自己。因为政府的大印在自己手里，美国需要的利益只有从自己这儿才能拿到手。

当然，与美国人的交易要严格予以保密，毕竟有出卖祖业之嫌，出卖价格的大前提早定好了，协定细节逐步协商跟进。"据当时外交界人士说，都是蒋介石的亲手外交，密议的内容外界知者甚少。"[15]

1946年11月4日，《中美友好通商航海条约》在南京签订，条约共30条。主要内容有：第一，美国人有在中国"领土全境内"居住，旅行，从事商务、制造、加工、科学、教育、宗教、慈善事业，采勘和开发矿产资源，租赁和保有土地，以及从事各种职业的权利。美国人在中国，在经济权利上得与中国人享受同样待遇。第二，美国商品在中国的征税、销售、分配或使用，享有不低于任何第三国和中国商品的待遇。中国对美国任何种植物、出产物或制造品的输入，以及由中国运往美国的任何物品，"不得加以任何禁止或限制"。第三，美国船舶可以在中国开放的任何口岸、地方或领水内自由航行，其人员和物品有经由"最便捷之途径"通过中国领土的自由。美国船舶，包括军舰在内，可以在遇到"任何危难"（的借口）下，开入中国"对外国商务或航业不开放之任何口岸、地方或领水"。[16]

此条约被毛泽东愤怒地称之为"著名的卖国条约"，"比袁世凯卖国行为还要严重多倍"。

1946年12月20日，《中美空中运输协定》在南京签订。蒋介石在这个协定中拍卖了中国的全部领空权。按着这个协定，美国飞机可以在中国到处飞行、装卸和运转，完全控制中国的空运事业。美国飞机并在中国领土内享有"非营业性降落之权"，即军事着陆权。[17]

协定签好了，欺瞒多久算多久，等卖国骂名铺天盖地时，蒋介石索性公开卖了。

1948年7月3日，《中美双边协定》即《中美关于经济援助之协定》在南京签订。协定规定：美国政府承允援助国民政府，向其提供它所申请及美国政府所核准的援助；执行该协议的美方人员在中国享有与美驻华大使馆同等职员一样优待及豁免；美国可以在中国取得它所需要的任何战略物资，国民政府必须按时供给有关这些物资的情报；国民政府保证美国的商品来华销售。[18]

后来，有人士评论，蒋介石全面出卖中国海陆空主权的三个条约，是中国官僚买办资本和外国资本结合，导致中国民族工商业逐渐破产，恶性通货膨胀迅速发展，普通人民生活日趋恶化，出现空前经济危机，日益丧失民心的主要原因之一。

也有评论说，战争结束了，蒋介石完全可以挺直腰杆不要美援，但共产党障碍了他实现独裁政权，他只能饮鸩止渴地争取美援而铲除共产党。结果适得其反，这是国民党和蒋介石摆脱不掉的人生悲剧轨道。

投桃报李。巨大的利益使原本调和国共两党的美国人，情不自禁倒向了蒋介石一边。1945年10月中旬，美国在海外的部队陆续回调复员达200万人，唯独中国在增兵。年底驻华美军已达11.3万人。

截至1946年2月18日，美国海军第七舰队运送至秦皇岛的国民党军队共7个军，除先期抵达已投入东北前线的13军、52军外，随后跟进的有新编第 6 军、新编第 1 军、第 71 军、第 60 军、第 93 军。其中新编第 6 军与新编第 1 军是国民党军五大主力中的两大主力。

值得特别记述一笔的是新编第 1 军。日本投降后，美国政府曾致公文中国政府："商派一支 5 万人的军队，协助盟军占领日本。"占领地区以爱知县为中心加静冈和三重两县，爱知县首府名古屋为日本第三大工业城市。

函件点名要求派新编第 1 军。原因是这支全部美械装备的部队（扩编为军之前身为新 38 师）在远征印缅战役中，师长孙立人以 1 个团的兵力解救了被围困的绵羊式英军 7000 余人。而这些英军竟然是赫赫有名的第 1 师和第 7 装甲旅。

美国人看中有"天下第一军"之称的新 1 军，是因为军长是有"东方隆美尔"之称的孙立人。而蒋介石需要有"天下第一军"去同共产党武装争夺满洲。

同美国人打交道蒋介石有的是经验，办法就是逐次添油加拖延战术。

先是答应派遣类似混成旅编制的一个 5000 人的支队。见美国人不满意，又按要求决定编成 1.5 万人的 67 师——"大杂烩"的畸形编制占领军，既有部分重炮加战车快速部队，又有马车和人力运输的慢速步兵。师长戴坚也名不见经传。

部队编成、武器配备、经费薪饷、后勤供应……从 1945 年 9 至 10 月间，一直洽商到 1946 年 7 月。拖延战术奏效了，麦克阿瑟失去了耐心。7 月下旬的一天，中国驻日代表团大使衔副团长沈觐鼎，对代表团军事组上校参谋廖季威说："国内来电，我们的占领军不来了。"[19]

麦克阿瑟一人的不满没有影响美援源源来华。1946 年 7 月 16 日，美国国会通过《美国援华海军法案》。以价值 8 亿美元的 271 艘舰艇，赠送国民政府。8 月 31 日，美国政府又将价值 8 亿 3700 万美元的西太平洋战争剩余物资，以 1 亿 7500 万美元的价格卖给国民政府。其实，在这两笔美援之前，截至 1946 年 6 月，"美国共装备了国民党军 45 个师。为国民党训练陆军、海军、空军、特务、交通警察、参谋、军医、军需等军事人员 15 万人"。[20]

蒋介石已经具备了打内战，尤其争夺东北的雄厚物质基础和条件。

注释

[1] 王树增:《朝鲜战争》人民文学出版社,2009 年 4 月北京第 1 版,第 21 页。

[2] 丁晓平:《1945·大国博弈》,华文出版社,2015 年版,第 300 页。

[3] 王树增:《解放战争》(上),2009 年 8 月北京第 1 版,第 332 页。

[4] 同上书,第 66 页。

[5] 王树增:《抗日战争》第二卷,2015 年 7 月北京第 1 版,第 79 页。

[6] 杜聿明:《国民党破坏和平进攻东北始末》,《辽沈战役亲历记》,中国文史出版社,2012 年版,第 465 页,全国政协文史和学习委员会编。

[7] 黄仁宇:《黄河青山》,生活·读书·新知三联书店,2007 年北京第 2 版,第 31 页。

[8] 同上书,第 33 页。

[9] 《解放战争》(上),第 67 页。

[10] 同上书,第 52 页。

[11] 徐焰:《苏联出兵东北》,解放军出版社,2015 年版,第 302 页。

[12] 王树增:《解放战争》(上),2009 年 8 月北京第 1 版,第 68 页。

[13] 刘统:《东北解放战争纪实》,东方出版社,1997 年版第 114 页。

[14] 《解放战争》(上),第 71—72 页。

[15] 《辽沈战役亲历记》,第 465 页。

[16] 《毛泽东选集》第四卷,人民出版社,1996 年 8 月第 1 版,第 1217 页,中共中央文献研究室编。

[17] 同上书,第 1384 页。

[18] 同上书,第 1385 页。

[19] 廖季威:《解开中国驻日占领军未成行之谜》,《纵横》,2015 年第 10 期,中国文史出版社主办。

[20] 《毛泽东选集》第四卷,第 1196 页。

第 9 章　秃子打伞，无法无天

史料记载，1948 年 10 月 20 日锦州战役结束的第五天，东北野战军总部指名让第八纵队政治委员邱会作前去汇报，其实是罗荣桓安排邱会作去见林彪。见面第一句话，林彪对邱会作说："啊，你就是邱会作同志……"

那时，林彪已是百万大军的统帅，全部精力整天陷入调兵布阵之中，不认识一个新提的纵队政委也可以理解。而三年前的 1945 年 12 月 25 日，林彪在阜新只能召开营以上干部会议，那时他能抓到手里的只有几个团数千人的队伍。就在那次会议上，林彪提出了"忍、等、狠"三字方针。

几十年后，长期跟在林彪身边的李作鹏认为，在敌强我弱情况下，这个三字方针是有效的。他的理解是：

"忍"是策略。要忍受大城市与交通干线的暂时丢失，忍受部队面临的各种困难。但要在"忍"中迷惑敌人，"忍"中积蓄力量。

"等"是战术。等敌人战线拉长，主力分散，背上包袱，暴露弱点。等待有利于我的时机到来。

"狠"是结果。在"忍"与"等"的过程中捕捉战机，尔后创造"狠狠地"给敌人以致命打击的结果。一个半月后，林彪亲自实践了他的三字方针。

依据"中苏条约"和 1 月 10 日国共停战协定，杜聿明不费一枪一弹占领了沈阳以西和辽东半岛的大片地区，林彪的部队步步后退，几乎到了无路可走的地步。

1 月 12 日停战协定生效前一天，林彪命令黄克诚 3 师主力乘苏军退出通辽城之机发起攻击，一举消灭盘踞的土匪，占领了通辽。这虽然是个小城，但粮食丰裕，可供 2 万部队吃上一年。黄克诚遂在此建立了西满根据地。

毛泽东关于《建立巩固的东北根据地》方针发表后，东北民主联军总部辖下建立了东满、南满、西满、北满四大军区。林彪将战斗力最强的两个老部队——山东1师（梁兴初部）和新四军3师7旅（彭明治部）划归总部自己直属。[1]

两个部队都是从平型关战役下来的。梁兴初从1师师长到10纵司令员，一直是林彪的得力虎将；彭明治（新中国成立后授中将军衔）北伐战争中在叶挺独立团当排长，长征中在红一军团当团长，抗日战争中在林彪的115师当团长，一直是林彪老部下。

进入东北的各部队不再把主要精力放到争夺大城市上，纷纷到远离城镇的乡村发动群众，创建根据地和人民武装。林彪带领两支老部队，到法库以西的秀水河子。进了村屯后，通过清算汉奸获得了粮食、财物，部队生活有了着落。老百姓在清算斗争中分到了财产，斗倒了地主又分到了土地，纷纷开门迎接八路军，短短半个月便在老百姓中扎下了根。部队可以吃上饭，有地方睡觉，也有棉衣和棉鞋穿了，并且可以正常训练上课了，几个月长途跋涉的疲劳消除了。

不要小看了吃饭、睡觉、穿衣服，它是人活着的基本条件和第一需要。如果连活着的问题都解决不了，还能谈远大理想与目标吗？

多年后，当年闯关东的八路军和新四军战士，有的进了城市，当了相当级别的官员，却离开繁华的城市去寻找当年住过的村屯，寻找接纳过自己的老乡及那铺土炕。有的人还充满感情地带上毛泽东那篇著名的雄文：《建立巩固的东北根据地》。

杜聿明发现，1月13日国共停战令生效后，中共军队不再抵挡自己北进了，而且销声匿迹，不知了去向，他的部队可以大摇大摆沿着铁路线推进。从打入东北以来便一路顺利的杜聿明陶醉于胜利的喜悦中，他借接收城市之名义，兵分三路向沈阳扫荡前进。2月11日，13军89师266团和265团1个营及师属山炮连、运输连等美械装备约5个营，侵占了彰武与法库之间的秀水河子。此为杜聿明北路扫荡队伍的先头部队。

林彪非常高兴："等了你半天，终于送肉上菜板来了。""忍了许多地方的亏失，现在该我狠一下子了。"看众人没完全理解，林彪解释说："你看，敌人的拳头伸开了，分散了，这股敌人离主力有一天以上的行程……不大不小约 5 个营，正合我们胃口。"

林彪决定用梁兴初部 1 师与彭明治部 7 旅围歼秀水河子之敌。一向寡言少语的林彪对作战却是千叮万嘱的婆婆嘴。部署完任务，又向彭明治发电，专门强调他的"一点两面"战术：

"所谓一点，就是要选择敌人一个最薄弱点，将主要兵力集中使用于这一点上，对其他的方面只用少数兵力助攻。总之，不可平均使用兵力。

"所谓两面，就是不应将突击队与钳制队统用在正面。如只从正面攻击，则敌无后顾之忧，必顽强抵抗。且击溃后他能跑脱，不易消灭。以上两条，排以上干部无论对大目标或对小目标的攻击，皆当采取。"[2]

林彪指挥梁兴初部 1 师和彭明治部 7 旅 11 日夜出发，于 12 日上午突然包围了秀水河子之敌。13 日下午，林彪来到前线指挥所，先检查 7 旅的工事，而后冒着"噗噗"响的流弹在雪土里匍匐向前爬行，要亲眼查看部队突破地形。这关系到战士的伤亡。他先在一段废墟断墙边，用望远镜久久观察着，也不说话。又爬到一块地势较高的位置，再仔细观察，许久才说："这个方向好，那边太开阔，伤亡要大。"

13 日晚 18 时，外围战打响。林彪在秀水河子南面高地上指挥。炮弹不时从附近呼啸而过。突然敌人打出一排排带着火线的炮弹，爆炸后燃起一片火海，冲锋的战士碰上就成了火人，浑身是火在雪地上痛苦地翻滚。

林彪急问："这是什么炮？"

一个参谋顺口说了句："可能是火箭炮。"

林彪不满意地看了那个参谋一眼，对作战处长说："找个俘虏问问。"

作战处长问清楚了："是 120 重迫击炮打出的燃烧弹。"

林彪对什么问题都寻找一个准确答案，从不满意"可能""大概"等似是而非的结论。弄清情况后，林彪立即通知部队，散开队形，尽量不要利用房屋做掩体，防止烧伤。

22 时，总攻的信号升起。梁兴初的 1 师发起攻击，敌军用猛烈炮火迎击，梁兴初进攻受阻，可整整 20 分钟过去了，对面的彭明治的 7 旅还没有动静。正在焦急中，7 旅突然发起猛攻，而敌炮刚才全部转向 1 师，现掉头已来不及了。7 旅成功压制了敌炮火力，为白天林彪所定的突破方向打开了缺口。部队很快突进了敌阵，展开了巷战。

凌晨时分，秀水河子西南方向传来激烈枪声，52 军赶来增援，距秀水河子不足 10 里。林彪命令原担任佯攻的部队去阻援，自己的指挥所夹在了秀水河子与援敌之间，两边枪炮声与火光甚是激烈，炮弹不时从头上飞过。

前边攻击部队指挥员打电话问："后边枪炮声这么近，增援的敌人离我们还有多远？"

林彪让告诉前边："后边不用他们顾虑，我还没动，要他们加速进攻！"

周围的人担心林彪的安全，建议换个指挥位置，林彪在雪地里慢慢踱着步说："这个时候我们一动，就会影响部队进攻的决心。"

14 日早晨，战斗结束，缴获甚丰。一些战士拿到缴获的美式枪械都想试几枪，林彪要求部队立刻停止射击，要让增援的敌人听不到枪炮声，知道这里已经被解决了，知趣退回去。为了双保险确让敌人退兵，他让参谋写个字条，大意是：请你们不要来增援了，你们先锋部队的全部人马我们如数收到。战场上只剩下贵军的尸体，你们可以来取。随后林彪在字条上签上名字，吩咐放些俘虏，带着字条回去。林彪说："他们是最好的见证。"毕竟以现有实力和刚刚的消耗，还不足以同 52 军主力接着再打上一仗。

秀水河子战斗共歼敌 5 个营，击毙击伤和俘虏敌人 1500 多人，梁、彭两部共伤亡 700 余。此战缴获各种火炮 38 门、轻重机枪 98 挺、步枪 790 支、弹药 7 万多发、汽车 32 辆。尤其缴获的两台美制新式电台弥足珍贵，对眼下通讯畅通起了大作用。

秀水河子战斗后，杜聿明调集两个师主力前来报复，林彪稳坐钓鱼台。2 月 17 日晚，有意安排到戏院看戏，演的是京戏《苏三起解》。在座老百姓惊奇地交头接耳，议论不止。戏终人散后，林彪赶紧跳上刚缴获的一辆美式大卡车，连夜离开了法库。

夜色茫茫，四野幽暗，林彪相信，戏院子里的特务一定会认为部队还在法库。实际上，在大前方，总部指挥机关和大部队正向康平以北地区转移。

规模不大的秀水河子战斗在解放战争史上具有重要地位。这是中共军队进入东北后，在不断退却中首次主动作战，也是首次成建制歼灭国民党军。它的可取之处在于，林彪成功实践了他的"一点两面""三三制"等一系列灵活机动的战术。

接下来，林彪的南满部队打了一个败仗。2月16日，南满四纵司令员吴克华指挥5个主力团，包围了驻沙岭镇新6军22师66团和师教导营。吴克华安排在数十里内策应与警戒的还有两个旅，原以为5个团对1个团（教导营没有更多战斗力）绝对集中兵力，结果连续猛攻了三天，敌22师66团仅伤亡674人，而吴克华部伤亡高达2159人，绝大多数为山东部队老骨干，致使元气大伤。[3]

吴克华（后任四野第41军军长、15兵团副司令，新中国成立后被授予中将军衔）抗日战争时期任山东军区第5师师长、胶东军区副司令员，可谓见证过诸多血战，没料到此战如此惨败。对沙岭之战林彪是不满意的，但也没有提出指责，却首次提出了"不要打主观主义的仗"的观点。吴克华则自我检讨了急躁与轻敌。

沙岭之败反映了长期习惯于游击战的中共军队在整体战斗力上与国民党军队的实际差距。尤其是全副美械装备的王牌新6军，曾参加印缅远征军，同日军进行过残酷的血战，部队中多为七八年以上作战经验的老兵，不但善于攻坚战，还善于阵地防御。其军长廖耀湘当年在印缅抗日战场正是该22师师长。

1942年三四月间，廖耀湘率领22师抗击日军两个师团的5个联队，采取虚实结合、敌后突袭、双侧伏兵等战术，半月内致日军惨重伤亡，日军却摸不到22师之虚实。出色完成任务后，廖耀湘被称为"逐次抵抗大师"，22师则获"虎师"美誉。

沙岭战斗是国共两军主力部队一次真正的较量。战绩表明，中共军队最终战胜国民党军，还需要涉过千山万水之艰难——林彪必须带领并教会他的军队在各方面赶上并超过新6军，教会他的将领吴克华们超过廖耀湘。

美国人大力扶持蒋介石，蒋介石倾倒性靠美，引起了斯大林的焦虑，也加紧了对蒋介石的胁迫与拉拢，企图着力通过"合营"把蒋介石拉过去，或者起码在美苏之间保持中立。谈判中，苏方再一次提出以驱逐中共部队为经济合营的筹码。为表示"诚意"，在把中共赶出沈阳、长春、哈尔滨等大城市基础上，又着手把一些中等城市的中共部队赶走，引导国民党去接收。

1946年1月15日，52军25师一部乘火车抵达沈阳。按条约规定，有苏军的地方，不允许中国军队（含国共两方）进入。苏军却安排这部分国民党军队住进北大营（后来苏军撤走时，国民党25师近水楼台迅速占领了沈阳）。1月25日，苏军又引导13军89师接收了新民、彰武。

苏军的积极配合，给中共军队带来了很大困难。当日，黄克诚向中央和东北局发出告急电报："彰武已经苏军交敌军接收……3师现有伤病员300人及工厂（手榴弹、鞋袜被服）均在通辽，已无地方可退。"

在拉拢的同时，苏军也不断对国民党假以颜色，使出胁迫手段。1月20日，苏军总部派联络员1人，陪同重庆派定的接收专员——九台县长乔树芳乘坐火车前往九台接收，随带国民党警察队一个班保护。没想到了九台站时，站上已有中共人民政府武装部队警戒，附近民房屋顶上架有机关枪。经苏军联络员交涉，中共负责人允许乔树芳带文职人员进城，警察队不许进城。

进城后，中共负责人会见乔树芳说："伪满解体后，在共产党领导下，人民自己组成了地方政权。重庆正在召开政治协商会议，我们主张成立有各党派参加的地方政权。如果你们同意，我们可以协商，否则人民已经组成的政权，不能随便交出。"

乔树芳强调："我是奉命前来接收国家主权的，至于组织联合政府，我未奉上峰指示，不能擅专。"边说着，又把脸转向苏军联络员。

苏军联络员则说："这是你们的内政，我们不便干涉。"当晚11时，乔树芳带着原班人马狼狈逃了回来。

接收九台原本是国民党接收代表团的一种试探。如果九台接收顺利，便可以去接收吉林市及全省各县。1月29日，苏军通知国民党说，已让共产党退出了九台，可以去接收了。乔树芳再去九台后，派员回来报告说："到时，中共九台县政府已搬到营城子煤矿区办公，在县公署里留下《告国民党军政人员书》，大意是：人民政府为了表示和平诚意，暂迁乡区办公，你们应该派员前来协商组成地方联合政府。否则，人民决不容忍国民党一党独裁的法西斯统治。"[4]

"辽阳、鞍山、本溪三处，苏军已正式将政权交与我当地民主政府，并由双方签字。该区以南（包括安东）苏军不再交给国民党，对外暂不公布。前述地区有一千万人口，系煤铁纺织区，现煤铁业及若干大工业，苏方已开始接收。即由苏方经营。"这是2月1日，彭真致中共中央、林彪、叶剑英、周恩来并各分局的电报。[5]

斯大林就是要让蒋介石明白，自己一句话，可以让他顺利接收东北各省、市、县；自己另一句话，可以让他什么也接收不到手。如果还不知趣，在扶持共产党的占领区便给其来个先斩后奏。唯一出路是同苏联合作。

苏联人与蒋介石的密切接触引起了美国人高度关注。美国情报部门的报告称："与满洲的苏联当局打交道的中国代表团得到的印象是，假如中国政府同意苏联的要求，苏联政府将不允许中共在满洲扮演公开的角色，而让他们充当一种纯粹的地方力量。在这种推论的基础上，张（嘉璈）先生便敦促委员长赞同联合经营一批包括至少20个企业。""许多天里，蒋委员长摇摆于接收还是拒绝苏联的要求这两者之间。最后，经过几番思想上的反复，他在最后一刻撤销了张先生与苏联当局签订一项协定的命令。"[6]

就在蒋介石打算向苏联屈服之际，美国人及时插手，帮助他抵御住了斯大林的咄咄攻势。马歇尔认为，苏联如果参加"合营"东北80%的企业，岂不是就此控制东北吗？有了美国人的撑腰打气，蒋介石提出让给苏联"一部分利益"，要求将东北的工业设备全部留给中国。斯大林断然拒绝。

此时，杜聿明的主力部队被林彪死死拖在南满而不得北进，两军形成对峙胶着状态。东满、西满、北满除了中长铁路沿线长春、哈尔滨、齐齐哈尔等几个大城市，名义上在国民党接收大员手里，实际上不久前被苏军驱赶出去的中共主力部队，遍布这些大城市的周边中小城市与广大乡村。类似前述的九台接收现象，只是碍于苏军而未实施夺取之。

中苏谈判破裂，蒋介石明知苏联对东北工矿企业垂涎已久，却一再挽留苏军延迟撤军，这给苏军大拆运提供了足够时间，终于演变成东北工业一场浩劫。这场浩劫在经济上不亚于战争的破坏。

在数月之久的大拆运中，昔日烟云笼罩的工业城市已毫无生气，工厂徒留四壁，生产多数停顿。鞍山钢铁厂的炼钢设备、轧钢机，小丰满水电站的发电机，抚顺、阜新的矿山机械，沈阳兵工厂的机床，甚至连长春工科大学 25 个工业实验室的教学器材，全都成了苏军的"战利品"。

从东北开往苏联的火车日夜忙碌。连并非原日本企业的财产，例如嫩江至宁年的宁嫩铁路 181 公里长的铁轨及附属设施也被拆走。这条铁路在九一八事变前就已经修完，修筑费均系中国官民筹集，根本不是苏军所说的"敌产"。即便是原日本企业，那也是中国劳工的血汗白骨和中国矿藏资源的利用结果。电力供应设备破坏尤甚，180 万千瓦发电设备被拆运走 100 万千瓦以上，约占东北发电能量的 65%。

苏军还从东北各银行拿走了价值 300 万美元的金条，自行发行与东北货币等值的 10 亿元占领军用票（红军票），给东北人民生活造成了极大损失与困苦，数十万人民赖以生活的饭碗被打碎。

《大公报》记者陈纪莹在沈阳采访时专门去了工业集中的铁西区。那里原有大小 4570 个工厂，百人以上规模的工厂近千家。他写道："曾有 20 万以上的工人靠着它维护生计……若不是还有烟囱，我几乎不敢相信那就是铁西工业区。好多工厂连门窗都没有了。机器呢？不用说，假使有残存的，不过是一些毁坏不堪用的车床。"[7]

苏军对长春的劫掠老百姓印象最直观的是，随着苏军撤走，长春街面上的汽车也绝迹了。沦陷时期，长春汽车数量为全国前茅。1941 年仅出租车就多达 600 余辆。对长春汽车的劫掠始自 1945 年 8 月 19 日，苏军进入长春那一天起，以征为军用之名，在路上见车就拦，将人从车上赶下，苏军便驾车而去。诸多养车户不得不拆去汽车引擎和轮子藏起来，而苏军到处搜索不止。

长春天主教堂有一辆福特牌轿车，是梵蒂冈驻伪满洲国代表部的代表高德惠（法国人）的座车，也被"借"去而不返了。曾接待过宋美龄的溥仪座车也未逃过一劫。苏军撤走后路上汽车虽不见了，但路边丢弃的汽车残骸——车架、破车外壳随处可见，多达七百余辆。[8]

东北工厂企业设备被拆毁，令国人痛心。一些人士批评蒋介石不该为借苏军抑制共军,一再挽留苏军达5个月,给苏军拆运留下足够时间。有内部人士议论,在剪除异己打击对头方面,蒋先生不是第一次借用外国力量,美国人与苏联人多少都有着盟友的标签,而对残害中国尤甚的日本军人,照样借用不殆。

"八一五"后,被利用"恢复失地"的日军达26万人。日本派遣军总司令冈村宁次表示:"现在我们驻在中国的完整部队还有一百几十万人,装备都是齐全的,趁现在尚未实行遣散,用来打共产党当能发挥一定的力量。"[9]

不管政治是否肮脏或失去民心,蒋介石信奉胜者为王,手段可以无所不用其极。

中苏经济谈判虽然破裂,无爱的政治联姻还得继续凑合下去。

蒋介石一边诅咒着苏军的贪婪、痛惜着工矿设备被拆毁,一边还要赔着笑脸让苏军履行帮助接收政权的义务。斯大林为了《雅尔塔协定》中外蒙独立的巨大利益,自然虚与委蛇地应付着。而那个出了大价钱的美国人自然不甘心总做个有实无名的第三者。

为了彻底斩断中苏之间的藕断丝连,2月11日《雅尔塔协定》一周年那一天,美国与英国同时公布了这个龌龊的协定。[10]

自然是苏联人受到的伤害最大。美、英宁肯自己丢脸,也要在背后捅上苏联一刀!

协定中苏联应恢复以前俄罗斯帝国在中国权利的条文,深深刺伤了中国人民的民族自尊心,引发了强烈不满和对国民政府的谴责。迫于舆论压力,2月21日,蒋介石的国民政府公开发表声明:中国政府未参与雅尔塔会议,不受密约的约束。22日,国民党官方在重庆组织了两万多人参加的反苏大游行,高呼"苏军必须立即退出东北"等口号。23日,100多名知名学者教授要求国民政府披露中苏订立条约谈判经过,并要求苏军归还一切拆运走的设备与资材。

面对尴尬而恼火的苏联人,一旁的美国人笑了,决定趁热打铁,在中苏的恼火指责中再泼一桶油。2月23日,美国国务院发表声明:"雅尔塔协定或中苏条约,俱未规定予苏联以任何优先赔偿。或允准苏联对于东北境内日本资产之要求。"[11]

美国硬将这个问题扩大为国际问题。2月末，指示它在联合国代表提议，组成一个以美国人鲍莱为首的联合国调查团，于3月初飞抵长春进行调查。

心怀对苏怨恼的东北行营，责成行营经济委员会主任秘书张大同，与两个留学过美国的吉林省教育厅长胡体乾、合江省财政厅长祝步唐，"关在屋子里编制了一份苏军运走东北工业设备器材统计材料交给调查团。据胡体乾告诉我，那份统计材料估计苏军运走的资财共值约100亿美元"。[12]

当然，美国人也不傻，搞臭苏联人不能靠捕风捉影的数字。1946年12月，美国国务院发表调查结果："在苏军占领期间，东北工业蒙受损失约达20亿美元。"这个调查结果应当是可信的。[13]

斯大林那张变幻不定的脸终于定格了。

"3月8日，苏军撤离抚顺、吉林，并交给东北民主联军接收。"[14]

3月16日，苏军代表向东北局告知，凡苏军撤退之地，包括沈阳、四平街，中共都可以放手大打。说过话后，"苏军从朝鲜转交中共3万余支各种枪械"。[15]

3月27日，熊式辉在锦州行营礼堂召集会议并发表讲话说："秀才中第，字字珠玑；名落孙山，句句狗屁。我带领你们从外交途径接收东北主权，已告失败，自然是句句狗屁了，有人指责我徜徉于平锦（北平——锦州）之间，我也用不着辩白……蒋委员长决心以武力收复东北。"[16]

鉴于苏军态度的转变，被赶出长春的中共部队于3月中旬再次杀回九台、农安等国民党行政接收的县城。九台县长乔树芳、农安县长纪幕天被赶回了长春。同时，民主联军周保中部主力正在向长春周围集结。

熊式辉等接收大员早已逃到杜聿明在锦州的长官司令部。驻在东北行营内的中层官员格外紧张，密议后推举代表执笔于3月20日向蒋介石及行政院拍发一个电报，要求派飞机将他们撤退到安全地方。电报有指责熊式辉"徜徉于平锦之间，置长春接收人员的安危于不顾"等语。3月25日，国民党派飞机将长春的接收人员撤运到锦州。

熊式辉宣布行政接收失败，说明中苏关系已经开始破裂，斯大林一度摇摆的对华政策固定了。

对东北争夺战,毛泽东说了一句深刻透骨的话——"国共反映美苏"。[17]

此话被"三国四方"诸多局中人普遍认可。这个认识包含的意思:一是国共之间的争斗,实际是"二战"后美苏在远东对抗的反映,桥头堡便是美苏势力范围分界线的满洲;二是在某种意义上讲,美苏两个大国可以左右与决定中国的局势,甚至国共两党的命运。这话如今听起来颇不顺耳,而对当年积贫积弱的中国来说,现实就是如此残酷。美苏之间不想战争,但不排除利用自己支持的代理人发生战争。

史料记载,在蒋介石请求苏军延迟撤军之先,毛泽东也提出了同样的要求,但两人的目的截然不同。1945年10月27日,毛泽东以中共中央名义给斯大林发报请求帮助:"一、推延撤退时间至明年一月或二月,热河友军则请留至12月底才撤。二、在上述期间请求友军拒绝蒋军登陆及接收政权。三、允许我方接收政权,民选地方政府及组织武装力量。"[18]

当时,刚闯进关东的中共部队尚未扎下根来,主力的新四军黄克诚部还在途中,进入东北的最高军事首长林彪已失联半月,政治委员罗荣桓尚未启程。更重要的是,毛泽东考虑只有强大的苏军可以抵御美军进入东北。

当时在北宁(北平至沈阳)铁路关内段沿线上有一种旷世未见的古怪现象:美国海军陆战队和先期赶到的国民党军队与披挂整齐的日军、伪军一齐在铁路线上巡逻、站岗,成为同一战壕里的战友,共同对付八路军、新四军。谁也不敢保证某一个偶发事件出现,导致另一个不听邪的麦克阿瑟式的美国将军下令美军直接进入东北。

具有敏锐洞察力的毛泽东的担心不无根据,正如菲力普·肖特记述的那样,雅尔塔会议期间,"罗斯福和斯大林同意将蒋的政权作为缓冲国处理,将美国控制的太平洋地区与苏联控制的东北亚分隔开来"。"雅尔塔之后仅八个月,一个中立的中国作为苏联和美国的扩张的缓冲地带的思想,已经开始失去意义了。在欧洲形成的冷战,迅速地传播到了东方。东北成了这些新对抗的焦点。[19]"

毛泽东总能看透对手的心理底牌。

他算定了斯大林会支持自己这个请求，尽管他在同蒋介石签订《中苏条约》时出卖了共产党一次，以后也不敢保证在同蒋介石交往中还会出卖，但这一次斯大林会支持自己。果然，彭真传过来的苏方信息，令毛泽东"甚为欣慰"。[20]

起决定作用的永远是利益。"推迟撤退""拒绝蒋军登陆"有利于苏联同蒋介石讨价还价谈判"合营"。

《中苏友好同盟条约》中规定将政权交给蒋介石，共产党的八路军、新四军10万大军抢先进入东北，苏军完全视而不见是难以交代过去的。但中共部队进发时，用的全是东北军和义勇军的名义。被日寇逼迫背井离乡十几年的游子回老家，老百姓欢迎，苏军自然不会说别的。

到了年底，部队统称为"东北人民自治军"，人民自治自然跟党派无关。1946年初，又改称"东北民主联军"。美国人不是讲民主嘛。当然，队伍扩大了，就要在民主联军旗号下再细分：原东北抗联和与之有联系的部队，便以"抗日地下军"名义出现。东满、北满的部队则称为"东北人民自卫军"，原东北军将领率领的部队和南满部队，改称为"东北人民自治军"。

叫什么都不再叫八路军和新四军了。部队名称之多、变化之快，堪称中共武装力量有史以来之最。目的是符合"中苏条约"规定，而不使苏方在外交上为难。

渐渐地，苏联人也学会了"依法"搪塞国民党。当国民党接收大员指责中共在东北发展武装、建立政权苏军不依规定阻止时，苏方拿出"所有中国军民都归中国方面管辖"这一条款，表示不便干涉中国"内政"时，接收大员无言以对。因为这一条是签订《中苏条约》时，国民党坚持写上去的，为的是防止苏军支持中共，结果弄巧成拙。[21]

毛泽东以其高超的领导艺术和极大的灵活性，将自己弱小的部队合法地融入了东北这块肥沃的黑土地并扎下根来。三年后，林彪拥有百万雄兵时，毛泽东则把这支部队批准为"中国人民解放军第四野战军"。

中国共产党作为"三国四方"最弱小的一方，也是最艰难最受挤兑压迫的一方。就心理而言，生死对头的压迫往往可以忍耐承受，而来自同宗一脉的友方出卖则很难让人接受。彭真这样的高级干部尚忍耐不住同苏军争吵不休，代表了中苏两党内心上的隔离。1949年底，负责中苏两党联系的苏方特别代表柯瓦廖夫在给斯大林的一份报告中，列数中共高层中"反苏情绪"的人，依次为彭真、林枫、李富春等。

1945年11月19日，苏方提出："长春路沿线及城市全部交蒋，有红军之处不许我与顽作战，不许我存在，必要时不惜武力将我驱散。"这是彭真20日向中央的报告，电文语气是愤懑的。中央复电却是："彼方既如此决定，我们只有服从。"[22]

中央的决策无疑是克制而理智的，胳膊非得跟粗腿较劲，结果只能是筋折骨断。曾在党内受过多次委屈排挤的毛泽东，早已炼就了宽广的胸怀。面对斯大林晴雨表式的不断变脸，毛泽东从容淡定。他料定了斯大林最终没有别的选择，非支持中共不可，正像美国一定支持蒋介石一样。

这种认识来源于他对世界格局深刻的解析与洞察。既然美苏对抗是基本不变的势力格局，那么结局最终明朗前，蒋介石在美苏间的移游，以及斯大林的变脸都是定格前的过程。他要做的是：一方面，咬紧牙关，忍辱负重耐心坚持，等待有利时机的到来；另一方面，要敏锐捕捉机遇，利用美苏对抗和中苏摇摆的间隙来发展自己，就像当年长征途中利用军阀间的矛盾，带领红军跳出蒋介石的重重包围一样。

他终于等来了这个机会。中苏谈判破裂，宣告了美苏对抗的公开化，苏军就必须撤军。斯大林为防止美国势力（通过蒋介石）渗透东北，必须支持中共把美国人死死挡在山海关外，以保证苏联远东的安全。

正如菲力普·肖特写的那样："一旦到了外交政策迷雾廓清，苏军撤退完成，大国争夺的焦点转移到欧洲之时，毛的那一份老牌的自信就又回来了。面对一个他熟知的敌人——国民党，而且是在他所熟知的领域——中国农村，他重新得心应手起来。"[23]

3月13日，苏军撤出四平，黄克诚部于18日突然攻进城内，生俘国民党辽北省主席刘翰东以下3800余人。至此，四平以北的大半个满洲均没有国民党正规部队，林彪多半以上的主力部队占据了东满、西满、北满广大地区。

毛泽东这位善于捕捉重大机遇的高手，立即发出了一系列命令。3月24日，毛泽东起草致东北局并告林彪、黄克诚、李富春电中指出："我党方针是用全力控制长（春）、哈（尔滨）两市及中东全线，不惜任何牺牲反对蒋军进占长、哈及中东路。"27日，毛泽东再电东北局及林彪："我军占领长哈齐及中东全线（是否可能，主要是友人决定，但我应力争），必须使用主要力量，并须迅赴事机，迟则无用。"

苏军撤军前，对国民党只宣布了4月30日全部撤完。哪个城市哪天撤，却不告诉计划。但对中共，马利诺夫斯基元帅却安排了自己的秘书马约洛夫斯基专门与周保中指定的许慎单线联系。[24]

4月14日，苏军撤出长春。撤走前，以装甲车秘载东北民主联军攻城部队指挥员，在城内观察了国民党守卫部队的阵地。当天下午，周保中组织部队发起进攻，激战至18日，毙伤敌2500余人，生俘长春城防司令中将陈家桢以下14000余人。同时，还俘虏了国民党吉林省代主席王宁华、长春市市长赵君迈等数名高级官员，并有了堆积如山的武器缴获。[25]

4月28日，苏军撤离哈尔滨，林彪命令松江军区司令员聂鹤亭，指挥部队攻击哈尔滨，歼敌5000余人。苏军撤出哈尔滨、齐齐哈尔等城市时，国民党没有撤走的接收大员，怕中共军队进城后当俘虏，只好跟上苏军一同撤入苏联境内，再取道海参崴返上海。至此，整个四平以北地区，完整地落入中共之手。

毛泽东历来反对僵化的教条主义和本本主义、一切照搬外国成功经验，甚至把其作为延安整风的重要内容。他本人从来不拘泥于教条与本本，总能根据实际，及时不断地修正自己的思想，从而使中共党和军队采取的政策与策略适应变化了的形势需要。

当年的中央会议记录和文电指示，目前还相当完整地躺在中央档案馆里。它虽然无语，却雄辩地告诉后人，中共中央在1945年8月9日苏联进军东北之前，解放区的重点发展方向是中国东部和南部。8月4日，毛泽东发给广东区委的电报，要求他们准备迎接八路军南下第一支队经过第二个"万里长征"而进入湖南的王王（王震、王首道）部队。[26]

9月15日，曾克林带来了苏方支持中共进入东北的消息，刘少奇提出

"向北发展，向南防御"的全国战略方针，在重庆的毛泽东立即采纳，并于当日亲自复电："越快越好。"[27]

1945年10月4日，彭真向中央报告："某方（苏）已下最后决心，大开前门，此间家务全部交我。"全部家务乃日本关东军数十万支枪，几千门大炮呀！更重要的是有苏联的支持。10月中旬，中共中央明确提出了一个方针——"独霸东北"。[28] 10月23日，向林彪发电："中共中央再次强调竭尽全力抢占全东北。"

仅仅一个多月，苏方变脸了，不仅不交"家务"，还打压中共及军队。中共负责人发现自己的头脑发热了。11月22日，刘少奇为中央起草的电文指出，今后东北的战略方针为："放开大路，占领两厢。"12月28日，毛泽东又将其升华为《建立巩固的东北根据地》。

采纳正确意见，修正自己的错误，使中共党的方针政策及时适应残酷斗争，需要的不仅仅是对形势的准确判断力和极大灵活性，更需要一种虚怀若谷的宽广胸怀。

"中国从来就是依靠几个国家相互牵制来保持独立的。所谓以夷制夷政策，如果中国只被一个强国把持则早已灭亡。"这是马歇尔来华不久，刘少奇写给在重庆负责军调谈判的周恩来一封电报中的文字，个中酸甜苦辣只有当时的局中人感触最深。[29]

"二战"后美、苏、国、共"三国四方"中，最弱小的中共在短短三年便取得了胜利，令诸多中外人士包括当事方的中共自己也始料不及。1949年初，在西柏坡即将进城的毛泽东谈起这段经历曾打了一个比喻。他把美苏对抗比喻成两只对峙的老虎，一只红老虎，一只白老虎，我们正好利用这个间隙夺取中国革命的胜利。

无数历史证明，危机，乃危险之中包含着机遇，关键在于掌握命运的舵手素质，能否趋利避害。毛泽东作为举世敬仰的战略大家，正是利用美苏对抗的"间隙"发展壮大自己，带领中共冲出"间隙"，奔向胜利的彼岸。

面对两只老虎，他自诩自己是"秃子打伞，无法无天"。[30]

注释

[1] 刘统:《东北解放战争纪实》,东方出版社,1997年版,第117页。

[2] 同上书,第122页;第四野战军战编室存电。

[3] 同上书,第128页。

[4] 尚传道:《四进长春》,《长春文史资料》第8辑,1985年版,第35—37页,政协长春市委员会文史资料研究委员会编。

[5] 阎峻:《林彪军事生涯》,1946年(中华民国三十五年),白鹿书苑。

[6] 徐焰:《苏联出兵东北》,解放军出版社,2015年版,第337页。

[7] 《从哈尔滨到锦州》,1946年3月22日《大公报》。

[8] 于泾:《长春史话》第二集,长春出版社,2009年版,第119—120页。

[9] 王树增:《解放战争》(上),人民文学出版社,2009年8月北京第1版,第52页。

[10] 张正隆:《中国1946》,白山出版社,2014年版,第141页。

[11] 张潜华:《政学系在东北接收问题上的如意算盘》,宋国琛主编:《党在长春的地下斗争》,1991年版,第361页。

[12] 《四进长春》,第41页。

[13] 土屋奎:《蒋介石密录》,"国际环境恶化"一节。

[14] 《林彪军事生涯》,1946年。

[15] 《中国1946》,第163页。

[16] 《四进长春》,第44页。

[17] 《中国1946》,第17页。

[18] 同上书,第94页。

[19] (英)菲力普·肖特:《毛泽东传》,中国青年出版社,2014年1月北京第1版,第322—323页。

[20] 《东北解放战争纪实》,第46页。

[21] 《苏联出兵东北》,第300页。

[22] 彭真:《东北解放战争的头九个月》,《党的文献》,1989年第1期。

[23] 《毛泽东传》,第327页。

[24] 《许慎同志的回忆》,于祺元:《长春解放前夜》之附录,2008年版,第185—186页。

[25] 同上书,第44页。

[26] 《毛泽东军事文集》第二卷,军事科学出版社、中央文献出版社,1993年版,第812页。

[27] 《苏联出兵东北》,第299页。

[28] 同上书,第311页。

[29] 《中国1946》,第104页。

[30] 《苏联出兵东北》,第319页。

第 10 章　四平保卫战

苏军在东北延宕近 9 个月，终于撤退了，撤军顺序由南向北，逐次退回远东。没有了苏军的束缚，国共双方都放开了拳脚，争夺便从南向北逐次展开。

此前，马歇尔的调解进入了一个新阶段，成立了美国和国共双方参加的军事调处执行部。该部最高三人领导小组为：马歇尔、周恩来、张治中。由于蒋介石一再找借口，军调部始终未进入冲突不断的东北。

马歇尔 3 月 13 日回国述职了，美国的飞机和军舰仍然源源不断将军火和物资输送给国民党。国民党军占领沈阳后，自 3 月 18 日起，熊式辉指挥 52 军、新 6 军、新 1 军、71 军兵分四路，向铁岭、昌图、辽阳、抚顺等地区，开始了全面进攻。

国共大规模军事冲突在马歇尔的调停中骤然突起。战争的结点在哪里？毛泽东与蒋介石同时把目光盯向了四平。

四平市，原名四平街，离现四平市西 15 里，今属辽宁昌图县的老四平街。传说，乾隆十九年，皇帝巡幸吉林，途经老四平，四望无垠，一马平川，叫声四平，遂得名。

四平街历来是兵家必争之地，1904 年日俄双方共死伤将近 9 万人的那场惨烈的战争，便发生在四平街西南大洼。此时的四平，由于中长路和辽源至通化两条铁路在此交汇，成为通往南满、西满和北满的交通枢纽，也是东北粮油集散地。

3 月 24 日，毛泽东给东北局、林彪、黄克诚、李富春电报中指示：如果"顽军在辽阳、抚顺地域巩固了他们的地位，以致可以抽兵北上向四平街、长春前进时，你们须准备及时将南满主力转移至四平街、长春之间"。

果然不出毛泽东所料，3 月底蒋介石派范汉杰前往东北"视察"部队，实际准备代替已生病住院的杜聿明指挥东北部队,"限令在4月2日以前占领四平街"。

4月4日,按着毛泽东指示,林彪到达四平,并致电中共中央和东北局:我此刻已至小四平街,"集中近6个旅的兵力,拟坚决与敌决一死战。望以种种办法振奋军心"。

作为军事首长的林彪有权力指挥部队作战,但战争绝不仅仅是战场上士兵的较量,还包括武器装备供应、后勤粮秣保障,以及地方民众的支持。他需要全面负责党政财文的中共东北局书记彭真的支持。

4月6日,毛泽东给林彪发电并告彭真:"集中六个旅在四平地区歼灭敌人,非常正确。党内如有动摇情绪,哪怕是微小的,均须坚决克服。希望你们能在四平方面,能以多日反复肉搏战斗,歼灭北进部队的全部或大部。我军既有数千伤亡,亦所不惜。""如我能在三个月至半年内,组织多次得力战斗,歼灭进攻之敌六至九个师,即可锻炼自己,挫折敌人,开辟光明前途。为达此目的,必须准备数万人伤亡,要有决心付出此项代价,才能打得出新局面。"[1]

诸多史料记述说,毛泽东看到林彪的报告,非常高兴。对林彪的性格与作风,毛泽东有着深入的了解。四平保卫战是同国民党最精锐部队硬碰硬的防御战,善于运动战而不善于(包括部队)阵地战的林彪能有此决心,自然使毛泽东欣喜。毛泽东同时将电文转告彭真,是让他组织多级地方政府全力支持林彪。

4月7日,四平外围战打响。新1军在东北保安副司令长官梁华盛指挥下,一举攻占昌图以北的泉头车站,并沿公路向兴隆岭一带推进。8日晚,林彪调集梁兴初部、万毅部等12个团的兵力,向新1军先头部队发起反击,并试图围歼。正赶上当年在缅甸仁安羌解救英军的新38师。师长李鸿临危不乱,虽被歼4个整连,全师仍然冲出了包围。但新1军士气已受挫折。

林彪顿挫新1军进攻锋芒后,立即将主力转移到右翼,打击配合新1军作战的71军。71军87师原计划企图经大洼、八面城迂回包围四平林彪守军侧背,不想走到大洼,掉入林彪早设好的口袋里,先锋团被分割包围歼灭，并击溃全师，毙伤俘国民党军2000多人。师长黄炎落荒而逃。[2]

梁华盛急得哇哇乱叫，要求熊式辉派兵增援。熊式辉坐卧不宁，认为梁华盛沉不住气，安排郑洞国到前方换回了梁华盛。

郑洞国与杜聿明同为黄埔一期生。1925年，孙中山东征陈炯明，攻到淡水城下，以校长身份指挥黄埔学生军的蒋介石，征选"敢死队"百余人。枪林弹雨中，郑洞国第一个攀上云梯，冲上城墙。

作为蒋介石的嫡系将领，七七事变后，从古北口抗战到保定会战、徐州会战、武汉会战、宜昌会战，直到1943年率远征军入印缅，大小几十仗，身上伤疤在东北国军高级将领中数一数二。昆仑关战役中，他亲率荣誉第1师担任主攻，冲上去，打下来，再冲锋，全师伤亡近半。号称"钢军"的日军12旅团长中村正雄，便是他的部队击毙的。

作为远征军驻印军副总指挥，他在印度完成了同史迪威的艰苦"周旋"任务后，被任命为第3方面军汤恩伯的副司令长官。郑洞国不甘"客居"，被杜聿明拉到东北担任保安副司令长官。

4月10日，郑洞国到开原指挥所，虽然代理了生病的杜聿明的保安司令职务，上边还有个熊式辉，自己凡事做不了主，手里的预备队只有52军的195师，越发怕吃了林彪的亏，遂下令暂时停止进攻。

夺取战场胜利的基础是靠成千上万的士兵，但关键在于谋略，将军的指挥犹如一支威武雄壮的交响乐队，指挥要熟知乐队每个乐手，而乐手同样明白指挥每个手势的意义。

新1军军长孙立人正在英国接受女王授勋，改为梁华盛临时指挥；71军87师被林彪歼灭时，军长陈明仁正在沈阳私干。[3] 这些问题，郑洞国知道自己都解决不了，他要等一个人来——杜聿明。

杜聿明攻入山海关，一路打到锦州后，便因肾结核住进了北平中和医院。蒋介石深知政学系的熊式辉玩政治是把好手，虽为陆军上将，其实并未见过什么像样的阵仗。让范汉杰以"视察"名义到锦州，除了去了解战局，也有熟悉东北部队的意思。

不过，据情报反映，范汉杰是胡宗南的人，其胡系做派东北将领并不欢迎他。内心焦急的蒋介石3月15日专派戴笠飞往北平"探病"。杜聿明告诉戴笠，明日动手术切除一肾，两周后出院，4月底可以返回部队。戴笠反复审查了手术方案与手术医生的背景与医术后，返回向蒋介石复命。

4月中旬，蒋介石自重庆来电，要杜聿明即日飞去面见。本应再休半月的杜聿明知道蒋介石变相催促之意，即复电说："大病初愈，不适于长途飞行，拟即日返部报命。"蒋复电说："吾弟能返部，即毋庸来见。望速指挥部队收复东北领土主权，有厚望也。"杜聿明怀着甜苦参半的复杂心情，于4月16日回到沈阳长官司令部。[4]

在林彪的急令下，东北民主联军所能调动的主力昼夜兼程，集中四平的部队近8万人。虽然是防御战，林彪不想被动防御，他在城内只放置两个团，其他十几个主力师旅均置于四平与昌图的广阔地域，进行运动防御。新1军38师被歼四个整连和71军被歼的87师，均栽于林彪的运动作战。

得到兵力补充的郑洞国却不再给林彪运动战的机会，他把新1军与71军靠在一起，在飞机、坦克和大口径火炮掩护下，轮番向四平防御的正面阵地攻击，对民主联军实施紧黏逼迫战术。新1军每次进攻前，都进行长达两三个小时炮火准备，民主联军阵地几乎全被夷为平地。战至22日，郑洞国命新1军重新协同火炮，前后配置，开始毁灭性轰击，致使民主联军交通联络全部中断，各部队阵地处于各自为战状态，不能有效互相运动协同支援。

战斗的焦点转向四平城西北一个叫三道林子的地方。该要地距市区仅1公里，一旦失守，新1军便可居高临下，炮轰城内守军。22日一天内，双方在高地拉锯4次，民主联军守此高地的一个营伤亡百人以上。李鸿指挥新38师集中全师火炮轰击三道林子北山阵地，每分钟落弹400发。民主联军表现了决死的斗志，新1军虽然武器精良，战术精到，每当白刃战和肉搏时，还是心惊胆战，多次被民主联军反冲击的刺刀、手榴弹击退。

在打退了敌两次冲锋后，保1团7连长刘化堂认为不行了，擅自带1排撤出阵地。新38师趁机冲上来狂叫着向纵深阵地突进。2营教导员张增棠率队赶上去，与敌拼起刺刀，不幸牺牲。营长李林身负重伤，死战不退，总算抵住了新38师的进攻。

战争是残酷的，与之相伴的战场纪律是无情的。

中午，处决了7连长刘化堂及1排长后，1营教导员廉洁明率保1团预备队1连、3连组织反攻。战至黄昏，新38师终于被逼退下去。阵地重为民主联军据守。担任反攻任务的1连与3连有7名连排干部牺牲，5名连排干部重伤。接替7连阵地的3连，战至第二天中午，3排阵地26人，有24人牺牲，只剩下两人用敌尸上枪弹打退敌最后一次进攻。[5]

25日，7旅特务营1连2排在三道林子北山打退敌9次冲锋，全排只剩下3人，民主联军用血证明的口号是"人在阵地在！"。26日，新1军在城东的突击被打退，扔下百余具尸体。城西北三道林子杨国夫发起反冲锋，被李鸿的密集炮火封锁住，双方伤亡500多人。

战场出现了对峙状态，郑洞国下令暂停进攻，要求杜聿明增援，因为进攻部队全面受挫，说是遇到了毛泽东的警卫部队。

四平8天防守战，林彪已清醒认识到了自己部队的弱点。打了多年游击战与运动战，没有防守城市的基本经验，官兵只知向前方射击，缺乏友邻部队策应意识；没有统一射击命令与信号，有的部队开火太早，致使敌临近时弹药不足；步炮根本不会协同配合，敌攻击时炮兵不会实施封锁，甚至打到自己阵地上。

相反的是，新1军在步炮协同、营连进攻、交替掩护等方面，都有老练的攻坚经验。民主联军除了在战场意志上强于敌人，敢于以死相搏，整体战斗素质和装备均劣于敌人。

林彪不想这样打仗。

4月23日，致电中共中央、东北局："四平的战斗中几个老主力旅伤亡均各有一千数百人，子弹消耗为数浩大……有的连队进行了两连合一，有的剩班把人，基础一时恢复不起来。同时在月来运动中冒雨行军，担任防御任务，白天与敌激战，夜里修筑工事，休息时间甚少，体力精神疲劳，因此部队勇气不像过去那样激昂，那种生气活泼的现象也不见有。"

林彪有话一般不直接说，不过，意思是很明显。但毛泽东要求他坚持打下去。4月27日，毛泽东电示："请考虑增加一部分守军（例如一至二个团），化四平街为马德里。"[6]

当然，毛泽东也做了两手准备，四平不保，就要退保长春。此前的4

月20日，毛泽东曾致电东北局及林彪："长春防御工事一概保留，准备于必要时把长春变为马德里。"4月25日，毛泽东又电示："尤注重破坏四平以南及四平到公主岭之间之铁路，将一切桥梁炸毁，路基掘断，车站平毁，愈彻底越好。望设专门机关指挥之。"28日，毛泽东再电示林彪："在充分把握能击溃新一军并歼灭一大部根本改变战争局面这样的条件下，才应当使用生力军，否则不宜轻易使用。"[7]

29日，林彪回电毛泽东："新1军已构筑阵地，且71军及52军、60军各一个师与该军靠拢。故在10日内歼灭击溃该军可能性不大……敌攻势受挫，但正在调防，准备向我作新的进攻。以上情况供你们研究参考。"[8]

林彪委婉向毛泽东说明，照现在这样打下去，凶多吉少，我军不仅不能消灭新1军，而且会将自己消耗掉。更重要的是，进攻四平之敌并不是蒋军进入东北的全部，另一主力新6军被拖在南满还未过来。一句话，前景堪忧。

毛泽东在通盘考虑。

5月1日回电说："蒋介石已拒绝马歇尔、民盟和我党三方面同意之停战方案，坚持要打到长春。因此我们必须在四平本溪两处坚持奋战，将两处顽军打得精疲力竭，消耗其兵力，挫折其锐气，使其六个月时间调集的兵力、武器、弹药，受到最大消耗，来不及补充，而我则因取得长、哈，兵力资财可以源源补充，那时，便可能求得有利于我之和平。"[9]

毛泽东的真实意图，不仅以四平之战赢得谈判桌上的有利地位，而且要在四平一线将国民党军的攻势彻底遏止，以期达到国民党占领四平以南之沈阳，共产党占领四平以北之长春、哈尔滨的目的——既然独占东北已无可能，占到一半也是胜利。

涉及全国大局，林彪只有服从了。不过，林彪不想被动迎战，5月11日向中央建议，开辟敌后第二战场。调7旅、8旅向双庙子新1军前进指挥所以南攻击，夺取泉头火车站，乘胜向开原、昌图开进，切断敌进攻部队粮弹补给线。

毛泽东认为："我军准备于双庙子以南建立据点，断敌后路，包围四平之敌而聚歼之，这是一个勇敢的计划。"

对双庙子、泉头这些地名与四平的战局关系，远在延安的毛泽东烂熟于心。除指示林彪再加一部分兵力外，毛泽东还命令热河地区部队向热东之敌及锦（州）承（德）路进攻，又令冀东部队破击锦州至山海关段铁路，阻敌东调。

然而，毛泽东与林彪这个计划最终没有成功。

对于开辟敌后第二战场，林彪的要求是，"这是一个正规战的作战行动，不是在敌后打游击"。但是，从旅长到连长都打惯了游击，打正规战立马暴露了弱点。战壕挖得浅，地堡是空心的，火力配备没有纵深，组不成火力网。林彪设想得很好，部队落实得一塌糊涂。林彪极为恼火，斥之为"小游击袭击敌人的办法"。

林彪担心敌人集中主力于四平寻其作战的情形出现了。杜聿明到了沈阳第二天，便大力布置情报网，竭力弄清四平与本溪中共军队情况，确定了先攻占本溪、再集兵四平的方针。本溪与沈阳唇齿相连，为沈阳的门户。攻占本溪，既可解除林彪部队对沈阳的威胁，还可将主力新6军集结于四平城下。

其时，本溪防守部队都抽到了四平，只剩下肖华指挥的三个团。杜聿明集中新6军、52军、71军共5个师进攻本溪。肖华率部殊死抵抗，战至各团多数连队仅剩十余人，寡不敌众。5月3日，肖华下令放弃本溪。[10]

很快，杜聿明把其最主力的部队摆到了林彪面前，并呈迂回包围态势，其中路为孙立人的新1军，左路为陈明仁的71军，右路为廖耀湘的新6军。

孙立人刚从美国赶回来。此前，郑洞国代其指挥，指挥所由开原推至昌图，又推至离四平咫尺之遥的双庙子，进入四平夺得首功是举步之劳。对于一个将军说来，最荣耀的莫过于攻下一座强兵据守、全国瞩目的城池了。

远远望见孙立人赶来，正在指挥向四平开进的郑洞国停在路边，张着爆了皮的厚嘴唇和一双兔子一样的红眼睛，把部队交给孙立人后，不声不响退回双庙子指挥所。刚刚得到英国勋章的孙立人急切地想第一个踏进四平城。

左路的陈明仁似乎怀着戴罪立功的心态命令部队迅速前进。87 师被歼灭时，他正在沈阳办私事。蒋介石接到军统特务密报，下令杜聿明彻查。杜聿明对参谋长赵家骧说："给他（军统局）顶回去，就说在战斗发生前已派车将陈送到前方。"陈明仁对杜聿明这份情义也是要还的。

在本溪进攻战中用并非自己直属的 88 师打头阵的廖耀湘，导致比二等主力的 52 军还晚攻入本溪，此次更不甘心比孙立人晚打入四平了。杜聿明拢齐了几个将军的情绪，在沈阳坐等收获四平。

杜聿明采取大范围迂回包抄方针，逼迫林彪不得不将防线拉长 50 多公里。线长兵寡，惨烈的战斗导致重大伤亡，各阵地兵力越发捉襟见肘。

负责左翼防御的黄克诚提出了"适可而止，不要与敌硬拼"的建议。他先给林彪发电，指出敌倾巢出动与我决战，而我军尚不具备进行决战的一切条件。因此，可以"把四平及其他部分大城市让出来"，尽快到中小城市及广大农村建立根据地。等敌人"背上的包袱沉重得走不动了的时候"，我军再回过头来"逐个消灭他"。

黄克诚没有等来林彪的回音，也没等来林彪撤退的命令。5 月 12 日，他直接致电中央，不但建议放弃四平，甚至建议放弃长春，"长期打下去，则四平、长春固然会丧失，主力亦将消耗到精疲力竭，不能继续战斗"。[11]

黄克诚还是没有接到任何回音。他不知道，远离四平战场国共谈判桌上就东北激烈争吵讨价还价，四平无疑是一个重要筹码。15 日，毛泽东给东北局发电："四平街保卫战支持的时间愈长愈有利。"[12]

13 年后，黄克诚才明白当年在战场上林彪为什么没有回音。不过，那时的黄克诚已经在庐山会议上挨了批。

然而，就在毛泽东发出这封电报时，东北民主联军保卫四平的最后时刻来临了。三路进攻大军中，廖耀湘指挥被称为"虎师"的新 6 军第 22 师在付出一个连的伤亡后，突破了民主联军第三纵队防线。廖耀湘遂以小部队与三纵厮杀绞缠着，大部队悄悄乘 600 辆汽车及坦克、火炮，以钢板铺路，强行通过，其速度之快，强度之大，令阻击的三纵连连退守。廖耀湘对四平防线制高点塔子山形成了三面包围。

18年后,廖耀湘回忆录中谈到这段"罪责尤深"的历史时,这位被林彪俘虏的败军之将,字里行间仍有得意之色:"这个并不闻名也并不为人所注意的小战斗,其影响是很深远的。""不仅给我个人带来嚣张的气焰,也给整个新6军所属部队带来旺盛的士气。"[13]

塔子山,西距四平10公里,为民主联军百里防线最东端,海拔400米,为四平以东群山之首。唐总章元年,朝廷为表彰东征大将薛仁贵战功,特于山顶建塔,得名塔子山。拿下塔子山,向西北侧后迂回,即可将城内守军封闭包围。

5月18日,新6军对塔子山实施强攻,天上飞机、地上大炮地毯式轰炸将山头削平了。民主联军弹药用光了,官兵使用枪托、石头、牙齿拼死据守。最后,这个不足百余平方米的小山头上,双方官兵尸体达上千具。[14]

林彪先是命令守山部队"尽可能再坚持1天",尔后命令"最少明天要顶半天"。终于,林彪向毛泽东发出告急电报:"四平以东阵地失守数处,此刻敌正猛攻,情况危急。"电报发出不多时,塔子山终于失守。林彪不待毛泽东回电,果断下令:"全线撤退!"

撤退从晚间开始,按着先前制定的计划,各部队有序撤出。18日晚9时,林彪给毛泽东和彭真的报告称:"城东北主要阵地失守,无法挽回。守城部队处于被敌切断威胁下,现正退出战斗。"[15]

四平保卫战历时一月之久,虽然取得毙伤敌1万余的战果,民主联军也付出总数达8000人以上的伤亡。更主要的是,部队元气损失严重,士气大伤,出现大量逃亡。黄克诚之3师7旅,原为井冈山老部队,四平撤退后仅剩3000余人;万毅之3师原有13000人,只剩4500人,均失去战斗力。

单纯从军事上评估四平防御战,是一次失败的战例。东北军区司令部编的《东北三年解放战争军事资料》的结论是:"防御战不是消灭敌人的有效的手段,在当时的情况下是不宜采取大规模的防御战。"

军事从来都是为政治服务的。

德国军事理论家克劳塞维茨在他的《战争论》中的一句名言是:"战争

是政治通过另一种手段（暴力）的继续。"曾被列宁多次引用。

毛泽东坚持认为四平保卫战是对的。蒋介石坚持认为东北只有接收，没有调处，拒不承认共产党在东北的地位，必须打痛他！一直到13年后的1959年庐山会议上，毛泽东与黄克诚大将谈起四平保卫战，仍然坚持这个观点。

黄克诚在他的回忆录中写道："毛泽东问我：'难道四平保卫战打错了？'我说：'开始敌人向四平推进，我们打他一下子，以阻敌前进，这并不错。但后来在敌人集结重兵寻我主力决战的情况下，我们就不应该固守四平了。'毛泽东说：'固守四平当时是我决定的。'我说：'你决定的也是不对的！'毛泽东说：'那就让历史和后人去评说吧！'"[16]

1971年，林彪坠机温都尔汗后，毛泽东说起了军事防御："我们不能学蒋介石，让日本人很快打到了南京、长沙；不能学斯大林，让希特勒一下就逼到了莫斯科、列宁格勒城下。该顶的地方还是要顶，而且要顶相当一段时间。但顶的目的是为了消耗敌人，打乱敌人的部署。"[17]

这是不是四平大打的原因？毛泽东没有说。

倒是1947年5月，陈云在给高岗的一封信中说了一个观点。他把避免锦州决战、成功指挥四平撤退，作为共产党人进入东北前7个月中的两件大事。

5月19日，毛泽东复电林彪："如果你觉得继续死守四平已不可能时，便应主动地放弃四平……准备由阵地战转变为运动战。""究竟应采取何种方针，由林根据实际情况决定之。"毛泽东和林彪都清楚"将在外"的道理。无论打掉了多少老骨头，元气还在，做梁做栋，做砖做瓦，还能在黑土地上搭构起共产党的天下。

中共8000将士的鲜血果然"打痛"了蒋介石，于是在东北大地出现了一个奇特的现象，国共隔江对峙，在黑土上，中共史无前例地拥有了哈尔滨这样一座大城市，还有齐齐哈尔、牡丹江、佳木斯等一批中等城市及北满的所有小城市和全部农村，成为最后翻本的雄厚基地。

林彪指挥部队，利用夜色掩护，悄悄撤离四平。近在咫尺，国民党军队毫无察觉，第二天早上用重炮再轰四平，半天没反应，才发现对面阵地已空无一人，遂进占强攻了一月之久的四平。

毛泽东在19日同意放弃四平电报后，又发一电："长春卫戍部队应立即开始布置守城作战，准备独立坚守一个月，不靠主力援助，而我主力则将在敌人两侧及远后方行动。"

同日，在长春附近的范家屯，彭真、林彪、罗荣桓等研究，认为不宜守长春，主力应一直退过松花江北。23日，毛泽东再次来电，还是要求坚守长春，原因是："我们正在南京谈判让出长春，交换别的有利条件，但必须守住长春，方利谈判，否则不利。"[18]

毛泽东的决策并非没有根据。

在长春未被林彪部队夺取前，蒋介石根本不承认东北有中国军队，只承认是有"匪"。拿下长春后，允许东北共军只有一个师，这是毛泽东始终坚持"打痛他"的方针基点所在。

在四平国共双方打得炮火连天的同时，军调处国共双方也吵翻了房盖。双方都是狮子大开口：国民党的意见是，哈尔滨国共双方共管；共产党的意见是，沈阳双方共管；马歇尔提出了一个折中方案，由军调部组织双方接管长春，没想到蒋介石竟然同意了。

杜聿明的回忆也证实了毛泽东判断之精准："蒋介石看到我的攻占长春、永吉（吉林）的计划，他唯恐在长春附近遭到解放军的顽强打击，形成双方胶着状态，又同四平街一样的旷日持久，造成师劳兵疲的现象，反不如侵占四平后，适可而止。"为此，蒋介石特派副总参谋长白崇禧去沈阳传达贯彻自己的意见。

杜聿明认为，攻占四平就是为了拿下满洲的首府长春，不仅政治上国际影响意义重大，军事上可与共军隔江（松花江）对峙，经济上可依靠小丰满电力供应沈阳、鞍山发展工业。白崇禧同意杜聿明的看法，表示负责回去做说服蒋介石的工作，临走留下一句话："南京和共产党协议，国军不进入长春。如果无十分把握的话，即到公主岭为止。"[19]

杜聿明仍然命令新1军为中央攻击兵团，新6军为右翼兵团，71军为左翼兵团，并颁布先进入长春奖东北流通券100万元（合法币1000万元）。命令下达一天后，接到郑洞国报告，孙立人的新1军还未出发，杜聿明顿时惊出一身冷汗：林彪主力部队干净利落从四平撤出，已不知去向。新1军中路按兵不动，造成两翼突出，如果林彪集中主力攻击一翼，必然会吃大亏。万分焦急中，杜聿明赶到新1军。

原来孙立人心中有气，新1军在四平正面打了一个月，结果让廖耀湘在右翼突破，抢先进了四平。而这一次新6军又抢先北进，新1军如何迅速也赶不到新6军前面进入长春。孙立人认为杜聿明指挥不公，让新1军打硬仗，新6军占便宜。从早上扯到中午，孙立人还是借口部队疲劳不堪，需要休整。杜聿明大光其火，孙立人口头答应，实际还在磨磨蹭蹭。

担心左右两翼受袭击的杜聿明陷入极度焦躁之中时，一个偶发事件促使双方迷茫的战局顿时明朗起来：林彪总部作战科长王继芳前来投降了，这让杜聿明惊喜若狂。王继芳虽然仅是小小作战科长，却掌握了林彪总部全部的核心军事秘密，还携带了大量机密文件。[20]

犹如一部机器最心脏部位一样，螺丝钉突然锈蚀掉了，必然造成整部机器骤然失常或停摆。又犹如对弈双方底牌突然被对手看了个透，最痛苦的灾难便发生了。

杜聿明得知林彪主力已受重创，立即改变谨慎试探做法，命令新6军机械化部队大胆分兵前进，紧追不舍。自5月21日起，国民党部队多路齐头并进，追击纵队坐着汽车、坦克迂回包抄，一个团一个营就敢孤军深入，甚至跑到徒步的民主联军前头。原本有序从四平撤出的部队，许多散了架子。团不成团，连不成连，有的被敌人割断，落在了后边。

那是林彪最倒霉的一段时光。5月29日，林彪给吉林军区周保中等领导的电报说："你们炮兵团的直属队，及1门榴弹炮，共500人……因未接到你们撤退命令，在吉林附近被敌机械化步兵追上，全部被俘。此为我军进入东北，唯一被歼的事实。"

5月30日，林彪致东北局电报称："我在吉林附近渡江部队被敌机械化部队切断，有4个团未渡江来。该四部无电台、无地图、无群众之引路报信，并在土匪的扰乱下将遇到很多困难。"[21]

关于王继芳，国民党有关资料称："四川巴中县人，现年27岁，自幼即随林彪，至今十余年，曾参加共军25000里长征，嗣在延安抗大毕业，曾任教官。及从林彪抵东北后，升任共军民主联军作战科长，为林彪之亲近重要部属。"其直接"投诚"原因是"他在四平街爱上了一个女人"。

为对王继芳以奖赏，国民党授予他少将军衔，并调到军统特务机关。1949 年国民党政权垮台之际，毛人凤抛弃了这个叛徒，不许他去台湾。重庆解放后，王继芳被捕获，专程送到四野驻武汉总部公审枪决。[22]

继 5 月 23 日，新 6 军攻占长春后，杜聿明下令国民党军四处掠地占城。24 日攻占梅河口，26 日攻占双阳，27 日攻占盘石、九台，28 日攻占永吉（吉林），29 日攻占小丰满水电站、德惠及松花江北岸桥头堡，30 日攻占农安，31 日攻占桦甸。

5 月 18 日晚，在秀水河子缴获的那辆美式吉普，黑暗中驶出了梨树镇——林彪四平保卫战总部所在地，拐上通往公主岭的公路。大车、驮马向北撤退的队伍塞满了道路，司机使劲按喇叭，也没人让路。林彪秘书季中权和参谋处的人下车，让人马让开点，后边是首长的车，有急事。林彪要赶往公主岭，毛泽东让他坚守公主岭和长春，他要去见彭真、罗荣桓商量。

嘈杂夜色中，顿时响起斥骂声：什么手掌脚掌，这时候还摆臭架子！就是林彪来了也不让！瞎指挥，打败仗了就会撤，就能跑。撤退将军，逃跑将军！问问你后面那个首长是不是要撤到"老毛子"（苏联）那边去？！[23]

坐在车内的林彪一声不吭，这些基层官兵的情绪也代表了一些上层将领的想法。但是，毛泽东相信并支持林彪。5 月 27 日，毛泽东在东北局今后作战方针的请示中说："目前军事方针，除以一部分与敌保持接触，给以扰乱及破路外，主力应不怕丧失地方，脱离并远离敌人，争取时间休整补充，恢复元气再行作战。"

撤退中的林彪还是病了。进入东北后，锦州撤退是主动的，四平撤退是被迫的。

据季中权回忆，从沈阳到锦西、阜新、法库、抚顺，再到四平，那一路天冷，林彪骑不住马，大多是走路。身上也生了虱子，晚上钻进被窝，脱光膀子，在油灯下一声不吭，在衣缝里捉，用指甲掐得"叭叭"响。像脸色一样苍白的身子，两排肋骨清晰可见。不过，那一段林彪的精神与状态都还好。这次撤到九台，人骑在马上晃晃悠悠有些坐不稳，发烧也不退，饭少、觉更少，到舒兰后便病倒了。更引人注目的是脾气反常，医生私下说是交感神经发炎了。

撤退的一路上，林彪到驻地第一件事就是跟部队联络，了解所处位置、伤亡、逃亡、情绪等情况。那一天，不知是参谋处长李作鹏忘记了，还是其他原因，到了舒兰后，发现电台和机要组未到，林彪阴着脸便去找李作鹏。

15岁参加农民暴动、16岁参加工农红军的李作鹏有两个绰号，一是"李瞎子"，二是"大烧锅"（酒量大）。第一个绰号是在同日军作战中被毒气熏坏了一只眼睛，常年戴一副墨镜；第二个绰号应当与第一个有关联，醉能忘痛。

林彪进屋发现李作鹏正在与几个人喝酒，只瞅了一眼，瘦弱的身子用力把桌子掀翻：部队搞得这样乱七八糟，你们也不心急？电台走错了路，与部队联系不上，你们也不管！部队一些老人说，林彪不会因为打败仗拿部下出气，他是病了，是病态。[24]

林彪一生沉默寡言，喜怒不形于色。在林家大湾上学时，曾给小学女同学写过一副对联："读书处处有个我在，行事桩桩少对人言。"这两句话成为贯穿他一生的格言。[25]

有人统计，林彪几十年军旅生涯共发了4次火。有两次是在长征途中：抢渡湘江中要求动作迟缓的中革军委必须"黑夜兼程过河"那封火爆电报，和抢渡金沙江时斥骂两天没有过河的一师师长李聚奎。[26]另两次在东北，掀李作鹏的桌子是在东北第一次发火，第二次是三年后。此为后话。

正当国民党军队乘胜追击、中共军队节节败退时，原想一鼓作气打到哈尔滨的国民党部队，在松花江南岸突然停滞不前了。这让准备继续北撤的林彪都感到意外——蒋介石到了东北。

蒋介石对国民党军的凌厉攻势万分欣喜，他要亲自去东北视察、宣威，从而使"共党军队能幡然悔悟……从速履行停止冲突协议，遵守整编方案……"。

5月23日，蒋介石携宋美龄到达沈阳。29日，出席了沈阳市民欢迎大会。一周的活动里，笑容满面接受了"人民救星""世界伟人"的锦旗，更加飘飘然起来。各军高级将领都以"通天"为荣，不太愿意听从杜聿明这个"中间层"的指挥，而蒋介石偏偏喜欢亲力亲为，走到哪儿都要听汇报，亲自下达军事行动指令，反而打乱了杜聿明的部署。[27]

杜聿明主力北追林彪部队时，战线拉长了，后方的南满显得空虚起来，只有云南滇军的60军184师分别驻守鞍山、海城、大石桥三处，兵少分散，处处薄弱。

这一切被远在延安的毛泽东看在眼里，一大早给南满军区发急电，要求南满部队集中兵力在中长路南端，选择有战略意义的一两个城市展开进攻，将进攻北满的国民党部队拉回南满。

南满部队由4纵副司令员韩先楚率领，5月25日向鞍山发起攻击。鞍山守敌只有两个营兵力，当天就被韩先楚占领，并乘势迅速南下，于5月28日包围了驻在海城的184师师部。

焦急中的杜聿明限令孙立人新1军，于26日集结辽阳以解184师之围。命令下达后，杜聿明怕孙立人不执行命令，特意晋见蒋介石要求蒋责成孙立人执行命令。"蒋介石当时曾很郑重地对我说：'一定要新1军赶快解184师之围。'次日，蒋忽然召我去说：我已允许孙立人休息三天，再去解184师之围，应令184师死守待援。我听了非常诧异……对蒋放纵孙立人贻误军机十分不满，但也无可奈何。"[28]

184师为滇军60军的主力，虽然装备差，但战斗意志顽强，师长潘朔端开始还处决了两个作战不力的连长。韩先楚是个善动脑子的指挥员，他计算即便攻下海城，自己的部队伤亡当在一半以上。他想把这支同蒋介石嫡系离心的部队争取过来。于是，命令炮弹在潘朔端师部前后左右爆炸，就是不要打在师部头上，尔后派俘虏送信进去，劝说潘朔端率部起义。

韩先楚的信似刀子戳在了潘朔端的心头：沈阳命令死守，援军却迟迟不来。潘朔端同意韩先楚的说法，蒋介石乘机置滇军于死地，要是嫡系早来救兵了，毅然率师部及1个团2712人起义。

后来有人说，在那种困难背景下，能让184师起义，不亚于一个叫花子收购百万富翁的企业，韩先楚居然成功了。鞍山、海城战役歼敌2100人，起义2700多人，缴获火炮42门、炮弹3000多发，各种枪支1200支、子弹75万发，击落飞机一架。[29]

5月29日，孙立人才慢吞吞派一个师南进鞍山。潘朔端起义后，韩先楚已经率队撤离海城。6月4日，孙立人大送"捷报"，说已收复海城。

当时，杜聿明对蒋介石宽纵孙立人百思不解，多年后始想明白。孙立人经蒋介石批准赴英国受勋后，中途又受美国人邀请而擅自赴美。蒋介石私下曾大发雷霆，但碍于美国面子对孙立人也不好过多指责。处置了孙立人得罪了美国人，等于损失了美援，这是蒋介石的悲哀与无奈。

但是，对孙立人的跋扈骄横蒋介石却牢记在心，孙立人为此付出的代价是成为张学良第二，在台湾被囚禁33年。此为后话。

5月28日，接到攻占永吉（吉林）的捷报后，极富兵略布局的蒋介石打开地图一看，见拉法是永吉以东铁路公路交汇点，便指点说："拉法非常重要，必须派一个团固守。"

历来听话的杜聿明则要求新6军派出一个加强团。廖耀湘一路顺利，已经不把林彪放在眼里，只派1个普通团占领拉法和新站。林彪发现了孤军深入拉法的守敌后，令梁兴初部主力于6月7日突袭拉法与新站。经3日激战，击毙守敌263团团长，歼灭守敌2000多人。

两次胜利虽未从根本上扭转战局，但使败退的中共部队从低沉的气氛中又看到了希望。这应当是蒋介石给困境中的中共部队送来的礼。有人说，毛泽东乘国民党军南满空虚发起的鞍山海城战役，虽未彻底拖住杜聿明对林彪的追击，但在蒋介石心理上造成了担忧，认为国军战线不宜拉长，占领北满还要从关内抽调部队压向东北。所以，临走之前对杜聿明的交代是"整补军队，调整部署"。[30]

多年以后，国民党将领只要一提起内战，便慨叹当年如果不是蒋介石虚荣心作怪，非得在追歼林彪败军的关键时刻视察东北前线，打乱并中断了追击，使共军得以喘息，便不会有东北之败。

国民党整个政权倾覆始于东北，此话有一定道理。这应当是蒋介石送给共产党的真正的大礼。

注释

[1]《毛泽东军事文集》第三卷,军事科学出版社、中央文献出版社,1993年版。
[2] 杜聿明:《国民党破坏和平进攻东北始末》,《辽沈战役亲历记》,中国文史出版社,2012年版,第490页,全国政协文史和学习委员会编。
[3] 同上书,第491页。
[4] 同上书,第483页。
[5] 张正隆:《中国1946》,白山出版社,2014年版,第195页。
[6]《中国人民解放军第三次国内革命战争史料选编》,第1辑,第1册;刘统:《东北解放战争纪实》,东方出版社,1997年版,第177页。
[7]《毛泽东军事文集》第三卷;《东北解放战争纪实》,第177页。
[8]《中国人民解放军第三次国内革命战争史料选编》,第1辑,第1册。
[9]《毛泽东军事文集》第三卷;《东北解放战争纪实》,第180页。
[10] 王树增:《解放战争》(上),人民文学出版社,2009年8月北京第1版,第98页。
[11] 同上书,第99页;《黄克诚自述》,人民出版社,1984年版。
[12]《东北解放战争纪实》,第183页。
[13] 廖耀湘:《国民党新6军迂回四平街的经过》,《文史资料选辑》,第42辑,全国政协文史和学习委员会编。
[14]《解放战争》(上),第100页。
[15]《东北解放战争纪实》,第187—188页。
[16]《黄克诚回忆录》,解放军出版社,1989年版,第348页。
[17] 胡哲峰:《毛泽东武略》,人民出版社,2001年版,第435页。
[18] 阎峻:《林彪军事生涯》,1946年(中华民国三十五年),白鹿书苑;《东北解放战争纪实》,第191页。
[19]《辽沈战役亲历记》,第493页。
[20]《东北保安司令长官司令部接收东北周年纪念册》,第10章。
[21]《东北解放战争纪实》,第196页。
[22] 同上书,第195页。
[23] 林星雨:《林彪传》,花城出版社,2006年版,第255页。
[24] 同上书,第258—259页。
[25] 金一南:《苦难辉煌》,华艺出版社,2009年版,第247页。
[26] 同上书,第345页。
[27]《解放战争》(上),第101页。
[28]《辽沈战役亲历记》,第497页。
[29] 张正隆:《一将难求》,白山出版社,2011年版,第六章,第3节。
[30]《解放战争》(上),第102页。

第 11 章 毛泽东告诉林彪，你们不要幻想

战场上没有常胜将军，失败是成功的助产婆，但代价是撕心裂肺的疼痛。

仗打到这个份上，痛苦与疾病双重折磨中的林彪在反复思索后，于5月27日给中共中央发出一封电报，这封200多字的电报字斟句酌讲了三层意思：

一是"公主岭、长春、吉林未守的原因，除时局仓促来不及立住脚跟布置防线和工事外，还由于防线太宽。公主岭防线至少30里，长春防线则180里，吉林防线约50里，故敌先将我包围，然后集中兵力突破一点，则状况甚难设想"。

二是总结了四平所以能防守一个多月，是敌人使用了"添油"战术，而我实施了运动防御："四平之守，乃因敌未料我军防御，故逐次增兵来攻，被我各个击破，且在野战中遭受了大的打击与歼灭。故四平防御乃一时条件所形成，而不能作为我一般的作战方针。"

三是提出了自己下一步作战方针的意见："此次如我军守大城市，则许多中小城市，将被丢掉，许多运动战各个击破敌人的机会不能利用。敌如继续增兵对我守兵进行包围攻击，则仍然要放弃。原因就是这样。"[1]

同日，中共中央发出由毛泽东起草致各战略区电："东北四平街之所以能久守，主要是因敌未料我军有防御，故逐次增兵，便于为我各个击破，使敌遭受我军重大打击。故四平防御战为一时特殊条件所致，不能成为我一般的作战方针。目前，我力守大城市则许多中、小城市将被丢掉，许多运动战各个击破敌人的机会不能利用。敌如继续增兵对我守军进行包围攻击，则我必然仍要放弃大城市。"[2]

仔细对照两个关于作战方针的表述，除了在林彪的"四平防御乃一时

条件所形成"的条件前边加上"特殊"二字外，毛泽东几乎将林彪的作战方针意见全盘接收，并发全国各战略区。

领袖并非万事皆高于他人。领袖的伟大之处在于其能随时发现并吸纳他人的正确意见，提高并丰富自己的智慧。

这两个作战方针（其实是一个）被诸多战史资料广泛引用，连国民党国防部史政局编辑的《绥靖第一年重要战役提要》中，对1946年4月18日至5月18日四平战役之作战检讨也承认："逐次使用兵力，致四平街久攻不下，其后增加兵力，亦未着重在四平附近歼灭共军之措施……成为广泛之驱逐，卒未获歼灭共军也。"[3]

毛泽东一贯认为"政治路线确定之后，干部就是决定的因素"。没有史料证明，在四平保卫战的艰苦进行中，毛泽东便考虑东北党政军领导架构问题，但毛泽东的确参与了东北局主要领导之间的工作协调。

4月19日，林彪致电东北局、中共中央："敌新1军3个师，71军2个师正在向四平进攻……我方伤亡甚大……望令致长春之杨国夫部、曹里怀部及第8旅等有战斗力的部队星夜南下，向四平急进，决不可以攻长春伤亡与疲劳而有所影响。否则于大局不利。"同日，致电彭真并中共中央："建议速调南满部队两个旅北上四平，以利大局。"两封电报都用了"望令""建议"字样，可见全局兵力调动林彪不全说了算。

4月20日，中共中央致电彭真、林彪："南满部队速调一部北上交林直接指挥作战。"4月21日，毛泽东亲自致电东北局及林彪："望照林电令杨国夫曹里怀及第八旅星夜南下，南满两个旅兼程北上。"[4]

林彪令杨国夫、曹里怀二部星夜南下，可见二部并未星夜南下，所以才有了两天后毛泽东亲自致电。

四平严重战局令在大连养病的罗荣桓寝食不安，找到大连苏军请求支援。苏军态度已完全转向支持中共，调拨了8列火车的武器、弹药、医药给中共，由海路运到朝鲜，再由铁路经集安、通化运到了梅河口。这批武器弹药如果运到四平，将对战局起莫大影响。然而，此时东北局机关正由梅河口往长春搬迁，连沙发、钢丝床都要装车运走，大批弹药因缺少火车头，被搁在站台上。4月28日，杜聿明下令空军轰炸梅河口车站，天崩地裂，260 节车厢被炸毁。[5]

4月30日，李富春致电彭真、林彪："各省、各县的后方工作人员应迅速战斗动员起来，以全力支援前线。以严格的组织与纪律，迅速克服本位主义、形式主义、个人主义倾向，打碎机会主义，把干部、勤务员都动员到群众中去，把后方很多的警卫员、杂务人员动员到前线去。""长、哈、齐各地物资应统一……接取，统一分配，首先支援前线，反对乱抓。"

以上两件事可以看出东北局及一些省及分局机关作风，还不能完全适应残酷战争的需要。

5月1日，毛泽东做出决定，电告林彪："前线一切军事政治指挥，统属于你，不应分散。如因工作繁忙需人帮助，则可考虑调高岗等同志来助你。如前线机关以精简为便利，则照现状为好。"[6]

这是毛泽东一个重大决策，先将军事指挥权交给林彪，为林彪担任东北党政军一把手实现一元化领导先拉开了一扇门。6月12日，中共中央致电林彪并告彭真、罗荣桓、饶漱石、伍修权："东北停战交涉事务，请你亲自掌握，随时与饶漱石联络，答复他的询问，决定应付策略。"另一扇门也打开了。

6月16日，中共中央发出由刘少奇起草、毛泽东修改的关于东北局主要领导干部重新分工的决定："目前东北形势严重。为了统一领导，决定以林彪为东北局书记、东北民主联军总司令兼政治委员；以彭真、罗荣桓、高岗、陈云等同志为东北局副书记兼副政治委员。并以林、彭、罗、高、陈五人组成东北局常委。中央认为这种分工在目前情况下，不但有必要而且有可能，中央相信诸同志必能和衷共济，在重新分工下团结一致，为克服困难争取胜利而奋斗。"[7]

这是打破以往惯例、超出常规的一个重新搭建的组织架构。

中共历来组织原则是党领导一切，党指挥枪，实行党委领导下的分工负责制。重大军事行动作为民主联军总司令的林彪也不得擅专。中共当时派往东北的彭真、陈云、高岗、张闻天都是中共中央政治局委员，其中彭真、陈云同时为中共中央书记处候补书记，在党内都位列中央委员林彪之前。

重用林彪是在打了败仗，被部下骂为"逃跑将军"的情况下，这一方面，反映了毛泽东对中共干部队伍的自信；另一方面，也反映了毛泽东对干部的透骨了解。给林彪东北最大的权力，让其放开手脚，施放全部智慧与潜能。

这个决策在今天很难想象，一个中央委员当书记，4个中央政治局委员为副书记，当助手。有人说，也就是中共能这样使用干部，也只有毛泽东能做出这种"出格"的决定来，在国民党那里则找不到一个这样的例子。实践证明，毛泽东做对了。

诸多研究国共三年东北争夺战的史料一致认为，蒋介石在"用将"上见绌于毛泽东，是导致失败东北的主要原因之一。

毛泽东疑人不用，用人不疑，在林彪最低谷的时候反而重用了他。蒋介石却连换三将，杜聿明、陈诚、卫立煌，而且对卫立煌用而存疑，卫在东北九个半月，一直派特务暗中监视；尤为失策的是，重用了无能的亲信陈诚。

书者秉笔，不必讳言。

6月16日以后，彭真处在一个尴尬的位置上。毛泽东电报中"中央相信诸位同志必能和衷共济，在重新分工下团结一致"，应当主要是对彭真说的。换言之，毛泽东对干部队伍的信任，主要是对彭真坚强党性和组织观念的信任。换一个心胸不开阔或党性不强的人，在任命林彪为一把手的同时，便会将前一把手调走。

当然，对昨日顶头上司的工作安排，林彪采取了谨慎态度，6月26日专门向中央发了请示电："以彭真担任我占区及敌占区的城市工作，并担任社会部工作。"借以表示自己的尊重。次日，毛泽东复电支持："同意东北局内部分工。"按一般规定，这两封往复电报也可以没有的。

彭真自1945年9月17日率队进入东北，到1946年6月15日担任东北局任书记的9个月，是中共在东北最艰难的一段时间。改任东北局副书记和民主联军副政治委员后，尽心尽力扶持林彪近1年时间，直至1947年5月2日调回中央工作。

进入东北之初，工作重点在大城市，还是在中小城市和广大农村，彭真与林彪的意见并不一致。毛泽东"建立巩固的东北根据地"的指示，支持了林彪。心胸坦荡的彭真服从真理，怎么有利于事业发展便怎么做。

1946年4月19日，彭真亲自为东北局起草的《切不要忽略根据地的建设》指示中，严厉批评一些干部愿在城市、不愿到农村做艰苦工作的倾向，并提出纠正意见。[8]

勇于否定自己，坚持正确，不仅需要勇气，更需要胸怀。

林彪仗打得特精，信奉"诸葛一生唯谨慎"，几乎算无遗策，突出特点是轻易不肯冒险。四平保卫战展开之前，毛泽东曾要求乘苏军撤走之机夺取长春，林彪则建议"不必过分勉强去争取"，"应停止对长春之攻击"。

但是，"东北局书记彭真在梅河口对东北民主联军副总司令兼吉辽军区司令员周保中做出明确指示：'东北局已经开过会……研究了中央的重要指示，决定不惜代价夺取长春。'"

毕竟战事一开，血肉横飞，惜兵如命的林彪在4月14日攻击展开后，还是对周保中提出了意见："对固守长春之敌不应采取全线包围于48小时内解决战斗的计划……应着重占领飞机场，断其空运……如无全部占领长春可能，则应勇敢放弃……"

但是，在彭真的决心下，周保中组织连续发动攻击五天，于4月18日全歼守敌。更重要的是，缴获的56门火炮、12000多支枪、110万发子弹，成了四平保卫战前线的"雪中炭"。次日，林彪致电东北局、中共中央表示："攻占长春意义甚大。"[9]

相当一段时间，彭真与林彪是长短互补、相得益彰的关系。任何人都不是万能的。

战争是暴力的艺术，将领的军事智慧固然重要，但更重要的是将领的献身精神与全局意识。相比起来，国民党则逊色了一大截。

蒋介石下令杜聿明进攻山海关前，先将天津地区划归东北行营管辖。于是，熊式辉下令调94军第5师空运长春。李宗仁对天津划归东北行营心中不满，不敢向蒋介石讨价，却同熊式辉争吵不休，结果半美式装备战斗力强的第5师没有空运长春，熊式辉只好将伪满铁石部队4671人空运长春滥竽充数。[10]

后来，有东北行营内部人士哀叹：就该着共产党得天下，人家的长官凡事出以公心，地盘和部队都是公家的。如果李宗仁与熊式辉不为自家地盘和军队多少争斗起来，由第5师镇守长春，或在林彪逃跑时出长春西南范家屯阻堵，东北局面还真不好说呢。

还是那句话，历史不容许假设。周保中攻打长春的部队几乎同长春守军数量相等，却将坚固工事中的两万守军毙伤2500人，生俘14000人。长春的攻占，的确为败走四平的林彪部队退守松花江北，打开了屏蔽与掩护的通道。

决定战争胜负的不全是军力强弱。这已经被无数历史事实证明。

国共各地军事冲突战事频发，马歇尔压力陡增。他发现蒋介石耍了两面派，不仅占了长春，又将永吉（吉林）、伊通、西安（辽源）多城收入囊中，并继续向北推进。感到受了愚弄的马歇尔5月29日通过宋子文转交蒋介石一封措辞强硬的电报：

"国民党政府军队在满洲继续前进，你并未采取任何行动以停止冲突，与你经由蒋夫人5月24日信中所提条件全不相符。使我作为一个可能的调停人的工作陷入十分困难，也许不久实际上陷于不可能。"

两天后，不想表示自己调停无能的马歇尔再给蒋介石发电："我再一次请求你立即发布停止政府军队前进、攻击或追击的命令，并准许军调部前进指挥所立刻出发到长春去。"[11]

蒋介石同意停战了。6月6日，国共双方达成在东北停战15天的协议。此时，廖耀湘新6军部渡过松花江，进占陶赖昭、三岔河、扶余，建立北进桥头堡，直逼哈尔滨。蒋介石所以停战，是要往东北再调集兵力，因为在占领大城市进程中，杜聿明的部队已经散开了。

谈判的筹码主要由战场上的胜负所左右。

中共手里四平、长春两个重要筹码已被蒋军夺去，再谈判时，蒋介石撕毁了"长春共管"的原协议，傲慢地开出天价的和平条件，哈尔滨、安东、佳木斯、牡丹江、白城等均归国民党，只许北安、兴安、齐齐哈尔、延吉四处给共产党。

毛泽东的底线是："我方让步至长春双方不驻兵为止，此外一概不能再让，美蒋要打由他们打去，要占由他们占去，我方绝不承认他们的打与占为合法。总之东北是未了之局，我党须准备长期斗争，最后总是要胜利的。"[12]

当然，毛泽东也担心东北打下去林彪能否顶得住。6月22日，他打电报给东北局："蒋介石为着完成进攻准备，延长休战八天至三十日止……你们现在即应准备谈判破裂时，动员全党全军克服任何动摇犹豫恐惧心理……粉碎国民党的进攻。"[13]

同日，延安新华社发表中国共产党中央委员会主席毛泽东对美国对华军事援助的声明，指出"美国实行所谓军事援助，实际上只是武装干涉中国内政，只是以强力支持国民党独裁政府继续陷中国于内战、分裂、混乱、恐怖和贫困"。毛泽东在美蒋联手的攻击中，实行多渠道顽强反击。

蒋介石正在准备进攻的消息传至哈尔滨，东北局领导心情沉重。6月初国民党军突破松花江防线时，东北局准备放弃哈尔滨，到中小城市和农村打游击，让各部队独立开创局面，化整为零，东西都装上了车。就在东北局向中央请示时，毛泽东获悉蒋介石准备停战，立即急电东北局："保持哈尔滨市，务必坚守10天。"制止了东北局机关再次转移。

6月16日，中共中央调整东北局领导班子，林彪当了党政军一把手，但信心也是不足的。从四平撤退后，他一直没有去哈尔滨同东北局领导会合，而是带领主力部队在离哈尔滨百余里的五常地区打运动战。他做了最坏的打算，如果哈尔滨失守，就到辽南的山区打游击。

6月24日，林彪以东北局名义给中央发出一封长电，阐述对时局的看法，表示不能同意国民党的无理要求。但是能不能打，林彪回避做正面回答，有话绕着弯说是林彪一生的特点。他向毛泽东提出一个明确要求：

"彼如果集中力量打东北，则我应在华北、华中发动大攻势，给蒋方以大破坏，迫其停战。这是求得全面停战最有效的办法。"至于东北下步方针，"我们固然要基本上准备作战，但同时应力争和平，准备作暂时的一定限度的让步。这种让步的限度，以国民党能增多少兵来，我即酌量让多少步。估计他如以军事进攻时，能何时到达何地，我即准备在何时交出何地。这是我们让步的标准。"[14]

没有史料证明，当时毛泽东收到林彪这封长电是怎样的心情和态度。但从回电上看，毛泽东的答复直接而明确，且口气强硬，毫无商讨余地。林彪的长电是以东北局的名义，毛泽东的电报则回复给林彪本人：

"（一）国民党一切布置是打，暂时无和平希望。（二）谈判破裂，全国大打，不限于东北。（三）全靠自力更生。（四）半年至一年内如我打胜，和平有望。（五）友邦（苏联）在将来可能在外交上给以援助。（六）我党在南京谈判中，当尽最后努力，付出最大让步，以求妥协。但你们不要幻想。"[15]

面对残破局面，林彪希望让步求取和平。毛泽东告诉林彪，没有和平希望，和平要靠打胜；林彪请求关内部队攻击蒋军迫其在东北停止进攻，毛泽东告诉林彪，全国其他兄弟部队也在同蒋军苦战，自己的梦自己圆；最后，毛泽东告诉林彪，你是在幻想。这样批评一个处于困境中的战略区主要负责人，遍查毛泽东文稿史料，笔者尚未发现有如此严厉的第二例。

有资料表明，林彪自二十出头跟着毛泽东上井冈山以来，是提拔最快、也是受严厉批评最多的人。毛泽东深谙"响鼓重锤"的道理，认定林彪是个好苗子，必须及时剪掉横枝斜杈，才能长成参天大树而担栋梁之用。

批评时多严厉而不留情面。会理会议上，毛泽东斥责林彪："你是个娃娃，懂得什么？"1929年，林彪敷衍执行决定调给彭德怀部坏枪，彭德怀没怎么的，毛泽东却对林彪的本位主义声严色厉地"严重"批评。

林彪也是执拗的性子。有时不听批评，反复申诉自己的意见。1935年，林彪给中央写信，要求带队开辟陕南根据地，并开列了长长一个红军指挥员的名单。毛泽东批评这封信："不能把游击战争提到似乎比主力红军还更重要的地位（如提出红军主要干部去作游击战争），这样的提法是不妥当的。林在某些问题上的观点是同我们有些分歧的。中央认为有当面说明之必要。"实际上是在提醒林彪不要将自己的意见强加于中央。这比说他"是个娃娃"严重得多。

但林彪当时并没有到中央来，相反于5天后再发一电："我还在期待中央批准我打游击战争。"毛泽东干脆置之不理，没有复电。[16]

1930年，已经是红四军第一纵队司令员的林彪给毛泽东写信提出"红旗到底打得多久"的疑问，毛泽东为此写了一篇《星星之火，可以燎原》的长文，耐心开导并批评他的悲观情绪。让林彪不能忍受的是，毛泽东把林彪与自己的信一并印发红四军各大队支部阅读。毛泽东本意是用林彪这个典型教育部队，统一认识。毛泽东的目的达到了，却伤了林彪的自尊心。

当然，以林彪的性情，心中不满是不会公开表露的，却一直暗记在心头达39年，以致在1969年找人捉笔填了《西江月·重上井冈山》词一首。词中有云："志壮坚信马列，岂疑星火燎原。"[17]

综观战争年代，将帅关系中少有比毛泽东与林彪更为亲密与协调的，而最终破裂得又是那么决绝彻底。

毛泽东可以对眼里的晚辈、学生林彪直抒胸臆，毫无保留地将考虑成熟的意见与情绪，一股脑倾泻给林彪，并逼迫林彪必须去做。但对其他干部的情绪和意见，往往十分耐心地去做思想说服工作。

当时，西满分局的李富春与黄克诚给中央送上一份报告，主要观点认为国民党抗战胜利后在美国大力援助下，实力大大增强了，而苏联在"二战"中严重受伤，不能给我们以援助。建议采取让步以达到和平的方针，保存干部、部队和解放区；打与不打取决于蒋介石，国民党要打，我们只有坚决打下去，但胜利把握不敢肯定。

毛泽东认为，报告普遍反映了一种怯战和信心不足的问题。他在报告上做了长篇批示：你们分析中许多观点是合乎实际的，是好的。但缺点是对美帝国主义及蒋介石的困难条件估计不足，同时对国际国内人民民主力量所具备的顺利条件也估计不足。第二次世界大战后，各国革命力量所处的地位是比第一次世界大战后要好得多，而不是要差些。对美蒋的压力与要求，我们应当有所让步，但主要的政策不是让步而是斗争……如无坚决斗争，则结果将极坏。[18]

领袖所以不同于常人，就在于能够透过表象洞悉事物的本质，站在世界全局来观察分析局部问题及原因。

毛泽东的基点是，我们困难，国民党比我们更困难，不能因眼下一时的局部挫折，影响我们必胜的信心。这是毛泽东在形势转折的重要关头一个重大的决策，显示出他与众不同的独特魄力与胆识。

当然，做出这个决策，经过了痛苦的思考。他身边的胡乔木回忆："那个时候，我们党要下决心立即面对两个破裂（美、蒋）并不是一件容易的事情。1950年派遣志愿军入朝作战，毛主席思考了三天三夜，最后才下了决心……人们不大知道的是1946年年中我们准备同国民党彻底决裂，毛主席也反复思考了很长时间才下了决心。"[19]

有人说，林彪6月24日在给毛泽东发那封电报时，就料定了毛泽东的态度，决不可能与蒋介石妥协。因为长征后仅剩几万人时都未低过头，如今近亿百姓的根据地和百万军队在手，怎么会同蒋介石讲和？林彪所以那样绕着弯讲，实际上是让关内我军打蒋，给自己减轻压力，毛泽东自然不会给林彪好脸色了。但是，林彪的意见毛泽东却听进去了。

遵照毛泽东的命令，山东军区司令员陈毅集中主力发起主动攻击，仅10天便解放了胶县、泰安、高密、德州等多地城镇，歼灭国民党收编伪军3万多人，直逼津浦和胶济铁路，致使蒋介石计划调往东北的两个军紧急调往山东。[20]

后来，林彪说："如果敌人继续增加两个军，我们的军事情况是很危险的……山东大打起来救了我们一手，使得我们能够缓过气来。"[21]

领袖是人不是神，之所以成为前进领路人，是因为领袖善于发现并集中他人的正确意见，丰富自己的智慧。

国民党内不乏能人。1946年4月22日，四平街打得不可开交之际，国民党参谋总长何应钦致电蒋介石："对东北作战指导应不以接收多数城镇为目的，而专以击灭匪军为目的。"[22]

这是对中共军队极具威胁、卓有见地的作战方针。如果杜聿明的追击部队不是四处掠城、分兵据守，而是果敢地放弃一些城市，集中起兵力来，那可真是共产党的灾祸了。但是，蒋介石不是毛泽东，根本听不进去。

史学家评论，共产党的胜利是由国民党的错误累积而成，不能说没有道理。

一条松花江把国共双方隔开，战场出现了相当长的一段沉寂。

有人说，是马歇尔用美援作要挟，逼迫蒋介石在林彪惨败时下令休战，关键时刻帮了中共一把。美国总统杜鲁门也说，马歇尔将军是"活着的最伟大的美国人"。

近代以来的中国历史证明，任何一个外国人或外国势力，凡是抱着居高临下的拯救心态来到中国，无论是活着的还是死去的，从不曾给中国带来任何福音，包括极想完成国共调和使命的马歇尔。因为把巨大的中国利益输送给美国，换得杜鲁门必须支持的蒋介石，早已把不谙东方人心思、且带有美国式的天真的马歇尔玩弄于股掌之上了。

马歇尔是悲哀的，尽管他获得了诺贝尔和平奖。因为，他的前任美国驻华大使，曾经供职过俄国、印度、新西兰、埃及、阿富汗等近二十个国家的赫尔利说："在所有这些派遣的任务之中，中国的是最复杂的最困难的。"[23]

还是鲍迪埃老先生说的对：从来就没有什么救世主，打碎旧世界的枷锁，全靠劳动者自己。

注释

[1] 阎峻：《林彪军事生涯》，1946年（中华民国三十五年），白鹿书苑。
[2] 同上书；刘统：《东北解放战争纪实》，东方出版社，1997年版，第198页。
[3] 高永昌主编：《四战四平》，1988年版，第450页，中共吉林省委党史工作委员会出版。
[4] 《林彪军事生涯》，1946年。
[5] 《东北解放战争纪实》，第179页。
[6] 《毛泽东军事文集》第三卷，军事科学出版社、中央文献出版社，1993年版。
[7] 《四野战史资料选编》，四野战史编辑室，1960年编。
[8] 《辽沈决战》上册，人民出版社，1988年版，中共中央党史资料征集委员会编。
[9] 《国共两党对长春的争夺》，长春党史第一卷，第七章，第四节。
[10] 杜聿明：《国民党破坏和平进攻东北始末》，《辽沈战役亲历记》，中国文史出版社，2012年版，第464页，全国政协文史和学习委员会编。
[11] 张正隆：《中国1946》，白山出版社，2014年版，第264页。
[12] 《毛泽东军事文集》第三卷。
[13] 《毛泽东年谱》，人民出版社、中央文献出版社，1993年版，中共中央文献研究室编。
[14] 《四野战史资料选编》。
[15] 《毛泽东军事文集》第三卷。
[16] 金一南：《苦难辉煌》，华艺出版社，2009年版，第444页。
[17] 林星雨：《林彪传》，花城出版社，2016年1月第1版，第61—63页。
[18] 《胡乔木回忆毛泽东》第15章，人民出版社，1994年版。

[19] 同上书。
[20] 王树增《解放战争》(上)，人民文学出版社，2009年8月北京第1版，第102页。
[21]《四野战史资料选编》。
[22] 李桂萍、张振海编著：《四平街战况——在旧书旧报中解密"四战四平"》，吉林人民出版社，2009年版。
[23] 王德贵等：《"八一五"前后的中国政局》，东北师范大学出版社，2009年版，第435页。

第 12 章　剿匪：专家贺晋年，英雄杨子荣

中共所有记载东北三年解放战争的史料，都有 1946 年 7 月 7 日这一天的重要一笔。

这一天，撤退到松花江北的中共东北局召开了一次会议，形成了一份决议，就如何在东北站住脚跟并求得发展的思想方针及方法，做了明确的表述与规定。这个被中共称为夺取东北解放战争胜利的纲领性文件，即《东北形势和任务》的决议，按会议日期简称为"七七决议"。

会议由担任东北局一把手不久的林彪主持，中共中央派往东北的中央委员、候补中央委员和党政军主要负责人参与讨论。决议由陈云起草整理，并经过毛泽东字斟句酌认真修改批准。

决议的核心是解决根据地建设和壮大力量问题。决议中有这样的表述："无论目前或今后一个时期内，创建根据地是我们工作的第一位。""创建根据地的主要内容是发动农民群众……使乡村的政权确实掌握在农民手里……使东北自卫战争成为广大人民参加的战争。""能否发动农民是东北斗争成败的关键，农民不起来，我们在东北有失败的可能。""我们的方法，就是从战争，从群众工作，从解决土地问题改善人民生活，从其他一切努力，去增强革命力量，减少反动力量，使双方力量对比发生于我有利的变化。"[1]

简而言之，根据地建在哪里？在广大农村。壮大的力量来自哪里？广大农民。用什么办法争取农民？通过给农民以土地改善农民生活的实惠，争取农民跟共产党一起，通过战争打倒国民党。

战争，从来不是单纯的军事问题，战争是政治——阶级利益诉求暴力的反映形式。

罗荣桓在两年后的一次会议上说："七七决议"是"困境转变的

关键"。[2] 韩先楚在几十年后说，决议使东北工作和作战指导方针"走上了正轨"。[3]

林彪一生除了独创的"一点两面""三三制""四快一慢""四组一队"等战术理论与数不清的军事电文外，没有更多的关于战争与战略的军事理论著作，但在根据地建设上却有深刻而独到的见解以及生动表述：

"建立根据地就好比是为自己造房子，如果我们没有家，没有房子，就好比是流浪者，飘来飘去的二流子，遇到狂风暴雨就会无家可归。无房子可住，就要被狂风吹掉，被暴雨淋死。遇到严寒冬天，就会冻死饿死。如果我们不赶快建立自己的根据地，建立自己的家，那么不仅我们无处可走，死无葬身之地，而且东北人民也就不能翻身。"

他甚至在东北局《动员干部下乡发动群众》的指示中要求，一切可能下乡的同志要"跑出城市，跑出洋房，脱下西装，脱下皮鞋，穿起农民服装，背上包袱，暂时不分职位高低，不论历史长短，不论资格大小，不计个人得失，提倡大官做'小事'，全心全意为人民服务。到乡村中去，到农民群众中去，不怕脏，不怕烂，住到农民家里去"。[4]

后来统计，东北各地共有 12000 名干部下乡进村，机关干部 3/5 以上走出了城市，发动群众进行土地改革。[5] 历史证明，共产党人在东北大地开展的大规模土地改革，是东北解放战争胜利的决定性因素。

但是，东北的特殊情况，许多地区不得不把剿匪摆在了前头，为土地改革创造一个安定的环境。

土匪，乃政治与社会的土壤衍生物种。东北土匪由来已久，民国初年，张作霖便起家于土匪。成了气候的张作霖，便不再是匪了。如果非得称匪，也是"官匪"。

东北的土匪又称为"胡子"。《奉天通志》载："有称强盗曰胡子，凡有二说。一说，胡子之称起于明代，汉人即称东北强盗曰'胡儿'。明时胡人往往越界掳掠汉人，见之则曰胡子。二说，往时强盗抢劫，恐人相识，常戴假面垂红胡，谨以遮掩，故又称红胡子。"

土匪内部有一些不成文的规定和纪律。彼此之间不说姓名，只报字号，说山头，绝不许翻蔓子、盘根子（匪语，指问姓名、家属、住址等）。土匪的报号也五花八门，稀奇古怪。如"好友""永久""金山""双老四""没办法""月江红""二老板""耍马""打的欢"等等。

东北土匪情况相当复杂，有的是不堪官府欺压逼上梁山的；有的是当地土豪恶霸乘乱拉起人马占山（占屯）为王的；也有的是社会渣滓、流氓恶棍纠合一起欺压百姓的。

东北谚语说：不当胡子当不了官，不下窑子当不了太太。

凡是社会动荡和混乱时期，便是土匪泛滥兴盛时期。这个时期权力更迭，政府真空，有枪便是草头王。

"八一五"后，国共两党在东北战争，动荡的局势给土匪发展创造了新的机会。此时的土匪主要是两股政治土匪。一股是国民党军统支持的日伪残余势力，老百姓所称的"中央胡子"。为抵抗先期进入东北的10万中共部队，国民党上演了一场加封委任的闹剧：伪满汉奸铁石部队头目姜鹏飞被蒋介石委任为新编第27军中将军长。号称有40万人的曹兴武被任命为东北先遣军第15战区总指挥，当国民党命令他集中10万人进攻哈尔滨时，他费好大劲聚集了5000人。国民党在东北各地委任了30多个总司令、总指挥、23个军长、158个师长。[6] 另一股是地主恶霸以"自卫""保家"名义组织的地主武装"大排队"。

以上两股土匪在中共东北三年解放战争中发生了两次大泛滥。一次是1945年末，国民党政府与苏联政府谈判的"蜜月期"，苏军驱赶中共时，"先当八路，后当中央"的若干土匪整营整团叛乱。另一次是在中共部队与国民党军隔江对峙，以及"七七决议"后中共深入土改阶段，恶霸地主还乡团疯狂报复性质的土匪暴乱。

林彪在回顾第一次土匪暴乱的教训时，给中央的报告中说："不分兵打匪，到处不能站脚，不仅城市被土匪占据，乡村也是土匪的世界。正是由于分兵太迟，部队到达各地太迟，结果还是没能防止1945年12月底及1月初东北各地大批新部队及地方武装的叛变。"[7]

林彪部队同杜聿明部队打运动战，土匪则与林彪部队打游击战。当时，合江省境内大小十几股土匪，总数不下两万人。其中以谢文东、李华堂、张雨新、孙荣久为数最大，号称"四大旗杆"。

1946年5月，林彪败走四平撤往松花江北后，土匪再次猖狂起来，仅"四大旗杆"便聚集起8000多人。6月以来，北满土匪在军统特务策划下，先后袭击并侵占了东宁、东安、同江等数县，切断了牡丹江至佳木斯的铁路线。10月，又血洗了依兰和萝北两座县城，大小店铺被抢劫一空。

以骑兵为主的匪帮刘山东在进攻萝北县城时，击溃中共守备部队3个连，将县长及机关干部20多人全部枪杀。依兰县委书记的妻子被糟蹋后自尽。土匪的口号是"杀尽关里来的"，与中央国军"会师哈尔滨"。[8]

四平战役后，东满、西满除少数偏远农村，几乎全陷敌手，南满只剩临江、通化等四县在手，但尚不巩固。北满几乎成了中共立身的唯一根据地。合江是北满的后方基地，如今泛滥的土匪造成后方混乱。林彪感到有腹背受敌的危险。

应当说，自中共部队进入东北后，土匪受到了重创，呈散在分布状态。最大的两股一是在长春周边各县，以农安县为最甚。二是合江地区土匪达8000多人。

合江西部和南部为崇山峻岭，原始森林遮天蔽日；东部和北部是大片沼泽地和草甸子，草甸子蒿草没人头顶，夏天人畜进去，一会儿便被蚊蠓叮咬得只剩一副骨架子。沼泽地更为凶险，不熟悉路径，一腿踩下去便会没腰没顶，休想活着出来。如此荒蛮之地，却是生存能力超常的"胡子"得天独厚的退守天堂。

历史证明，任何政权官府均不容匪，虽然有一时利用之，最终都要千方百计除去，或剿或抚，概无例外。一人为匪，全家受累；一世为匪，三代背黑。没有人天生愿意为匪。土匪的背景都很复杂，除少数匪首，多数还是被逼被骗上山的协从。

谢文东、李华堂都有过辉煌的历史。九一八事变后，两人都参加了抗日联军，与日本讨伐队进行过数年英勇战斗，分别担任了东北抗联第8军和第9军军长。但在日本人剿抚手段并用时，他们都投降了日本人，屠杀昔日的抗联战友，走在通往地狱之门的路上。

任何匪患都同政权有着天然的对立；同时，任何匪患都同政权有着藕断丝连的关系。谢文东等"四大旗杆"的坐大，同当时中共内部的权力部分腐败有相当关系。

"四大旗杆"之一的匪首孙荣久便是原合江军区司令孙景宇的亲叔叔。孙景宇出身勃利县地主家庭，抗战中加入地下党，1939年从延安转到山东军区，"八一五"后随山东部队进入东北。当上军区司令后，孙景宇对伪满残余及土匪帮派大加委封，谢文东、李华堂都当上了中共的"司令"。不久，这些保留完好的土匪和伪满武装便伺机大叛乱。

杨清海则是这些土匪壮大的另一主要推手。与出身地主家庭的孙景宇不同的是，杨清海则出身长春郊区地道的农民家庭，1940年参加抗联，在第7军任大队长。日军围剿的艰苦岁月，许多人脱离了队伍，甚至像谢文东、李华堂那样叛投了日军，但杨清海坚持下来，并勇敢作战，最后退往苏联境内。"八一五"后，他随苏军回到依兰担任城防副司令。中共军队撤退北满后，他又担任合江人民自治军依兰总队长、第5支队总司令。

杨清海的腐败同林彪总部作战科长王继芳一样，都是因为一个女人。不过，王继芳恋的是一个姑娘，杨清海则倒在一个叫辛爱玉的人称"辛大姑娘"的妓女石榴裙下。辛爱玉的父亲是开赌场的老板，地痞流氓成了杨清海的保护伞后，军统特务把这些"有缝的鸡蛋"定为策反对象，任命他为国民党"合江挺进军司令"，并要求他策应李华堂于1946年10月10日（国民党双十节）夜发动叛乱。

10日夜晚，杨清海打死了哨兵后，又打死依兰独立团2营的营长和3名干部，煽动拉走了独立团150多人、长短枪1600多支、机枪2挺，并乘机攻打依兰县委，未遂后与李华堂会合。[9]

杨清海因其丑恶的罪行最终葬送了性命。这个不曾倒在枪林弹雨中的曾经的硬汉，却倒在糖衣炮弹下的可悲事实，不能不令人警醒：

权力是一柄双刃剑！

土匪帮派也称绺子，绺子大小在一定程度上主要靠匪首的能力与名望。土匪多为乌合之众，擒贼必先擒王。如果不剿灭匪首，砍断"四大旗杆"，土匪仍然会死灰复燃。林彪决定出重拳。1946年6月，中共东北局决定张闻天任合江省委书记。[10] 8月，任命贺晋年为合江军区司令员，抽调359旅主力进行剿匪。

贺晋年，曾任红 15 军团 18 师师长、红 27 军军长，在陕北就以擅长剿匪而闻名。1939 年春，周恩来被一伙土匪袭击，彭德怀将贺晋年从前线召回，几经周折将土匪一网打尽，被誉为"剿匪专家"。贺晋年本来在延安留守兵团警备 3 旅当旅长兼三边军分区司令员，考虑东北剿匪需要，1946 年 3 月奉命来到东北。[11]

在东北剿匪，贺晋年还是感到与陕北的不同。用大部队围剿，"胡子"到处安排了眼线，部队呼啦啦还未到，"胡子"麻雀一样"突的"早没影了。等部队一走，"胡子"头一声唿哨，又集聚起来。

谢文东对追剿根本不在乎。他人熟地又熟，今天钻这个山沟，明天去那个密营，牵着剿匪部队在深山老林里打转转，偶尔搞一下偷袭等等，中共剿匪部队粮尽后，无奈收兵回城。贺晋年改变战略，指挥大部队堵住出山通道和江岸渡口，自带精干小分队进深山老林、草甸、沼泽里追剿。

贺晋年知道，土匪在老林里都有藏粮的密营，哪里有成群乌鸦盘旋，哪里就有土匪。乌鸦鼻子比人类灵敏，吃土匪吃剩的马骨头、马肚肠。从灰烬的热度、马肉的腐烂程度、马粪的湿度，判断土匪离开多久；还有，哪里冒烟，就证明土匪在哪儿做饭。追上去一阵痛打，烧毁窝棚，烧净存粮。土匪没粮只能吃马肉，没有盐必是浑身无力、腹泻甚至便血。

谢文东的绺子陷入了困境，由最初几百人到几十人，再到十几人。贺晋年也处于强弩之末状态。为了赶速度，追剿分队经常的饭食是大饼子和咸菜疙瘩，埋锅做饭有烟也会给土匪报信。从秋天追到冬天，贺晋年的第一匹坐骑，一根杂毛也没有的白色日本战马累倒了，死了。第二匹是缴获土匪的枣红马，剽悍烈性，在牡丹江岸边掉下悬崖，摔死了。贺晋年病了，发了高烧。深山老林里，大饼子和咸菜疙瘩都啃光了怎么养病？送他回佳木斯，他不干，弄副担架抬着自己继续追击。

他知道，谢文东处境不比自己好，他已经疲惫不堪，虽然自己也疲惫不堪。同样疲惫不堪，就看谁还能咬牙挺住。贺晋年猜对了，谢文东身边只剩下 6 个人，最后剩下只身 1 人，于 11 月 20 日被生擒，并于 12 月 3 日在其贻害最甚的勃利县城公审处决。[12]

其他三大旗杆李华堂、孙荣久、张雨新都是这样被追剿歼灭的。随着

"四大旗杆"倒台，土匪一听到"贺晋年"的名字便立马作鸟兽散了。贺晋年将军完成剿匪任务后，担任东北野战军第 11 纵队司令员、15 兵团副司令兼 48 军军长。

与经济建设成果不同的是，战场上的胜利需要士兵的鲜血浇灌，不仅需要指挥员的运筹帷幄，更需要战士的英勇牺牲。"一将功成万骨枯"的说法虽然不太暖色，却道出了战争真相的一角。

纵观古往今来之战争，无论胜败死活，将军都是可上史册的，而成千上万战士能够彪炳青史的可谓凤毛麟角。这是战争的残酷，也是历史的无奈。正因为此，牺牲精神才令人永世敬仰。这是不是毛泽东在天安门广场修建人民英雄纪念碑的缘由之一？

换言之，一个国家、一个民族如果忘记了自己的英雄，一定是堕落败亡的开始。

海林县东山坡上埋葬着一位 1945 年闯关东来的八路军战士。1947 年他倒下后，再也回不去山东牟平老家了，东北人民留下了他。高大的纪念碑上刻着英雄的名字——杨子荣，碑的两边，花圈鲜花长年不断。

杨子荣这个名字，笔者几十年前从曲波的长篇小说《林海雪原》中看到，那时以为是曲波老先生编的故事。两年前收集本书若干历史资料得知，这不是小说中的故事，而是当年的真实存在。

1946 年初，杨子荣在牡丹江军区 2 团 3 营当侦察排长。一天，他所在的部队在海林县杏树村包围了名为许大虎的匪帮。即将发动攻击时，杨子荣听到村里有小孩妇女的哭叫声。他的心柔软了下来，要冒险去同土匪谈判，挑着白毛巾被土匪带进村里，对土匪劝降。许大虎要杀了他，杨子荣却劝另一匪首本村人郭富春替全村老少考虑，使许大虎陷入孤立，只得率 400 多土匪投降。杨子荣舌战群匪救了全村百姓，还缴获一大批枪支弹药。

1947 年初，名号"座山雕"的土匪张乐山，顶着"东北先遣军第 2 纵队 2 支队司令"旗号，要求海林县模范村农会主席送 10 袋白面、20 件棉衣，否则血洗全村。杨子荣带领孙大德等 5 名战士奉命侦察。他用掌握的土匪黑话骗取了土匪连长的信任，在原始森林中跋涉几十里，闯进土匪窝，枪顶着张乐山喝令他投降，一举擒获张乐山等 25 名土匪。

2月23日，杨子荣在夹皮沟闹子洞里发现了惯匪郑云炮的窝棚。他一脚踢开门，第一个冲了进去。屋内射出了一颗致命的子弹，杨子荣缓缓倒了下去。东北民主联军总部授予杨子荣特等侦察英雄称号。[13]

随着"四大旗杆"的覆灭，1947年上半年，北满的土匪被基本肃清。林彪的根据地后方终于稳定下来，而松花江南岸尤其长春周边的匪患却越发猖狂起来。仅农安县土匪绺子达320股、国民党建军47股，土匪建军合起来达15109人。拥有长短枪万余支、轻重机枪百余挺、火炮10门。

土匪建军利用中共部队退守松花江北之际，大肆反攻倒算。农安县的土匪建军先后袭击中共部队111次，杀害中共部队尤其地方武装官兵791人、区村干部92人、无辜百姓233人，抢夺枪支140余、马匹4102匹。

1946年6月上旬，民主联军独立5师、新四军3师22团、23团及辽吉分区蒙古骑兵团等主力部队奉命剿匪。9月，民主联军2纵4师3个团攻打伏龙泉土匪建军嫩江队，歼敌500人。11月，2纵5师包围叛变的土匪武装，歼敌松江保安大队700余人。

1947年4月，独立5师进驻农安北部给土匪建军连续不断地沉重打击，打死土匪895人，生俘1966人，收降1708人，击溃1649人，缴获轻重机枪100挺、火炮90门、长短枪支2545支、马1424匹。

1948年春到10月19日长春解放，中共主力部队多次与地方武装配合，先后展开200余次剿匪战斗，迫使90股12000余人的股匪撂局解体，126股1700余匪投降解散。农安县境土匪绺子基本剿除。

对大股土匪的剿灭是随着林彪主力部队挺进松花江南岸，国民党军节节败退中完成的。而对小股残余土匪的剿灭则困难得多，一直延续到新中国成立后的1955年。

随着土改的深入发展，以恶霸地主与土匪组成的还乡团性质的武装，制造了若干令人发指的惨案。

1947年11月，名号为"老头好""振北侯"等200多土匪，在农安县开安区与中共武装土改工作队激战，抓捕了土改工作队员尤禄，将其用钉子把两只胳膊钉在木板上，连续三次从房顶往下"翻身"，尔后将其杀害。

12月23日晚，名号"双全"的土匪10余人偷袭德惠县万宝区毛家沟屯，抓捕了农会会长，在零下30多度严寒中扒光其衣服，往身上扬雪面，泼凉水，再烧红铁钎子往身上烫，将人活活折磨死。名号"三江好""双阳好""南来顺"等80余土匪劫掠鲍家区20里堡，掳走村民80余，鞭抽棍打逼迫村民交出"穷人头"——5名农会干部，将其全部处死。

1948年2月，名号"小乐子"的土匪袭击德惠天台区三杏庄农会，把农会主任丛海峰妻子扎上裤腿，将一盆旺火倒入裤裆，其状惨不忍睹。[14]

疯狂的报复源于共产党人发动的土地改革运动。许多土匪本身就是恶霸地主，他们是跟着国民党军队后边杀向农村的还乡团。所以他们的烧杀抢掠带有鲜明的阶级报复的烙印。

在中国这个以农民为主体的国家里，土地问题远远超出了均贫富的范畴，极少数垄断土地并大比例占有财富的官僚地主与绝大多数赤贫之间不可调和的生存矛盾，已经成为这个国家革命与反革命两种势力水火不容的阶级死结，以至涉及推翻封建制度。所以，他们的报复得到了国民党的支持。

1948年，是国民党走下坡路的日子，从上到下"为民"的伪装在一层层剥掉，越发气急败坏。3月9日，蒋介石到徐州听取第三绥靖区副司令长官郭汝瑰汇报后，面无表情地说："赤化区人民都同情共匪，我军进剿时，可以烧毁房屋，杀戮附敌的人民，以破坏他们的根据地。"郭汝瑰听后，"顿觉毛骨悚然"："伊训示对赤化区烧、杀，余甚不同意。烧杀不过引起人民反感而已，此非为国为民之道也。"[15]

郭汝瑰没弄明白的是，从阶级属性上讲，国民党军和土匪本是一家，都是封建地主官僚买办阶级手里的刀子。"小乐子"是惯匪刘玉魁，15岁当土匪，东北沦陷为日伪特务机关密探；国民党军攻占德惠，他又投靠国民党，任郭家区清剿队长。

1948年3月，长春周边各县区聚集大批地主还乡团和土匪建军。其中有2600多人被新七军收编，成为骑兵第1团、第2团的基本构成力量。其中名号"林老先生"的土匪编入骑兵2团1连，"助北"编为2连，"东平洋"编为5连，"天赦"编为7连，"九江龙"编为9连。

东北匪患绵远久长，有着深刻的政治与社会背景。

东北抗联在极其艰难条件下坚持抗战十四年，杨靖宇、赵尚志那么多人宁死不屈。而抗联第8军军长谢文东坚持了数年时间，最后还是变了节。究其根源，谢文东是依兰县大地主，胎髓浸透了他那个阶级的深刻烙印。他的反抗是因为日本人侵害了他的利益，当日本人剿抚并用，给了他足够好处时，叛变就顺理成章了。他心里清楚，共产党打入东北是要让农民分他的土地，而国民党军统给他的好处是先遣军上将总司令。选择再次为匪，而且是"官匪"便不足为奇了。

深刻的阶级烙印和政治因素决定了剿灭匪首和解散匪股，只是实现了反动堡垒的倒坍，挖掘匪根则要经历相当长时间。

1949年1月9日，四野所部52师1团4连连长张连元，扣押了指导员，裹胁该连21人武装叛逃。吉林警卫团在榆树和舒兰两县配合下，连续追剿6天，将该匪股全部歼灭。1949年7月，农安县剿围工作队经过一个月排查，挖出武装土匪152人、国民党保安队成员428人，缴获60炮1门、长短枪5支。

1950年6月，匪首赵福田乘朝鲜战争爆发之机，串联散匪组织"敌后游击大队"，设据点10余处，并秘密策划九台县劳改队暴动。长春市会同吉林、九台、德惠等县协同动作，一举捕获赵福田等66人。

从1949年初开始，长春市依靠广大群众，共调查登记散匪散兵12530人，将对社会造成危害的日伪宪兵、还乡团、惯匪全部扣留审查，区别不同情况分别予以处理。

《长春市志·公安志》有一张《解放战争时期长春地区剿匪战绩统计表》，第1栏"土匪数量"，合计33922人；第2栏"土匪罪恶"，打死人民军队1485人，杀害干部153人、群众397人；第3栏"剿灭土匪"17643人，投靠国民党军7321人，溃散为8958人。[16]

该志说，"特别是经过1951年4月至1953年3月第一次镇压反革命运动，有力打击了5个方面的反革命分子……个别漏网的土匪和恶霸分子，未能逃脱1955年第二次镇反运动和肃反运动，由于匪患的肃清，长春地区社会安定，人民政权日益巩固"。

东北匪患始于清朝末年，兴盛于民国。沦陷时期，日本帝国主义把抗日武装当"匪"去讨剿，周保中的抗联被迫退往苏联。但对若干占山为王的流匪，日本人仍然望山兴叹。土匪最为泛滥则在日本投降后国共三年东北争夺战初期。

历朝历代若干年都未能禁绝的东北匪患，终于在共产党的政权下禁绝了。而剿匪的起点和头功则是东北民主联军。在同国民党军主力三年的艰苦卓绝激战中，同时剿灭了几十万武装土匪，为最终灭绝东北匪患打下了坚实基础。

注释

[1] 王树增：《解放战争》(上)，2009年8月北京第1版，第156页。
[2]《东北局及四野首长报告文件汇集》，中南军区编。
[3]《辽沈决战》，人民出版社，1988年版，中共中央党史资料征集委员会。
[4] 刘统：《东北解放战争纪实》，东方出版社，1997年版，第216页。
[5] 同上书，第218页。
[6] 王元年等：《东北解放战争锄奸剿匪史》，第1章。
[7]《四野战史资料选编》，四野战史编辑室，1960年编。
[8]《东北解放战争纪实》，第227—228页。
[9] 方强等：《合江前期的剿匪斗争》，《辽沈决战》。
[10] 程中原：《张闻天传》，第15章，当代中国出版社，1993年版。
[11] 张正隆：《一将难求》，白山出版社，2011年版，第九章，第3节。
[12] 1946年12月14日，《东北日报》。
[13]《东北解放战争纪实》第247—248页。
[14] 张忠耀主编：《长春市志·公安志》，吉林人民出版社，2000年版，第二章之《剿匪斗争》。
[15]《解放战争》(上)，第587页。
[16]《长春市志·公安志》，第105页。

第13章　南拉北打

四平保卫战后，林彪率主力败退松花江北的北满地区，留下辽东军区司令员肖华和曾克林的3纵队、胡奇才的4纵队在南满敌后坚持。这是杜聿明的卧榻之侧。

杜聿明与郑洞国会商后，制定了"南攻北守，先南后北"方针，调集8个师10万余人向南满大举进攻，企图消灭中共南满部队，解除后顾之忧，再集中全力进攻北满。这是一个具有战略目光的军事方针。

四平战役的胜利增强了国民党军队的自信，一改往常谨慎的打法，多路钻隙突破，大胆迂回包围。于11月上旬连续攻占了桓仁、通化、安东、凤城。通化原为中共东北局后方基地，部分后勤机关、炮校、医院、物资仓库都在此地。通化的突然失守，使南满部队很快陷入饥寒交迫的困境。

南满根据地迅速被突破，除了杜聿明调动了优势兵力外，还在于中共南满部队在防御上没有实施有效的运动防御，犯了分兵把口的错误。劣势的兵力非但没有集中使用，反而散开来被敌各个击破。4纵12师35团一分为三，3营被敌两个营打得溃散，2营在团政委带领下，竟被伪警察追了一路，也不对追敌查明情况，更没组织有效还击。

对南满分兵把口林彪十分焦虑。10月26日致电3纵，你们"最近尽是打的击溃战，或被敌击退。这种仗就会使士气越打越低……望你们坚决实行6至9团打敌1个团的方针……如你们不执行总部指示，则南满局面将必日趋严重"。[1]

11月中旬，杜聿明的部队又攻占辑安，南满根据地仅剩临江、长白、蒙汇、抚松四县，这一狭长地带仅有22万居民，一下子涌入4万部队和机关干部，被动形势越发严峻起来。

主持北满土改工作的陈云和抓军工生产的肖劲光主动要求去南满险地。

东北局形成决议后，1946年10月27日，陈云、肖劲光离开哈尔滨，经由牡丹江、图门，取道朝鲜再去临江。当他们从平壤绕了一大圈到达辽东军区所在地临江时，已经是11月27日了，整整走了一个月。

虽然事先有思想准备，但南满部队的困境还是让两人万分吃惊。冰天雪地里官兵还穿着单衣单鞋，出现了大量冻伤。最苦的是3纵，尤其是8师，粮食奇缺，只有冻得如石头一样的杂面窝头和酸菜、咸菜。有的部队没有房子住，日夜在雪地里烤火，漫天白雪中，不少人穿着国民党服装，是从敌尸上扒下来的，太冷了。甚至还发生了冻死哨兵的问题，是在站岗时睡着了。营养不良是冻死的重要原因。

"决定战争胜负的因素，并不是部队士兵的丧失，而是希望的丧失。"无论看没看过利德尔·哈特《战略论》中这句名言，所有杰出的军事家都明白，胜利的希望——士气往往比军队的实力更重要。

被舆论称为中共党内"处理麻烦事件的能手"的陈云后来回忆说，那是自己一生遇到的最艰难的时刻。[2]

从上到下弥漫着一种灰心丧气的情绪。南满部队的领导已经做好了放弃根据地、把部队带到北满去的准备。肖劲光原准备在热水河子用一个纵队歼敌一个加强营，没想到不少干部反对，认为弹药不足，兵员欠缺。给了新任辽东军区司令员肖劲光一个软钉子碰。肖劲光在师以上干部会上提出，以主力兵团深入敌后开展游击战争，破坏敌人"清剿"，又没想到遭到多数人反对，争来论去，三天统一不了认识。

关键时刻陈云表态了，语气不容反驳："我是来拍板的，拍板坚持南满！""3纵、4纵全部留下，一个人都不走！"

为什么坚持南满？陈云的比喻是：东北国民党军好比一头牛，牛头和牛身子，是向着北满去的，在南满留了一条牛尾巴。如果我们松开了这条牛尾巴，那就不得了。这头牛就要横冲直撞，南满保不住，北满也危险。如果我们抓住了牛尾巴，敌人就进退两难。这样便会形成南满与北满的"犄角之势"。

部分史料在记叙统一坚持南满思想的表述是，会议上"多数人表态赞成坚持南满的决定，少数人虽然思想不通，也不好再表示反对意见"。[3]

实际上，是共产党人坚强的党性和组织纪律性，使大家自觉服从了作为中共南满分局书记的陈云的最终决定。

会议是在七道江召开的，为此史称"七道江会议"。七道江会议的决定，在东北三年解放战争史上具有重要的历史意义。实践证明，正是南满根据地的存在，保持了东北民主联军南北两线的同时存在，使得国民党军进攻北满时，不得不时刻考虑背后的威胁。

七道江会议制定的战略方针是：4纵打出去牵制敌人，3纵内线作战保卫根据地。12月14日，4纵主力从临江出发，突然插向敌人后方兵力薄弱的地区，半个月横扫150多里。虽然大多打的是击溃战，却切断了敌通化与辑安之间的铁路交通线，迫使杜聿明先后调回4个师回防，减轻了南满根据地的压力。

就在中共南满部队主动出击的时候，中共北满部队也开始了主动出击。如果不是对南满的支持与策应，无论从哪方面讲，此时的北满部队都不应出击作战。有利条件是松花江已经完全封冻，部队从江面出击后，可方便迅速撤回江北。但也正是寒冷给北满主力带来了比战斗多几倍的伤亡。

林彪下决心陷杜聿明于腹背两面作战的境地。

为此，提出了一个违反战术常规，也违反他谨慎性格的决定，打硬拼战："只有六七成胜利的把握即决心打，打时打得极顽强，打的结果可能成为歼灭战，亦可能双方都伤亡惨重。"林彪甚至表示，在一定时期内，不但南满要这样打，北满也要这样打。在这里，我们仿佛看到四平保卫战中毛泽东要求林彪顽强坚守的态度。陈云和肖劲光赞同：南满"不得不拼掉几个棋子，改变力量"。[3]

"棋子"，就是官兵的血肉之躯。为了全局的生存，局部必须主动牺牲自己。

1947年元旦到了。毛泽东在新年献词中没有提起战争，却充满了对前途必胜的希望："只要全国人民团结一致，坚持不屈不挠的奋斗，那么，在不久的将来，自由的阳光一定要照遍祖国的大地。"

蒋介石新年来临之际发布的"侍天字第十七号密令"，却充满了杀气腾腾的暴戾之气："只要我将领在今后一年期内，淬励精诚，奋发努力，彻底消灭万恶之奸匪，扫除革命之最后障碍，则滔天大祸敉平于一旦，三民主义实现于全国。"[4]

领袖们谋划的远大目标要由将士们战场上浴血决战来实现。

沉寂了半年之久后，1947年1月5日，林彪亲自指挥东北民主联军第1、第2、第6纵队和3个独立师，共12个师的兵力，突然跨越封冻的松花江，对吉林、长春以北的国民党军出其不意发起攻击。

林彪瞄着的是新1军新编38师113团一个加强营，防守的据点是其塔木。林彪命令1纵3师围歼守敌，其他部队埋伏在九台、德惠至其塔木的公路要隘处打援。所以选择其塔木，林彪颇动了一番心思：一是该镇南通吉林，北达德惠，西距九台县城仅50公里，是国民党封锁北满的重要江防据点；二是该据点是新1军的部队，受到攻击，国民党军必定救援，便于调动打援；三是该据点守敌仅700余人，以3师全师攻打1个营，兵力优势超出9∶1。

战斗自6日黄昏打起，打到8日，三天时间负责进攻的8团付出严重伤亡仍然未攻下来。新1军果然十分会守与善战。3师首长非常愤怒，准备夜里集中3个团兵力全力围歼守敌。林彪出面制止了："为了调动敌人来增援，故在这几天内不需要打下其塔木。"[5]

果然，九台方面的国民党援军出动了，援军是国民党军王牌——新1军。新1军的王牌是新38师，新38师的王牌是113团。113团团长王东篱亲自率军救援。

林彪的1纵1师是6日晚乘夜色进入张麻子沟伏击阵地的。那是一个令参战官兵终生难忘的夜晚。北风呼啸，大雪纷飞，大地冻裂了口子。伏击战场不仅不能烤火，连袋旱烟也不许抽，啃几口根本啃不动的玉米棒子，就一动不动蜷缩在雪窝里。还是冷得不行，用毛巾裹住脸，用乌拉草包住脚。怕把枪冻住，把枪栓卸下来揣进怀里，把棉衣脱下来包住机枪。每隔一会儿，干部就碰碰战士，怕冻出意外。

仿佛存心考验伏击部队的忍耐力，从九台至其塔木只有90里，援敌中途在卢家屯还要有意住一夜："共产党又不是活神仙，让他们在冰天雪地里冻一夜试试。不用我们去消灭他，老天爷也会帮我们的忙。"新1军的确是作战经验丰富的部队。

直到 7 日中午，敌援军才姗姗来临。当攻击信号升起时，除了那些再也站不起来的官兵外，每个人都僵硬如同一根棍子，原地摇晃了好一会儿，不顾一切地冲向敌人。

战争从某种意义上说，主要是意志力的比拼，是牺牲精神的碰撞。

当曾经的王牌部队发现他们认为不可能的伏兵时，未等交手，精神上已被对手屈服。此战仅三小时，1 师以包括冻伤在内 375 人伤亡；毙伤俘国民党王牌新 1 军 1100 余人，其中俘虏达 868 人之多，并击毙敌团长王东篱。

一下江南，林彪主力共歼国民党王牌新 1 军近两个团及保安团共计 4500 余人，但也付出了惨重代价。负责围歼德惠方面援敌的 6 纵在焦家岭歼敌 1200 余人，自伤亡 800 人。负责围歼其塔木守敌的 1 纵 3 师，毙伤俘敌 550 人，自伤亡团参谋长以下 629 人。守敌在营长刘志高带领下，150 人突围逃脱。

此战虽胜，却反映出我军总体作战水平同国民党军主力王牌部队的差距。

内战以来，毛泽东一直最惦念的则是东北战局。自南满部队冲向敌后和北满部队渡江以来，毛泽东的目光几乎未离开过窑洞墙上那几张地图。12 月 14 日，4 纵 12 师跨过浑江后，毛泽东立即发现，仅北满部队南下松花江还不够，离南满最近的东满还应一起动起来。当日即致电林彪指出："自盖平至四平以东整个山地皆应成为你们与敌周旋的地区。"

18 日，吉林军区司令员周保中、政治委员陈正人致电林彪："我们郑重讨论了十四日电示……为了有力配合南满斗争，争取冬季开辟西路游击区，决定 24 旅、2 旅，以小部队巩固江东外，两个旅的主力应在江西地区积极活动。"

见到林彪一下江南的报捷电报，毛泽东终于松了一口气："最近北满、东满开始打胜仗，甚慰。包围其塔木一个点引起九台、吉林、德惠三处之敌无计划的增援，均被我歼灭或击溃。这一经验指出，围城打援是歼灭敌人的重要方法之一。""南满四纵二十天敌后作战经验亦指明，只有采取勇敢进攻方针,才是胜敌之道。他们还要勇敢一点,要敢于进攻一营两营驻守之敌而歼灭之,并且每次均一定要准备打援兵。"[6]

毛泽东总能及时发现总结他人的智慧,并上升到理论高度,再指导行动不断达到新的高度。

国民党军被服发放品种和标准,1946年度"国服冬装":驻第一区正规部队(沈阳以南)发给国制灰棉军服、棉帽、绑腿、衬衣裤、棉手套、棉(皮)大衣、棉袜、线袜、胶棉鞋、防寒皮鞋、棉被、军毯,官兵各一份;驻第二区(长春、多伦、赤峰以北)正规部队,除发上述第一区棉服外,并给皮大衣、皮手套、皮帽、皮背心及其他特种防寒服装(靰鞡鞋、毡袜等)。地方保安团队(自新军),均予配发由各正规军队收缴之堪用旧棉服军服,并由补给区整修配补之。[7]

东北民主联军北满部队同国民党军比起来堪称叫花子。一下江南时部队发生严重冻伤,1纵冻伤2678人,2纵冻伤3000多人。有的冻坏了生殖器,有的冻掉了指甲。轻者手足冻肿,重者即发黑,有的脚趾冻掉在鞋里。1月17日,哈尔滨气温降至零下40度,林彪急得连发数封电报,下令部队退回松花江北:"各部暂勿做夜间行动,如需行动时,宁可白天行动。"[8]

有全套御寒装备的杜聿明却不容许林彪部队御寒休整。2月中旬,杜聿明亲自指挥5个师的兵力,第三次进攻南满的临江。

为策应南满部队,林彪亲自指挥部队二下江南。有了毛泽东"甚慰"及"围点打援"的鼓励,林彪信心倍增,将"围点"由一下江南时的一个营,改为一个团,仍然朝新1军下刀子,以两个师围歼新1军30师驻守在城子街的89团。其他主力仍然埋伏在九台、德惠到城子街的路上打援。

战场经验老到的新1军军长孙立人发现中共部队再次过江,立即命令89团向德惠撤退。眼见打援的计划要"泡汤",林彪急令1纵2师与6纵16师围堵89团。

这是一场意志力的较量。2师冒着风雪,在四五十公分的积雪中一个夜晚奔袭120多里。天亮时,出现在撤退的89团面前,生生将其又逼回了城子街。

鉴于其塔木攻坚的教训，这一次，林彪命令6纵司令员洪学智延期1天进攻，他正催促炮兵司令朱瑞2个炮兵团加快向城子街运动。炮兵到达后，林彪命令在白天展开攻击。大天白日对设防坚固的城镇实施攻击，这是中共部队进入东北以来的第一次。猛烈的炮火声势夺人。此战，89团2700人被全部歼灭，负责攻坚的6纵仅伤亡200余人。

接下来的战局并未按林彪的设计进行。驻守九台、德惠的国民党部队并未向被围"点"城子街实施增援，却按着杜聿明的命令迅速向长春收缩。连同农安的部队也一块儿退往长春。其速度之快，超出了林彪的预料。至此，松花江边，国民党军只剩德惠一个据点了。

德惠守军以新1军50师为主，另有2个保安团共7000余人。林彪集中4万人，配属3个炮兵团进行围攻。总部原定3月1日总攻，6纵急忙中于28日便开了炮火。战斗打响时，林彪尚不清楚负责主攻的6纵的具体部署："你们主攻方向拟选择何处？该用多少炮兵？盼告。"

打惯了运动战、游击战的东北民主联军，又犯了没弄清情况就下令"都给我冲"的莽撞毛病。面对一片片倒下的战友，早把林彪"一点两面"战术忘得一干二净。4个师分四面围攻，各打各的点，四把尖刀变成了8把、16把。更显指挥弱点的是，参战的炮兵根本不会使用，80门大炮每师分配20门，四面开火，步兵却没有跟上。

林彪曾在讲授战术时指出："平分兵力分路突击的打法，对于打弱敌、要逃亡敌、败敌还可以使用，而对决心守而有阵地之敌，则一定自己吃亏。"结果正中林彪所言，6纵以强大兵力连攻4天，竟然打成了胶着状态。新1军指挥得法，士兵善战，给6纵造成很大伤亡，不算受伤者，仅牺牲就高达957人。

战场规律是一着不慎，满盘震荡，输赢则在转瞬之间。

严重的局面出现了，林彪攻城部队与德惠守敌形成对峙不利状态，被老道的杜聿明一把抓住了，迅速调集71军87师、88师，新1军30师、38师等12个团的精锐兵力，沿铁路分三路向德惠压来。林彪急调1纵、2纵等主力顽强阻击，眼见杜聿明夹击局势即将形成，被迫下令撤退。

杜聿明终于抓到了全歼林彪主力的战机。为阻断林彪部队撤回松花江北，杜聿明下令打开松花江上游丰满水电站的水闸。林彪急令部队回撤，民主联军官兵在雪地里向着冰封的大江狂奔，在汹涌而下的大水到达眼前的时刻，大部分部队万幸撤回了江北，一部分部队被大水阻截。这些部队不顾一切地扑进冰块翻腾的江水中，挣扎着向北岸游去。近两公里宽的江面上，冰块在激流的推动下发出巨大的撞击声，形成一片迷蒙的水雾。

在零下40度的低温中，战士们头上很快结起了冰坨儿，眼睛什么也看不到。干部们奋力阻挡冰排为士兵开路，用刺刀和枪托推开浮冰。不会游泳的官兵被同伴用绑腿捆住腰，一齐在冰水中挣扎前进。

终于有人上了北岸，被冻得浑身僵硬，趴在岸边雪窝里无法站立。先在大水来临之前过江的战友，一边用棍子敲打冰块，一边拉起来战友架着跑："谁也不要躺下！快跑！"仍然有人倒在了江水里，再也没有起来。有的是为拉起被冻在江里运驮弹药的骡马，结果人畜一块儿冻在了江里。[9]

史料记载，抗日战争中蒋介石曾三次借水为兵，阻挡日军凌厉的攻势。第一次是在徐州会战时掘开过黄河大堤，第二次是在武汉会战时掘开过长江大堤，第三次是在宜昌战役时要掘开汉水大堤。

前两次都掘成了，尤其是黄河花园口大堤的掘开，造成死亡百姓几十万人的惨案。第三次因为负责掘堤的部队害怕路遇日军，找借口逃回而未成功。即便按时掘开汉水大堤，遭殃的也只能是当地百姓，因为推进速度极快的日军，早已突过了中国方面预定的泛滥区。[10]

战争这个啖血的怪兽将暴力发挥到极致，为最终将对手粉身碎骨，战场上的将军无所不用其极。杜聿明不愧为蒋介石的好学生。

林彪的全线撤退，让杜聿明享受到了胜利的喜悦，他要放大这种成就感，立即发布新闻称：德惠一战"歼灭共军10万"。蒋介石大喜过望，不想再次上演四平战役追击林彪止步于松花江畔的遗憾，越过杜聿明，直接下令孙立人和陈明仁率队追击。

心中有数的杜聿明大吃一惊，慌忙打电话给孙立人和陈明仁，要求他们迅速撤回原防区。但是二人求胜心切，表示坚决执行委员长的命令。慌乱中杜聿明不便在电话中说明情况，紧急跑到德惠告知实情：共军在德惠并未受多大损失，那样宣传是我军的虚张声势计谋。共军很有可能卷土重来。孙立人、陈明仁头脑清醒过来，同意立即回撤。

杜聿明在交代完撤退事宜后，带着部队回返长春，离城不远，突然遭遇林彪由东向西挺进的部队——林彪果断抓住杜聿明吹嘘、孙立人与陈明仁冒进之机，于3月8日突然杀了个回马枪，命令主力部队三下江南。

当时，遭遇杜聿明的林彪部队不知是国民党东北最高长官的车队，仅以小部分兵力攻击，大部队仍继续前进，使得杜聿明只带部分卫兵侥幸逃脱，大部护卫车队被俘。逃回长春后惊魂未定，见新1军、71军尚未撤回，长春几成空城，急令新6军和13军乘火车火速北上。

林彪突然挥师南下，新1军与71军来不及收缩长春，分别迅速撤往德惠与农安。东北民主联军紧追不舍，1纵循迹追了三天，连续三次扑了空，说明新1军和71军的机动能力非常强。终于，2纵5师捉住了71军88师两个营。

按总部命令，5师任务是配合1纵消灭大房身附近新1军的1个团。对遭遇之敌打不打？两种意见相持不下，师长钟伟说，打！我是师长，出了问题我负责！结果只吃掉了200余人，却攻不进去。此时，林彪电报到了，命令5师速去大房身。钟伟回电，我吃掉这股敌人再去。不承想，被包围的两个营突围出去与另一个营在靠山屯会合了。林彪又来电催促执行总部命令，钟伟回电，我这儿敌人太多，拔不出脚呀！5师连攻四次未将靠山屯守敌拿下，却引来了陈明仁71军88师和87师主力赶往救援。此时，林彪第三次催促电报到了，危急中钟伟一边组织阻援与强力攻坚，一边向林彪报告情况。

接到报告的林彪立即改变原作战部署，将大房身之敌由围歼改为监视，命令1纵、6纵主力向靠山屯迅速集结，围歼87师与88师。但是，性急的钟伟指挥5师先把靠山屯3个营吃掉了。"点"没了，"援"自然没有再去的意义了。得知消息的陈明仁急令两师主力迅速回撤。林彪不想让运动于野地的敌军再回老窝，严令1纵与6纵急速追击并分别围歼88师与87师援敌。

钟伟战场上三次抗命，本末倒置，改变了林彪的总体部署，把林彪都指挥了。好在有全师歼敌一个整团的功劳，钟伟认为可以争取以功补过。

意外的是，林彪却表扬说："前线指挥员要敢于打违抗命令的胜仗，像钟伟在靠山屯那样，三次违抗命令。"

林彪与钟伟之间也算统帅与将领的关系，在外之将有时情况掌握得要比帷幄中的统帅准确，所以不是钟伟把林彪指挥了，而是林彪采纳了钟伟更为正确的意见而改变部署。

强将手下无弱兵。《东北三年解放战争军事资料》对2纵5师评价如下："该部队系东北部队中最有朝气的一个师，突击力最强，进步快，战斗经验丰富，攻防兼备，以猛打、猛冲、猛追三猛著称，善于运动野战，攻坚力亦很顽强，为东北部队中之头等主力师。"

钟伟后来担任12纵队司令员，在东北野战军中是唯一一个由师长直接提拔为纵队司令员的。[11]

71军88师从靠山屯撤往德惠。林彪下令1纵1师迅速插往德惠至农安公路上的郭家屯实施阻击。当年的1师副师长江拥辉回忆："这是一场极不公平的竞赛。靠山屯距郭家屯仅仅是80里路，而我们这里到郭家屯则是140里。""部队过江之后，由于连续三天的急行军，已经十分疲劳了，吃不好，睡不好，战士们都煎熬得面色苍白，两眼血红。但一听说要消灭敌人，劲头又来了，谁也不愿在这个时候掉队。二团的一个战士跑吐了血，我劝他骑上我的马，他拒绝了，说'首长放心，为了消灭88师，我爬也要爬到郭家屯！'。"

1师官兵连续14个小时奔跑，终于赶在88师之前到达了郭家屯。71军不愧为国民党军的主力，抵抗十分顽强。1师2团负责围歼姜家屯之敌，一营营长胸部中弹倒地，三营营长也被敌狙击手射杀。团政委正在为两名营长阵亡悲痛时，一颗子弹击穿了他的下巴。

2团付出了惨重牺牲，终于将守敌压缩进一座大院子里。8连副指导员猛地跳进院子，用枪逼住了一个军官，喝令其下令缴枪。军官愣了片刻，喊道："兄弟们不要打了，缴枪！"这个军官是88师263团团长兰松岩。

战斗结束了。望着雪地上静静躺着的1营长张立奎，副团长刘海清大喊："在俘虏中把那个狙击手给我找出来！"可是问了个遍，包括团长兰松岩，谁也说不清是谁开的枪。

师政委梁必业对炮兵营教导员刘宗参说:"你当指导员时他是你的司务长,你负责把他埋了吧,一定找块干净的地方。"刘海清终生忘不了张立奎最后那张比雪还要白的干净而漂亮的脸。

1小时后,兰松岩被带到2团指挥所,团参谋长凌少农问他:"你对这次战斗有什么感想?"

兰松岩闷了半天说:"我抗战时就是团长,可从未见过像贵军这样神速的。原来,我们侦察50里内没情况,可是走到这里却被包围了,真是莫名其妙。"

团政治处主任沈春光告诉他:"没有什么莫名其妙的,我们是从140里路以外,凭两条腿赶往这儿的。"

"啊!"兰松岩大吃一惊,"140里,两条腿?神速,神速呀!"

兰松岩只是看到了民主联军的"神速",但不知为什么"神速"。1纵1师《三下江南政治工作总结报告》中有这样的记述:好多战士订立功计划头一条是"行军不掉队"。认为立功后首长给自己敬礼是"无上光荣"。"又戴花,又照相,比中状元还光荣。"战士李洪善说:"我脚上的冻疮每天化脓滴水,我下决心不掉队,看谁敢和我比一比。"战士王玉民40多岁,连续行军中睾丸肿得厉害,叫他坐车,他一声不响,牵着马尾巴坚持到底。[12]

原某军政治部副主任张耀东说,当班长的基本功,得把全班战士的脚管理好,到了营地第一件事是买柴火找锅烧开水,吃不上饭也要先洗上脚,把走麻木的脚烫得觉得痛了才算好,烫完了再挑泡,有的睡得死死的,班长还要给弄给洗。

离休前是旅大警备区政委的赵兴元,当年是3纵7师20团1营营长。他说,政治工作光耍嘴皮子怎么带动人呀!当年,我们4个营干部那屁股很少有碰马鞍子的时候。天冷要少穿,缺粮要少吃,行军路上要多背。从步枪、冲锋枪、背包、米袋子,越是走不动背的越多。嘴再笨,行动好,战士服你、敬你、听你的。[13]

再往上说,林彪率军一向神速。1935年5月28日,给2师4团的一封电报记载了红一军团运动神速的纪录:

王（开湘）、杨（成武）：军委来电限左路军于明天夺取泸定桥。你们要用最高速度的行军力和坚决机动的手段，去完成这一光荣伟大的任务。你们要在此次战斗中突破过去夺取道州和五团夺取鸭溪一天跑一百六十里的纪录。你们是火线上的英雄，红军中的模范，相信你们一定能够完成此一任务的。我们准备祝贺你们的胜利！林（彪）、聂（荣臻）。

《星火燎原》用一句令人震惊的语言描述了左纵队的行军速度：昼夜兼程二百四。[14]

往根子上找，在毛泽东那儿得到了答案。毛泽东问卫士李银桥，手重要，还是脚重要。李银桥说手重要。毛泽东说，不对，没有脚就不能走路；不能走路，就不能革命。[15]毛泽东还对程潜说："蒋介石把我逼成个流浪汉，走南闯北，全靠这一双好脚板。"[16]

在东北民主联军南满与北满"南拉北打"两面夹击下，杜聿明腹背受敌，顾此失彼，旧病复发，卧床不起。三月下旬，松花江解冻了。杜聿明乘江水阻隔林彪之际，调集了7个师20个团共10万主力，分左中右三路集团，交由郑洞国指挥，再次向南满的临江发起攻击。

前三次临江战役，中共南满主力消耗甚大，虽胜利使部队士气转旺，战斗意志顽强，但敌我兵力悬殊，形势陡然紧张起来。陈云向林彪报告：要"打几个恶仗、硬仗、较冒险仗（仍是运动战）"，并"集中两个纵队5个主力师打运动战。我们下定决心，不惜将3纵、4纵队打掉2/3或3/4，以争取较完整的长白山"。

辽东军区决定由3纵司令员曾克林任总指挥，4纵副司令韩先楚任副总指挥，组织迎击敌人，准备先集中兵力吃掉三路敌军中的一路。讨论作战方案时，曾克林认为应先打暂编20师，因为该师是最弱的，吃掉弱的，强的也会变弱。韩先楚认为应先打13军89师最强的一部，因为他是从热河来的，不熟悉地形。最主要的是他无所顾忌，恃强冒进，已处于突出部位。

两种方案争执不下，各不相让，将两套方案上报军区。结果军区在同意韩先楚的方案之外，陈云、肖劲光签名复电中还有一句话："由韩先楚统一指挥3、4纵作战。"

韩先楚的方案只有他一票赞成的情况下，大家都在按军区的命令，由他这个4纵的副司令员指挥3纵的司令员。可韩先楚却安排在大白天向敌发动攻击，大家不仅狐疑起来。韩先楚用了一个多小时反复讲解"示弱"于敌、诱敌深入的方案，大家虽然不完全同意，还是用党性无条件予以服从。尤其是那个最先闯进东北的爽朗宽厚的司令员曾克林，带头服从指挥，别人便不好讲什么了。

果然，韩先楚指挥两个团不用重火器进攻，而且打一下子就跑，并丢下一些破枪、烂鞋，使原本不把南满"残兵"放在眼中的89师越发加紧追击，终于掉入了韩先楚的口袋阵。

89师为蒋介石的嫡系部队，全部美械装备，并经美式训练。师长万宅仁为黄埔6期生，却没有新1军、新6军那样顽强的战斗意志，缘于上梁不正下梁歪。13军原为逃跑将军汤恩伯的旧部，战斗意志在国民党军队中是有名的薄弱，听到炮声就跑。

《吉林"三次著名战役"》记载了这场战斗："总攻炮火一响，万宅仁感到事情不妙，对副师长张孝堂说：'我委任你为89师代理师长，代我指挥作战。我马上去见军座，如果还不派援兵，我就撞死在他面前。'万宅仁换了一身便装，选了一匹同雪颜色相似的大白马，怀揣一袋'袁大头'银元，带上两个勤务兵，向着深山老林落荒而去。这是89师在这场战斗中唯一逃脱的3个人。此后，万宅仁不知所终……后来，3个炊事员上山送饭时，俘虏了一伙敌军。其中有一位中年人，背着药箱，说是营部军医，走路还一瘸一拐，经调查就是张孝堂。"[17]

四保临江全歼敌89师和54师162团，毙伤和俘虏敌军1万余人，郑洞国无奈下令撤兵。

东北三年解放战争，苏联的援助几乎都是有偿而且有限的。中苏边境满洲里存放了大批苏军缴获日军的武器，却要用粮食去交换。中共东北局曾要求以中共中央名义向苏军要些武器，毛泽东当即电示：中国革命主要靠中国自己的力量，禁止用中央的名义向他们要东西。

急需支持的林彪派曾经到过苏联的参谋长刘亚楼亲自赴苏交涉，用每年100万吨粮食，换取苏联在枪炮、坦克等重型武器和江桥、铁路、机车修复方面的援助。当然，对有偿援助的苏联，中国人民还是感谢的，毕竟是在自己最困难时期的雪中之炭。何况，苏联人对任何国家都不曾做过赔本的生意。为金日成武装了三个步兵师，就要去了朝鲜9吨黄金、40吨白银、15000吨其他矿石。[18]

历时3个多月三下江南、四保临江战役，东北民主联军总共歼灭国民党军5个师，毙伤19000多人，俘虏4万多人，缴获各种火炮近800门，枪支4万余支及大量弹药、军用物资。南满根据地在极其困难条件下，付出了巨大牺牲，终于坚持了下来。

"南拉北打"，南北满互相配合、两面作战的战略，使中共部队扭转了四平保卫战后的被动局面，由被动防御转为主动进攻。对东北民主联军来说，寒冷的冬季已经过去，阳光明媚的春天即将来临。

一首广为流传的快板歌谣《筛豆子》形象描述说："国民党兵力少，南北满，来回跑。北满打了它的头，南满打了它的腰。让他来回跑几趟，一筐豆子筛完了。"[19]

注释

[1] 刘统：《东北解放战争纪实》，东方出版社，1997年版，第306页。

[2] 王树增：《解放战争》（上），人民文学出版社，2009年8月北京第1版，第176页。

[3] 《中国人民解放军第三次国内革命战争史料选编》，第2辑，第2册。

[4] 《解放战争》（上），第180—181页。

[5] 《东北解放战争纪实》，第319页。

[6] 《毛泽东文集》第四卷，人民出版社，1996年8月第1版，第215页，中共中央文献研究室编。

[7] 牛玺廷主编：《长春市志·军事志》，吉林人民出版社，1999年版，第467—468页。

[8] 东北民主联军总部电报本：《林总发报登记》，第2集。

[9] 《解放战争》（上），第198页。

[10] 王树增：《抗日战争》第二卷，人民文学出版社，2015年7月北京第1版，第266页。

[11] 张正隆：《一将难求》，白山出版社，2011年版，第四章，第2节。

[12] 《三下江南政治工作总结报告》，东北民主联军一〇部队政治部。

[13] 张正隆:《枪杆子1949》,人民出版社,2008年版,第252页。
[14] 金一南:《苦难辉煌》,华艺出版社,2009年版,第363页。
[15]《枪杆子1949》,第283页。
[16] 王树增:《解放战争》(下),人民出版社,2009年10月北京第1版,第633页。
[17]《吉林"三次著名战役"》,2007年7月20日《新文化报》。
[18] 王树增:《朝鲜战争》,人民文学出版社,2009年4月北京第1版,第26页。
[19] 高英杰:《三下江南综述》,李旸主编:《解放战争长春英烈图片展资料汇编》,2008年版,第220页。

第 14 章 马背上的指挥中枢

1947年2月27日至28日,国民党政府先后限令中共驻南京、上海、重庆三地,担任谈判联络工作的代表及工作人员,于3月5日前返回延安。

国共双方战场上打了一年,谈判桌上的茶杯却没撤掉。战场上打乏了,需要拖延时间调集兵力,茶杯续上水便可谈和平。如今,蒋介石觉得已经胜券在握:除了赤色首都延安和林彪部所在地哈尔滨外,中共解放区华中首府淮阴、华北首府张家口、山东首府临沂,先后进入自己囊中。失去了耐心的蒋介石,赶走了中共和谈代表,彻底关上了和平大门。

鉴于东北杜聿明与林彪两军已成对峙胶着状态,自以为在华东、华北已取得优势,蒋介石下令胡宗南加紧对中共"匪巢"延安发动进攻。试图通过打碎中共指挥中枢,造成群龙无首,尔后各个击破。

从战场态势看,整个陕甘宁解放区仅有5个旅,总兵力28000人。蒋介石调集包围陕甘宁解放区总兵力为27个旅,23万人,具有绝对的军力优势。从战场地形看,陕甘宁解放区东边是黄河,隔河是阎锡山的地盘,解放区被处于夹击状态,回旋余地很窄厌。应当承认,直捣中共心脏是蒋介石非常老辣的军事战略部署。

国民党第一战区司令长官、西安绥靖公署主任胡宗南,与陈诚、戴笠一起被称为蒋介石门下"三鼎甲"。不过,原黄埔军校政治部主任周恩来对这位黄埔"骄子"的评价则是四个字:"志大才疏。"

胡宗南于2月9日拿出了作战方案,却遭到主力第29军军部强烈反对,主要是东、南、西三面发起进攻的方案,结果只是把中共军队赶走了事,不符合消灭敌有生力量的原则。但胡宗南以不容反驳的态度断然坚持,大家终于听明白了他的真实意图:

包围延安的部队除了胡宗南15个旅的14万兵力外,其他还有西北行辖马鸿逵、马步芳部的 10 个旅，以及晋陕绥边区总部主任邓宝珊部的两个旅。既要占领延安，把中共部队赶过黄河，平定陕甘宁战事，又不使自己的部队损失过大，只能实行这种"平推"的方案。至于是否消灭中共有生力量，是否把中共部队赶到阎锡山或傅作义的地盘上，或对全国战局有什么不利影响，这同胡宗南何干？[1]

胡宗南认为，军人应当首先懂政治，手里的军队和地盘则是政治的资本。他在解释方案之外未说的想法是，如果毛泽东来不及北逃到外蒙，东逃过黄河，就有被捉之可能。作为戎马一生的军人，还有什么能比攻占匪巢，擒获敌酋，在显赫战功、荣耀极点时迎娶美人更成功的呢？胡宗南至今未成婚，对外宣称是"国难当头，谈何私事？"。

"摧毁匪方党政军神经中枢、动摇其军心、瓦解其意志、削弱其国际地位"是蒋介石特召胡宗南到南京的谕示。胡宗南当然不会把自己肚臾里的话告诉蒋介石。战略虽高，所用非人，这是蒋介石的悲哀。

但是，悬殊的兵力差距，仍然使毛泽东陷入巨大危机之中。

中央书记处办公室主任师哲忧心忡忡问毛泽东："可否设法保住延安？"菲力普·肖特记述道："毛大笑不止。'你的想法不高明。'他说。'不应该拦挡他们进占延安……蒋介石一占领了延安，他就以为自己胜利了。但实际上只要他一占领延安，他就输掉了一切。（《论语》上说）'来而不往非礼也。'你既然可以打到延安来，我们也可以打到南京去。'"[2]

3月13日，国民党飞机分别从西安、太原、郑州起飞轰炸延安，仅西安机场一处聚集战机近百架。一颗炸弹落在了毛泽东窑洞前面，爆炸掀起的气浪冲进窑洞，冲倒了桌子上的热水瓶，正伏案批阅文件的毛泽东一动未动。16日，胡宗南部全线突破保卫延安的第一道防线。18日，胡宗南主力逼近了延安南面三十里铺。

王震担忧地问毛泽东："敌占延安后，是不是想用重兵把我们击溃，消灭我们？"

毛泽东笑着说："不会的，他是想把我们赶过黄河去，胡宗南可不是你王胡子。"毛泽东总能通过对手的举止看到对手的心里去。

傍晚，延安城外响起了一连串的手榴弹爆炸声，彭德怀冲进毛泽东的窑洞大喊:"主席还不快走!一分钟也不能待了!"

毛泽东说:"我说过,我是要最后一个撤离延安的。我还要看看胡宗南的兵是什么样子呢!"[3]

此时,胡宗南的先头部队距延安只有七公里了。3月18日晚20时,毛泽东离开了延安。

19日,胡宗南部进占延安。很快,蒋介石发来嘉奖电,并将胡宗南由中将晋升为上将。接着,一个惊人的消息传遍全中国,51岁的胡宗南结婚了。新娘还是戴笠介绍的那个"相恋"10年的军统女成员叶霞翟。

数喜临头的胡宗南却陷入了神经质般的苦恼:进入延安的第二天,他进入毛泽东住过的枣园窑洞。窑洞桌子上留有一张纸条,上面写道:"胡宗南到延安,势成骑虎。进又不能进,退又退不得。奈何!奈何!"[4]

毛泽东,还有他那几万主力共军哪儿去了?胡宗南不禁把心提到了嗓子眼。

自1947年3月18日离开延安,到1948年3月23日东渡黄河,毛泽东转战于陕北深沟高山及僻远农村371天之久。流浪不定,飘忽莫测,在马背上指挥了全国的解放战争,创造了世界军事史上亘古未有的奇迹。

1947年3月25日,国民党《中央日报》载:"毛泽东、周恩来等已迁往佳木斯,或已潜逃出国。"胡宗南明白,共产党的部队没有受到重创,毛泽东一天没捉住,他的部队必须不辞劳辛地追击。

3月21日晚,毛泽东一行人到达名为高家崄一个20余户的小山村,准备休整几天。胡宗南部循迹追来,只能继续走。

与毛泽东同时撤退的,还有远在数千里之外的中共东北民主联军南满部队。3月26日,松花江解冻。杜聿明抓住林彪北满部队不能南下之机,第四次向临江发动攻击。南满的通化再陷国民党军之手,更为严峻的是,国民党驻热河的13军和93军正抽调部队向东北转运。

松花江水波涛汹涌,中共北满部队无法渡江钳制杜聿明部,无奈之中,林彪急电冀察热辽军区,希望热河、晋察冀方面采取大的攻势,钳制敌13军、93军东调。这也是林彪唯一能做的救急措施了。

3月30日,毛泽东亲自起草致晋察冀中央局、冀热辽分局电报:"兹决定冀热辽分局改为东北局领导，接电后东北局、东总及东北政治委员会即与冀热辽分局、军区、政府发生指导关系。"[5]

当时，驻热河的国民党第13军和93军已有5个师调入东北，几乎全部用在对南满中共根据地的进攻上。毛泽东果断决定把冀热辽分局、军区、政府划入东北局，对林彪及艰难中支撑的南满根据地，是一个及时而特大的支持。

不要看轻了组织行政领导关系的变化，它关联着战略布局的设置。冀热辽部队作战区域主要在热河。1914年立省、1955年撤销的热河省在现今河北、辽宁、内蒙古三省区交界处，包括河北承德、内蒙古赤峰、辽宁朝阳地区，省会在承德。热河虽为华北地区，但在战略态势上与东北更密切，是联结东北与关内的主要通道，或者说是东北战场的后院和节点。

蒋介石下令杜聿明进攻东北时，便将热河连同天津一齐划为东北行营所辖，应当说很有战略目光与先见之明。毛泽东当然也看到了这一点，在"建立巩固的东北根据地"的战略构想中，也是将热河作为稳固后方来规划的。

杜聿明在向南满进攻之前，便先行由郑洞国指挥13军、93军、71军，由几个方向扫荡热河全境，并占领承德、赤峰，控制了东北与关内联系通道，稳固了后方才大举进攻南满。而冀热辽虽属晋察冀军区，却不是该军区作战主要方向，郑洞国正是乘晋察冀军区主力（包括从冀热辽军区抽调）在大同、集宁开展晋北战役时，扫荡了热河。

冀热辽军区是晋察冀军区下属的三级军区，兵力不算强，但连同党的分局和政府一块划为东北军区后，野战与地方武装互补，力量便不可同日而语了。划为林彪的东北军区后的5月，该部主动发起赤峰战役，半月战斗便歼灭守备赤峰国民党93军一部，第二次解放赤峰；6月20日，再攻凌源，一夜激战歼敌1300余人；乘胜东追，第二次夺回北票，歼国民党93军暂18师2170余人。

杜聿明的后院失火了，不得不将进攻南满的部分部队撤调回防热河。应当说，是周旋于陕北黄土沟壑中的毛泽东一封"电报"，抄了杜聿明的后路，及时缓解了南满根据地的燃眉之急。

胡宗南更加紧对毛泽东的追剿，采取两翼包抄战术寻找中共首脑机关与彭德怀部。他自认为，毛泽东绝不会离开主力部队冒险独行，实际上毛泽东一直率领一支几百人的小分队在单独周旋。彭德怀压力陡增，在与毛泽东分手后，命令358旅2营佯装主力与胡宗南部保持若即若离的接触——彭德怀试图让敌人离毛泽东远些，并寻找机会歼敌。

3月25日，彭德怀集中主力在青化砭一举歼灭胡宗南部31旅3000余人，生俘旅长李纪云。毛泽东终于可以坐下来开会了。27日晚，毛泽东在清涧县枣林沟一个叫吴进增的农民的窑洞中，主持召开中共中央书记处会议，讨论中央是留陕北，还是东渡黄河进入山西。

任弼时不主张留在陕北，认为中央是指挥全国战争的中枢，各解放区领导均要求中央转移到晋西北或太行山东比较安全的地方，这也是从全局考虑的。现在中央处境极其险恶，一面是黄河天堑，三面是敌人，军事上讲是处于绝境。万一让敌人一网打尽怎么办？

毛泽东阐述了三条留在陕北的理由：一是中央在延安十多年，一直处于和平环境。现在一有战争就走了，如何向陕北人民交代？二是陕北敌我力量为10∶1，中央留在陕北能够牵制胡宗南23万大军，可以减轻全国其他战场压力。三是针对有人主张调部队进陕北保卫中央，毛泽东认为不妥。敌我双方现有几十万部队，再调部队进来，陕北老百姓负担不起呀。

两种意见僵持不下。争论到最后，大家意见，既然主席一定要留下，就全部留下。毛泽东又不同意，说不能让胡宗南把中央一网打尽了。

第二天，会议终于形成决议：毛泽东、周恩来、任弼时留在陕北，刘少奇、朱德、董必武组成中央委员会，东渡黄河前往华北。留在陕北的中央机关编为九支队辖4个大队，全部轻装，总共几百人。毛泽东化名李得胜，周恩来化名胡必成，任弼时为司令员，化名史林。毛泽东做了万一不测的最坏打算。[6]

青化砭一战令胡宗南吃惊不小，命令采取"小米碾子式的战法"，各部队互相靠拢，行则同步，宿则同营，每天仅10至15公里，虽笨拙但确保无缝隙。毛泽东只能继续一路向北不停转移。

经过四保临江战役，南满根据地虽然保住了，兵力却受到很大消耗，每个战斗师只剩三四千人，根据地被挤压在狭小地域内，生存艰难异常，陈云十分忧虑，他给林彪致电建议，今后南北满主力作战要继续加强协调，总部适当时机召集一次各战场负责人会议，解决协调动作问题。

林彪则有更深入的思索和打算。认为如果我军继续南北分兵，只能做到战略上大体配合，战术和战役上却做不到及时有效配合。因为敌占有铁路可实现迅速调动，采取内线政策将我各个击破。林彪的想法是，将南北满主力战略配合改为并肩作战，北满主力8个师及两个炮团大举南下，直接向南满攻击前进。

这是一个相当大胆且充满危险的战略选择，但可改"南拉北打"战略的两个拳头打击为一个重拳打击，寻求一次歼敌半个师的战果。

战略需要中央军委主席毛泽东批准。4月8日，林彪将作战方针致电中央军委，奔波于黄土沟壑中的毛泽东14日终于回电了，就一句话："同意林彪8日提出的以主力出击南满的作战计划。"

鉴于热河已在敌手，冀热辽军区兵力尚弱，林彪怕关内窜出敌人，抄了南满部队的后路，便会同高岗向毛泽东提出要求："希望晋察冀军区（司令员为聂荣臻）方面能钳制敌人，不使敌向关外增援，则我必能给东北敌以重大歼灭。"提要求时，林彪多半会是羞涩的，除同高岗联名外，还做出承诺："那时关内敌再增援，我必能先后击灭之。盼中央军委注意对此一配合的组织。"[7]

15日，毛泽东回电，告诉林彪放心大打："晋察冀军区部队4月9日发起正太战役，如你们向南满猛攻，敌可能从该区（热河）调动一、二个旅出关，多则较难。"[8]

拿破仑有言，如果把未经训练的部队投入战争，"只能引起麻烦"。训练应当包括部队的将领在内。这是蒋介石与毛泽东办黄埔和延安抗大的初衷所在。

哈尔滨东南百里左右有一座小镇叫双城，源于两座金代古城——达阿寨与布达寨而得名。东北解放战争期间，除了不得已的事情，林彪基本就在此地居住，东北民主联军总部便设于此。

出击南满战略定了后，林彪并未急于行动，而是在双城召集师以上干部开了十多天的会议，结合此前几次战役，认真讨论毛泽东关于"集中优势兵力"的思想，以会代训，讨论"一点两面"战术，及"追击遭遇战"课目，总结检讨以往的经验教训，解决不打莽撞仗、主观主义仗的问题。

部队的指挥员多数没有上过正规军事院校，擅长游击战而不会打正规战；面对的敌人不仅是黄埔精英，而且有同日军残酷战斗的经历。林彪认为，"将失一令而军破身死"，必须着力提高指挥员的素质与战术技术。

平时沉默寡言的林彪，竟然拿出一天时间讲课，共讲了十几点：

"战争的胜利决定两个条件，一是力量，二是力量的使用"；

"要有强烈的吞掉敌人的企图和雄心"；

"以我们的强点对付敌人的弱点"；

"注意莫打太急了，迅速侦察地形，选择冲锋目标"；

"弄清情况再打，这是铁则，是胜利的秘诀"；

"布置好了，最重要的战术是死打，坚决的牺牲才能换来更少的牺牲"；

"将7/9兵力与火力使用在主要突击方向上，切戒主攻方向正面拉得太宽的大毛病"；

"要脚杆子勤劳——多跑、多看，不要怕疲劳"；

"嘴巴子要勤劳——多问、多调查，不要怕麻烦"；

"遭遇敌人时，须如猛虎扑羊群，猛打猛冲猛追，越迅速越猛烈就越好"；

"要熟读默记地图，闭上眼睛面前就有一幅鲜明的战场图影"；

"要勇于穷追，走不动的扶着拐棍追，就是爬、滚，也要往前追"；

"像铁锤一样，砸到哪里，哪里就碎"……

拿破仑说："行军就是战争。"

语言简练生动有气势，反映了思想的力度与特色。归结起来林彪野战的精髓在两个字：运动。

林彪要求他的指挥员及部队要神速运动，勇于奔袭，飘忽不定，擅长伏击。特别是出其不意的伏击，对他的部队来说不是等待的结果，而是运动的结果。战机几乎全部在运动中创造，在速度中取胜。

实践证明，林彪双城培训师以上高级指挥员，对后来的诸多战役起到了不可估量的积极作用。

林彪主力部队三下江南以后，杜聿明采取了机动防御战略，既要保护已占领区和主要交通线的安全，还要分割林彪的各个解放区，导致了兵力严重分散，基本处于守军各自为战状态。经验丰富的杜聿明深知长春铁路至沈阳段两侧是自己的软肋，却无可奈何；精于算计的林彪也清楚看到了这一点，杜聿明最为害怕的事情终于出现了。

5月8日，林彪北满主力8个师突然渡过松花江，沿着长春与四平之间国民党新1军与71军结合部，以远距离奔袭行动，突然包围了长春西南小镇怀德。这里驻扎新1军30师90团和1个保安团共5000人。杜聿明下令驻长春的新1军和驻四平的71军两路救援，正中林彪"围点打援"战术的圈套。林彪一面命令2纵（欠5师）攻打怀德之敌；一面命令1纵与2纵5师埋伏于怀德以南的十里铺设伏，届时围歼71军援军；另以独立1师牵制阻击来自长春的新1军援敌。

怀德守敌经2纵一夜激战被全部歼灭。四平援敌由88师师长韩增栋率领，得知怀德失守，慌忙组织后撤，被事先埋伏于中途的1纵与5师围了个水泄不通。林彪将东野这4个师主力用于打援，就是为了吃个"大肉包子"。围歼战仅用6小时，88师被全歼，师长韩增栋阵亡。

得知88师被围，焦急中的71军军长陈明仁率87师前去增援，走到公主岭接到杜聿明电话才知88师已被歼灭，遂率87师速退四平，公主岭随即被紧追的1纵1师占领。

林彪各部迅猛攻势使国民党军大为震惊，战斗意志顿时委顿下来。阻击长春新1军援军倍感吃力的独立1师见新1军仓皇撤退，反客为主在后边猛追，一度占领了长春机场（后退出）。1纵乘势沿中长路绕过四平南下，攻占了新、老开原，并在长春西南范家屯一带破坏了中长铁路，切断了沈阳与长春之间的交通。

捷报传到陕北，毛泽东异常兴奋，致电林彪："出师顺利，甚慰……你们以八个师南进，希望能于夏秋两季解决南满问题。争取于冬春两季向热河、冀东行动一时期，歼灭十三军、九十二军等部，发动群众，扩大军队。

该两区共有人口一千五百万,为将来夺取长春、北宁两路,长、沈、平、津四城必不可少之条件。夺取两路四城必须准备的条件有三:你们已在北满建立了强大的根据地,解决了第一个条件;现在正向南满作战,估计不要很久即可解决第二个条件,建立强大的南满根据地;第三步还要解决冀热辽地区的根据地问题。"[9]

毛泽东以其对战局的敏锐洞察力,总会走一步看三步。

很难想象在荒凉偏僻的农村和高山深沟中,仅凭电报和一张地图,能将全国战局了然于胸,且如此精准。实践证明,东北的三步战局同毛泽东预见的一般无二。

第71军88师师长韩增栋的阵亡,对杜聿明与陈明仁说来,心理打击程度前者要超后者若干倍,因为韩增栋是杜聿明而不是陈明仁的人。陈明仁的嫡系是88师前任师长胡家骥。在一年前国民党军进攻本溪战役中,杜聿明接到新6军军长廖耀湘告状说:配属自己的71军88师师长怯阵不前,不服从命令,同自己争吵不休,还丢下部队跑回了沈阳。杜聿明回忆道:"正在我担心前方出纰漏怒气未息之际,胡家骥来见我,说:'廖耀湘指挥不公,将全军主要任务交给第88师担任,而新6军主力尚未参与战斗。第88师已打得筋疲力尽,无法前进(事后查明这是事实)。廖还怪我畏缩不前……'胡坚决不愿回师。我认为胡既胆怯,又不服从命令,即以临阵擅离职守罪名将胡撤职查办。另任我的亲信韩增栋为第88师师长。"[10]

杜聿明还承认,"这一人事变动,我未同第71军军长陈明仁商量"。杜聿明未在此文中明说的两件事,一是韩增栋本是他感情极深的妻子曹秀清的亲侄女婿。二是他平息陈明仁不满的交换条件竟然是替陈明仁挡回了蒋介石的"查办"——陈明仁在87师先头团被歼灭导致全师溃败时正在沈阳私干。

军队私人化所带来的竞相保存自我实力、见友军死而不救,以及任人唯亲、培植个人势力与山头等弊端,已是国民党无法克服的绝症。

1947年4月26日,毛泽东致电林彪、高岗:"请你们考虑,在东北今后是否尚须破坏铁路。我们感觉不宜再破路,例如南满、吉奉、安奉、四梅,打通诸路,敌我来去,争夺必尚有一个时期,即尚有一个时期被敌利用而我不能利用。即使如此也不要紧，不久将来即可全为我用。若再破坏则将来修复极为困难。"

没有史料证明毛泽东发出这封电报的具体地点何在，按时间推算，应当是毛泽东批准林彪主力南下南满作战后的第 12 天。说明毛泽东已预见林彪此战必胜无疑。而此前，毛泽东对东北铁路破坏一直是积极强调的态度。

1946 年 4 月 8 日，毛泽东致电林彪、彭真，将破路作为四平保卫战重要的方针之一："破路极关重要，应组织专门破路司令部，凡敌将占及已占之路必须彻底破坏，动员民众，公私兼顾，主要须掘断路基又宽又深，而让铁轨、枕木、器材让民众取去。已被敌占者固须大破，暂时尚未被敌占但不久必被敌占者（例如四平北端、本溪北端、抚顺东端等等）尤须大破。"

四平保卫战进入艰苦胶着状态，毛泽东于 4 月 25 日再一次致电林彪、彭真，并告西满的李富春、黄克诚："尤注重破坏四平以南及四平到公主岭间之铁路，将一切桥梁炸毁，路基掘断，车站平毁，愈彻底愈好。望设专门机关指挥之。"

5 月 19 日，毛泽东再次致电林彪："鉴于在敌北进以前未能破坏沈阳、四平段铁路，使我吃了大亏，现应动员一切力量昼夜不停彻底破坏长春至四平段铁路。不但搬去铁轨、炸毁桥梁、水塔、车站，而且要广泛掘坏路基，使顽不易恢复，此事万不可放松。"[11]

对杜聿明部队的机动能力，林彪体会尤深："敌一个师顶我两个师。"再加上铁路呢？所以，破路毁桥是迟滞敌军的重要手段之一，尤其在国民党占优势的 1946 年至 1947 年上半年，除了松花江北的北满地区外，松花江南各线铁路几乎没有未被扒过的，重要路段扒过不下 10 次。据三下江南"阵中日记"记载，破路多为主力部队担任：

1 月 15 日，"6 纵担任消灭土门岭之敌人，彻底破坏土门岭到九台间铁路、桥梁、高压电线。1 纵担任消灭两家子之敌，彻底破坏土门岭以东铁路"。

1 月 23 日，"松花江之西桥原破坏 6 孔，此次从中炸倒两个桥座。东桥原 12 柱，此次在南头炸倒两座桥柱并掀倒桥和栏杆""敌渡江用的一百余条铁船全部炸毁"。

1月26日,"四马架至老少沟铁路……破铁轨991根、道木16641根、道岔11个、铁桥5座、站房11间……破电线杆376根、电话线325里"。

2月21日,新1军50师师长"曾到四马驾车站,企图修桥,但苦无材料"。

破路毁桥除了迟滞敌军速度,还用作吸引敌人之"点",打敌救桥之"援"。

2月24日,林彪向1纵下达命令:"破坏饮马河铁桥,吸引敌人,准备打向德惠增援之敌。"

3月1日,仍然是对饮马河桥围攻。林彪下令独3师"移至其塔木以东并彻底破坏饮马河大桥"。

3月2日,1纵报告林彪:3师9团"进驻九台后,即破坏了18孔饮马河铁桥"。[12]

一系列的破路毁桥行动,使东北民主联军一度在东北老百姓那儿获得了"扒路军"的称号。蒋介石曾经把"中共不得干涉政府修复铁路"作为和谈解决东北问题的重要条件之一,甚至在停战协定的命令中提出:"破坏和阻碍一切交通线之行动必须停止。"[13]

但是,控制了铁路线的国民党军机动能力太强了,林彪主力一下江南时,"12日,由长春开九台火车1列,三个车皮。同日由公主岭开长春1个团与开向吉林一个团。14日,北开军车两列:1列开布海以南,1列开九台"。火车上装有汽车,下了火车坐汽车。火车一响,国民党军1个小时等于中共部队1天的路程。不破路毁桥,不是干等着挨打?

马克思说:"谁要想战胜敌人,他就不会去同敌人讨论战争的代价。"

经济力量是战争的基础,不能占有它就必须摧毁它,反正不能让敌人利用它。战争本身是破坏的艺术,是破坏社会经济财富的助产婆。有时候,拥有也可能成为累赘。二下江南中的19日,林彪得到2纵6师报告:"昨晚在农安南10里之六间房破路2里,毁铁轨40根,由农安南开火车一列全部翻车。"

就在毛泽东一个月前"不宜再破路"电示后的 5 月 26 日，林彪再次发布命令："1 纵应占领开原，夺取铁桥，翻毁昌图车站至开原间铁路。2 纵破击昌图到双庙子之铁路并夺取昌图。刘（6 纵）纵破击双庙子到四平以北之铁路，以一个师在老四平破路。"[14]

从命令破毁的路段看，林彪是要在夺取开原、昌图后固守之，使杜聿明主力不能乘火车迅速攻击这两个四平周围的据点。因为开原以南有新 6 军两个师。破毁四平以北铁路，是为迟滞长春新 1 军对四平的增援，林彪下一个攻击目标则为四平。

林彪是一个性情固执且主意很正的人，何况他现今"将在外"。他不想"铁路尚有一个时期被敌利用而我不能利用（毛泽东语）"。自进入东北以来一直处于守势和吃败仗的状态下，他唯一想的是要乘胜扩大战果，扭转被动的局面，至于以后的事情，不在其主要考虑之中。这大概就是统帅与将领的区别之处。

6 月 5 日，中共中央发出毛泽东亲自起草的《关于停止破路的指示》："现在我军作战业已全部由战略防御转变为战略反攻。过去需要破坏的铁路，现在一般地已无此需要。相反，如果现在还不停止破坏铁路，我们就将做出错误。因此，从现在起，除作战时因为战术上的某些需要仍可予以局部性的战术性的破坏外，一切大规模破坏铁路的行动应予停止。"[15]

8 月，林彪与东北军区副司令员兼东北铁路总局局长吕正操（后任中央人民政府铁道部副部长、代部长，1955 年被授予上将军衔）联合致电斯大林，请求苏联援助修复哈尔滨以南的铁路与松花大桥。不久，斯大林派遣交通部长柯瓦廖夫带一批工程师和一个桥梁工作队，全部装备来到北满，帮助修复了松花江大桥和铁路。苏联有现成拆走的铁轨和桥梁骨架。

毛泽东的九支队和彭德怀部在不停运动中。

破译的胡宗南命令中的一条信息引起了毛泽东与彭德怀的注意："驻守清涧的整编 76 师 24 旅 72 团，将前往瓦窑堡接替 135 旅防务。"敏锐的毛泽东立即电示彭德怀："135 旅很可能调动，或往安塞，或往蟠龙，望注意侦察，并准备乘该旅移动途中伏歼之。"

4 月 14 日，彭德怀以王震的 358 旅将胡宗南主力 8 个旅引向西部，集中其他主力于羊马河一举歼灭135旅，并俘虏了代旅长麦宗禹。

毛泽东终于又可以在一个地方多住些日子了。在靖边县境内，青阳岔西南方向一个小村落——王家湾，毛泽东住在半坡上薛如宪老汉腾出的窑洞里。窑里除了一张土炕、一张柳木条桌、两个小木坐墩外，还挤着满满一排酸菜缸。毛泽东在土炕上放了一个小炕桌，用来看文件，草拟电报。

6月6日早晨，国民党飞机飞临王家湾上空——一支蒋介石亲自派来的电台侦测小组发现了王家湾地区存在一个电台群，判定毛泽东就在此地。蒋介石命令胡宗南不惜一切代价围追捕杀。一直担心被彭德怀主力攻击而不愿分兵的胡宗南只好下决心："就是牺牲两个师也要捉到中共首脑。"

6月7日，刘戡部3万兵力从西南两个方向直扑王家湾。此时，负责中央警卫的作战部队仅有四个半连、二百多人。彭德怀的主力远在几百里以外。

晚上，就向哪个方向转移的问题，毛泽东与任弼时再次发生争论。毛泽东主张向西，任弼时坚决反对，他认为敌人就是从西边来的，万一碰上了怎么办？况且越往西，人烟越稀少，粮食也困难；只有向东——彭德怀在陇东，才相对安全，万不得已还可以东渡黄河进入山西。

毛泽东一听过黄河就火了。他说敌人估计彭德怀在陇东回不来，我们只好向东转移，敌人从西南和南面围过来，就是要把我们往黄河边赶。我们现在向东是绝路，因为这是敌人早已算好的，就是要我们落入陷阱。

为转移而提前探路的人已经向东走去，毛泽东坚决不走。持续了一整天的争论仍在继续激烈进行，最后周恩来提出一个折中办法：先向北走一段，尔后再向西北方向转移。毛泽东的条件是："我不过黄河。"[16]

队伍在倾盆大雨中再次踏上转移之路——党中央留在陕北的第一次最大危险降临了。

注释

[1] 王树增：《解放战争》（上），人民文学出版社，2009年8月北京第1版，第241页。
[2] （英）菲力普·肖特：《毛泽东传》，中国青年出版社，2008年版，第327页。
[3] 《解放战争》（上），第256页。

[4]同上书,第261页。

[5]阎峻:《林彪军事生涯》,1947年(中华民国三十六年),白鹿书苑。

[6]《解放战争》(上)第287页。

[7]刘统:《东北解放战争纪实》,东方出版社,1997年版,第445—446页。

[8]《林彪军事生涯》,1947年。

[9]《毛泽东文集》第四卷,人民出版社,1996年8月第1版,第242页,中共中央文献研究室编。

[10]杜聿明:《国民党破坏和平进攻东北始末》,《辽沈战役亲历记》,中国文史出版社,2012年2月北京第1版,第488—489页,全国政协文史和学习委员会编。

[11]《林彪军事生涯》,1946年。

[12]《东北人民解放军司令部阵中日记》,中共党史资料出版社,1987年版。

[13]蒋介石"关于停止冲突及恢复交通的命令"(中华民国三十五年1月10日),第三节。

[14]《东北人民解放军司令部阵中日记》。

[15]《林彪军事生涯》,1948年。

[16]《解放战争》(上),第295页。

第 15 章　战场腰部的血战

1947 年 5 月，东北民主联军总兵力已达 46 万人。野战部队有 15 个主力师、9 个独立师、8 个独立旅、7 个骑兵团。每个师都在万人以上。同时，因缴获甚丰，武器装备得到极大改善，炮兵连已达 160 个之多。

毛泽东致电林彪说，在全国各战区中，就经济论你们占第一位，就军力论你们已占第二位（山东为第一位）。

国民党军队实力在人数上占有微弱优势，7 个军、23 个师的番号，加上特种兵、直属部队及地方武装共计 48 万人，却要控制铁路沿线的 70 余座城市，兵力"撒芝麻盐"式分散，蒋介石的策略导向就是守地盘。

心力交瘁的杜聿明旧病复发，派郑洞国去南京申请增派两个军，"如果这一点做不到，那至少也要把 53 军调回东北战场"。53 军原属东北行营序列。

郑洞国碰了钉子。面容憔悴的蒋介石严肃地说："目前我派不出军队到东北去，你们要自己想办法。""东北固然重要，南京更为重要，我不但不能给你们增加两个军，就是第 53 军也不能调回东北。"

心情黯淡的郑洞国回到沈阳，望着脸色蜡黄、疲弱不堪正躺在床上输液的杜聿明露出期待的目光，更加没有勇气告知南京一行的实情，但又不能不汇报。杜聿明脸色阴暗下来，沉默良久，长叹一声："我们一起苦撑吧。"[1]

林彪的攻势越发凌厉迅猛。继怀德"围点"歼灭"援兵"71 军 88 师后，林彪命令南满部队围攻杜聿明的"东北五大战略要点之一"的梅河口——吉林至沈阳铁路中段交通枢纽。接到守军告急，廖耀湘除下令师长杨朝伦死守外，并未派兵救援——这是滇军部队，损失了也不心疼，南满的 4 纵经过五天四夜苦战，全歼守军 184 师，俘虏师长杨朝伦以下 6000

余众。

接下来，林彪部队又乘胜连下海龙、辽源、西丰、清原等城镇，松花江以西、吉林到梅河口之间，以及长春东南的广大地区全部被东北民主联军占领，东满与南满解放区连成了一体。更主要的是，南满、北满两支主力部队在隔绝了一年多后，终于会师于四平城下。林彪朝思暮想的两个拳头合成一个重拳，以扭转东北战局的战略构想至此成真。

重拳下一步首先要砸向哪里？处于战场腰部的四平在统帅与将军的头脑里已经不知过滤了多少遍。

一年前，毛泽东与蒋介石共同下达了"死守"与"强攻"四平的命令，双方数万将士血洒于此的原因，就在于处于东北战场腰部的四平，实乃战略主动权的钥匙，谁控制了四平就会将对方拦腰截断。虽然南满与北满两块根据地连成了一片，但在腰部的联结处是一个巨大的堡垒"钉子"，枪眼与炮口时刻瞄着根据地上的军民。岂有不除之理？

一贯善于突袭的林彪不想让杜聿明充分准备。6月4日致电李天佑、万毅、邓华："1纵、邓纵攻四平不宜过早暴露，以免过早使敌组织增援。可暂在现地休息2天，并作向铁岭进攻模样，但须准备攻坚。"

杜聿明对林彪的心思猜得很透。去年，东北民主联军守了一个月也没有守住四平，部队被分割在南、北满互不联系的两个地域，如今已经打到了四平城下，岂能不让自己也尝尝被拦腰截断的苦日子？

杜聿明知道，陈明仁的71军已连续受创，几乎没有一个完好的师，以其残兵守四平实在难为。杜聿明能做的：一是乘5月30日蒋介石来沈阳之际，再次要求53军归建东北，却遭到蒋的断然拒绝；二是催促陈明仁速将驻防通辽、辽源、长岭的87师收拢退守四平；三是命令廖耀湘的新6军向开原发动反击，重新打通了四平与沈阳间的联系。剩下的便在沈阳的卧室里打吊瓶，忐忑等待四平方面传来或凶或吉的消息。

林彪对打四平做了充分的兵力准备，部署第2、3、4、6四个纵队的10个师和5个独立师、2个骑兵师共17个师，机动于四平以南和东南及以北地区，准备阻击沈阳和长春援敌；攻打四平由第1纵队、邓华纵队和6纵17师共7个师及军区5个炮兵营负责，统一由1纵司令员李天佑指挥。

李天佑（后任 38 军军长、13 兵团副司令员，1955 年授上将军衔），任红军连长时只有 15 岁，平型关战斗为林彪主力团 686 团团长。1 纵是东北民主联军第一主力纵队，让其担任主攻可见林彪对四平攻坚战的重视。

邓纵也称辽吉纵队，司令员邓华（后任 44 军军长、15 兵团司令员、13 兵团司令员，中国人民志愿军副司令员兼副政治委员、代司令员兼代政治委员、沈阳军区司令员等，1955 年授上将军衔），一件人所共知的事是，在 1929 年缴获一本《孙子兵法》，如获至宝，便连夜抄下来——一切缴获要归公，上缴前为自己留一本底稿。邓华打仗善动脑筋，人称文武将军。

李天佑的参谋人员绘制的四平守军兵力配置和工事位置图惊人的准确。应当说，在攻城准备方面，包括兵力调集、炮火准备、阻援安排及对敌侦察方面，都做了比较充分的准备。唯一遗憾的是，包括林彪在内上下普遍存在轻敌现象，尤其是严重低估了四平守军的作战决心。而邓华提的两条意见并未引起林彪的重视。[2]

陈明仁毕业于黄埔一期，是一名执着强悍的军人，以指挥果断、作战顽强、身先士卒著称国民党军中。在平息陈炯明叛变作战中因作战勇猛，蒋介石亲授青天白日勋章，并令全体官兵向其举枪致敬。抗日战争中，他率部参加桂南会战，上峰意见会战先锋部队可自行撤退。陈明仁认为不妥拒不执行，与日军血战七天七夜，部队伤亡 7000 余人。

战后部队进入昆明休整，蒋介石看到士兵衣着破烂，不禁大怒指责"有损国格"。陈明仁对蒋介石说："部队衣服没穿好，不怪我而怪你，衣服是你发的。"[3]

国民党军中敢于顶撞蒋介石的将领凤毛麟角，但陈明仁作战从不考虑保存自我实力，所部虽多次受损，仍勇猛不变，这在国民党军中也属罕见。陈明仁有两条守城做法是林彪与李天佑没有想到的：

第一是利用四平 151 栋楼房作为支撑强固点，建立了环绕市区鱼鳞式纵深集团地堡群。地堡均为钢筋水泥结构和土木钢板结构。以军部为中心的核心据点前设有卫星阵地，卫星阵地前有七道障碍。交通要道、主攻方向、核心阵地之间遍埋地雷、拉火手榴弹井。阵地内、指挥所、掩蔽部弹药、粮食贮备应有尽有。全市划分为 5 个守备区，编织成主体与交叉多道火网。为此，陈明仁挨户征集柱、板、树桩、砖石，每天出动3万人次，整整干了一个月。而四平全市仅有6万人。[4]

第二是下定了死守的决心。陈明仁为自己准备了一口棺材，抬出来示众，并写下了一份遗书。为保证与强迫所有部下跟自己一样死战，所有阵地、工事都编了号，号上写着防守官兵的名字。许进不许出，胜则存，败则亡于此处。

为此，陈明仁下了四道残酷命令："独立死守，打光为止"；凡转移阵地之命令，仅司令官（陈明仁）有权颁布，以次各级发布命令"一概无效"；"凡由前向后退者，即由后方部队射杀之"；夜间除因公通行外，"其余不问敌我，所有行人一概射杀"。陈明仁说，他采取的是"置之死地而后生"的办法。[5]

总攻时间定在6月14日20时，预定3至5天内拿下四平。攻城官兵们乐观认为，陈明仁的残兵败将已成惊弓之鸟，只要几个猛打猛冲便可以解决问题。

战场是生命的搏杀之处，任何人轻视对手，都要付出血的代价。

富于战场经验的陈明仁似乎对林彪部队的进攻时段有准确预感。14日16时，天空约来了20多架飞机，对攻击部队前沿和炮兵阵地轮番轰炸。这不是好兆头，至少看出杜聿明对四平战场投入的决心。

攻城部队1纵1师、2师和邓纵3师从三个方向发起进攻，2师率先在西南角打开一个缺口，1师到深夜也突了进去，邓纵3师一夜未能突破。1师与2师撕开的口子太狭窄了，陈明仁先是集中炮火轰击突破口，尔后命令71军88师组织反冲击，一时间，狭窄的突破口上弹片翻腾，血肉横飞。15至16日两天，双方在这狭窄的口子上反复争夺。

71军88师新任师长彭锷亲临前线，中弹负伤不退。前锋营两个营长先后阵亡，士兵几无生还者。而1纵付出阵亡1400多人、负伤5000多人的惨重代价，一百多人的连队有的仅剩七八个人。

1师师长江拥辉和政委梁必业冲上突破口，一颗炮弹落下，掩护他们的一个班瞬间全部阵亡。守敌的决死战斗意志超出了进攻官兵的想象。更加麻烦的是，杜聿明派来的大批飞机轰炸，白天根本无法发动有效进攻，只能乘 8 小时夜间作战。[6]

远在双城堡的林彪连续数日没怎么合眼了，一摸头掉了一绺儿头发。他电告李天佑："须特别注意迫近作业，逐步逼近敌人。"迫近敌人，敌机便难以发挥作用。同时电令邓华调出 1 个师支援 1 纵向纵深发展，下令总预备队 6 纵 17 师向敌核心工事发起进攻，意在先砸烂陈明仁的指挥机关。

17 师原为八路军山东纵队 7 师。官兵中煤矿工人较多，擅使炸药爆破，有"攻坚老虎"之称号。师长是左臂伤残的开国将军龙书金。《东北三年解放战争军事资料》记载："四平攻坚战斗中，参加主攻，纵深战斗 13 昼夜，在战术上颇有成果，为东北各野战部队中攻坚最顽强之部队，为头等主力师。"

东北野战军 28 个师中共有 5 个头等主力师。解放战争中，林彪曾三次单独抽调 17 师用于关键时刻的关键方向上（四平、锦州、天津）。四平攻坚战为第一次。龙书金于 12 时发动攻击，不到两小时，便摧毁了陈明仁的核心工事军部大楼，毙伤俘团长陈明仁胞弟陈明信以下 2000 多人。[7] 陈明仁顺着地下工事撤到道东防守区。

21 日，战斗进行到第 8 天，李天佑攻击部队以 8000 多人伤亡为代价，占领了四平一半城区——城西区。李天佑的指挥所就设在一片小树林里，炮弹不时从头上掠过。一声巨响，参谋陈锦波被掀翻在地，一个警卫员当场牺牲。李天佑身子晃了晃，抹一把脸上的灰土，再用衣襟把望远镜擦了擦，擎到眼前继续观察。李天佑的眼睛充满了血丝。进攻城东区时，李天佑又把指挥所向前移至距陈明仁最后据点油化厂仅 200 米的交通沟里。

陈明仁也红了眼。他坐在城东地下指挥部掩体里，桌子上放了子弹上膛的手枪，绝对不当共军的俘虏！他用极其残酷的手段，把所部 35000 人全部逼上了拼死的绝境。城西区失守后，负责防守西区且已受伤的 88 师师长彭锷，逃到东城区要求进入堡垒。陈明仁下令不准放进来！那意思就是：人在阵地在，阵地丢失要么战死，要么被俘。后来，下面私自放彭锷进来，陈明仁还要查办。[8]

辽北省主席刘翰东见陈明仁说，仗打到这个份上，建议部队实施突围。陈明仁脸色铁青，如再敢言突围者，以扰乱军心论处，立即枪毙！刘翰东又私下偕秘书长和女会计长数人，换上老百姓衣服利用夜色掩护脱逃，行抵城防边缘时，被71军守军强行阻回，若不是省主席或许被陈明仁枪毙了。

林彪的眼睛也红了，21日命令："决付出15000人的伤亡，再以一个礼拜的时间，将此仗打到底，达到完全歼灭敌人和打垮敌之守城信心。"[9]

林彪的决心得到了毛泽东的赞同，辗转于深壑中的毛泽东3天后复电："你们决心再以一星期时间歼灭四平之敌，占领此战略枢纽，极为正确。四平占领不仅对我军建立攻坚信心关系甚大，而且对全国正在斗争的广大群众是一大鼓励。"[10]

但是，陈明仁的工事设计得太精细了。尤其是天桥的堡垒，攻击部队始终没有突破。桥的地势比较高，桥两头各设一座坚固的桥头堡，桥下又构筑两座暗堡可以侧射。更绝的是，桥上撒了一层黄豆，攻击部队几次冲击都滑倒在桥上，被桥头和桥下的交叉火力射杀。

十几年后，已经成为中国人民解放军上将的陈明仁透露，四平工事是仿照日军防守滇西腾冲、龙陵、松山三大据点工事模式进行构筑的。当年，陈明仁的71军在攻下松山后，他亲自踏勘日军工事，发现日军若非全部战死，国民党军可能还攻不下这么完整的工事。防守日军不过两个联队（两个团），而国民党军进攻部队几近3个军，付出惨重代价后才勉强进取。

牺牲与鲜血是最严酷与最合格的老师。1948年3月13日，四平终于被攻占后，林彪在一份请示拆除四平市国民党军工事的报告上，用红色铅笔批示："四平工事暂不拆，以便我学习作战用。"[11]

23日，李天佑终于把陈明仁压缩到城东区东北角一隅了，但也付出了十分惨重的代价。1纵1师、2师，邓纵1师、2师，6纵17师都因为伤亡过重，不得不退出战斗。林彪下令负责打援的6纵16师、18师，邓纵3师接续投入攻击战斗。

邓纵1师师长马仁兴在撤出时，不幸被一发流弹击中左胸，当场牺牲。[12] 马仁兴是东北三年解放战争中除炮兵纵队司令朱瑞外，民主联军牺牲的最高指挥员。

四平的危急令蒋介石十分震惊，终于决定将53军调回东北，同时严令杜聿明6月30日前必解四平之围。为了不使四平守军在最后一刻崩溃，特派蒋经国到沈阳代表自己给陈明仁打来鼓励电话,并派飞机空投信件慰问。

据71军87师师长熊新民回忆:"我打开写给我的那封信一看,开头写的是'云程(我的字)吾弟',我大吃一惊,悲喜交集,蒋这样称呼我,生平还是第一次。"[13]

杜聿明将能调出的部队都调动了,共集结了9个师交给郑洞国指挥。郑洞国留下最强的新6军与林彪打援部队周旋,亲率其余兵力向四平顽强靠拢。

鉴于主力在攻坚中伤亡惨重,林彪下令全线撤退。杜聿明也见好就收,将部队收缩到几个大城市据点中。疲惫的双方均偃旗息鼓,脱离接触,各自休整疗伤去了。

7月1日,林彪向毛泽东做出报告:四平战役"经13天激战,我军俘毙伤敌3万余人,我伤亡1.3万人"。[14]

7月2日,林彪再报军委并告各纵队:四平战斗,"除总部应进行检讨与吸取教训外,我前线的战场指挥机关,也应深刻接受此次教训,进行思想上的转变与理解"。

夏季攻势两个阶段,一胜一败,总的是胜大于败,林彪却是负疚与自责的。据说,在运伤员与战士遗体的车开到哈尔滨站台时,林彪一改平时不紧不慢踱步的习惯,步子迈得很大很急。警卫员不得不一阵小跑才跟得上。走近烈士担架,林彪摘下布军帽,掀开军毯一角,头重重地低垂着。走到缠满绷带的伤员担架前,不是蹲下,而是一条腿半跪下,把脸、耳凑近伤员蠕动的口,眼里有泪花,但未流出来。

7月13日,林彪给李天佑写信,认为查找问题"缺乏思想、缺乏见识","盼多研究经验和学习毛主席的军事思想";"正确的思想的标准是包括实践在内的唯物主义"。同时表示"也是我正在努力加深认识的东西"。[15]

东野总部不少人都知道,林彪有个小手提箱,里面几本小册子,全是毛泽东著作单行本,有《矛盾论》《实践论》《中国革命战争的战略问题》等,一出发就带着。应当承认,残酷的战争年代,林彪对毛泽东充满了信服与崇敬。

对四平攻坚战失利的原因，长期以来议论不断。郑洞国认为："解放军5月19日在大黑林子歼灭71军88师后，倘乘胜向四平街攻击，当时国民党军队在混乱的情况下，不仅四平街守不住，就是71军也有全部被歼的可能。由于解放军忙于分兵略地……陈仁明将军得到将近一个月的准备时间，整顿部队，安定人心，加强防御工事。解放军因而失去了一个重大胜利的机会。"[16]

战场上从未有常胜将军，从失败中吸取的教训，应当比胜仗会得到更多的收获。

7月27日至8月2日，民主联军各纵队首长齐聚双城，参加总部召开的夏季攻势作战总结会，尤其是研讨四平攻坚战的教训。林彪认真听取发言，没有批评哪个指挥员。有人说，林彪曾三次站起来检讨：这次四平没打下来，不要你们负责，主要是我情况了解得不够，决心下得太快。不马上攻，围城打援最好。

四平攻坚战前，邓华曾提了两条建议：一条是攻城部队再增加一个纵队，实在不行两个师也可以。林彪未置可否，增加了6纵17师1个师。事后证明，四平守军不是掌握的18000人，而是35000人。攻城部队与守城部队比例接近2∶1。按攻坚兵力一般应是敌之三四倍计算，攻城兵力优势不大。邓华另一条是建议推迟总攻击时间，因为邓纵外围未扫净，1纵已突进了市区，形成了各打各的。

一年后的锦州战役，林彪让7纵司令员邓华指挥7纵与9纵；后来，在攻击塘沽的3个纵队中，有2纵这样的主力和老大哥部队，林彪又让7纵司令员邓华当总指挥。是不是还记得四平攻坚战前他对自己两次说"不"呢？[17]

从部队的休整上，也看得出林彪在以实际行动修复四平攻坚战的错误。"攻坚老虎"6纵17师从四平退下来时伤亡达3000多人。林彪下令，将东北军区各纵9个警卫团（含军区本身）的第一连整建制划归17师。各纵警卫团第一连可都是最强的连队啊！

四平攻坚战属于林彪夏季攻势的第二阶段。整个夏季攻势50余天，歼敌8万人，收复县城42座，从根本上改变了东北的局面。但是，四平战役在林彪及部分指挥员心里蒙上了阴影——对设防坚固的大城市的夺取产生了忌惮。

陈明仁的焦土作战使四平变成了废墟。老百姓都记得，林彪的保卫战是在城外打的运动战，陈明仁的守卫战是在城内打的巷战。四平的老百姓恨透了陈明仁。1949年夏，已是国民党第七兵团司令官的陈明仁与程潜在长沙起义，毛泽东亲拟"大义昭著，薄海同钦"的贺电。[18] 陈明仁应邀参加全国政协第一次会议，政协委员们参观祈年殿时，毛泽东特意把陈明仁亲切召唤到自己身边合影，大照片登在了报纸上。[19]

被蒋介石称之为"难得将才"的陈明仁在会上发言说："我现在发现，蒋介石不仅是不革命，简直是反革命，简直是人民公敌……凡是黄埔同学乃至全国人民都要起来打倒他。他是我们的校长，现在我便给他一个大义灭亲，我想蒋介石用不着怨恨我，应该去怨恨他自己。"蒋介石得到陈明仁这番讲话，头一下子大了起来，不得不服降压药。

毛泽东就是要为国民党将军们树立个榜样。果然，侯镜如、卢汉等高级将领纷纷效仿之唯恐不及。毛泽东并非实行权宜之计，在把蒋介石赶到台湾6年后的1955年，在国民党军干了25年仍然是中将的陈明仁，被中国共产党授予了上将军衔。

有人说，毛泽东爱才如命，也有民主人士评论，胸怀有多宽广，事业就有多宏大。毛泽东的胸怀气吞八荒，自然容纳得下形形色色的人物。

如若不信，你去读一下《沁园春·雪》。

注释

[1] 郑洞国：《我的戎马生涯》第6章，团结出版社，1992年版。
[2] 张正隆：《一将难求》，白山出版社，2011年版，第二章、第八章。
[3] 王树增：《解放战争》（上），人民文学出版社，2009年8月北京第1版，第320页。
[4] 1947年9月21日，《人民日报》。
[5]《第二绥靖区东北参观团报告书——四平战役》，军事科学院藏件。
[6]《东北人民解放军司令部阵中日记》（1946.11—1948.11），中共党史资料出版社，1987年版。
[7] 同上书。
[8] 张正隆：《英雄城》，白山出版社，2011年版，第171页。
[9]《东北人民解放军司令部阵中日记》。

［10］《中国人民解放军第三次国内革命战争史料选编》，第 2 辑，第 1 册。
［11］林星雨：《林彪传》，花城出版社，2006 年版，第 342 页。
［12］《英雄城》，第 198—199 页。
［13］熊新民：《一九四七年四平战役回忆》，高永昌主编：《四战四平》，1988 年版，第 361 页，中共吉林省委党史工作委员会。
［14］《中国人民解放军第三次国内革命战争史料选编》，第 2 辑，第 1 册。
［15］刘统：《东北解放战争纪实》，东方出版社，1997 年版，第 472—473 页。
［16］《我的戎马生涯》，第 6 章。
［17］《一将难求》，第八章，第 3 节。
［18］《林彪传》，第 336 页。
［19］郝在今：《中国秘密战》，金城出版社，2015 年 1 月第 2 版，第 365 页。

第 16 章　遥远的呐喊

1947 年 6 月 8 日，林彪主力 7 个师将四平团团围住。9 日，攻城总指挥李天佑进驻前线指挥所。同日，好消息不断传到双城林彪总部：4 纵解放安东，攻克凤城，新划入东北战区的察热辽部队攻占叶柏寿（今建平县城）。

东北天气晴好，远在陕北的靖边县，则大雨倾盆。8 日晚，国民党军整编 29 军刘戡部离王家湾仅隔一个小山头了。9 日凌晨 3 时，毛泽东离开王家湾，在大雨中顺着村后小路向西转移。

在黄土沟壑中来回转移的共产党中枢，与其所指挥的战争的巨大规模完全不成比例，小小的指挥部更像一支深陷险境的孤独的游击队。一直跟随毛泽东的那位敬业的美国记者李敦白并无恐惧感。他写道："毛泽东与他的对手玩讽刺的猫捉老鼠的游戏。毛泽东故意将他的行踪以对方可以收到的电报送出……他刻意跟国民党追兵保持绝不超过一天行军路程的距离。"

毛泽东应当知道这样做很危险，对方也是久经沙场的战将，但以小部队吸引并拖住胡宗南 23 万大军使其不能赶往其他战场，这个险值得冒，因为其他战场打得相当艰苦。在离开王家湾时，毛泽东甚至给汪东兴一个排要他打一下追兵，让刘戡知道自己就在此地。

山路泥泞，毛泽东浑身被雨淋透，驮电台的骡子滚下山沟摔死了，警卫战士摸黑下山把电台拖了上来。山头那一边枪声不断，人影晃动。那是刘戡的电台测向分队正在侦测毛泽东电台的方向。天亮了，刚要找个地方把衣服烤干，侦察兵报告，刘戡的部队正在向这个方向迂回，一行人赶紧向西继续奔走。

此时，刘戡正坐在王家湾村毛泽东住过的那间窑洞里。一个 70 多岁的老汉被吊在树上紧闭双眼，一个 10 多岁的女孩滚在泥水里尖声哭叫。刘戡最终也未得到任何毛泽东去向的消息。

10 日早晨，毛泽东到达靖边县天赐湾村。人们忙着做饭和烤衣服，侦察兵又报告，刘戡的整编 29 军与董钊的整编新 1 军分两路包抄而来，离此不足 10 公里。撤出天赐湾的毛泽东走进一条山沟里。12 点过后，追击部队撤了回去。他们没发现毛泽东这支小分队，而且只带 4 天的粮食，已经吃完了。

毛泽东在天赐湾村住了 7 天，给各战区首长发了平安电报："本月 9 日至 11 日刘戡率 4 个旅至我驻地游行一次，除民众略有损失外无他损失，中央仍在卧牛城附近不远地方工作。"[1]

7 月 2 日，收到了林彪关于对四平战役进行检讨的报告后，毛泽东是否察觉到林彪对城市攻坚信心受挫，如今我们已不得知。收电当日毛泽东即回电报予以鼓励："四平战役虽未全部解决敌人，但取得经验，给了敌人很大打击。"

毛泽东对麾下主要战将的作战风格与性情应当是了如指掌的，擅长运动野战的林彪不到非不得已是不打硬拼攻坚战的，而进入东北以来两次攻坚，先是德惠，又是四平，都吃了败仗。

此前两天的 6 月 30 日，国民党中央常委会和中央政治委员会一致表决："明令剿办，戡平内乱。"7 月 4 日，国民政府颁布《厉行全国总动员戡平共匪叛乱训令》等一整套法规。这是中国现代史上一个严重事件。尽管在 2 月底国民党赶走了中共和谈代表，但终究未宣布全国进入战争状态，这一切随着"戡乱总动员令"的正式发出彻底改变了。与之相配套的文件是 6 月 25 日，南京国民政府最高法院检察署"平字第 1906 号训令"，专为通缉中共匪首毛泽东而发布。[2]

毛泽东对这一切采取了不屑的态度，新华社发表了题为"总动员与总崩溃"的社论：总动员"象征蒋管区人民将要遭受更重的征兵、征粮、征税、派款、通货膨胀、物价飞涨、破产和饥饿的灾难……事实上，蒋介石的真正总动员老早实行过了，在以前他是只做不讲；现在他已经没有什么可以总动员，只等着一个总崩溃了"。言辞之尖锐，显然出自毛泽东之手。[3]

毛泽东当然不会只说不做,他的方针仍然是针锋相对。

7月10日,毛泽东就《一年作战总结及今后计划》向林彪发出电示:全国战略方针"第二年我军任务:山东太行两区力求占领长江以北,西北方面力求占领甘宁大部,北线我军力求占领中长、北宁、平承、平石、平绥、同蒲各路之大部及路上除平、津、沈以外各城,孤立平、津、沈,如能占领沈阳则更好。其中极重要的是占领平绥路,打通东北与华北联系,使华北、西北我军获得军火接济。上述北线任务应以东北我军为主力"。"东北我军目前休整一个月至两个月,约于八九月间发动新攻势,以四个月至六个月时间占领中长北宁两路之大部,相机夺取长春、四平、辽阳、锦州等城。如能顺利达成上述任务,约在明春即须以东北有力兵团,配合五台、晋绥进攻平绥路。""第三年,山东太行两主力即可向长江以南发展;东北、五台我军,除留必要兵力攻击平、津、沈及其他第二年尚未占领之城市……即可以相当数量之兵力加入西北及长江以南作战……"[4]

这是毛泽东相当重要的一份军事战略布局的计划。后来的战局走向,几乎是按着毛泽东的设计进行。到"第二年"——1948年10月,东北全境(含锦州、沈阳、长春诸城)已全部落入东北解放军之手;而"第三年"——1949年的任务更是大大提前,年初即夺占天津、北平,4月下旬已全线突破长江。

没有史料记载,毛泽东这份重要文件起草于哪个窑洞的马灯之下,大致方位应当在靖边县境青阳岔周边的一个小村子里。

国民党军极善谋略的杜聿明心力交瘁,在一连串的败仗中终于倒下了。此前,陈明仁被围四平时,结核菌已啃咬了他的脊柱,只能躺在床上指挥作战。蒋介石让他到内地治疗,他说此时离开东北就是临阵脱逃,就是对总裁与黄埔的不忠不义。听得蒋介石也动了感情,连说可嘉可嘉,不愧为我的好学生。

杜聿明所以如此拼命坚持,不仅在于南京方面多少大员、包括蒋的亲信陆军总长陈诚等人,都在盯着他这个"肥缺"位置,更在于他必须时时事事不断地向蒋介石表示忠心:1924年,就在他加入国民党的同时,他那来自貂蝉故乡的爱妻曹秀清却加入了共产党。一直到三年后的"四一二"

蒋介石清党运动,她从陕西逃到南京找到他,才脱离共产党。无孔不入的戴笠一定知道,他爱为自己生了三个女儿、三个儿子的曹秀清,并且自己从未有过娶妾的念头。而戴笠知道的,蒋介石一定知道。

虽然他的妻子不过是中共普通党员,而他的一奶同胞弟弟杜聿德却是中共的领导干部,就在妻子逃回南京的第二年,胞弟杜聿德在皖北发动武装暴动,并担任副总指挥,暴动失败,惨遭杀害,这可是杀弟之仇。还有,侄儿杜斌丞虽非中共党员,却是发动"西安事变"的西北将领杨虎城的秘书、中共的朋友。就为这些,多年来他出生入死,打瘸了一条腿,甚至违背心中明定的"军人不参与政治"的宗旨加入了复兴社。

他赢得了蒋介石的信任,主要还在于他最听蒋介石的话。

1942年他率远征军入缅作战遭遇失败,史迪威命令部队退往印度,蒋介石命令向密支那(野人山)撤退回国。非黄埔生的孙立人执行史迪威命令而部队几无损失。杜聿明明知蒋的命令将使部队损失惨重,仍然忠实执行了蒋的命令,致使部队尸骨暴野,惨不忍睹。蒋介石非但未处分他,反而晋升为第五集团军总司令兼昆明城防司令。

听话就不用担责。这是蒋介石给杜聿明和其他将领的"承诺"。

杜聿明知道自己周边没断过戴笠的人——当然,这是蒋的惯例,并非对自己一个人。打了败仗,即便无病,蒋也会换马的,不如自己提出来,更何况他要活下去——一个人最低的权利和要求。蒋批准他去美国就医。

行至上海,适逢美国记者访问,他的关于国民党军队装备落后、急需美军扶持的谈话,发表在《中央日报》上。殊不料铸成大错,凡军政要员同美国人敏感的话题均为蒋所猜忌。何况此言论蒋认为是动摇意志,扰乱军心(事后得知)。蒋介石速电上海的同时,派人上门谈话,言称杜聿明见解高明,策略精当,国难当头,需用大梁,故不允离去。[5] 此次不慎言论,改变了杜聿明后半生,此为后话。

陈诚(字辞修)终于谋得了熊式辉与杜聿明两个人的位置于一身。陈诚曾为孙中山的警卫,蒋介石爱才如命在他身上得到了最典型的体现。

1925年,国民革命军东征,右臂负伤的陈诚亲自操炮,连发三炮,炮炮击中陈炯明大本营。战后即被蒋介石提升为营长,次年又升为团长、副师长。1927年，国共决裂，21师师长不愿屠杀共产党人解甲归田。陈诚表示愿与蒋介石"共进退"，即被提升为21师师长。

从进入黄埔到参加北伐战争，并非名门的陈诚由上尉连长升至中将司令，只用了短短4年时间，晋升速度可与毛泽东提升林彪比肩。

抗日战争中，陈诚有上佳表现，指挥过淞沪、武汉会战，先后参加长沙、桂南、鄂西、常德等会战。1943年2月成为中国远征军司令官，1946年6月出任国防部参谋总长。不久，45岁的陈诚晋升为陆军一级上将，成为国民党军中除蒋介石外最高的军衔之一。

陈诚早已把自己的一生同蒋介石共命运，他要求国民党各级军官听到"蒋总司令"或"蒋委员长"时，都要立刻肃静立正。蒋介石屡屡派陈诚到军纪混乱、战绩不佳的战区去。据说，多有上佳表现。

有评论认为，蒋介石用人有三个不成文的规矩：一是黄埔系出身，二是自己的同乡，三是对自己绝对忠诚。同时兼具这三个条件的，唯有陈诚。

除了这三个条件外，1931年12月，蒋介石与宋美龄亲自做媒，把蒋的干女儿、宋美龄留美时的同学谭祥介绍给陈诚。陈谭结合，使蒋陈多了一层翁婿关系。蒋介石曾多次说："中正不可一日无辞修。"陈诚以他对蒋介石少有的忠诚，使其成为国民党军中唯一与蒋介石没有任何间隙的高级将领。[6]

让蒋介石充满希望的陈诚雄心勃勃来到东北，誓与林彪决一高下。蒋、陈两个人都忘记了一档子事：1933年红军第四次反"围剿"中，红一军团长林彪巧妙设伏，全歼陈诚王牌部队第11师，急火中烧的陈诚吐了血。蒋介石在给陈诚的手谕道："此次损失凄惨异常，实有生以来唯一之隐痛。"[7]

陈诚初到东北，以参谋总长身份主持召开会议，先是干了两件让东北将领目瞪口呆的事情。

第一件是先将熊式辉与杜聿明尴尬地晾到台上。四平战后论功行赏，杜聿明请求蒋介石为坚守四平的陈明仁和增援四平的53军军长周福成，分别颁发青天白日勋章与云麾勋章，因为新6军没有完成杜聿明的任务故没有替其请功。下车伊始，陈诚亲赴铁岭为廖耀湘举行补授勋章仪式，拉拢意图十分明显，同时含有指责杜聿明处理不公的意思。

第二件更是出格。乘陈明仁到南京述战和巡回介绍"陈明仁防线"经验之机，凭一封状告陈明仁纵兵抢了救济署大豆（实为天桥桥面上撒豆）的信件，便将陈明仁撤职查办了；也不待陈明仁申辩，先安排亲信刘安琪当了71军军长，并电告陈明仁不必再回71军了。一时，国民党军内盛传"陈明仁胸前挂勋章，手拿撤职令，真是啼笑皆非"。[8]

将领们心中皆明白，上述两件事若无蒋介石首肯，借陈诚两个胆，他断然不敢做，也做不成。不过，没有人能弄明白：蒋介石为了亲信陈诚，竟然连拼死为其守江山的功臣陈明仁都撤了职，似乎太过无情了。

东北行营与保安司令长官部二部合一为东北行辕后，陈诚兼二职于一身，大权在握，便大张旗鼓开展了反腐败。有人说，陈诚是借反腐"树植私人势力"，似乎有失公允。

陈诚的确是坚决撤换了辽宁省主席徐箴，第52军军长梁恺、副军长刘玉章等贪腐军政要员，并对倒卖军火汽油的汽车团长、吃空饷的少将参议等一批人，或囚禁，或枪毙，借以整顿混浊腐败的风气，以提振日益颓衰的士气。

但是，陈诚忽略了一个严重事实：腐败已是国民党的痼疾，无官不贪已成为公开的行为。不过，陈诚借反腐为由以肃清杜聿明系统也是事实俱在。连郑洞国这种能将虽任行辕副主任却等于挂名，实际上协助副主任罗卓英工作。罗卓英是20年前在保定军校一直追随陈诚的亲信。

当国民党东北行辕为争权夺势闹得乌烟瘴气之际，东北民主联军总部却为下一次攻势忙得热火朝天。早在两个月前的5月22日，林彪最满意、最贴心的搭档罗荣桓回来了。很少过问琐事的林彪亲自为罗荣桓准备住房，安排可心的秘书，还高兴地向毛泽东做了汇报："昨日已见到罗荣桓同志，我主张他在前方同我一起工作，他也同意。后方仍由高岗同志主持。特告。林彪。"

此时，东北局领导班子可谓人和心齐。罗荣桓不顾病体未愈投入紧张工作。林彪专务作战一件事，每天骑坐木椅，双肘伏在椅背上，面对军用地图，一坐便是半天，别的事已很少过问了。罗荣桓包揽了训练、动员、装备、后勤、政治工作、军工生产等所有的事情。

残酷的战争既是灵魂的过滤器，也是社会精英的筛选机。

罗荣桓曾深有体会地说了一句话："只要仗打得好，兵源是不成问题的。"但四平攻坚战打了败仗，部队的巩固便成了问题。主力1纵队逃亡掉队2229人，2纵失踪掉队4290人，6纵逃亡掉队2461人，邓纵逃亡掉队867人，加上部队伤亡，东北民主联军夏季攻势共损失了30000多人。[9]

罗荣桓分析原因，是兵源渠道有问题：一是直接从地方农民中征兵补充主力部队，新兵未经训练，即便不打败仗，因过不惯部队紧张生活也会逃亡；二是直接补充俘虏兵，来不及整训也发生逃亡。罗荣桓反复考虑，提出组建二线兵团的意见，林彪欣然同意，并放手让罗荣桓主持。

8月初，轰轰烈烈的组建工作全面铺开，大批获得土地的翻身农民应征入伍，一批主力部队的干部和老战士到新编成的独立团充任骨干，每团2500人，第一期征兵10万人，计划40个独立团，结果超额编成48个独立团。

东北民主联军总部发布的《独立团军事教育计划》规定要求，军事训练射击百米3发不脱靶，投弹普遍35米以上，并在战术上学会"三三制"的战斗队形。经过训练，二线兵团编入主力部队，使作战部队得到了及时补充。在国共两军队建军竞赛中，东北民主联军迅速赶过了国民党军。

1948年初，尝到甜头的林彪又让罗荣桓分两期扩大二线兵团的组建规模，第一期4—7个月完成编成训练70个团；第二期8—12月再完成56个团。结果前后三期超额编成和训练189个独立团，总人数为422072人。

1948年4月，东北人民解放军总计为98.8万人时，国民党东北部队仅为55万人。[10]这是罗荣桓在东北解放战争的特殊而重大的贡献。

没有武器的士兵，犹如老虎没有爪牙。部队扩编很快，新21师8200人，只有枪支1900支。建军的同时，罗荣桓又亲手抓军工生产。林彪深知，从特定意义上讲，战争胜负取决于后勤保障供应。他看罗荣桓忙得东奔西跑，8月，任命黄克诚为东北民主联军副司令员兼后勤司令员，全面负责后勤供应，并让伍修权、何长工专抓军工生产。

1947年秋季，东北民主联军的军工企业已遍地开花结果。较有名气的是佳木斯以北的兴山子弹厂、手榴弹厂和炼钢厂，鸡西的手榴弹厂、迫击炮弹厂、机械厂，东安的化学厂、电器材料厂，珲春的迫击炮弹厂，图门的石砚手榴弹厂，齐齐哈尔的 60 炮弹厂，牡丹江修炮厂，哈尔滨炮弹厂，辽东辑安手榴弹厂、九二步兵炮弹厂、山炮厂……[11]

罗荣桓还建议林彪带头精简压缩东北局、东野总部一级机关。林彪慨然应允，同时下令各纵队、师级机关一并精简，师的后勤一律取消并入纵队。

决定战场胜败的，不仅是指挥艺术高下的较量，同时也是综合实力的比拼。奇人有怪病，性格孤僻的林彪遇上胸怀宽广且有原则性的罗荣桓，应该说是一种幸运。慧眼毛泽东为林彪选配的搭档，可谓军政首长之绝配。

1947 年 8 月 7 日，蒋介石乘坐"美龄号"专机降落延安。国民党军最高统帅以占领者姿态进入共产党的"巢穴"，这在国民党方面看来极具象征意义。

蒋介石住进了延安边区最好的宾馆。第二天一大早，蒋介石来到枣园，没人知道此时此刻他怀着什么样的心情，走进毛泽东曾经住过的那间窑洞。随行的人还是发现了蒋介石的震惊：这同当地农民没有什么区别的窑洞，门窗是没有油漆过的陈旧木头做成的，窑洞内墙面剥落，靠窗那张榆木桌的桌面坑洼不平，简陋的床也是榆木钉起来的，窑洞外院子里一棵树下，还留有一架纺车。

蒋介石无法想象他的对手在如此恶劣的环境中如何保持旺盛不屈的斗志。这间窑洞中飞出的一封封电报如一簇簇锋利的箭矢射向政府军，这张不能再简陋的桌上写出文采飞扬、尖锐犀利令自己难堪的文章。

其实，还有蒋介石没有看到的，将米糠、秕谷、瓜菜和几把碾压成片状的黑豆，加水熬煮，制成当地叫"糠菜糊糊"的粥状食物，相当一段时间毛泽东及其以下官兵就以此物充饥。

通晓古今中外历史的蒋介石是否想到了曾经被赶入深山荒野食不果腹的汉高祖刘邦，被强敌追杀曾藏身于草堆之中的成吉思汗，以及曾经连饭都吃不上的穷和尚朱元璋，没人可以知道。但毛泽东的窑洞——"匪穴"是一个让他心绪不宁的地方，没有任何庆祝的仪式，他当天便忽然离开了。

离开之前，他向胡宗南再次下达了追剿毛泽东的严令。这是蒋介石一生中第一次，也是最后一次来到延安。这一年蒋介石年届花甲。

令蒋介石心绪不宁的还有6月30日。这一天起，刘伯承、邓小平12万大军出其不意，突然攻破了国民党军黄河防线，发起鲁西南战役。蒋介石敏锐认识到，毛泽东下令刘邓的这次攻击属于战略性的。果然，让蒋猜对了。

7月21日，在小河村，中共中央召开了一次具有重要历史意义的会议，史称"小河会议"。会议决定："我军第二年作战的基本任务是：举行全国性的反攻，即以主力打到外线去，将战争引向国民党区域，在外线大量歼敌，彻底破坏国民党将战争继续引向解放区，进一步破坏和消耗解放区的人力物力，使我不能持久的反革命战略方针。"[12]

这是一个惊人的决定。惊人之处在于，此时无论在数量和装备上国民党都处于优势的情况下，毛泽东提出战略性反攻。而且是刘邓12万大军不要后方、千里跃进的孤注一掷行动。

毛泽东的理由是：通晓战略的蒋介石已经把战争引向地瘠民贫的解放区，双方几百万军队加上几百万民夫，即使不打仗，吃也把解放区吃垮了。"战争负担放在我们身上，战争一定失败；由蒋介石担负，蒋介石就必然失败。如果不考虑战争消耗，不考虑几百万人吃饭穿衣，就不是战略家。"[13]

这是古今中外没有人讲过的战略精论，毛泽东讲出了这句话。

解放战争中，毛泽东有两个战略决策是至关重大、生死攸关的：一是重庆谈判期间确立了"向北发展，向南防御"，建立巩固的东北根据地，10万大军闯关东的战略方针；二是"小河会议"确定的把战争引向国统区、转入全国战略反攻方针。这两个战略决策打乱了蒋介石的部署，推动解放战争进入重要转折。

小河会议后，毛泽东一行继续转移，在闷热天气里赶路。8月2日当晚，住进村长李文运的家里。刚在炕上支起一扇门板给毛泽东当办公桌，刘戡的部队又逼近了，于是再走。下雨了，在一个叫石湾的村子弄了口饭吃，没来得及烤衣服，接着摸黑赶路。

毛泽东离开石湾不久，刘戡就进了村，他总是在毛泽东睡过觉或歇过脚的窑洞外摆出姿势留个影。

8月3日，毛泽东到达肖崖则村已是浑身湿透，鞋里灌满了泥浆。得知刘戡在石湾宿营了，毛泽东说："我们也陪他住下吧。"和周恩来两人挤在农民李俊威的窑洞里总算睡了一夜觉。

半个月来，刘戡在大雨和泥泞中不停追击，终于逼近了毛泽东的踪迹。陡然间，危机四伏：在黄河以西，无定河以东，南北约20公里，东西约30公里这样一片狭长地带内，毛泽东已处于国民党十几万兵力南北夹击中。

17日，刘戡部队冒雨出动，九支队再次上路。黑暗中只能借助闪电辨路，耳边是山洪暴发的轰隆声。黎明时分，毛泽东到达葭芦河边，原来细小的河流已变成一片汪洋，根本无法过去。河的两侧是高山，后边是刘戡的追兵。毛泽东与任弼时商量片刻，决定向东北方向转移，那里是绝壁山峰。

指挥着百万大军的共产党中枢在国民党军的追击与围捕下其颠沛之艰辛与危险，是当时国共双方各战区将领和蒋介石在内都难以想象的。这段历史之所以令人感叹不已，是因为当这一小队人马在荒凉的山谷命悬一线周旋奔波之时，毛泽东仍然指挥着全国各个战区部队的作战。各战区共产党将领不断地听到毛泽东发出"蒋介石很快就要完蛋了"的呐喊声。

虽然他们都在艰难地奋战苦撑之中，但没有人怀疑毛泽东的预言与决策。因为他在重大历史转折关头的预言与决策，在一些人看来不可能的情况下，都得到了实践的雄辩认证。

这年之初，在蒋介石连续攻占解放区华中首府淮阴、华北首府张家口、山东首府临沂之时，毛泽东预言："中国革命的新高潮快要到来。"[14] 正在国民党人痴笑之际，三个月后的5月16日，其五大主力之一王牌74师师长张灵甫，在孟良崮被陈毅、粟裕挥刀斩于马下。

18日清晨，九支队继续赶路。天上的银河像漏了一样，下山的时候，人被洪水推着走，大家手挽着手，免得被水冲走。走到河面相对窄的地方架浮桥。毛泽东坐在河边石头上低头看文件，后边枪声密集，后卫部队与追兵打上了。浮桥架成了，周恩来在桥上试了几趟，尔后让毛泽东过河。

毛泽东让机要人员、电台和文件先过，自己最后过。结果，毛泽东刚一过桥,"轰隆"一声浮桥被洪水冲垮,太险了!

晚上11点,毛泽东告诉9支队全体官员说,沙家店一带要打大仗……打得好,我们转危为安,不走了;打不好,我们就往西走,出长城,进沙漠。

还是8月18日,远在东北双城的林彪,会同罗荣桓给毛泽东发来了报喜性质的电报。令人揪心的是,整整10天过去了,林彪却没有接到毛泽东的回电。

注释

[1]王树增:《解放战争》(上),人民文学出版社,2009年10月北京第1版,第330页。

[2]张正隆:《中国1946》,白山出版社,2014年1版,第43页。

[3]《解放战争》(上),第337—338页。

[4]《毛泽东文集》第四卷,人民出版社,1996年8月第1版,第260—262页,中共中央文献研究室编。

[5]林星雨:《林彪传》,花城出版社,2006年版,第333页;黄济人:《将军决战岂止在战场》,中国青年出版社,2013年版,第100页。

[6]《解放战争》(上),第466页、468页。

[7]《林彪传》,第79—80页;金一南:《苦难辉煌》,华艺出版社,2009年版,第102页。

[8]刘统:《东北解放战争纪实》,1997年版,第477页。

[9]同上书,第479—480页。

[10]同上书,第500页。

[11]同上书,第528—529页。

[12]《解放战争》(上),第340页。

[13]胡哲峰:《毛泽东武略》,人民出版社,2001年版,第149页。

[14]《毛泽东文集》第四卷,第219页。

第 17 章　请再给我一支枪

"士兵的力量不仅仅在他自己身上……还在于他生长的古老土地上，在于他祖辈继承下来的多年形成的历史之中。"这是苏联著名女作家科茹霍娃写下的一段话。

美国著名学者胡素珊（汉译）写了一本书——《中国的内战：1945年——1949年的政治斗争》。该书英文版于1978年首次出版，1999年再版，中文版则于1997年首次引进出版，2014年再版，2015年已经第6次印刷。从多次出版可以看出该书的价值，这部50万字关于"中国的内战"的专著，却几乎未提战争与军事。显然，作者认为三年内战中，战争并非单一的决定因素，国共两党的经济社会政策及策略也是胜负的决定因素。

胡素珊引用了毛泽东《建立巩固的东北根据地》的话："我党必须给东北人民以看得见的物质利益，群众才会拥护我们，反对国民党的进攻。否则，群众分不清国民党和共产党的优劣。"[1]

胡素珊引用毛泽东《论联合政府》的文章，认为在抗日战争期间"共产党让了一大步，将'耕者有其田'的政策，改为减租减息的政策。这个让步是正确的，推动了国民党参加抗日，又使解放区的地主减少其对于我们发动农民抗日的阻力"。共产党原准备在抗战胜利后继续实行这个政策。1945年4月与10月，毛泽东在中共"七大"、周恩来在重庆都公开重申这一立场。

而一年后的1946年5月4日，中共中央发布了《关于清算减租土地问题的指示》，亦称"五四指示"，这是改变抗战期间土地政策的第一个官方信号。这一运动是以激烈方式进行的，而到1947年10月10日，中共中央颁布的《土地法大纲》，则系统提出了土地改革计划，目的是消除地主阶级，平均土地所有权。[2]

胡素珊认为，共产党突然改变土地政策唯一合理的解释是内战本身。1946年夏天，国民政府对解放区发动了一次大规模的进攻，"是战争促使他们改变了土地政策"，"共产党公开宣称，只有通过土地改革，才能动员农民，取得农民的广泛的支持。这之间的因果关系似乎十分清楚"。这就是为什么1946—1947年的土改运动会如此激进，为什么毛在1946年10月命令当地干部，不管战争怎样繁忙都要"解决土地问题"。"1945年到1947年，军队征兵运动与重分土地和财产同时进行。所以得出这个结论，重新分配土地和财产对征兵运动的成功开展功不可没，是再自然不过的。"[3]

对于土改，林彪在进入东北之初便进行了试验。那还是秀水河子之战以前，林彪让秘书季中权带上几个战士，在秀水河子北边一个几十户人家的小村搞了一次土改。几个人在那个小村子待了不到10天，只是把地主的粮食分了。就这么一下子，群众就发动起来了。秀水河子战斗时，小村子出了20多副担架。

林彪很高兴：能发动起群众来，这仗就能打，东北就是我们的。但是，国民党军跟在屁股后边追，没办法大面积试验土改，而且在双方拉锯争夺地区土改，还乡团的报复会使土改成果付之东流。

到了1946年7月25日，已是东北局一把手的林彪所发指示中有这样的表述："今后各满遇敌大的进攻而不能歼灭敌人时，则一般只应退到本军分区内去打圈子，打游击，不应再向后退。""对于群众业已发动地区而仍然抛弃，则我们将可能永无根据地。""已划定的各地区内的军队，在敌人进攻该地区时，也只应在该地区内采取集中或分散的斗争行动，而一般不应退却逃跑到其他地区。"[4]

此电内容同毛泽东留在陕北的理由"一有战争就走了，如何向陕北人民交代？"[5]如出一辙。毛泽东与林彪都清楚根据地对于军队的极端重要。毛泽东的比喻是身体上的屁股、两脚走累了可以坐下来休息；林彪的比喻是家、房子，有吃的和有鞋穿。但是，没有土改，就不会有根据地，这是另一种因果关系。

1946年5月26日，几乎在东北民主联军退守松花江北的同时，一支

14人的武装工作队背着背包，自带粮食，来到松花江北岸铁路小站陶赖昭附近的一个屯子。领队的书生模样干部名叫马斌，原在华中解放区当过县委书记，"闯关东"后任松江军区政治部民运部长、宾县县委书记。

进屯便受到乡长——当地一个医生带乡公所人员接待，安排到一家好房子（开烧锅地主家）住。马斌却带人住进一座破庙。这个屯有200垧地和100垧地的地主各5户，扛活租地的400多户。屯里有伪满时留下的粮仓存粮27万斤，全村百姓被摊派轮流看守仓库。伪满政权垮台后，地主说"物归原主"，把粮食分头拉回自己家。

马斌决定从分粮着手发动群众，不料开会时，稀稀拉拉只来40余人，还是老人、残疾人和讨饭的。马斌知道群众有顾虑。开过会宣布明天一早分地主粮的决定后，工作队当晚全部住到老乡家里去。马斌要求，睡在农民家里，吃饭给钱，不要怕虱子，不要怕脏，要有一种感情。穷人的尿也是香的，一定培养出积极分子来。

第三天，几个积极分子带领100来人，先到头号大地主吴国顺家要粮食。吴国顺却不让进门，耍滑说："粮食准给，过几天送去。"

积极分子说："我们肚子饿，不能等。"

吴国顺说："请你们原谅。"

人群中喊："以前你抓我们劳工时，从来不说原谅。""这粮是我们种的，你拉回家闲着，我们饿得受不了。"

马斌希望的场面出现了：群众和地主闹翻了脸，每家背回一斗粮食。有头一家就有第二家，地主气急败坏了："想不到这些穷小子无赖，跟着这些下贱东西（共产党）到家背粮，真不要脸！""中央军快来了，不怕你们就背！"再次分粮的时候，地主收买的二流子在会场大喊："我不要，中央军来了杀头呢！"

当时，新6军廖耀湘部已渡过松花江建立桥头堡，国民党军即将占领哈尔滨的信息到处传。令马斌意外的是：积极分子找上门要求发枪，一下子组织了30多人的民兵队伍。马斌发了一部分枪，民兵又去地主家起枪武装自己，并表示队伍上要粮给粮，要人出人。[6]

陈云让马斌总结经验。马斌认为，由最有理、最容易斗的事情（例如地主私吞粮食）入手，给群众以最直接的实惠，发动群众斗争地主，尔后组织群众民兵组织，自己保卫自己的胜利果实。

马斌的行动只能算作土改的前奏，暴风骤雨的土改要比此艰巨百倍。1946年7月，国共两军隔江对峙，军事上正处于紧张阶段。除军事外，凡事不大过问的林彪竟然分工东北局几位领导深入各满、各省，就中央"五四指示"分头去抓贯彻落实。林彪去的是松江省。[7]

这不仅仅是源于毛泽东"解决土地问题，是一个最根本的问题，是一切工作的基本环节"的深刻阐述[8]，还在于身处东北前线危局之中的林彪更有切身感悟：不抓土改，他的队伍在东北则无法立足，并难以生存下去。

同全国一些地方不同的是，特殊的历史使东北的土改经历了四个阶段的渐进过程：

第一阶段从1946年5月至11月，为"清算分地"运动，将伪满时期侵吞霸占全部耕地的30%的开拓地、满拓地、军用地一律没收，分配给无地和少地农民。当时国共两军大打出手，清算分地运动并未完全展开。

第二阶段从1946年12月至1947年春，为"煮夹生饭"运动，重点清查地主恶霸黑地，打掉其威风。

第三阶段为"砍挖"运动，自1947年6月开始"斗财宝，挖干货，追浮财"斗争，解决地主"犁杖挂在屋檐上，还可以吃几年"问题。

第四阶段，从1947年底到1948年上半年，"彻底平分"土地运动。[9]

战争不仅是人和武器的较量，也是财富的较量。

到1948年3月底，北满的松江、龙江、合江、嫩江4省不完全统计，平分土地500多万亩、牛马488000匹，挖出金子近2万两、银子47000多斤、衣服520多万件。合江省农民平均每人分地7到12亩，黑龙江省每家贫雇农民都有了一两匹马。分得土地的农民组织起了生产合作社。

辽沈战役前，解放区8个省共耕种土地11365324垧，开荒590708垧，其中兴修水利旱涝保收的良田23万垧，机关和公家农场耕地为146654垧。林彪向毛泽东报告说，秋季可完成预定计划并增产12%。[10]

关于土地改革在政治上的意义，胡素珊写道："土改斗争还使得共产党建立起一种制度……重头戏是推翻现有的农村精英阶层……破坏了统治阶级在政治和经济上的统治，这是创立新的村庄权力机构的必由之路。"

胡素珊认为，"这是创造新秩序的必要一步。新秩序的建立是土改作为'所有其他工作之母'的第二重要的组成部分。并像一位作家所说，这使得党的政策能够深入群众。参加多种多样的控诉运动最活跃的农民，有的入伍成为共产党的新兵，有的进入村里新的领导班子。分到土地和财产的农民加入了农会和其他村机构。就是这个由农民自己组成的体制结构，共产党可以依靠它，由它负责组织军事运输队，以及对不愿意应征入伍的人施加社会压力，这就是当自由派评论家提到作为土改的结果，党在农村扎下根时，想要表达的意思"。[11]

松花江江北的榆树县是土改较早地区。林彪指挥主力"三下江南"，哈尔滨以南有16个县参加支前。东、西、中部3条兵站主线有两条设在榆树，县城除设总兵站、医院外，还建分站15处。

县委决定，县、区政府就是兵站，县、区长就是兵站站长，县、区委书记就是兵站政委；兵站所在地机关、工厂、学校就是"招待所""医疗所"。单位和房东就是"接待员""护理员"。

获得了土地与财产的农民"父送子，妻送郎，光荣参军上战场，打败老蒋保家乡"已成为传颂全县、妇幼皆知的政治觉悟与自觉行动。老贫农杨森的儿子原定3天后结婚，动员会后，儿子说服了爹娘和未婚妻，报名参了军。民兵队长王文章的老娘手拉儿子当场报名，带动了全村21名青年报名。朱殿阁因为才16岁没有被征招，他偷着爬上火车，跟着大部队上了前线。

这些普通农民都知道，前线炮火连天，子弹不长眼睛，但都义无反顾。支撑他们的信念是：保卫土地财产比生命重要，要用鲜血与生命报答共产党给的土地财产。

"三下江南"前后，仅榆树一县就有12733人踊跃报名参军。全县在"三下江南"期间，共出动担架4906副、大车2705台、雪爬犁304台，出动民工13331人。

当年的县委副书记、民运部长邓力群，亲自担任支前民工大队长，带领担架队奔赴前线。

《东北日报》曾在1947年1—3月的报刊上，多次报道了当地群众热情支前的消息。

2月7日，以"民夫担架队"为题的报道说，严寒的三九天，凛冽的风吹得人们冻入骨髓，一不小心，就会冻坏的。民夫们有了准备，他们在出发的时候，就随身带来了被子。一个伤员的脚冷，肖友把皮袄脱下来，包着他的脚。"你不冷吗？"伤员问他。他说："我不冷。就是冷点也不要紧。你们打仗负了伤。这都是为着穷人翻身，过好日子，我说啥也不能叫你冷着。"也许正是这个原因，蒋世力把他的被子送给了彩号，当我问及他的时候，他简单地回答："他冷啊。"他是一个不善于说话的人，他不能说出恰当的话来表达他的感情。我知道他是一个翻了身的农民，一床被子对他是很宝贵的。

2月12日，以"热情照顾伤员"为题的报道说，兵站成员在屯子外面放哨瞭望，当担架离着百十米时就迎上去了，把伤员接到兵站上。一到站就涌上一帮胸佩红绸布条子的妇女和小孩，把伤员分领回家去了。进屋子上炕，小孩子给生好火，又端水帮洗脸，一杯茶水未喝光，大嫂子又端上了热腾腾的饭菜。重伤的彩号由大嫂子喂饭喂菜，小孩子就将火盆移近伤员身旁，用小手轻轻抚摸着浸血的纱布，问道："叔叔疼吗？"有些伤员同志被感动了，问为什么对民主联军这样好？大嫂同小孩异口同声说："不是你们，得不到地，上不了学呀！水帮鱼，鱼帮水，才能消灭国民党反动派。"

1947年2月14日，上海《大公报》称：由于共产党"和群众打成一片"，他们能够获得战争所需的大量粮食和人力补充。而上海的自由周刊《时与文》则在这一年11月27日指出：政府军只有通过武力才能从老百姓那里取得粮食。另一方面，共产党则不存在这样的困难，仅仅凭共产党征集人员手中的"一张纸条"，民众就会把所需物品运到指定的地点。原因很简单："因为共产党军队已经在解放区改变了生产关系以及社会和经济组织，共产党已经能够建立它所需要新的社会秩序。"[12]

对于共产党农村土改产生的巨大效果，蒋介石看在眼里，急在心里。1946年1月的政治协商会议上，减租减息和"耕者有其田"的目标，被正式写入国家重建大纲。不仅如此,这一年制定的新土地法和宪法当中也有同样的规定。

同一时期,中美农业技术合作团也提出了一项建议,要求对当前的地租条款进行改革。即便在美国人的督促下,国民党政府的地租改革从来没有超越实验阶段。有据可查的有:

一是 1937 年的土地法修正案,地租不得超过土地价值的 8%。这次修正案并未得到认真实施。

二是 1945 年夏末,日本投降后,在重庆的国民党政府遵照传统,宣布所有占领区的土地税停征一年。这个通令如何生效,没有人知道。两年后,南京政府迫于压力,下令将佃租调降 25%。有些佃农原先已保留 25% 的佃租,后来吓住了,就自动与地主讲和,把该部分租金再补交地主。报道出现在中文报纸上,国民党政府既震撼又惊愕,却保持沉默,蒋介石没有任何指示。[13]

三是 1947 年 7 月,国民党庐山高级政工会议确定了两项政策。第一项是发行土地债券,实施赎买限田政策。规定一个 8 口之家地主拥有土地 100 市亩以外的土地,由政府土地债券赎买,交给少地无地农民耕种。试点四县之一为大地主顾祝同(时任郑州绥靖署主任)家乡涟水县,因其反感阻挠,显然没有从根本上触动地主利益的政策。最后只选了淮阴县没落地主试点,搞了一些夸大宣传便完结。第二项是对捆绑来的无地少地农民壮丁实行"战士授田案"。将赎买地主百市亩以外土地交给复员士兵耕种,数额为 2—15 亩,后来"戎事需要",几乎没有复员的士兵。[14]

四是吉林省土地改革方案。起因是范汉杰上的一个条陈说,共军在山东号召共区青年参军,要两万人,往往有加一倍、两倍青年报名,国军的补充靠保甲长拘捕办法很难补充足额。吉林省民政厅长尚传道上书南京行政院,建议要土改与征兵并行,并提出《吉林省土地改革方案》,内容与庐山会议发行土地债券、实行赎买限田政策差不多。开始得到了行政院许可,1947 年 10 月,南京召开全国地政会议,尚传道回忆说,我向会议提出这个方案,并大声疾呼解决土地问题的迫切性和重要性。结果我的发言不被重视,等于对牛弹琴,提案也石沉大海。[15]

国民党数次口头或行动上的土地改革，都没有从根本上触及地主阶级的根本利益。国民党统治的阶级与经济基础是地主阶级，虽然蒋介石已经看到了本身疾病的症结所在，但他没有自我刮骨疗疾的勇气。公道地说，蒋介石和其军政界有志之士也想革除军政积弊，无奈利益之争如同与虎谋皮，他所依靠的阶级内部"人情"泛滥：土地改革？绝不允许！

国民党北伐成功后，曾于1929年在浙江省采取一种比较温和的"二五减租"办法，不但没有推行下去，还直接导致推行减租最力的沈玄庐（定一）被暗杀。[16]

正如胡素珊所看到的那样："国民党已经了解到，政治要比军事重要。但国民党政府始终不愿推翻旧有的社会体系，这决定了它最终的命运。"[17]

毫无疑问，共产党人在东北地区开展的大规模土地改革，对东北地区解放战争的胜利起到了决定性的作用。

许多专家学者，尤其是一些外国人士都对共产党的土改充满了兴趣，27岁的美国军官西默·托平退役后主动来到中国担任《纽约时报》记者，他向一位共产党的领导人提问："为什么你们不把你们党的名称改为土地革命党？"倒是长期在中国生活并接触毛泽东的埃德加·斯诺先生对此有更深的了解。

1937年，毛泽东把一个结论告诉斯诺："谁赢得农民就能赢得中国。"

斯诺仔细体味这句话几十年，终于明白了中国革命发生的原因："如果中国没有比例高达80%至90%的农民，如果大多数的农民并不是肯定能从土地再分配中得到好处的穷人，而且如果城乡的有产阶级的人数不是那么少，他们的利益不是与中国落后的经济那样息息相关，中国就不会发生这场革命。""毛泽东和他的政党之所以成功，是因为他们学会了如何同无产阶级、在中国的革命知识分子和仍然生活在铁器时代的广大农民之间建立了同盟。"[18]

毛泽东说，我国是农业国，有5亿人口住在农村，过去打仗主要依靠农民。所谓人民大众主要就是农民，忘记了农民就没有中国革命；忘记了农民，就是你做一百万件事情，也没有用处，因为没有力量。

毛泽东所以敢蔑视一切权威，敢于向一切强者挑战，并不是他本人特别强大，而是他身后有千百万群众，他不是一个人，而是一个占人口绝大多数的庞大群体。这是毛泽东打遍天下无敌手的根本原因。

1946年7月，嫩江省临时人民代表大会在齐齐哈尔召开，就关于土改问题展开了"生动的讨论"。共产党员代表只有1/4，他们觉得没收来的日伪土地应当归市政当局所有，出租给愿意耕种的人。其他3/4代表，尤其是农民代表的意见是将这些土地无偿分给穷苦和没有土地的人。大多数代表的意见被东北民主临时政府采纳，成为《东北各省市民主政府共同施政纲领》的重要内容之一。为了"绝大多数的庞大群体"，共产党的市政当局将抛弃所有自身的利益。[19]

就因为此，历时三年的解放战争中，东北各族人民共计出动参战民工达3132500多人，占东北当时人口总数的近1/10。担架206178副、大车306718辆、马907420匹，交纳粮食450万吨。广大工农群众以大量物资支援革命战争的同时，并送出了160万优秀子弟参军。许多干部群众在人民解放事业中献出了自己的鲜血和生命。[20]

蒋介石的悲剧在于，土地改革之于中国的命运攸关之重要性，他不是没有觉察和认识，而在于他认识的肤浅，尽管重庆谈判期间毛泽东曾经提示过他。

蒋介石彻底觉悟是在大陆彻底失败之后。用陈诚的话讲，在台湾实施土改是"一种客观需要，虽有万难，不能顾及"。当时的情况也是如此，不进行土改，国民党连在台湾的立足与统治都无法维持。

陈诚的土改分三步：第一步是三七五减租，即最高地租不得超过主要农作物全年收获量的37.5%；第二步是公地放领，将台湾当局掌握的耕地所有权有条件转给农民；第三步是耕者有其田，以实物和股票形式征收地主的超额土地，转放于现耕农民。

他通过恳谈、请吃饭和走访，向地主说明，"实行三七五减租，可以避免共产主义的流血斗争，温和地调和地主和农民之间的关系，逐渐达到民生主义的目的"。

土改使台湾封建租佃关系基本被摧毁，大量无地农民成为自耕农。粮食产量大大提高，阶级矛盾相对缓和，稳定了国民党的统治。陈诚所著《台湾土地改革纲要》一书被译成英、德、法、西班牙及阿拉伯等国文字，风行全球，成为多国土改的参考资料。[21]

蒋介石支持陈诚进行的土地改革，应当是对大陆失败的"反思"。不知蒋、陈心中是否掠过些许"悔之晚矣"的悲凉。

注释

[1]《毛泽东选集》第四卷，人民出版社，1991年6月第2版，第1180页，中共中央毛泽东著作编辑出版委员会。

[2]（美）胡素珊：《中国的内战》，当代中国出版社，2014年版，第217—218页。

[3] 同上书，第216页、272页、274页。

[4] 四野战编室存电；刘统：《东北解放战争纪实》，东方出版社，1997年版，第299页。

[5] 王树增：《解放战争》（上），2009年8月版，第287页。

[6] 马斌：《陶赖昭战地群众工作经过》，1946年7月4日《东北日报》。

[7]《东北解放战争纪实》，第379页。

[8]《毛泽东年谱》，1946年5月，人民出版社、中央文献出版社，1993年版，中共中央文献研究室编。

[9] 付百臣、刘信君主编：《吉林建省百年纪事》，第四十一节"吉林省的土地改革"，吉林人民出版社，2007年版。

[10]《东北解放战争纪实》，第440页。

[11]《中国的内战》，第275页、290页。

[12]《空心战与穿心战》，《观察》，1948年5月8日，第13页。

[13] 黄仁宇：《黄河青山》，生活·读书·新知三联书店，2007年2月北京第2版，第253页。

[14] 秦筝：《庐山高级政工会议纪实》，《文史资料选辑》合订本第50卷，中国文史出版社，2011年6月北京第1版，第368—370页，政协全国委员会文史和学习委员会编。

[15] 尚传道：《四进长春》，《长春文史资料》，第8辑，1985年版，第65—66页，政协长春市委员会文史资料研究委员会。

[16]《蒋梦麟自传：新潮与西潮》，第211页，团结出版社。

[17]《中国的内战》，第181页。

[18] 刘峰、路杰主编：《跟毛泽东学领导》，红旗出版社，2001年版，第410—412页。

[19] 新华社延安电讯，1946年7月23日和26日及8月20日；新华日报社编《东北问题》第159页。

[20] 陈沂：《把后勤工作提到战略高度》，《辽沈决战》（上），人民出版社，1988年版，中共中央党史资料征集委员会。

[21] 金一南：《苦难辉煌》，华艺出版社，2009年版，第480—481页。

第 18 章　士兵的争夺与争夺士兵

著名作家王树增在其《解放战争》中以"奇寒中的呐喊"为题，饱含感情记叙了东北民主联军 3 纵 7 师 20 团 3 营 9 连 5 班长房天静的英雄事迹：

"房天静的双脚已被严重冻伤，即使在冰天雪地里溃烂处依然流着脓血。实在是疼痛难忍，房天静抓了一把雪把脓处擦干净，然后从一只冻梨上切下一块来贴在伤口处。冰凉的感觉让疼痛减轻了一些，但他站起来没走两步便再次跌倒了。""房天静端着上了刺刀的步枪跑在最前面。……沟里全是积雪，房天静抱着枪滚了下去。滚到沟底的时候，十几个敌人向他冲来，他连续扔出几颗手榴弹后继续追，最后发现自己已经远离了连队。房天静孤身一人，周围的敌人向他围过来，他跑到高处喊：'一班在左，二班在右，三班跟我上！'在敌人犹豫的一瞬间，他打伤了一名带头喊'快下手'的敌人，厉声说：'谁不老实我就打死他！'房天静把一颗手榴弹攥在手里，准备与敌人同归于尽，但是敌人投降了。房天静的战果是：击溃 1 个排，歼灭 1 个班，击毙 2 名，击伤 1 名，俘虏 7 名。他荣立了特等功，并被 3 纵授予'孤胆英雄'的称号。不久，三纵文工团根据房天静的苦难身世和杀敌事迹写出了 5 幕 17 场歌剧《复仇立功》。房天静看完之后，流了一夜的眼泪，他告诉指导员赵绪珍，他想念已经死去的母亲。"[1]

房天静来自国民党部队。"八一五"后由本溪和抚顺暴动的"特殊工人"——中条山战役被俘的国民党军人。沙岭战役蹲在工事里的 9 连士兵房天静编着快板发牢骚：当兵别当八路军，受苦受累又受穷，死了落个臭烘烘，招来一群绿豆蝇。战士王福民跟着哼道：为人不当差，当差不自在，老子不怕枪，不怕炮，就怕一天一夜不睡觉。

虽然战术技术蛮好，但只听枪响不见国民党军人倒，枪都是朝天上放的，国民党打国民党有些下不去手。

四平保卫战，林彪吃了败仗，杜聿明进攻生存条件极为艰苦的南满。作为民主联军主力部队的3纵7师，1946年逃亡达1570人，每4个人左右就有一个开小差。从四平退下来那天，全连一晚上跑了22人，给养员连全连菜金都卷跑了。

赵绪珍就在这时来到9连当指导员。赵绪珍搞阶级教育，开展"吐苦水，算苦账，挖苦根"活动。满腔苦水的房天静无意中成了诉苦典型。房天静16岁被国民党军抓壮丁到东北，父亲被地主逼迫身亡，母亲从山东到东北找他的途中，不得不将两个眼瞅要饿死的弟弟送人。结果找到本溪煤矿，母亲只隔着铁丝网跟自己说上几句话就被强迫分离，不久便愁恨交加死去了。说到这儿，房天静哭倒在指导员赵绪珍的怀里，一边哭一边检讨自己忘了本，决心跟共产党打倒国民党和地主老财。

房天静诉苦后，有同样苦难的战士也上台倒苦水，检讨自己忘本想离队的问题。诉苦教育使一个成分复杂、思想涣散、纪律性差的连队成了一个团结巩固战斗力超强的连队。不仅房天静当了英雄，全连人人争当英雄好汉。说怪话的前"危险分子"兵痞王福民五次负伤（两次重伤）坚持不下战场，三保临江牺牲前抓住赵绪珍的手要求入党，战后被追认为共产党员。

9连的诉苦教育很快在全师和3纵推广开来。1947年8月，在夏季攻势总结会上，极富政治敏锐的罗荣桓安排南满军区副政委兼政治部主任莫文骅，介绍3纵诉苦教育的经验，并安排《东北日报》发表题为"部队教育的方向"的社论，在整个东北军区推广。

远在陕北的毛泽东看到罗荣桓报来的3纵队诉苦教育的经验，十分重视，亲自做了修改，并引申为以诉苦（诉旧社会和反动派所给予劳动人民之苦）和三查（查阶级、查工作、查斗志）为主要内容的新式整军运动，在全军予以推广。[2]

对于人民群众巨大潜能的相信，以及对精神能量的认可是毛泽东的一贯思想。鉴于这种能量与精神不是自发的生成，尤其是需要付出鲜血和生命的军队，更需要参与者发自内心的自觉行动。威胁与强迫或许解决一时，并不能解决长远的根本的问题。为此，毛泽东创造了人民军队政治工作的三原则，即官兵一致、军民一致、瓦解敌军。

林彪败退松花江北之后，国民党 60 军 184 师师长潘朔端在海城率部起义，实际是在韩先楚逼"宫"下的无奈之举。这支鱼龙混杂的倒戈"国军"，队伍中不仅有特务性质的政训人员，还有兵痞、烟鬼、袍哥帮会组织，整整 4 个月的正面教育并未从根本上解决问题。半年后，杜聿明再次进攻南满，副师长杨朝伦乘机于白山市石人车站附近，率 1300 人叛逃。史称"石人车站叛变事件"。[3]

如果说把改造起义投诚部队看成一场政治战役，突破口应当选择在对方最要害、最薄弱的地方。

徐文烈将军（曾任东北军政大学政治部主任、50 军政治委员）当年曾率一队政工干部进驻该师，以解剖麻雀的办法，详细考察了两个连队：一个连队的 139 名士兵中，对蒋介石和国民党有敌意的只有 2 人，认为自己命该如此的有 5 人，除 11 人外一律痛恨保甲长和恶霸地主。另一个连队 84 名士兵中，有 83 人挨过军官的打，没挨打的是军官的亲戚。

徐文烈决定思想改造"倒过来讲"，先从士兵感受保甲长和恶霸地主欺压与剥削的诉苦开始，从士兵遭受长官欺压讲起，而后再看蒋介石和国民党统治的反动性。

国民党军队绝大多数士兵出身穷苦百姓，很多人是被保甲长、恶霸地主与征兵机构抓来的壮丁。军队内部体罚打骂甚至肉刑为家常便饭，在经济上克扣士兵伙食更是惯例，有的军官以保管薪水或赌博行为勒索士兵钱财。

没想到的情形是，一场诉苦和控诉大会下来，士兵个个哭得撕心裂肺，有的昏了过去，有的吃不下饭。士兵何思勤一时精神失常，谁劝也不理睬。后来发现他特别敬重毛主席，于是吃饭时就写个条子："毛主席叫你吃饭。"晚上睡觉时，就写条子："毛主席让你睡觉。"只要看到条子，他就非常听话。

倒完了苦水再算经济细账：地主土地租给农民收多少地租？士兵全是农家子弟：少则对半开，多则六七成要交地主。不算不知道，一算气得跳。

受穷不是因为命，全是国民党蒋介石支持的地主老财剥削造成的呀！再进一步算，共产党什么政策？土地平分，收入七八成全是自己家的。不仅不受穷，幸福日子嘛。

到底跟国民党，还是跟共产党，还用指导员说吗？一通"挖苦根""算细账"下来，没有人再嬉笑了。号啕大哭后，当场咬破手指，写下血书，那颗心就跟牢共产党了。

思想政治工作不能光靠嘴上讲，还得实际去做。起义部队建立了新的民主制度，典型标志是建立士兵委员会。这是毛泽东红军时就定下的规矩。

多数人不识字，士兵们在忐忑中用黄豆当票选出几个人。经济委员协助干部管理连队伙食，并监督检查，逐月公布账目。第一次领到"伙食尾子"没几个钱，可士兵那个激动啊，一个劲说："共产党好，共产党好，共产党真的好。"有的起义士兵攒了半年"伙食尾子"，买了一支钢笔："革命了，不参加学习咋行？"军官们一致感慨："就凭这一件事，国民党军队也该败给八路。"

对起义军官的改造要复杂得多。士兵的诉苦必然涉及前军官，共产党既往不咎，不管过去有什么罪恶和陋习，都一律不处理，但必须在思想上予以清算。184师叫"坦白运动"，60军叫"阶级自觉运动"，虽然不少起义军官受了批评，但组织有政策。因为言而有信，尊重人格和客观看待他们以往的历史，收到了较好效果。一个起义的团长心悦诚服地说："要讲改造思想，共产党的办法太多了，上下五千年，中外八万里，没有谁能比得上。"

肉身可以是原来的，头脑里的思想必须更新。这是共产党的高明之处，也是厉害之处。

瓦解敌军和善待俘虏是毛泽东军队政治工作极具特色的思想。通晓古今的毛泽东在读《北史》时，曾在北朝将领王建主张杀俘虏旁批注："王建庸人，不知政治。"他对曹操"不杀降"政策高度评价。他还认为商纣王虽然很有本事，但俘虏政策没做好："俘虏太多，消化不了，周武王乘虚进攻，大批俘虏倒戈，结果使商朝亡了国。"第一次"反围剿"中俘获敌师长张辉瓒，他指示不要杀。结果因张辉瓒烧杀抢掠民愤很大被杀掉了。事后，毛泽东提出了批评。[4]

在提高思想觉悟基础上,起义部队中陆续发展中共党员,由上而下建立党的各级组织。60军184师经过集中整训后,有600多名官兵先后被送往军政大学和轮训队,接受系统的政治教育,占起义部队兵力近1/4。

在战场形势十分严峻、战争资源极为紧缺情况下,耗费大量人力、物力和精力去彻底改造这支部队,其着力点极具战略眼光。

1948年10月17日,滇系国民党60军军长曾泽生率部在长春起义后,东北军区立即向该军调派解放军干部410人,其中184师起义官兵占60%以上。很多安排在改造60军起义部队中担任连指导员,或营教导员。[5]

1947年4月27日,林彪与东北民主联军政治部主任谭政,联名发布《对起义投诚和被俘国民党军官兵的政策》,提出五条优待政策:"一、对战场上放下武器,停止敌对行为的蒋军官兵,除解除武装外……不许搜腰包,不许拿财物,不许有侮辱俘虏人格的行为。二、……可听其志愿选择:愿参军者欢迎,愿改业者自愿,愿学习者进学校,愿回家者发给路费资助回家。三、对自动投诚我军的蒋军官兵,除携带武器发给奖金外,均应热烈欢迎招待……在自愿原则下欢迎参加工作或资助回家。四、火线上举行反内战起义的蒋军官兵(不论人数多少),一律不缴枪,不编散,官任原职,兵属原部,并帮助其巩固和扩大,且对起义有功者应以奖励和提升。五、在起义或投奔我军之蒋军官兵,不论其过去党派政见及行为如何,概不咎既往,以诚恳友谊精神帮助其进步和发展。"[6]

1纵1师《三下江南政治工作总结报告》有这样的记载:在执行俘虏政策中,表现进步的地方:

(1)各级干部一致的严格与监督。如3团1营营长看到了3连捉到100多俘虏,马上对连干说:"俘虏身上少一点东西,你们要负责。"1团2连政指拒绝俘虏给金条,并告诉他收好。又各连送俘虏到营时都点交清楚,谁有什么东西。

(2)拒绝接收俘虏金钱、财物。3团战士周正普俘到敌人以后,给以金戒指、手表他都不要。战士庄志宜押送俘虏去后方时,俘虏给金戒3只,他说你给 10 个我也不要。1 团战斗组长刘长久拒收俘虏 2 万元。

（3）火线上给俘虏东西吃、给找大衣穿的很多。2 团班长刘彩荣买豆包烧开水给俘虏吃。谷士全负伤不能走，见俘虏没鞋穿，即脱下自己的给他穿。3 团战士肖管明俘虏 27 名，每人给找了一件大衣穿。

（4）优待敌之伤兵。2 团战士周振邦、杨新明 2 人喂伤俘饭，给睡热炕。排长李木连遇一伤官，给 1 万元请抬下。他拒收后叫战士抬到庄内……1 团 3 连 2 排捉 41 个敌人，二排长当时给俘虏讲话，再三问丢东西没有？俘虏感动地说："没有。"后来议论："这还是一个排长，咱那边营长也不行哪！" 5 班副徐光福拾了俘虏 2000 元，还给了他本人。那俘虏是个连长。[7]

人心都是肉长的。天再寒冷，俘虏的人心也是热的。

1948 年 3 月 4 日，罗荣桓在东北野战军政工会议上报告要求："去年只争取了 5 万俘虏补充部队，这个数目太少了。今年要努力争取 8 万俘虏补充部队，8 万补充后方。"[8]

两个 8 万等于 16 万。这是什么概念？这等于国民党军少了 16 万，我军增加 16 万。实际上，我们俘虏改造一项，比国民党净增兵力 32 万人！

对共产党大力瓦解国民党军的政策，蒋介石十分忧虑。也在想方设法改造共产党军队的俘虏，为此成立了一个名为"和平爱国团"的管训机构。对"投诚"的解放军官兵按原有阶级比照国民党军队阶级发给 8 成薪饷；对俘虏的官兵只发零用费，尔后参加管训进行"思想消毒"。

武汉设过"和平爱国团"第三团，团长邓少麟，管训对象为河南柳林战役被俘解放军官兵 2000 余人，实际上为集中营，待遇极其恶劣。被管训的官兵受尽折磨凌辱，采取的诱叛手段，收效甚少。[9]

国民党军也有让俘虏解放军官兵参战的例子。张灵甫的 74 师曾吸收了 300 多人，蒋介石得知自己的王牌部队用了俘虏的共军便提出质问：绝对不许信任！张灵甫解释说，让这些人当辎重队，拉火炮，运粮食，不是当战斗部队。

毛泽东在这方面相当大气与自信，胸怀十分宽广。

1948 年 1 月 15 日，他在西北野战军前委扩大会议上说："对放下武器的国民党士兵，一个不杀，其中大部分可以参加我们的部队，五分之一至五分之四的国民党军官，经过改造可以为我们所用。蒋介石搞关门主义，我们放回去的国民党军官他也不敢用。我们比他胆大，对他的军官，一部分大胆地用，大部分放回去。""现在八万俘虏军官，二百万俘虏士兵，我们杀他一个没有？没有杀一个。八万军官造反没有？没有造反。妨碍了革命战争没有？没有妨碍。相反，对我们还有帮助。"[10]

虽然，共产党对起义、投诚与俘虏善待政策是一致的，但改造方式有着严格的区别。对俘虏军官的改造靠诉苦还不行，许多人自己没受苦，反倒给他人制造了苦。这部分人的改造主要是通过坦白交代、揭发检举的方式，认识自己的罪行，重新做人。

哈尔滨解放军教导团自1947年5月成立，到1949年6月两年间，共收容军官俘虏15533名。其中将官239人（含中将29人），校级军官1881人。经一期期审查筛选，共释放7756人（含将官96人）。又经一段学习，吸收参加解放军部队507人，到各部门工作的1441人。最后还剩76人中，39名将官属于二三级战犯，或有重大问题需要审查而进入抚顺管理所外，其余均分批安置与释放。[11]

大批俘虏军官被释放回国民党原部队，宣传共产党的仁政，引起了国民党军上层的恐慌。在开源被俘的国民党116师师长刘润川等4名高级军官，在哈尔滨军官团学习一年后，回到沈阳去见军长周福成。周福成不仅不接纳，反而大骂："这几个东西都被共产党训练好了……回来拉拢来了！你把他们四个人看起来，不要和官兵见面。"

具有讽刺意味的是，几个月后，周福成也被俘虏来到哈尔滨解放军官教导团。在教导团里他表现进步，积极争取早日获释。不知他是否为当初的行为懊悔过？

随着国民党军节节退守，已经没有人愿意去国军当兵。在沈阳，"1947年5月，原定4000人到场的抽签征兵，在指定时间和地点却只有82个人露面，使得抽签无法进行"。[12]

在吉林，1947年4月1日，"国防部命令征兵额为10300人，截至4月15日，用正当手续征兵288人，用抓壮丁拉夫方式征兵1780人，从释放在押犯里，扣留征兵 169 名"。[13]

为了弥补兵员不足，1947 年秋季，长春、吉林两个团管区派兵"把守主要交通路口、桥梁要道，遍布岗哨，白天就拦截行人，甚至超过兵役法年龄的壮丁也不放过……长春团管区抓兵抓红了眼，竟将躲在天棚里的两位回民壮丁，开枪打死"。数百壮丁的家属涌进团管区司令部跪在地下不起，痛哭哀告，引来更多老百姓将团管区团团围住。吉林师管区少将司令李寓春装聋作哑，下令将长春、吉林两个团管区抓到的一千数百名壮丁，速调拨给新 1 军潘裕昆部。[14]

美国学者胡素珊认为，"不情愿加入部队并不一定反映了对剿共战争的反对——虽然这显然也不表示对此的热衷。""男人们并不害怕打仗，他们的热情主要是被虐待浇熄的——被虐待是应征士兵的注定待遇。"[15]

曾长年考察中国国共双方军队士气和管理制度的英国记者菲力普·肖特写道："蒋的军队是征募来的。拉夫队跑进村去从田地里把男丁拉走，留下一家人去挨饿。原想让壮丁们接受基本军事训练的征兵中心反倒用重兵把守着。在某些地方，即使是在隆冬，夜里也把壮丁们的衣服剥光以防止他们逃走。"

为了更证实自己的调查，这位英国记者又引用一名美国观察员的报告说："可怜的家伙们赤裸着睡觉，四五十个人挤在一块 13 平方米大小的空间里，中士对我们说，这样挤在一起他们就可以暖和些，也能睡得好。"

英国记者继续写道："在登记后，他们就会像囚犯一样给捆在一起，拖到他们的部队中去，经常是在数百里之遥的前线那边。他们经常没饭吃也没水喝，因为他们的军饷都被贪污的军官们'克扣'掉了。"[16]

壮丁们进入国民党部队几乎等同进了监牢。军官虐待士兵的恶行令人发指，尤以胡宗南部队为最甚。430 团机一连士兵刘炎春开小差被捉回，为儆效尤，连长将其吊打致死后，尸体扔野外喂狗，把死者双耳割下来，悬挂于墙上示众："以后谁再逃跑，就这样办。"

国民党西北军政长官公署副长官马鸿逵部本非国民党军嫡系，出兵榆林被彭德怀歼灭 4326 人。后悔出兵的马鸿逵便实行他的"一兵罚三"政策：凡有战场失踪的，所在家庭必须再 3 倍出丁入伍。于是出现了老老少少拼凑起来的部队，被当地百姓称为"冤枉团"。许多百姓为了证明自己的儿子或丈夫不是逃兵，竟不远千里跑到战场去寻找亲人的尸首。[17]

与国民党军截然不同的是，共产党军队内部官兵关系是平等的，首长把士兵绝对当成兄弟。汪洋将军（曾任东北军区警卫师师长、北京军区副司令员）曾被韩德勤的日伪军迫击炮长了眼似的追着打伤，战后他一边包扎伤口一边询问："是谁打的炮？"有人指着一个左腿负伤的俘虏说："就是他，叫李洪儒。"李洪儒惊恐地站了起来。令他意外的是，打伤了八路军的长官不仅没有受到打骂和枪毙，还让自己当了炮兵连长。[18]

李洪儒伤愈后仍一瘸一拐的，团长钟伟（后任东北民主联军12纵司令员、49军军长）当即特批他一匹马——相当于营级待遇了。这不光是对人才的爱惜鼓励，而且是对残疾战友的一种特殊生活关怀。

进了共产党的部队，就是一块顽石，也会炼出滚烫的铁水来。从傅作义起义部队过来的有个兵油子叫得玉山，参加国民党军队前在北平拉洋车，长腿利脚的，就是不愿在共产党部队吃苦，说自己实在受不了八路军两腿撵汽车的行军。指导员王玉兴替他背着背包好歹劝说他勉强跟上队伍。可走过一座陡山时，天下雨路又滑，得玉山说什么也不走了。说指导员你是个好人，我实在吃不了这份苦了，你把我枪毙吧。王玉兴说，抬！自己和另外3个人把得玉山抬起来爬山。

围困长春时，王玉兴右大腿负过伤，一个趔趄坐在了地上，差点儿把得玉山从担架上摔下来。1班长骂起来：妈个巴子得玉山，指导员拖条伤残腿抬着你，你还叫个人吗？！在你那国民党部队里你敢这样？连长不弄死你！有人撸胳膊挽袖子要揍他。后来得玉山跟王玉兴成了"哥们"，告诉王玉兴说有人要把他推到山崖下去。得玉山终于跟上了队伍。[19]

王玉兴当指导员时19岁。大家都看到了，他是全连最累的人。副营长见他总是背两个背包，还扛一支枪，问他行吗？王玉兴说，我行。心里话是：当指导员就得行，不行也得行，上级把全连交给自己，就不能让一个兄弟战友掉队。

官兵一致与平等是毛泽东对军队建设的一大发明。

在共产党军队里，上自司令下到一般干部战士，生活待遇基本是一样的。除了长官骑马（工作需要之外），可以说再无特殊之处。

红军时期，毛泽东和朱德的每月津贴是5元钱。后来到延安没钱发改为1元。而来自上海的艺术家严寄洲津贴是7.5元钱。作为军委主席的毛泽东的服装和战士一般无二。去重庆谈判现置办了一身新衣裳。

西安事变时，周恩来往来西安与延安，正值寒冬，朱德将自己一条毛毯送给周恩来。一次在路上遇到土匪，没搜出值钱东西，将毛毯戳了好几个洞。周恩来心疼地让邓颖超补好，在朱德要赴太行山前线时，又送给了朱德挡御风寒。

抗战胜利后，共产党的经济实力虽然比不上国民党，但也拥有上百万军队、近亿人口的19块根据地，领袖和长官们要想锦衣玉食并不难，但生活待遇仍然官兵一致。

胜仗缴获越来越多，共产党军队的纪律一切缴获要归公。1947年夏季攻势后，东北民主联军3纵7师召开政工会检查战场纪律。20团政委胡寅举着一支派克笔第一个检讨说：我这个政委带了个坏头，我先前那支笔这次战斗中丢了，见部队上交的战利品中有支派克笔，就拿着用了，想在写完总结就交上去，其实是找理由打掩护。我读书时就听人讲过派克笔，从未见过，这两天一想要交上去，心里就痒痒，舍不得。现在我正式上交，承认错误，检讨交代，希望大家狠狠批评，监督我不再犯错误。[20]

这件事，如果在腕带金表、指戴戒指、腰揣钱币的国民党军队里，岂不是天大的笑话？

其实，一直到建国之初，共产党的军队仍然是官兵一致的供给制。1950年6月，已经由第四野战军第39军政委、14兵团副政委调任空军副政委的吴法宪，家里人竟然用一领草席埋葬了父亲，吴法宪手头拿不出钱。后来，总政治部主任罗荣桓特批了280元救济款，让其买了棺材重新安葬了父亲。

鉴于抓兵的诸多弊端，善于研究思考的陈诚决定刷新国民党军的兵役新政，于1947年11月在东北实行"征招并举"：凡家有适合应征壮丁者，如不能当兵应征，就由壮丁家出数十万元法币，由师（团）管区用这笔钱去买"自愿当兵者"。

吉林师管区少将司令李寓春的做法是，凡应出而未出兵之家，每丁出法币40万元，其中一半20万元给自愿替代当兵的家庭，其余20万为征招费。凡地方士绅和官员协助师管区每征招1名者，发奖金5000元。

当时，长春有不少伪满失业军官，规定凡能征招1000名的，除发奖金外，还授予少校军衔并可带兵。长春团管区的办法更绝，谁能召集一连人便委任为连长，召集1营人便委任为营长。为最大限度网罗兵源，各处设有密告箱，凡举报涂改年龄逃避应役者，均由师团管区予以奖励。这些办法一时还真起了一定效果。

吉林师管区1947年底用1个多月征招8000多新兵，其中不乏地痞、流氓、乞丐和钱拿到手再跑路之人。李寓春说："我也安下一种心肠，只要不从我师管区逃跑，到了部队我也就'顾不得许多'了。"李寓春没说的是，自己已落下了大笔百姓交来的买兵钱。[21]

但是，陈诚忽略了一个严酷的现实，他费尽心机征招来的壮丁，到头来都源源不断输送给了战场上的生死对头——中共的林彪部队。

毛泽东的官兵一致平等、优待善待俘虏的人道原则，如同磁性的政治海绵，以最便捷、最实际的方式，吸纳成千上万的敌军争先反戈。

据3纵7师1947年10月冬季攻势前统计，全师9568人中有解放战士3254人，占全师总人数的34%。到辽沈战役结束时，一般连队解放战士都占了54%左右，有的连队甚至达到了60%，许多解放战士成了战斗骨干，有些还入了党，当了干部……通过诉苦，把蒋介石军队的士兵，变成为蒋介石自己的掘墓人。[22]

占领沈阳的第二天，林彪、罗荣桓、刘亚楼看望2纵5师时，罗荣桓向师政委石瑛询问部队伤亡情况，石瑛回答：团以上干部伤亡11人，连排干部伤亡比编制数还多，全师伤亡7800多人。

罗荣桓问：部队还剩多少人？石瑛回答：从北满南下时是1.6万人，现在是1.7万人。刘亚楼惊讶：这不一半都是俘虏吗？东北民主联军头等主力师，此刻简直成了"解放战士师"。

统计资料表明：解放战争时期，国民党军队起义、投诚和接收和平改编共188万人，包括将级军官1500余名。涉及陆军240个师、海军大小舰艇97艘、空军飞机128架。在世界五千年战争史上，中国共产党人谱写了空前绝后的辉煌篇章。

注释

[1] 王树增:《解放战争》（上），人民文学出版社，2009年8月版，第174页，178页。

[2] 《毛泽东选集》第四卷，人民出版社，1991年6月第2版，第1294页，中共中央毛泽东著作编辑出版委员会。

[3] 徐文烈:《民主同盟军一年来的改造工作》，辽东军区政治部报告。

[4] 《毛泽东读文史古籍批语集》，第212页，141页。

[5] 《民主同盟军一年来的改造工作》。

[6] 阎峻:《林彪军事生涯》1947年（中华民国三十六年），白鹿书苑。

[7] 《三下江南政治工作总结报告》第二节，"俘虏政策与政治攻势"，李旸主编:《解放战争长春英烈图片展资料汇编》，2008年版，第176—177页。

[8] 《辽沈决战》上册，人民出版社，1988年版，中共中央党史资料征集委员会。

[9] 秦筝:《庐山高级政工会议纪实》，《文史资料选辑》，合订本第50卷，中国文史出版社，2011年6月北京第1版，第370—371页。

[10] 《毛泽东文集》第五卷，人民出版社，1996年8月第1版，第23页、25页，中共中央文献研究室编。

[11] 刘统:《东北解放战争纪实》，东方出版社，1997年版，第589—590页。

[12] （美）胡素珊:《中国的内战》，当代中国出版社，2014年版，第145页。

[13] 赵占民主编:《长春解放》，中国档案出版社，2009年版，第7页，长春市档案馆编。

[14] 李寓春:《吉林师管区征兵始末》，《新七军投诚》，吉林省军区政治部《长春国民党部队投诚》编写组，《长春文史资料》，1988年，第2辑，第413页，长春市政协文史资料委员会，1988年10月出版。

[15] 《中国的内战》第145页。

[16] （英）菲力普·肖特:《毛泽东传》，中国青年出版社，2004年1月北京第1版，第332页。

[17] 《解放战争》（上），第465页。

[18] 张正隆:《枪杆子1949》，人民出版社，2008年版，第55页。

[19] 同上书，第252—253页。

[20] 同上书，第205页。

[21] 《吉林师管区征兵始末》，第416—418页。

[22] 《辽东3纵队诉苦教育情况专题综合报告》，《沈阳军区历史资料选编》，第93页。

第 19 章　冬天里，林彪的胃口特别好

1947 年 8 月 18 日，林彪会同罗荣桓向远在陕北的毛泽东报告了东北民主联军组建和下一步发展，以及毛泽东一直关心的南下中长路、北宁路及平绥路作战计划等一系列情况。

报告部队共编战 1、2、3、4、6、7、8、9、10 共 9 个纵队，加独立师 6 个，共有 32 个师；再加上各军区地方武装，约计 44 万人以上。下一步于"二级兵团"基础上明年初将使野战军达到 40 个师、48 万人，12 或 13 个纵队，12 个炮兵团。在兵力上以压倒多数超过国民党军。[1]

笔者几次核对纵队番号，发现独少第 5 纵队，而且连纵队里应排列的第 13、14、15 等 3 个师的番号也没有，方才确信东北民主联军没有第 5 纵队设置。开始不解，再细至网上搜索，发现同一个"马德里"的名字有关。

西班牙内战中，佛朗哥叛军以 4 个纵攻打马德里，屡攻不下，后来派出了一个第 5 纵队，化装潜入城内，里应外合，果然得手。从此，"第 5 纵队"就成了"奸细""特务"的代名词，声名狼藉。

东北民主联军组建之初，是否与此有关，后人不得而知。但是，大家都愿意当打硬仗的主力，不再愿意当潜入城里的游击队倒是属实。而且战争进行到第二个年头，对于正规军据守的坚固堡垒城市，类似"第 5 纵队"的行动已无多大军事意义。

令林彪、罗荣桓焦急盼望的毛泽东复电终于在 11 天后的 8 月 29 日收到了。没有正式史料记载，林彪、罗荣桓曾建议党中央和毛泽东迁往东北，但毛泽东复电中确实答复了："中央必须留在关内，我亦暂时不能离开。"

毛泽东告诉林彪、罗荣桓："最艰苦的战争是在南线，这里负担了对敌军主力 157 个旅之作战（北线为 70 个旅，其中东北占 26 个旅），而山东、苏北大部已被敌占。"[2]

林彪、罗荣桓知道毛泽东"必须留在关内"的理由：同为政党领袖的毛泽东是不会同蒋介石一样躲在最安全的后方（先是重庆，后是南京）指挥作战的，毛泽东自身不仅是统帅，也是吸引调动敌军大部队的一枚特殊卒子。

此前10天，毛泽东一行经历了他们人生中最大一次的危险。在刘戡4个旅、钟松36师的3个旅南北夹击中，为了摆脱危险，也为了使彭德怀不要顾及中央放开手脚作战，打掉孤军深入的钟松部，9支队决定自行转移。8月19日晚11时，毛泽东命令部队轻装，把文件烧毁，准备7天干粮，随时向西突围。

庆幸的是，彭德怀乘刘戡与钟松两部合围夹击未形成之际，冒险插入两军之间狭窄的缝隙，在沙家店迅猛伏击36师，毙伤俘敌6000余人，一举扭转西北战局。毛泽东不必再进沙漠了，终于又可以坐下来给各战区发电示了。

给林彪复电主要谈的仍然是战略问题："新的作战，似宜以有力兵团进攻山海关、沈阳线上之敌，以另一有力兵团进攻中长线（哈尔滨至大连）上之敌，以求分散敌人，各个击破，重点放在中长路或山沈（山海关至沈阳）路，由你们酌定。"

毛泽东两年前的"东北特别重要。如果我们把现有的一切根据地都丢了，只要我们有了东北，那么中国革命就有了巩固的基础"的预言实现了，如今，强大工业基础支撑的军工生产高速发展。复电中毛泽东要求东北战区"将大量山野炮弹及黄色炸药向南线各军输送"，并说："他们对此如大旱之望云霓。"[3]

此时的林彪是否想起了从四平败退松花江北，陈毅在山东大打，拖住了国民党军向东北的增援，我们如今已不得知。但对关内的要求，真是有求必应，出手甚为大方。

8月15日，东北局回复中央军委："送华东及晋冀鲁豫三八野炮弹15000发、榴弹炮弹5000发，总共2万发炮弹已于本月寒由此起运，经北朝鲜、大连运往胶东。炮弹之分配请中央决定。"

1948年1月5日，东北局在答复中央要求支援关内黄色炸药和资金的电示中表示:"所需各种炸药当尽量速送,黄色炸药可多送些……今年除为华东印票子外,可帮助关内黄金3万两,并可于今年午以前陆续交完。"[4]

一些目睹了国民党军队接收中为了争地盘抢物资大打出手,不惜枪炮火拼,以及为保存实力,对友军见死不救的民主人士,在得知了东北军工生产的军火与医疗用品源源不断输送到关内后感慨道:共党军队虽兵寡矛钝,却抱成一团;国军兵多将广装备精良,却各有算盘。以毛之顽石一块,对垒蒋之一盘散沙,胜败前景当不难预料也。

20多年前便跟随毛泽东南征北战的林彪,深谙毛泽东军事战略的内涵精华。深知关内打好了,蒋介石自然无兵向东北派,支援关内实际也是在支援自己。此时的林彪已不怕蒋军从关内派兵来,而且希望关内有国民党军到关外来。现有东北几十万国民党军都固守在少数大城市里,大城市工事坚固,擅长运动战的林彪不愿意打攻坚战。

10月12日,他在给毛泽东的电报中甚至说:"依东北现有的敌我形势,关内如再增加四五个军来,敌出战的可能就多些,则能使东北得到更多的打胜仗的机会。同时也可使关内我军减少负担。因此,敌如向东北增援,对我关内外都是有利的。"林彪还报告说:"现我军拟进攻吉林,力求占领之,并求得打援。"[5]

林彪说这个话是有底气的。东北民主联军秋季攻势时,又多出22万人,总实力已达74万人。共产党的军队在东北地区首次超过了国民党军,而且一超便是16万人。前不久结束的秋季攻势共歼敌69000人,连装备差到连队1/3战士已没鞋穿的8纵、9纵——敌人称为"花子队",在黄永胜的指挥下,于杨杖子三战连捷,歼敌16000余人。

对战争而言,任何一点局部作战,均在全局框架之内。毛泽东立刻发现了林彪在战略上的局限性:林彪是站在东北战区谋划战役,自己7月10日让其占领平绥路的计划,并未在其考虑范畴。

毛泽东13日回电林彪说:"关内除李宗仁系统可能抽调少数出关外,各战场蒋军均感兵力不敷应用,很难抽援东北。""你们攻克吉林后,应将主攻方向转向北宁平绥两线。沈阳、锦州间,锦州、山海关间,山海关、天津间,天津、北平间,北平、张家口间均为很好的作战地区。"毛泽东告诉林彪，敌"采取战略守势时期，我集中大军更难求得运动战"。[6]

对毛泽东要求东北野战军到冀东和平绥路作战，林彪解释的理由是："目前如去大军，则补充供给困难，去不大的部队，则分散兵力，打小仗仍不易找，打大仗感兵力不够。故暂时不去，拟在明年开冰后，再看形势动作。"[7]

毛泽东就东北战场发动大规模战役的设想，是从全国战争全局考虑的，为的是打通东北与华北战场的联系。这一设想是后来毛泽东坚持让林彪首先突破锦州的最初动因。林彪首先考虑的是如何歼灭本战区的敌人。这应当是统帅与将领决策角度不同的区别所在，也为后来毛泽东与林彪两人就南下北宁线近半年的电报谈兵、争论，埋下了伏笔。

好在林彪要南下在山海关、辽河地区作战，毛泽东便同意东北部队暂不出关，但在复电中再次强调了打通东北与华北战场的意义："不论冬季作战胜利大小，解冰以后，你们可将冀热辽的两个纵队派至冀东作战，而以主力在满洲打据点。""使东北、华北开始打通联系，从东北输送炮弹、炸药至华中，中原和西北，此种任务极为重要。"[8]

向毛泽东请示确定了冬季攻势的方针，林彪处理完军情电报后，剩下时间就干一件事：眼睛盯着墙上的地图，一盯就是几个小时，多半是两肘伏在椅背上，看累了站起来满屋子不紧不慢地踱步。踱过来，踱过去，不时从墙上的口袋里抓出一把黄豆，一粒一粒塞进嘴里嚼着，显得胃口特别好。猛然停住，去地图上仔细瞅上半天。

在北宁线沈阳至锦州段，他已察看了无数遍——这是陈诚的要害，是其与关内唯一的陆上联络线与输血管。敌不让我通，我也不让敌通，这也算符合毛主席打通东北与关内联系的思想。更主要的，此处为敌素来薄弱地区。他还要选上一个点，这个点要能把陈诚在沈阳的主力调动出来。尽管围点打援已让国民党军吃了无数苦头，林彪相信，只要点选得准，打得陈诚痛，不愁调动不了他出兵。

林彪愁的是老天爷不帮忙。以前怕天冷冻坏了部队，现今部队衣暖食足，老天却迟迟不下寒流给大地结冰。几乎足不出户的林彪，每天数次出屋。出屋一件事，就是查看窗户外边挂着的一个大号气温计。

12月初，气温骤降至零下20多摄氏度，河上的冰冻结实了，载重车上去可以通行了。林彪部队的官兵穿着厚棉装和靴子出动了。15日前后，林彪部队突然包围了法库、彰武、新立屯几个点，主力则运动至沈阳与这几点之间。

几个点中只有彰武是要真打的点，这里驻守国民党军第49军79师3个团，兵力万余人。其余两个点为佯攻。28日总攻开始，5个小时后，彰武守军全部被歼，生俘达7000人。

陈诚认为，林彪部攻击彰武伤亡过大，难以再战，于是下达了在法库以南地区寻敌主力作战的命令，调集全部主力，兵分三路攻击前进。右路为第9兵团司令官廖耀湘指挥的新6军和新3军，中路为71军军长向凤武指挥的71军和新1军，左路为新5军军长陈林达指挥的新5军43师和195师。1948年元旦这天，国民党军共5个军沿辽河两岸呈扇形出击。

国民党军大规模出动是东野总部期待与筹划已久的。时刻盯着战局变化的林彪猛然发现，老到的廖耀湘和向凤武右、中两路迟疑推进，反倒把左路的陈林达突出了出来，而且是三路中最薄弱的，真是天赐良机。不过，要将自己的主力运动到新5军周围起码要1天以上时间。对机械化的新5军说来，1天时间变数甚大，必须设法将其拖住而不使其脱逃。

与林彪同期毕业于黄埔军校四期的陈林达对陈诚命令他的部队于新年之际出击心中不快，认为这次作战顶多是一次驱逐行动，不过把共军驱逐得离沈阳远一些；林彪部队刚在彰武那儿打完一仗，绝对不会有能力迎战国军5个军的兵力。

为了强化他这种骄兵思想，林彪下令6纵在新5军前进路上节节抗击，诱使其深入公主屯地区，给其他部队迂回运动包抄赢得时间。6纵一天的抵抗至关重要，既不能顶狠了吓住陈林达，又不能望风而逃引起他的疑惑。

这一天，2纵、3纵、7纵和炮兵3个团迅速向新5军两侧迂回。4日，边打边撤的6纵不再后退了，实行顽强阻击，激战惨烈。5日，新5军被包围在公主屯。[9]

陈林达立即请求退守有坚固工事的巨流河车站，没了主意的陈诚召集紧急会议。东北行辕副参谋长赵家骧主张新5军放弃公主屯，同时命令另两路大军一齐收缩。如果这个意见被采纳，林彪全歼新5军的计划就会落空。关键决断时刻，陈诚犹豫了，还是向陈林达下达了"原地固守3天，以吸引匪军主力"的命令，同时命各路大军向公主屯攻击前进。[10]

陈诚决策的思想基点是，不相信林彪会一口吃掉他的一个军，他忘记了74师张灵甫在孟良崮的教训。促使他忘记的原因是各路增援部队都向他报告说，他们在"顽强前进"。

6日晚，发现了危险的陈诚终于下达了让新5军撤退的命令，但是一切都晚了。7日，新5军2万余人全部被歼，军长陈林达中将以下1.3万人被生俘。

同林彪良好的胃口相反，心力交瘁的陈诚因胃病病倒了。10日，蒋介石到沈阳召开师以上将领会议，众人都知道蒋介石是来追究责任并处分将领的。行辕副司令长官郑洞国很快得到消息，陈诚将责任推到第9兵团司令官廖耀湘和新6军军长李涛身上，心里感到不公允，便找到同蒋介石一块儿来沈的国防部参谋次长刘斐，让他必要时替二人说说情。[11]

蒋介石在会上大发脾气，痛斥东北将领无能，好端端的队伍一批批送掉了，并愤怒发问："你们当中绝大多数是黄埔学生，当年的黄埔精神都哪里去了？简直是腐败！"

黄埔军校门口有一副铿锵响亮的对联："升官发财，请走别路；贪生怕死，莫入此门。"蒋介石在训斥中说出此话，应当想起了同为黄埔学子的林彪。[12]

1942年秋，从苏联养病回国的林彪受毛泽东指派去重庆，协助周恩来做巩固统一战线工作。10月13日，与周恩来一起拜会蒋介石。蒋介石从客厅望见轿车驶来，破例起身走到客厅门口迎候。林彪对蒋介石十分尊敬，敬了军礼："报告校长，学生林彪到。"蒋介石还了礼，叫着"老学友"，拉起林彪的手进了客厅。蒋介石与周恩来各在一个单人沙发上坐了下来，林彪拘谨地站立在周恩来身边。蒋介石躬起身子笑着让林彪"坐着谈"，林彪才坐下。[13]

从"老学友"的称呼上，蒋介石认定林彪是黄埔军校培养的军事天才，所以才痛心疾首地指责同为黄埔学生的将领们丢掉了黄埔精神。但是，蒋介石忽略了一个事实，在黄埔四期的军官团和预备军官团里，步兵科三连那个文静的湖北学生林彪，因考试成绩分数低只能在预备军官团里。他在黄埔军校既不是蒋介石校长的"宠儿"，也不是"军校之鹰"，甚至默默无闻到校长蒋介石连他的名字都不曾有过印象。

准确地说，林彪不是黄埔的产物，而是中国工农红军的产物；不是军校的宠儿，是革命战争实践摔打出来的宠儿；不是蒋介石的学生，而是毛泽东的学生；所以，他先将黄埔一期的杜聿明打落马下，又将四期炮科大队长陈诚打得一败涂地。

那天，训骂到最后，蒋介石话锋一转，指责第9兵团司令官廖耀湘和新6军军长李涛不服从军令、拥兵自保、见死不救，致使新5军全军覆没。这个责任太重大了！张灵甫74师被歼灭后，第一兵团司令官汤恩伯被撤职，整编25师师长黄伯韬被撤职留任，整编83师师长李天霞被撤职押送军法处查办。

出乎蒋介石和在场人的预料，廖耀湘和李涛突然站了起来，申诉他们并未接到增援陈林达的任何命令。陈诚当即反驳说，他曾让罗卓英给廖耀湘打过电话。双方措辞激烈，争吵不休。高级将领敢于当面顶撞蒋介石并在蒋的面前吵架，以往罕见。蒋介石立马尴尬起来，不知如何为好。

神情沮丧的陈诚见状站起来说："新编第5军的被消灭完全是我自己指挥无方，不怪各将领，请'总裁'按党纪国法惩办我，以肃军纪。"蒋介石只好改口："仗正在打着，俟战争结束后再评功过。"说完便阴着脸离席而去。[14]

一周后的1月17日，国民党陆军副总司令卫立煌被任命为东北行辕副主任兼东北"剿总"总司令。

2月5日，陈诚黯然离开沈阳，此时他主政东北军政不足六个月。在国民党内一派"杀陈诚，谢天下"的呼声中，陈诚辞去了总参谋长职务。

公道地说，在腐败已入膏肓的国民党军中，陈诚是相对比较干净的一个。蒋让其主政东北，这也是其中原因之一。当然，主要原因是他对蒋介石的绝对忠心。

蒋介石认为，腐败是军队战斗意志颓败的主要原因，每每将丢失黄埔精神与腐败联在一起。陈诚主政东北，首先清除了沈阳市内上至司令、军长，下至营、连长设立的"留守处"——由各级军官派武装士兵看守的私人会馆和秘密住所。这里除养着太太或情妇，藏着贪污抢夺来的财物，还经营各种生意。陈诚将"留守处"清理出来的 25000 名官兵，全部重新编入部队，表面上一时风气为之一振。

李宗仁说：对东北"任何人都不能起死回生，陈诚更不是能够挽狂澜于既倒之材"。郑洞国说："很难说他有什么过人的天才，尤其在指挥大兵团作战方面，他是远不如杜聿明将军的。"

国民党内的一致看法是，陈诚政治上成熟，军事上是庸才。蒋介石任人唯亲而不唯才，派陈诚主政东北，失败责任当在蒋本人。

卫立煌，字俊如，安徽合肥人，15 岁因家贫应召入伍，在孙中山身边当卫士。北伐战争中作战勇敢，晋升很快。1926 年已是第 1 军 14 师师长。这一年，北方军阀孙传芳进攻南京，卫立煌率 14 师血战四昼夜，为保卫南京立下殊勋。战后第 2 师、第 3 师师长均提升为军长，他只晋升为副军长。

卫立煌不是黄埔出身——乃"嫡系中的杂牌"。这是他与蒋介石的终生芥蒂缘由之一。1932 年他任国民党 14 军军长时，参加对鄂豫皖苏区"围剿"，指挥攻占了苏区军政中心金家寨。蒋介石大喜过望，以金家寨为中心新划建一个县，取名"立煌县"。国民党执政中国，以人名命名县名者，在此之前只有一个，孙中山的故乡广东中山县。

抗日战争爆发，身为第二战区前敌总指挥的卫立煌，统领 10 万兵力开展了著名的忻口大战，苦战 23 天，使日军付出 4 万多人伤亡，始终未突破中国军队防线。1938 年 4 月，卫立煌借道延安向中条山转移，他有意如此。令他意外的是，受到了离延安 30 里外的远道破例欢迎。他见到了毛泽东，参观了抗大和延安领导人住的窑洞。这对他一生有重大影响。

他专程去看望了正在养伤的林彪。国民党军队的规矩，上司看望受伤的师长至少要送数千元现款，当时凑了半天凑不上，只好空着手去了。他回到西安，以第二战区副司令长官和前敌总指挥的名义，签发了一道手令："即发十八集团军，步枪子弹 100 万发，手榴弹 25 万枚。"临发货时，他又命令加上 180 箱牛肉罐头。[15] 令他想不到的是，10 年之后他将与眼前躺在床上的共产党年轻将领成为血拼的对手。

此后，在他的辖区内凡国民党军与共产党武装发生摩擦，他都保持中立态度，为此受到蒋介石严厉斥责，并被革去上将军衔，免去河南省主席职务。1943年冬天，中国远征军在缅甸失利，他的上将军衔被恢复，并接替陈诚出任中国远征军代司令长官，经过血战打通了中印公路。这是他军人生涯的辉煌顶点。

蒋介石是否想起来了，陈诚未打通的中印公路由接替者卫立煌打开并一举扭转了抗战局面，至今我们已不得而知。他做卫立煌工作，希望他再次接替陈诚去扭转东北被动的战局。但是，蒋介石弄混淆了对手。当年卫立煌面对的是走向迟暮的日军，如今卫立煌将要面对的是正处于朝气蓬勃上升阶段的共产党人。

卫立煌在夫人恼怒的反对与蒋介石增兵支援的许诺中，于1948年1月22日飞赴沈阳就任。

卫立煌的战略是：固守沈阳，以待事变。"第三次世界大战大有一触即发之势，只要我们保存实力，占据地盘，事情即有可为。"他对他的副参谋长彭杰如是说。他的根据是，固守沈阳有把握，因为有足够的守备兵力和坚固的工事。林彪攻击四平失败，充分证明共军不具备攻占坚固城市的能力。固守沈阳策略被他坚持到了极致，无论林彪打什么地方，无论守军如何告急，甚至蒋介石一再电令催促他救援，卫立煌概不为所动。

林彪对蒋介石在客厅内客气尊敬，对卫立煌在病房内感谢探望，在战场上却半丝儿也没有客气与尊敬。卫立煌上任不到10天，林彪即在他的沈阳大本营家门口发动了辽南战役。又10天后，连下辽阳、鞍山和营口三城，国民党军有3个师的兵力损失殆尽。

颇有意味的是，营口是在我军压力下，敌58师师长王家善逮捕了其52军副军长郑明新率部起义后落入共产党之手的。林彪开始认为是敌军缓兵之计，鉴于以往国民党军降而复叛教训，特向毛泽东请示："可否命令其全部缴械，然后开至我根据地内部整训。"

两年前，184师起义海城，只有不到半个师的兵力，却改编升格为"民主同盟第1军"，师长潘朔端升任军长，底下的也是见官升一级。因为那是在敌强大、我弱小情况下的冒险正义之举，带有树标杆的性质；如今我强大、敌弱小，政策自然要适时调整。

毛泽东复电提出三点意见："（一）废除原称号，改用人民解放军称号，亦不用民主联军等项称号。（二）照我军例，有一师人就称为师，有一团人就称为团，不要名不符实；其师长团长等军官不要升格。（三）给养不要特别优待，宁可初期较差，逐步升至我军水平。总之，以老实态度对待他们，不用虚名笼络方法。"[16]

1948年2月27日，林彪下达了夺取四平的作战命令，以1纵、3纵、7纵加独立2师共10个师和炮兵主力8个营，组成攻城兵团；以2纵、6纵、8纵及独立4师打援，分布于四平以南区域；以东满4个独立师监视吉林之敌；以9纵负责牵制锦州之敌。

四平在林彪脑海里印象太深了：1946年5月的四平保卫战与1947年6月的四平攻坚战，两年来惨烈的场景时时浮现在眼前，挥之不去。所以采取牛刀杀鸡打法，为的是确保此战必克四平。林彪还有意识地把这次攻坚总指挥，再次交给一年前攻坚不克的1纵司令员李天佑。

四平守军为71军88师。师长彭锷一年前坚守四平时受伤。此次也想像陈明仁那样创造一次辉煌，因为工事还是一年前共军没有攻克的工事。但他忽略了两个严重事实：一是此次守城已没有了空军的大力支持；二是国民党军已经不能像上一年那样有能力抽调9个师增援四平。

外围战打响后，彭锷向蒋介石申请援军。蒋介石回电称："已饬卫总司令火速派部队驰援。"[17] 面对李天佑部的强大攻势，彭锷又向第9兵团司令官廖耀湘求援。廖耀湘回电："空投3500包香烟，以资慰劳。"[18] 彭锷再向卫立煌求援。卫立煌复电："已核准发给多种维他命10万粒，即日空投。妥为分配官兵服用，以资调剂。"[19] 彭锷绝望了，自我"裁夺"弃师弃城而逃了。

3月13日总攻展开，憋了一年气的李天佑指挥部队，仅用23个小时便攻克了四平这座浴血之城。

在全力夺取四平过程中，突然发生了一件令林彪意外失算的事情：老谋深算的卫立煌果断下令驻守吉林的60军迅速撤往长春。林彪措手不及，眼瞅着60军逃进了长春，与新7军合为一个兵团，为下一步夺取长春增添了偌大麻烦。

不过，由于60军出逃致使吉林失守，使吉林、长春两市互为掎角之势被斩断，加上四平的丧失，独悬于国民党军东北大本营沈阳数百公里之外的长春，顿时成了岌岌可危的一座孤城。攻克四平当日，林彪下达了围困长春的命令。

林彪部队攻克四平后的第10天，中国西部连绵起伏的黄土沟壑洒满了温暖的阳光。那一天，毛泽东东渡黄河。船靠东岸之后，毛泽东回头朝西望了老半天，说了一句话："陕北是个好地方。"[20]

自那一天起，毛泽东此生再也没有到过陕北。

注释

[1] 刘统：《东北解放战争纪实》，东方出版社，1997年版，第495页。
[2] 王树增：《解放战争》（上），人民文学出版社，2009年8月版，第474页。
[3] 《毛泽东军事文集》第四卷，军事科学出版社、中央文献出版社，1993年版。
[4] 《东北解放战争纪实》，第535页。
[5] 阎峻：《林彪军事生涯》，1947年（中华民国三十六年），白鹿书苑。
[6] 同上：《解放战争》（上），第494页。
[7] 《解放战争》（上），第495页。
[8] 同上书，第496页。
[9] 《绥靖战史——公主屯战斗详报》，国民党政府国防部编。
[10] 郑洞国：《从大举进攻到重点防御》，《辽沈战役亲历记》，中国文史出版社，2012年版，第517页，全国政协文史和学习委员会编。
[11] 郑洞国：《我的戎马生涯》，第6章，第8节，团结出版社，1992年版。
[12] 金一南：《苦难辉煌》，华艺出版社，2009年版，第80页。
[13] 居亦侨：《跟随蒋介石十二年》，湖南人民出版社，1988年版，第200—201页；《林彪专程赴西安会晤蒋介石》，《20世纪中国全记录》，北岳文艺出版社，1995年1月第2版，第566页。
[14] 杜聿明：《辽沈战役概述》，《辽沈战役亲历记》，第6页。
[15] 《解放战争》（上），第513—514页。
[16] 《毛泽东军事文集》，第四卷。
[17] 高永昌主编：《四战四平》，1988年版，中共吉林省委党史工作委员会编。
[18] 李桂萍、张振海：《四平街战况——在旧书报中解密"四战四平"》。
[19] 同上书。
[20] 《解放战争》（上），第524页。

第20章 杂牌"60熊"

国民党军第60军为滇军,有着辉煌的历史,曾在蔡锷将军率领下参加过辛亥革命和护国讨袁。卢沟桥事变爆发,应蒋介石请求,自治的云南省府主席龙云将直属的步兵、炮兵、工兵、交通兵、护卫骑兵合编组成为中国陆军第60军,由卢汉为军长,徒步40多天抵达湖南,于1938年4月开赴鲁南战场。

60军的军歌由著名作曲家冼星海创作,歌词中有"弟兄们用血肉争取民族的解放,不能任敌人横行在我们的国土。云南是60军的故乡,60军是保卫中华的武装"等铿锵的词语。

在台儿庄东南战场上,60军表现出惊人的勇敢与顽强。为堵住汤恩伯第20军团撤离留下的战场缺口,全军进行了殊死抵抗。1081团团长潘朔端身负重伤,先头营除1名叫陈明亮的士兵冲出包围圈外,全营500余名官兵全部殉国。在后来的10天血战中,60军12个团伤亡兵力达7个团、约14000余人,其中阵亡者5000余人。为台儿庄战役的胜利立下殊勋。[1]

龙云在云南拥兵自重,割据一方,军事、政治、经济、人事自成体系的局面,早已为蒋介石所不容。抗战胜利后,为剪除云南地方势力,蒋介石采取了一系列麻痹龙云、卢汉的措施,佯称滇军抗日有功,理应出国受降;授命卢汉以同盟国中国战区第一方面军总司令,全权主持入越受降事宜;受降部队除60军外,还有龙云所属暂编6个师,并预定将其中3个师编为93军,任命卢浚泉为军长。

在云南人为滇军扩军升格、出国受降而兴高采烈的忙碌准备中,龙云和卢汉忘记了北伐时云南部队朱培德、范石生、金汉鼎3个军,后来只剩下了两个师——蒋介石吞并消灭的往事;又对蒋介石以印缅远征军回撤复员名义,将其美械装备的嫡系部队新1军、新6军、新5军、新8军、25军、54军、14军等向昆明集结,成立了以杜聿明为司令的昆明城防司令部等举动失去警觉,于1945年9月10日,60军与93军共6个师的滇军主力全部向越南的河内开拔而去。[2]

为加强对出师越南的滇军的监视,蒋介石向60军与93军派了大批军统特工。对此,滇军上层却茫然无知。

被指定收集越南地区情报(主要是英、法军队动向)的投降日军地勤司令菊池,认为应当向新上司60军军长万保邦报告:"中国凡是团以上的军队都有重庆方面的特工人员,尤其是你身边也有特工人员……为你当翻译的那个很漂亮的白燕小姐,就是越南特务组织负责人之一……你不用她(当翻译)后,她就同你的一个侍从军士相好……若不是为了调查你们部队内部的情况,怎么会与你的这个识字不多的侍从军士谈恋爱?"

半信半疑的万保邦说:"经过调查,在我身边的,尤其是由中央派来的高级幕僚,大多与特务组织有关系。由此证实蒋介石的特务统治真是无孔不入,这样才使我提高了警惕。"[3]

但是,已经晚了。10月1日,蒋介石突然发布改组云南省政府的命令,免去龙云的省主席及其所兼的军政职务,调其到重庆就任军事参议院院长;同时,任命亲信、云南省民政厅长李宗黄代主席。

为逼迫龙云就范,10月3日拂晓,杜聿明指挥部队包围市中心的"龙公馆"。龙云连夜逃向滇军设防碉堡工事的五华山。杜聿明一边向五华山突袭,一边分兵数路攻击云南宪兵队和武装警察部队。蒋介石在武装"促驾"的同时,派宋子文和气"劝驾",龙云愤然与宋子文同机飞渝。

蒋介石收了云南的军政财文大权后,又采取一石二鸟之计,在推出卢汉当了空头云南省主席的同时,顺势黜夺了卢汉的兵权。[4]

1946年春,蒋介石下令60军与93军向海防、河内集结待命,指定在海防登船。尔后突然下令93军取道越北的芒街回国,经广西徒步至北海乘船。把两个军分开,实际上是一种便于监控的巧妙手段。

4月初,60军登船后,即有"盟军联络处"官员宣布规定:"美国提供的登陆艇和自由轮等船只是中国向美国租用的,除军官可随身携带手枪外,其他各种武器弹药均须全部装箱，以防发生危险。"上船时的美国"联络官"在旁监督、检查，稍有不合即不准上船，甚至故意刁难。滇军官兵莫不气愤万分。[5]

蒋介石利用美军的"借箸代筹"之计，虽然达到了拘押滇军到东北的目的，却铸下了滇军与其难以填补的思想鸿沟。

滇军到达东北后，蒋介石为平息其官兵不满，名义上归云南老长官锦州第一集团军总司令孙渡（滇军原58军军长）指挥，实际指挥全权操控于"五华山事件"制造者老冤家杜聿明手中。这是令既愤慨不平又忐忑不安的滇军官兵无论如何没想到的。

关于滇军两个军的使用，国民党东北行营一贯宗旨是分而治之。东北行营副司令长官郑洞国证实：60军与93军到东北，"熊式辉和我商量后，决定把这两个军分开，不让它在东北形成一个集团的势力；并令60军先头部队182师开到铁岭，担任中长铁路的护路任务。以后60军就使用在中长路方面，93军则使用于锦州、热河一带，这两个军始终是各在一方。很显然，从战略上看，当时这两个军集结使用于中长路方面，其作用要大得多；可是为了派系的猜疑，宁可牺牲战略上的利益"。[6]

后来名义上指挥的孙渡也被解除了名义指挥权，派到热河省当主席。临走他向附近的人透露一个秘密，胡宗南的一个嫡系副军长周开勋告诉他："蒋介石的性格，凡是能吃掉别人队伍的人，蒋就认为此人有'本事'，一定能得大用。否则，就认为庸懦无能。"[7]

在越南归国前，卢汉曾提议万保邦和卢浚泉："为了怀念老主席（龙云），你们两个军长最好让一个给龙绳武（龙云之长子），这样也可以安老主席之心。"

卢浚泉是卢汉的幺叔，万保邦自然要知趣主动让出军长位置了。于是，卢汉下令升龙绳武为60军军长，曾泽生由184师师长升副军长。结果遭到了重庆方面拒绝，最后由曾泽生出任60军军长。[8]

虽然曾泽生是重庆方面首肯的军长，60军并未因此而受到信任。为分而制之，60军被一分为四：182师由东北长官部杜聿明直接指挥，防守鞍山、海城、营口等地；暂编21师又一分为二，两个团驻防抚顺，其第1团配属新6军指挥。军部驻守新民，军长曾泽生能够指挥的只有直属分队，成了名副其实的"空军"军长。

对60军被拆分设置、充当嫡系部队护卫的歧视与排斥，不少军官公开表示对支离破碎的状况担忧与不满。曾泽生总是告诫部下要忍耐，不要给他惹麻烦，要着力做好部队实力的自保与安全。同时，小心翼翼多次向长官部请求收拢部队。一直到5月份，才获准把军部移驻抚顺，靠拢了暂编21师。[9]

曾泽生的一再忍让并未换来滇军的自保与安全。自打60军踏上东北那一刻起，这支抗日劲旅就一直霉运附体。5月末，主力184师被围困，孙立人三天后才象征性做出救援动作，致使184师师长潘朔端被迫投共，全师丢得一个人不剩。

几个月后重新组建184师时，杜聿明决定从嫡系青年军207师抽调军官，名为补充缺额，实为加强控制。军部许多人劝曾泽生婉拒，曾泽生怕与长官部顶牛影响组建，饮鸩止渴地同意了。结果184师组建后，立即配属新6军，60军仍然无权指挥。[10]

暂编21师的命运更加苦惨。1947年2月，杜聿明进犯临江，命令60军向辉南、桦甸等地扫荡，以牵制中共部队增援临江。暂21师1团向解放区扫荡时，部队遭到伏击，团长徐济民被击毙。2团在松山岗被围，团长魏玉权仅率300余人逃回，车马和山炮损失殆尽。部队正抱怨杜聿明判断失误轻举妄动、有意耍弄21师时，杜聿明来电严词斥责21师训练松弛、战意不高，"该团长指挥无能，士不用命"，下令将魏玉权撤职。

对21师的致命打击发生在6月初，由海龙撤往吉林途中，在烟囱山陷入林彪主力重围，全师被俘官兵7500余人，其中团以下军官200多人。师长陇耀换便装带少数人侥幸逃走。经过这次打击，21师只剩下不足1个团兵力。[11]

曾泽生陷入极大焦虑与痛苦中，伤筋动骨般残损的60军，多次申请184师归建而不被获准。直到中长路被林彪切断，长春、吉林陷入孤立境地，杜聿明不得已将交警第二总队扩编为暂编52师，以原总队长李嵩为师长，拨归60军节制。

交警总队原属军统特务系统，曾泽生在人事、管理等诸多方面均不能有所过问。1947年冬，林彪部队围攻吉林，曾泽生调动52师时，李嵩竟然推说："部队改编不久，缺乏训练，要求从缓使用。"曾泽生只好将该师作为预备队。[12]

不久，杂牌"60熊"成了60军的别称。杂牌——凡非嫡系的部队的统称，似乎没有争议；"60熊"据说是出自老百姓之口。抗日劲旅60军自到东北，除了损兵折将以外，几乎没有过什么胜仗，唯一一次勉强说出口的是在1947年秋，民主联军6纵17师对吉林团山子的一次进攻中，182师被歼灭4个加强连达500余人，阵地上只剩下5个伤兵。由于6纵17师主动撤离，团山子阵地得以保全，却吹成了"团山大捷"。

为提振士气，曾泽生下令在吉林小北山修建"烈士纪念碑"，碑上刻着许多官兵名字，而不少人根本未死。被俘虏后，军官被送到解放团学习，再以释俘方式放回60军。结果闹出了×××、××× 又还魂了的笑话。曾泽生十分被动，只好将碑上有名字的军官偷偷送回了云南。

真正把"60熊"叫响的，还得益于一个叫梁华盛的将军。深知60军到东北以来的"战绩"与"大捷"底细，且对曾泽生指手画脚而未遂意的梁华盛曾破口大骂，什么60军？60熊！军不军，民不民，一群乌合之众！

梁华盛是蒋介石的亲信，室内中堂醒目处是一幅蒋的亲笔手书："安危他日终须仗，艰苦来时要共尝。"

梁华盛本来是东北保安司令部副司令长官，当1946年国民党行政接收受阻，周保中和刘居英的保安队进驻长春以后，具有远见的吉林省主席郑道儒立即称病住进了北平东交民巷德国医院。蒋介石得知此事后，在飞机上愤然免去了郑道儒的职务，任命梁华盛为吉林省主席。

当了省主席的梁华盛立刻把蒋的手书条幅忘得一干二净，"宣布吉林没有财政问题，这是一个让人不解的结论，因为吉林省还有很多贫困现象。梁将军自己至少没有经济问题，因为他很快买了一辆汽车，据说还为自己建造了一个可加热的游泳池"。

美国学者胡素珊写到这里，又引用了《观察》杂志上的一篇文章《梁华盛在吉林的作风》，作者以妥协的基调结尾："如果中国还没有进化到民主选举省主席的高度，那么至少我们希望中央政府不要把一个军人安置在文职的行政管理位置上。"[13]

国民党吉林省民政厅长尚传道则透露：梁华盛设置的工矿联营处搜刮了蒋占区工人的血汗产品，叫（亲信）张德在天津开了一个票据交易所和一个商号赚钱，在北平为自己买了不少房子。[14] 却不准收缩到吉林的60军进驻省属公产房屋。无奈，60军只好住进伪满旧营房、空闲民房和寺庙。军需给养很少按时供给，新兵增补则要到锦州找93军同乡解决。

据60军副官处长张维鹏少将披露，梁华盛与曾泽生的矛盾主要缘由是，当了省主席的梁华盛还要过将军的瘾，乘60军屡屡败仗之机借故"统一指挥"，以东北保安副司令长官地位压服曾泽生。压而不服便处处刁难掣肘。

梁华盛为了一己私利与欲望，不想在曾泽生怒火中烧的胸腔中又添了一捆干柴。此为后话。

曾泽生在60军团以上的军官会议上曾经挂出一幅古画，画上是一只大狮子把几只小狮子推下悬崖。望着众人不解的目光，曾泽生沉重地说："这是大狮子在训练小狮子，小狮子如果摔下悬崖不死，大狮子就将其领走；如果摔死了，大狮子会毫不怜惜地丢下尸体走掉。"曾泽生说，我们60军的命运就好比小狮子。[15]

他在让大家明白，60军危难时，蒋的嫡系部队是不会来救援的，滇军只有靠自己。老成持重的曾泽生并未把话明说，因为60军里遍布军统特务，军参谋长徐树民便是一个。

1948年3月7日上午，一架军用飞机降落吉林机场，东北"剿总"副司令长官郑洞国与参谋长赵家骧，向曾泽生下达了60军撤往长春的命令。在军部会议上，郑洞国强调的命令要点有二：一是迅速行动，于7日夜间即行撤离；二是撤退前务必将小丰满电站破坏掉。[16]

在如何通知地方政府问题上，曾泽生委实为难了：吉林省政府驻地为吉林市，对其通知早了，一定走漏消息，解放军就可能在半途截杀；通知晚了，一定会受到"临危不能患难相顾"的指责。权衡再三，曾泽生决定部队行动前两小时通知省政府和师管区机关。

原计划当晚10点开拔，但外出征集粮食的21师陇耀所部回到吉林时，已经快半夜了，不得不改为午夜12点出发。没料到的是，地方机关接到通知后，顿时惊慌失措，乱成一团。省市政府官员、地主富商拉家带口，开着汽车、赶着马车争相出逃，把道路挤得水泄不通。曾泽生只好亲自指挥特务营维持秩序，费了好大劲儿，才勉强将军民分成两路各自行进。

走出十几里路，只听得轰隆隆巨响，以为小丰满电站炸毁了，回头一望，市内的灯光依然亮着——电站照常供电。曾泽生违抗了郑洞国的命令。

据60军参谋处作战科长何贤回忆："当时'剿总'部署撤退的命令，有炸毁电厂，销毁带不走的武器装备等内容……用电话请示曾军长，关于破坏的事怎么写。曾军长只是支吾，不加可否。当我再次请示是写还是不写时，曾军长不耐烦地说：'以后再说吧。'……哪还有什么'以后'了……我干脆连作战命令也未起草，曾军长也未追问。"[17]

3月7日晚，曾泽生曾在电话中暗示驻小丰满的544团团长胡彦说，我们决不能做黄河决堤那样的千古罪人。接着，军参谋长徐树民电话里严令胡彦执行"剿总"命令炸毁电站。胡彦遂用集束手榴弹把团弹药库和电站非要害部位引爆，造成破坏电站的假象来敷衍塞责。[18]

战争的目的相当一部分是财富与利益的争夺。奇怪的悖行逆施的是，战争总是从破坏入手。

战争是破坏的恶魔。没有任何一方愿意对手拥有制造武器及装备的钢铁厂、服装厂、汽车厂，以及为其服务的能源、资源——煤、水、电、气。所以，破坏成为撤退命令中的保留科目就成为惯例。

最有代表性的是国民党军1948年末东北全面败退之际，杜聿明严令对不能搬走的工厂设备彻底干净地破坏掉。锦州发电厂、炼油厂，葫芦岛自来水塔、机车等重要设施，都指定了破坏的负责部队。葫芦岛码头在用到最后一刻，待部队登船远去后，就用舰炮轰击码头上预先埋设的大量炸药。

共产党也进行破坏，在东北破坏最甚的是铁路，尤其进入东北的初期，破坏幅度频率远超国民党。那时，铁路主要归军事上占优势的国民党军使用。但是共产党对城市工业及基础设施的破坏要比国民党有所节制。

1946年初，被国民党军打焦火了的林彪，也曾想对敌占区城市与工业予以破坏，让敌难以立足。于3月16日请示中央并东北局："我们拟不进行一般的破坏，只破坏无损于苏联利益和群众生活利益的军事工业部分，并只在尽量搬运后对不能搬运的部分进行破坏。""为增加谈判政治资本，请向国民党方面提出和平声明，如彼方继续进行内战，则东北矿山与工业有全部破坏的可能，其破坏责任应由战事挑拨者负责。"

3月17日，中共中央发出复电："关于南满工业区，不论和战，我均不应有任何破坏。因为这将影响数百万人的生活，并将在全国、全世界留下长期极坏的影响。尚望不要作此打算，并向有此思想的同志，做坚定明确的解释。"不仅如此，此前的3月14日，中共中央就曾致电即将撤出沈阳城的林彪、彭真："沈阳水、电厂应加以保护，不得破坏。"[19]

共产党所以不似国民党那样疯狂破坏，一是的确顾及群众的生活和自身的形象，二是在毛泽东那儿对前途充满了必胜信心："不久将来即可全为我用。"

小丰满水电站装机60万千瓦，是当时全国最大的一座水电站。在国共两军打得不可开交的1946年，以5月28日为界线，之前小丰满水电站由中共部队控制，之后归国民党军占领。哪一方占领了小丰满这个整个东北的供电枢纽，都将在经济发展，尤其军工生产上带来巨大的便利与效益。但那个时期，国共双方都未打过毁掉小丰满的主意。

7月30日，林彪派出自己的代表李敏然（李立三），专抵国民党军占领的长春，会见郑洞国和廖耀湘，并同代市长尚传道进行会谈。7月31日，双方发布了《送电共同声明》。国共协议主要内容是："在国民党手中的水电站继续向哈尔滨送电，东北民主联军则不切断通往长春等地的输电线路。"[20]

1948年初，国民党败象已露，中共东北局在敌内部情报获悉，国民党有破坏小丰满的计划，立即通过地工将通牒送至曾泽生等将领和544团团长胡彦手中。早在1947年11月10日，民主联军总部发言人专门就此公开发出警告："倘使蒋匪竟敢以此举世闻名的电站作其残酷的殉葬品，对其加以丝毫破坏，我军纵使追至天涯海角，势必将下令指使及直接毁闸之战犯匪首，递交人民法庭，严厉惩办，决不宽贷。"

在保护小丰满水电站问题上，陇耀等几个倾向共产党的将领也劝曾泽生不要毁掉小丰满。李佐（60军182师副师长，起义后为解放军50军150师师长、副军长）的意见说到了曾泽生心里头："一年多以前共军从吉林撤走没有破坏，我们号称国军要破坏了，可怎么向人民交代？"

当时，曾泽生的确承受了巨大压力。事后，蒋介石为此派了将领级特使来责问，曾泽生答："如过早爆炸，急流从天倾泻，恐怕不等我军撤退，吉林市就要成为大水淹没的泽国，老百姓和军队都要被水淹死，我们还能撤到长春吗？"这不过是曾泽生的搪塞借口，真要破坏，可以在部队撤走后再炸。在小丰满水电站的保护上，为国为民，曾泽生大功一件。

之前，林彪对吉林之敌逃往长春有所考虑，但是主力除围攻四平之外，其余全部部署于沈阳与四平之间和长春与四平之间，以阻击沈阳与长春援救四平之敌。因为其两处皆为国民党之精锐。林彪认为，卫立煌是应当救援四平的，四平虽然守敌不如吉林60军多，但却是嫡系71军，而且四平战略地位远远重要于吉林。

林彪还故意部署疑兵阵，3月4日致电："独6、7、8、9四个师，在长春（周围）虚张声势，故意暴露目标，使吉林之敌不敢向长春逃路。"

四个独立师并不具有阻挡60军之能力，故而卫立煌一不救四平，二未中疑兵之计，毅然下令60军撤出。

事后有人说，以林彪的才智和谨慎，通过卫立煌接连放弃辽阳、鞍山、营口等城而不救，应当看到卫立煌也一定不会救援四平的，只要安排一个主力纵队于吉林—长春之间，60军断然逃不进长春的。林彪在四平两次惨败，已在内心留下了阴影，甚至有些负气，故而影响了他的正常思维判断。

60军突然撤出，的确漂亮，中共打入60军的地下党措手不及。东野总部敌工部未能得到来自沈阳"剿总"和60军内部的任何情报。

但天气却不成全60军。1948年初春的雪特别大，平地没过膝盖，初春的暖流使冻土上面积雪融化得松软滑腻，加之200多里的路面都被林彪的独立师破坏了，载重汽车（含新7军新拨配的4门105毫米榴弹炮）只能忍痛弃之路旁。

军民携家带眷抢道而行，迟滞了大部队行军速度。一路上连续遭到林彪所部独6、7、8、9师轮番攻击，直到10日凌晨才碰上新7军接应部队。可新7军借口驻地尚未调整好，竟要求疲乏至极的60军暂于郊外露营，挨靠到13日后，才陆续进驻长春市区。

一路上，60军共损兵折将4139人，其中被俘3240名；损失各种火炮44门、枪支近千支、子弹25万发、各种车辆54辆、军马228匹。[21] 可谓大伤筋骨。更主要的是不少军官在银行里的钱币都未来得及取出来，一些军官开的买卖也一并丢掉，致使士气沮丧。吉林省财政厅长带了一车钞票因无路可行，待在路边发愁。后边掉队的士兵乘机抢劫，一人扛一捆，发了一笔横财。

60军仓皇出逃，辎重装备物资损失殆尽，原以为能按先前承诺得以兑现补充：东北"剿总"曾指令新编第7军将新1军调走时留下装备、重型武器、车辆、马匹、弹药、被服就近调拨60军。但新7军认为梁华盛并未说错，60军就是"脓包官"加"痞子兵"，借口库存不多与折损，几经交涉才拨给小轿车1辆、吉普车3辆和破旧卡车4辆，调拨的其他装备多数不堪使用。新7军全套美械装备，连长都有吉普车坐。自此，60军官兵自惭形秽，从而跟新7军埋下了芥蒂。

逃到长春的曾泽生面对损兵折将，尤其是违令未炸毁小丰满心中一直忐忑不安，却不料被蒋介石亲自写信评价为"最成功的一次战略撤退"。国民党《中央日报》甚至用了美国路透社一篇文章称，60军成功撤到长春是"陆上的敦刻尔克"[22]。蒋介石还亲自写信给曾泽生表示祝贺，并批准晋升（郑洞国保荐）为第1兵团副司令官兼60军军长。

几年来一直受蒋军嫡系排挤和冷眼的滇军将领曾泽生，遇到一点阳光便温暖得了不得，想起蒋介石把卢汉已决定给龙云儿子的军长宝座给了自己，更加感恩戴德，请了一流古玩商将蒋介石的手迹裱好珍藏起来。

注释

[1] 王树增:《抗日战争》第一卷,人民文学出版社,2015年6月北京第1版,第455—458页。

[2] 陇耀:《回顾长春起义》,《长春起义》,中国人民解放军50军军史编写组,《长春文史资料》1987年第3、4辑,第183页,长春市政协文史资料研究委员会编。

[3] 万保邦:《入越受降回忆片断》,《文史资料选辑》合订本第50卷,中国文史出版社2011年6月第1版,第201页,政协全国委员会文史和学习委员会编。

[4] 《长春起义》,第183页。

[5] 张维鹏、张第东:《长春起义前后》,《辽沈战役亲历记》,中国文史出版社,2012年版,第299页,全国政协文史和学习委员会编。

[6] 郑洞国:《从猖狂进攻到放下武器》,《文史资料选辑》合订本第6卷,第39—40页。

[7] 孙渡:《云南部队到东北》,《辽沈战役亲历记》,第520页。

[8] 万保邦:《入越受降回忆片断》,《文史资料选辑》合订本第50卷,第202—204页。

[9] 李佐:《在东北战场上的六十军》,《长春起义》,第166—167页。

[10] 同上书,第167—169页;郑洞国:《从大举进攻到重点防御》,《辽沈战役亲历记》第508页。

[11] 《辽沈战役亲历记》,第302—303页;《长春起义》,第191页。

[12] 同上书,第304页。

[13] (美)胡素珊:《中国的内战》,当代中国出版社,2014年版,第148页。

[14] 尚传道:《四进长春》,《长春文史资料》第8辑,1985年版,第63页,政协长春市委员会文史资料研究委员会编。

[15] 刘统:《东北解放战争纪实》,东方出版社,1997年版,第568页;陇耀:《吉林撤退和长春起义》,《辽沈战役亲历记》,第286页。

[16] 同上书,第569页。

[17] 《围困长春——一个特殊类型的战役》,沈阳军区《围困长春》编委会,《长春文史资料》1988年第1辑,第10页,长春市政协文史资料研究委员会,1988年7月出版。

[18] 《在东北战场上的六十军》,《长春起义》,第179—180页。

[19] 阎峻:《林彪军事生涯》,1946年(中华民国三十五年),白鹿书苑。

[20] 于泾:《长春史话》第二集,长春出版社,2009年版,第270页。

[21] 《围困长春——一个特殊类型的战役》,第18页。

[22] 同上书,第19页。

第 21 章　战略之对决

1948 年夏，国民党东北 55 万军队已被中共林彪部队包围在三个孤立地区：

沈阳地区周边剩铁岭、新民、本溪、抚顺几个据点，24 个师，约 30 万人，由东北"剿总"总司令卫立煌和副总司令廖耀湘指挥。

锦州地区，又称北宁线地区，以锦州为中心，南到山海关，北到义县，由东北剿总副总司令兼锦州指挥所主任范汉杰指挥，14 个师，约 15 万人。

长春是孤城，没有其他据点，由东北剿总副总司令兼第一兵团司令官郑洞国指挥，6 个师加 3 个旅的地方部队，约 10 万人。

东北人民解放军已有 12 个步兵纵队、1 个炮兵纵队、1 个铁道兵纵队和 17 个独立师，共 53 个师，加上地方部队，已达百万人。

三砣敌人均有设防坚固的工事。在此以前，林彪部队夺取城市之守敌，多不超过万余人。守敌最多的四平，也仅在 35000 人左右。现今三砣敌人最少的长春也不下 10 万人。老谋深算的卫立煌抱定了固守战略，保存实力拒不出战。

靠运动战起家发展起来并吃过攻坚战大苦头的林彪面临着艰难的选择，不攻坚则无仗可打，攻坚则心存忌惮。但总不能任由一半数量之敌，将自己的百万大军拖在东北无所作为。经过考虑，林彪不得不选择了三砣敌人相对最弱的长春下手。

4 月 18 日，林彪向毛泽东报告下一步作战的设想，并请示意见。电报中说了三层意思：

第一是打长春的兵力部署安排。计划集结 9 个纵队进攻长春，其中 7 个纵队攻城，2 个纵队在四平以南阻援："第一步实行围城，以 10 天到半月的时间进行攻城作业和各种攻城的准备，并清扫外围。在此期间极力吸引沈阳敌人北上增援。如敌增援，则主力南下，在四平附近野战中展开大规模的反击，歼灭敌人。如敌不增援，则我军即对长春发动全面总攻，企图在10天半月左右的时间内全部结束战斗。"

第二层意思，是为防沈阳与锦州之敌合兵向北增援，请军委责成"晋察冀以4个纵队或3个纵队兵力开到承德以东或山海关以北地区，歼灭和钳制敌人……使范汉杰兵团不能北上，并准备今年秋冬两季直接与东北部队会合打大仗"。

第三层意思，是向毛泽东解释不南下北宁线作战的原因："我军如打铁岭、抚顺或本溪或新民，敌均能立即组织3个师以上的兵力守，而集中10个师以上的兵力增援……如我军主力向义县前进，义县之敌必然自动撤至锦州。如我军攻锦州，则所遇敌人更较长春强大……如我军向锦州，唐山之线或冀东、平绥前进时……衣服、弹药、军费皆无法解决……在我主力南下情况下，长春之敌必能乘机撤至沈阳，打通锦、沈线……故目前只有打长春的办法较好，但这一仗，将是一极严重的仗。"[1]

以上是这封长长的电报的摘要，反映了在取得重大胜利的情况下，林彪怯敌保守的真实思想，也显现了得益于运动战的中共东北野战军，在大城市攻坚战面前的迷茫和无措。

资料显示，当年决定打长春的计划，曾拿到东北解放军参谋会议上进行讨论。大多数参谋的意见认为攻打长春较南下有三个理由：一是攻击长春，我军有后方依托，补给容易，而南下补给线长达千里；二是攻占长春可使我军南下作战从此无后顾之忧；三是围歼长春之敌可能让沈敌北上增援，使我军得到围点打援机会。

从战术上看，先打长春似乎并无不妥，但掌握战略全局的毛泽东则不以为然。

东北野战军进入优势阶段后，毛泽东便一直主张"南下"作战。早在1947年10月17日，毛泽东曾电示林彪："应将主攻方向转至北宁、平绥两线。"1948年2月7日，当东北野战军还在进行冬季作战攻克辽阳时，毛泽东又电示林彪、罗荣桓："你们应准备对付敌军由东北向华北撤退之形势，蒋介石曾考虑过全部撤退东北兵力至华北，后来又决定不撤。这主要是因为南线我军尚未渡过长江及北线我军尚未给蒋军以更大打击的缘故。""你们上次电报曾说锦州方向无仗可打，该方向情况究竟如何。如果我军能完全控制阜（阜新）、义（义县）、兴（兴城）、绥（绥中）、榆（榆关，即山海关）、昌（昌黎）、滦（滦县）地带，对应付蒋军撤退是否更为有利。对我军战略利益来说，是以封闭蒋军在东北加以各个歼灭为有利。"[2]

毛泽东的战略意图十分明确，即冬季战役之后，东北野战军的作战目的，既不是攻占几个不重要的城市，也不是设法巩固现有地盘，而是要从松花江北向南长驱直下，迅速插到关闭东北地区大门的位置，即锦州、承德一线，堵塞国民党军撤退华北的通道，并以决战姿态将其在东北就地全歼。

3天后的2月10日，林彪给毛泽东复电表示："我们同意与亦认为将敌堵留在东北各个歼灭，并尽量吸引敌人出关增援。这对东北作战及对全局，皆更有利。今后一切作战行动当以此为准。"同时，林彪的判断是："只要吉林、长春敌被我抓住和未歼灭前，沈阳的敌人是不会退的。"[3]

虽然林彪赞同毛泽东把蒋军封闭在东北各个歼灭的战略布局，但两人的方式却有很大不同。毛泽东的方式是"卡脖子"，林彪则是"踩尾巴"。

"脖子"即锦州，所以毛泽东询问锦州方向"情况究竟如何"；"尾巴"则是"吉林、长春敌人"，抓住不放"沈阳的敌人是不会退的"。而今，林彪要斩断这个尾巴，理由竟然是"锦州附近敌守城不出，守兵亦较多。我军在该处无主力，故该处无大战事"。断了尾巴的猎物，会是什么动作与结局？

先打长春并不符合毛泽东的战略设想，一个可能的后果是：长春失守将会使国民党军卸下一个沉重的包袱，从而下定了从东北全面撤退的决心。但林彪表示"十天半月左右的时间内全部结束战斗"，毛泽东勉强同意了先打长春的作战计划，不悦却见诸笔端："同意你们先打长春的理由是先打长春比较先打他处要有利一些，不是因为先打他处特别不利，或有不可克服之困难。"你们所说的困难"有些只是设想的困难，事实上不一定有的。有些是实际困难，在你们打开长春南下作战时会要遇着的，特别在万一长春不能攻克的情况之下，要遇着的。因此，你们自己，特别在干部中，只应当说在目前情况下先打长春比较有利，不应当强调南下作战之困难，以免你们自己及干部在精神上处于被动的地位"。[4]

毛泽东已经从林彪的电报中，敏锐感觉到了林彪的重重顾虑和优柔寡断，担心这种不良情绪影响到所属干部之士气，不得不提出告诫。同时，毛泽东深知林彪的本位主义，在同意林彪要求准备派华北杨得志、罗瑞卿、杨成武三个纵队，到承德以东地区配合东北野战军的行动后，又明确告知林彪："你们主要不要依靠杨（杨得志）、罗（罗瑞卿）、杨（杨成武）。"

毛泽东的焦虑来源于美国人的建议。在劣势下撤军东北于关内，国民党内大员嘴里很少有人敢对蒋介石说出口，比大员们更有权威的美军驻华顾问团团长巴大维，于1948年3月正式向蒋介石提出了撤军关内的建议："继续固守被孤立在满洲城市是徒劳无益的。"

深谙军事战略的蒋介石当然明白在军事上这个意见完全正确，但在政治策略上却难以接受：一是蒋介石正忙于召开国民大会，要实现他的"中华民国总统"之梦。沈阳、锦州、长春这些重要城市，象征着"国家力量的存在"，要想顺利当上总统就一定不能放弃东北。二是全国战局不允许他放弃东北，以55万国军拖住百万共军入关是划算的。否则，华北和中原战场涌进百万共军将不堪设想。三是东北籍国民党政要的压力。当放弃东北传言频起时，东北籍政要和将领纷纷向国民政府请愿："如果东北失掉，华北失掉，华南也不保，难道都像陈诚一样想逃到美国去吗？"[5]

退而求其次，巴大维又建议蒋介石，至少把长春的国军主力撤到沈阳，这样可以集中兵力固守沈阳和锦州一线。蒋介石提出了一个古怪的理由：长春是满洲的都城，放弃了国际影响太大。毛泽东连自己的都城延安都可潇洒地当包袱甩弃给胡宗南，蒋介石怎么连一个全世界公认的"伪满都城"也怕丢弃？

当时，这种想法颇有人表示怀疑，推断并非蒋的意思。到1948年10月19日长春被林彪部队占领后的第四天，23日的南京《中央日报》一篇《论长春之守》的社论提出："国军之攻取长春，本来是政治意义大于军事意义……国军在这一接收主权和保持主权的民族战争中，长春是我们领土主权的象征，必须攻取，也只有尽力保持。"这是代表蒋介石真实想法的官方声音。占地盘是蒋的毕生追逐目标。

辽西与华北联系有两条通道，一条是通过朝阳到承德。这一片地区多数是荒野和沙漠，不仅没有铁路，连公路也没有，而且完全处于共军控制下。另一条是辽西走廊，北宁线从此而过，不仅有铁路，还有公路，有海港（秦皇岛和葫芦岛在国民党军手里），是关内与关外部队进出、陆上给养补充的唯一通道。锦州就在辽西走廊的关键部位。

国共双方谁控制了锦州为中心的北宁线，谁就掌握了战场的主动权。毛泽东看到了，所以一再要求林彪南下北宁线作战；蒋介石也看到了，虽然现今还不能从东北撤军，那也要为险境中的东北国军事先铺设好撤出的路径——将精锐主力撤到锦州，一旦危急发生，可迅速撤往关内。

统帅们看到了，统帅们久经战阵的将领自然也看到了。看到了愿不愿意去做，则是另外一码事。统帅考虑的是全局，将领们考虑的是局部战区利益。林彪怕力量不够被沈阳、锦州，甚至关内来敌三面夹击。说白了，他不想冒险，对关内我军艰难奋战的压力，他没有毛泽东那般着急。

2月初，蒋介石派国防部第三厅厅长罗泽闿及副厅长李树正到沈阳向卫立煌传达意见：除留53军和207师守沈阳外，其余主力全部撤至锦州。

卫立煌明白，撤军锦州对险境中的东北国军主力是一种"进可攻、退可守"的双保险，但却不同意蒋介石的意见。于当月23日派郑洞国专程赴南京向蒋介石申诉意见：待部队整补完成后，再相机打通沈锦线。

蒋介石对卫立煌坚守沈阳的意见予以否定，激动地说，北伐时，"樊钟秀以万余人能从广东一直打到河南。我们黄埔军队为什么不能打到锦州"？[6] 焦急中，蒋介石忘记了卫立煌并非黄埔出身。

碰了钉子的郑洞国回沈阳后，卫立煌又派参谋长赵家骧和第6军军长罗又伦再次赴南京向蒋介石陈述利害。面对卫立煌的一再坚持，3月初，蒋介石终于退了半步："一俟部队整训完毕，再由沈阳、锦州同时发动攻势，打通沈锦线，将主力移至锦州。"

应当承认，蒋介石将主力由沈阳撤退锦州，在战略上的确具有远见卓识。如果卫立煌迅速执行了蒋介石的决定，中国解放战争的进程——后来决定国民党政权命运的辽沈战役和平津战役能否如历史已呈现的状态发生，从而使战争于 1949 年基本结束将很难预料。

没人清楚当时卫立煌为什么不同意将主力撤往锦州。有的说，卫认为以沈阳的坚固工事，林彪部队根本不可能攻进来，沈阳完全守得住。也有的说，卫认为一旦撤到锦州，失去沈、锦掎角之势，撤至关内只是时间问题，而一旦撤至关内，自己"东北王"的命运便完结了。还有极端说法是，卫立煌有意将国军精锐置于林彪的枪口之下。众说纷纭，莫衷一是，但有一点是确定的，从开初卫立煌就没打算将主力由沈阳撤至锦州。

过了一个月，蒋介石召见卫立煌到南京面谈，再次要求卫立煌撤军锦州，卫以部队未整训完撤往锦州有被消灭危险予以抵制。蒋介石唉声叹气道："我们运输机及汽油都无法维持东北这样庞大部队的补给，情势所迫，不得不将主力撤往锦州。"

卫立煌说他从未看过蒋有这样的窘态，于是表态说："只要不将主力撤出沈阳，东北部队补给由我负责，请美国顾问团帮助运输。"

蒋介石说："好！好！只要你对于部队补给有办法，也可以照你的意见暂时不撤往锦州。"[7]

无数历史证明，将帅同欲则胜，离心则败。

1948 年夏秋两季，国共双方将帅之间同时就东北地区军事部署所进行的争辩，不仅仅是战略上的较量，也是两党内部关系的政治考量——当时的情势是，作战双方，谁最早于实现统帅与将领之间思想和行动的完全统一，谁就将赢得东北战场上的军事主动权。

有时候，坏事可以变成好事。长春外围战，林彪受挫，夺取长春变成了久困长围，致使原本要切掉东北蒋军的尾巴，仍然要踩在脚下，使林彪不得不按毛泽东的意见，冒险南下北宁线去"卡脖子"。

收到毛泽东批准打长春的电报，林彪着手一系列准备，为了攻城前最大限度削弱守军力量，林彪采取了诱敌出城措施：一是命令围城的各个独立师频繁调动，寻求小型战斗，缩小对长春包围圈，使敌感觉我军即将攻打长春，只是部署尚未完成。二是炮兵火力封锁大房身机场，切断敌依赖的空中补给。同时将主力部队运动到离长春 1 日路程内，便于实施奔袭。

郑洞国果然中计，5 月 19 日，分兵三路出击长春外围。郑洞国的目的：一是打乱林彪未完成的部署，准备在西部郊区构筑工事，加强外围设防。二是将共军炮兵驱逐于大房身机场射程之外，保障空中补给安全，并乘机掠夺粮食。三是振奋守军士气。所以选择5月19日出击，是因为第二天即是蒋介石就任总统典礼日。

见郑洞国兵出长春，林彪下令诱敌部队稍做抵抗便后撤，并命令驻在梨树的1纵和驻在伊通的6纵，星夜向长春奔袭，围歼出城的国民党军。

新7军暂编61师出击当日便"顺利"攻占长春西北30里的小合隆，郑洞国大喜，5月20日在市内举行总统就职庆祝大会，组织新7军和60军联合举行盛大阅兵仪式。[8]

23日，林彪主力部队1纵、6纵赶到长春外围，分别向出城敌军侧后穿插。24日凌晨，围歼战斗打响，至下午2时许，独立10师29团已攻占机场两座机库，一举歼灭防守大房身机场之敌56师两个营。守敌在副师长王正国率领下，依靠坚固的指挥楼顽强抵抗，独10师参谋长王玉峰指挥"九二"步兵炮连打十几发炮弹，虽都命中，却不能克，与机场守敌56师形成对峙。

此时，恰好6纵副司令兼16师长李作鹏率队赶到，王玉峰请支援数捆威力巨大的黄色炸药。李作鹏说："炸药不能借！"见独10师攻击不得要领，又说："是不是叫我的部队进去打下来？"

王玉峰不服气地说："我们的部队还是能够打下来的。"可直到下午4点多钟，敌指挥楼仍未攻克，而负责侧翼掩护的独10师30团遭长春援敌猛烈攻击，几乎不支，幸亏28团顶了上去。

为迅速解决战斗，王玉峰只好同意16师进入机场参加战斗。16师47团派出1个营，连续实施爆破，半小时便攻下机场指挥楼，俘56师副师长王正国以下600余人。[9]

至此，机场完全落入中共部队之手，郑洞国空中补给线遂被切断。这应当是长春外围战林彪的最大一个收获。

6纵16师原为新四军3师7旅，7旅又是林彪红一军团2师的老底子，抗战后为115师343旅635团，参加了平型关战斗。1943年3月，7旅19团4连奉命在刘老庄掩护主力撤退，子弹打光了，全连82勇士端着打弯的刺刀，奋勇拼杀，全部倒在血泊之中。三下江南主攻焦家岭，7旅连打7次冲锋。一般部队三次冲不上去就怵了，软了。7旅的历史中没有怵、软，大雪没膝，血飞肉溅，照样死打，嗷嗷叫。

战后，6纵首长检讨说："仗打胜了，伤亡却比敌人多。"林彪复电肯定了纵队首长的检讨，对"连续七次冲锋"的勇敢牺牲精神给予高度评价。

《东北三年解放战争军事资料》中写道：该部队"行军能力强，能打硬拼仗，战斗力强，有朝气，雷厉风行"，"为东北各野战部队中之头等主力师，但存在骄傲自满情绪"。

高傲到何种程度？在阿城，7旅教导队和东北局机关的人打篮球。7旅犯规不服判决，打球变打人。高岗上去劝架，也吃了两拳。高岗说：我是你们副政委。兵们说，就打你这个××副政委！打骂东北局副书记、民主联军副政委，这还了得？！7旅把那几个兵绑上，送去请罪。高岗说，连我都敢打，打仗肯定是好样的，快放了！[10]

林彪的爱将李作鹏是在长春外围战的头一天，由1纵副司令员调任6纵副司令员兼16师师长的。个中缘由是，16师能打硬仗，只是战绩不大，《东北三年解放战争军事资料》的评价是"有些简单化，保守，对新的战术研究与掌握不够，因之进步较慢"。

派李作鹏到16师，林彪寄予厚望。果然李作鹏在半年后全歼廖耀湘10万大军战役中立了功。此为后话。

国民党军中不乏能征惯战之将。长春外围战中与李作鹏可以相比的，则是新7军新38师师长史说。

郑洞国说："长春四郊都有激战，炮声隆隆。城内人心惶恐异常，各部队指挥官纷纷向我告急。这时我才知道中了解放军诱敌之计。此刻，城内精锐尽出，倘再迟延，不仅长春城防危险，就连在长春市外活动的两个半师也有被解放军分割歼灭的可能。我见情势不妙，当即决定将新38师等出击部队撤回，并命史说将军率新38师及暂61师一部乘解放军立足未稳，迅速夺回机场。"

郑洞国回忆道："当天中午，新38师与占领大房身机场的解放军发生激战。史说将军首先投入两个团兵力进攻机场，并以大炮轰击机场外围各坚固据点。正当双方酣战之际，解放军主力一部突然由侧翼拦腰向我袭击，来势非常凶猛，在新 38 师右翼担任掩护的暂 61 师部队当即被冲垮，部队四下溃散。解放军趁势猛打猛冲，一直进逼到通往机场公路旁的新 38 师师部附近，双方短兵相接，展开了极为激烈的战斗。解放军人数越来越多，攻势越来越猛，新 38 师师直部队有些抵抗不住，渐呈动摇之势。左右见情况危急，均劝史说将军先将炮兵撤下，再率师部及后边两个团撤退。史说将军考虑炮兵一撤，军心将更加动摇，纵然能率后卫二团侥幸逃回，前边攻打机场的两个团则必遭歼灭，因此唯有硬着头皮顶住。他一面命令炮兵及所有轻重武器一起向解放军猛烈回击，一面让后卫团跑步向上增援。无奈众皆不敢恋战，纷纷打算后撤，史说将军见状又气又急，命卫士就地打开铺盖，躺在上边怒气冲冲地骂道：'我就睡在这里了，看你们哪个敢退？！'左右见主官如此，遂不忍相弃，只好返身全力抵抗。不多时，后卫部队赶至，解放军稍退，史说将军这才得以将攻打机场的两个团撤下来，并收拢溃散了的暂 61 师部队，匆匆返回城内。"[11]

长春外围战，林彪筹划调动东北野战军两个最有战斗力的 1 纵与 6 纵，同时配属了 12 纵（欠 35 师）和 5 个独立师共 13 个师的兵力。并配属了军区炮纵，可谓下了大的投入，但结果却不理想。原本打算围歼郑洞国出城的两个半师，只歼敌 5000 余人，却自损 2000 余人。

特别是驿马站之战，使林彪对下一步作战部署产生了相当影响。驿马站守敌为新 7 军暂编 56 师 2 团团部及该团 2 营与 3 营。暂 56 师原为伪满洲国军的铁石部队。1946 年 4 月 18 日，东北民主联军周保中攻打长春时将其几乎全歼，残部组成第 12 保安区。1947 年 9 月，经陈诚之手改编为暂 56 师，同年 11 月在范家屯又被歼灭 1 个团后编入新 7 军，属于屡遭打击战斗力差士气低落的疲弱之旅，成为新 7 军中地位最为低下的部队。

长春外围战前，某些军官正在秘密同东野总部敌工部门接触起义事宜。24 日拂晓，1 纵 2 师 5 团先头部队运动至驿马站东坡高地时，被 56 师 2 团发现，在敌火力控制地带，受到两面夹击，伤亡 413 人，占整个 1 纵此战伤亡的 3/4。在战斗打响时，原答应起义的两个副团长、两个营长并未起义，且坚决抵抗，只有 70 余人临阵起义。

驿马站之战偶然成分较大，先头援索部队麻痹大意，不慎进了敌火力控制区是重要原因。但是，林彪错觉了：最弱的暂编师尚且如此能打，更何况主力师？

守军将领处于劣势的情况下，抢救危局在指挥上几为完美。除了史说的沉着果敢外，郑洞国则表现机智老道，算无遗策。

首先，在发现中了林彪诱兵之计后，果断下令出城部队回撤，同时派最强的38师出城迎接部队。其次，出城部队攻击点选得高明，抢先占领了机场与市内的中环节点——火烧里。这样，将迂回包围的1纵拦腰截断。再次，占领火烧里后又挥兵迂回到1纵侧背的雷家店对1纵实施内外夹击。

正确果断的指挥，加上优良的装备和火力，使国民党主力部队战斗力发挥到最佳。给林彪的错觉再加重码。

长春外围战暴露了东野总部指挥协调方面的疏漏问题：

一是总部原部署是1纵负责围堵歼灭56师，6纵负责围堵歼灭61师。6纵战前曾提出同1纵调换一下任务，可以避开两军奔袭时交叉抢路，但意见并未被采纳。直到部队展开时，总部才发现问题。如果6纵按原路线前进，势必吓跑56师，于是临时改向堵截56师。结果6纵就地停止，待1纵通过后才出发，错过了迂回堵截出城之敌的时机。

二是负责围歼60军暂21师的独6师和独8师，由于未及时向长春与拉拉屯之间的敌后实施大胆穿插，双方稍一接触，陇耀便指挥暂21师撤回了城内。总之，长春外围战除了李作鹏的6纵16师和独10师受到表扬外，其他部队均战绩平平。[12]最大的后遗症是，暴露了东野总部的战略意图，把懵懂之敌打警醒了。

林彪改主意了。

5月29日，给毛泽东写了一份长长的报告，提出了"改变硬攻长春的决心，改为对长春以一部分兵力久困长围，准备乘其撤退时在途中歼灭该敌，而使我主力转至热南承德，古北口之线"作战；或者"主力仍留长春、沈阳间加强整训，以一部进行围困长春，待攻城训练和准备更成熟，和敌人困难更增加时，再行攻城"。

可以想见，毛泽东接到此封电报时的感受，原计划"在10天半月左右的时间内全部结束战斗"的前景渺茫起来,下一步攻击长春的时间概念同时模糊起来:林彪要等守军突围,或敌军困难增加而我军准备更充分时……毛泽东最担心的恰恰是随着时间的流逝,国民党军在战略部署上出现重大变化,从而导致关闭东北"大门"的设想落空。

6月1日,毛泽东提出了一连串10个问题请林彪回答,并随电发去了徐向前对临汾攻坚的经验让林彪考虑。徐向前以9个旅攻击临汾守敌两个旅及杂部共两万人,费去72天时间,伤亡15000人。毛泽东问:"如果我军不惜伤亡,以两个月时间夺取长春,你们估计是否有此可能,局势将会怎样?"[13]

有意思的是,原先林彪要攻打长春,毛泽东并不完全认可,勉强同意了;如今林彪不打长春了,毛泽东反倒希望他拿下长春,两个月也可以。

毛泽东并不认为林彪在有意避战,最担心的是林彪钻了牛角尖。因为对攻打长春反映的困难太多,而攻取的信心又太小。林彪打仗精于算计,毛泽东对他总是试图以最小代价取得最大成果的作战风格了如指掌。但是,目前东北战局已经不是着力于这种计算的时候了,拥有百万大军的东北野战军到了该进行大规模决战的时刻了。如果在长春这第一个钉子前就却步不前,以后的大仗恶仗还怎么打?

在毛泽东那儿,治好林彪的思想病,倒比打下长春还要重要了。

朱德总司令也参与了意见,认为长春不是绝对打不得,如果有充足的弹药,以坑道作业的战术,可以打下来。[14]毛泽东把朱德的电报转给林彪,请他们考虑。[15]中心问题是能不能攻坚——潜台词是,到底敢不敢打城市攻坚硬拼仗和大规模决战,这是从此往后的主要作战形式。

6月5日,林彪、罗荣桓电告军委,提出了三个方案供军委最后决策:一是正式进攻长春;二是主力南下北宁线、热河、冀东作战;三是用二至四个月久困长春,尔后攻城。电报中表明态度,第一方案无把握,成功可能性小;第二方案粮食困难,可能对敌扑空,劳无战果。"目前以采取第三方案为好。"

显然第二方案已经接近毛泽东关闭"大门"的设想,但毛泽东仍然"基本上同意"了第三方案,并指出围城打援方案"有平分兵力之嫌",他要求东北野战军"在攻长春的三个月至四个月时间内","必须同时完成下一步在承德、张家口、大同区域作战或在冀东、锦州区域作战所必需的粮食、弹药、被服、新兵等项补给的道路运输准备工作"。[16]

经过一番争论，围困长春的决策就此开始执行。关闭东北"大门"的设想被暂时搁置起来。此时，蒋介石又在力主将沈阳主力撤往"大门"口——锦州。

4月初，蒋介石见卫立煌可以争得美军顾问团团长巴大维10个美械师的装备，并帮助解决空运困难，便先答应了沈阳军队暂不撤往锦州。卫立煌在沈阳巩固各据点工事，计划扩充沈阳、锦州各机场，修建锦西机场，准备仓库接纳美式装备。同时，加大抚顺矿油厂投资。军备整训才一个多月，不承想5月初，蒋介石又令卫立煌着手打通沈锦线，速将主力撤到锦州。卫立煌当然不同意，即派廖耀湘、赵家骧、罗又伦代表他见蒋介石申诉利害。

出乎卫立煌意料的是，蒋介石告诉廖耀湘，原打算除守沈阳的53军和207师外，其余各军及特种兵统编为机动兵团，由廖耀湘指挥，但遭到了卫立煌的反对。廖耀湘返沈后，卫、廖之间便发生了矛盾。此为蒋介石甩开卫立煌直接指挥廖耀湘埋下了伏笔。

接着，蒋介石于5月18日又召见第七兵团司令官刘安祺赴南京述职，提出让刘安祺负责指挥将沈阳主力撤往锦州。刘安祺也不敢接受，因为谁接收这一任务，谁就得罪了卫立煌，谁就会被吃掉。

蒋介石见东北将领上至总司令卫立煌，下至兵团司令官、军长都不同意他的方案，便下令将冀热辽边区司令部由秦皇岛移至锦州，令范汉杰集中力量经营锦州，造成卫立煌与范汉杰之间矛盾日益加深。

范汉杰说："蒋原拟要廖耀湘将沈阳主力带到锦州，即将东北国民党军全权给廖，以后见廖受卫的牵制，不能执行蒋的命令，又拟以我打通沈锦线，撤出东北主力，将权力交给我。"蒋介石用尽心机物色能执行他命令的将领，反把总司令官卫立煌悬在一边，弄得东北将领各有所私、各据一方实力，个个要直接听命于他，谁也无法统一指挥。[17]

大战将至，国民党将帅分心，实乃共产党的好运与福音。蒋介石最终妥协于东北将领，对于国民党军来讲是致命的；而毛泽东与林彪的争论还在继续，焦急中的毛泽东以极大的耐心在等待林彪态度的转变。

7月，东北战区依然沉寂。东北野战军的无所动作，似乎松弛了蒋介石撤军锦州的迫切愿望。

围困长春两个月，城内没有大变化的征兆，而关内的华北、中原战场上的二野和三野打得热火朝天。东北百万大军坐吃无劳，林彪坐不住了。7月20日，向军委请示："最近东北局常委讨论了行动问题，大家均认为我军仍以南下作战为好，不宜勉强和被动地攻长春。"

毛泽东收到电报后非常高兴，连声说道："林彪终于要南下了。"电报是深夜收到的，毛泽东立即回电说："向南作战具有各种有利条件。我军愈向敌人后方前进，愈能使敌人孤悬在我侧后之据点被迫减弱或撤退，这个真理已被整个南线作战证明。……攻击长春，既然没有把握，当然可以和应当停止这个计划，改为提早向南作战的计划。"[18]

尽管在南下作战意图上林彪依旧与毛泽东的战略设想有很大差距，但毕竟向毛泽东的战略开始迈步了。而这种醒悟的迈步是在蒋介石与各将领离心之际。

两种方式产生了两种结果。

注释

[1] 中共东北局：《关于东北我军下一步行动给毛主席的报告》；刘统：《东北解放战争纪实》，东方出版社，1997年版，第613—615页。

[2] 《毛泽东军事文集》第四卷，军事科学出版社、中央文献出版社，1993年版；袁庭栋：《大决战：辽沈战役》，天地出版社，2013年7月第1版，第158页。

[3] 阎峻：《林彪军事生涯》，1948年（中华民国三十七年），白鹿书苑。

[4] 《毛泽东军事文集》第四卷；《东北解放战争纪实》，第615页。

[5] 王树增：《解放战争》（下），人民文学出版社，2009年10月第1版，第11页。

[6] 杜聿明：《辽沈战役概述》，《辽沈战役亲历记》，中国文史出版社，2012年2月北京第1版，第9页，全国政协文史和学习委员会编。

[7] 同上书，第10页。

[8] 郑洞国：《困守长春始末》，《新七军投诚》，吉林省军区政治部《长春国民党部队投诚》编写组，《长春文史资料》1988年第2辑，第210页，长春市政协文史资料委员会，1988年10月出版。

[9] 王玉峰：《强攻大房身飞机场》，《新七军投诚》，第30页。

[10]张正隆:《一将难求》,白山出版社,2011年版,第528—529页。

[11]《困守长春始末》,《新七新投诚》,第211页。

[12]《东北人民解放军司令部阵中日记》,中共党史资料出版社,1987年版;《围困长春——一个特殊类型的战役》,沈阳军区《围困长春》编委会,《长春文史资料》1988年第1辑,第39页,第41—42页,长春市政协文史资料研究委员会,1988年7月版。

[13]《解放战争》(下),第8—9页。

[14]《朱德就攻打长春致毛泽东信》,《长春围困战》,1999年版,第30—31页,中共长春市委党史研究室。

[15]同上书,第32页。

[16]《毛泽东军事文集》第四卷;《中央军委关于同意打长春第三个方案及攻城、阻歼援敌作战方法等问题致林彪、罗荣桓、刘亚楼电》,《长春围困战》第37—39页。

[17]《辽沈战役亲历记》,第12—13页。

[18]《毛泽东军事文集》第四卷;《中央军委关于向南作战及速作各种准备致林彪、罗荣桓、刘亚楼等电》,《长春围困战》第44—45页;《东北解放战争纪实》,第622页。

第 22 章 不是冤家不聚头

1948年5月中旬，东北野战军组建两个指挥所，其中一个是第一前线指挥所，即"围城指挥所"，简称"围指"。司令员为肖劲光，政治委员为肖华，副司令员为陈光、陈伯钧，副政治委员兼政治部主任为唐天际、参谋长为解方。

"围指"司令部设在长春东南的李家屯。林彪为肖劲光配备了9个师的兵力，除第6、7、8、9、10、11师等6个独立师外，还配备了3个较强的野战师，即第6纵队的18师，第12纵队的第34、35师。

肖劲光将围城部队分为东西两个地区，以长春市东北之伊通河及长春市西南中长路之孟家屯为分界线，东区封锁部队为独立第6、8、9、11师和第6纵队第18师。其中第18师为东区机动部队，设置于前4个独立师后方，紧急情况下随时策应各独立师作战。东区部队直接为"围指"指挥。西区部队为独立第7、10师和第12纵队的两个师。

第12纵队机关组建基础为新四军3师部分骨干，部队为西满军区的3个独立师，组建以来曾攻下德惠、伊通、永吉等县城；解放四平时，在公主岭一线负责阻击长春援敌，曾在双阳同新38师交过手。"三下江南"时一度攻入过长春市区和占领过大房身机场，可以说是长春守敌的老冤家了。

第12纵队是3月份经中央军委批准组建的新纵队，司令员由曾打过"抗命仗"的2纵5师师长钟伟直接晋任，政委为袁升平。西区部队统归第12纵队首长直接指挥。不久，围城指挥所改为东北野战军第一兵团。

真是巧合。守城的国民党部队也是第一兵团。司令官为东北剿总副总司令兼第一兵团司令官、吉林省政府主席兼吉林省保安司令部司令郑洞国中将。郑洞国与肖劲光两人不仅各自统领的部队是老冤家，两个将领也是老对头了。

在国民党军东北将领中，郑洞国是最富指挥才能和经验的将领之一，尤其在杜聿明主政期间，郑洞国深受倚重。林彪三战四平期间，国民党军为解救顽强拒守的陈明仁，郑洞国代替病倒的杜聿明亲临前线指挥。经验老到的郑洞国根据监听攻城部队电台信号减弱，准确判定林彪部队正处转移之中，下令部队全面展开多路攻击，一举解了四平之围。[1]

郑洞国与肖劲光的交手，最早始于东北民主联军南满部队"四保临江"期间。此前，杜聿明与郑洞国会商决定，乘林彪主力从四平保卫战后败退松花江北之际，出动9个师兵力，相继占领南满解放区17座县城。

亲临一线指挥是郑洞国的一贯风格。那一次他又将前线指挥所移至中共南满根据地腹地通化，亲自指挥71军、52军迂回进攻临江侧背。

肖劲光正是在这危急关头接任了辽东军区司令员职务，在陈云的支持下，肖劲光以其人之道还治其人之身，指挥南满主力突然插向郑洞国部之后方，采取硬拼战的方式大闹天宫。郑洞国没料到疲惫至极的南满部队会杀自己一个回马枪，不得不调兵回防。

1947年3月，受杜聿明委托，郑洞国指挥部队第四次向临江发起攻击，肖劲光集中南满3纵、4纵所有主力孤注一掷，全歼敌13军89师等部，迫使郑洞国无奈撤兵。[2]

单纯从军事指挥上考量，郑洞国对临江的进攻部署似乎并无不妥，但国民党军队的派系自保、见死不救、官兵战斗意志衰弱，销蚀了他的指挥才能。这是他无奈的结局。陈诚主政期间，郑洞国被冷落一边；卫立煌到东北，郑洞国再次受到重用。

久经战阵的郑洞国对东北的前途已无信心："3月初旬，我曾向卫立煌请假到北平治病，卫已同意。我拟乘此机会，脱离东北这个苦恼的环境。后来卫立煌认为我对永吉（吉林）方面情况比较熟悉，人事关系也比较好，决定要我和赵家骧一道去部署永吉的撤退。这就打破了我离开东北的想法。""3月上旬，我在长春部署防务时，卫立煌曾有电给我，希望我留在长春，兼第一兵团司令官，并接替梁华盛的吉林省主席。我不同意。"

"我来长春之前，许多朋友曾劝我不要接受这个危险任务。还有人建议继续由梁华盛负责，或与锦州的范汉杰对调。我也曾把这些意见和卫立煌谈过。卫认为，梁华盛和第 60 军军长曾泽生不睦，不便指挥作战，范汉杰情况不熟，只有我比较合适。"

但是，郑洞国始终没向卫立煌表示同意。一个人使他接受了任务："回沈阳后，接到蒋介石的电报，一定要我到长春负军政的责任。卫也再三劝我，三月中旬我以无可奈何的心情又从沈阳飞到长春去。""后来我又想：长春固然危险，沈阳、锦州同样危险。实际上整个国民党政权都在危险之中。作为军人，还能怕危险吗？我是国民党的高级将领，在困难的时候，我不负责叫谁负责？一种'临危受命，义不容辞，明知不可为而为之'的思想支配着我。"[3]

这就是当时长春守军最高长官郑洞国的真实想法：无奈加愚忠。

沈阳军区《围困长春》编委会编过一本书，是《围困长春——一个特殊类型的战役》，其中曾实事求是地评价国民党军长春城防为"固守有方"。

国民党中央社说："长春城防，曾经聘请专家数十名精心设计，搜集世界各国防御工事的资料，动员技工数十万人，使用水泥 6 万袋、钢材 1500 吨，历时一年零一个月，才构筑成了坚冠全国的永久性工事。"

该书编委会对这段话的解释是，国民党军宣称长春设防"坚冠全国"并非完全吹嘘。也就是说，长春工事防御的科学性和坚固性远胜于四平，而且守军是当时陈明仁守四平时的 3 倍。难怪林彪望而却步了。

长春曾作为伪满洲国首都，远在日寇占领时期，为对抗苏联红军，结合市政建设，构筑了大量军事设施。1946 年 5 月 23 日，新 6 军占据长春后，又构筑了若干野战工事；这年秋季，新 6 军他调，新 1 军接防后再增修若干坚堡；1947 年秋，林彪发动了四平攻坚战，大吃一惊的新 1 军增修永久性碉堡 60 余个；60 军逃到长春后，再增修永久性碉堡 30 多个，且多分布于前沿阵地。以上仅为城市的副防御设施。此外，这些外围据点前均设有宽 3 米、深 2 米的外壕，壕内设有纵射交叉火力点，并埋有地雷、绊索、铁蒺藜、尖刺木桩等。

真正的主防御设施则以第一兵团司令部——中央银行大楼为中心区，呈扇形辐射全市，利用坚固楼房，层层设防。央行大楼本身外墙面由 1 米厚花岗岩砌成。其他如新 7 军司令部驻地（原日本关东军司令部）、伪满

"八大部"、在乡军人会、空军司令部、大兴公司等诸多据点，均为钢骨水泥建筑，连中型飞机炸弹和重型炮弹都不能损毁。同时，设有地下相联通的钢骨水泥坑道和地下室、防弹闸门等。

整个防御形成了创纪录的突出特点：核心、细胞、后三角队形三种形式相互结合的统一整体。从核心阵地到每一个防御子工事构成，都是考虑到独立作战，工事构筑多为据点式碉堡群。每个区域以坚固建筑物或母堡为守备核心，细胞由班或小组固守闭锁式碉堡，连（排）守碉堡群，营（连）通常据守2至3个碉堡群，师（团）分守2至3个守备区；兵团以中正大街为界线，60军防守东半城，新7军防守西半城。在防守兵力使用上，以2/3兵力防守前沿与外围，1/3防守核心区。核心区内1/3兵力，可随时参加外围增援战斗。[4]

1948年4月，卫立煌从沈阳飞临长春，专程视察各主要主副防御设施，并要求结合工事进行防御演练。卫立煌与郑洞国二人均参加了指挥印缅远征军同日军作战，郑洞国还曾率部亲自攻占日军松山等坚固堡垒。可以说，国民党军长春城防集中日两军阵地及城市防守精华经验的结晶。

为构筑城防工事，国民党长春市政府专门颁布了《动员修补外壕临时奖励办法》，规定召集不到者给予罚款与补工，努力人员及伤亡酌予奖励或抚恤。1947年5—6月间，全市动员18—50岁男工达754449人次，施工死亡4人，伤6人；9—10月又动员民工修补外沿战壕达318617次。[5]

1949年1月，已夺占长春的中共长春市委的《长春两月工作简要总结和今后半年的工作布置的报告》中一组数据是：对蒋匪工事碉堡发动群众拆毁，"5个区不完全统计，就有1291个，收集工事内铁管62427条、铁轨994条、钢板328块。市郊的工事因上冻仍未全部拆除"。[6]

号称10万之众的长春国民党守军6个师又3个旅中，其主力为新7军第38师和60军182师。

新编38师原为新1军的基本部队。前身为财政部湖南税警总团，当时由孙立人任团长，1941年扩编为38师，孙立人晋升为师长。同年入缅对日作战，1943年编入新1军。到东北后，孙立人恃功自傲，难以驾驭，杜聿明主政时，蒋介石将其先调往南京，后派到台湾训练新兵，军长职务由杜聿明系 50 师师长潘裕昆升任。潘在林彪二下江南时，固守德惠，为杜聿明获得"歼敌 10 万"之大捷。

新 7 军是陈诚主政时组建的，由第 11 保安区改编的暂编 56 师、保安第 12 支队改编的第 61 师与新 38 师共同合编而成，由 38 师师长李鸿升任军长。新 7 军所属还有 1 个预备师（补充师）和 1 个青年教导团。

预备师由吉林师管区志愿兵之第 1、2、3 团组成，全师 7000 余人，逃亡地主和地痞流氓占 50%，生活无着青年占 25%，其余是被抓壮丁。守城后期被补入各师。

青年教导团由国民党军嫡系 207 师派来的一批军官招募青年学生组成。1948 年春又强迫松北联中千余学生补入，共 2500 余人，70% 为青年学生，30% 为生活无着者。

李鸿还兼任长春警备司令部司令。郑洞国为笼络并非嫡系的滇军，保荐曾泽生为第一兵团副司令官，李鸿对此极为不满。郑洞国为搞平衡，又保荐李鸿为长春警备司令。长春警备司令部下辖宪兵营及长春全市警察约 2000 人，以及长春人民自卫总队 800 余人，由受军训的商民组成。据说，武器与战斗力均优于警察。

60 军 182 师多为云南人，到长春后补充 30% 的北方人，全师 10000 人，战斗力较强。暂第 21 师虽战斗力较强，但以往遭打击较多。暂 52 师为乙种师编制，全师 6000 余人，战斗力最弱。60 军所属也有 1 个类似新 7 军那样的预备师。60 军军直属队尚有 4000 余人，战斗力较强。

除了新 7 军和 60 军外，郑洞国兼任的吉林保安司令部司令，下辖两个保安旅及一个独立团。保安 1 旅多半由伪满警察、保安队及部分土匪组成，战斗力强，旅长为何大刚；保安 2 旅由警察与地主武装和地方团队组成，旅长何恃气。独立团原为流窜于吉东一带的土匪"平推队"组成。以上共有 8000 余人。

此外，还有两个骑兵旅。骑兵 1 旅前身是收编的长春市郊"老三点""松北""红驹好""久合春""老太太"等土匪编成，约 3000 人。骑兵 2 旅原为国民党联勤 16 兵站支部挽马大队，以及招收的松北联中学生，并合编部分土匪，共 2000 余人。[7]

长春守敌中需要特别交代一笔的是吉黑人民剿匪总队。总队长为国民党军统保密局特技组少将组长袁晓轩。袁晓轩原为东北军一个军官，曾在八路军前方总部任参谋，后由总部二科科长调任八路军驻洛阳办事处（简称"洛八办"）主任、处长。"洛八办"主要任务是开展统战工作，掩护中共地下党活动。1940年3月5日，毛泽东致电彭德怀，就反摩擦和对内和平等问题，明确要求"袁晓轩应在洛阳继续谈判，暂不离开为宜"。但在不久，掌握诸多重大机密的袁晓轩叛变了。

袁的叛变跟毛人凤有直接关系。戴笠领导下的军统有三员干将：郑介民以分析军事情报见长，唐纵擅长警政治安，毛人凤则精于跟共产党斗争，号称反共专家。在陕甘宁边区困难之际，毛人凤经批准设立了一个"策反委员会"，自兼主任，着眼点即在中共不坚定分子。

成功策反袁晓轩，使中共80多名党员和进步人士被出卖，同时缴获了密码本和两个译电员，冀鲁边区副司令员黄骅、参谋主任陆成道被害。最大损失是袁晓轩供出了卫立煌与八路军领导人秘密往来情况，致使卫立煌被留在重庆，长期冷落，毛人凤因此获二等云麾勋章。

1947年，毛人凤委派袁晓轩为东北特技组少将组长，目的是策反东北军将领张学思、吕正操、万毅等人。中共东北局知道了此事，由周保中给袁晓轩写信，劝说其回到人民方面，可以保证生命安全并安排适当工作。

袁晓轩找项乃光（中共叛徒、军统保密局长春站少将站长）商量，两人将情况上报南京保密局，并以袁晓轩个人名义给周保中回信，大意是我不能到你那里去，你如果能过来，我可以保举你仍任吉林省主席兼兵团司令等职。

袁、项二人明白，任何政党和集团，降将可纳，叛徒不容，变节之徒只能一条道跑到黑了。

袁晓轩为此使出全身解数，收拢网罗土匪达5000人左右，组建有1个炮兵队、1个直属队和7个支队。9个部队的番号依次为："秉""承""领""袖""意""旨""勇""往""前"，下决心同共产党死磕到底。[8]

围困长春的序幕自1948年6月上旬始。经过反复讨论研究，东野总部向围城部队下达了三管齐下的围困方针：以军事包围、经济封锁、政治瓦解三结合的办法，达到动摇涣散守敌之目的，为最终拿下长春创造条件。

一、划长市周围50里以内为封锁区，在此封锁区内除军事所必需者外，应禁止人员车马自由通行。必须通行者由各县政府制造通行证及居留证发给人民（军队人员外出者由团部发通行证），以便凭证检查。

二、在宣布断绝对长市商业关系，严禁粮食柴草及其他生活资料流入长春后（由总部出布告），凡以上项资料偷运过境企图接济敌军者，即一律扣留，由指定机关（地方归县、军队归团）予以没收处理。但持有证明文件并其所运物资系流向我区者，则必须允许放行，不得借故留难。其有借端勒索及不按规定手续执行没收者，必须从严究办。

三、为反对长市敌人之人口疏散政策，对长市内出来之人民必须予以阻拦，凡能堵回去者，务必堵其回去，使敌对城市人口不能大量与迅速地疏散，而达成其减少粮食之困难。但应告诫部队对出城人民只宜采取劝阻的方法，不能施行殴打及开枪。

四、为实行上项封锁政策，应在各大小道口设立检查站以便实行盘查和戒严。除军队担任者外，必须组织人民的放哨戒严，使敌探、奸商和反革命分子无隙可乘。此项戒严和盘查细则由当地军队会同地方规定之。

五、劝告封锁区内前沿地带的居民，将多余粮草及暂不需用资料窖藏起来，不要被敌抢去。[9]

以上5点是1948年6月5日，林（彪）、罗（荣桓）、刘（亚楼）、谭（政）4首长发给围城指挥部的电文（《林总电报》，东北野战军司令部编），现存件于军事科学院图书馆，是围困长春的基本内容及方法的主要文件之一。故录于此。

封锁围困最主要的是粮食、柴草、蔬菜、食盐等人生存必需品。所以划定50里范围坚壁清野，为的是守敌即便出城抢粮，也只能出城于半日行程内，无粮草可抢。

古今中外围困战发生过多次。国外最具影响的一件是：发生于公元前52年恺撒的罗马军团，对高卢部落联军固守的阿莱西比亚城的围困。

中国历史上的围困战有历史记载的，最早记于《左传·宣公十五年》，楚军包围了宋国的都城，造成了城内"易子而食"的惨剧；唐朝安史之乱时，唐将张巡在睢阳被叛军围困，也发生了"凡食三万口"之惨剧；近代人们记忆中清军曾国荃、彭玉麟对太平军安庆城的围困，以及曾国藩最终对太平天国首都天京（南京）的围困，都造成了无辜百姓的巨大伤亡。清军水军统帅彭玉麟《攻克安庆省城诗》中有"釜中余炙存人脯，梁上饥乌作鬼声"之句。

以上历史至少说明三点：一是围困战，也称"困饿战"，是军事上一种常用战术，势弱的一方守在坚城中不出，势强一方又攻不进去，断其粮道水源，使对手饥渴而衰，而后战胜之。二是兵者凶器也，不动则已，一动一定是灾难。而最受伤害的则是手无寸铁的无辜百姓；即便没有困饿战，数千门火炮和成千吨的飞机炸弹对一座城市狂轰滥炸，死亡最多的一定是平房内的百姓，而不是躲在坚固掩体里的军人。三是站在百姓的角度，用战争道德尺度衡量，在努力减少百姓牺牲方面，攻守双方将领应当有展示指挥艺术的空间。

1948年3月15日，郑洞国由沈阳飞抵长春，10天后在长春励志社大礼堂宣誓就职。当时，蒋介石赋予他八个字："固守待援，相机出击。""待援"，是无奈中上任的郑洞国的唯一希望。只是蒋介石没有许诺援兵到来的具体时间。

郑洞国对坚守"坚冠全国"的长春城防心中有底，甚至还有一丝希望林彪来碰撞硬壁的想法。久经战阵又使他认识到，粮食问题将是决定防守成败的关键。于是，郑洞国提出"加强工事，控制机场，巩固内部，抢购粮食"的16字固守方针。

一方面，用第一兵团司令官名义，下令两军军长和吉林省保安副司令李寓春，自行抢购贮存粮食；另一方面，用吉林省主席名义，责成吉林省粮食局和长春市田粮处代为筹划。

于是，国民党军政人员将来自九台以南、农安以西、公主岭以北，农民运粮进城出售的大车拦截下来，借口军粮急需，强行压价抢购，整车整车押运市里囤积起来。自3月下旬到5月中旬，经多管齐下，近50天就得到粮食300万斤。市长尚传道得知中央信托局长春分局存有大豆100万斤，也全部买下贮存。[10]

但是，到了5月23日，大房身机场被李作鹏的16师和独10师攻占后，靠城外空运接济的路子堵死了。焦急中的郑洞国责成尚传道组织对全市粮食状况进行彻查摸底。

尚传道，浙江湖州人，1929年考入清华大学政治系，与外交家乔冠华，剧作家曹禺，著名学者、作家钱锺书是同学。尚传道在清华大学期间曾担任学生会主席，九一八事变后，他带领200多名学生南下请愿，在南京国府大院绝食，要求向蒋介石面陈抗日主张，迫使国民党中央常委集体接见而胜利北归。

尚传道在1937年后走向了另一条道路。1941年由贵州省民政厅主任秘书调任省政府秘书，成为省主席吴鼎昌的主要幕僚；"八一五"后，尚传道赶上国民党逐鹿东北热潮成为一名接收大员；又于1948年3月1日，在长春宣誓就任市长，成为旧中国长春市最后一位市长。

尚传道做事认真，组织由吉林市逃来的省政府职员和教师，组成长春战时政工总队，自兼总队长。经过一段时间培训，将这部分人分派到各区、保任指导员，协助各区长、保甲长推行政令。并组织他们用一个月时间，逐门逐户进行全市清查和登记，就为弄清两个至关重要的数字底数：一是全市人口确切数字；二是全市存粮准确数字。

一个月的大规模清查得出的结果：第一，"卡哨内40万长春市民"和"10万部队、军政人员"及"市政府所属公教人员及警察约8000人"；第二，"全市存粮只够吃到七月底"。[11]

这是研究那段"围困长春"的历史相当重要的两个数字。

第一，关于人口底数。对长春城里到底有多少人口，历来说法不一。其差距之大由20至120万，整整差出100万人来。最少的人口数字出自新7军副军长史说将军，他在《困守孤城的新编第七军》一文中说："长春居民在伪满时期为60万（其中半数为日本人），国民党占领初期尚有近30万人，1948年5月初已不到20万人。"[12]

著名军旅作家王树增先生认为，长春城内居民是30万人左右，这同史说将军的数字接近。他的理由有两条：一是"地处战场的长春动荡不安，城内人口不断外流。1948年初的统计人口为40万，其中包括10万国民党守军和家眷。在东北野战军对长春尚未形成合围封锁之前，长春人口再次大量外流。普通市民从陆地上跑，地主官僚们乘飞机跑，长春市人口减少至30万左右"。二是这一数据与后来中国人民解放军军事科学院军事历史研究部编著的《全国解放战争史》中提供的"居民约30万"的数据相吻合。[13]

郑洞国将军在《困守长春始末》一文中写道："我奉命防守长春时，该市居民尚有50余万人。"[14]

"居民50余万人"这个数字被国民党自己的档案证实。1948年4月19日，国民党长春市政府召开兵役会议。会议主席为市长尚传道，记录为邢传书，主要内容是根据长春市中山、宽城等12个城区人口，落实应征入伍壮丁数额。会议提供《长春市三十七年度（1948年）春季续征配额分配表》证实，全市12个城区人口男女妇婴共计504834人，配额壮丁为14570人。

尽管会议给出奖惩两头冒尖的政策：按配额征足与超过者给100—500万奖金并存记任用；完成配额60%给予免职，不足60%军法治罪等。当即还是有6个区提出了核减配额请求，因为不少区在解放军围困卡哨之外。例如西阳区长提："本区5个保在警戒线外，请核减配额。"会议最终无奈做出决议："斟酌各区情形予以核减。"显然，长春市实际人口应当少于504834人。[15]

长春有"80—120万人"的人口数字来源于台湾著名学者、作家龙应台女士。她在《大江大海一九四九》一书中写道："围城开始时，长春市的市民人口说是有50万，但是城里头有无数外地涌进来的难民乡亲，总人数也可能是80万到120万。"[16]

究竟哪个数字更接近当年的实际呢？当时的市长尚传道一直坚持自己的观点："目前在卡哨内的人口'约'为40万人，郊区20万，加上10万部队和军政人员。"[17]

这个话他在组织战时政工总队调查之前对郑洞国说的，而在经过调查后，他将"约"字去掉了。

需要说明的是，尚传道当时（4月19日）所说的卡哨内——市区范围：东至二道河子，北至宋家洼子，西至大房身，南至孟家屯。尚传道所指的郊区范围：东为净月，西为双德，南为范家屯，北为小合隆。因为那时长春外围战尚未开始，上述地区还在国民党军手中，即尚传道所说的"卡哨"外围区域。而肖劲光围城部队第三次压缩包围圈的"卡子"则为更狭小范围，与尚传道4月19日（征兵会议）说的卡子内外不是一回事。

尚传道市内有40万人的数字，一是为一年后的共产党人民政府所认可。据吉林省档案馆藏《长春市户口调查工作总结》（1949年12月19日）记载：长春市人口"卅七年（中华民国三十七年，即1948年）五月，蒋匪军困守时是三九万〇七百六五（390765）人。（政字第589号）。"[18]

二是得到了沈阳军区《围困长春》编委会的认可："1948年，长春市人口不过50万，而国民党驻军却有10万。也就是说，平均每6个人中就有1个是兵，到了我军开始围城期间，由于一些有钱而怕'共产'的人南逃，市内实有人口减到40余万，就是说平均每5个人就有一个是国民党兵。"[19]

同时，《东北人民解放军司令部阵中日记》也记载了围城之初居民外逃的情况："4月27日，敌情，长春每日有四五千市民纷纷向南逃。""4月28日，10纵报：长春南逃人员已查到有青年学生100余人。"[20]

实际上，肖劲光的围城部队直到6月22日才进入指定围困位置，并未完全封锁住。24日，"孟家屯到八七病院一带无警戒，百姓利用夜间走河沟、荒地运粮进去"。[21] 甚至要逃出长春市也是可以做到的。

第二，关于粮食底数。尚传道向郑洞国报告清查结果说："全市存粮只够吃到7月底。"尚传道是4月中旬组织的调查，调查时间"用1个月"，到5月中旬结束，全市还剩40万居民加10万部队两个半月的粮食。郑洞国也证实说，统计结果是"按当时市内居住人口和存粮数"得出的。

需要说明的是，尚传道组织的清查摸底只针对粮食，不包括后来补充管制为"粮食"的麸皮、豆饼、糠秕、酒糟等代食品。居民的口粮标准为每月45斤计算,即《战时粮食管制办法》第七款"每人每月以45斤计算,准其存留足敷自开始登记日起3个月之食用粮"。[22]

围困战——"困饿战"的一个军事术语为"食口"。居民40万"食口"两个半月的粮食,10万军人便可以食用10个月;居民50万"食口"两个半月,10万部队就可以食用12个半月。尚传道指的显然是前一种情况。

守城一方的食口账是:如果将40万食口全部减去,再加上部队本身两个半月的存粮,守军便可坚守12个半月。当然,将居民全部赶出城去也不可能。倘若将食口减去一半,减为20万,加上部队本身存粮(空投尚不计算在内),起码可支撑七八个月,就会从根本上击破攻城一方的围困战。

攻城一方的食口账是:如果将40万居民食口包袱全部由守军背起来,三个月内守军必因饥饿发生衰弱、涣散和瓦解。那时任凭攻取或敌溃逃途中歼灭。

因此,一个严重的现实摆在了攻守双方面前:守方要尽快卸掉食口包袱,让居民出城;攻方不许百姓出城,不让守方将食口包袱卸掉。这成了围困战中攻守双方斗争的焦点。

重要的一点是,长春围困战不同于德军对苏联列宁格勒、曾国藩对太平天国天京之围困。德军可以把他国苏联的人民,清王朝可以把农民起义之军民都当成敌人对待。其不同之处在于,作为吉林省主席的郑洞国不能毫无顾忌地不管自己的子民,政府向他们收了税,收了粮,让他们的子弟当了兵,父母官就不能明目张胆地将他们的口粮全部剥夺给军队,而不管他们的死活。困守孤城期间,他绞尽脑汁的是,如何将居民弄出城外,粮食留给军队。

林彪、罗荣桓的难处在于,既要让郑洞国背上食口包袱,依靠城内百姓消耗掉守军可拿用的粮食,又不愿饿死百姓。因为这不仅有悖共产党和人民军队宗旨,即使巩固部队的需要,也不敢不考虑城中百姓的死活,部队不少战士的至亲就在城里。

初期的严密围困,不予放行是必须的;中期视情况放出部分饥饿将毙的百姓也是应该的;后期——粮尽的节点在哪儿?整个围城期间,林、罗二人最头痛的是城内何时粮尽?何时批量或全部放出城内居民?

注释

[1] 刘统:《东北解放战争纪实》,东方出版社,1997年版,第346页。

[2] 同上书,第348页。

[3] 郑洞国:《困守孤城七个月》,《辽沈战役亲历记》,中国文史出版社,2012年版,第266页,全国政协文史和学习委员会编。

[4] 《围困长春——一个特殊类型的战役》,沈阳军区《围困长春》编委会,《长春文史资料》1988年第1辑,第56—58页,长春政协文史资料研究委员会,1988年7月出版。

[5] 国民党长春市政府:《动员修补外壕临时奖惩办法》,马孟寅主编:《长春市志·民政志》,吉林人民出版社,2002年版,第401—402页。

[6] 中共长春市委:《长市两月工作简要总结和今后半年工作布置的报告》,长春市档案馆藏,001-01-02-10,永久。

[7] 《围困长春——一个特殊类型的战役》,第22—26页。

[8] 同上书,第27页。

[9] 《林总电报》,东北野战军司令部编,军事科学院图书馆存件;《东北解放战争纪实》,第629—630页。

[10] 尚传道:《四进长春》,《长春文史资料》第8辑,1985年版,第73—74页,政协长春市委员会文史资料研究委员会编;郑洞国:《困守长春始末》,《新七军投诚》,吉林省军区政治部《长春国民党部队投诚》编写组,《长春文史资料》1988年第2辑,第213页,长春市政协文史资料委员会,1988年10月出版。

[11] 《四进长春》第74页;《新七军投诚》,第213页。

[12] 史说:《困守孤城的新编第七军》,《新七军投诚》,第242页。

[13] 王树增:《解放战争》(下),人民文学出版社,2009年10月北京第1版,第73页。

[14] 《新七军投诚》,第213页。

[15] 《1948年春季国民党长春市政府兵役会议记录》,赵欣主编:《长春档案文献》1948年卷,吉林出版集团,2014年版,第301—303页,长春市档案馆编。

[16] 龙应台:《大江大海1949》,天地图书有限公司,2009年9月初版(香港),第199页。

[17] 《四进长春》,第72页。

[18] 吉林省档案馆藏5-2-95,政字第589号,1949.12.19,Z001 1949 5290,永久。

[19] 《围困长春——一个特殊类型的战役》,第127页。

[20] 《东北人民解放军司令部阵中日记》,中共党史资料出版社,1987年版;张赞新、孙淑范主编:《长春围困战》,1999年版,第118页。

[21] 《东北人民解放军司令部阵中日记》;《长春围困战》第148页。

[22] 国民党长春市政府:《战时粮食管制办法草案》,《长春档案文献》1948年卷,第325页。

第23章 "食口"的加减法

国共两党两军残酷斗争数十年，国民党一直处于强势的上风。从1939年至1943年，蒋介石连续发动三次"围剿"，调遣几十万大军，西起宁夏，南沿泾水，东迄黄河，构筑了一道道封锁线，对陕甘宁边区严密进行封锁。要求一粒盐、一尺布、一斤棉花、一斤粮食也不准进入边区。

一段时间，边区军民几乎没有衣穿，没有盐吃，没有被盖（冬天），几乎填不饱肚子。蒋介石若干次"围剿"及封锁，反倒使共产党学会了若干反封锁的生存经验。而对封锁，尤其是围困封锁长春这样的大城市，在中共和军队的历史上尚属首次。

围城之初，各部配合不好，部队之间若干空隙，给守敌造成利用之机，而围城部队之间相互埋怨不断。《阵中日记》真实记录了当年的情况：

4月2—3日，"林（彪）、罗（荣桓）、刘（亚楼）3日12时电：（2）独10师归独5师统一指挥……独10师报：已与36师（独5师，后为第12纵队36师）取得联系。"

4月7—8日，独5师报："已将总部命令传独10师，封锁机场，但他们还未行动，这样会误时间，盼督促执行命令。"

4月9日—10日，"辽吉转独10师8日16时电谓，3日战斗，我师积极配合独5师作战，把敌人打退，追到乔家窝棚，伊通河窝棚，但独5师在阵地不动，致使部队较大伤亡。如不相信，可实地研究。"（独10师，为辽吉军区统辖，故其情况由辽吉军区转呈总部。）

4月14日，"独5师与独10师的问题：独5师谓，3日前独10师离我们较远，联系不密切，配合不及时，（批）评我未动，事实上我还受敌主力进攻，（处于）被动，而不是按兵不动（这是计划行动的部署不周到，不一致，形成各打各的）。"[1]

鉴于这种情况，林彪采取了两项措施：一是围城之初动用了东北野战军最强的两个主力部队1纵与6纵进行封锁；二是成立围城指挥部统一组织协调各独立师接近长春城郊，待其站稳脚跟后，再将两个主力纵队替换下来。《阵中日记》记载道：

6月1—2日，敌情："近日长春敌空投忙碌。31日来长15架运输机，降落市内7架。6（应为1）日又有6架飞机空投物资（一说，1日来8架）。"

我情："（一）东江（野战军总部）电：(1)使用独立师以营为单位，接近长春周围近郊，堵塞一切大小道路……(3)严禁粮食、燃料进入敌区。(4)严禁城内百姓出城……(6)城南、城东为6纵，城北、城西为1纵……(7)两个月来几个独立师围困长春成绩不大，未看成（是）严重战斗任务，无周密计划和部署，应该改正。要使长春成为死城。

"（二）6纵1日围困长春部署：(1)以独6、8师及纵队两个侦察队、炮司、榴弹炮、高射炮各1连为围困部队。(2)……榴弹炮两个连在红咀子构筑阵地，对空及对城内自由马路机场……营与营之间隙，由师团及伊通县大队垫补……

"（三）1纵1日围困长春部署；……(4)前线部队要构筑工事、架电话，主力控制适当位置……"

对1纵与6纵封锁部署林彪原则同意，只是向6纵提出："炮兵阵地在红咀子，是否太远？"果然，林彪的顾虑应验了：

6月3—5日："（二）1、6纵向敌机场射击，均因障碍、观察、射程等原因无效。对空也因城市面积大，无法封锁。"

该日《阵中日记》还记述："（三）敌机近日仍空运长春，以空投为主。报载，敌将空运沈（阳）粮食40吨、运长（春）大米300吨。1日来机10架，2日16架，3日13架，4日18架，5日20架，空投大米白面（2至3日共空投1500包）。

"（四）长春难民，每日仍有二三百人经孟家屯外逃。大孤榆树难民无饭吃，抢我警戒部队饭吃。柏家沟的青壮年夜间从树林跑出来，（还有）五六名老弱妇小。

"（五）敌近（日）空运团以上家属进关。"

5日，总部命令："6纵派一个营去孟家屯封锁敌人，派得力干部检查，不许长春居民出来，增加粮食负担。"

7日，6纵下达封锁长春命令："封锁部队应视长春封锁为我军首要任务，切实动员，认真执行，否则应受批评处分。"要"教育部队，不要有片面群众观点和同情心，以免妨碍封锁和歼灭敌人"。同时，由"16师冯副师长率两个连去孟家屯，并统一指挥两个骑兵营，两个侦察队已跨铁路至孤榆树封锁"。[2]

肖劲光在城外一系列围困措施迅速反馈到城内守军那儿，经验丰富的郑洞国立马洞悉了林彪改攻为困的底牌，采取了一系列应对措施。其实，对于固守长春，郑洞国早有思想准备，但他认为："就解放军方面看，用很大力量攻长春是不合算的，不如集中力量先打下沈阳、锦州，长春就成了瓮中之鳖了。所以我判断，沈阳、锦州可能先长春而解放。"[3]郑洞国这段话，一半得到了应验。

郑洞国第一项应对措施是强化空运补给。

卫立煌主政东北长官部，曾责成有关部门于3月24日在长春召开过空运会议。自4月初开始空运大房身机场，除了粮食、被服外，还有大量武器弹药、医药和通信器材。5月23日大房身机场丢失后，又改为宽城子机场降落。宽城子机场被占领后，只有依赖空投补给。

6月上旬，郑洞国下令组建空投接收委员会，并在市内新开辟了新皇宫广场为临时机场。伪满新皇宫位于伪满外交部、军事部等"八大部"的北端，日本人完成了规划设计还未来得及兴建便坍了台，只留下面积达40多万平方米的宫前广场。郑洞国觑准林彪高射和远程炮兵尚未就位之机，催促沈阳抓紧空投了大批粮秣等物资，连榴弹炮都运了进来。

也是6月上旬，东野炮兵陆续调来了高射炮和远程榴弹炮，分工高射炮负责打飞机，榴弹炮负责封锁临时机场。至6月7日，"1纵封锁皇宫机场，炮兵已命中有效，无敌机在该机场降落"。

郑洞国自然不甘心，对运输机实行战斗机护航，强行对地面空投。6月，"16日敌机十余架，分批投下物资五百余件。另战斗机2架，在大房身投弹扫射。17日，敌运输机6架，战斗机2架，轰炸机1架掩护空投，每机约投60包。飞高至1000至1500米，空投时压制我炮"。

整个围城期间，空投虽远不能满足守军的需要，但也是重要的一条补给线。卫立煌在困难情况下，对郑洞国尽了全力。《阵中日记》记述："一前指（东野第一兵团围城前线指挥部）25日报，（7月）12至25日敌机空投情况：运输机63架，战斗机2架，侦察机2架，轰炸机2架，空投降落伞2424包（大米），每包100斤，计24万2400斤；麻袋1011包（衣服），每包100套，共约10万套。被我拾得大米155包，衣服28包。"

8月20—23日，敌情，"一前指22日报，长敌8月1日至20日空投情况如下：共来敌机154架（运136，战18），共投粮7432包（我拾109包）。"[4]

对长春守敌从空中获得粮食补给问题，毛泽东在批准对长春久困方案时就曾指出："你们断绝敌人从地面取得粮食的来源是很必要的，你们必须做到这一点。但是敌人可能从空中取得粮食，城内粮食亦可能不只维持三个月。"[5]

为削弱卫立煌，6月17日，林彪电令一前指："为增加沈阳地区粮食困难，分散敌空运力量，决对沈阳、抚顺、本溪、铁岭、新民地区进行封锁，禁止粮食进入。规定中长路以西由辽吉（辽吉军区）负责，中长路以东由肖（劲光）肖（华）（一兵团）负责。封锁部队主要以地方部队及独立师负责。"[6]

尽管空投粮食为数区区，但长春守敌两个正规军都虎视眈眈。郑洞国心中是要一碗水端平，而且粮食补给主要给两个军，为防止分配不均，郑洞国按东西守备区划分范围，安排了两个空投接收场地。一个是长春市内西北部的中山公园，归新7军接收；一个是长春市内东南的运动场（跑马场），归60军接收。

7月份以后，肖劲光的高射炮火从四面八方控制了长春上空，敌机再也不敢低飞和慢飞，只能躲在云层里高空投掷。白色的降落伞、黄色的麻袋包，时常落到肖劲光部队阵地上，有大米、白面、服装、弹药，还有猪肉拌子。不完全统计，围城部队共拾得3000余包。[7] 有的落在攻守两军中间地带，双方即以火力互相封锁，待黑夜派人抢回自己手中。

电影《兵临城下》曾真实描写了那个场面。白天空投遭到炮火封锁，改成黑夜投掷，飞机来之前，城内在南岭一带点三个火堆，而后全城鸣笛戒严。空投几次后，便因"机油两缺"而中止了。

入秋以后，多半刮西北风，落到市内东南部运动场的粮食增多，新7军大为光火，几次发生两个军官兵争夺粮食事件，甚至还开了枪。郑洞国为息事宁人，下令取消按东西守备区收粮的规定，改为两军各自收集后如实具报，由兵团统一分配。

饥饿中的军人与居民，发现一个米包落地，即蜂拥而上，忘死抢夺。郑洞国遂颁布《为空投军粮物资抢藏不报者严惩的训令》：严禁"不肖军民擅行抢藏不报……此种行为，不特有干法纪，实属不体时艰，殊堪痛恨。遂由本部派员随时密查，如发现此项情形，即予就地枪决"。[8]

郑洞国的态度与措施并未缓解两个军的尖锐矛盾。新7军反对平均分配，强调他们人比60军多；60军认为新7军有贮粮老底子。郑洞国唯恐发生意外（内讧），便将两个军的投放接收点改为一个——两军中间的中正广场，统一收集后，由兵团仓库储存分配。

兵团仓库设在新7军防区，空投接收点中正广场也在新7军防区内。新7军便近水楼台，监守自盗。60军愤懑不平，却无可奈何。这为60军后来"投共"埋下了"祸根"。

郑洞国的第二项应对措施是，大力保护和鼓励向城内走私粮食。

《阵中日记》6月18日记述道："敌情：（一）1纵3师报，长春八里堡附近，每天均有人到卡伦买粮食，每起五六十人，利用夜间走野地，用麻袋将粮食背回长春附近。（二）18师报，八七医院以北未封锁，每日有粮进城。"

6月23日，18师又报："22日晚，18师1个排在田家油坊及广播电台，截偷运粮6麻袋，每人背回30斤。"6月24日，18师再报："百姓利用夜间走河沟、荒地偷运粮食进去。阻粮经验为：黄昏至半夜多放游动哨巡查，在必经山路设伏，每晚能没收几百斤。"[9]

围城初期，"敌每日尚能由市外吸收粮食约五六十石。据传当时敌军粮征机关每日能购二三十吨。主要因长春市外围均系新区，群众尚未发动，地方工作只注意后方生产，忽视对敌斗争，且军事封锁不严，封锁线又距城太远。后来确定不按原县区界，而根据围城各师防区划界，成立军队地方统一的对敌斗争委员会，以师政委任主任，统一领导封锁工作，发动群众配合军队站岗，设立盘查站，堵截出入，防止走私，并规定以没收走私粮之30%（后为50%）作为奖励。经严密封锁后，入市粮食大减，但还不能根绝"。以上是罗荣桓1948年9月9日起草，以林（彪）、罗（荣桓）、谭（政）名义发给毛泽东的报告。[10]

走私比较空投是既划算又安全的筹粮途径，郑洞国趋之若鹜。一方面，下令对专业走私队伍大力鼓励，发给采购通行证予以便利；另一方面，加大保护力度。曾枪毙敲诈运粮商人之士兵（实为敌之谍报员，敌报上曾披露有商人整车向城内运粮，因受一谍报员敲诈，后到司令部告发，郑洞国下令即将该谍报员枪毙）。

离长春最近的新立城集市最为"繁荣"，突出特点是粮价最高。1斤黄豆在20里外的大屯镇为170元（东北流通券），30里外的双阳奢岭为210元，而新立城则为650元。新立城的一石（480斤）大豆可以换一匹骡马。

世界上的珍贵东西都源于稀缺。运粮入市获利10倍以上，铤而走险者便应运而生，很快在市内形成了专门走私为业者，致使粮食走私禁而不绝。走私队伍（出城时偷带难民），在沿途各村设有秘密据点，逐村转粮，数人多处分运。如一处被查获，其余亦足获利并均分。并"有武装击伤群众岗哨者"。走私队伍进出长春渠道多为围城部队结合部，以及地形复杂地带如羊肠小道、河沟、丛林等处，尤其在伊长公路及伊通河两岸，范家屯方向，一段时间实难防守。[11]

为彻底堵塞郑洞国的粮食进入长春渠道，肖劲光、肖华釜底抽薪，统一管制50里方圆范围内的粮食供给与交易，断绝走私队伍的粮食来源：

一是断绝封锁区内人民自由向非封锁区购粮换粮，禁止封锁区各村各区农会任意向封锁区卖粮或借贷。二是凡粮食进入封锁区，必须持军队团、地方县以上机关证明，区村政府、部队营连证明无效。三是对封锁区外刘家店、奢岭、新安堡三处集市实行粮食专买专卖，建立粮店，并取消封锁区内的新立城市集。四是封锁区内的粮食分配与买卖，凡运粮上路的，统由市政府救灾委员会安排，保障封锁区村民生活。

上述办法立即奏效。7月初，双阳县境内之万宝山区，仅3天即没收走私粮食20000余斤。独8师在双阳县境内没收走私粮食30000余斤。

"二肖"（肖劲光、肖华）的军队与城方统一协调动作，堵死了粮食走私进城的渠道，郑洞国只能望集兴叹了。

其时的长春市郊，两个月前已遭郑洞国正规军和土匪队多次抢掠，粮食、蔬菜被搜刮得几无颗粒。市郊30万居民流离失所，十室五空，已不足20万人。许多村屯早已没了粮食和盐，仅以野菜充饥，脸肿体虚。"今春市东一个区饿死40人。""肖、肖"的围城指挥所编印的《围城简报》曾刊载了记者那狄的文章。文中写道：

"离长春20里的东大顶子，全屯19个牲口全被抢走……利元号曾经一天被抢过7次，家家的存粮全被搜索干净，匪军更用枪逼胁着到山沟雪窝里把埋藏的好粮食种子也都挖出来。所有的箱笼板柜，全都翻了个过，连女人和孩子的破衣服也都夹走……龙王庙一家寡妇的住宅，被匪军扒去当柴烧了。贴近城郊的许多房子，（房盖）没有草，光光的泥板在淋雨，原来屋上的草都被土匪掀下来喂马了……长春城郊都好几个月没有听见过鸡叫了。"

更为严重的是，许多田地荒芜了，种上的又撂了荒，有的村屯连1/3的地也未种上。[12]

为解决长春城郊封锁区居民的生存困难，东北局责成"二肖"成立生产救灾委员会。从后方运来救济粮，定下的救济原则是首先救命：先救急，后救缓；先救将死，后救不致死；先救有病，后救无病；先救贫，后救不贫（指灾情程度而言）；烈军属优先，孤寡酌量增加。

同时，调来大批荞麦种子。"荞麦"，《新华词典》注释为"一年生草本植物。果实三棱形，种子磨粉，供食用。生长期较短，可作济荒作物"。7月，吉林省政府给双阳县贷款50000万元，贷粮1000吨，贷荞麦种子1000吨。生产救灾委员会指导各区成立农民互助合作社，合作社实行"指地贷种"，凡灾民想要种地的，均可申请种子粮，秋后归还。

各封锁部队分别同邻近区结成帮扶对子，独 9 师负责帮助净月区恢复生产，无代价支援该区 40 匹牲口，还交给该区 23000 斤节约粮、4000 斤缉私盐；帮助该区抢种大田 400 垧，补种荞麦 250 垧、菜地 260 垧，预计秋季人均可以获粮食 600—700 斤。一些地区还实行"指苗贷粮"，凡已种上地又因缺粮无力维持的灾民可向合作社借粮，秋后归还。

当然，为防止个别村民高价出售给城内走私者，凡向合作社购粮贷粮借粮者，一次不超过 5 天需要量。[13]

1948 年春季，东北解放区一些地方出现百年不遇的春荒，村民断粮，牲口死亡。据《东北日报》8 月 10 日报道：林甸县连续四年歉收，困难农户逃到明水县的有 200 多户。明水全县 1/3 群众粮食不够吃，不少村庄靠糠皮度日。拉林县连马匹都饿死了，仅那家一个村便损失 20 多匹马。种麦子时，有 2 匹瘦马陷在地里竟没力气站起来，死在地里。有的群众把马退回贫农会说，我不要这果实了，请农会想办法喂它吧。

林彪在给毛泽东的报告中说，春荒原因是："去年因秋水过多，沿拉林河各县，沿松花江三肇、扶余、呼兰河地区及辽吉一部遭受水灾，南满一部分地区遭受国民党军的抢劫与战争频繁。"这种说法并不完全，春荒另一个原因是土改中"左"的错误造成农村生产和生活资料很大破坏，新的生产组织尚未巩固，农民心理不稳。[14]

为了解决稳定农村问题，东北局及各级党政领导尽了最大努力，一方面，帮助群众度荒和解决生产困难；另一方面，党政军精兵简政。6 月 15 日，罗荣桓在东北局吉林高级干部会议上要求要休息民力："练兵中要全部放回民夫，组织自己的大车运输。第一线兵团，要由兵站线供给。""下决心减少 3 万匹马……减少 1 万匹马，便能养活四五万步兵。"[15]

为了最大限度解决封锁区百姓疾苦，围城指挥部号召围城部队每人每日节约 1 两口粮救济灾民，其实多数部队每人每天都节约 2—3 两。独 6 师交节约救济灾民粮 7600 斤和缉私粮 1027 斤，按包保平均户可得粮 160 斤。独 8 师交节约救济灾民粮 10431 斤，交缉私粮 38206 斤，捐献现款 147.74 万元（东北流通券）。

当时，东野部队已达百万人，整个部队都面临着粮食供应紧张和运输不及时问题。一段时间，围城部队军粮无从筹集，有的独立师只好吃黄豆，或找地主赊或用黄豆换些存粮，维持半饥半饱。这一年雨水特别频繁，战士都站在潮湿甚至积水的堑壕里，没有任何雨具。雨停后蚊子、蠓虫麇集，不堪其扰。罗荣桓"报告"中说，"加以天雨运不到粮食，有的吃三天稀饭，又发生传染病（痢疾）"。

王玉兴（离休前为某军副政委）回忆说："围困长春时，我在独9师警卫营1连当指导员。我们在城外头也吃不饱，一天两顿稀粥。有时不够吃，我批评炊事班长，说你怎么不多加些水呀，井里有的是，挑呗。小楂粥要先用勺子搅一搅再打饭，就干稀匀乎了。他不，等连部去打饭时，专给你舀上面的。文书要跟他干，我说为张嘴吵嘴，大家看着，什么影响？勒紧裤带，克服一下。饭打回连部，就我掌勺，先给自己舀上面稀的。进关到朝阳时，敌机空袭，机关炮打中炊事班长的肚子。我跑上去抱起他，和卫生员为他包扎，那血流的呀，送去医院后牺牲了。他抓住我不放手，说：指导员，我不行了，我对不起你呀，尽让你喝米汤了，来世再报答你吧。"[16]

即使到了围城后期，部队的粮食依然比较紧张。独7师3团副团长胡应臣的妻子1947年2月进入部队，在师宣传队当宣传员。围城期间被抽出做难民收容工作，她说："当时长春城里很多难民逃出来，但是战斗部队口粮不能动，我们就用自己的口粮救济难民，自己去地里挖野菜充饥。"

独8师某团宣传干事刘汉勤回忆说："我们独8师的部队每天都派出部分战士去东郊稗子沟大草甸子采集各种野菜……有苦麻菜、车轱辘菜、水芹菜、猫爪菜、藤蒿、茴香、挫菜、刺菜等。每次都采几麻袋背回，送到各驻地炊事班……有的野菜苦得很，把舌头都吃麻了。"

缺粮、疾病、雨水、蚊蠓等困难，使"二肖"的部队面临着疲惫而难以立足的考验。为了使围城部队真正做到"围得住"并"扎下根"来，"围指"提了三条措施，一是针对新组建的独立师一些战士怕飞机、火炮，自伤或打枪的恐慌情绪，利用枕木、铁轨覆盖工事掩体，同时加深各部队交通壕沟和前伸壕沟构筑。从地面看似一马平川，不见一兵一卒，但在地下，却是千军万马。环城架设两道电话线，一道在封锁区内侧，一道在外侧，指挥畅通无阻。二是不断改善工事内的设施，对伊通河畔工事实施排涝措施，工事内盘起"串地龙"式散烟炉灶及火炕等等。三是利用阵地守备区地块种菜养猪（每师已种百亩以上）。

"二肖"终于在长春周围稳定与巩固了自己的部队，并且堵塞了郑洞国从陆路上粮食补给的渠道。6月15日至20日，肖劲光、肖华在吉林市召开围城部队师以上首长会议，全面研究部署围城工作。命令围城部队务必于6月22日前到达指定位置。也就是说，自此日，长春围困的大幕终于拉开了。

郑洞国内心十分清楚：用兵之道无非奇正两法：筹粮进城做的是"加法"，既然加法做不成了，就要改做"减法"了。只要食口的人数"减"下去了，守军的粮秣补给自然就"加"上来了。

《阵中日记》记述6月份长春敌情道："敌61师300余人，骑2团100余人，分（别）于14日11时，分三路袭占孟家屯，黄昏退去，放出群众500余人。"

"孟家屯、洪熙街敌我交界处放出百姓万余，19、20日集合向我请愿，要求出来。"

"6月25日，（三）独6师报，长敌训练1360人，分12号，每号68人，出动时5人一组，携黑色毒药，出来放毒。已被我俘获2名，放毒者多为老头、小孩、妇女。"

独10师26日报："（二）敌24日开会，决将长市老、残、妇、孺及可疑分子先登记后，武装掩送出步哨线，到我区就食。"[17]

时人多评价郑洞国乃忠厚之人，不争功，不倨傲，对同僚多谦让，人缘关系好。笔者研读了能搜集到郑洞国情况的所有资料，基本表示同意。不过，在长春战役中，起码有两件事郑洞国却不够厚道与老实，本章先说第一件，另一件后叙。

以上事实说明，郑洞国驱民出城是在围城之初的6月份便开始了，但郑洞国却说："大约在8月上旬，蒋介石先生从庐山上发来电令，让我将长春城内居民向城外疏散，以减轻守军压力。于是我下令开放南向沈阳、东向永吉的两条马路，放老百姓出城。"[18]

对此，市长尚传道也予以了证实："七月下旬，蒋介石又从庐山电令郑洞国自8月1日起疏散长春市卡哨内人口，只准出卡，不准再进。郑洞国转令警备司令部和市政府执行。"[19]

实际上，在长春市档案馆档案库中还躺着一份文件，为1948年6月12日国民党长春市政府《为报送疏散市民办法的呈》。内容如下：

"签呈，六月十二日，秘机字第十九号，三十七年五月三十一日爱勇勉字第一八四四号代电敬悉，兹拟就《长春市政府疏散市民办法》呈……核准请分饬警备（司令）部宪兵队遵照　谨呈　兼司令官郑　附长春市政府疏散市民办法一份　兼市长尚传道（印）。"

笔者未查到使尚传道可以"敬悉"的"爱勇勉字第一八四四号代电"出之何人之手，但肯定的是未经郑洞国授意或同意，尚传道是不会"拟就"这份办法的。果然，郑洞国6月15日批示道："准照办。"

这份《长春市政府疏散市民办法》主要内容概括有：对"街头游民、乞丐""难民收容所寄居之难民""既无户口，又无确实身份证明之游离分子""形迹可疑者""经人告发或被认为嫌疑户者"，一律疏散出长市"防线外居住"。但是，"难民壮丁适令者"除外；"散兵游勇之合役者送团管区收管"。

疏散办法根据不同人类采取"劝诱""鼓励""拘捕""强制"等手段，"须于当日晚戒备后，由主办机关办理手续，于翌日三时前押出卡哨送至指定地点"，"各警察分局所须依管内住民人口千分之八十之比例"逐日疏散之，"但得酌量地方实情增减千分之三十"，"被疏散出市者除携带十日份干粮及应用衣物外不得携带粮食及禁品"。

"既经疏散之市民不得再行入市。""疏散之人口以20万为（任务）标准。"也就是说，郑洞国与尚传道的目标是要将全市人口的一半赶出城去。"本办法由主办及协办机关秘密执行之。"[20]

较长一段时间，笔者始终没想明白，以游民、难民、嫌疑户名义大批将市民疏散出卡哨之外，郑洞国和尚传道做都做了，而且早在5月31日打定主意（有爱勇勉字第1884号代电为证），6月15日就着手实施了，有何不敢承认？为何推到自己"跟了几十年"的恩师与领袖蒋介石头上？当然，下令疏散居民这种事蒋介石一定能做得出。

一叠档案中有这样一份："1948年6月24日发件，国民党成立军粮筹购委员会长春分会会议通知"，无意中启发了我。这是发给长春市政府尚传道的会议通知，通知人落款并非第一兵团司令官，而是"兼主席郑洞国"。

这是一个被笔者忽略了的职务，而郑洞国本人似乎并未忘记这个职务上附带的职责。身为百姓之父母官——吉林省主席，百姓向政府缴了税（纳了粮），又将自己的子弟送其部队当兵，让他吃住在全省最好的公馆里，为的是灾荒年或遭遇匪患时能得到政府开仓赈灾。

而郑洞国在百姓还有一个半月粮（尚传道调查结果为全市粮食可以吃到7月底）的情况下，却将全市一半（20万）百姓赶出城去，每人不许带走超过10日的干粮，其余的粮食都要留下。留下给谁？显然是军队。

郑洞国亲自批准的《长春市政府疏散市民办法》开了掠民粮而养军的先例。多数小民百姓一辈子可能就攒了一个窝——房子，没人愿意在强制下离窝去那不确定的城外冒险。"厚道"的郑洞国当时是否想到了省政府主席的职责欠缺？应当是的，否则为什么要求"秘密执行之"？

郑洞国与尚传道异口同声说，向卡哨外疏散百姓是"大约8月上旬"（郑）和"七月下旬"（尚），应当是很聪明的讲法：

一是"疏散人口，不是我郑某人的个人主意"。[21] 这是蒋介石下的命令。

二是尚传道调查表明，全市存粮"只能吃到7月底"。[22] 7月底向外疏散人口，即使无蒋介石的命令，市民无粮，向外疏散放人应当有理。放到卡哨外，共军不向外放，那就不是我的责任，而在卡哨内，省主席就有责任予以难民救济。

一个顶顶重要的原因，国共双方都认可，饥饿而死的人很多是在两军卡哨的中间地带，在市民还有一个半月（6月15日至7月底）粮食的时候，就把老百姓赶进了无粮的卡哨中间地带，岂不是把饿死百姓的责任弄到自己身上？因此，一方面推到蒋介石身上，一方面又把蒋下令疏散时间定在粮尽的7月底，饿毙百姓的责任不就摘掉了吗？

所以，尽管都做了，聪明的郑洞国与尚传道绝不承认是自己的决定。

久经战阵的郑洞国自然知道城内有粮的初期，林彪是不可能让百姓出城的。不仅林彪，任何打"困饿战"的将军，包括自己若是处在林彪的位置上，都不会让守军卸掉食口包袱的。

所以，郑洞国投诚以后主动在回忆文章中替共军找了一条理由："因老百姓到解放军阵地前要查明身份才能放行，致使大批拖家带口的市民麇集在南郊和东郊阵地之间的空隙地带，一时欲出不得，欲退不能。"[23]

这是一条理由。

7月12日，长春工委情工组通报：近日长市"大量派来形形色色之特务，阴谋破坏我解放区之治安。现九台已发现逮捕一名长市敌人派来撒毒小孩'张显福'……敌用经济食粮引诱控制方法，首先供给小孩吃用，后来则驱使，令其到九台往井里撒毒……正撒之际……被我兵站部的同志发现"。[24]

8月2日，长春工委情工组通报："8月1日晚11时许，于八里堡、二道河子交界地点，即我8师、9师双方警戒线之政治真空地带，有降队胡子约70余名，伪装难民，在60军枪炮掩护之下，突入我军后方。当被我军发觉，击溃其一部并俘获1名。据供：该部匪军系受农安县一地主儿子（姓名不详）所领导，企图突破我军防线，窜往米沙子、农安一带，疑与匪首'老三点'会合，至我后方进行特务破坏工作。"[25]

8月4日，长春工委情工组紧急通知："据我长春内线力量报告，（1）有很多党团分子及特务人员，他们利用我方宽大政策，携带（上交）手枪一支，就可通过我们防线卡哨，逃去沈阳或混入我解放区。如松江省党部杨喜等三人，就是这样逃去沈阳的。（2）最近长市敌人假造我方高级政府机关或某独立师团之官防印件，假造路条护照……国特分子富审、刘子玉、马熙良、黄秉泰、陆怀璋等，于7月21日持我方假官印之证明……我某部负责人招待他们吃了一顿饭，另外还给了10斤米。（3）对彼等投诚之真伪并未详加考察。因此，难免有些匪特分子乘机混入我解放区来，以致最近在我后方卡伦附近，已经发现匪特暗杀我方哨兵或通讯员之事件数起……望将上述情况，从速通知前线有关部队注意。"

"8月下旬，我在前线盘查出城人员时，发现长春警察局督察长陈新园

（军统少将）装成裁缝师，领着岳父、岳母及妻子，打算出长春后向关内潜逃。陈是浙江奉化人，蒋介石的外亲。"[26]

卡哨向外放人的确不是简单之事，不是说放就放，要逐个审查明自后才放行的。即便到了9月11日，只要愿出的难民一律放行，也要进行检查后放行。第12纵队给上级报告称："从朱家崖卡口14日晚放出3000余，查出轻机（枪）一挺。"[27]

查明身份再放人是一条原因，但这一条绝不是主要原因。

实际情况是，自6月22日围城各部队到达指定位置至7月底，甚至8月上旬——围城的初期，林彪基本上没怎么放人，原因是城里还有粮食。郑洞国看穿了肖劲光的企图，深知坐以待毙，乃兵家所忌；积极的防守，就要主动出击。蒋介石给郑洞国的八字方针"固守待援"之外，便是"相机出击"。

7月上旬，郑洞国"相机"在一个大雾天，突然发动了重兵多路出击。6日拂晓，新7军暂61师和60军暂21师共5个团兵力向西南、正南、东南攻击，三路两虚一实，其中西南为主攻方向。密集的炮火，摧毁了肖劲光防御前沿大部分工事。独9师的前沿阵地小河沿、四家子遂被占领，防线被楔入五六里地；继而向双阳公路进击。

在东野第一兵团司令部值班的政委肖华，直接给丢失阵地的独9师2团首长下令："你们不能再后退一步，失掉的阵地要夺回来！"

这是围城后打得最残酷的一仗，双方都有很大伤亡。独9师2团6连在装备劣势情况下，子弹、手榴弹打光了，与滇军暂21师出击部队拼起了刺刀。守在阵地最前沿的6班毙伤敌20余人，全班壮烈阵亡。战斗结束，100多人的6连仅剩40余人。

郑洞国内心明白，自己的部队是打不出林彪包围圈的；即便打得出去，到沈阳数百公里遥遥路途，两侧有着林彪几十万精兵强将，他只剩困守一条路。所以要出击：就是要将"食口"——吃粮的城中百姓甩出去。

整个围城期间，郑洞国除7月上旬和10月上旬两次大出击外，局部的出击达30余次，总共伤亡3000多人。虽未突围出去，但突击时多数都裹带着百姓。开始是部队在前，百姓在后；后来是百姓在前，部队在后。

为了将更多百姓送出卡哨之外，郑洞国采取了欺骗宣传与强制驱逐两手并用的办法。开动宣传机器与保甲长走访开会办法，广泛告知"7月1日是毛泽东的生日，八路军放卡子7天，要赶快乘机出城"，并为听信宣传的居民提供方便，用卡车载人到肖劲光围困部队警戒线附近。同时，在街上捉捆乞丐，开释监狱犯人，强行拘押出卡哨之外。

这一招，立马捅到了林彪的软肋上。

肖劲光后来在《解放长春》一文回忆道："这些源源不断地被赶出的骨疲如柴的百姓，对我部队压力很大；部队既要执行封锁任务，又要维护人民群众的利益；既要打破敌人恶毒的阴谋，又不能让成千上万的百姓饿死。"肖劲光说，这是一个"非常复杂的政策问题"。[28]

当时流行着一种灰色的说法，既然是打的"食口"战，国共双方的主帅拼的是一种心理素质。在死人面前，看谁的心更硬、更残忍，谁最终将是"困饿战"的赢家。

被捅了"软肋"的林彪、罗荣桓能挺得住吗？

注释

[1]《东北人民解放军司令部阵中日记》中共党史资料出版社，1987年版；张赞新、孙淑范主编：《长春围困战》，1999年版，第112—115页。

[2] 同上书；《长春围困战》，第132—137页。

[3] 郑洞国：《困守孤城七个月》，《辽沈战役亲历记》，中国文史出版社，2012年版，第266—267页，全国政协文史和学习委员会编。

[4]《东北人民解放军司令部阵中日记》；《长春围困战》第141页、157—158页。

[5]《毛泽东文集》第五卷，人民出版社，1996年8月第1版，第105页，中共中央文献研究室。

[6]《东北人民解放军司令部阵中日记》；《长春围困战》，第142页。

[7]《围困长春——一个特殊类型的战役》，沈阳军区《围困长春》编委会，《长春文史资料》1988年第1辑，第118页，长春文史资料委员会，1988年7月出版。

[8]《国民党第一兵团司令部为空投军粮物资抢藏不报者严惩的训令》，赵欣主编：《长春档案文献》1948年卷，吉林出版集团，2014年版，第316页。

[9]《东北人民解放军司令部阵中日记》；《长春围困战》，第142—143页，第147—148页。

[10] 罗荣桓：《关于围困长春的报告》，《罗荣桓军事文选》。

[11] 同上书；唐天际：《围城中几个问题》，《长春围困战》第196—197页。

[12] 那狄：《长春死城》，东北人民解放军围城指挥所《围城简报》第2期，第58页；《长春解放》，中国档案出版社，2009年9月第1版，第103页，长春市档案馆编。

[13]《长春解放》,第95—97页,第101页。
[14]刘统:《东北解放战争纪实》,东方出版社,1997年版,第436—437页。
[15]罗荣桓:《在东北局吉林高级干部会议上的报告》,《长春围困战》第89页。
[16]张正隆:《枪杆子1949》,人民出版社,2008年版,第250页。
[17]《东北人民解放军司令部阵中日记》,《长春围困战》,第140页、143页、148—149页。
[18]郑洞国:《困守长春始末》,《新七军投诚》,吉林省军区政治部《长春国民党部队投诚》编写组,《长春文史资料》1988年第2辑,第216页,长春市政协文史资料委员会,1988年10月出版。
[19]尚传道:《长春困守纪事》,《辽沈战役亲历记》,第356页。
[20]《长春市政府疏散市民办法》,赵欣主编:《长春档案文献》1948年卷,吉林出版集团,2014年版,第313页;长春市档案馆藏123-3-21,永久。
[21]《围困长春——一个特殊类型的战役》,第126页。
[22]《辽沈战役亲历记》,第350页。
[23]《新七军投诚》,第217页。
[24]长春工委情工组:《关于严防特务破坏我解放区的通知》,《长春档案文献》1948年卷,第51页。
[25]同上书,第62页。
[26]张正平:《插进敌人心脏的利剑》,《新七军投诚》,第192页。
[27]《东北人民解放军阵中日记》;《长春围困战》,第167页;《东北解放战争纪实》,第640页。
[28]肖劲光:《解放长春》,《长春起义》,中国人民解放军第50军军史编写组,《长春文史资料》1987年第3、4辑,第50页,长春市政协文史资料研究委员会编。

第 24 章 卡子

卡子，进出城的口子。

卡子实际上有两道，国共两军并未直接对垒，双方有一个缓冲地带，缓冲带内是国民党军的卡子。长春人过去买房习惯说，五桥以里或以外的。长春城区一边是伊通河，一边是铁路，铁路上的 3 座桥和伊通河上 2 座桥一度成了新老城区的界线。

林彪部队围困长春后，曾于 5 月 20 日、6 月 4 日、6 月 21 日三次压缩包围圈。到 6 月 21 日第三次压缩后，二道河子区（当时正式名称指的是和顺、东荣两区）被肖劲光东区封锁部队攻占。

国民党军的卡子以内范围为：城区西北的西安桥、东北部的东大桥、东部的南关大桥、西部的西朝阳桥、西南部的洪熙街（当时没有桥）。洪熙街卡子位置在现今红旗街省医院路口附近。

与国民党军相对应的是肖劲光围城部队的 5 个卡子。双方离得很近，彼此可以听得到说话的声音。

国共两军卡子中间，是不规则的真空地带，纵深幅度有三四里地，绕城 40 华里一周，是一片较大的区域。里边有菜地、荒地、小树林、高粱地等，还有一些没有走的原住户。一些走了的住户计几千处房屋，大部分都被守军抢走拆了木头做烧柴，房盖上苫的草做了马料。一些被撵出或逃到这儿的居民只能在无盖的房框子栖身。

6 月 28 日，长春大批市民结队涌到康德会馆后院守军粮库，冲破警戒集体抢粮。国军和警察开枪镇压，死伤了不少人。国民党严厉的态度，断了居民盼望政府赈灾的最后念头，城内存粮不多的居民便成群结队拥出卡子。郑洞国的食口"减法"计谋奏效了。

7 月中旬（请先记住这个时间，离 7 月底粮尽还有半个月），卡哨内外中间地带已聚集了几万人。最初一些人可以用携带的细软换些粮吃（走私），中间地带原住户杀马卖肉时也可换点吃。原本以为出了卡子便可出城，但肖劲光的围城部队却不放出，把欲爬出封锁线的老百姓聚集起来，态度和蔼地告知："这是军事命令，任何人不准通过，你们百姓回去吃，吃光了，长春就快'解放'了。"洪熙街有破烂市，衣物不值一文，吃食价格与市内平行，卖糠饼小贩时遭抢掠。

出卡的百姓并未遇上报纸宣传的毛泽东生日"放卡7天"的顺事，便想再度回卡哨内，城里怎么也能搞点粮食，何况还有市场，虽价格昂贵。房子里的东西什物，多少可以换些吃的；即便没有粮食了，城里头还有代食品——烧锅里的麯子、鸡饲料、豆饼、糠麸等。这些东西在尚传道清查登记粮食时并不在内，却可以果腹。意外的是，守军也不准许回城。

7月15日，洪熙街出卡居民公推名叫李玉海的为代表，向市政府请愿回城，却不料市警察局立马将其逮捕，理由为"似非一安分分子"。"长春防守战争之胜负系于军政干部意志之强弱，匪我双方孰能狠心则孰胜。该民在匪方请愿未遂，竟不避危险爬进城来，宣传难民之痛苦，军警之肆虐，不无动摇我方干部信心，增加政府困难，酝酿人民反动之虞。际此危急存亡之秋，宁可错抓一人，不可错放一人，拟将该民逮捕长期拘押查考，以免为匪利用，铸成大错。"

尚传道接到市警察局报告，大概想到李玉海到共军方面请愿未受到责难全身而退，国军也不能过于严厉，批示道："疏散市民为政府既定决策。"来府请愿"破坏政府及国军声誉""如不早日弹压，后果堪虞。着该局长即派委员将该李玉海予以拘禁，但饮食居处应予优待，并不时派员予以训导"。[1]

"匪我双方孰能狠心则孰胜"，代表了守军将领的统一认识。两军卡哨中间地带出现了饿死的百姓，尤其在洪熙街一带，面对郑洞国的强硬，无奈的林彪与罗荣桓首先软了下来。

8月初，下令放行滞留于卡子中间地带的难民。没有料到的是，"三天内共收两万余，城内难民立即又被疏散出数万，这一真空地带又被塞满"。更为可怕的是"此时市内高粱价由700万跌为500万，经再度封锁又回涨，很快升至一千万"。

素来谨慎的林彪害怕了：一是城内守军有粮，粮食市场还在交易，虽然价格高昂。二是大批放行食口，会使"困饿战"中途流产。因为中间地带的空隙，郑洞国随时可以填满，从而卸掉城内居民食口，以补充守军。三是虽然真空地带居民已无消耗守军粮食的食口意义，但只要这儿有很多人滞留，就会警示卡子里的居民勿蹈险地，城内疏散的速度就会减缓；居民只要不出卡子，就会消耗城内的粮食。

林彪、罗荣桓在郑洞国的逼迫下，做了一定程度的退让，围困方针由"完全围严困死"并对出城群众"务必设法劝回"，改为"基本禁止出入；已经出来者（卡内）可酌量分批陆续放出，但不可作一次与大量放出，使敌不能于短期内达成迅速疏散"。[2]

为防止饿死多人，林彪、罗荣桓责成吉林省委负责难民收容救济工作。8月14日，中共吉林省委做出的《关于处理长春外围难民的决定》指出：被蒋军"强迫驱出在敌我封锁区之间，为数8万人，且日渐增加中。该难民停留区，由于敌人抢掠，早已十室九空，已陷入严重的饥饿状态中，每天饿毙者日渐增加，情况甚惨。省委按东北局指示，为救活数万难民着想，已决定分别收容，紧急救济，分散安置"。

决定以唐天际总负责，会同省委省政府省军区和附近各县县长，组成"处理难民委员会"，"长春、九台、德惠、伊通、双阳、永吉、盘石、舒兰、蛟河、桦甸等县应准备接收难民"，"120人省委工作团，全部移交处委会使用。九台、长春、伊通、双阳调15—20人地方干部到处委会工作"。[3]

唐天际，参加过北伐战争、南昌起义，曾任红5军团政委，"八一五"后进入东北任吉东省委书记兼军区政委。时任围城部队第一兵团副政委兼政治部主任（东野大军南下时任21兵团政委、湖南军区司令员，1955年授予中将军衔），让他总负责难民救济工作，可见林彪、罗荣桓对此的高度重视。6月17日，唐天际在围城部队和吉林省高干会议上就紧急救济、分别收容、分散安置难民提出4条操作原则：

甲、难民已进入警戒线内及警戒线外附近之地区，或我军攻占之地区，对是饥饿很严重者，放出或予以就地救济，至于城内及敌乘隙新疏散出来之难民则暂不能救济，待调查清查之后听候处理，对于尚存有粮食，或将存粮出卖者不予放出。

乙、不是大肆号召及整批自流的放出，而是在部分地区（指定一定的放行之道路）采取部分的放行，故可先派工作人员进入难民地区进行调查，将真正的难民予以组织，告以放行之时间地点，并予以证明，每一期预计放行之数目要先期报告，以便准备救济。

丙、在放出之难民中，工人与学生可以吸收者经难民处理委员会转至适当地点收容，但不是号召城内工人学生都出来，对于真正有特殊技术之人才，可以号召争取其出来，亦送处委会。

丁、在前线放行之出口，设立检查站，后边设事务所，各师地区设办事处，以上均由军队地方双方参加组成。[4]

虽然郑洞国的政策是尽快疏散城里人口，口说不许携带超过10日份的干粮，但到了国民党卡哨就逐个搜查，主要是翻贵重物品和吃的东西。长春老居民王连润回忆，卡哨上的人眼睛毒着呢，穷人翻几下，一挥手厌恶地赶走了；富人不行，再能装穷不拿出贵重东西休想过去。9月11日后围城部队已全面放行城内居民，德顺泰杂货店老板的夫人带5个孩子出卡子，一下子被认出是有钱人，便百般刁难，最后交出两个金戒指才予放行。[5]

郑洞国签发的《长春市政府疏散市民办法》规定，疏散由警备司令部督察处和市政府执行，正副哨长的位置自然落到了这两家头上。这是一个发国难与民难的"肥缺"。

例如，南关大桥哨长是督察处特务少校韩少敏。东北局敌工部与城内地工为出入城搜集传递情报方便，用数两黄金买5斤猪肉向警察三分局长马恒礼行贿，使地工李成仁谋得副哨长之职（此前，城内中共地工曾花费数十万元于60军谍报处买一个谍报证）。至于一般卡哨值勤人员接受贿赂，私吞老百姓粮食、财宝则难以计数。[6]

只要钱花到位，出了卡子也能返回市内。《兵临城下的家书》中有宋金书给济南父母信说："出去的人都在范家屯和孟家屯一带禁留不放，中分行王兄于6月17日出去，在24日晚返长托人接进卡口。东西仍在卡口外，又烦好多人在26日搬回城内。"[7] 银行王兄有钱，自然会打通关节。

青年学生吉凡也在家书中说，像他这样的"适龄壮丁和高中以上的学生不准出城"，但只要"托托人就可以把我送出市外去"。[8]

实事求是记述历史。在围城和放行安置难民初期，围城部队也有违反政策的。对城内国民党军人尤其携枪投诚者和城外稀缺技术人员，比如医生，是采取欢迎接纳政策的。但有些部队机械执行。

市民张淑琴回忆，人们在卡子前排队，八路的人在队伍两边来回走，边走边说谁有枪、子弹、照相机，交出来就开路条出卡子。有枪的真放，交上就放人，是有钱人在里面买的，都是（好藏带的）手枪。咱不知道（这样能快出去），就是知道哪有钱买呀。老百姓说什么的都有，那些话呀（骂八路的），有的话说不得。

对此，笔者一度也不曾理解，后来看了一份王景春（独9师2团9连文化教员）一篇回忆文章说，他当时的9连虽为2团的主力连队，但只有80%的人配枪，其余的人员发1枚分区造的手榴弹。上级规定，"凡走火1发，丢失1发子弹，要蹲三天禁闭"。

3月11日执行烧掉饮马河桥，迟滞敌军逃跑任务的团宣传队的10余人，只有分队长胡忠有1支配3发子弹的日本"王八盒子"。为了搞到城里敌军的枪支弹药，城外一度给带枪出来的人予以奖励（后被禁止）；城内急于出卡的百姓也想方设法搞枪。

王景春说，有个老百姓拿了一支手枪，领着全家到我连检查站来说："我们倾家荡产花了几十亿（本票）买了点酒菜，把一个军官请来喝酒，把他灌醉了搞了这个玩艺。"[9]

对有些部队执行政策的偏差问题，罗荣桓在给毛泽东的报告中说："我地方机关及围城部队人员，亦有不少违犯禁令，借口打入关系而托买笔买表及日用品者，有乘机发难民财，收购贩卖者，也有乱没收难民金银白钞以及我钞者，以致封锁不严，经检查教育后始予克服。"

手握凶器之人不可能不出现问题，关键在于能否正确严肃处理。8月17日，围城部队召开高干会议。明确指出："借口军用滥行没收，或要难民去买望远镜、药品等作为放行条件者形同勒索。"并规定："所有没收必须经师级机关批准。""违者贷资没收，并以纪律制裁。"[10]

对部队出现的问题绝不迁就姑息，认真查处纠正，这是共产党与国民党的最大区别。

在长春城里几乎坚持到最后的某君，后来在《温故》上撰文回忆了那段出卡子的经历："一家人所以坚持的时间长，是因为爹开了一个饭馆。一家人向东走，出了伊通河边国民党的哨卡，过了南关大桥，进入了伊通河对岸。再往前走就是八路军的哨卡了。""八路军用铁丝网圈成的哨卡处只留下一个窄窄的出口，出口处设有重兵把守，铁丝网外面还挖了两米多深的壕沟，灌满水。壕沟外面还有密布的雷区，谁也休想从这里冲出去。""饿得不成个人形的老百姓蹲在野地里，是等着八路军的路条。一个小个子当官模样的人出来了，一手拿着笔，一手拿着个本子在人群里走来走去，他管发放路条。""军官认真打量着每一个，走到一个两腮塌陷，眼窝老深的妇女面前，军官在本子上写下几个字，递给那瘦弱的妇女。妇女撑了几撑，摇摇晃晃站起来，一步一挪往哨卡走去。"

"路条只发给城里出来的真正穷苦人。判断是不是穷人的唯一标准就是饿的瘦不瘦，谁饿的精精瘦，牙呲出老长，谁就可以拿到出城的路条子逃出鬼门关。"

"娘也饿得精瘦，又带着三个精瘦的孩子。军官围着娘前前后后看了两遍，撕了张路条给娘。娘欣喜若狂，爬起来拍拍屁股上的土，忙领着孩子往外走。哪知刚走出两步，就听身后那军官喊了一声：'你留下！'军官让爹留下。爹生来就胖，再加上是开饭馆的，自然比别人家油水多些，脸还胖胖的有些肉，不像个受苦的人。'俺们是一家呀！长官！''一家也不行，他得留下！'军官铁面无私。"

"'你带着孩子们先出去吧！我再等几天，活一口算一口！'爹转身就往里走。'不！'娘在后面大喊着追爹。""要走咱们一起走，要留咱们一起留。""爹娘带了孩子们往回走着，哪知再走到南关大桥时，被伊通河东岸的国民党军的哨卡拦住了。我家住在平治街，要过了国民党的哨卡才能回家，可这里的哨兵说什么也不让爹娘过去：'只要过了这个哨卡就别想再回来！'哨兵的枪栓拉得哗哗响，明晃晃的刺刀离爹的鼻子就半寸远。全家5

口人，进不得退不得地夹在国共两条防线之间。"

"爹的朋友姓徐，老徐一家也出不了城，窝在家里天天嚼着炒黄豆。见爹来了，老徐就把爹安排在西厢房。""爹住下后，天天到八路军的哨卡处等路条，爹还有一些黄豆吃，不见瘦。路条就落不到爹的手里，爹一天天空手而回。一个月后，爹带的那些黄豆也一粒粒数着吃完了。再住下去，全家人只有死路一条。"

"爹当天去看了地形，回来对娘说：'明天，咱一家人都去爬卡子。'""爹娘在河滩里趴了三夜。夜夜担惊受怕，夜夜失望而归。三天里全家人已无一粒粮食吃，也无一夜安稳觉睡，紧张劳累饥饿，使爹这个胖子彻底变了样子，两腮塌成深坑，眼睛像两个黑窟窿，牙也呲出老长，活脱脱一副活鬼的样子。娘喘着气对爹说：'还是回去等路条吧，你都瘦成这样子了，估计人家也不会再难为你。'"

"军官看到爹一副饿鬼相，二话没说，给爹开了路条。爹接过路条时满身抖得站不住，一手举着路条，一手扶着背上的三姐就往外跑。说来奇怪，只剩一口气的爹竟然背着三姐跑出了哨卡而没有昏死过去。快死的娘也得了路条，领着大姐二姐一步一挪出了哨卡。她们像走完了一生的路，拼着全力迈过鬼门关，浑身都软成了空口袋。（出卡）便有八路军的战士来把爹娘和姐姐们领到哨卡外的难民收容站，每人给了一碗热橡子面粥，粥苦而涩，爹娘和姐姐们却喝得香甜。喝完了热粥，再歪倒着歇一会儿，爹娘觉得像是又从阴间回到阳世，眼珠才转动起来。"[11]

定点分批放行最初在兴隆、净月、长南开设放行口。这三个放行口后边都设有办事处，负责难民的检查、救济、转运等事务。

封锁长南地区的独 6 师，事先派人进入卡哨中间地带摸底调查。那里的难民自己组织起来，派出代表与难民收容工作人员接洽，事先弄好难民名册交付，使 2 万余难民有组织有秩序快速进入收容站。最多该放行口一天内放出 6000 余人。

对收容的难民，不是简单放行就算完事，每个难民都要先进难民收容所里过渡，恢复体力后根据个人情况对生活做出安置。在动员群众、组织基层方面，共产党有传统优势和方法。

就地救济者，按每人每日应发粮数，3天发放一次。每日能走5里以上者，送长春周边双阳、九台、伊通等县安置；每日能走15里以上者，送盘石、桦甸、蛟河等较远县份安置。放出者按分配安置地点行程计日发粮，各发2日份，并指定遣送路线。途中各县、区、村，设大小招待站，防止难民出卡后再度失救流亡。

当陆地上粮食来源被肖劲光的部队彻底切断之后，市内粮价陡然暴涨起来。高粱米成为那一时段粮价的主要参数：

1948年5月每斤0.5万元，6月2日每斤4万元，7月23日22万元，7月14日80万元，7月28日330万元，8月11日720万元，8月18日2300万元，9月10日2800万元（东北流通券）。6月至9月三个月间上涨700倍。[12]

粮荒来临之际，为保证军队粮食供给，郑洞国发明并采取了两项重大举措。

第一项，通过发行大额本票率先抢劫市面上的粮食。

市场逐利，价高得物。上述天文数字上涨的粮价，一方面，令许多少有或略有积蓄的百姓望而却步；另一方面，导致了流通货币已不适应交易媒介的功能需求。市面流通的1元、5元、10元、50元、100元小面额东北流通券，以及稍后发行的500元、1000元、2000元、5000元、10000元券，全部无法满足长春守军的浩繁军需采购之用。于是，郑洞国以军政长官名义强令中央银行长春分行，在长春发行东北流通券大额本票，硬性规定本票与东北流通券同时在长春市面流通。

本票，原属银行内部使用的结算凭证，不应具有市场流通功能，即便非做流通之用，也应有实物做信用储备。市长尚传道曾建议郑洞国向蒋介石及行政院申请拨给长春1万两黄金，交付长春分行存储。结果过了许久，只得到行政院复电说："已交财经两部议复矣。"便再无下文，直到长春解放，也无半两黄金运来。

没有实物储备的本票实为废纸1张，郑洞国心知肚明，仍然发行这些废纸，给部队去市场上抢购粮食，而且肆无忌惮，毫无节制。

开始，每张本票不过30万、50万、100万、200万元，后来，竟然发行1000万元、2000万元、5000万元、1亿元、1.2亿元巨大额本票；至解放前夕，面值1.8亿元的本票尚未来得及流通便胎死腹中了。

据银行内部人士后来透露，"这些大票本票的发行印刷来不及，统由中央银行长春分行抽出100多名职员白天黑夜地填写，之后再加盖上郑洞国的印章，作为货币流通"。截至1948年10月6日，长春分行共发行本票8311133亿元。[13]

本票滥发铸成了两个后果。第一个对老百姓而言，是要命的恶果。这些没有实物储备的废纸疯狂参与市场，与民争利，欺骗性地将长春市场上的粮食劫掠一空。

作为长春市长的尚传道深知发行大额本票、骤然增加货币流通量，必然抬高物价，导致市场秩序混乱、民心浮动。在郑洞国发行本票之初，就提出对粮、煤、油、布四种物资实行限价，派出大批战时政工队员到市场明查暗访，抓了20余名违令哄抬物价的商人，罚他们戴高帽子游街。严厉惩罚，以儆效尤。却不料长春警卫司令部参谋长安震东、粮食同业公会理事长宋尚臣相继去见郑洞国说情："这样雷厉风行地限价，军粮不能再买了。"

发行大额本票的初衷，原本就是通过经济手段从市场上掠夺军粮。郑洞国找尚传道说："物价仍应管制，以改采议价为妥当。"尚传道只有屈服："我只得服从，于4月9日取消限价，改用议价办法。"[14]

有人评论，郑洞国不仅是一个合格的军人，而且深谙经济经营之道。假如他有机会在商场，也一定会成为叱咤商海的一个领军人士或企业大家，本票的发明便是例证。老百姓手头那几个钱，岂是随意填写天文数字本票的对手？在这场抢夺粮食——活命资本与保障的斗争中，谁是赢家，不言而明。

发行大额本票的另一个后果，对少数人说来，是一个绝大的福音。一部分手握重权的军政官员获得了百年难得的暴发机遇。

首先是手握粮食的各个军需官，高扬的粮价刺激了他们的发财欲望。新7军"军部粮食仓库5个军需官盗卖了500包大米被发现。结果一个上士被处极刑"。[15]

不过，手中有本票分发大权的官员则不必冒这个险，只需利用长春与关内的物价差便发了横财。1948年6月1日至7月3日，仅1个多月时间，中央银行长春分行汇往关内款项共8600亿元；长春交通银行6月份汇出款项890亿元；中央信托局长春办事处汇款最多，达9500亿元。[16]

由于长春的物价高于关内国民党统治区千倍，甚至万倍，他们汇出的几千万、几亿元，在长春只值几斤、几十斤、上百斤高粱米的钱，到关内竟可以换几两、几十两、几百两黄金。

新7军少校何恩波给四川成都渥弟写信："本月初，我又给家中汇了三千万法币回去，大概家中可能有1亿活动金了。"[17]

崔清勋6月份安排家人："余之薪饷为法币2300万元……贤侄收到可立刻给我买麦粉存之，待有机会给我点（买）土地，以洼地为佳。"[18]

60军输送营营长兼代人事科长尹秉义6月24日向昆明电汇一笔达2.76亿国币，让父母在城里买一栋房子开商号："能够设法在昆明开一家米店更好……还需要若干本钱，请速函示，另即设法汇回。"[19]

后来，关内银行付不出这一笔笔手填写的（本票）巨款，报告了蒋介石。蒋介石严令郑洞国自1948年9月起，不准再向关内银行汇寄此款，封堵了长春城内大小官员发财的途径。[20]

但是，高级官员发财之路，蒋介石是堵不住的。关棱如致北平如弟，信中说，师长陇耀特批他离开部队，因为陇耀"投资要我去云南开一个医院"。[21]

后来，尚传道说自己当时幼稚地认为，用若干两黄金的代价，换取长春的固守应当是合情合理的，弄不明白蒋介石为何不予拨付。这也是当时国民党诸多圈内人士的一致看法。严酷的事实是，蒋介石的确一毛不拔；不仅一毛不拔，而且此时正在雁过拔毛。

国民党政府于1935年11月开始执行法币（法定货币）政策，帮助国民党渡过了抗战期间的财政难关。1937年7月，法币发行总额只有14亿元，到1945年8月日本投降，法币发行额增加到5000多亿元。抗战胜利后，国民党中央银行掌握了五百几十万两黄金和7亿美元外汇。

如果国民党不挑起内战，财政不会到达崩溃边缘。为打内战，从

"八一五"至 1948 年 8 月,"短短三年时间,法币发行量猛增 1180 倍以上;若与抗战前夕相比,则增加了 47 万倍,法币贬值 400 万倍"。

"国民党高级官员惊呼:中国已面临着经济最大危机的关头,若不设法抢救,恐将因金融的破产使政治崩溃。"正是在此山穷水尽之际,蒋介石下令实行金圆券币制改革。

该项改革最突出的一条是"限期收兑人民所有黄金、白银、银币及外国币券"。为了逼迫人民以金银外币兑换金圆券,蒋介石派儿子蒋经国到上海"督导"。蒋经国亲率"戡乱建国大队""青年会联谊会"等大批人马,指挥上海金管局、警备部稽查处等 6 家军警单位开展"打虎"行动。市民和民族工商业被表面现象蒙蔽和迫于压力,"八九月间,外滩银行大厦前人流如潮,争先恐后,仅上海中央银行一下子就收兑黄金、白银、外币共值美元 3.73 亿元"。[22]

当年国民党中央银行币制改革专家组召集人李立侠(兼任上海金融管理局长)后来撰文说,当时我们以为蒋介石采用财政部的办法是非常愚蠢的,其实完全没有看到蒋介石别有"用心"的一面。"在金圆券发行之初,蒋介石每天晚上要同俞鸿钧(中央银行总裁)通一次长途电话,要俞报告收兑金银外币的数字,其他的事情都不是他所关心的。"到了 1948 年 11 月份,"蒋介石也搜刮得差不多时,他的王朝末日也到来了。蒋在下野逃亡的前夕,密令俞鸿钧把所搜刮的黄金、白银、外币悉数送往台湾"。[23]

殊为可怜的是,眼巴巴盼望蒋介石拿出真金白银来垫底、苦撑固守长春的郑洞国和尚传道,做梦也想不到嘴上说着视他们如"兄弟"的倍受尊敬的蒋委员长,会将应当给他们的万两黄金席卷至孤岛而去。

本票的巨大能量,很快将市场上的粮食吸纳殆尽。尔后,国民党军便把目光一起盯向了市民的口粮。

据郑洞国讲,6 月初,正在庐山避暑的蒋介石给自己一封密电,"特别命令我将长春城内人民的一切物资粮食完全收归公有,不许私人买卖,然后由政府计口授粮,按人分配,以期渡过眼前难关"。

郑洞国说:"我明白蒋先生的这道命令完全是个'杀民养军'的办法,但又苦无他计,只好分别找省政府秘书长崔垂言先生和长春市市长尚传道先生商议措施。他们见了蒋先生的命令也都连连摇头，说千万使不得，倘照此行事城内必定大乱。""我还是指定崔垂言先生、尚传道先生等，共同拟定了一个《战时长春粮食管制暂行办法草案》。"[24]

这就是郑洞国保军粮的第二项重大举措。

6月22日，旨在剥夺市民口粮的《长春市政府战时粮食管制办法草案》（以下简称《办法》）公布实施。《办法》列举管制粮食的种类包括大米（含稻子、粳子）、小麦（含谷子）、高粱、高粱米、苞米、大豆、小豆、豆饼、面粉、小麦共10种，要求市民每人每月以45斤计算，只准存留三个月口粮，多余出来的粮食即为"余粮"，"由政府按市价1/2征购"。对"登记不实"或隐匿不报者，一经查获，除了把粮食全部没收以外。"人犯"要以法严惩。[25]

这个《办法》颁布仅仅过了几天，7月1日又下达了粮食管制补充令，把麸皮、糠秕等也列入管制范围，除了菜类、酒糟之外，几乎全部列入管制。实际上连居民食用豆饼、糠秕的权利也剥夺了。

蒋介石的电令是公开而不掩饰地杀民养军。郑洞国的管制《办法》虽然在文字表述方面有所缓和，但同蒋介石的政策本质上没有丝毫差别。如果说蒋介石的电令是逼在人民咽喉部的一把锋利的尖刀，郑洞国的《办法》则是勒在人民脖子上的一道绞索。

《办法》首先规定在市区保三级设立战时粮食"管制委员会"，并且赋予管制委员会（警察人员协助）一项重要职权——逐门挨户清查登记市民存粮。

应当承认，郑洞国"登记"式的管制《办法》的确比蒋介石"人民的一切物资粮食完全收归公有"和缓，并且许诺查获隐匿的"私粮"，除60%拨售军粮外，30%平价售予"公教员警""军人家属""文化工作人员"等，10%配发"赤贫"与义民，很是"温暖"。实际操作上，"清查登记变成了入户公开强抢"。

当时的长春市民政局一科科长陈运刚（后任国民党第一兵团政工处第二课中校代理科长）回忆："'征购余粮'时，交给我们民政部门的任务是带领士兵到各区，分保甲挨户搜查。我也带了一组人到二道河子某街查粮。

每到一家，先叫主动交出余粮，实际上是进屋就翻箱倒柜，用枪托敲击地板墙壁，检查有无夹墙地窖。如发现粮食，哪怕是少量的，也要尽数拿走，根本不给钱。如要反抗，动辄打骂、脚踢，甚至刺刀枪托相向。"[26]

抢掠百姓最甚者当数 60 军暂 52 师，这支由原交警队特务武装改编的部队纪律最为败坏，被百姓称之为"闻香队"。市长尚传道回忆："只要看见老百姓哪家冒了烟，士兵们就三三两两，拥到那家，把煮熟的饭抢吃了。弄得那一带的居民怨声载道。我知道这个情况以后，亲自去找到李嵩和该师政治部主任谈判，要他们设法制止，并答应拨一部分粮食接济，我还在报上发表谈话，提出'饿死不抢粮，冻死不拆房'的号召，引起 60 军的反感。"[27]

对此郑洞国也曾回忆道：尚传道在报上披露此事，"引起曾泽生将军很大不满，他为此事专门找我，气愤地提出抗议。我只好抚慰他一番，并替尚先生做了些解释，委婉地劝他尽量设法约束士兵，免生意外"。[28]

尚传道为民请命，竟遭抗议。郑洞国的"抚慰"与"委婉"，等于纵容支持曾泽生的部队继续抢掠百姓而自养。

长春市档案馆一份尘封已久的文件《国民党长春市政府为中正区指导员提议制止军人入户强征民粮的呈》，颇耐人寻味。

这份文件是尚传道转呈郑洞国的。作为一市之长尚传道，几个月来亲眼目睹自己制定的《办法》给百姓带来的巨大伤害，借一个区的指导员之口说出了自己的意见：

"案据中正区指导员李树栋于本府汇报席上指出'近来时有军人不分昼夜至居户搜索粮食，强制征物，影响民心，有碍社会秩序，请设法制止'。"查该员提案各节均属急要。本府拟即采取措置。"拟请将战时粮食管制委员会予以撤销……并将前奉颁长春战时粮食管制办法予以废止。"[29]

应当承认，学生出身的市长尚传道同职业军人郑洞国比较起来，毕竟有一时的心软出现，面对自己亲手奉令炮制的《办法》大批饿死居民，故而提出对"杀民养军"予以刹车的意见。

但是，郑洞国装聋作哑。为了他的部队，他已置百姓生死于不顾了。

注释

[1] 国民党长春市警察局呈市长尚传道的密件,市政府登记号:755号,中华民国三十七年(1948年)7月17日;长春市档案馆藏123-2-140,永久。

[2] 刘统:《东北解放战争纪实》,东方出版社,1997年版,第636页。

[3] 中共吉林省委:《关于处理长春外围难民的决定》,《长春解放》,中国档案出版社,2009年版,第101—102页,长春市档案馆编。

[4] 唐天际:《围城中几个问题》,张赞新、孙淑范主编:《长春围困战》,1999年版,第196页,中共长春市委党史研究室。

[5] 徐国臣:《建国初期一个家庭的难忘记忆》,《往事》,2014年第2期,第51页,政协长春市委员会文史资料委员会。

[6] 诺青:《一场恶战》,《党在长春的地下斗争》,1991年6月版,第185页。

[7] 戚发祥、姜东平:《兵临城下的家书》,吉林人民出版社,2008年版,第174页。

[8] 同上书,176页。

[9] 王景春:《难忘的战斗岁月》,《新七军投诚》,吉林省军区政治部《长春国民党部队投诚》编写组,《长春文史资料》1988年第2辑,第107页、113页,长春市政协文史资料委员会,1988年10月版。

[10]《长春围困战》,第197页。

[11]《长春围困战的回忆》,《温故》第1辑,广西师范大学出版社,2004年5月第1版。

[12] 肖劲光:《解放长春》,《长春起义》,解放军第50军军史编写组,《长春文史资料》1987年第3、4辑,第49—50页,长春市政协文史资料研究委员会编。

[13] 唐继革:《国民党"杀民养军"政策的出笼》,《往事》,2014年第1期,第17—18页。

[14] 尚传道:《四进长春》,《长春文史资料》第8辑,1985年1月出版,第75页,政协长春市委员会文史资料研究委员会编。

[15] 惠孔多:《新七军人事课员的见闻》,《新七军投诚》,第315页。

[16] 唐继革:《长春国民党官员大发战乱财》,《往事》,2014年第2期,21页。

[17]《兵临城下的家书》,第88页。

[18] 同上书,第160页。

[19]《往事》,2014年第2期,21页。

[20] 杨治兴:《在郑洞国将军身边》,《新七军投诚》,第369页。

[21]《兵临城下的家书》,第106页。

[22] 张同新、何仲山:《蒋介石败退台湾真相始末》,武汉出版社,2011年10月第2版,第142—143页。

[23] 李立侠:《金圆券发行前一段旧事》,《文史资料选辑》合订本第19卷,中国文史出版社,2011年6月北京第1版,第163—166页,全国政协文史和学习委员会编。

[24] 郑洞国:《困守长春始末》,《新七军投诚》,第215页。

[25] 国民党长春市政府:《战时粮食管制办法草案》,赵欣主编:《长春档案文献》1948年卷,吉林出版集团,2014年版,第324—325页,长春市档案馆编。

[26] 陈运刚:《孤城末日》,《新七军投诚》,第341页。
[27]《四进长春》,第81页。
[28]《新七军投诚》,第214页。
[29] 国民党长春市政府:《为中正区指导员提议制止军人入户强征民粮的呈》,《长春档案文献》1948年卷,第322—323页。

第 25 章　两样的日子

"小白菜哟，地里荒啊，长春市里，没有粮啊！没有粮啊，人心慌啊，遭殃军啊，守不长啊。守不长啊，快投降啊，顽固不化，见阎王啊！"

"高粱叶子，青又青啊，长春市里，不点灯啊！不点灯啊，蒋匪横行，姑娘媳妇，没有命啊！没有命啊，闹革命啊，里应外合，攻进城啊！"[1]

这是当时长春城里私下流传的民谣，说明民心已变。

长春市"八一五"后曾出现过两次结婚高潮。第一次是 1946 年 5 月 23 日，国民党新 6 军廖耀湘部攻占长春后。当时，持有正统观念的人对国民党军怀着仰慕的心情，以嫁一身美式笔挺军装的军官为荣，抱着感恩心态当"光复新娘"。

在此之前，虽然也见到了周保中的东北民主联军，尽管他们说话态度和蔼，买卖公平，借东西还，但长春姑娘瞧不起一身破烂衣服的穷八路，甚至林彪部队败退松花江北时，一些人还放鞭炮庆祝。如今刚过去两年，天道轮回，当年那些令人仰慕的国军竟然朝老百姓的救命口粮下了手，不少人倒怀念起那些态度和蔼、买卖公平、借东西还的穷八路了。

其时，长春第二轮结婚热又起。女人们出嫁的心情由两年前的喜悦变为了无奈。嫁的对象首要条件是手里有权，有权就有粮，其余的条件都没有了。有些甚至不计较什么名分，黄花姑娘心甘情愿成为临时夫人，只为了一碗高粱米而把呼吸运动维持下去。这倒给一些人老色衰的高官们提供了难得的猎色良机。

第一兵团少将副官处长罗寿安在围城第二个月便讨了个小老婆，成双入对进入金店、绸缎庄、饭馆。结婚那天大摆宴席，山珍海味一应俱有。市政府参事兼新 7 军秘书吴德馨参加婚礼后向尚传道报告："花的钱着实不少。"下级军官只要有点权的都千方百计猎艳寻乐。60 军一个连长在已有两位夫人的情况下，5月20日又娶了一个在校的17岁中学生。[2]

军政官员们花天酒地，胡吃海喝，老百姓难免同自己的粮荒联系起来。一些官员便私下掩饰着奢靡的享乐，偷偷地一次把两个女人纳入家中。10月17日60军起义，新7军陷入混乱。该军人事课少尉课员惠孔多去课里秘书家，遇见两个年轻漂亮的日本女人，面带愁容站在一边。一问秘书，才知道他们是新38师军需处长的两个小老婆，处长已自顾不暇，便将她们赶了出来。秘书问惠孔多要不要，要的话就领走一个。惠孔多好气又好笑地说："迟了，来不及了。"[3]

一些军政官员虽然没有公开纳妾讨小，可一天也未停止过寻欢作乐。围城期间，军官们的舞会成为一景。

"60军参谋长徐树民、暂21师师长陇耀每星期六晚上都在他们的公馆里举行跳舞晚会，伴舞的主要都是他们部队里的女政工队员。空军251地勤队长张智忠则经常在空军大楼举行较大规模的跳舞晚会，往往是通宵达旦。这三处我都被邀去参加过。"尚传道说，"蒋介石在四月间就派来两个总统府参军，一个姓肖（树瑶），一个姓李（克廷）飞到长春，代表蒋介石监军。他们授权直接向蒋介石密报部队的情况，自郑洞国起，都不能不敬重他们。这两个人便成了各处舞会的贵宾。"[4]

1948年夏秋之际的长春，人群鲜明地分裂为两个极端的世界。一边是劳苦百姓粮食被搜刮一空，饥饿死人屡屡发生，几成人间地狱；另一边是国民党军政官员不顾人民死活，花天酒地纵情享乐。化用杜甫老先生两句诗为："官员酒肉多，路有饿死骨。"实无半分虚妄。

在长春军统里有两个曾经与中共密切关系的大特务。一个是袁晓轩，另一个是项乃光。项乃光以围城期间大摆"全羊席"，其臭名比袁晓轩更显昭著。

项乃光，又名项廷元，中共党内曾称其为小项，曾任中共东北军工作委员会书记。历史开了个大玩笑：将中共重要情报出卖给李宗仁的项乃光，坚持反动立场孤岛终了一生；李宗仁反倒明辨是非，最终回到了大陆。

1939年6月，时任中原局友军工作部部长的项乃光，向国民党第五战区司令长官李宗仁"自首"时年仅二十八岁。叛变时带走了中共秘密党员国民党第 77 军 179 师师长何基沣捐赠给新四军的 4000 元现款，造成何基沣与国民党 45 军（川军）副军长兼 127 师师长陈离等被解职或软禁，使中共在东北军、西北军、川军的秘密活动严重受挫，当时中共党内称为"小项事件"。

项乃光在重庆受到蒋介石的亲自接见，授予军统少将职衔。1947 年 8 月，被派往东北，出任保密局长春站少将站长。长春站属于保密局外勤机构中最高等级的甲等情报站，为"北满"的特务组织核心，负责指挥整个北满地区的特务活动。

5 月，项乃光指挥手下特务跟随国民党军队外出抢粮，在农村抢来一批羊。项乃光在他居住的原美国领事馆，整整摆了三桌全羊席，将郑洞国以下党政军高级官员全部请到了。项乃光的理由是："暑天吃羊肉，对健康很有益。"[5]

关梦龄，原为长春警备司令部督察处上校督察长，因跟处长张国卿有隙而离职。项乃光便保举他为"军事联络组"组长，专门沟通协调袁晓轩"吉黑地区人民义勇队"的土匪特务武装。关梦龄后来在《黑皮自白》遗稿中自述："每天自在逍遥，整天吃喝玩乐，虽然饿死了无数老百姓，可是我的生活还保持正常。我的习惯，不吃大米，不吃豆油，每天仍然吃最好的美国面粉、猪油，或者芝麻油，鸡、肉不断。一些小特务给我到处搞吃的，我在外边也有一些应酬，所到之处也都是大酒大肉。"

围城之中的关梦龄除了吃就是嫖。找女人跳舞，没有大型舞会，就组织家庭小舞会，轮流在各个"公馆"举行。这个太太，那个小姐，乱七八糟。他倚恃有高粱米可以作为玩弄女人的诱饵，生活极度糜烂："反正快完蛋了，八路军一来，一切都不属于我，为什么不得乐且乐呢？""我准备腌酸菜，叫手下的督察给我买一口猪，预备春节吃火锅，过个太平年。"

10 月 16 日是农历九月十四，关梦龄过 33 岁生日。长春金店同业工会理事长魏占元，张罗找了一些人，关梦龄决定花钱请客，让厨子做了一桌席。鸡鱼海味应有尽有，算上烟酒饭花费达 900 亿元，酒足饭饱，尽欢而散。第二天得知，60 军"叛变"了，关梦龄逃跑前到屋里四下一看，简直是一个拍卖行。一件白狐女大衣用 1000 斤高粱米换来的，另一件黑狐女大衣也值 600 斤高粱米，当时稀缺的缎子被面就十来床……"[6]

在老百姓不仅高粱米，连麸皮、糠秕都吃不到嘴时，国民党军政官员们的生活仍然花天酒地，丝毫没受影响。吉林师管区副司令兼新 7 军少将参谋方传进在新 7 军投诚前，通知师管区副官到自己那儿取粮食。他存了几百斤高粱米，是师管区发的。方传进吃的是新 7 军的空投大米，不吃高粱米。[7]

当时，长春市内虽然物价高昂，但并非没有粮菜可卖。8 月 16 日，国民党中央银行长春分行曾报送经济研究处 1 份特急密件，内容为 8 月 15 日长春市场行情：

"（1）糙米（20）亿元；（3）黄豆（95000）万元；（5）植物油（8）亿元；（6）蔬菜（土豆）（95000）万元；（8）猪肉（26）亿元；（9）牛肉（20）亿元；（13）麸皮（3）亿元。"当然，也有若干品种已无市售："（2）二号面粉无市，（4）花生仁无市，（14）料豆无市。"[8]

围城中侥幸活下来的长春老市民张淑琴证实：永春路的"老藏生"食品店，围城期间一直在营业。那个掌柜不是一般的人物。老市民李素娥也说，南关永安桥头有家炸大果子的，那个香呀。一走到那儿我就拔不动脚了。不要钱，要用金银首饰换。那个财发的呀，去吃的都是当官的和有钱人。

以上说明，只要有钱，粮油菜肉都是可以买到的。手中握有随意填写本票数字的官员们，自然想吃啥便可有啥。10 月 17 日，曾泽生宣布起义，尚传道赶去郑洞国那里："当天晚上，郑洞国和我一起吃饭，桌子上摆着 4 碗菜 1 个汤。"只不过此时，"我们对坐，默默无言。谁也吃不下饭了。"[9]

长春围城期间，诸多守城国民党官兵没有寄出的信件，真实披露了当年诸多不为人知的历史真相。其中一封江子平致四川父母的信中说："男昨日过端午节，长春外围虽八路军炮声隆隆地向城射击，但我们还照常依旧风俗，司令部的官佐亦举行过节的仪式，好像似在家样的过着端阳景象。吃了几个菜一汤，并吃了几个东北风味的粽子。"[10]

战乱年代的俗语曰："连长，连长，半个皇上！"围城中，只要是连长以上的军官，都有享不尽的油水，就连管伙食的连队特务长，也都活得有滋有味。

"浩"致沈阳某部汽车营排长,信中报怨其特务长"缺德",过端午节自个在家安排,"买鸡买肉买大米花了一百多万元。当特务长真没办法,不知那(哪)来的这许多冤枉钱,弟老是奇怪,弟一个不吃酒不吸烟不嫖赌的人,一个月的响(饷)还不够用。他老先生,又有老婆,又有老丈人,又每天吃点肉,又爱赌钱,还是钱多,真是有点不可思议"。[11]

一封"幸儿"致湖南益阳母亲姚淑怡的信,反映了军部重权官员的生活状况:"您老4月15日来信于5月4日奉到,当时我正在包粽子,因此地粽子太不好吃,故此我包了几十个。""我们都健壮如常……在此艰难中幸未受到影响,现在公家有空运粮食来,加之我们囤了很多粮食,最近还卖去一部分……寄了一半多到莲湖去接应这两个月的荒月了。还有一大部分粮食得我们到走时再去卖。昨天我本拟买一件东北最好的皮袍子带回来的,送给您老做50岁的礼物,价贵约1亿5千万,这还不贵。""今天是端午节,老张都忙得很,回来吃了一顿中饭又走了,大概晚上会回来吃晚饭吧,现在军部伙食不好了,他向来是吃惯了,故每天非得回来吃一餐或两餐饭。"[12]

看过此信,笔者掩卷沉思:如果军部"老张"把囤的那"还有一大部分粮食"别等着"到走时再去卖",而是给那些吃不上麸皮、糠秕的穷人,他将积多大的功德?类似老张这样手握重权的人,比如那个一块儿娶两个日本年轻女人的38师军需官,比如可以一次寄2.76亿元的60军输送营营长尹秉义,比如被一名上士替死的那5个军需官,比如向关内邮寄了9500亿元背后的官员们……都拿出对饥民的一点同情心或一部分粮食的"老底子",那会是一种什么情形呢?

笔者这种想法并非凭空臆造:1941年8月,苏联列宁格勒陷入希特勒铁钳围困900天,也采取了对士兵食物配给倾斜政策。最困难的那个冬天,士兵日配给面包800克,还有少量的糖、伏特加酒。而配给城市工人为375克、技术人员250克、一般职员和儿童为125克,并未完全给了军人。

这样的例子也曾发生在中国的农民领袖身上。1864年3月,天京(南京)被清军合围后,城内粮食不足,洪秀全带头吃"甜露"充饥,因而致病（《李秀成自述》手稿）。所谓"甜露"是长在房檐上的一种草，也称"菊花脑"。作为太平天国最高领袖，围城中他是不会缺少食物的。于是感动了忠王李秀成，他下令在门口设粥棚，把府里所有的米拿出来。[13]

不过，这只是笔者的一厢情愿。国民党军政官员不仅把手伸向老百姓，同时也伸向了部队基层士兵。王海宗因为同李鸿是同乡，便被任命为新7军人事课长。1948年1月，课员惠孔多刚到任，王海宗便悄悄交代，把军长李鸿在部队的300名士兵空额，按月做入开支计划并定期支付这部分军饷。

同年6月，兵团骑兵第2旅成立，人事课上尉科员向伯群升调该旅人事室中校主任，临走悄悄交代："我在下面有20个逃亡士兵的空额，已经几个月没上报了，请你下次补报上。"[14]

如果说这种虚报人事、冒领空饷只是坑了国民党政府，而长官"喝兵血"则为普遍存在。小权力如连长、特务长在伙食上虚报花销、克扣士兵屡见不鲜，大权力的高官则挪用士兵饷银已为司空见惯。

家居云南的军官尹辅臣6月28日给妻子信中说："我于最近准备寄一部分款接济家中，待寄出后我即寄信回家。我们4、5、6月饷尚未发清。"一个名字叫玉轩的在家信中称："虽然待遇时常调整增加，然而总只是听得楼梯响，不见人下来，6月份的饷未发，4、5、6三个月加薪已还未得到。为了要用，不得不向上借款。"

新1军政工处派驻留守长春重炮营连级少尉指导员胡长庚在3月16日日记中写道："听说我们4个月来的差贷和粮代金4亿多元，全给潘（裕昆）军长存购黄金了。伊果如此，则罪大恶极，枪毙尤感不足。但是苦了士兵和中下级干部。"又于4月24日写道："2月份的补饷发下来了，现在拿到手的20多万块钱，仅够我买一只新的脚踏车轮胎。压饷的积弊什么时候才可以在中国的军队中消除？"

在如此困顿境况中，年仅21岁的少尉军官陈长庚居然没失去幽默感：晚上喝了冷开水两杯，一直凉到心头，真是有凉（良）心；落雪，吹风，落雪兼吹风，风雪之夜做遐想，落雪遍地银，化雪满街泥；这几天过得特别无聊，真是穷极无聊。

进入深秋，气候渐冷，城内守军烧柴成了问题。先是拆无人照看的公房，例如满映公司（今长影一带），数以百计的楼房被拆得荡然无存。新七军暂编第 61 师第 2 团上校团长姚凤翔回忆："公家的房子拆完了，就去拆民房。一幢三层的楼房，在拆屋顶的时候，把住在三楼的人赶到二楼。拆三楼的时候，又把住二楼的人，赶到底层一楼。最后拆一楼的时候，干脆把已挤在一楼的，像羊群一样的家家户户赶到露天。大人哭哭啼啼，小孩子吓得哇哇叫，其状甚惨。"[15]

最后，国民党军干脆见房就拆，竟拆到了中央银行长春分行头上。该行行长申佳只好向长春警备司令部发电函："查本行同光路宿舍距行较远，警卫单薄。近来时有军人前往拆取房木，现被破坏已有数处，本月 8 日夜戒严时间内，本行警卫不能自由行动，军人则结队前往，并设有步哨，警戒森严，警卫无法制止，破坏较甚。为重公产计，相应申请发照，转饬同光路左近驻军，惠予协助制止，实为公感。"[16]

申佳行长不知道的是，拆房子的主意正是长春警备司令兼新 7 军军长李鸿的主意："没有关系，没柴烧拆房子！"[17]

长春城里，军人对老百姓的洗劫仍在疯狂继续。

围城之初，家住平治街的某君父亲的小饭馆还在开着。"不久，长春四处响起枪声，接着一车车的国民党伤兵送到市立医院……能走的轻伤兵四处号叫着。小饭店的生意多起来，许多头缠绷带胳膊底下夹着拐杖的伤兵在小饭店里穿梭般进出。据后来二姐回忆说，这些伤兵很凶，他们在大街上横冲直撞，打人骂人也没人敢管。到了饭店又吃又喝，经常不给钱，吃完了站起来就走。有一次，大姐去医院给伤兵送饭，一个伤兵用手抓住大姐，说：'别走了，给我当媳妇吧！'大姐吓得魂飞魄散，跳着叫着挣脱了，哭着跑回家去。爹娘也吓出了一头冷汗。从那以后，再也不敢让大姐去送饭了。那一年，15 岁的大姐刚刚长成，模样很好看的。"

"一天晚上，爹娘刚把一拨伤兵打发走，准备关门睡觉，突然看到靠墙角的一张桌子上还有一个伤兵在趴着睡觉。这伤兵不知道是喝多了还是睡着了，爹叫他半天也不醒……就在这时，那伤兵的身子动了动，忽地一下站了起来。爹还没明白是咋回事，那伤兵已从腰里掏出一把小手枪（有手枪应当是个军官），冰凉地顶在了爹的脑门上：'大哥，借点钱花花！'伤兵的声音低而阴沉，透着杀气，大姐在一边吓得直了眼。大姐哭着给那伤兵一个劲作揖：'大叔啊，别打死我爹，一家人还指望他吃饭呢！'大姐跑到柜子边上，把钱匣子拿过来递给伤兵。伤兵没客气，三把两把把钱揣进军装裤袋里，收起枪。"[18]

长春市内连陈年的酒糟存量也不多了。成千上万的灾民每天都聚集在靠近郊区处，等待空投大米。因为这一带不是指定空投区，只要米袋从天而降，便被饥民哄抢。有一次，国民党军几辆运粮车，把成麻袋的空投大米运往仓库，行经七马路，即被成群结队的群众包围，道路堵塞，粮车不能前行。饥饿的市民各拿小刀一拥而上，割开麻袋，疯狂夺抢。押运部队开枪射击，死伤市民多人，几车粮食却被抢光了。

饥饿到极点将死的人，面对可以不死的机会，必定会以命相搏。

围城之中，侥幸也有全家未饿死者，除了碰上好运气外，一要骨头硬，二要有智慧，三要胆子大。

李伟先生曾在《往事》上撰文，回忆母亲的老姨全家未出城侥幸未饿死的经历。据说，母亲的老姨夫好运气地捡到过空投粮包。所谓运气好，是粮包掉下来没砸着人，别人又没看到。（有一家开书店的，全家正在吃饭，米袋子正扔他家小平房顶盖，房子砸塌了，4口人也都给砸扁了。这就不算好运，算噩运。）

好运的老姨夫因此进了监狱，但老姨夫是个硬汉，自始至终都没有承认，后来长春解放他才出了监狱。母亲的老姨说，飞机扔下粮食到地上就摔散包了，当时他们摸黑用手把地上的每一粒米都抹了起来，什么也没剩。不知国民党兵是怎么怀疑上老姨夫的，也许别的家都有饿死的人，他一家子都活得好好的，就是最大的证据。不管怎么说，这袋粮食就是当时一家人的命，所以老姨夫打死也未承认。[19]

但是，如果空投粮食被发现了，老百姓则必须上交，因为郑洞国对"擅行抢藏不报"者"殊堪痛恨"，即予"就地枪决"。[20]

第一兵团司令部警卫连长刘震坤回忆，他在四马路亲眼看到一个三轮车夫被空投大米袋子砸死，车夫的妻子和孩子哭得死去活来，乞求用这袋米换些安葬丈夫的东西。可纠察队二话不说，拿起来袋子便走了。[21]

处于饥饿将死边缘的一些人，往往心硬如铁。

郭剑一家的"幸运"来源于岳父的存粮习惯。他的岳父是进城的农村人，1948年搬进长春后，购买了全家人一年所需要的粮食。常规之举却在冥冥之中救了一家人的命。"为了躲避国民党的搜查，我们就把粮食装在缸里埋在地下，上面盖个盖，盖面上再种些小白菜。取粮前先把小白菜连根带土全铲起来，取粮后再把小白菜连根带土还原上，周围再浇点水，用脚踩严实了。"郭剑说，"为了躲过搜查，我们把煤灰托成煤坯，这样烧出来的火苗就跟酒火似的，发出蓝色的光，还不冒烟。也只有这样，才能偷着做点吃的，骗过国民党。"

王熙富（长春市供热筹建处原书记）全家8口也是少有"幸运"的一家，为了藏住七麻袋高粱糠（猪饲料），把院外一个常年不用的大粪箱，里边铺上油毡纸，尔后将高粱糠藏进去，又在粪箱边放一桶粪尿。当发现抢粮队来之前，故意把粪尿桶搅动一番，抢粮队到此均掩鼻而过。如此，一家8口都活了下来。

长春若干老户都有储粮的习惯，一般在秋粮下来后，就买足一年的口粮，但有几个有郭剑家的"幸运"？许多存粮户就因为藏的粮食不秘密、不巧妙，都被搜走了。

"秘密"与"巧妙"就是生存智慧。

王熙富活下来的体会是，在死亡线上挣扎，"只有不畏命，才能有活命；只有不怕死，才能饿不死"。例如挖野菜、摘树叶，就成了冒死求生的风险大事。在夜静无人之际，潜入60军21师2团3营前沿的撂荒地，方有荒可采。这种地块，野菜茂盛，采集量大，可是要经过两侧多是暗岗暗哨枪弹横飞的惊险地段。

有一次，王熙富落到60军52师与谍报搜索分队争夺空降大米的枪战中间的空房子中侥幸活命。10分钟枪战结束，惊恐中的他本想回家，但想到枪打是死，采不到荒（菜籽）饿也是死，不怕死说不定就不死！这条采荒路，王熙富两个半月走了无数趟，越走胆越大，人反倒活了下来。[22]

长春城市处于崩溃边缘，城市的统治者却在发疯地狂嫖滥赌，将社会搅得乌烟瘴气。围城期间，市面混乱，各业萧条，但妓院、舞厅、烟馆、赌场却出现了畸形繁荣景象，人进人出，缕缕行行，屡屡出现达官贵人身影。尤其多见的是散杂部队和地主土匪武装头目，以及警察特务宪兵等等。

赌博，不仅国民党上层普遍参与，下层包括班排也允许打牌，推牌九，借以麻醉军心，减少逃亡。4 月 15 日，胡长庚在日记中写道："今晚我第一次查夜，有 21 个赌钱的。"

当时，长春城内最嗜赌成性的两个人：一是国防部二厅长春情报站少将站长史祚炎。60 军起义那天晚上，史正在宪兵营长家大赌，慌乱返家途中被 60 军哨兵打伤腰部，第二天被中共进城部队俘虏。二是该站少校参谋王伯如，四处玩麻将，竟偷偷找同站参谋李言代替开会。李言是中共东北局城工部打入军统的地工，因此获得了大量有价值的情报。这两个麻将狂由此成为军统的笑柄与丑闻。[23]

"烟盘儿富丽烟味儿香，断送了多少好时光，牙如漆嘴成方，眼泪鼻涕随时淌啊，你快快放下了自杀的枪，谁甜谁苦自己去尝。烟斗儿精致烟泡儿黄，改变了多少人模样，背如弓肩向上，你快快吹灭迷魂的火，换一换口味来买块糖，卖糖呀卖糖……"

一部反映林则徐虎门销烟的电影《万世流芳》里，著名影星李香兰扮演卖糖少女。此为她所演唱《卖糖歌》的歌词。围城期间，《万世流芳》在长春很叫座，跟长春烟毒泛滥不能说没有关系。[24]

近现代以来，世界上任何国家和政府可以容忍色情业、博彩（赌）业，绝不会容忍毒品的公开存在与泛滥。1947 年 2 月，占据长春的国民党政府发布《三十六年（1947 年）度瘾者再登记实施办法》，要求本市居民凡吸用鸦片及其他抵瘾者均需登记。同年登记人数为 351 人，经检验已戒 154 人，未戒 17 人，迁移 174 人，死亡 2 人，病卧 4 人。[25]

可是到了围城期间，由于国民党高官，尤其涉及军统，长春毒害再次泛滥。从警备司令部督察处督察长关梦龄，到继任督察长陈牧都是鸦片巨瘾者。关梦龄甚至让医生为其准备了吗啡、疲乏崩，以备逃跑途中替代鸦片食用之。少将站长史祚炎的秘书李开文、保密局北满站少将站长袁晓轩的副官，不仅是鸦片的嗜好者，更靠贩卖鸦片发财。[26]

国民党守军各级官员纸醉金迷，纵欲享乐，疯狂掠光了人民的活命口粮，激起了人民强烈的不满与拼死反抗。

东荣桥外有一个靠种菜为生的农民张治安，一名驻军谍报员以前曾到他家抢过粮食。7月24日那天，这个谍报员又来他家，要把他仅有的一点粮食全部拿走。张治安感到没法活了，冷不防将这个谍报员抱住，喊妻子拿菜刀来。谍报员连开3枪没打中人，张的妻子挥刀砍伤谍报员，夺下手枪，撒腿跑到围城部队岗哨。

八里堡还有王姓、谢姓住对面屋的两家，粮食早被守军抢光，每日靠青菜充饥。一天夜里，4名杂牌匪兵再次闯进来，一面将二人按倒地上拷打，索要粮食和金子，一面翻箱倒柜搜寻。王、谢二人忍无可忍，乘匪兵要他们抱柴烧水之机，冷不防抄起镐把和棍棒，打伤两个匪兵并夺下两支匪枪，另两个匪兵拖起伤兵且打且退，两个农民带着匪枪立即奔向围城部队前沿阵地。[27]

以上应当算作两个偶然事件，毕竟是手无寸铁的百姓突袭打败了武装的军人。当然，偶然事件的发生，有着必然的因素。

这两个偶然与必然事件，使老谋深算的郑洞国警觉了：要控制住长春市民鼎沸的怨情，光靠军队是远远不够的，必须充分发挥国家机器的弹压作用。这方面除了他的军统、中统及宪兵组织外，数千名警察的作用必须发挥到极致。于是，在"张治安事件"的同一天，一项"杀民养警"的政策，再次砍向了恹恹待毙的长春市民。

7月24日，《长春市警粮暂行征收办法》出笼。征收警粮的理由竟然是：本市警察局员警待遇菲薄，"虽在枵腹，均能仰体时艰，忍苦耐劳，严守岗位，或配合国军参加战斗，或在市内维持治安，清查户口，搜查奸匪，均昼夜不眠不休。其艰苦情形不可言喻。""为确保长市治安既人民生命财产计，每月所属警粮比照陆军主食给予标准，按月由地方征收实物，以振士气，而固防务。""凡属本市人民，均有依本法缴纳警粮之义务。"

征收标准，商号分为甲、乙、丙三等："拥有柜伙10人以上之商号为甲等。甲等月征警粮40市斤。次于甲等商号之普通商号为乙等。乙等月征警粮20市斤。小商号为丙等。丙等月征警粮6市斤。"

住户也分为甲、乙、丙三等。"财产在 5 亿元以上者为甲等。甲等月征警粮 15 市斤。财产在 5 亿元以下者为乙等。乙等月征警粮 6 市斤。少有财产者为丙等。丙等月征警粮 2 市斤。"

"每月 1 日至 5 日为征粮集中日期,并一保为集中单位,由各区保、甲长督导缴纳之。""如抗不缴纳者,应由保、甲长报告该管警察分局,除处罚 7 日以上拘留外,并追缴警粮。"[28]

这是一个野蛮残酷荒唐的法规,却冠以冠冕堂皇之理由。

它的野蛮之处在于,全市人民除了乞丐和囚犯是无有财产者外,全市"少有财产"的居民均被一网打入缴纳范畴;

它的残酷之处在于,全市人民被军队和政府梳子般"余粮登记"搜刮之后,再次引颈受刀,不啻于一头牛要剥两层皮;

他们的荒唐之处在于,人民饿肚子缴纳粮食竟然是为了养活人民的剥夺者继续每月对自己的掠夺。

长春城内出现了大批饥饿而死的人。沙秀杰,围城那年正是 15 岁的花季少女,一家人是出城较晚的住户。原因是大哥、二哥被招兵进了国军队伍。一家人能够在城里苟延,得益于两个哥哥每天从部队伙食省下两个饼子。

沙秀杰每天都和三弟去取一次饼子。有一次取完饼子往回走,三弟跟在后边说:"二姐,我饿。"沙秀杰没理他。三弟就在后边不停地念叨"饿"。走了一会儿,听到后边没动静,回头看三弟倒在路上。沙秀杰眼里的三弟,不是人样,就是一副"小骷髅",心软了下来,用指甲抠下一块饼子喂他吃,他才有劲走。

某团宣传干事刘汉勤随侦察排深入卡子里摸底调查。在八里堡眼见一老奶奶和一小姑娘,盖被子躺在无门窗的露天土炕上,嘴不动眼不睁,喂水都从嘴角流了出来。十字路口一侧,一个老妇躺在大街上,脸上一堆一堆蛆虫在蠕动。市内饥饿队伍中,街头多的是三五成群六七岁的孩子,到处游荡乞讨,或坐在道旁哭喊着自己的父母。

中秋季节的长春,树叶飘落却不归根。饥饿不堪的市民,见落叶如获至宝,边落边被一抢而光。有一个地方,大人们是不敢靠近的,那是警备司令部督察处,院子和周围已绿树成荫。一群群不知害怕的孩子,跑到围墙四周抢搂树叶。可是特务头子们竟然认为这些瘦骨嶙峋的孩子"有碍观瞻"，责令哨兵吆喝驱逐，不走则鸣枪威胁。

有些人在路上走着走着就倒下去了。一些街道，死尸横陈，无人埋葬。9月份，甚至出现了卖人肉的惨剧。郑洞国说："我虽下令追查，但也不了了之。"

城外部队对卡空中难民的救济在继续。为此，难民委员会调拨了救济粮4000余吨，资金6亿元（东北地方流通券）、食盐5万斤。[29]

出卡难民每日粮食定量为1市斤、盐2钱。越靠近长春的县，难民接待站越密集，离长春最近的双阳县的四家子、奢岭、刘家店和县城里都设立了难民接待站。

刘汉勤老人曾参加了独8师"八里堡难民接待站"，为自己亲自解救了一个小男孩的性命而终生高兴。他回忆道：师里"安排了八九名干部、战士做接待工作，派一名女干部，我们称她为宋大姐，来站里当站长，主持工作。团领导把我派到这个站工作"，"每隔四五天放一次，每次每个站口都放难民几百名，多达千名。从7月中旬开始放，一直放没为止"。八里堡对口接待的是十里堡村。"难民越聚越多，长长一队等待出口。我们检查完后陆续往出放，大部分都是一家一户出走。"

刘汉勤记得，"其中有个姐弟俩往出走，弟弟十一二岁，姐姐十五六岁。弟弟全身浮肿很厉害，脑袋肿得差不多有两个人脑袋大，大腿肿得几乎有两个人腿粗，两面脸、两条腿肚子均裂开口子，从里往外淌黄水。姐姐背他走，一起身摔倒了，连续起几次都未成，姐姐哭了。我看怪可怜的，把小家伙背起来，随着人群走。""大约走了二里路，小家伙头歪在我脖子上不动了。我觉得不好，放下来和他姐姐往嘴里喂水，半天才醒过来。""到了十里堡村，急忙找到村长，找到医生先救小家伙，嘱咐村长一定把姐弟俩生活安排好。村长说：'你放心，到我们这里都得救了。'""我刚走出不远，那个小家伙的姐姐追上来，到我跟前就跪下了，一再说，'谢谢解放军救了我弟弟'。"[30]

国共双方这场惨烈的围困战进行到8月份的时候，面对意志顽强、心硬如铁的郑洞国，林彪显然处于下风。

早在1948年6月21日，林彪、罗荣桓就以中共中央东北局和中央军委东北分会名义对建军问题做了收缩性退步："目前农村呈现饥饿状态，情况十分紧张，再加上今年春耕夏锄开始雨水过分与冰、雹、虫灾，歉收已成。因此决定今年第二期56个独立团推迟到明年4月后去成立，今年只完成第一期70个独立团（北满7个省30个，辽东3个省15个，冀察热辽25个），但必须保证每个独立团有2500名兵员定额。"[31]

出乎林彪、罗荣桓意外的是，就在分期、分批、定时"放出难民决定做出一周后的8月21日，冀察热辽分局和军区却提出："我们要求25个团再减少一半。"原因是"如果再大量扩兵，则无法维持生产与战勤"，人民群众"无论如何养不活，现在人民已处于异常悲惨的状态中"。[32]

林彪、罗荣桓陷于"两难"境地：一是东北野战军虽然发展迅速，却处于"养不活"的窘境。100万解放军如果不能尽快解决掉卫立煌不足50万的国民党部队，自己就会被自己吃垮。二是战局已处于"拖不起"的紧要关头。自7月20日答应了毛泽东南下北宁线后，由于郑洞国10万大军的后顾之忧，解放军始终没有南下的实质性步骤。

越是如此，林彪越急于拿下长春；越急于拿下长春，越不敢轻易开大口子放老百姓出城。

此时，一个名叫杨重的一封信，使林彪、罗荣桓改变了围城的既定政策。

注释

[1]《围困长春——一个特殊类型的战役》，沈阳区军《围困长春》编委会，《长春文史资料》1988年第1辑，第162页，长春文史资料委员会，1988年7月出版。

[2] 唐际革：《困守长春时期，国民党败坏的社会风气》，《往事》，2014年第3期，第12页，政协长春市委员会文史资料委员会。

[3] 惠孔多：《新七军人事课员的见闻》，《新七军投诚》，吉林省军区政治部《长春国民党部队投诚》编写组，《长春文史资料》1988年第2辑，第317页，长春市文史资料委员会，1988年10月出版。

[4] 尚传道：《四进长春》，《长春文史资料》第8辑，1985年1月出版，第88页。

[5]《往事》，2014年第3期，第15页。

[6] 关梦龄遗稿：《黑皮自白》，新华出版社，2007年3月第1版，第2页、3页、5页；《往事》，

2014年第3期,第15页。

[7] 方传进:《我在长春做地下工作的回忆》,《新七军投诚》,第432页。

[8] 国民党中央银行长春分行:《为报送长市物价情况的密电》,赵欣主编:《长春档案文献》1948年卷,吉林出版社集团,2014年版,第320页,长春市档案馆编。

[9] 《四进长春》,第95页。

[10] 戚发祥、姜东平:《兵临城下的家书》,吉林人民出版社,2008年版,第28页。

[11] 同上书,第104页。

[12] 同上书,第101—102页。

[13] 张笑天:《太平天国》,漓江出版社,1999年版,第1345页,1352页。

[14] 《新七军投诚》,第313页。

[15] 姚凤翔:《新七军放下武器前后》,《新七军投诚》,第274页。

[16] 国民党中央银行长春分行:《为制止国军拆房电》,《长春档案文献》1948年卷,第321页。

[17] 肖劲光:《解放长春》,《长春起义》,解放军第50军军史编写组,《长春文史资料》1987年第3、4辑,第48页,长春市政协文史资料委员会,1988年7月出版。

[18] 《长春围困战的回忆》,《温故》第1辑,广西师范大学出版社,2004年5月第1版。

[19] 李伟:《母亲记忆中的旧长春》,《往事》,2015年第1期,第29页。

[20] 国民党第一兵团司令部:《为空投军粮物资抢藏不报者严惩的训令》,《长春档案文献》1948年卷,第316页。

[21] 刘震坤《困守孤城的点滴见闻》,《新七军投诚》,第360页。

[22] 王熙富:《围困长春背后的往事》,《往事》,2016年第2期,第31—32页。

[23] 李言:《史祚炎和长春情报站》,《新七军投诚》,第458—459页。

[24] 《万世流芳》之《卖糖歌》,《兵临城下的家书》,第77页。

[25] 马孟寅主编:《长春市志·民政志》,吉林人民出版社,2002年版,第399页。

[26] 《往事》,2014年第3期,第14页。

[27] 《围困长春——一个特殊类型的战役》,第124页。

[28] 国民党长春市政府:《为征收警粮的代电》之《长春市警粮暂行征收办法》,《长春档案文献》1948年卷,第317—318页。

[29] 于祺元:《我从饥饿中走来》,《往事》,2014年第1期,第22页。

[30] 刘汉勤:《我参加长春围困战的回忆》,张赞新、孙淑范主编:《长春围困战》,1999年版,第395—396页。

[31] 阎峻:《林彪军事生涯》1948年(中华民国三十七年),白鹿书苑。

[32] 张正隆:《中国1946》,白山出版社,2014年版,第200—201页。

第 26 章　心 战

抛开政治立场取向，单从统兵驱将、掠阵守城、坐镇一方，黄埔一期生郑洞国堪称卓越的将领。数次在死人堆里闯进爬出的郑洞国，治军之严酷令人胆寒。他深知军心之重要，在固守孤城长春之初，便采取各种手段巩固部队，提振士气。

在巩固部队、提振士气方面，郑洞国采取了两手：第一手是全力掌控骨干中坚。

首先是把蒋介石办中央训练团的办法引用于长春，大办各种骨干训练班。吉林省军政训练班共收学员 400 余人，培训对象是省市政府机关和部队干部。

郑洞国亲自担任训练班的主任，省政府秘书长崔垂言、市长尚传道与师管区副司令李寓春为副主任，军统少将参事王中兴任教育长。训练班结业后，学员一部分派为省保安旅的基层政工干部，一部分派为长春市政府政工大队队员。这批人成了固守长春实施统治的基层骨干。

多年带兵的郑洞国深知，基层不牢，军心动摇，为此在部队基础军官建设上下功夫。机关干部培训班刚结业，紧接着又举办新 7 军基层连排干部训练班，由主力师 38 师师长陈鸣人亲任班主任。固守长春主要依靠 38 师，只要 38 师上下与兵团同心同欲，军心士气就抓住了一大半。尔后，比照新 7 军的课程与方法，又以兵团名义办了两期训练班。[1]

培训完机关与基础干部后，进入 9 月，郑洞国召集所部校级以上军官办训练班，亲自讲授战斗心理课。并让军统少将长春站站长项乃光介绍共军"内幕"及应对策略。60 军军长曾泽生和省政府秘书长崔垂言都亲自授课。

三个层次的训练班最后的课程为战斗心理演习和实兵演练，每次演习郑洞国都亲自参加。为了凝聚军心，每次训练班结束后都举行晚会和宴会，郑洞国、曾泽生等高级将领与学员们合影，以资鼓励。晚会每次都要歌唱"保卫长春"的歌。歌词大意是："保卫长春要紧张，随时准备动刀枪，同胞们，莫心慌，武装起来保家乡，坏人来了一扫光。"[2]

郑洞国在巩固部队、提振士气方面抓的第二手是牢牢掌控舆论宣传。

除了在军政骨干训练班上灌输外，自始至终牢牢把握着《中央日报》、《长春日报》的宣传基调。一方面，大力宣传"大批国军即可出关，大批粮食送至锦州，估计八月节前长春即能解围"，"国军有大量飞机在轰炸共军后方，运输补给线已全部被切断，共军吃穿已入非常困难之境地，围城部队在吃树叶，比我们城里还要困难"；另一方面，威胁士兵不能开小差："38师的人被八路看到可不客气，不扒皮就活埋。""你在那也是死，到八路那边去，他也要你当兵，不会让你回家。"[3]

郑洞国不愧为政治工作的行家，不放过任何一个提振士气的机会。

"5月20日，蒋介石先生在'竞选'的闹剧中获胜，于南京就任中华民国总统。为了进行宣传，也为了鼓舞士气，我特下令于当天在长春组织一次庆祝大会。会后，在长春警备司令部的主持下，由新7军和60军联合举行阅兵典礼，我和在长春的所有高级军政官员都出席了仪式。"郑洞国回忆说，"当时参加阅兵的部队都感到前途渺茫，忧虑重重。我作为长春最高军政长官不得不强打精神，讲一些豪言壮语给人们打气。"[4]

即使到了守城末期，意志坚韧的郑洞国仍在顽强硬撑：1948年10月10日，是国民党的国庆——双十节。市内的几条主要大街上张贴着书写"热烈庆祝双十节！""中华民国万岁！"等字样的彩色标语。"9时许，在中正广场召开了'双十节'庆祝会，庆祝仪式结束后举行了阅兵游行。游行队伍的先导是军乐队，继之是新7军的38师、56师、61师、榴炮营、装甲车营，随后是60军、吉林师管区、保安旅、骑兵旅，最后是各机关学校及人民团体。游行队伍总数约五六万人。"[5]

郑洞国一系列政治工作手段的确收到了成效，尤其在围城初期。《兵临城下的家书》（简称《家书》）中真实记录了国民党一些官兵听信了政治宣传灌输后的思想。

《樊化江致湖南父亲樊国兴》信中说："共军的组织杀人放火清算与民国十六年办农会一样，共军区东北人民痛苦不堪、军人每天吃豆子，一半高粱。"这位少尉副官向父亲表示："儿立定决心'不是成功便是成仁'。"[6]

《许日初致广西永淳县炳柔》信中说："东北战局，不久定会转好，国军近纷纷北上'四平'，又快收复，你们等着好消息吧！"[7]

《洪连生致北平洪慕兰》信中说："由于近日来国军北上直奔四平的消息传来，长春周边倒也平静许多。"这是长春大学读书的哥哥给妹妹的信，说明郑洞国宣传的国军北上的假消息已全市皆知，并深入校园了。[8]

《相才致辽宁辽中县父母》信中说："长市兵力雄厚，虽匪屡扰窜，绝难得逞，必遭惨败。"[9]

《何恩波致四川成都渥弟》信中说："长春在军事上很乐观的，以军事论军事，我们是希望×匪来攻，希望他倾其东北全力来攻，我们有坚固的工事严阵以待，他自来送死省得将来去找他打，将他十多个纵队兵力消耗完了，东北就完全接收。"[10]

读了以上《家书》，笔者不得不发自内心佩服郑洞国政治工作的力度与渗透性，但其中靠造假欺骗愚弄官兵是不可长久的。郑洞国应当心知肚明，可为什么还这样做呢？

7月份，郑洞国曾发动新7军和60军的6个师长联名打电报给蒋介石，诉说困守长春的艰苦状况，请求速派大军赴援。在庐山避暑的蒋介石回了一封充满感情的电报："我对你们及部下士兵如兄弟子侄一般，我没有一刻忘记你们的艰困。但是，如不准备好，赴援部队会在途中被歼的。希望你们艰苦卓绝，支持到底。"[11]

值得注意的是，此时，蒋介石对长春的赴援许诺并未有具体时间表，那长春城内国军已"北上四平"振奋军心的消息为何不胫而行？早已看透了长春是一盘死棋的郑洞国，明知日渐衰败的国军已不可能有赴援长春的那一天，难道是在学习恩师蒋介石，对部下糊弄一时是一时？

国军少校何恩波信中靠长春坚固工事消耗中共部队的想法，代表了国民党守军的普遍愿望。林彪偏偏打了一下便放弃了强攻，城内守军的顽强，又促使林彪坚定了靠饥饿使敌崩溃的决心。这是双方初期"试打"后，最终确定的决战方式。

城内守军的粮食日益减少。一直吃白米饭的新7军改食黄豆掺大米了，60军则食用高粱米掺黄豆的红米饭。黄豆虽为佳品，但食油量高，多食并非所宜，腹泻成为常态。而那些土杂的保安旅、骑兵团连黄豆也吃不上。

新7军有粮食储备老底了，加上空投的粮食仓库在他防区可以监守自盗。60军从吉林市撤至长春，后勤辎重损失殆尽，由最初每天1斤粮，减到7两、5两。饥饿使许多士兵面部浮肿，染上了夜盲症："个个都耷拉着头，捂着肚子拉稀。"

182师师长白肇学要求军长曾泽生向新7军38师借粮。曾泽生明知是与虎谋皮，故先请求郑洞国批准。郑洞国却推诿让曾泽生直接找新7军军长李鸿。不料，李鸿当面拒绝借粮，曾泽生很是难堪。一道之隔的两军自此摩擦时起，双方士兵曾在中正广场发生开枪冲突事件。

林彪的"困饿战"奏效了。郑洞国费了偌大劲儿培育出来的军心，抵挡不住肚子里没食吃，士兵与基层军官出现了投诚与逃亡。自6月25日正式围城以来，到7月31日不完全统计，城内共有5475名官兵向围城部队投诚，其中正规军3796人。

城外越发加大了鼓励政策，最受气的地方杂牌部队，吃麴子面亦不得一饱。7月下旬及8月上半月，先后发生5次起义投诚，人数达422名，并携带60炮两门、轻机枪3挺、冲锋枪7支、卡宾枪1支、长短枪177支，各种子弹7000余发。这可是城外新组建的独立师稀缺的"宝贝"。

保安旅1团1营2连1排在排长李朋云率领下，官兵27人投诚。到达城外部队驻地，均按着他们的意见，愿回家的发路费，愿参加解放军的欢迎，同时兑现奖金给李朋云10万元，其他每人4万元。

优待消息通过各种渠道传进城内，立即出现了数批效仿者：新7军骑兵1团3连1排与兵团司令部骑兵连队分别集体投诚，后者虽因消息泄露，遭60军在东大桥附近中途截杀，仍然冲出来166人。保安旅2团1连2排投诚时，也遭到60军尾追，他们于芦苇塘内躲了一夜，天亮时用绳子将枪打捆，扛起来找到万宝山区政府投诚。[12]

城内大批投诚队伍中，也夹杂了少数军统特务、政工人员和土匪。他们假借国民党逃兵之名义混出长春，到解放区后方刺探情报、投毒、爆破、暗杀。少数围城部队为了搞到枪支和望远镜等军用品，往往收枪放人，而这些人搞枪很容易。

经长春情工组通报和东北局城工部纠正后，有的围城部队又走向另一个极端：规定不穿蒋军服的不收，不带枪的不收；有的甚至规定不会走正步的不收，不会唱国民党歌的不收；个别连队甚至规定只收逃兵不收家属，强迫逃兵与家属分开，或只收健康的不收老弱伤残逃兵。

消息通过军统系统很快反馈到兵团司令部，郑洞国闻讯大喜，立即采取应时措施：

针对围城有的部队规定逃兵需有胸章才放行，下令将所有士兵的胸章收回不用；得知城东部队只收容穿军服的逃兵，下令将外衣收回统一保存，平时禁穿；针对围城×部只收带枪的，规定将枪支全部收连部统一保管，前沿站岗由班长或老兵背枪，新兵只带几枚手榴弹；针对一些士兵穿便衣混在老百姓中逃出城投诚，或在公出采买蔬菜烧柴时逃跑，郑洞国规定：一是控制士兵上街，后勤采买证发放审批权一律上收师长，无证上街者，宪兵可随时拘捕。二是将围城部队上述问题编成话剧，如逃兵到解放军哨卡，虽叩头苦苦哀求，仍被堵回的情景，到各部队巡回演出，果然收到了效果，有半个月时间，围城里少有逃兵投诚。

围城部队指挥部很快发现了部队执行政策上的偏差，尤其一些部队重视军事打击、忽视政治攻势瓦解敌军的倾向，肖华认为部队"围困"的指导思想上出现了问题。于是，提出对长春这一孤城孤军要"攻心为上，攻城为下；心战为上，兵战为下"。这是长春"围困战"一个重要的指导方针。

肖华，江西兴国县人，12岁参加中国共产主义青年团，14岁参加工农红军，17岁担任少共国际师政治委员。抗战时期，担任八路军东进抗日挺进纵队司令员兼政委、115师政治部主任兼山东军区政治部主任；解放战争时期，任辽东军区司令员兼政委、第四野战军特种兵司令员，新中国成立后任解放军空军政治委员、总政治部副主任、兼任解放军政治学院第一副院长，是中共军队卓越的政治工作者，1955年被授予上将军衔。1964年任解放军总政治部主任。

根据肖华的部署，围城各部队对城内守军先后开展了两次攻心突击周活动。攻心战采取的是最原始、最土旧的喊话方式。开始是组织有一定文化的战士喊话，后来逐渐发展到连排干部和团营机关干部参加喊话。

就是那种用硬纸壳和马口铁片折成的拢音喇叭，竟然喊乱了城内成千上万国民党守军官兵的心。

对新38师的瓦解与反瓦解，始终是围守双方主将交锋的重点。对肖华组织的喊话攻势，郑洞国事先准备了伶牙俐齿的军官予以应对。

与38师阵地对垒的是解放军独10师，先是喊出了"不要替老蒋卖命，欢迎你们投诚"，不仅未打动对方的心，"投诚"二字反倒刺激了一些参加过印缅远征军士兵的"自尊"，结果对方破口大骂。

独10师围城连队又安排一个名叫韩玉堂的投诚士兵喊话，目的是让韩现身说法打动守军。38师的军官听出了是韩玉堂，便问："韩玉堂，你说说，八路军对你有什么好处？"韩玉堂回答："叫我吃大米吃肉。"对方逼问："人家叫你吃顿好东西，你就不知道东南西北了。你说，究竟八路对你有什么好处？"对方军官越是逼问得紧，韩玉堂越是答不上话来，造成了对方士兵认为韩玉堂是被逼迫来喊话的弄巧成拙的结果。

两次攻心战的挫折使独10师认识到，新38师不仅战斗力强，其他方面也不可等闲视之。认真研究准备后，话语就有了针对性："38师的弟兄们，你们想一想，是怎么被抓来当兵的，你们的父母妻子如今在怎样生活，他们不想你们吗？""参加远征抗日是光荣的，现在替蒋介石卖命就不值得了。"

这是针对守军现实困境与家庭窘状的攻心喊话，很快见了效果。新38师112团7连士兵齐贵投诚过来以后说："听你们喊怎样被抓来的，父母妻子想不想，我真想大哭一场，当时就决心不干了。"

与齐贵一个连的1名参加过远征军的班长唐国华，带领全班7名士兵和他排共13人携械投诚，使郑洞国与李鸿等为之震动。38师副师长当即到112团训话说："唐国华等人被八路活埋了。"紧接着，唐国华等人就在前沿阵地向38师阵地守军喊话，独10师还印了若干份《唐国华等告38师弟兄们》等宣传品。这一回轮到38师副师长弄巧成拙了。[13]

60军是心战进攻的另一个重点。60军的对面阵地为独8师，他们组织 184 师在海城起义的官兵，用云南口音喊话："云南老乡们，我们是一同被蒋介石骗来东北当炮灰的，我们是云南人民的子弟，不要为他们卖命了。""八路军欢迎你们过来，带武器有奖，愿回家的发路费。""老乡们，觉醒吧，快从火坑里跳出来，你们现在饿着肚子为什么？"这些话，很能使饿着肚子的 60 军士兵入耳入心。

独 8 师宣传队还组织云南籍的战士唱家乡小调和云南民歌《绣荷包》。有的用洞箫吹起陕北民歌《走西口》，触动了 60 军基层官兵的悲切思乡之情。第二天，投诚的士兵说："昨天晚上你们那歌唱得我们心都酸了，你们的箫把我们都吹哭了。"

唱奏家乡歌曲，给敌威胁很大。恼羞成怒的守军军官下令打枪开炮，不承想，独 8 师这边不还击，却以话语作"枪炮"，理直气壮向敌发问："谁打的枪，谁开的炮？"那分明在质问，我给你们唱家乡曲调，你应该说感谢才对呀！有意思的是，敌方也似乎理屈了，说炮不是他们打的，是别处打来的。

应当承认，郑洞国政工队伍的应对措施与方式还是得体的，一些伶牙俐齿的军官时常将肖华的宣传队员逼到窘处，但用双方部队现状比起来，郑洞国处于天然的缺粮窘境，他的军官喊出去的话不是缺乏底气的欺骗，便是言不由衷的搪塞。

眼见着攻心战逐渐处于下风，士兵逃亡越发普遍，经验老到的郑洞国以无赖方式挂起了攻心"嘴仗"的"免战牌"，把政工人员、妓女都弄到前沿阵地上应战。

肖华的宣传队员一喊话，对方就唱歌，或者喊叫。安排妓女唱："八路哥哥呀，你们过来吧，我们等着嫁你呀。"有时说不出理便破口大骂，激怒对方与其对骂，搅乱正常攻心喊话。开始，被激怒的解放军宣传队员气恼地对骂，后来发现是敌之诡计，便保持应有的风度，不与其吵闹对骂，使敌越发显得无趣与低级。

攻心之战比的是耐力与韧劲。每当入夜，郑洞国的政工队员与妓女都回城了，肖华的宣传队员喊话声不绝于耳，守军阵地鸦雀无声。有时随着恶声凶语的叫骂会射来一阵乱枪，事后便又安静了。过了一会儿，对方传来声音："现在你们说吧，刚才是当官的来了。"

肖华的宣传队员的喊话时常从深夜延续到天明。一个逃过来的士兵说："后半夜你们喊话时，我就偷偷叫起亲近的人在工事里听。"[14]

郑洞国发觉军心在悄悄变化，感到自己跟肖华的攻心战已经濒临失败。他要求带兵的军官，在肖华的宣传队员喊话时，把士兵都集合到碉堡里，喊话过后即训话"消毒"："不要听八路那套胡扯，过去放你回家？他们那儿 60 多岁的老头还抬担架呢。"

另外的措施是派特工秘密迂回至肖华宣传队员喊话地点，埋地雷、设狙击手，或捕捉对方喊话人员。伸出壕沟外的铁皮大喇叭常被打得千疮百孔。

该项措施初始见一些成效，并有毙伤肖华宣传队员情况发生。"一天下午，在城西外战壕里，一个女宣传队员喊话时，身体过多暴露，不幸被敌人冷枪击中而牺牲。"时任"围指"某部领导的真房说，"那个牺牲的女战士年轻而美丽，真是可惜。"以后围城部队加强了防范，时常变动喊话地点，组织反伏击分队掩护，守军的偷袭再未得手过。

肖华步步紧逼的攻心战越发深入了。一些围城部队通过喊话攻势逐渐熟悉了对方，从而开展了不见面的"交友"工作。缝制一些袋子，里边装上食物、用品和宣传品，放在适当位置上，晚上喊话通知对方去取。或者通过难民、小孩直接把东西送过去。敌士兵在没有军官在场时，很乐意接受这些礼物和宣传品。

后来发展到连队改善伙食时，也给他们送一点馒头、烙饼、大米饭。敌军争抢着吃时说："当官说八路没吃的，不对呀。八路说的对，人家还有面饼吃呢。"

有一次，独 7 师 2 团 2 营吃肉包子，前沿阵地特意让伙房多做了一些招待"客人"——投诚的官兵带来了机枪和 60 炮。拿着热气腾腾的包子，一个士兵说："能不能多给几个包子，送给俺的班长，他病得很重，已经好几顿没吃饭了，如果吃了肉包子，病可能会好些。"2 营的一个排长马上给他拿了 6 个包子，让他快送回去让班长吃。

新 38 师 112 团长前沿 1 个班，三次接到宣传品，三次回了信。一次信中说："我们班 8 个人，两个去城里受训，今天可能回来。有轻机枪 2

挺、冲锋式1支，到时候一定过去。"后来，敌排长知道也活了心，回信说："我们南方人吃不惯饼，最好给些大米吃。"得到大米后排长回信说："我们有两个病号去休养了，回来一定行动。"

"烽火连天日，家书抵万金。"困守孤城的蒋军官兵，时刻惦记着家乡的父母妻儿，他们的家信只能依靠空投，连郑洞国也不例外。迄今发现，围城期间，长春最高军政长官郑洞国有两封没有收到和发出的家书。没收到的是夫人陈泽莲在上海给他的信；没发出的是郑洞国写给浙江金华的故交罗漫空的信。

罗求郑洞国为自己谋个差事。按说在郑的管辖范围内安排一个职位并非难事，但迫于形势，郑只能婉拒之："漫空兄大鉴：得6月4日来书，备悉种切嘱事。以此间各部门编制极狭，早告额满，暂时无法可设。他日有缘，当即约共处也。郑洞国顿首，六月二十五日。"[15]

独8师曾拾到过敌机空投飘落到阵地上一个邮包，装了不少敌军家书。有的是高级军官的，都让敌工人员设法全部送到城里。如果不是真枪实炮摆在那儿，谁会相信是在向自己的敌人，送达他们的父母妻儿温情脉脉的感情寄托呢？

独8师借中秋节之机，安排在九台县制作了大量月饼，给前沿阵地各连队，分送对面阵地的蒋军官兵。这天夜间，广播一开始的消息是："我们知道你们还没吃上月饼，昨天我们特意往你们阵地前送了月饼，你们不要客气，快到你们左边的小红房边领取吧。"一会儿，透过月光，可以看到一些敌官兵像是忘记了这是炮火纷飞的战场，爬出战壕，抱抢着月饼返回阵地。

独6师开展送慰问袋活动时，袋里除了宣传品外，还装着甜瓜、土豆、辣椒、烟叶。当天早晨，一个吃了甜瓜的士兵到晌午就带着枪逃了过来。

两边的士兵越来越熟了。独6师16团在阵地前举行蒋军士兵归来欢迎会，主题是"放下枪就是一家人"。按他们要求发放路费安排其回家，一个叫李鸿彬的投诚士兵大为感动，当场答应回去工作。几天后，果然带了三个士兵来投诚。

洪熙街（红旗街）曾是国共两军几次枪炮相向的战场。中秋之夜，围城部队指导员带领4名战士，扛着大米、荞面、猪肉、月饼等通过哨卡，送到守军据点，兵团司令部政训主任破例予以接待。指导员说："今天是中秋佳节，我们没有带武器，不是来打仗的。我们来一不想谈军事，二不想说政治，我们只带来了一点礼物，想和你们一起过过节，唠唠家常。"

解放军走后，政训主任望着月饼、西瓜，先叫士兵尝尝，为的是怕中毒。等了几个小时，看到士兵无恙，就说："你们不能再吃了，上边知道了，你们要掉脑袋的。"说完，就把东西全部拿走了。兵团司令部警卫连长刘震坤说，他拿着"自己享用了"。[16]

除了食品之外，守城基层士兵最欢迎的宣传品是《蒋军投诚官兵通行证》。宣传品发放的方式"多种多样"：用迫击炮向城内发射；向城内放装有宣传品的风筝；假难民出入之便，委托捎带；用树条做弓，将宣传品缚在箭杆上射到敌前沿；利用投诚官兵（有条件）返回城里时携带；去伊通河上游放"孔明灯"木筏漂流进城内……自7月31日前守敌投诚5475人后，8月1日至该月31日，又有5991人向围城部队投诚，其中正规军3754人，地方杂牌部队2236人。

老人、妇女、小孩常常是双方利用的对象。

守军以粮食为诱饵或以扣押家人为要挟，让他们出卡放火、投毒、刺探解放军情报；解放军则利用他们带宣传品或捎带投诚士兵的劝降信件，初期很见效果。

独8师政委邹衍回忆：独8师2团2连4班长李凤春通过一个16岁少年给守军送宣传品。这个少年对正拆信的守军士兵说："你们快过去吧，那面优待呢。"结果少年先后带出31名守军士兵。李凤春还通过一个老乡带出守敌1个班。2团2连文化干事王群通过一个难民去做守军瓦解工作，这个难民先领出了守敌一个班长出来联系，回去后把全班9个人和6支枪一齐带了出来。[17]

有一次，新38师搜索营5名士兵去前沿草地割草（喂马），偷偷问一闫姓老头："八路军成夜喊话，又是优待又是回家的，他们讲的那些是真还是假呢？"闫说："可不是真的，我真眼看到跑去了好多呢。不信我领你们过去，我保证没有危险。"5名士兵在闫的引导下全部投诚，后来，闫姓老乡又带了一携枪士兵向解放军投诚。[18]

住在城郊和卡哨附近的群众，多与守军士兵熟悉，他们的话容易让守军相信，由他们进行策反工作事半功倍。但是，这很快被守军军官及军统谍报人员发现，郑洞国的措施是加大镇压，以儆效尤。

美国记者杰克·贝尔登是搭乘美军飞机进入长春的，恰巧赶上了处决现场。他写道："长春市中心有一个很大的圆形广场，广场的一头是一个旧货市场，'买卖从医院和工厂偷盗出来的货物，以及官员们从老百姓那里搜刮来的东西。'广场的另一侧是国民党当局专门处决犯人的刑场。'被处决的都是些什么人呢？一个20岁的姑娘，据说是共产党。一个16岁的男孩子，据说是间谍。一个56岁的老妇人，罪名是散布谣言。'处决时是在后面用手枪射击，'尸体向前扑倒'，围观的人们随即跑散。'在刑场的上方，高高悬挂着的蒋委员长的画像，画家把他画得咧着嘴，微笑着。'"[19]

杀戮由上边示范开了口子，下边便自动效法之。9月间，吉林省保安旅第1团一个连抓到一个50岁的老太太和30岁的妇女，扭送到团部，说她俩对士兵宣传投降的话，第3天，1团就派兵把这两个人活埋了。[20]

其实，土匪和伪满警察为主要成分构成的保安旅，历来有杀人如麻的传统。3月份外出抢粮时，在腰营子村，抓到一名穿长袍的农民打扮的人，据说是农会的会长，便枪毙在丘陵田地里。

围城中的百姓命如草芥，被枪毙活埋的人，不一定全部是解放军派入城内发放宣传品的，有的不过是实话实说地发了几句牢骚而已。中秋节，某部派去给守军送月饼的老百姓，竟被敌政工队扣押。

不久，城外部队做出了规定：除非有切实使百姓"不致受敌伤害的办法"，不再动员老头妇女小孩送宣传品给城内敌人，以免造成牺牲。

既然普通的百姓不便派遣，城外的解放军索性把攻心宣传的媒介和途径放到了守敌俘虏与军官家属身上。郑洞国防奸防匪的规定再严酷，也不致杀到自己人头上。独6师从师团首长到普通战士，绝大部分是作战勇猛的朝鲜族官兵，曾让国民党军吃尽了苦头。1946年5月23日，廖耀湘的新6军攻占长春后大开杀戒，十来天中，朝鲜侨民被杀害24人，有100多被打伤。[21]

一段时间以来，国民党军官兵最怕朝鲜族部队，认为被俘必死。1948年7月6日，郑洞国组织的反击突围中，在小南沟一地即被俘伤敌一百余名。令敌俘虏大为意外的是，八路军专门派朝鲜族卫生员为自己疗伤换药，团里的朝鲜族副政委还挨个地看望伤兵，亲热地用手摸摸伤兵的肚子，动员老百姓用担架抬着送回城里。敌军官无法再为难老百姓，无奈地说："你们中间也许就有八路，我也不怕你们把伤兵送来，做了好事，放你们回去。"[22]

通过敌军官家属做工作始于围城之前。60军从吉林仓皇逃离长春途中，丢失了30余名军官家属和孩子，东北局敌工部发动部队把这些家属孩子都找到并予以妥善安置，尔后陆续派人遣送长春，这在60军内产生了巨大反响。其中有52师师长李嵩的弟弟李泰然丢失的小孩。

李泰然与妻儿团聚后，痛哭流涕地感谢共产党和八路军的关怀照顾："国民党抓住共产党家属随意迫害，不是扣作人质就是枪毙活埋；八路军收容了我们家属处处优待，真是仁义之师、国家忠良。"后来，李泰然三次给解放军送出守军重要军事情报，并积极参加了起义。

围城之中许多国民党军官在前途暗淡的情况下，将妻儿送出卡哨，这些特殊"难民"出卡时，都迅速进入了围指"敌工部"的特殊视野与"关照"。独8师敌工队员魏国臣通过做守军一个连长妻子的工作，顺利进入长春，并当上了传令兵。一次，敌连长把突围计划情报交给魏国臣带出卡哨，使解放军事先做了阻击安排。[23]

一个国民党高官家眷出卡时丢了一个包袱，被围城连队一个班长拾到上交了，包袱里在黄瓜中藏了两根金条。当将包袱连同金条原封不动还她时，她惊异得张开嘴巴说不出话来。国民党守军高官家眷纷纷出城，说明守军对长春的前途已丢掉了信心。他们的家眷回到沈阳将沿途受到的优待写信或电报告诉长春的丈夫与父兄，不啻于一枚枚心理炸弹，一齐投进守军官员的心房。

7月中旬的一天，难民中一个神色不安的妇女带一个10多岁的女孩，虽然身着破衣，但肤色丰润，不似营养不良的饥民。60军一个投诚排长报告："那个带女孩的女子是60军少将副官处长张维鹏的太太。"

"敌工部"要求部队仍按难民接待，并从优安排。她们要去沈阳，"敌工部"通知沿途各关卡予以关照。后来得知情形的张维鹏，人虽在围城中，那颗心已向往城外。在曾泽生起义的紧要关头，他亲自指挥扣押了52师师长李嵩及3个团长，关键时刻立了大功。此为后话。[24]

职业军人郑洞国不仅深谙政治工作、社会管理，而且对民众工作也是行家里手。令人惊奇的是，处于危城之中，他竟然组织了数千民众自卫队伍。市政府设立民众自卫队总队部，市长尚传道亲自兼任总队长。各区设大队部，由区长任大队长。全市共组成15个大队，40个中队。1948年4月，郑洞国履任长春后，下令市内各区民众自卫队再次训练1个月时间，共培训民众自卫队员3500余人。

同时，在自卫队中选拔组建了9个常备清剿中队，每个中队辖3个分队，每个分队编成3至5个班，共计350人，有步枪295支。市长兼总队长尚传道又呈请第一兵团部郑洞国增拨子弹3.6万发。至6月，5个常备中队和5个城防分队，人数为576名，枪支为566支，另外还有民枪上千支。分别配属60军52团和省保安旅，与围城部队对峙。

常备清剿分队配合正规守城部队做了若干"自卫"工作。例如动员民众如期完成城防工事、搜集"奸匪"情报，及搜剿盗匪、配合军警清查户口与夜查、协助征招兵役等等。6月2日，总队长尚传道发布"长自总命令第5号作战命令"，下令"各区民众自卫队员须于3日内完成作战准备……与国军密切联系，共同行动"。[25]

郑洞国深知民心民力的重要。区区数百条枪、千余民众自卫队的力量，似乎不及一个正规军之连队。但郑却明白，1家出1人当民兵，就抓住了1家数口人；抓住了一家人，就抓住了这一家子的亲朋好友，七大姑、八大姨之九族若干人，全市就会形成军民"共襄义举"的局面。

可惜，他对民众只是利用，在人民与他的部队之间，他的天平早就把民众悬于空中。郑洞国以民众自卫的名义，通过民兵组织强迫群众干诸多违反心愿的事，自以为师出有名，可谓机关算尽。无奈林彪铁桶般严实的"困饿战"，已使城内军心动摇，民心骤变。

郑洞国将如何应对？

注释

[1] 张恩来:《我在团管区的回忆》,《新七军投诚》,吉林省军区政治部《长春国民党部队投诚》编写组,《长春文史资料》1988 年第 2 辑,第 446 页,长春市政协文史资料委员会,1988 年 10 月出版。

[2]《围困长春——一个特殊类型的战役》,沈阳军区《围困长春》编委会,《长春文史资料》1988 年第 1 辑,第 128 页,长春文史资料委员会,1988 年 7 月出版。

[3] 二三部队政治部:《关于 29 团围城对敌喊话几点体会》,《长春解放》,中国档案出版社,2009 年 9 月第 1 版,第 65 页,长春市档案馆编。

[4] 郑洞国:《困守长春始末》,《新七军投诚》,第 210 页。

[5] 孟庆贵:《情报参谋忆述》,《新七军投诚》,第 307—308 页。

[6] 戚发祥、姜东平:《兵临城下的家书》,吉林人民出版社,2008 年版,第 74 页。

[7] 同上书,第 141 页。

[8] 同上书,第 143 页。

[9] 同上书,第 49 页。

[10] 同上书,第 89 页。

[11]《围困长春——一个特殊类型的战役》第 63 页;尚传道:《长春困守纪事》引自《辽沈战役亲历记》,中国文史出版社,2012 年版,第 354 页,全国政协文史和学习委员会编。

[12] 东联办事处:《关于争取长春蒋匪地方武装起义投诚的报告》,《长春解放》,第 71 页。

[13]《围困长春——一个特殊类型的战役》,第 104 页。

[14] 同上书,106 页。

[15]《兵临城下的家书》,第 170 页。

[16] 刘震坤:《困守孤城的点滴见闻》,《新七军投诚》,第 361—362 页。

[17] 邹衍:《久困长围中的独 8 师》,《新七军投诚》,第 86 页。

[18] 二三部队政治部:《关于 29 团围城对敌喊话几点体会》,《长春解放》,第 66 页。

[19] 王树增:《解放战争》(下),人民文学出版社,2009 年 10 月北京第 1 版,第 68 页。

[20] 李壮飞:《我在保安旅 1 团的见闻》,《新七军投诚》,第 399 页。

[21] 于祺元:《长春解放前夜》,2008 年版,第 57 页,长春政协文史资料委员会。

[22] 那狄:《一九部队的瓦解工作》,《长春解放》,第 62 页。

[23] 高树春:《长春外围的对敌政治攻势》,《长春起义》,解放军第 50 军军史编写组,《长春文史资料》1987 年第 3、4 辑,第 107—108 页,长春市政协文史资料研究委员会编。

[24] 同上书,第 106 页。

[25] 牛玺廷:《长春市志·军事志》,吉林人民出版社,1999 年版,第 540—542 页。

第 27 章　心硬如铁

自 1948 年 3 月宣誓就职第一兵团司令官兼吉林省主席以来的郑洞国，在强化军事防守的同时，自始至终抓住两手不放。一是强化政治教育渗透和社会舆论不放手，提振士气，稳定军心；二是抓住国家机器的"刀把子"不放手，实行严厉的社会管控（含军队与市民）手段，将军、警、宪、特组织的镇压作用发挥到了极致，使长春成为国民党败走大陆前夜，类比重庆的另一座极度黑暗城市。

郑洞国到长春就职，除了带着跟随自己几年的侍从副官李国祯外，作为重要助手，军政官员只从沈阳带了两个人：一个是军统少将王中兴，到长春后被任命为警备司令部督查处高级参议、第一兵团政工处长；另一个是王焕彬，也是军统特务，"三青团"中央委员，到长春后任吉林省教育厅长。[1]

郑洞国久居官场，认人多多，只带此二人，心中藏有玄机。富有统治经验的郑洞国深知，处于危城险局之中，他的部队不会有问题，尤其是新 7 军（主要是 38 师）是自己一手带起来的嫡系。容易出问题的是复杂的社会。

社会问题一是无孔不入渗透的中共地工；二是国民党队伍中的不坚定分子；三是有头脑的文化人，尤其是学校中的教师及大学生。这三类人，是郑洞国要着力管控的重点对象。

郑洞国的就职仪式是在 3 月 25 日举行的，仅仅过了不到 10 天的 4 月初，就找来长春大学代校长张德馨汇报情况。当时一起听汇报的只有郑洞国带来的两个人：王中兴、王焕彬。会上，初来乍到的郑洞国表达了官样态度，粗话语留给二位王姓表达，这也是让二人一起来的原因之一。王中兴以警备司令部督察处名义表示：如长大学生闹事，你们告诉我，我们就抓人。

凡事求真的郑洞国当然不会只说不做。数十年的带兵和从政特点，讲出的话，一定让下边看到：自己的每个规定或命令都是要兑现行动，都是要认真落实的，否则就要承担后果。初到长春，他更需要长春各界这样认识他。

果然，4月24日晚23时，警备司令部的几十名宪兵、警察局数十名刑警、保密局北满站的军统特务齐聚长春大学校园，由督查处长张国卿下达抓人命令：

"今天长大搜捕分7个组：1. 有名单的组按名单抓人，有名单的，一名也不能让其跑掉，全抓！2. 证件与本人不符的，没有证件的，抓！3. 有可疑物品，行动可疑者，抓！"

25日凌晨1时半，又来了新7军61师一个营将长大围得一丝不透，全校戒严，许进不许出。特务带领宪兵、警察翻箱倒柜，连厕所的水箱也不放过。纸篓、垃圾箱翻了一个底朝天，只要发现有本《郭沫若文集》、《世界知识》的学生都被抓走。搜查逮捕一直进行到清晨5点多钟，共逮捕学生97名。[2]

一次抓捕青年学生近百人，在长春历史上属于空前与绝后，史称"4·24"大逮捕。有评论认为，郑洞国在宣誓就职刚好满一个月时对学生下手，是他刻意宣示法纪、警告长春知识分子的一个下马威。

事后查明，真正的共产党地工已经事先撤离，只有三四个外围组织的进步学生，绝大多数是对国民党政府及军警宪特和校方表示过不满的无辜学生。但是，督察处的规矩是，错抓不能错放。因为在长春这片地界内，警备司令部督察处是不会有错的。

"督察处"这个名字，曾令当时长春百姓闻名胆寒，明面上称为"长春警备司令部督察处"（亦称保密局公五组），暗中为军统保密局的部门。组建之初编制只有50余人，只管政治案件，后来也管刑事案件，到1948年连民事案件也管了过来。职权范围不仅超过了警察局，也超过了宪兵队。凡被认为可疑者，包括国民党政府人员、军职人员，甚至特务人员，均在"督察"之列。

督察处最令人不寒而栗的是"五刑"。金刑：以铁棍、铁条、钢丝结鞭抽打人体，或用铜线通电刺激受刑人的神经。木刑：以木器为刑具。"坐飞机"，让人坐在长凳上，后背为墙，双臂绑在膝盖上，用砖垫起两脚，用木杠在膝盖上压，脚下不断垫砖。水刑：受刑人头低脚高仰卧，头伸床外，用烧纸或棉布蒙住嘴，用冰水或辣椒水不停往烧纸或棉布上浇，使水从嘴或鼻孔流入呼吸道，灌进肚子里。火刑：用点燃的蜡烛烧烤受刑人脚心的涌泉穴。土刑：强迫受刑人跪在砖石上，双手高举重木杆，长久不许动，使双膝红肿溃烂。[3]

"在长春大学大逮捕以前，已经逮捕了几位学生和教授。长春大学有一个学生叫王恩孚，本着一腔义愤，跑到警备司令部督察处去要求特务头子们接见他。他见了督察处督察长以后，慷慨质问：'为什么要逮捕我们的同学，为什么要逮捕我们的关教授？'当时督察处（少将）处长张国卿，穿一件便服，在一边看到这种义正词严的质问，不禁恼羞成怒，冷笑一声说：'这小子是干什么的？胆敢如此逞狂？叫"学运组"查一查！'这样，三天以后，'学运组'的特务就捏造了一些情报，说王恩孚是中国民主同盟的盟员，打算就要逃到解放区去。张国卿下令当夜去'长大'把王逮捕了。"尚传道还回忆道：

"在捕王的时候，另一个姓韩的学生，正在王的屋里串门，也不由分说，一起绑架而去。不久，张就下令把这两个学生一齐活埋了。临绑出之前，那位姓韩的学生向特务们大叫冤枉，说：'我什么活动也没参加过，你们逮捕王思孚时，我在他屋里串门，怎么也把我逮捕来了呢？'执行的特务还哄骗他说'就放你了'。就这样将他们一同活埋了。"[4]

长春大学"4·24"被捕学生，后经校方和学生家长们奔走呼吁，多方设法营救，多数被陆续释放，仍有少部分学生被杀害。

为切实加强对学校的控制，郑洞国从沈阳带来的另一个军统特务王焕彬兼任了松北联中的副校长。松北联中为专门接收由松花江北解放区跑到长春的中学生。校本部设在伪皇宫，下设6个分校，总校长由逃来长春的国民党参政员、哈尔滨市党部主任王寒生担任。王焕彬则在几个分校都派上了"三青团"的书记任校长，在学校实行特务式的训导制度，搞军事训练，发展党团组织。

长春大学是当时长春乃至吉林省的最高学府。军统、中统在学校发展了若干特务师生，多方监视进步师生的言行。市长尚传道通过长大学生智学礼（"三青团"吉林支团筹备处长春办事处主任），将长大20多名国民党员和"三青团"员组织起来，首先夺取了学生自治会领导权，并出版了宣传"固守长春"等内容的刊物。尚传道以战时政治工作总队长春大学分队名义，市政府按月拨付活动经费。

不久，王焕彬组织"学运组"的意见受到郑洞国的赞赏，亲自主持会议讨论决定，此后学校中各种秘密组织统归"学运组"统一领导，由王焕彬为组长，省党部书记长岳希友（挂名）与王中兴为副组长。

尚传道承认："会后，我就通知智学礼去见王焕彬、王中兴，叫他以后听从'学运组'的指挥工作，必要的经费仍由市政府拨补。'学运组'接管了以后，不久就大批逮捕了长春大学的革命学生。许多革命学生在警备司令部督察处遭到非刑拷打与屠杀。"[5]

通过"学运组"这一军统特务组织，首先管控住有政治头脑的文化人和学生，应当是郑洞国维持长春统治秩序的目的之一。

1948年3月间，长春国民党守军为补充缺额，提出要求"松北联中"学生充军。消息传到这些十六七岁青少年耳中，引起群情激愤，举行各种抗议活动的同时，向长春大学请求声援。3月15日，长春大学数百名学生上街示威游行，沿途张贴标语。

这件事，郑洞国应当是知道的。虽然没有证据表明郑洞国强化学校管控与兵员补充有关，但新7军青年教导团2500人中70%为青年学生，其中松北联中学生有1000余人。

郑洞国对于社会的控制，主要通过联保方式实施。

郑洞国责成尚传道，将长春市（围城之初含市郊）划分为18个行政区，区设公所，公所以下设联保，保下设甲。全市共设有132个联保、1102个保、8637个甲。同时，颁布推行《联保连坐法》，制定《联保十家连坐办法》。要求市内所有市民都得"具联保十家连坐切结"，即都要签字画押（按指印）互保，只要一家出了"通共"问题，其余9家都得受牵连。

连寺庙里的僧人与道观中的道人也无一例外。对于机关、团体、学校员工与学生，则要求每10人组为一个联保单位，互相监督；如发现"不轨"而未举报者，出具联保连坐切结的其他人也要受处罚。

1948年5月29日，国民党长春市政府为此发布《为严查潜伏奸匪乘机活动的命令》中再次要求：

"奉兵团司令部令饬，严密防范并彻底清查户口，实施联保连坐办法。""执行联保连坐，绝不许视为具文，切结必须具齐，同结各户指定户长一人负责。将其姓名层报备案。该户长应逐日亲自或指定结内各户长，轮流盘查诘问，如发现生人或嫌疑分子，应立即向该管保甲长及派出所报告。""侦讯潜伏奸匪嫌疑分子，经讯明有据者，同时查明同具连坐切结各户，是否曾经报告有案。如同结各户未曾报告时，应即将各该户户长一并拘捕，立送警察局讯办，情节重大者，解送警备司令部法办。"[6]

多年后有人评论，文明社会得民心之法应当是罪当其人，丈夫犯法不累及妻孥。蒋介石实行社会控制与统治，顶多也是株连到家庭成员，郑洞国对长春城内百姓的管控比其老师蒋介石还远走了一步：一人"不轨"则众邻受累，而另9户是与其并无半点血缘关系的无辜之人。这套办法，只有日本人在伪满时期残酷统治时实施过。

郑洞国施行联保连坐的主要目的是控制城外部队敌工人员的渗透。联保连坐的突出特点是"宁可错抓10人，不可错放1人"，因此，凡发生的逮捕波及面都较大。1948年4月5日，长春列车段遭到大逮捕，一次捕走30多人，最终有10余人被活埋。其中大部分是被联保连坐无辜的工友。在对敌对分子处置方面，郑洞国决不手软。[7]

郑洞国对社会管控的另一手段是加强巡察，始终保持社会治安高压态势。

巡察的初始提议者为长春警备司令部司令李鸿，立即得到了郑洞国的批准。直属警备司令部的巡察队仅有区区200人，番号为第一、二、三、四巡察队，但却是一个军、警、宪、特联合体。巡察队长是个重要职务，分别由上尉和少校军官担任。主要巡察对象为可疑军人和逃兵，包括无户口、无身份证之百姓。[8]

第三巡察队队长张子温是督察处一个少校督察员，综管车站地段治安，抓了不少政治犯。老百姓不怕与第三巡察队斜对过的警察二分局，就怕第三巡察队——特务机关的外勤单位。

一次，督察长关梦龄穿便服去街上走，见几个百姓吵架，认为"有碍观瞻"，遂上前排解，结果被人当街顶撞。失了面子的关梦龄朝第三巡察队门岗一招手，来了几个便衣特务和武装士兵，把那几个人抓了就走，一关就两天，也无人敢问，关梦龄自己倒忘了此事。

巡察队的弹压起了两个显著效果：一是大街上老百姓不敢大声讲话了；二是夜晚9点至次日早6点，一般不敢上街。因为巡察队对"认为"行动鬼祟的人可随时拘捕审讯。

有一天警备司令部参谋长安震东下令彻查市内张贴反标的共党分子，巡察队抓去30多个十来岁的报童。一个"15岁"的少年口袋里装有8颗豆子，也以八路军的"探子"逮捕、关押，最后处死。[9]

由于松花江以北的各城市基本上一直为中共所控制，江北的合江、嫩江、黑龙江、兴安、松江等5个省的国民党流亡党团组织、政府机构与特务机关，几乎全部麇集长春客居。

国防部东北联络参谋办事处，一般称史祚炎高参办事处，实际是国防部第二厅情报站。原定工作范围是松花江北的大片北满地区，大本营设在哈尔滨市，他无法前进，只好客居长春，成立国防部长春情报站（代号105站）。

一段时间，长春的各类官员之繁多，甚至可同国民党首都南京和陪都重庆相比，最为突出的是特务组织与机构多如牛毛。如军统局长春站、中统局长春区、长春警备司令部督察处、宪兵特高组、政工大队、松北工作队、吉黑人民义勇总队等等。

这些特务组织有公开的，例如各军、师的谍报队；有半公开的，例如国防部东北联络参谋办事处、各党部的调查统计室；有秘密的，例如保密局北满站（项乃光系统）、各大学校内的学运组等。

为了强化对各个特务组织集中统一领导，使情报资源共享，力量综合调度使用，更有效地侦破打击"奸匪"，管控城内"不轨"市民，郑洞国做出一项重要决定，成立长春党政军特别联合汇报秘书处，简称"特秘处"。

特秘处参加的单位有：军统局长春站、中统局长春区、长春市政府、长春警察局、长春宪兵营、兵团司令部军法处、吉林省党部、国防部二厅长春情报站、长春警备司令部督察处等。长春所有上得了一定"阶级"的特务组织、行政与党务机关、警察宪兵机构悉数在内。

更主要的是郑洞国亲自担任"特秘处"主任委员，委任得力助手王中兴为主任秘书，负责常务工作。以上各单位主要负责人中统长春区长张思明，保密局（军统）北满站长项乃光，省党部书记长岳希文，国防部高参史祚炎，长春警备司令部参谋长安震东等大特务担任委员。

这个长春各特务组织联合办案机构的办公室设在省政府办公大楼的参议室，即王中兴的办公室内。特秘处设调查组、行动组、审讯组、管训组和总务组等5个组，分别由骨干特务担任组长。

以郑洞国为主任委员、王中兴为主任秘书的"特秘处"实际上是实行特务统治的核心机构，其逮捕与镇压的具体职能则由长春警备司令部督察处代为执行。

"特秘处"成立后，指导协调督察处，在长春城内展开了疯狂的逮捕与屠杀。市长尚传道证实："在不到3个月的时间里，共逮捕了200余人，经特秘处签报郑洞国批准杀害约40人，其中大部分是长春大学的学生。"[10]

据不完全统计，围城期间，惨遭这个秘密特务组织杀害的中共地工人员、爱国人士、进步青年学生和无辜群众达数百人。

"3月21日至24日（1949年），长春卫戍部队清理上海路30号原国民党特务机关督察处院里垃圾，挖出117具尸体，死者都是捆绑手臂，乱刀刺胸致死。市公安局立即派人查看现场，同时突审在押的督察处特务印匡时（军统上校）等人，他们供认：这些死者是以'政治犯'罪名，于1948年10月17日国民党60军起义前秘密杀害的。根据他们的口供，还在南岭等处挖出100多具尸体。"[11]

内部的"动摇分子"也进入了"特秘处"和督察处的监控视野，凡是与"共匪"沾边的，即便是自己身边的人，也毫无通融余地。王大我，本名董郁青，原为国民党党专系成员，1946年"4·14"战役，董与市长赵君迈一起被俘，被中共教育觉悟后回到长春，经活动当上了郑洞国的随从记录秘书。在秘密发展中共地下组织活动时被察觉，中统大特务省政府秘书长崔垂言将其逮捕。郑洞国虽对其有好感，但铁面无私，不给悔改机会，崔垂言遂将其活埋。[12]

郑洞国带头"不给悔改机会"，其他官员纷纷仿效之。6月，吉林师管区少将司令李寓春的一个亲信叫康复绵的，被军统北满站站长项乃光逮捕，康复绵为吉林师管区干部训练班的训导主任，写信给吉林师管区副司令兼新7军少将参谋方传进求保。方传进向项乃光力保，并让李寓春一同作保。李却学习郑洞国一言不发。结果项乃光还是将康复绵"放血"处决。[13]

后来，对没有直接证据的推理"通共"也给予"无理由"清除。邹本祯，市政府视察，围城后卡哨查获九台县公安局副局长给邹的一封信，劝邹不要跟国民党搞了，如能回到九台，人民当会原谅，可以给予工作。警备司令部参谋长安震东决定逮捕邹，征求市长尚传道意见。尚传道不同意，理由是"仅凭这信，不能证明邹本祯有罪"。过了两天，邹的妻子向尚哭诉：夜间邹被督察处抓走。邹于6月间被活埋，理由是"邹已供认与八路有勾结"。不知是真勾结，还是在督察处酷刑下的"招供"？[14]

再后来，凡有不满情绪或发牢骚者，均遭到处置。围城内，不单单新7军的待遇比60军好，连骑兵2旅的待遇也比骑兵1旅好。因为骑兵2旅是兵团副参谋长杨友梅当旅长，杨友梅是司令官郑洞国的亲信。杨友梅自己也向骑兵1旅旅长兼吉林师管区少将参谋长韩云五承认："你骑1旅比我2旅差一点，我2旅他们不敢卡。"

这话将军们说可以，其他军官讲出来就是"动摇"或"不轨"。韩云五说："有一次，骑兵1旅军需侯主任喝醉酒后，说兵团发的粮不好，不知何人告密，兵团副官长持手枪到我家把他抓走了。"[15]

能住在韩云五家的侯主任，应当是韩云五的至交。但韩少将旅长却无法保住自己的军需官，只因为他说了几句反映事实对兵团司令部的牢骚话而已。

危城之中，长春最高军政长官郑洞国的一切行为都不许底下半点置疑。忤逆之言，更在禁例，哪怕是酒后无意。

不仅嫡系与杂牌部队待遇有差别，即便入了嫡系也有真嫡假嫡之分。《陆桂荣致广西宜山县母亲》信中说："儿之阶级上士刚由4月份起支每月近30万左右。"而后被新7军收编的土匪骑兵团《朱广喜致南京于少谦》的信中说："薪饷于5月中由军部支借，官每员20万元，兵5万元稍济眉急，终感穷困。"杂牌部队军官比嫡系士兵还少月饷10万元，兵则少25万元。对此，恐怕只能在家信中一诉委屈，断不敢像侯主任那样放肆言论了。[16]

严厉监控部队，更为郑洞国的重中之重。

面对肖华凌厉的政治攻势，郑洞国有针对性采取了四条应对措施：一是加强特务控制，每个班增配1名"政训人员"，明着教育士兵"效忠党国"，暗中监视官兵言行。二是实行"连坐法"，三人编为一组，一人逃跑二人受罚；两人逃跑，一人枪决；每逃跑三人以上，连长送军法处严办。三是严厉制裁企图逃跑的官兵，规定军政人员凡是越过哨卡30米者格杀勿论，抓回的逃兵一律枪决。四是各部队政工部门加强教育："危急关头要保持气节，必要时杀身成仁。"

四条措施在围城之初执行得相当严厉。60军暂21师2团有一个班对强迫滇军到东北发了一通牢骚，其中涉及对蒋介石不满的话语，被部队中特务告了密。"第二天，从兵团司令部派来一个排，没经过军长曾泽生、师长陇耀，直接抓捕了那个班全体士兵和该排排长，押回兵团后全部枪决。这件事在长春守军特别在60军中引起了极大震动，许多云南籍官兵声言要'报仇雪恨'；就连蒋军嫡系新7军新38师的许多官兵也说：'这种镇压手段太残忍了！'"[17]

后来，有评论认为，郑洞国枪杀一个班以立威是国民党军队的惯常做法。早在1947年9月，李嵩率部防守杨家店时，有1名士兵战场投诚，李嵩命令排长去追，没追回来，于是按"连坐法"将排长、班长和全班士兵共7人全部枪杀。1948年5月，在长春二道河子，李嵩又下令将解放军释放回来的1名排长和1名班长枪毙。[18]

在守城之初，郑洞国需要这样一班人头。即便不是这个班，也是那个班。为什么挑选滇军？则反映了郑洞国手段之老辣、城府之深藏。

有分析认为，从忠诚度与战斗意志看，作为蒋介石信任的嫡系将领，郑洞国同样相信他的嫡系部队新 7 军，同时也相信军统特务和交通警察改编的李嵩的 52 师。对土匪与伪满警察、宪兵、伪军改编的保安旅、骑兵旅，郑洞国应当是不相信的。但他清楚的一点是，自己不相信，共产党对这些人也不相信。

城内剩下的滇军部队，则一直是共产党争取的对象。滇军在反蒋意识上，与共军有相同的利益关系。张冲、潘朔端等一批投共的滇军将领已受到重用。更为可怕的是，共军正一批又一批大量放回经过"赤化"的滇军俘虏回原部队。郑洞国曾下令，凡是被共军俘虏过的，不许他们再回部队，但在滇军那儿并未执行。[19]

应当说，守城部队中，最令郑洞国不能放心的就是滇军，所以杀威之刀只能砍向滇军。

不仅郑洞国，从杜聿明开始，历任东北"剿总"都未真正信任过"滇军"。这种不信任的根源来自蒋介石，来源于对滇军一次又一次的排挤、虐待与杀戮。60 军 184 师 551 团 8 连连长王福昌被解放军俘虏后放回，"因他公开说了民主联军几句好话，有人报告师长陈开文，结果被秘密抓到师部枪决了"。[20]

郑洞国杀滇军 1 个班是给滇军士兵看的，也是给曾泽生等滇军将领看的。

本应为 60 军建制的 184 师，虽经曾泽生多次请求，最终也未获准归建，反倒把李嵩的 52 师派了进来。"暂编 52 师奉命在市区东部二道河子一带布防，守卫通向解放区的大门。左翼与守东大桥一带的 182 师（师长白肇学）衔接。右翼同在市东南设防的暂编 21 师（师长陇耀）衔接，像一个楔子放在两个师的中间，把 60 军防地分割成两半。此后，郑洞国几次把师长李嵩召至当面交代任务。"52 师少将副师长欧阳午说，"尽管我们已拨归 60 军建制，郑洞国仍然直接指挥，经常打电话找李嵩（后来李病重就找我）去汇报……我心里明白，国民党对 60 军不信任，有戒心。暂编 52 师负有监视 60 军的任务。"[21]

曾泽生曾不满地说："李嵩平日就拒绝我过问他们的内部情况……更

不会听从我的命令。"围城之中，60军上下已布满了军统特务，军参谋长徐树民便是军统大特务。欧阳午在得知曾泽生起义后，第一时间打电话向郑洞国告了密。虽然事后写了《正确的抉择》一文，却做了"不正确的抉择"。

郑洞国后来证实："大约晚10时许，我床头的电话突然铃声大作。我一把抓起电话听筒，里边便传来60军暂52师副师长欧阳午急促的声音："喂，喂！您是司令官吗？60军已经决定起义了，今夜就行动。"[22]

无论采取了多么严酷的军法惩治，逃兵仍然是屡禁不止。在阻止"叛逃"与欢迎"投诚"方面，国共双方斗智斗勇，展开了激烈较量。

国方："为了阻止逃兵投诚，郑洞国下令组织了10个谍报队（组）分布长春周围，每组三、五人，十余人不等，身带短枪，专门负责堵拿逃兵之责任。近来逃兵被堵拿枪决及受肉刑者极多。"[23]

共方："师政抽调四个敌工干部，几个侦察员，率两个武装班，携有轻机枪两挺、小炮1门，组成武工队，深入敌我阵地中间地区活动……敌逃兵跑出时，敌卡哨在后面开枪追击，武工队即用火力掩护逃兵过来。"[24]

郑洞国谍报队多数着便装，有的放暗哨，有的甚至化装成平民，有少数平民见有"老百姓"，偶尔凑过去。长春市供热筹建处原书记王熙富的二舅爷便如此送了命："我的二舅爷，老人家脚步不灵活，耳又聋。出门与暗哨相遇，当枪声（示警）响起时老人家未听见。也就未停止脚步，当场被击毙。"[25]

第一兵团司令部警卫连长刘震坤回忆道："有天晚上，一个叫李桂林的士兵，听完解放军喊话后，因思亲情切，归心似箭，便偷偷地顺着解放军喊话的方向跑去，不料被哨兵发觉，将李桂林抓回，当即就枪毙了。"[26]

曾任长春市人大常委会研究室主任的高峰，如今已70多岁了，谈起几十年前亲眼看到枪毙人的情景，仍然一脸严肃："当时我家住在现在的南关区医院后边，那时候叫双桥子。当年我有三四岁，刚吃过早饭，听大人说一会儿要枪毙人，我和哥哥就要出去，妈妈怕惊吓着我们，不让出去，也不让我们看。我和哥哥就趴在窗口瞅。一会儿，一伙穿挺好看军服的人把一个人绑着押到双桥子，按着跪在水沟边，从后边'叭'打了一枪，人向前一头栽进水沟里，吓得我'哎呀'一声，心里一阵乱跳，扭过头。等再转过头，打枪的人就走了。又过了一会儿，来了一伙穿别样军装的人，就地挖坑把人埋了。吓得我们以后都不敢去双桥子河沟去玩了。后来听大人说，被打死的是一个十七八岁的年轻人，带枪投八路没跑成。"

刘震坤说李桂林被枪毙是晚上，高峰看到枪毙人是早饭后，显然被毙的不是一个人。东联办事处在1948年8月17日《关于争取蒋匪地方武装起义投诚的报告》中证实："其他因不满或因企图逃跑而被发觉枪毙者很多。"[27]

与"连坐法"相配套的还有连保。

新7军骑兵1团上校团长凌绍康因病休息一周后归队，发现一周内逃亡士兵甚多，光团部就有8人。为了"双保险"，他规定每个士兵都要找一个尉官以上或本市做大买卖家当保人，一旦逃走，一同株连。当然，凌团长针对的对象主要是沙秀杰两个为自己活命，并为每天给父母姐妹挣回两个饼子而当兵的那些穷苦青年。

"连坐法"是旧军队一种野蛮的军中暴政。不分青红皂白地残酷杀戮，可能管用于一时，但终究会致使被连坐的下级官兵反其道而行之。60军52师1团2连在长春火车站执行拆民房任务时，5名士兵乘机携械逃跑，该连连长怕被"法办"，竟然带领全连向解放军投诚了。严酷的"连坐"反而促成了"连降"。

自6月25日到9月30日，城内国民党军共有19612人向解放军投诚，占全部守军近1/5。到60军起义前，解放军共收容守敌集体投诚57个整班、10个整排、3个整连。[28]

在政治教育、舆论宣传、社会管控、严法惩戒均告失败情况下，郑洞国便出了最为得力的"杀手锏"——特务组织与机构，通过"特秘处"与"督察处"对社会党政军民全方位多渠道无孔不入的渗透、管控与统治，终于造成了长春历史上亘古少有的一段黑暗血腥的时日。

郑洞国重用的警备司令部督察处就是一座阎王殿，靠吸吮百姓的鲜血而自肥。

有一次，督察处侦审室主任陈牧到重庆饭店吃饭，当时该店是长春一家大馆子，经理姓庄，很活跃一个商人，认识不少军政高官，但跟督察处不熟悉。陈牧要了两个菜，不合口味，价钱还贵。陈牧发了脾气，庄经理排解一番，陈牧仍不讲理，庄经理就与陈牧吵了起来。

陈牧一生气拂袖而去。回到督察处把政治案卷拿出来查了查，接着从看守所提出一个新抓来的政治犯，诱问这个犯人："你从哈尔滨到长春，见了几次庄经理，庄经理给你几份情报？"这个犯人答复不上来，于是用重刑，把人打得糊里糊涂不能不"承认"。于是，陈牧就派人把重庆饭店庄经理抓来，不问青红皂白重打一顿，然后押了起来……庄经理家中托了许多人，最后托到督察长关梦龄，才把庄经理释放。庄经理花了许多钱，一下子就压垮了，重庆饭店关了门。

庄经理对人说："这回我才知道督察处的厉害！简直不讲理，叫人没有法子活。"[29]

依附在第一兵团司令官、吉林省主席郑洞国专政工具上的军统、中统特务是一群泯灭人性的人间恶魔，最令人惊悚不已的是特务们变态杀人的残暴手段。中统局长春区分区主任张逸民，伪满时便是个警尉补，对老百姓很凶恶。"张逸民抓住了女共产党人，用一条大绳子在阴户下边前后拉，把阴户拉烂，然后用洋蜡把阴毛烧掉，最后强奸、杀害。"

那个顶撞张国卿的王恩孚和被无辜牵连进来的韩姓学生，张国卿要亲自参与处死。

"与我研究怎样处死这两个学生，我说用毒药把他们毒死。张国卿说不行，如果服了毒药肚子一疼，一叫唤，不秘密，这个办法不好。我又说不能毒死，那就活埋。这个办法张国卿同意。"长春督察处督查长关梦龄后来交代说：

"张国卿过去在上海做过潜伏，但没做过行动（暗杀）。我告诉他拿个大棒子，站到大坑边，等王恩孚到了，从后脑海打一棒子就埋。""走到后院大破楼里，王恩孚已经大头朝下放在坑里了，这个姓韩的学生到了大坑边一站，张国卿亲手拿一个大棒，用劲朝这个学生的后脑海一击，应声而倒，大头朝下往坑里栽去。四个特务立刻用铁锹撮土掩埋。因为还没开冻，土块大有空隙，这两个人没埋死，声声惨叫从坑里发出来，我赶紧叫他们去提水，把水提来，泼上水又加了一些碎土，用脚踩了一会儿，这才没了声音。"[30]

对中共地工人员，杀人成性的特务更是施用了令人难以想象的酷刑予以折磨。

长江路经济大药房经理于经五等12人，被眼蒙黑布，手绑铁丝，口塞棉花，押到南岭刑场，特务们用日本战刀砍下了他们的头颅。打入吉林师管区任上校军法处长的李真凡，特务们施以的酷刑是"坐飞机"，灌凉水，钢钉钉入手指，一无所获后杀害于南岭刑场。23岁的女地工于佩芬被特务用坐老虎凳、灌辣椒水、上电椅折磨后又火烧脚心，最终也被特务用日本战刀砍下头颅。打入新7军56师担任少尉排长的王甲全，敌人因其获悉了守军兵力配备和工事构筑图，竟残忍割去双耳，挖去双眼，于长春解放前夕枪杀于中正广场。[31]

长春督察处的杀戮毫不逊色于重庆的"渣滓洞"和白公馆。提起"督察处"三个字，长春人无不毛骨悚然。长春解放后，经过改造并受到宽大的督察长关梦龄认为：对以前"这些残酷行为我也感到过分，要杀就杀，用不着这样"。

1948年10月17日，60军宣布起义，督察处特务一片惊慌。当时督察处在押"人犯"共47人。督察处长张国卿下令除了绥靖大队谍报17组组长张政外一律处死。当时有特务小心地提出，有的人是刑事案件而非因政治涉案："两个斗殴的，昨天叫他们打保，没有打好。""还有两个（军统）长春站的同志因工作情绪不好，临时送到咱们这儿关禁闭的。"听到异议，张国卿冒火地喊叫起来："一律杀！"

于是，由陈牧（督察长）、陈寿岚集合督察室的人，开始从看守所提人。"我（关梦龄时为保密局长春站'军事联络组'组长）在看守所门口，拿着人犯名册，喊一个提一个，由我过目。当时也不验明正身，不问三七二十一，反正都杀。"关梦龄回忆道：

"当时，张国卿与陈牧杀人都红了眼，自己的那两个小同志年纪不大，因为请假到沈阳，他们组长呈报上来说他们情绪不安，就把他们送到督察处禁闭起来，以为押几天就可以释放，想不到把二人也一齐杀死了。真是不分青红皂白呀，我也是杀人者之一。从良心上说，如果杀共产党的人，我还没有意见，可是这些是刑事案件，不是打架斗殴，就是买卖银圆的，根本不应当押，更不该处死。"[32]

长春黎明前的大屠杀，被害人多为20岁左右的年轻人，有的是已被警备司令部批准"取保开释"和无罪释放的人。"其中不满15周岁的中学生刘学亨也惨遭杀害。他是1948年5月间被捕的，从其身上搜出8粒黄豆，硬说他是'八路军儿童团的探子'。"为了掩盖暴行，特务实施了秘密杀害。之后，又焚毁了案卷。[33]

从1946年至1948年两年多时间，督察处经手过的案件几千件，拘捕数千人，其中有几百人被无辜杀害。最为黑暗阶段是在围城期间，特务的兽行达到了登峰造极的地步，使长春成了人间地狱。

通过"特秘处"协调、指导、重用督察处，实行法西斯特务统治，郑洞国难辞其咎。

注释

[1] 孙亚明：《我以国民党接收人员身份在长春做党的地下工作的回忆》，宋国琛主编：《党在长春的地下斗争》，第95页，中共长春市委党史研究室。

[2] 李天成《血雨腥风中的战斗》，《党在长春的地下斗争》第226页。

[3] 于祺元：《长春解放前夜》，2008年版，第61—62页，长春市政协文史资料委员会。

[4] 尚传道《长春困守纪事》，《辽沈战役亲历记》，中国文史出版社，2012年2月北京第1版，第359页，全国政协文史和学习委员会编。

[5] 同上书，第353页。

[6] 国民党长春市政府：《为严查潜伏奸匪乘机活动的命令》，赵欣主编：《长春档案文献》1948年卷，吉林出版集团，2014年版，第310页，长春市档案馆。

[7] 史维国：《对在长春作情报交通工作的回忆》，《党在长春的地下斗争》，第169页。

[8] 王世廷：《长春警备司令部巡察队》，《新七军投诚》，吉林省军区政治部《长春国民党部队投诚》编写组，《长春文史资料》1988年第2辑，第461页，长春市政协文史资料委员会，1988年10月出版。

[9] 关梦龄遗稿：《黑皮自白》，新华出版社，2007年3月第1版，第223页、301页。

[10] 尚传道：《四进长春》，《长春文史资料》第8辑，1985年1月出版，第83—84页；《长春解放前夜》，第59页。

[11] 张忠耀主编：《长春市志·公安志》，吉林人民出版社，2000年版，第767页。

[12] 《四进长春》，第84页。

［13］方传进：《我在长春做地下工作的回忆》，《新七军投诚》，第 430 页。
［14］《四进长春》第 85 页。
［15］韩云五：《我在骑兵一旅的一段经历》，《新七军投诚》，第 404 页。
［16］戚发祥、姜东平：《兵临城下的家书》，吉林人民出版社，2008 年版，第 47 页，67 页。
［17］高树春：《长春外围的对敌政治攻势》，解放军陆军第 50 军军史编写组，《长春起义》，《长春文史资料》1987 年第 3、4 辑，第 104 页，长春市政协文史资料研究委员会；《长春解放》，中国档案出版社，2009 年 9 月第 1 版，第 72 页，长春市档案馆编。
［18］《中国共产党第 50 军第一届党的代表大会文件汇编》，第 14 页，中国人民志愿军第 50 军政治部，1954 年编印。
［19］刘统：《东北解放战争纪实》，东方出版社，1997 年版，第 590 页。
［20］张秉昌：《难忘的历程》，《长春起义》第 237 页。
［21］欧阳午：《正确的抉择》，《长春起义》第 206 页。
［22］郑洞国：《困守长春始末》，《新七军投诚》第 225 页。
［23］东联办事处：《争取长春蒋匪地方武装起义投诚的报告》，张赞新、孙淑范主编：《长春围困战》，1999 年 6 月第 1 版，第 205 页。
［24］那狄：《一九部队的瓦解工作》，《长春解放》，第 62 页。
［25］王熙富：《围困长春背后的往事》，《往事》，2016 年第 2 期，第 31 页，政协长春市委员会文史资料委员会编。
［26］刘震坤：《困守孤城的点滴见闻》，《新七军投诚》，第 361 页。
［27］《长春解放》，第 72 页。
［28］《围困长春——一个特殊类型的战役》，沈阳军区《围困长春》编委会，《长春文史资料》1988 年第 1 辑，第 111—112 页，长春文史资料委员会，1988 年 7 月出版。
［29］《黑皮自白》，第 75—76 页。
［30］同上书，第 73 页、210—211 页。
［31］李旸主编：《解放战争长春英烈图片展资料汇编》（上），2008 年版，第 78 页，长春革命烈士研究会。
［32］《黑皮自白》，第 24 页。
［33］《长春市志·公安志》，第 884 页。

第 28 章　密战之大策反

1937 年 10 月 25 日，英国记者贝特兰请毛泽东谈谈红军的政治工作。毛泽东说，人民军队的政治工作有三大原则，即"军民一致，官兵一致，瓦解敌军"。对于敌军不只消灭，还要政治争取，不是作为策略手段，而是基本原则。这种原则，外国人闻所未闻，无疑是创新战法。毛泽东解释说："我们的胜利不但是依靠我军的作战，而且依靠敌军的瓦解。"[1]

在这里，毛泽东把瓦解敌军同胜利联系在一起。

中共军队的政治系统有个外军所没有的特别部门——联络部。这是几易其名后确定下来的。红军时期叫"破坏部"，专门破坏敌军，要兵不要官；后来改为敌工部，专门对敌渗透，利用中间派，打击顽固派；再后来改为联络部，既要兵，又要官，团结一切可以团结的人。

1940 年，中共中央下发文件《关于扩大交朋友工作的指示》。许多人不理解，交朋友也算工作？也要下文件？毛泽东号召全军：我们要在国民党军队中交 200 万个朋友。[2]

为什么要跟死敌交朋友？毛泽东认为，蒋介石的部下并非铁板一块。高树勋部是杨虎城西北军的旧部，饱受中央军排挤。抗战胜利后，蒋介石不许高树勋参加受降，高树勋就擅自开进；内战爆发后，蒋介石下令高树勋打先锋，高树勋不肯当炮灰，便与彭德怀秘密联络。

1945 年 10 月 30 日，国民党第 11 战区副司令长官兼第 8 军军长高树勋在邯郸宣布起义。一个整军脱离国民党阵营，震撼了整个国民党军队。毛泽东高度评价这次"交朋友"（策反）工作，号召全军开展"高树勋运动"。[3]

早在七七事变后，中共云南地下党就开始做滇军的工作。1938 年初，为争取 184 师师长张冲，中共党员张永和打入 184 师并担任了师政治部主任。1938年秋，184师奉命改编为第3军，张冲任军长，张永和、杨重、宁坚、王立中、张士明、杨永新、周时英等20名中共党员已在60军扎下了根，并成立了中共党支部。1939年7月，乘杨永新招收文工团之机，八路军桂林办事处李克农又将地下党方文彬（方正）派入60军。

"皖南事变"发生后，中共中央提出了"精干隐蔽，长期埋伏，积蓄力量，以待时机，反对急躁和暴露"的23字方针，撤出了一批中共党员，一部分未曾公开活动的地下党员，本着"同流不污"的方针长期"冷藏"。

自1938年到1946年间，中共地下党员中部分掌握了一定的兵权和重要岗位。中共地下党负责人杨重已担任了60军军部副官长兼特务营营长。60军到达东北后，经长期考察培养，杨重又发展了孙公达、赵雄、陆飞等地下党员，并设法将他们安排到要害部门和岗位。

孙公达安排到军部情报科当谍报组长；陆飞安排到人事课当课员，以便了解与掌握全军团以上军官升迁调补和派系关系；赵雄安排到军部机要室当译电员；王立中（后任60军军部修械所长）安排到军务处当课员，便于了解和掌握全军的编制、武器装备实力。其他的人都留在杨重掌握的特务营任连排军官。

此时的杨重，除掌握全面情况外，主要负责同有进步倾向的军参谋处长李佐（起义后任中国人民解放军50军150师师长、副军长等职）、朱光云（起义时为60军182师545团团长，后任四川省军区副参谋长）、赵国璋（545团副团长，后为地下党员）等中高级军官的"交朋友"工作。

1945年12月15日，中共中央确定《一九四六年解放区工作的方针》时又明确提出："一方面，由我军对国民党军队进行公开的广大的政治宣传和政治攻势，以瓦解国民党内战军的战斗意志。另一方面，须从国民党军队内部去准备和组织起义，开展高树勋运动，使大量国民党军队在战争紧急关头，仿照高树勋榜样，站到人民方面来。"

刘浩（曾任东北局滇军工作委员会副书记、东北军区政治部前方办事处处长兼第一兵团政治部联络部长）正是在滇军被蒋介石派往东北打内战情况下，受党中央指派，专程前往东北做滇军策反工作的。

1946年4月29日，刘少奇与朱德亲自向刘浩及妻子禄时英布置了任务。朱德作为滇军老将领，亲笔给卢浚泉、曾泽生、陇耀等滇军将领写了信。毛泽东还亲自接见了刘浩夫妇。[4]

中共中央所以派刘浩去东北做滇军策反工作，一方面，因为其长期从事秘密工运和对国民党云南上层人士的统战工作，同龙云、卢汉、卢浚泉、张冲、陇耀等军政要人都有接触与交往。另一方面，他的妻子禄时英与93军军长卢浚泉是彝族的本家亲戚。

中共中央所以抓紧滇军的策反工作，是因为当时滇军占东北整个国民党军的1/3，争取瓦解了滇军便会从根本上改变东北战局。

十年磨一剑。就地工而言，时间既长又短。

为策反滇军起义，杨重在滇军整整秘密工作了12年，是1935年加入中共的老党员。在蒋介石"清除异己"政策下，国民党军队从未放松过对中共地下党的侦察与搜捕。1940年秋，时任184师副师长兼政治部主任的曾泽生，综合各方密报对杨重产生了怀疑，派自己的亲信政治部科员吕文亮，以视察训练为名，对工兵营副营长杨重进行监督与审查。

杨重把吕尊为贵宾：政治课请吕讲授，操练请吕指导，生活上鱼肉烟酒招待，还不时送上红包礼物。终于刺穿了吕的软肋，向杨重和盘托出了曾泽生的秘密。通过吕文亮这个渠道的深入掘进，杨重不仅摆脱了监视与审查，而且获得了曾泽生的信任与重用。[5]

潜伏敌人内部除了策反敌军，还要获取敌人重要情报，这要冒极大风险，随时面临着杀身之祸，既要有牺牲的胆识，也要有智慧与技巧。杨重曾巧妙获取了廖耀湘兵团所属各部的兵力部署、工事配置、实力装备、主要名单等重要机密资料，以及60军全套吉林市防务计划图。其完整度甚至包括各种火器的配系、射界、射向等。

杨重最有价值的一份情报是1947年5月28日，曾泽生命令暂编21师由海龙镇撤往吉林市的命令（含撤离时间、路线、编队、接应等等）。

为严格保密，军长曾泽生亲自草拟电文，由机要室主任亲自送到电台监督发出。杨重从多年结交的朋友通讯营营长孙璞那儿获得大概信息，当即由译电员赵雄译出，通过孙公达拿到手，交给刚刚潜入60军的刘浩，刘浩即派自己的警卫员刘生传送，刘生在地下党陆飞协助下将情报送回了部队。5 个环节，环环紧扣，如果不是多年苦心经营，任何一个环节出了纰漏，就会使组织遭到破坏。

结果，暂 21 师各部在收拢撤退途中，遭到解放军围追堵截猛烈攻击，全师损失 7500 余人，师长陇耀只带了几个随从，换上便衣，辗转三天，狼狈不堪。还是 182 师师长白肇学安排一辆手摇轨道车，将其接回吉林市。[6]

对滇军的争取工作，中共从上到下可谓全党齐动手。1946 年 5 月上旬，在北平军调部中共代表团的叶剑英和李克农，亲自安排刘浩夫妇潜入东北的路线。刘浩途经晋察冀地区，聂荣臻责成冀热辽分局组成以程子华为书记，肖克、黄欧东、欧阳钦和刘浩 5 人组成的滇军工作委员会。

1946 年初，93 军被胁迫到东北，卢浚泉途径北平时，曾派一个自称肖副官的随员拿了名片找过军调部中共代表团。当时因其他原因，双方并未接触。那应当是卢浚泉认为滇军处于失意的境地。

但是，争取滇军 93 军的工作却陷入僵局。刘浩不会讲东北话，装扮成农民的哑巴儿子，由卖粮的老乡帮助，经过千险万难见到了卢浚泉，并递交了朱德的亲笔信。此时的卢浚泉却不置可否了。

到了该年 8 月份，叶剑英邀卢浚泉到北平面谈，卢浚泉以向沈阳长官部请假困难为由推托了。9 月份，蒋介石下令攻打承德，13 军为第一线，93 军为第二线。以前，卢浚泉曾表示不与中共打仗。叶剑英让刘浩又见卢浚泉，问其打算怎么办？如果他说话算数，必要时中共部队可以有计划地放弃一些地方，给他一点面子。[7]

结果卢浚泉并未与中共合作。原因一是当时东北国民党军风头正盛，林彪主力部队败退松花江北，杜聿明进攻临江初步得手；二是蒋介石笼络滇军手段见效，将云南将领孙渡调任热河省任主席，倒出第 6 兵团司令官的位置给了卢浚泉。

果子只有熟透了才会从树上掉下来。半年争取滇军工作情况表明：内战中，滇军将领虽然保存实力，作战消极，却迷信蒋介石嫡系部队优势装备与美国人的援助，不到走投无路的绝境是不会低头认输的。只有在解放军强大军事压力下，政治上输光，军事上无望，争取或迫使他们起义才有可能。

而93军的卢浚泉比较60军的曾泽生顾虑更多,尾巴尤长。加之93军中共党组织基础弱于60军,根据叶剑英的意见,刘浩向党中央写了报告,把滇军工作重点转向了60军。

与60军曾泽生不同的是,卢浚泉为自己的短视付出了后半生的代价。1948年10月14日锦州城破时出逃,在俘虏队里被同为俘虏的88师副师长检举,成为战犯进了抚顺监狱,一直到10年之后的1959年方被特赦释放。

毛泽东始终密切关注着东北战场上的滇军。1946年5月9日,在四平保卫战期间,毛泽东致电东北局、林彪并转吕正操、肖华:"国民党军第60军及93军(军长卢浚泉)系云南部队,归孙渡指挥,孙驻锦州,60军军长曾泽生驻新民。你们应设专门机关派专门负责人进行该军工作,东北干部中一切滇籍干部尽可能调作此项工作。收集该军每一个逃兵,加以训练,进行兵运。"

须注意,正是此电报发出之后20天,中共中央从延安专为策反滇军派刘浩夫妇到东北。

5月28日,60军184师师长潘朔端在中共东北民主联军南满部队韩先楚逼迫下起义。第二天,毛泽东即致电林彪:"对60军之俘虏官兵,予特别优待,详细调查其内部情形,抓紧顽军反蒋情绪,转变为反内战,号召他们学习高树勋,建立民主建国军。对这些俘虏应举行热烈的群众欢迎大会,负责人分别进行谈话,造成60军反内战的热烈情绪,然后分途遣送一部进步分子回队,每一据点送回十数名,并给以较多旅费。"

6月6日,朱德总司令及各野战军首长刘伯承、邓小平、罗荣桓、彭真、贺龙、彭德怀、周保中等分别致电潘朔端,对其起义表示热烈欢迎和祝贺。

接下来,毛泽东的一项举措不仅令滇军众将领目瞪口呆,也让远在南京的蒋介石心惊肉跳:

"6月上旬,在海城起义的原国民党军第60军184师改编为中国民主同盟军第1军,军长潘朔端、政治委员徐文烈、参谋长马逸飞、师长魏瑛。"[8]

任职命令中滇军的两个名字特别显眼。看来毛泽东下决心制造第二个"高树勋运动"：高树勋起义时第 8 军官兵上万人，而 184 师潘朔端率领起义的仅仅 2800 余人，半个师不到，但却由师长升格为军长，552 团团长魏瑛晋升为师长。政治委员徐文烈虽是中共派进去的，也是精心挑选的云南人。

首先起义的高树勋当初称为"民主建国军"，这个称呼恰合全国民心：打跑了日本军国主义，人民期待和平建设国家。潘朔端师所以称"中国民主同盟军"，因为"滇军与民主党派民盟的关系深远"。毛泽东显然是要以潘朔端为滇军树立榜样。

毛泽东将策反作为对敌作战（密战）的重要战场。既然是作战，必须知己知彼。为此，中共中央专门分工刘少奇、朱德两位领导研究滇军工作。

1947 年夏季的东北战场，国民党军事链条最为薄弱的环节是屡受重创的 60 军，摘掉这个环节，就可以使东北战场态势发生改变。从哪儿着手？

早在刘浩从延安出发前，朱德总司令便为刘浩留下了"锦囊"："陇耀地位不高，是个师长，但他是龙云、卢汉的亲信，滇军的中坚。他是从讲武堂候补生队出来的，性格豪爽，敢作敢为，疏财仗义，在候补生中很有威信，滇军主要靠陇耀团结这批候补生，所以他对卢浚泉、曾泽生都有一定影响。"[9]

60 军起义后，曾泽生曾对改编后 50 军政治部主任王振乾（后任 55 军政委、航天工业部副部长）说："我名义上是个军长，其实什么问题也解决不了，人事调动任免都是云南方面通过陇耀转告我执行的。"曾泽生的话，证实了中共中央当初对滇军内部复杂关系掌握得十分透彻与准确。[10]

陇耀，身上留有旧军队主仆深刻的烙印痕迹。他原本为"云南王"龙云的随从亲兵，被龙云送进云南讲武堂军官候补生队培训后，从排长起步，先后被任命为特务连长、警卫营长、特务团长、副师长。1944 年 35 岁时，即升任为 60 军暂编 21 师师长，从排长到少将师长仅用了 5 年时间。

在此期间，视龙云为眼中钉的蒋介石授意亲信陈诚、薛岳曾两次加害忠心护主的陇耀，陇耀都靠着卢汉的庇护营救化险为夷。陇耀认为是龙云给了他前程地位，卢汉对自己有救命之恩。因此，视二人若父母，报之以忠义，出生入死，一切唯龙、卢之命是从。

93军与60军赴越受降期间，杜聿明软禁龙云，陇耀即在滇军中鼓动"云南子弟打回云南去，以雪五华山之仇"，并向卢汉请缨反蒋，率暂21师打先锋，被卢汉以此举会使"龙云脑袋不保"制止。陇耀内心记下了蒋介石一笔债。

作为滇系将领的中坚骨干，陇耀素来有执滇军牛耳之雄心。他的思想不仅代表60军中下级军官，也左右影响着他们。显然，策反60军必须从陇耀入手。

1947年1月，中共云南省委负责人侯方岳曾派遣陇耀大女儿从昆明到海龙镇，做陇耀的工作，要他效仿潘朔端率部起义。那时，陇耀一方面认为"老蒋势大气粗"；另一方面表示"忍辱从蒋，是为了竭力掩护卢汉当省主席"。父女不欢而散。

1947年5月，海龙丧师的陇耀既情绪沮丧，又怨天尤人。大骂孙立人、梁华盛歧视滇军，责怨曾泽生、白肇学接应不力。谁都知道他跟龙云、卢汉的关系，只能听之受之。

此时，刘浩提出面见陇耀乘机策反。一些地下党员担心在陇耀情绪最坏的时候去，会有危险。刘浩认为，对国民党将领来说，军队是他们安身立命、占据地盘的资本。老本在，幻想就在；老本蚀光了，反而会促使他们清醒。故而，这个险值得一冒。

为保证刘浩的安全，杨重提议由自己先行试探，将"有人"要见陇耀的消息提前一天告知他，根据陇耀的情绪反应再决定刘浩行止。杨重告诉陇耀："从解放区来了个云南人，说是带有潘朔端给你的信，要求交给你，请示师座何时为宜？"

陇耀问："来人怎么认识你？"久富潜伏经验的杨重自然也要保护自己的身份，机智回答："我并不认识他，是老师长张冲和潘朔端要他来找我转报你的。"

陇耀沉思了片刻，然后小声说："你明天上午9时带他来见我，要注意保密。"

第二天，陇耀让亲信3团团长李树民在寓所客厅值班，来访客人一律挡驾，并安排副官龙鹏腾等二人持枪在楼廊守卫，任何人不许上楼。考虑龙鹏腾等无法挡驾军部来人，身为军部副官长的杨重守候在一楼寸步不离。

刘浩向陇耀转送了潘朔端的信，待他确认是潘的笔迹后，又送上了林彪的亲笔信。陇耀答应走潘朔端之路，却留了个"相机行事"的尾巴。刘浩提出要面见曾泽生去做工作，陇耀连忙摇头："军长周围有人监视，你不要去，我们所谈内容我会转告他的。"

事后，刘浩、杨重等地下党组织认真对会见情况进行了研究分析，认为会见陇耀效果是可喜的。作为中共代表正式会见滇军重要将领，毕竟得到陇耀弃暗投明的承诺，即为策反滇军的良好起步。会见的效果也是初步的，陇耀所以留个尾巴，证明策反滇军不可能一蹴而就，还需下艰苦的笨功夫。

会见中，陇耀提出将暂21师被俘的200余名军官予以释放，否则杜聿明会借机从嫡系部队抽调军官安插进来，那样60军的处境会更加困难，不利于将来的义举。

为表示诚意，根据东野总部指示，吉林省军区不仅放回了暂21师被俘的参谋主任杨肇骧、炮兵营长赵时雍、第3团副团长王伟略等120多名军官，而且放回了一些士兵。

在释放之前，东北民主联军做了两件事：

第一件是对被俘的7500名官兵实施特殊优待，每人发两包香烟及酒肉等慰劳品，并让他们知道，解放军部队自己未有香烟待遇。

第二件是开展思想交流，给被俘官兵发放《蒋管区内幕》《论联合政府》等书刊。而这件事是由滇籍人来做的：滇籍将领东北民主联军副司令兼吉林省主席周保中亲临看望被俘的"老乡"，政治宣传材料也由滇籍的民主联军干部陈方、司维负责发放。这些被俘官兵普遍产生"他乡遇故知"的亲切感。

司维是中央除刘浩夫妇外，另外抽调到东北做滇军工作的6名滇籍干部之一。[11]

对滇军策反工作列入中共东北局和野战军总部重要工作日程，1947年春，中共中央对滇军的工作指示已普遍印发到东北民主联军师以上各部队，同时成立了两个滇军工作委员会。一个由东北局联络部长李立三兼任书记，李力果、刘浩任副书记，其前方办事机构为东北联络处，设在吉林北部的缸窑镇；另一个由吉林军区司令员周保中兼任书记，陈方、刘浩任副书记，其前方办事机构为吉南联络处，设在吉林南部的盘石一带。

凡是有滇军，特别是60军驻扎的附近，均有滇军工作人员在渗透。

1947年秋，根据罗荣桓的提议，成立了东北军区政治部前方办事处，专门负责瓦解60军的工作，刘浩任前方办事处处长。同时，明确东北军区联络部专管敌军工作。

中共大举对滇军的渗透与策反，以及滇军的沮丧士气，刺激了蒋介石军统谍报系统的敏感神经，为继续维系滇军于内战战车上，蒋介石两次命令云南省主席卢汉前往东北安抚滇军。有龙云被软禁于南京，卢汉不得不勉力成行。

第一次是1946年8月。在大礼堂自然是冠冕堂皇的官话，晚上对曾泽生、陇耀、白肇学的私房话，才是滇军将领要执行的。这一次，蒋介石达到了目的。卢汉对其将领们交代了两点意见：

一是对共军万不可轻敌，要灵活对待，保存实力，"我这个主席的位子牢不牢，可以坐多久，就看你们既能保住实力又能多打胜仗"。二是"现在跟共产党去干，是半路出家，没有多少好处"。

当时，正是林彪部队败退松花江北不久，杜聿明风头正盛，不但卢汉，多少人都看不透时局的走向与发展前景。

第二次是一年后的9月。蒋介石眼见内战局势恶化，生恐滇军反目，又命卢汉前往东北安抚滇军，结果却弄巧成拙。卢汉照例宣昭了一道"总裁口谕"后，私下嘱咐的话语与一年前大相径庭："局势日见严重，你们的日子会更不好过，今后作战要多长个心眼，一定要保存实力，留条后路。"看几位亲信有点茫然，卢汉索性把话说白了："你们也不用顾虑我，万不得已之时，你们各自掌握命运吧。"

海龙兵败后私会中共代表，始终是忠心的陇耀对卢汉一块愧疚的心病。卢汉"各自掌握命运"的话，等于为亲信爱将松了绑，陇耀"如释重负，心头顿觉宽慰"起来，可以放手按自己的想法大胆去干了。[12]

卢汉，参加过辛亥起义的滇军元老、滇军奠基人之一、60军第一任军长。两次赴东北安抚滇军，对滇军产生了重大影响。从第一次要求滇军多打胜仗，不要跟共产党去干，以保住云南省主席——实际上滇军的后方基地和全云南的地盘；到第二次留条后路，各自掌握命运，说明卢汉对国共内战的前途走势逐渐有了清醒认识。滇军说到底是龙云与卢汉私人的武装，60军的觉醒有赖于卢汉的觉悟。

种瓜得瓜，种豆得豆。自打蒋介石颠覆龙云的那天起，就注定了滇军对他的一次又一次反叛。

人民解放军攻入四川，卢汉拒绝了蒋介石把西南地区军事首脑机关由重庆迁入昆明的命令，并于1949年12月9日，通电全国宣布云南起义。当然，要有龙云的参与。1948年末，饱受蒋介石欺凌的龙云从南京逃往香港，派人联络卢汉，决心共同反蒋。龙、卢本为不可分的滇系整体。

在中共中央社会部的会议上，毛泽东提出："隐蔽的战争，有战略的进攻，打入敌人核心，也有战略的防御，保卫自己，要打败敌人须内外夹击。"

内战之初，若论军事实力，国民党要强过共产党许多，但在隐蔽战线上的战争，共产党绝对胜过国民党若干倍。

在中国的情报保卫界，无论国民党还是共产党，最早出现"特务"一词与最早称为"特务"的组织，都来自1927年5月的中共中央军委"特务工作科"。1927年11月，中共中央在上海成立周恩来领导的"中央特务科"，简称"中央特科"。它甚至早于1928年2月国民党中组部设立的党务调查科。

没有不重视情报工作的领袖。

蒋介石亲自领导"国民政府军事委员会调查统计局"（军统）和"国民党中央执行委员会调查统计局"（中统）。

毛泽东则亲自兼任"中央调查研究局"局长，在毛泽东一生的职务中，这是唯一同情报保卫工作相关的职务。[13]

周恩来是隐蔽战争的高手。国民党三大重兵集团的"三大秘"，都是周恩来秘密安排进去的中共党员：胡宗南身边有亲信侍从副官、机要秘书熊向晖，白崇禧身边有其甚为欣赏的文稿机要秘书谢和赓，傅作义身边的随从秘书阎又文深受傅的信任，已升为少将新闻处长。[14]

间谍打入，有个深潜过程，不一定立即发挥作用，待到时机成熟，能够一人扳大局。此为"冷藏间谍"，犹如围棋中的闲棋冷子。周恩来便是此道的高手。

国民党中央关门密会，党国元老张继指着蒋介石痛斥："共产党就坐在你的身边你还没有发现！"

具有讽刺意味的是，此刻蒋介石身边正坐着速记员沈安娜。张与蒋当然不会知道沈安娜就是中共特工，也不会想到沈安娜早在两个月前就将国防最高委员会进攻解放区的部署抄报延安，使中原野战军预先安排并得以转移。[15]

地下工作有时会发生措手不及的意外情况。中共对滇军上层将领的争取工作取得了突破性进展。1947年初，滇军重要将领国民党新编第3军军长张冲借参加国民政府"国大"之机，在南京会见了董必武，提出了要投奔延安的愿望。在董必武和叶剑英亲自安排下，张冲辗转到达延安后，又来到东北解放区。8月21日，哈尔滨举行千人欢迎大会，林彪亲自出席，张冲就任松江省政府副主席。

一件好事有时会意外带来负面因子。蒋介石得知张冲投共后大怒，下令清洗张冲旧部。杨重曾在张冲部队当过连长，根据东北局和东野总部敌工工作"争取掌握兵权"的指示精神，8月初，乘184师第三次组建之机，杨重已争取到了550团团长职务。为全力控制该团，杨重还将陆飞等几名中共地下党员安排到该团任职。

9月，根据杜聿明的指示，曾泽生以回云南带新兵名义下令解除了杨重550团团长职务，同时被解除兵权的还有93军第18师第1团团长职务的中共地下党负责人张士明。中共地工18师参谋长宁坚侥幸躲过。

杨重和张士明是1946年初中共中央组织部掌握的全部滇军6名中共党员中的两名，而且分别是93军和60军地下党的负责人，属于中共隐蔽战线的"冷藏"棋子。

尤其是杨重，七七事变后打入滇军，与进入184师的中共地下党政治部主任张永和（半公开）都不曾发生横向联系。在张永和撤离后，杨重接任中共地下党负责人，仍处于秘密潜伏、对上单线联系状态，这些现状实属不当。刘浩在60军的唯一接头人便是杨重，没有滇军地下秘密工作12年的杨重，刘浩便进入不了60军，策反陇耀便无从下手。

一枚"冷藏"棋子，有时甚至会扭转战局乾坤，实为宝贵。李立三亲自安排杨重与张士明撤回解放区工作。[16]

李竞（曾任50军150师副政委）原为中共中央除刘浩夫妇外，另派的6名滇籍干部之一。当时任东北军区政治部前方办事处的科长，曾带电台随刘浩潜入60军与杨重接头。

李立三向李竞传达东北局的任务是先去吉林，再到锦州，通知杨重、张士明指定新的地下党组织负责人后，撤回解放区。

为绝对保密和安全，东北局联络部专门调了一节车厢，由刘浩护送李竞到吉林市郊的东北民主联军前线。为掩国民党特务耳目，火车从哈尔滨出发，反向开往牡丹江，再转延吉；由吉林省军区安排改乘汽车到盘石吉南联络处，由吉南联络处长陈方亲自护送到双阳东北民主联军前线部队；第二天傍黑，前线部队派了一个连护送到市郊，换了国民党军服潜入60军。[17]

在从锦州返回哈尔滨途经沈阳时，李竞遇到了险情。从184师搞到的护照出了纰漏，宪兵不予登记："你的护照日期是改过的，并且是先盖官印后填的。"

李竞沉着应对："日期我改它干什么？至于是先盖官印后填，还是先填后盖官印我不知道，反正是上级发给我的护照。"

那个宪兵便查验别人的护照，不理睬李竞，另一个宪兵拿起电话，一边拨号一边查看李竞的神色。心里直打鼓的李竞若无其事跷着二郎腿仰坐在椅子上，一会儿装作不耐烦站起来责问："我的护照已经给你很久了，为什么还不给我登记？"

两个宪兵对视了一下，没发现李竞神色中的破绽，便说："以后你要小心，这恐怕是你的上级办事马虎，弄不好你会吃亏的。"说着在护照上签了字盖了章。此时，李竞心里吊着的千斤石头"扑通"一声，总算落了地。[18]

"隐蔽战争"是毛泽东对密战的一种深刻定义。

囿于这种战争的隐秘性（含解密期限）与单独性（相对于群众战争），其惊心动魄及残酷性，往往不被人们看见，许多英雄若干年后仍然处于无名状态。出于安全考虑，单线联系或单独系统往往是密战的常态。

东北解放战争期间，尤其长春围城前后，中共地下党形成4个大的、十几个小的地工系统。4个大系统为：

（一）东北局城工部系统。城工部是"对敌城市工作部"的简称，成立于1946年，最初由东北局书记彭真兼任部长。1947年5月与原"敌工部"合并后，由李立三任部长。城工部系统含有徐慎与吕天两个子系统。

徐慎是延安为开辟东北根据地韩光领导的13人干训班成员之一，1945年5月由中共晋察冀分局派往长春潜伏，"八一五"光复后参加组建长春市委，担任市委秘书长；1946年5月，随市委机关转移出城；1947年10月，又返回长春坚持地下斗争。他领导的地工人员有孙亚明、郭景兆、金山、张瑞芳等180余人，主要活动于国民党上层和文化教育界。

孙亚明是王若飞按周恩来的意见，通过关系派到赵君迈（国民党长春市长）身边的，对争取赵君迈起了主要作用。郭景兆是1945年8月经太岳区党委派来长春的，按徐慎的安排，郭景兆将张冠英、张竹两名中共党员，分别渗透进长春市公安局和保安大队。金山和张瑞芳以艺术家身份，成立了东北电影制片厂。

吕天，原名吕殿元。1945年8月13日，曾在哈尔滨领导江上军3个团起义。吕天为东北局城工部派遣。他派遣李天成打入长春大学，组成"李梦星小组"开展学生运动，收集特务活动情报，提供出了军统项乃光拟在长春解放后特务潜伏名单——《东北青年爱国救乡会名单》。他领导的地工孙继武（督察处少尉督察员）提供了督察处全部特务人员的照片。

吕天系统成员达200余人，一部分已渗透到国民党军队重要岗位，例如60军秘书处长孙远礼、新7军61师中校被服科长牛信、新7军56师谍报员刘少林、警察局骑巡队二分队长阮守一等。

（二）东北局社会部系统。该系统的地工组织主要是东北局社会部长春工作站。该站分别由田琛、高亮担任正副站长。田琛打入罗大愚的东北党务专员办事处；该站领导的地工丁一担任国民党东北行营副参谋长董彦平的中校秘书；该站曾获得了军统少校特务张柏生携带的密码本（拍摄件）。

在周保中部队第一次攻占长春前，该站搞到了国民党防守长春作战计划，对东北民主联军夺取长春起到了重大作用。该站地工高路在围城内粮荒之际，借与国民党第一兵团副官处长罗寿安合伙倒卖粮食之机，从其手中套购出 10 万斤大豆运往解放区，震惊了郑洞国。

（三）长春工委情报系统。1948 年 2 月，根据中共东北局的意见，由松江省委常委、社会部长陈泊与公安处办公室主任兼情报科长侯诺青领导，组成 40 余人情报人员派往长春市内，收集敌军情报，发展内线关系。至长春解放前夕，侯诺青子系统已发展地工达 320 人。在长春外围战中，成功策反了守卫机场的新七军 56 师 1 团 3 连连长李俊祯率部 70 余人携械战场起义，进而影响到机场附近陷入困境的国民党 900 余人随同投诚。该系统还搞到了长春周边守军 64 座子母钢筋水泥永久工事的图纸和长春市地下水道图。

打入国民党警察宪兵与特务组织的地工在长春解放之际，发挥了内应外合的先导作用。在 60 军起义后，城外部队还未进城时，警察局地工田平小组率先接管了警察局，使全部档案得以完整保存。打入袁晓轩武装特务"吉黑义勇队"的地工黄潮（指导员）和打入国防部二厅长春情报站的李岩（少校督察），获悉了敌特派遣解放区的据点和潜伏电台计划，依此破获了国民党潜伏在哈尔滨、洮南、海拉尔、九台等地的 11 个敌特组织及潜伏电台。

（四）东北军区政治部系统。这个系统除了专门负责策反 60 军的刘浩为处长的前方办事处外，还包括了松前指挥部和吉北联络处两个子系统。

松前指挥部是围长期间由东北军区松前指挥部司令员陈光领导，指派侦察科代理科长张正平在长春市内以"富源长"制米厂为据点，先后发展地工达 120 余人。通过与新 7 军、60 军多名军需官买卖囤积粮食，弄清了连郑洞国都弄不清的准确兵员、粮食储备数字等重要情报，暗中操纵粮价，加速守敌粮食危机。

吉北联络处的前身是缸窑联络站，主要通过长春大学地工人员向新7军、长春警官学校渗透。处长为陈少中，副处长方正，亦称陈少中系统。其成员达100余名，大多为青年学生。

除以上四个大的地工系统外，尚有若干小的地工系统，最有影响的当数1943年受晋察冀东北工作委员会派遣到长春的中共地下党员傅根深，以及受太行八路军总部滕代远派遣到长春的中共地下党员刘健民。1945年"八一五"后，傅根深与刘健民一道组建了4000人的"吉长部队"，分别担任政治委员和司令员。傅根深不幸牺牲于剿匪战斗中。

据统计，各个系统在长春的中共地下特工围城期间达1200余人。[19]

通过不同渠道、各种方式，全方位向国民党的党、政、军、警、宪、特组织和部门及要害岗位、人员展开"隐蔽战争"，采取"打进去、拉出来"的方式进行渗透与策反，直至国民党的统治机器在各个方面受到腐蚀、蛀空、瓦解，最终坍塌下来。

人类自从有了战争以来，与其紧密相伴的除了胜利和失败，还有流血与牺牲，隐蔽战争自然也不例外。

面对蒋介石"宁可错杀一千，不可放过一个"的严酷政策和凶残而老辣的军统、中统特务组织，中共隐蔽战争的牺牲几乎成为常态，比起两军真枪实弹的对垒，牺牲的壮烈丝毫也不逊色。

战场上的牺牲更多体现在物质的肉体，而隐蔽战争的牺牲除了肉体，有时往往体现于精神；战场上的牺牲多为战士的自身，隐蔽战争的牺牲有时会牵连到挚爱的家人及亲友。那种痛楚，难以言表。

统计说，在国共三年东北争夺战中，长春市牺牲的中共地工达80余人，多数牺牲在围城期间。

"富源长"米厂被军统侦破，将战友安文友掩护脱身的李国栋、高博儒被秘密杀害于南岭。张正平虽侥幸逃脱，亲朋好友52人被株连拘捕，父亲张富源被打瞎一只眼，打断4根肋骨。[20]

阎启铭在替刘浩向60军传递情报途中被捕，他毁掉了密信，保护了60军地下党组织和一批谋划起义的国民党军官，被特务秘密处死。他是吉林长白师范学院的一名普通讲师。[21]

松前指挥部陈光渗透在新7军56师有三个地工组织,于1948年夏季被军统破坏了两个:一个是白殿升组,已发展了26人。白被捕后受尽酷刑,没有供出任何组员。6月30日,被以"图谋不轨"的莫须有罪名处死。[22]

另一个是金器之(56师上校高参),其主要任务是策反56师师长刘德溥。他的暴露系一个名为江静波的地工被捕,酷刑中金被打折了胳膊、断了腿。他还未正式来得及履行入党手续,就义前高呼"共产党万岁"。[23]

上述多数同志牺牲后,都会有中共党组织为其开追悼会,安慰抚恤其亲属子女。

有一种牺牲是默默无闻。范啸谷,在60军潜伏数年并担任了副团长职务。1948年1月25日奉命率部袭扰解放军中弹身亡。[24] 只有少数知悉内情的同志为之暗自垂泪,而他的党组织却不能公开予以悼念。

还有一种牺牲是贫病交加。

1948年秋季,随着围城形势趋紧,负有潜伏任务的地工人员只能在饥寒交迫中苦撑时日。侯诺青系统的田平是在百姓纷纷出城之际乘乱混入长春的,主要任务是在解放前夕控制接管警察局。

田平的第一个落脚点长春大学于7月份解散了,为解决基本食宿,他到长大牛奶场落脚。8月间,牛奶场也解散了,他又乘新7军招兵(补空饷)之际,到青年教导团当上二等司药兵。他领导的另两个地工分别想方设法补上了卫生队卫生兵和担架兵,终于坚持到长春解放。[25]

肖斧则未坚持到底,因肺结核得不到治疗和饮食,于解放前两个月病逝。肖斧属于吉北联络系统的地工小组负责人。根据上级指示,1947年10月10日,他组织钱泽球、那守团、刘树椿引爆了新1军在海上大楼地下室的弹药库,为国民党"双十节"罩上了阴影。[26]

肖斧本来是极想要坚持亲眼看到长春解放那一天的。但围城的环境中,连糊口都难,哪会有治结核的药?肖斧不离开城里,另一个原因是惦记着被捕战友钱泽球的生死。7月,钱泽球策反新7军38师114团失败被捕,解放前夕被杀害于督察处院内。[27] 但肖斧并不知道钱泽球已经赴难,知道了他或许会离开长春奔赴解放区。

让我们永远记住以上有名或无名的地工英雄们!

蒋介石是使用反间计的高手。1932年，共产党员许继慎创建鄂豫皖根据地，这个黄埔学生骁勇善战，打得老师蒋介石毫无办法。蒋介石派遣两个特务，冒充国民党改组派到苏区同许继慎联系，并有意落入边区保卫局手中，供说许继慎是国民党内线。国民党军事上打不垮的许继慎死在了共产党内部肃反的刀下。蒋介石的故伎，国民党特务在国共东北三年争夺中重演。

张庆和，苏军占领长春期间，曾任长春特别市公安总局局长、东北民主联军吉黑纵队副司令员，1943年春起，便与其妻李玉贞（李大钊侄女）为冀热辽军区情侦地工人员。张庆和毕业于日本陆军士官学校，在中共晋察冀分区社会部安排下打入伪满禁卫团，策划并参加了8月14日伪满禁卫团的起义。

在任长春特别市公安总局局长期间，张庆和搜捕大批汉奸和特务，打击土匪建军，从日伪军用仓库搬运武器武装中共部队，引起国民党特务的仇恨恐慌，散布"张庆和已投降国民党"等言论，布下了反间计。1946年5月13日，在未征求周保中（张庆和中共党的地工关系掌握人）意见情况下，中共有关保卫部门将张庆和秘密逮捕，于1947年在佳木斯处决，年仅33岁。[28]

人类任何活动均有道德底线，战争自然也不能例外。在密战圈内，有两种"活儿"之称："脏活儿"，指暗杀、投毒、爆破等行为；"干净活儿"指交友、侦察、策反、社情调研等工作。

蒋介石做"脏活儿"起家，年轻时亲手暗杀陶成章，1934年暗杀抗日名将吉鸿昌，1938年又暗杀了西安八路军办事处少将代表宣侠父——蒋害怕黄埔一期的宣侠父策反爱将胡宗南。

共产党不是没有报复机会，潜伏在国民党西安行营内的共产党有好几条线，还有神枪手于忠友，干掉胡宗南不成问题。但毛泽东不屑"脏活儿"，不允许安全保卫部门做"脏活儿"。

1948年5月18日，国民党飞机飞临城南庄上空，炸弹准确击中了毛泽东的住房，毛泽东万幸没有受伤，甚至惊慌也没有，只是困惑国民党军轰炸的准确程度。后来，从缴获的国民党档案中查明，指示方位的是国民党特务——司令部小伙房的司务长刘从文。[29]

三年东北争夺战中，国民党特务的"脏活儿"用到了极致。除了向解放区军民投毒、放火、爆破外，对领导人的暗杀成了国民党特务机关的重要任务。

最为恶劣的是1946年3月8日暗杀了抗日名将李兆麟。

李兆麟为1932年加入中共的老党员，日本侵略东北后，他便到北满组织抗日游击队，担任过北满抗日联军总政治部主任、抗联第3路军总指挥。在极艰苦情况下，与周保中一起率部撤到苏联坚持斗争。1945年8月随苏军回到东北，任松江省副省长、中苏友好协会会长等职。

暗杀非常凶残血腥，国民党军统三个特务连刺李兆麟7刀。一代抗日名将未死在日本侵略者枪口下，却倒在了国民党特务肮脏的屠刀下。[30]

1946年冬，国民党特务机关侦悉到陈云、肖劲光要赴临江主持军政大计，于11月17日清晨制造了斗沟子车站溜车暗杀事件。几节车厢迅猛冲向陈云、肖劲光乘坐的火车，幸得扳道工冒险将溜车扳入死线。陈云、肖劲光虽幸免，却死伤群众40余人。

12月14日，国民党特务再次在苇子沟区间颠覆了由图门至朝阳川的第61次客车，致18人亡，50余人伤。国民党特务的目标是周保中（由图门乘该列车返延吉），周保中因事延期出发而幸免于难。此外，国民党特务机关还制造了一起针对万毅（时任辽吉军区司令员兼东北民主联军第7纵队司令员）所乘军列的追尾未遂事件。[31]

蒋介石及其军统中统特务组织"脏活儿"最终弄脏了自己。毛泽东把破坏性的谍战转化为联络式的统战，"干净活儿"获得了民主与廉洁的好名声。后来，蒋介石也效仿共产党的"统战"搞了"联战"，但总感觉技巧上不如毛泽东。

毛泽东认为不是技巧问题："这是尊重人格的根本态度问题。"

张秉昌，原为国民党60军184师551团团长，1947年5月被肖劲光南满部队俘虏。在送往通化解放教育大队途中，受到了东北民主联军一位首长的看望。当得知"请饭"的"长官"是肖劲光时，张秉昌深受感动：

"堂堂南满军区司令员对战俘像朋友！晚饭摆上来后，肖司令员邀我共进晚餐。"

到了解放大队，"我们虽然是战俘，但工作人员对我们却非常客气，关怀备至，还把我原来的警卫员安排到我身边照料我的饮食起居，并允许他单独外出为我买生活用品，真是感人至深。解放大队的负责人莫文骅（曾任吉黑纵队司令员、东北野战军1纵队副司令员、第47军军长，1955年被授予中将军衔）待人和善，反应敏捷，风度不凡，经常同我推心置腹地谈心。""经过深思熟虑，我提出：'如果贵军相信我，我要求回到60军去，劝曾泽生、陇耀、白肇学等人弃暗投明'。"[32]

以上是一个战俘在中共部队中受到的待遇与感想。

这世间，最深奥的不是工作技术，还是人心。战俘也是人，也有心之所向，而且战俘之心，要比常人更加复杂。毛泽东不战而屈人之兵，全靠夺敌之人心，尊重弱势的俘虏人格，即夺取敌之人心。

天下归心，还愁强敌不败？

注释

[1]《和英国记者贝特兰的谈话》，《毛泽东选集》第二卷，人民出版社，1991年6月第2版，第379页。

[2] 郝在今：《中国秘密战》，金城出版社，2014年7月第1版，第128—129页。

[3] 同上书，第324页。

[4] 刘浩：《策反滇军工作的回忆》，解放军陆军第50军军史编写组，《长春起义》，《长春文史资料》1987年第3、4辑，第63—65页，长春市政协文史资料研究委员会。

[5] 杨滨：《在滇军秘密工作十二年》，《长春起义》，第88—89页。

[6] 同上书，第95—96页。

[7]《长春起义》，第70页。

[8] 陇耀：《吉林撤退和长春起义》，《辽沈战役亲历记》中国文史出版社，2012年版，第288页，全国政协文史和学习委员会编；阎峻：《林彪军事生涯》1946年（中华民国三十五年），白鹿书苑。

[9]《长春起义》，第66页。

[10] 王振乾：《改造60军的回忆》，《长春起义》，第141页。

[11]《辽沈战役亲历记》，第288—289页。

[12] 陇耀：《回顾长春起义》，《长春起义》，第193页。

[13]《中国秘密战》，第158页。

[14] 同上书,第108—111页。
[15] 同上书,第322页。
[16] 李竞:《两进敌区》,《长春起义》,第126页。
[17] 同上书,第130页。
[18] 同上书,第132—133页。
[19] 宋国琛主编:《党在长春的地下斗争》,1991年6月版,第2—6页,中共长春市委党史研究室。
[20] 张正平:《插进敌人心脏的利剑》,《新7军投诚》,吉林省军区政治部《长春国民党部队投诚》编写组,《长春文史资料》1988年第2辑,第190—191页,长春市政协文史资料委员会,1988年10月出版。
[21] 孙公达:《在六十军做秘密工作琐记》,《长春起义》,第123—124页。
[22] 《新七军投诚》,第196页。
[23] 《围困长春——一个特殊类型的战役》,沈阳军区《围困长春》编委会,《长春文史资料》1988年第1辑,第153页,长春市政协文史资料委员会,1988年7月出版。
[24] 《在六十军做秘密工作琐记》,《长春起义》,第120页。
[25] 田平:《接管国民党长春市警察局经过》,《党在长春的地下斗争》,第249—252页。
[26] 王文达:《地下工作回忆》,《党在长春的地下斗争》,第242—243页。
[27] 同上书,第243页。
[28] 《人物传》:《张庆和》,《长春市志·总志》(下卷),吉林人民出版社,2000年版,第六篇,第700—702页。
[29] 王树增:《解放战争》(上),人民文学出版社,2009年8月北京第1版,第652—653页。
[30] 刘统:《东北解放战争纪实》,东方出版社,1997年版,第254页。
[31] 于克:《解放战争时期东满的剿匪锄奸反特斗争》,张赞新、杨子忱主编:《解放战争时期长春剿匪斗争》,1997年10月第1版,第173页,中共长春市委党史研究室。
[32] 张秉昌:《难忘的历程》,《长春起义》,第239—240页。

第 29 章　南下之争

林彪向毛泽东报告，南下作战的具体目标是：义县、锦西、兴城、绥中和山海关。如果进展顺利，"即进行夺取承德和打增援的战斗"，直至继续南下配合华北野战军"夺取张家口"。

林彪的意图是，辽西走廊北宁线上这 5 个小城敌人较弱，总共有 7 个师，除了锦西有 3 个师，那 4 个小城各有 1 个师的兵力，打他们是有把握的。打掉这几个小城，然后去打承德，主力入关作战。

至于长春、锦州、沈阳三大据点怎么打，东北几十万国民党军谁来打，林彪回避这些问题。这同毛泽东关闭东北"大门"、与卫立煌集团进行大规模决战的意图距离很远。

7 月 30 日，毛泽东致电林彪："关于你们新的作战计划，我们觉得你们应当首先考虑对锦州、唐山作战，只要有可能就应攻取锦州、唐山，全部或大部歼灭范汉杰集团，然后再向承德、张家口打傅作义。如果你们不打范汉杰先打傅作义，则卫立煌将以大力集中锦唐线，卫、范协力向西援傅，那时你们可能处于很困难地位。"[1]

毛泽东的指示使林彪很为难，他没有理由完全拒绝毛泽东的意见，但实在不愿意直接攻打锦州。8 月 1 日，林彪复电毛泽东说："锦州经常驻有六七个师的兵力（内有 93 军 2 个师，54 军 3 个师，另外还有暂 50 师和暂 51 师，2 个军直属队和 1 个兵团直属队），城市工事业已完成，故我们不拟攻锦州。但该敌万一出来增援，在增援中歼灭其大部时，那时当然可以乘胜攻锦州。但根据去年冬季在沈阳附近作战的经验，敌人是不敢出来增援的。"

对锦州这扇"大门"，林彪攻又"不拟攻"，打援，敌又"不敢出来增援"。焦急的毛泽东 8 月 3 日致电林（彪）、罗（荣桓）、刘（亚楼）并告华北军区第二兵团杨（德志，司令员）、罗（瑞卿，政治委员）、耿（飚，参谋长）："本日杨成武来中央面商绥远行动问题，杨部（八个旅）本月二十日左右可完成一切准备……以配合你们之作战。杨罗任务究竟如何规定，何日行动，你们主力何时开始锦榆线作战，盼即告。"[2]

8月6日，林彪致电毛泽东，提出为了分散傅作义兵力一二个军西去，"不宜由我们先行动调动傅作义向北向东，而应是杨成武部先行动调动傅作义向西，以便我们与杨、罗部开展战局……我们拟歼灭北宁线上5城之敌以后即攻承德，在我们未向承德前进前，以杨、罗部队切断承德敌人退路"。[3]

针对林彪开出的南下作战条件，8月7日，毛泽东复电林彪："绥远为傅作义所必救，不怕不能调动傅部向西，调动傅部是必然的。问题是傅作义自己有三个军及几个独立师，如果他以两个军及一二个独立师援绥，则杨成武在绥难于立足。"

尽管杨成武与杨得志两个兵团面临诸多困难，毛泽东还是决定"兹规定杨成武兵团八月二十一日由沫源以东出动；九月十日左右向归绥集宁两点开始攻击；杨罗耿兵团须在九月十日以前以主力到达承德、北平线并开始攻击……你们主力按上述两兵团行动时间规定自己出动及开始攻击锦榆线之时间，并预先报告军委。你们对上述规定如有意见，速即电告，否则即照此部署执行。"[4]

从电报语气看，毛泽东对林彪的迟疑南下，已有些焦躁了，以杨成武与杨得志两个兵团先行，逼迫林彪明确南下行动时间。

8月8日，林彪复电毛泽东："我杨成武部能与日内即出发西进则更好。否则，亦以愈早出发为好……东北主力行动时间，须视杨成武部行动的迟早才能具体确定。"[5]

针对林彪的犹豫与担心，8月9日，毛泽东以极大的耐心予以开导："只要杨罗耿向平古、平张行动，除九十二军外，均将迅速缩回。九十四军、十六军等部均在对付杨罗耿，且距锦榆线极远……九十二军确到滦县一带，你们以一部钳制该军，决不会妨碍你们打锦榆。你们不要被敌人的伪装所迷惑，你们应迅速决定并开始行动。"

同时，对林彪以友军行动讨价还价的本位主义，毛泽东提出了批评："目前北宁线正好打仗，你们所谓你们的行动取决于杨成武的行动，这种提法是不正确的。"[6]

毛泽东"将将"的特点在于：一方面，提出军队将帅要有军事权威，作战时要审机独断；另一方面，又发扬军事民主，注意倾听各级指挥员的不同声音，特别是战区指挥员和处于实际作战位置的指挥员的意见，包括与自己意见不同哪怕是错误的意见。

电报谈兵，是中国共产党的一大特色。

尤其在国共三年东北争夺战的辽沈战役中，毛泽东与林彪之间电报交换意见看法达数十次，有说电报往来达73封，也有说80余封的。在认准的战略决策问题上，毛泽东决不轻易让步，但也有足够的耐心。

当然，林彪也是一个极为自信的人，虽然对毛泽东十分尊重，但在重大问题上总有自己的看法，宁愿冒犯毛泽东，也不轻易改变自己的主意。

面对毛泽东的逼迫，8月11日，林彪又找出粮食和交通等理由搪塞："南下则因大批粮食的需要无法解决，向热河运粮道路甚远，必须利用铁路、汽路。但今年雨水大，为30年来所未有，铁路、汽路冲毁甚多，近日来形势更猛。原估计未（8月）删（15日）左右可修好的铁路、汽路、桥梁，以现在形势来看，能否完成仍无把握。我们现在只待郑家屯（辽源）南北运粮道路修复，形势稍减（因全军皆无雨具），即可随时出动，决不以杨成武部行动之迟早为标准。但目前对出动时间，仍是无法肯定。"[7]

综观历史进程，毛泽东与林彪的关系曲折复杂。

战争年代，总的看，林彪对毛泽东的军事指挥智慧是信服的，但林彪一直没忘记毛泽东指挥过的几次败仗，尤其与自己有关的。毛泽东本人也不掩己过。1956年9月10日，在中共八大预备会议第二次全体会议上，毛泽东说："我是犯过错误的。比如打仗。高兴圩打了败仗，那是我指挥的；南雄打了败仗，是我指挥的；长征时候的土城战役是我指挥的，茅台那次打仗也是我指挥的。"[8]

最令林彪耿耿于怀的是毛泽东所说的"茅台那次打仗"。那是在1935年3月，毛泽东以前敌政治委员身份担任实际总指挥，刚刚在二渡赤水指挥打败了吴奇伟的毛泽东，又决定迎歼中央军周浑元部。

一军团长林彪则提出主力攻击打鼓新场的黔敌，只用干部团佯攻敌周浑元部，以为牵制。为此，林彪思考整整一夜，对部队行程时间、途经区域、到达位置均有缜密计划。看得出来，这绝不是一个草率的思考结果。但林彪的意见遭到了毛泽东的反对，并通过"新三人团"（周恩来、毛泽东、王稼祥）予以否定。攻打周浑元部的战斗结果，红军遭受了很大损失，陷入更加被动局面。

"茅台那次打仗"，林彪攻击黔敌的意见没有得到实践证明是否正确，但林彪认为自己的意见正确，因为毛泽东的决策经过实践证明是错误的。林彪在事后的反应是写信提出由毛泽东、朱德、周恩来随军主持大计，让彭德怀任前敌指挥。实际上是绕着弯表达让毛泽东让出指挥权，可见此事对自尊损害程度之深。

没有史料证明林彪对毛泽东坚持"南下攻锦"决策是否持否定态度，是否想起了1934年自己的正确意见曾被毛泽东否定过，但是，不积极、搪塞、拖延等行为真实表明了，林彪并不认为毛泽东的决策正确，而且急需落实。

毛泽东终于忍无可忍了。

8月12日，毛泽东一大早便复电林（彪）、罗（荣桓）、刘（亚楼）："关于你们大军南下必须先期准备粮食一事，两个月前亦已指示你们努力准备。两个月以来你们是否执行了我们这一指示一字不提。现据来电则似乎此项准备工作过去两月全未进行，以致现在军队无粮不能前进。而你们所以不能决定出动日期的原因，最近数日你们一连几次来电均放在敌情上面，并且因此又均放在杨成武是否能提早出动上面。你们六日十九时电，虽曾提到粮食问题，但是你们说'如杨成武部出动时间能提早，则我们出动时间亦能提早'。你们八日十七时电，则全未提到粮食问题。但说敌情严重，并做出结论说'东北主力行动时间，须视杨成武部行动的迟早才能确定'。当着我们向你们指出不应当将南面敌情看得过分严重，尤其不应当以杨成武部之行动作为你们行动的标准，并且同时即确定了杨成武部的行动时间以后，你们却说（相距不到三天）'决不以杨成武部行动之迟早为标准'，而归结到了粮食问题。对于你们自己，则敌情、粮食、雨具样样必须顾虑周到，对于杨成武部则似乎一切皆不成问题。试问你们出动遥遥无期，而令该部孤军早出，傅作义东面顾虑甚少，使用大力援绥（归绥），将杨成武赶走，又回到东边来对付杨（得志）罗（瑞卿）及你们，如像今年四月那样，对于战局有何利益，你们对于杨成武部采取这样轻率的态度，是很不对的。对于北宁线上敌情的判断，根据最近你们几次电报看来，亦显得甚为轻率。为使你们谨慎从事起见，特向你们指出如上。你们如果不同意这些指出，则望你们提出反驳。"[9]

毛泽东在这封电报中没有就具体战略决策问题进行讨论，而是对林彪两个月来对军委决策的敷衍和对友军的轻率态度提出批评。批评的口吻是严厉的，在毛泽东"将将"历史上极少如此批评一级战区将领。

收到电报后，林彪、罗荣桓、刘亚楼感到了压力，第二天给毛泽东发了一份长长的电报，委婉说明了雨情及交通情况。解释说，铁路8月25日才能修到阜新。并且第一次提出了南下时间为8月底。

没有史料记载毛泽东对林彪13日复电是何态度，但在两天后的8月15日，毛泽东为中共中央起草了一封给林彪和东北局的长达2000多字的电报，严厉批评林彪和东北局未执行《关于建立报告制度》中"各中央局和分局，由书记负责（自主动手，不要秘书代劳），每两个月，向中央和中央主席做一次综合报告"的规定。指出林彪在这件事上"采取敷衍态度"是"心中存在着一种无纪律思想"。[10]

收到毛泽东电报当日，林彪即致电中央，就未做报告一事做了检讨，并送上了自己的综合报告。收到林彪的检讨和综合报告后，毛泽东又于8月20日与22日两次复电，指出：不建立报告制度，"就不可能克服完全不适用于现在大规模战争的某种严重地存在着的经验主义、游击主义、无纪律状态和无政府状态"。

同时，毛泽东做出了一个决定，将东北局和林彪的检讨转发一切中央局、分局、军区及前委，理由是林彪及东北局检讨的缺点错误，"他们及他们所属是大体上同样存在着的"。因为"只有解决这一问题，才能由小规模的地方性的游击战争过渡到大规模的全国性的正规战争，由局部胜利过渡到全国胜利"。[11]

不算 1948 年 2 月 7 日，毛泽东提出北宁线的锦州方向作战设想，从 4 月 22 日毛泽东勉强批准林彪先打长春算起，到 8 月 13 日，林彪终于表示 8 月底南下，毛泽东已耐心等待了林彪近 5 个月时间。对事关"全国胜利"的重大战略决策，毛泽东当然要坚持不放，但面对执拗的林彪，毛泽东除了耐心之外，也不得不以党的组织纪律相约束。

没有任何史料证明林彪有意避战自保，或以友军为壑将东北国民党军赶到华北，他只是谨慎过了头。

粟裕在苏中战役中以 3 万弱兵"七战七捷"歼敌 6 个半旅。林彪要来战役资料研究，参谋长刘亚楼不解。林彪说，自己较长时间为毛主席直接指挥的主力，尤其长征中担子很重，打仗就谨慎。一般情况下有七成把握才打，只有五五成把握风险太大，等有八九成把握又失去战机。而粟裕长期远离中央孤军作战，一般都在敌人包围状态下打仗，不冒险无法生存，养成了敢于冒险的特点。

林彪虽然也想学习粟裕的胆魄，但时势造就了他的精明算计，在战阵上一生谨慎，不曾冒过险。

有研究资料分析，林彪怯于"南下攻锦"，心病是四平攻坚战坐下的。如今要千里奔袭攻打比四平敌军多数倍、工事更坚固的锦州，万一不能顺利得手，就会面临被沈阳卫立煌（30 万人）、华北傅作义（50 万人）、锦州范汉杰（10 万人，不含锦西等 5 城 5 万人）、长春郑洞国（10 万人），四面协同进逼的危险，林彪惧怕陷入被东北之敌抄了后路，以及被东北与华北之敌夹击的境地。

为了促使林彪早日南下攻锦，毛泽东可谓煞费苦心。

8 月 14 日，中央军委批准将东北军区和东北野战军机关分开：东北军区由林彪为司令员兼政治委员，高岗为副政治委员，主持工作；东北野战军由林彪为司令员，罗荣桓为政治委员。

可以看出：一方面，中央军委赋予林彪在东北战区指挥作战的绝对权力；另一方面，让其专心指挥前方作战，后方军区机关由高岗、肖劲光（副司令员）、陈云（副政治委员）、李富春（副政治委员）等负责。

关于部队南下的粮草问题，中央军委也给予了明确的政策与解决的办法：一是由东北政府印制统一的征借证，发给军队使用，可作为日后向我政府缴纳公粮之用；二是征借对象主要放在地主、富农身上；三是以纵队为单位，组成征借机构，有组织进行征借；四是东北局拨出10万匹布换取粮食、减轻热河过重民负。[12]

东北三年，林彪大部分时间在哈尔滨南边的双城子指挥所，叶群带着女儿豆豆住在哈尔滨，每月来双城子住几天再回去。林彪最疼爱的孩子是豆豆，由于自己一生爱吃黄豆，便将女儿昵称为豆豆。

林豆豆出生时不足月，才3斤半重，叶群又没奶水，让林彪"找人"弄些奶粉来。林彪为难："延安这么困难，怎么弄呀？"叶群说："比你官小的都能弄到，你怎么不行？"林彪说："人和人不一样。"也许是孩子嗷嗷待哺的情景给林彪留下了深刻印象，对豆豆的疼爱与牵肠挂肚，使得平时不苟言笑的林彪，在豆豆来的那几天里会露出难见的笑容。

在南下攻锦问题上，跟毛泽东电报往来的时日里，林彪既忧心忡忡，又痛苦焦躁。据未经证实的传说，在备受煎熬中，一天他踢了四岁的豆豆一脚。这也是林彪平生唯一的一次打女儿，于是传出"林彪不打锦州打豆豆"。

应当承认，作为东北战区最高指挥员，在1948年夏秋季节，林彪承担了外人难以想象的巨大压力。以林彪的智慧，不会看不到毛泽东决定南下攻锦对东北战局的巨大意义。

南下作战既是一着妙棋，更是一着险棋。冒险不是林彪的指挥风格。

大军出动，将士用命。对于林彪的任何谨慎都应当予以理解。同时，无法也不能要求一个战区指挥员能够与毛泽东一样对国共战争全局拥有那么明晰的洞察。

但是，"加强纪律性，革命无不胜"。共产党人在不同意见面前，充分发扬了民主，经过半年时间的讨论、交流，甚至包括了争论、争执、争辩，甚至在不完全理解的执行过程中继续统一认识，最终达成一致意见，使最高统帅部的战略部署得以最坚决地贯彻执行。这便是共产党人得天独厚的政治优势。

林彪终于下定了南下作战的决心。9月30日，致电中央军委："我军拟以靠近北宁线（北平至沈阳）的各部，突然包围北宁线各城，然后待北面主力陆续到达后，进行逐一歼灭敌人，而以北线主力控制于沈阳以西及西南地区，监视沈阳敌人，并准备歼灭由沈阳向锦州增援之敌或歼灭由长春突围南下之敌。"[13]

毛泽东立即从电报中看出，林彪南下作战的目标，重点在锦州与沈阳之间，通过对5个小城的攻击，吸引沈阳、长春之敌出动，尔后实施围点打援战法。锦州依旧不是主要作战方向，说明林彪虽然南下，但还未下定集中主力攻打锦州，以关闭东北"大门"的决心。但是，南下总是进了一步。

毛泽东9月5日复电提醒道："在你们未攻锦州以前，长、沈敌人在你们强大兵力威胁之下是否敢于有所动作，还不敢断定，恐怕要在你们打锦州时才不得不出动。"

毛泽东的意思是，几个小城不是卫立煌的"痛点"，既然痛点在锦州，打援的设想是否走得通？"希望你们预先加以考虑，具体判明及决定要在你们打了几部敌人之后。"毛泽东允许林彪按他的设想打一下试试看。[14]

9月6日，林彪复电毛泽东："此次奔袭如能达到使义县，高桥，兴城，绥中4处敌人未逃回锦州、锦西、山海关集中，则除应继续进攻锦西，山海关外……次一步唐山亦可能为有利的进攻目标。"[15]

林彪复电中仍然没有提及攻打锦州。9月7日，毛泽东再发长电，详细介绍了中央关于国共战争的总体安排及东北战区应承担的任务。要求林彪"重新考虑作战计划"，这便是解放战争史上那篇著名的《关于辽沈战役的作战方针》：

"我们准备五年左右（从一九四六年七月算起）根本上打倒国民党，这是具有可能性的。只要我们每年歼灭国民党正规军一百个旅左右，五年歼敌五百个旅左右，就能达到此项目的……你们如果能在九十两月或再多一点时间内歼灭锦州至唐山一线之敌，并攻克锦州、榆关（山海关）、唐山诸点，就可以达到歼敌十八个旅左右之目的。为了歼灭这些敌人，你们现在就应该使用主力于该线，而置长春、沈阳两敌于不顾，并准备在打锦州时歼灭可能由长、沈援锦之敌。因为锦、榆、唐三点及其附近之敌互相孤立，攻歼取胜比较确定可靠，攻锦打援亦较有希望……如果在你们进行锦、榆、唐战役（第一个大战役）期间，长、沈之敌倾巢援锦（因为你们主力不是位于新民而是位于锦州附近，卫立煌才敢于来援），则你们便可以不离开锦、榆、唐线连续大举歼灭援敌，争取将卫立煌全军就地歼灭。这是最理想的情况。于此，你们应当注意：（一）确立攻占锦、榆、唐三点并全部控制该线的决心。（二）确立打你们前所未有的大歼灭战的决心，即在卫立煌全军来援的时候敢于同他决战。（三）为适应上述两项决心，重新考虑作战计划并筹办全军军需（粮食、弹药、新兵等）和处理俘虏事宜……"[16]

置长春和沈阳两敌于不顾，实施攻锦打援并在锦、榆、唐线连续作战，确立打前所未有的大歼战的决心，将卫立煌全军就地歼灭——辽沈战役总体原则由此敲定。

林彪终于接受了毛泽东"南下攻锦"的战略决策。9月10日，林彪向毛泽东报告南下作战计划："第一步，以奔袭动作歼灭义县及北宁线上高桥、兴城、绥中、沙后所等据点国民党军，切断关内外国民党军的联系；第二步，集中兵力攻取锦州和打增援之国民党军。"

报告是晚6点发出的。第二天，毛泽东即复电批准了该计划。

林彪是一个做事极其认真的人，对既定大政方针执行起来一丝不苟。兵马未动，粮草先行。东北局与东北军区领导班子齐动员，东北局副书记、副政治委员陈云亲自抓南下大动脉——松花江大桥修复工作；军区副政委兼后勤部长李富春和军工部长何长工负责调拨运输军火及物资供应；东北军区副司令员兼铁路总局局长吕正操，半个月内集中所有可使用的机车和1224节车皮，共运输前线7000多万斤粮食、11000多吨油料、1000多万发子弹、15万枚手榴弹、20万发炮弹、5万斤炸药、上百万套棉服棉帽和棉鞋以及大量医疗与通信器材。各部门互相支持配合，显示了共产党人朝气蓬勃的精神状态和团结协作的集体力量。这与国民党拥兵自保、见死不救形成了鲜明对照。

为隐蔽战略意图，保证奔袭的突然性，林彪发布了对各部队登车向前线开进的严厉训令：

"上车的位置最好不选择在主站。上车前应将部队带到上车车站附近隐蔽,待车辆、马匹、物资上车后,各单位按建制次序迅速上车,绝对不许争先恐后的混乱次序。下车也应选择在货物站,下车后立即按建制带开,分散隐蔽休息,以防敌人突然袭击。"

"列车行进途中,绝对禁止每到一站,不经请假,随便下车,以免耽误列车行进,特别要防止个别人员自以为能,明知开车也不着急,车开后才慌忙追车。或自己以为时间有把握,以致误车现象。尤其夜间更应注意。"

"为了保密,除部队尽量隐蔽不要乱走及随便与百姓接谈外,应尽量做到伪装,使群众最好不知我们是军用列车,更不能使其他部队知道我们的真实番号。必须切实使用部队代字字号,这点,特别重要,应在各单位反复进行教育。"

这份藏于军事科学院的《东北野战军司令部训令教字第1号:关于机关部队行军时防空与保密的指示》,既严厉又细致,体现了林彪在战术动作上不厌其烦的"婆婆嘴"风格。[17]

英国军事理论家、战略家利德尔·哈特有句名言:"突然性是战略的本质。"

1948年9月12日,东北野战军3纵、2纵5师、6纵17师和炮纵部队,在四平、梅河口等车站秘密登车向辽西开去。运送部队的列车全是棚车,车门加锁,贴上封条。列车运行时看不到人影,听不到说话声音,连铁路员工也不知道运的是什么。在9天时间里,64次军列将10万大军迅速、安全、秘密地运送到阜新。接近前线时,部队开始下车步行。当义县战斗打响后,国民党守城部队奇怪:如此多的共军是从哪儿冒出来的?

大军千里奔袭,如果敌人中途阻截,便会前功尽弃。除了隐蔽部队行踪,还要以假象迷惑敌人。

那个阶段,电台与报纸上多为"练兵好,打长春"的舆论,练兵的照片、官兵的专访接连不断,诱导敌人往我军即将攻打长春方面考虑。

东野总部与各纵队、各师的电台是敌特监听的重点。经验老到的谍报人员会通过电台波段频率的变化,推测出该部的驻地与动向。部队南下时,总部要求各纵队与各师驻地电台照常收发,南下部队另配一套电台,则一律静默，部队行动指令与情报改由总部与纵队互相派人力通知。

先行动作的辽西部队，敌人不可能不察觉。为隐蔽锦榆线作战的意图，林彪亲自找陈龙（中共东北局社会部副部长）询问，是否掌控有敌人电台（为留其传递假消息的反间电台）？陈龙说有一部。林彪让通过这部电台，将"部队调动是奉命入关，准备打赤峰和承德"的消息发给敌方。敌台问，林彪离开哈尔滨，去向何处？陈龙让回电：有无林彪待查。总之，拖延一时是一时。[18]

东野总部在双城子的指挥机关，尤其是林、罗、刘更是国民党特务监视和侦察的重中之重。9月30日，南下的指挥列车刚刚驶出双城子，就发现了哈尔滨铁路大桥旁有敌特电台在活动。这列极普通的列车上乘坐着林彪、刘亚楼及野司指挥班子。

为迷惑敌特，列车在哈尔滨一个货车站停下，接上了罗荣桓后，先向东南驶去，到了拉林车站又突然改道向北，开向齐齐哈尔，到达昂昂溪（满语为"雁多"的意思）站再转头向南，经白城到了彰武的郑家屯车站。

这是一个小站，军列到达时间是10月2日。列车前方运行目标则是阜新。列车出发的两天后，《东北日报》发消息说，"林彪正在哈尔滨出席会议"。[19]

没有证据显示，1948年9月，当东北野战军大举南下时，国民党军方面有任何察觉。无论是卫立煌，还是范汉杰，他们一致认为，林彪绝对不可能越过长春与沈阳，冒着供给线被切断的危险攻击锦州。他们的判断基点是生性谨慎的林彪从来不曾冒险过。

但是，他们二人忘记了，林彪的身后站着的是毛泽东。

应当特别指出的是，辽沈战役前夕，国共双方的统帅与其将领都发生了长时间的反复争论与争辩。毛泽东对林彪采取的是讨论、争论加协商，尽管有批评，但也有民主："你们意见如何？盼告。""如果你们不同意这些指示，则望你们提出反驳。"

毛泽东要的是将领心悦诚服地接受与服从。共产党人所以最终获得了统一认识与行动，完全有赖于得天独厚的政治优势和领袖的人格魅力。

而这两方面，国民党和蒋介石都不具备，蒋介石采取毕生惯用的强迫加笼络、分而治之等手段，最终获得的只能是将领各揣心腹事的结果。

因此，战役未开之前，胜负之数已经决定了。

注释

[1]《毛泽东军事文集》第四卷，军事科学出版社、中央文献出版社，1993年版；刘统：《东北解放战争纪实》，东方出版社，1997年版，第623页。

[2] 同上书。

[3] 阎峻：《林彪军事生涯》，1948年（中华民国三十七年），白鹿书苑。

[4]《毛泽东军事文集》第四卷；王树增：《解放战争》（下），人民出版社，2009年10月北京第1版，第13页。

[5]《林彪军事生涯》，1948年；袁庭栋：《大决战：辽沈战役》，天地出版社，2013年版，第164页。

[6]《毛泽东军事文集》第四卷。

[7]《解放战争》（下），第14页；《大决战：辽沈战役》，第164页。

[8] 金一南：《苦难辉煌》，华文出版社，2009年版，第310页。

[9]《毛泽东军事文集》第四卷；《解放战争》（下），第14—15页；《大决战：辽沈战役》第164—165页。

[10]《毛泽东选集》第四卷，人民出版社，1991年6月第2版，第1264页，中共中央毛泽东著作编辑出版委员会；胡哲峰：《毛泽东武略》，人民出版社，2001年5月第1版，第381页。

[11]《林彪军事生涯》，1948年。

[12] 同上书；《辽沈决战》（下集），人民出版社，1988年版，附之《大事记》，中共中央党史资料征集委员会。

[13]《林彪军事生涯》，1948年；王树增：《解放战争》（下），第15页。

[14] 同上书。

[15] 同上书。

[16]《关于辽沈战役的作战方针》，《毛泽东选集》第四卷，第1334—1336页。

[17]《东北解放战争纪实》，第627页。

[18] 舒云：《林彪与东北解放战争》，《党史博览》，2009年第4—6期，中共河南省委党史研究室。

[19]《大决战：辽沈战役》，第177页。

第 30 章　战锦州方为大问题

国民党统帅部决策重大军事行动的地方，自打 1946 年 5 月 5 日，从陪都重庆还都南京盛典后就没动过。

这座在国防部旁边的两层西式小楼，在国民党军内称为"官邸会报"。一般是以作战会商开始，以晚宴结束。参加"官邸会报"的将领先要在小楼内走廊里脱下外套和帽子，然后在一幅曾国藩手书真迹的屏联下走进堂皇的大客厅。大客厅里一根 1 米多长的象牙，每每让高级将领们津津乐道。数不清的令千军万马搏杀疆场、万千人头落地的决定便在这里形成。晚宴菜式不多，却精致，水果有时是空运来的。

共产党统帅部曾长时间居无定所。

辽沈战役指挥部是在西柏坡一间 20 多平方米的平房里。房子内墙上挂着几张军用地图，三张长桌，一张是作战科、一张是情报科、一张是军事资料科。每张桌子周围能围六七个人。房子里没有椅凳，指挥员和参谋人员全部是站着。共产党指挥中枢的条件不仅难以同国民党比，简直是太寒酸了。毛泽东从未有过改善的想法，因为比起陕北黄土沟壑马背指挥中枢的颠沛流离，应是惬意舒适多了。

有资料说，国共两党军事指挥中枢的硬件条件，与两军的"飞机加大炮"和"小米加步枪"的装备水平相配套；也有的说，坐在柔软沙发上与没有椅凳站着研究问题，给人的紧迫感、危机感不同，效率自然也不一样；还有的说，国共两党指挥中枢条件天壤差别，映照了两党精神状态方面的巨大差异。

如果将辽沈战役比作一幕威武雄壮的历史演进大戏的话，那么毛泽东千呼万唤始出来的林彪南下大军作战第一天，就应当算作是数通紧锣密鼓铺垫下的"亮相"。以致后来的诸多战史都隆重使用了"序幕"一词来比喻。

著名作家王树增在《解放战争》中这样叙述:"1948年9月12日,东北野战军拉开了辽沈决战序幕,战役首先在北宁线打响。""那一天,连结华北和东北的北宁铁路线上突然燃起了一条火龙,国民党军侦察机飞行员报告说,大批共军和百姓混在烟尘和烈火中时隐时现,有把这条铁路从地图上彻底抹掉的企图。"[1]

根据林、罗、刘之命令,东北野战军第二兵团司令员程子华、政治委员黄克诚、参谋长黄志勇指挥第11纵队,冀察热辽军区独立第4、第6、第8师和骑兵师、炮兵旅对山海关至昌黎间上百公里地段,发起自西向东的猛烈攻击。

他们脑海里并没有"序幕"的概念,只想将被国民党军恢复的北宁线再次切断。他们再次使用了铁路"大翻身"的战法,因为这是华北与东北国民党军联络的一条大动脉。

犹如异常敏感的输血管道受到攻击,国民党军反应异常激烈,双方反复拉锯,重镇昌黎反复易手。9月17日,北戴河被11纵队攻占。随后,冀察热辽军区的3个独立师包围了兴城,并一举攻占了绥中。至此,国民党华北与东北铁路交通大动脉已被切断。这是决战前夕林彪最希望得到的战果。[2]

与此同时,东北野战军主力迅速向北宁线开进。林彪对各纵队开进地点有着明确指向:一方面,以奔袭动作将锦州以南与以北的5城分散敌人堵住,并分割包围,随后吃掉。林彪的命令是:4纵、8纵与9纵直插锦州以北,切断锦州与义县间的联系并包围义县;第7纵队直插锦州以南,截断锦州守军南逃之路。

另一方面,也是最关键的奔袭目标,是堵住国民党驻守在锦西与葫芦岛地区的54军,使之不能收缩锦州从而增加攻锦难度。为此,林彪命令:已达锦州北的4纵绕过锦州继续南下,切断锦西与兴城之间联系;已达锦州南的7纵迅速包围高桥,将锦州与锦西两地完全分割开来。同时,锦州以北的8纵与9纵则不断向锦州进逼。[3]

东野大军主力奔袭、穿插的动作迅速隐蔽,似湖底浪涛汹涌,湖面波澜不起。显示了东北野战军官兵的军事素质和战斗力与三年前不可同日而语，也显示了林彪高超的指挥艺术与军事天才。

9月12日南线已经打响一周了，林彪仍然于18日电示6纵司令员黄永胜："以一部利用敌机来回飞行之机会，公开向长春开进，使敌不易判明我之方向……误以我仍攻长春。"19日，进一步明确："6纵向大南屯（长春西南）前进时以白天走，并尽量对空暴露目标，以迷惑敌人。"[4]

《孙子兵法》有云："兵者，诡道也。"

用兵最贵的是神秘与速度。大军行动能让敌晚一天觉察便多一分主动。林彪所有虚与实的行动，包括巧布疑兵之策目的只有一个，掩盖最重大的战略企图——攻打锦州。

幸运的是，国民党当局除了蒋介石，几乎所有决策层，尤其是东北军事决策高层，卫立煌与范汉杰一致处于要命的战略麻痹状态。

一贯崇尚坚固工事防御的卫立煌，8月到锦州视察，转了几个大型碉堡，看了美观的防御配备图后竟然十分满意："在江西和共军作战的时候，哪里有这样的水泥工事？那时候能打胜仗，现在有了这样的工事，更没有问题了。"

作为国民党东北最高军政长官，卫立煌起码犯了三个常识性错误：

一是对共军的认识还停留在1932年。那一年他在江西打败了手持土枪、梭标的红军，被蒋介石以他的名字在战胜地命名了一个"立煌县"。而16年后的东北野战军，给锦州准备的不仅有900门火炮（其中重炮300门），还有15辆坦克。

二是对国军的认识也停留在肤浅的表面。除了安排他检查的中心据点大碉堡，没看到的碉堡有许多偷工减料，钢筋水泥被几级承办者偷偷抽了条，成了伪劣工程。那幅美观的防御配备图实际上到9月开战前尚未完工计划的一半。

三是忘记了兵无常形、一切都可能变化的规律常识。包括生性谨慎的林彪在外力的推动下，也会做出超出常规的举动——越过锅台直接上炕，越过沈阳直接攻锦。

范汉杰，毕业于黄埔一期，于1927年任浙东警备师长，是黄埔军中最早升任师长的将领，1944年在胡宗南第一战区任中将副司令长官兼参谋长。1947年，范汉杰赴山东任第七兵团司令官，在进攻胶东解放区作战中，连遭三次重创，10月被歼2个师，11月被歼1万余人，12月又被歼1.7万人。可令人奇怪的是，这却一直未影响其仕途。1948年1月，范汉杰在陪同蒋介石视察沈阳后被任命为冀热辽边区司令官，重点防御秦皇岛与锦州一线。

范汉杰以冀热辽边区司令官名义，对华北剿总与东北剿总都可以指挥，引起卫立煌不满，多次向蒋介石陈述：热辽既然属于东北范围，就应当划归东北剿总序列。到5月，终于让蒋决定冀热辽边区司令部移至锦州，司令部改为指挥所。却因此造成了卫、范之间的隔隙。

卫立煌抱怨说："范只是听从委员长的指示，不理我的意见。"卫立煌曾因为沈阳周围遭受虫灾，粮食来源困难，指示范汉杰将锦州粮食空运沈阳，锦州驻军可就地征购粮食。范汉杰以蒋介石要求的沈阳主力即将撤至锦州、不必徒劳往回空运为理由，给了卫立煌一个橡皮钉子。[5]

人事升迁与调动方面，范汉杰也不把卫立煌放在眼里，常常自行其是，惹得卫立煌便亦不给范汉杰顺当。锦州大战前，锦州的弹药不足，国防部调拨的弹药运到葫芦岛后，卫立煌直接下令全部空运到沈阳，锦州未得到1发炮弹。[6]

诸多史料评论认为，辽沈大战之际，国民党东北高层将领离心离德，各自为政，症结的关键在蒋介石"将将"原则的失败。

蒋介石的用人标准除了黄埔出身外，是要听自己的话，不管自己的意见是对还是错的。

卫立煌并非蒋介石起家的黄埔系，是为蒋介石重用而不信任的主要原因之一。加之处处有自己的主见，蒋介石自然要限而用之。其办法是一贯采用的"相互制衡"与"分而治之"的老套数。于是才有虽吃了败仗反而重用的范汉杰之来东北。

范汉杰是蒋介石亲信爱将胡宗南派系的，更主要的是处处听蒋介石的话，这对不听话的卫立煌是个制衡。把卫立煌与范汉杰分别放在沈阳与锦州，"分而治之"而抱不成团，必然个个都要听从自己的。

但是，范汉杰对蒋介石的听话并非发自内心。这实在是蒋介石至死不悟的悲哀之一例。

一方面，在涉及身家性命的紧要关头，范汉杰同诸多国民党高官一样不听话，对冀热辽边区司令官——随时可能爆发的火山口职务坚辞不受。辞职的理由先是以安排家眷名义，蒋介石说可责成广东省主席宋子文代为办理；继而以将帅（卫立煌）不和再次辞职，蒋介石还是不准，8月18日召到南京训斥，限其20日内到防地赴职。

另一方面，范汉杰对蒋介石的听话（服从），阳奉只在表面或口头上，阴违则在背着蒋的一系列行动上。早在6月间，先见之明的蒋介石曾向范汉杰发电，警告他解放军将要进攻锦州，令其早做准备。范汉杰表面诺诺，内心却认为蒋介石"神经过敏"——有沈阳在前边挡着，怎么也轮不到离北满千里之遥的锦州城。

范汉杰甚至把家眷接来，打算长期住下去，当然跟蒋介石表白是至死守卫锦州的决心。锦州城内一片太平景象，影响了一批东北国民党军政高官，张作霖的旧部将领张作相（东北剿总副总司令）也把家从沈阳搬到锦州，认为这里更安全。[7]

国民党东北最高决策层的战略麻痹，为林彪奔袭北宁线，实现毛泽东关闭东北"大门"的战略部署，提供了难得的可乘良机。直到9月24日夜，东野第9纵队以穿插渗透的战术，奔袭帽儿山，方使歌舞升平中的锦州守军当头响起一记警钟。

帽儿山，锦州之战一个载入史册的名字。

此山位于锦州城东北方向一座孤立的帽形高山，山脚下的村庄叫帽山屯。此山地形险要，既可观察至义县公路上一切活动，又可俯瞰锦州全城。对这样一处重要制高点，却一直被锦州守军置于防线之外。直到锦州战役打响前，93军军长盛家兴才派出暂20师副师长赵景高率领两个工兵营去山头构筑工事。

不承想工事尚未完工，便遭到共军攻击。赵景高乘乱狼狈逃回锦州，两个工兵营大部被歼，少数残余退入工事内拒守。同时受到攻击的还有锦州北的亮甲山、白老虎屯等地。

卫立煌得到报告，大为震惊，命令范汉杰、盛家兴务必夺回帽儿山。9

月 25 日，同样大吃一惊的范汉杰使用了总预备队 184 师，协同守军暂 20 师进行反攻。26 日，184 师在战车、火炮及飞机配合下战至傍晚，攻击部队方进达帽儿山南麓，结果又遭到解放军猛烈反击而败退。帽儿山上构筑工事的残余部队也被歼灭，帽儿山遂被解放军占领。

至此，处于懵懂中的国民党执政当局方才如梦方醒，林彪南下部队的主攻方向是处于咽喉部的锦州！

蒋介石命令卫立煌立即驰援锦州，命令遭到了卫立煌与廖耀湘共同抵制。范汉杰则在锦州不断向蒋介石求援。9 月 24 日，蒋介石召卫立煌飞南京开会，国防部第三厅按着蒋介石授意先同卫立煌商讨："如共军攻锦州，国军应放弃沈阳全力援锦，以求一决定性胜利。同时，敌我主力决战之时，长春守军立即突围南下。"可是，卫立煌仍然主张固守沈阳。

26 日，蒋介石亲自主持军事会议。第三厅在再次阐述意见时，将沈阳守军应"全力"援锦改为应"破釜沉舟"援锦，争取"死里求生"，否则"拖延下去锦州有失，沈阳将成为第二个长春"。

蒋介石下令卫立煌照此计划实施。卫立煌对援锦没有明确表态，不表态就表明或可"执行"，或可"不执行"。对如此生命攸关的重大问题，蒋介石竟然破天荒容忍了卫立煌的"没态度"。

因为卫立煌提出了一个符合蒋介石心意的要求：参谋总长顾祝同与他一起飞回沈阳指挥作战。蒋介石忘记了一个常识，即便是国民党全军的参谋总长，也无法越过卫立煌直接指挥东北国军。会议达成的唯一结果是将郑庭笈的第 49 军从沈阳空运锦州，全力增强锦州守备力量。

后来，若干资料评论蒋介石 9 月 26 日的军事会议时，都为共产党"庆幸"。认为第三厅的作战方案如果得以实施，沈阳主力"破釜沉舟"援锦，锦州守军定会"绝地出击"，长春守敌从林彪侧后"夺命突围"而出，必定形成一场前所未有的大混战；如果华北傅作义再从海路（仅数十里距离）增援，陷入四面受敌的林彪在东北"大门"地带的决战真是"胜负难料"了。

这是蒋介石曾经希望的局面，也是林彪迟迟不愿南下的主要原因，更是诸多人士的通常算法。对此种可能毛泽东当然也清楚地看到了。但是，他却有自己异于常人的另一种算法：

　　单纯从军事力量上比较，面对蒋介石400万装备优良的军队，中共解放区100万装备落后的部队不该同发动内战的蒋介石抗衡了。毛泽东一贯认为，考量战斗力的不仅在于军队数量多少与装备优劣，还在于官兵的信仰、意志、纪律、牺牲精神与指挥员的指挥才能。面对怯战自保、一盘散沙的国民党军，前所未有的大决战时机已经来临。毛泽东所以苦口婆心6个多月耐心说服林彪，就是希望他透过诸多人士通常认识的表象，转到两军战斗力本质认识上来。

　　辽沈决战的实践证明，蒋介石希望他的军队"破釜沉舟""绝地反击""夺命突围"的表现，整体上并未出现。因此，不是什么"庆幸"和"胜负难料"，而是在大决战之前，毛泽东已经胸有成竹地稳操胜券了。

　　此时此刻，国民党军对锦州的任何增援都会增加关闭"大门"的困难，何况是全副美械装备的第49军？林彪急令第8纵队司令员段苏权、政治委员邱会作派一个师火速封锁锦州机场。

　　锦州有两处机场，一处在锦州东面的金屯附近，已废弃不用；另一处使用的机场在锦州西南的小岭附近。由于小岭在第9纵队附近，他们执行封锁机场更方便，于是8纵便向总部发了用该纵政委邱会作的话是"缺乏军事常识的请示报告"："锦州有两个机场（其中一个是废的），占哪一个？"

　　据说，收到8纵的电报，东野总部参谋长刘亚楼非常生气，甚至还骂了一句"吃草的呀！"，接连给8纵发了3封电报：一是，不能用的东机场还要控制吗？二是，按前令立即派一个师向锦州城西前进，用炮火控制该机场；三是你们对执行控制机场的命令不坚决。

　　结果一天之内，国民党锦州机场起飞47架次。到了26日下午15时，林彪又改变了主意，命令小岭附近的9纵派出一个师控制机场。[8]

　　9纵司令员詹才芳、政治委员李中权接到命令不敢怠慢，组织人力前拉后推，在无路可走的陡坡上将重炮拉上帽儿山西南高地上，瞄着机场猛烈轰击。正在起降的飞机瞬间被击毁5架，余下的在空中盘旋一阵儿后掉头飞回了沈阳。至此，49军运去了79师的两个团，蒋介石空运49军的计划随之落空。

9月26日，顾祝同随卫立煌飞抵沈阳。卫立煌抛开顾祝同先找廖耀湘商量对策。廖耀湘也不愿出兵锦州，提出了一个袭占营口、从海上增兵葫芦岛和锦州的曲线援锦计划。廖耀湘未说出口的话是，万一锦州不保，可以将自己的部队从海上撤回关内。

顾祝同立即看穿了廖耀湘的心思，断然拒绝道："总统的命令，主要不是如何安全撤退沈阳主力的问题，而是要你们出辽西，东西对进，夹击锦州地区的共军，以解锦州之围。"

廖耀湘见要他与共军硬拼，顿时着急起来，指着地图说："我沈阳主力单独出辽西，背了三条大河，远赴锦州，确实有被节节截断，分割包围，各个击破的危险。"

卫立煌也随之强调："按照总统的办法做，很可能锦州之围未解，先送掉沈阳主力。"

顾祝同见二人态度坚决，只好说，他是来监督命令执行的，总统的命令绝对不能违抗。一天的宝贵时间在三人的争论中浪费掉了。

9月27日，蒋介石回电，坚持要求卫立煌必须出兵辽西，驰援锦州。廖耀湘看着蒋介石的电报说，沈阳主力不能单独冒进辽西，须锦州与葫芦岛配合才行动。卫立煌肯定地说："不能单独出辽西，这是真理。"尔后两人一起去见顾祝同。

卫立煌几乎用乞求口吻请顾祝同帮忙："我们两个是多年同事和共患难的好友……我们不是不愿执行总统的命令，也不是不愿意行动，只是在时间和空间上如何配合问题，我们只是要求葫芦岛与锦州的部队会师后，东西两方同时并进，以避免被共军各个击破。"

老于事故的顾祝同不想为此得罪蒋介石，说我已将你们的意见电告总统，不能再向总统说话。卫立煌发急道，因为你代表总统，所以我再一次请求你负责向总统进言，采纳我们的意见。顾祝同见卫立煌步步紧逼，也发急道："但总统命令你们立即行动！"

卫立煌再也按捺不住内心的愤怒，站起来厉声说道："出了辽西，一定会全军覆没！你不信，我同你画个'十'字（画押的意思）。"这一天，双方不欢而散。[9]

9月28日，顾祝同改变办法，单独召见廖耀湘施加压力。廖耀湘是蒋介石得意门生，而顾祝同在黄埔军中高廖耀湘一个辈分。顾祝同指责廖耀湘说，总统极为关心东北部队命运，让你们经辽西出锦州，就是要把你们救出去，你们反而坐着不动，已经耽误了好几天时间。这样贻误战机，我不能再代你们对东北局势负责了。

廖耀湘感到了压力，既不敢违背蒋介石的命令，又不想贸然出辽西，情急之下提出了个折中办法：先令部队向巨流河、新民地区集结，拉出准备出击的架势。

顾祝同则坚持"先开始行动再说"。卫立煌感到硬顶也不是办法，只好下令部队集结行动。

顾祝同带着一份集结命令的底稿飞回南京了。自9月24日蒋介石下令沈阳主力驰援锦州，26日至28日的3天，被顾祝同与卫立煌、廖耀湘在沈阳的一直争吵不休中消耗掉了。[10]

对国民党军说来，这是要命的3天宝贵时间。正是在国民党将领们的无谓争吵中，林彪指挥东野的2纵5师、3纵和炮纵主力，完成了对义县的包围；7纵继攻占高桥后，又歼灭了西海口之敌；4纵攻克了兴城，继而进占了塔山；8纵逼近了锦州北部英守堡、葛文碑；9纵占领帽儿山后已用炮火控制了锦州机场。

至此，国民党军与东北的联系只剩下一个葫芦岛海军基地。

毛泽东在他的哲学著作《实践论》中有一句名言："你要知道梨子的滋味，你就得变革梨子，亲口吃一吃。"[11]

在南下北宁线作战二十天中，通过与敌接触的实践，令毛泽东欣慰的是，林彪对貌似强大的锦州之敌，有了新的认识。9月28日，林彪致电毛泽东："锦州为93军两个师（战斗力较54军弱）及3个新成立的师（暂55师、88师、暂54师）和1个半老半新的师（184师）共6个师。我们已决定先攻锦州再打锦西，因锦州敌虽多易突破，易混乱，纵深战斗时间可能不甚长，且便于随时打沈阳来援之敌。如攻锦西之敌则敌虽只有4个师，但54军战力较强，战斗时间可能不比锦州短，且不便于抽出打沈阳来援之敌。"[12]

9月29日，毛泽东复电林彪："先打锦州后打锦西，计划甚好。""若你们能够迅速攻克义县锦州两点，则主动权便可握在你们手中……尤其是锦州一点。""我们觉得，首先攻占锦州是有较大把握的，并且是于全局有利的。"

毛泽东复电中所以反复强调攻锦对战场"主动权"的重要性，是发现了精于算计的林彪主要还是从战场歼敌的难易出发考虑问题，哪儿敌人薄弱好打，便向哪儿打（这当然是对的），而未从战略方面来认识攻打锦州对整个战局的巨大影响——即便是一个难啃的硬骨头，磕掉牙齿也要将其啃下。为此，毛泽东在电报最后提出批评："我军从九日出动至今日已二十一天，尚未开始攻击义县，动作实在太慢，值得检讨。"[13]

在军事家眼中，对于"欲守满洲，必守锦州；欲守锦州，必守义县"的古训是不会有任何争议的。

义县位于锦州以北50公里处，锦州至承德和阜新铁路在此交会，为锦州北面的重要屏障。义县县城虽小，却城高墙厚。城北是大凌河，城东、南、西三面有护城河。守军以县城为中心构筑了环形防御工事，除外壕、堡垒各种火力外，还将城墙外500米范围民房全部拆除，利用有利地形构筑了几处坚固火力支撑点。尤其是地堡群以钢轨或巨大木材修筑，修成后曾用火炮自测，合格方予验收。

守军主力为93军暂编20师，全师7000人，全部美械装备。加上地方武装，总兵力在万人以上。总指挥为师长王世高。

初始，包围义县的部队为东野4纵与9纵，鉴于义县在北宁线诸点中属于较强之敌，为以最少损失获得更大的战果，林彪决定以攻坚能力较强的3纵配备2纵5师、总部炮兵纵队负责攻打义县，并电示4纵与9纵，在3纵、4纵5师，尤其是炮纵未到达前不进行外围肃清战斗，以免吓跑了守敌。

一直从战略走向观察战场变化的毛泽东认为，在兴城、绥中、高桥、塔山等诸点均下的情况下，锦州最重要的屏障与犄角义县尚未开始进攻（而且并非特别难攻），此时若大批援锦之敌涌入锦州一带，义县之敌必将对我军侧背形成威胁。而且南下攻锦，炮兵纵队和后勤运输必须经义县而过。于是才有了毛泽东"动作实在太慢，值得检讨"的批评。

接到毛泽东批评后两天，林彪即下令对义县发起了总攻。

同样具有战略视角的蒋介石也将目光投到了义县，在毛泽东批评林彪的同一天，蒋介石纡尊降贵地给王世高发来了电报："世高吾弟，义县安危，影响整个东北战局。该师连日英勇歼敌苦战，殊堪嘉许。现已令锦州范主任大力增援，尚望勉励官兵，再接再厉，以尽全功。"[14]

从来不被国民党中央嫡系部队待见的杂牌滇军师长王世高，竟然被蒋委员长亲切称为"吾弟"，令其大为感动与荣耀，兴奋地对部下说，咱们义县打得好，连委员长都重视了，只要我们保住义县，固守待援，就算大功告成了。而后发布训令："坚守阵地以尽全功。如有擅自放弃阵地者，军法从事，格杀勿论！"

其实，蒋介石的"锦州范主任大力增援"只是一个空头许诺。锦州自身尚且难保，哪有兵力增援义县？

攻打义县的部队由东野3纵司令员韩先楚、政治委员罗舜初指挥。面对坚固的城墙、地堡与500米开阔地带，韩先楚命令部队大挖进攻战壕，实施迫近作战。仅两三天时间，开阔地上的壕沟与坑道已纵横交错，最近的坑道距离守军地堡仅百米之遥。韩先楚下令将火炮也运动到此。

王世高判断出，只要这些火炮一开火，那些地堡顷刻间就会粉身碎骨，于是下令炮兵从城内轰击。但是，弹药消耗了不少，效果并不明显。正在无计可施时，韩先楚下达了总攻命令。

野司炮兵纵队集中了大小近百门火炮，齐轰一座县城在东野作战史上还是首次。密集的炮弹把义县打成一片火海，所有暴露的地堡都被掀翻了顶，城墙西南角被炸开了很大缺口，步兵随之攻入城内。短短4小时，战斗结束，创造了东野步炮协同攻坚的成功范例。

王世高给第6兵团司令官卢浚泉发出电报称："我云南健儿日夜奋战，可谓不负钧座之望……始终抱宁死不屈之志，坚不投降，奈孤立无援，赤胆忠心献党国，呜呼！全军将没，鞠躬尽瘁，死而后已！"

不知是不是蒋介石许诺的"大力增援"最终成了"孤立无援"，使王世高放弃了"死而后已"的打算，在解放军冲进指挥所的最后一刻举起了双手。

顾祝同回到南京，向蒋介石汇报了卫立煌不肯出兵援锦，蒋介石极为愤怒。9月30日，带领空军司令周至柔、海军司令桂永清、联勤（后勤供应）司令郭忏、总统府军务局长俞济时、总统府参军罗泽闿等一干大员飞赴北平，与傅作义商讨抽兵增援东北问题，决定抽调华北的第62军、92军1个师、独立95师、39军2个师，以及正在锦西的54军共11个师，组成"东进兵团"，在海、空军配合下，由锦西向东进攻，增援锦州。

在北平调兵完毕，10月2日，又带领一干大员飞赴沈阳召开军事会议。会上，蒋介石决定由新1军、新3军、新6军、71军、49军主力共11个师及4个旅组成"西进兵团"，与华北的"东进兵团"实行东西对进，增援锦州，夹击林彪主力于锦州地带并聚歼之。

虽然军情紧急，军事会议仍然沿袭了南京"官邸会报"蒋介石关爱下属的传统做法。晚间，蒋介石亲切接见并与师以上将领和辽宁省厅长以上官员会餐。

餐后对师以上将领发表了措辞严肃的讲话："我这次来沈阳是为了救你们出去。你们过去要找共军主力找不到，现在东北共军主力已经集中在辽西走廊，正是你们为党国立功的好机会。我相信你们一定可以成功……万一你们这次不能打出去，那么来生再见……我已经60多岁了，死了没什么，可你们还年轻，再不听我的话，一个一个都让共产党把你们抓了去！"

曾经在军阀混战中打遍天下无敌手的枭雄蒋介石，竟然说出这样无奈而沮丧的话语。到会的第49军军长郑庭笈后来说，老头子最后一句话真是不祥之兆。[15]

会后，蒋介石单独召见了廖耀湘。"蒋介石的情绪与对我的态度从来没有这样的不冷静，一开始他就发脾气，对我说：'你是我的学生，为什么你也不听我的命令？'他没让我讲话马上命令式地说道：'这次沈阳军队直出辽西，解锦州之围，完全交你负责，如有贻误，也唯你一个人是问。'"廖耀湘在《辽西战役纪实》一文中回忆道，"蒋介石指示我在这次行动期间主要听他的直接指挥，他将随时打电报给我。"[16]

统帅制定战略，将领指挥实施，这是将帅之间最和谐动作的基础。毛泽东用半年时间，耐心引导、批评、说服林彪认真执行了自己的战略意图，体现了统帅"将将"的扎实功底和高超艺术。

蒋介石既没有这份耐心，也缺乏这种驾驭能力，情急之下只能是简单粗暴的强迫命令，以及玩弄手腕蓄意架空。卫立煌对蒋介石的不满同时波及了廖耀湘："委员长用人，人人可以通天，谁也无法统一指挥，东北局势恐难收拾。"

强迫，并不能使将领心悦诚服地去认真执行；架空，只能造成离心离德。卫立煌对亲信说，让他们折腾去吧！干脆袖手旁观起来。

有评论认为，决战在即，将帅分心，也是国民党军兵败辽沈的重要原因之一。

也有史料认为，统兵多年、经验老到的蒋介石，并非不知道大战在即、将帅同心的重要。面对卫立煌的一再固执己见，"这次东北原来想要傅作义统一指挥，以后又感到去年冬傅的军队在东北出了一次大风头，再让傅指挥下去，将来尾大不掉，无法控制。所以，老头子亲自指挥"。杜聿明后来在《辽沈战役概述》一文中，以无可奈何的心情写下了上述一段话。[17]

永远对本山头——黄埔系之外的人保持戒心，是国民党始终形不成拳头的绝症所在。

在军阀混战中，靠利用制造军阀矛盾起家的权术大家蒋介石，对将领间的结党成派骨子里有着天然的警惕。容忍甚至有时故意制造将领间的矛盾，起码有两个好处：一是将领间无私密可保，无结为党朋之忧；二是会使主帅裁判权更显重要。

历史演进证明，心胸有多大，事业便有多大。对非黄埔系的傅作义，蒋介石同样不敢充分信任，尽管此次华北调兵，傅作义十分配合。

蒋介石以其统帅之尊，越俎代庖直接指挥作战，已犯兵家之大忌，战役结局可想而知了。

华北敌军增兵葫芦岛的情报10月2日送到林彪手中，当时的情报不是很准确，只说增兵4个师，加上锦西54军，也有七八个师。林彪顿感压力增大，说了一句很有名的比喻："准备了一桌菜，来了两桌客。"怎么办？

林彪还担心后方补给问题，部队南下只带了单程汽油，后方补给线千里之长，万一锦州打不下来，大量重炮、汽车和坦克撤不下来，后果不堪设想。越想越不安，翻来覆去下不了决心，当夜22时，给毛泽东发去了电报，提出了两种方案：一是继续攻打锦州，二是回头攻打长春。并说明"两个行动方案，我们正在考虑中，并请军委同时考虑与指示"。电报发出后，林彪并未在原地等待毛泽东指示，列车仍继续向锦州方向开去。

林、罗、刘的电报发出时，三个人都必须签字认可。罗荣桓、刘亚楼对林彪十分尊重，林彪对罗荣桓、刘亚楼也很尊重，从未有过个人以三人名义发过的电报。

据秘书谭云鹏说，他跟随林彪那段时间，林彪只以个人名义发过一次电报，是即将入关作战前，他不可能再兼做东北局工作，希望中央及早决定东北局第一书记人选。此种性质的电报，也只能用林彪个人名义发。

罗荣桓签发过电报后，觉得攻锦是事关全局的大政方针，计划已经中央军委批准，南线战役已全面展开，临时回返打长春不仅违背中央军委意图，而且会影响士气，造成混乱。罗荣桓便拉上刘亚楼去找林彪，说了自己的意见。刘亚楼表示赞成罗荣桓的意见。

林彪其时也在两种方案中犹豫，听了罗荣桓的意见，也后悔了，便让谭云鹏向机要处要回那封电报，如已发出，是否向中央机要局申明此电作废。

由于是特急电，已于凌晨4时发出去了，不可能申明作废了。罗荣桓建议不等中央军委回电，重新表态。林彪赞同，三个人边议边写，你一句，我一句，很快起草完了。

以当时的技术手段，列车行进中还不能收发电报。10月3日清晨，列车到达彰武以北30里的冯家窝堡，停车后机要人员于9时将电报发出：

"我们仍拟攻锦州。只要我军经过充分准备，然后发起总攻，仍有歼灭锦敌的可能，至少能歼灭敌之一部或大部。目前如回头攻长春则太费时间，且不攻长春，该敌亦必自动突围，我能收复长春，并能歼敌一部……"[18]

电报中对攻锦部署做了一些调整，原来只派第11纵队担任阻击锦西与葫芦岛方向之敌，现又增派第4纵队和热河2个独立师担任阻援任务。

不知哪个环节的原因，林、罗、刘3日9时的电报中央军委收到时，已是晚上20时15分了。译好送到毛泽东手里已是半夜。此前，针对林、罗、刘的第一封电报，毛泽东于3日17时和19时连发两封电报，措辞之严厉显示了毛泽东十分焦灼的心情。

17时的电报说："在五个月前（即四、五月间），长春之敌本来好打，你们不敢打；在两个月前（即七月间），长春之敌同样好打，你们又不敢打。现在攻锦部署业已完毕，锦西、滦县线之第八、第九两军亦已调走，你们却又因新五军从山海关、九十五师从天津调至葫芦岛一项并不很大的敌情变化，又不敢打锦州，又想回去打长春，我们认为这是很不妥当的。"

19时的电报更强调指出："我们坚持地认为你们完全不应该动摇既定方针，丢了锦州不打，去打长春……目前沈阳之敌因为有长春存在，不敢将长春置之不顾而专力援锦，你们可以利用长春敌人的存在，在目前十天至二十天时间（这个时间很重要），牵制全部至少一部分沈阳之敌。如你们先打下长春，下步打两锦时，不但两锦情况变得较现在更难打些，而且沈敌可能倾巢援锦，对于你们攻锦及打援的威胁将较现时为大。因此我们不赞成你们再改计划……只要打下锦州，你们就有了战役上的主动权。"[19]

焦躁无比中的毛泽东总算看到了林、罗、刘第2封继续攻锦的电报，烦恼、焦躁都烟消云散了，4日早6时发出了长长的复电，按时间推算，起码大半宿不曾合眼。事情不到紧急的时候，有些话不会说得那么明确与直白，在这封复电中，毛泽东把攻锦的意图和为什么不能回头打长春，做了更加详细地说明与透彻阐述。毛泽东高瞻远瞩的战略思维，如今研读起来，仍使人有醍醐灌顶之感。

毛泽东对林彪以6个纵队的强大兵力攻打锦州，以4个纵队阻截沈阳援锦之敌充分肯定："你们这样做，方才算是把作战重点放在锦州、锦西方面，纠正了过去长时间内南北平分兵力没有重点的错误……我们过去一个月中曾有多次电报叫你们如此做，你们到现在才想通这一重要点，不是平分兵力，而是以主力放在两锦方面。虽然在时间上应当一开始就如此做，从你们部队开始行动起到今天差不多已有一个月之久，你们才把攻击重点问题弄清楚……在通常的情况下必须集中主力攻击一点，而不要平分兵力。攻击锦州的时间愈快愈好……关于不应当回头攻长春的理由，不是如你们所说的'太费时间'以及'即令不攻长春，该敌亦必自动突围，我能收复长春并能歼敌一部'，而是如我们昨日十七时及十九时两电所说的那些理由，即你们如果真的回头攻长春，你们将要犯一个大错误。就拿突围一点来说，目前该敌突围愈迟愈有利，不突围更有利。"[20]

毛泽东的三封长电，终于彻底打消了林彪的顾虑，东野领导班子更加透彻领悟了毛泽东攻锦战略的正确，将帅从思想与行动达到了高度的一致与协调。这对将帅离心的国民党来说，绝对是一个凶兆。

现今，我们认真阅读研究毛泽东这三封电报，还发现了一个耐人寻味的现象，在两封电报中，毛泽东都过问了林彪作战指挥所的问题。

在3日17时的电报中询问："你们指挥部现在何处，你们指挥所本应在部队运动之先（即八月初旬）即到锦州地区，早日部署攻锦。现在部队到达为时甚久，你们尚未到达，望你们迅速移至锦州前线。"

早在7月22日，毛泽东要求林彪南下作战的同时便提出："你们指挥机关似以先期南下和程子华罗瑞卿诸人会面为适宜。"但林彪南下决心未定，指挥所一直在双城未动。

毛泽东善于从细节的蛛丝马迹上去发现将领的心思所属。指挥位置最能表现指挥员对战役的重视程度与决心。在4日6时的电报中作为第一个"教训"向林彪提了出来："你们的指挥所应先于部队移动到达所欲攻击的方向去（这一点我们在很早就向你们指出了），由于你们没有这样做，致使你们的眼光长期受到限制。"

当得知林彪指挥机关已到锦州前线，毛泽东又为林、罗、刘等的安全操起心来："你们到锦州附近指挥甚好。但你们不应距城太近，应在距城较远之处以电话能联络各城兵团即妥，务求保障安全。另设攻城直接指挥所，委托适当人员，秉承你们意旨，迫近城垣指挥（亦不要太近）。"[21]

林、罗、刘都未听从毛泽东的劝告。林彪拖着瘦弱的身子，从帽儿山脚下气喘吁吁、一步一步登400多米高的山顶，冒险查看地形，确立主攻路线。

心思缜密、作风扎实的林彪一旦想通了决定要干的事，一定会尽最大努力将其做到极致与完美。

大战前攻锦决心动摇虽然时间短暂，有惊无险，但作为政治委员的罗荣桓内心一度很自责，在给中央和毛主席的报告中就此做了自我批评。后来，毛泽东得知了当时罗荣桓做林彪工作的详细过程。

15年后，罗荣桓病逝，毛泽东写七律《吊罗荣桓同志》曰："记得当年草上飞，红军队里每相违。长征不是难堪日，战锦方为大问题。斥鷃每闻欺大鸟，昆鸡长笑老鹰非。君今不幸离人世，国有疑难可问谁？"[22]

罗荣桓1927年三湾改编时自愿跟随毛泽东上井冈山。9年后，毛泽东与斯诺谈话时曾说过，当时这支农民起义队伍的指战员中有很多动摇分子，开小差的很多，但是有很多人始终忠心耿耿，直到今天还在红军中，例如罗荣桓。

罗荣桓一直是毛泽东的忠实追随者。在红四军党代会上，罗荣桓曾站出来发言，坚决要求把毛泽东请回来。

1930年，年仅24岁的林彪任红一军团第4军军长，因个性强，与几位党代表关系都搞得很紧张。毛泽东派罗荣桓任4军政治委员。罗荣桓大事求原则且讲方法，小事讲风格随和谦让，把4军的政治、训练、后勤各项工作安排得井井有条，连林彪也无可挑剔。毛泽东高兴地说，谁说林彪难缠，罗荣桓在4军，不是跟林彪团结得很好吗？

1935年，红军长征中张国焘分裂红军的紧急关头，罗荣桓时任红三军团政治部代主任，亲率4师担任后卫，保卫了党中央的安全。但毛泽东以为那不是"难堪日"。

进入东北，罗荣桓以山东局书记、山东军区司令员兼政治委员的身份，为林彪担任副政治委员（后任东野政治委员），一以贯之的良好作风与人品获得了林彪的尊重，并且在战锦的"大问题"上力挽千钧之航向。无奈的是天妒英才，残酷的战争岁月，长期带病履职，透支了他的身体，成为共和国最早病逝的元帅。毛泽东的悲痛心情显而易见了。

毛泽东此生"每相违"的战友颇多，但为其作挽吊之诗的只有罗荣桓，这应当是个例外。[23]

注释

[1]王树增:《解放战争》(下),人民出版社,2009年10月北京第1版,第19页。
[2]袁庭栋:《大决战:辽沈战役》,天地出版社,2013年版,第173页。
[3]同上书,174页。
[4]阎峻:《林彪军事生涯》,1948年(中华民国三十七年),白鹿书苑。
[5]彭杰如:《卫立煌到东北》,《辽沈战役亲历记》,中国文史出版社,2012年版,第47页,全国政协文史和学习委员会编。
[6]《解放战争》(下),第55页。
[7]刘统:《东北解放战争纪实》,东方出版社,1997年版,第646页。
[8]同上书,651页;《东北人民解放军司令部阵中日记》,中共党史资料出版社,1987年版。
[9]杜聿明:《辽沈战役概述》,《辽沈战役亲历记》,第14页。
[10]《东北解放战争纪实》,第650—651页;廖耀湘:《辽西战役纪实》,《辽沈战役亲历记》第144页。
[11]《毛泽东选集》第一卷,人民出版社,1991年6月第2版,第287页,中共中央文献研究室。
[12]《林彪军事生涯》,1948年。
[13]《解放战争》(下),第28页。
[14]同上书,第29页。
[15]同上书,第33页;《辽沈战役亲历记》,第15页。
[16]《辽沈战役亲历记》,第145页、147页。
[17]《辽沈战役亲历记》,第15页。
[18]《东北人民解放军司令部阵中日记》,中共党史资料出版社,1987年版;《东北解放战争纪实》,第657页。
[19]《毛泽东军事文集》第五卷,军事科学出版社、中央文献出版社,1993年版;《东北解放战争纪实》,第658—659页。
[20]《把作战重点放在锦州锦西方面是正确的》,《毛泽东文集》第五卷,第166—167页,人民出版社,1996年8月第1版。
[21]《毛泽东军事文集》第五卷;《东北解放战争纪实》,第684页。
[22]《解放战争》(下),第35—36页。
[23]《大决战:辽沈战役》,第180页。

第 31 章 "大门"终于关死了

锦州，共产党人称之为东北之"大门"；美国人巴大维（美军顾问团团长）称为之东北的"阶梯"；国民党的比喻则耐人寻味，称之为"扁担"。

"扁担"一说来源于锦州主将范汉杰，这位黄埔一期出身的职业军人，或许从与共军多次交手（包括吃败仗）的经验中得出的颇有见地的一种说法。"扁担"一头挑着华北，一头挑着东北，可谓力担千钧，万一中间砸断，后果不堪设想。[1]

9月中旬，当义县、锦西与兴城守军不断与共军发生前哨战斗时，范汉杰猛然醒悟：林彪真的要绕过沈阳直接攻锦州了！于是他做出了两个生死攸关的决定：

第一，决定立即调整部署，将分散据点的兵力收缩锦州，一方面将义县的暂编20师调回锦州，集中3个军的兵力阻击林彪的攻击；一方面命令新5军从山海关增援锦州，为总预备队。但是，这两项决定都被卫立煌否决了。

第二，10月2日，当蒋介石空投信件，询问范汉杰：是将锦州部队撤往锦西与关内援锦部队会合，还是在锦州固守待援？职业军人的责任与勇气使范汉杰选择了固守待援的决定。他认为，以锦州为诱饵，牵制林彪主力于坚城之下，廖耀湘兵团从西北、葫芦岛援军自东南，两路大军东西对进，夹击而来，无疑是党国与共军决战会歼的良机。[2]

但是，范汉杰忘记了一年前张灵甫在孟良崮的前车之鉴。随着时间一天一天地流逝，廖耀湘兵团走走停停，缓步推进，而关内的东进援军也止步于塔山。范汉杰终于醒悟：无论多么合理的作战计划，只要由国民党军实施起来，结果往往大相径庭。对自己轻率做出固守决定的懊悔中，范汉杰无数次评估了东西两支援军的行动力度，最终把唯一希望寄托于离锦州咫尺之遥的塔山方向的东路上来。

有评论者在说到塔山阻击战时用了两句话：一句是"迄今为止，关于解放战争的叙述，对于塔山之战的评价仍有不足之嫌"；另一句是"塔山之战的胜负，不但是关系辽沈战役的进展乃至结局，而且在相当程度上影响了自此以后解放战争的进程"。[3]

位于锦西与高桥之间的塔山，是北宁铁路线上一个百余户人家的村庄。村南有一条干枯的河滩，宽约30米，叫饮马河，北宁铁路经过处有座铁路桥。塔山村地势低洼，有公路通过，这里东临锦州湾，西接白台山，渤海与虹螺山之间最狭窄的一段，仅有12公里。

搜遍村庄周围，除了散布一些高差不大的小丘陵，并无山的存在。唯一的防御制高点是村西海拔仅有200米的白台山。村西通向高桥的地方是一片8000米宽的开阔地，应当是防御的正面。

所谓塔山，只是个海拔59米的小土包包，既无山，也无塔，枉为塔山之称，却是通往锦州的必经之路。

林彪将防守塔山的任务交给第4纵队时，命令很简单，但随之口授了长长的防守要点要求："两锦敌仅距30里，我军绝对不能采取运动防御方法，必须采取在塔山、高桥及其以西、以北布置，进行英勇顽强的防御战。必须死打硬拼，死守不退，抵抗敌之飞机、大炮、步兵的猛烈冲击，利用工事沉着地、准确地大量杀伤敌人，使敌在我阵地前尸横遍野。"

一向惜兵的林彪以少有的严厉口气告诉4纵首长：这"完全是一个正规战，绝对反对游击习气，必须死打硬拼，不应以本身伤亡与缴获计算胜利，而应以完成整个战役任务来看胜利"。[4]

林彪的意思很明确，消灭敌人再多，缴获再丰，伤亡再大，守不住塔山，影响了攻打锦州，都不算完成任务。

类似的电报林彪连发了好几封，又让总部参谋处长苏静，专程到塔山详细传达总部意图，检查4纵准备情况。临出发前，罗荣桓又嘱咐苏静："有的部队打仗对伤亡大了会有些顾虑，但这次不能怕大的伤亡，要坚决挡住。"

林彪告诉苏静，在塔山阻击战没有打完之前，你不要回总部，也不用参加 4 纵的指挥，你主要任务就是用电台随时向总部报告情况。

10 月 7 日，林彪又将 4 纵政委莫文骅从 10 余公里外召到东野总部，当面再次交代作战意图。之后说了一句话："攻锦成败在于塔山，这个千斤重担就交给你们了。"顿时，莫文骅感到双肩沉重无比。[5]

后人对林彪强调防守塔山有诸多演绎的说法。"守住塔山，胜利就抓住了一半。塔山必须拼死守住。"这话林彪说过。但是，"攻不下锦州军委要我的脑袋，守不住塔山我要你的脑袋"等类似流传较多的话语，笔者没有查到可靠的出处，也不是林彪说话的风格。有一点可以证明，林彪对塔山的重视，半点儿也不比锦州差。

4 纵司令员吴克华与政委莫文骅对塔山阻击战的极端重要有了明确领悟：锦州是东北的门户，塔山是锦州的门户。毛泽东说辽沈战役的"关键是争取一星期内外攻克锦州"。而此关键的关键在于一星期内外能否守住塔山。如果塔山被突破，半天时间敌人就会蜂拥至锦州城下，攻锦部队就会被夹在守敌与援敌之间。想想此后果，吴克华与莫文骅脊梁骨都冒出冷汗来。

4 纵从上到下紧急动员，纵队党委召开了士兵代表大会，发布了《告全纵指挥员书》《致全体共产党员》，"寸土必争，与阵地共存亡""死打硬拼，人在阵地在"等标语贴满了阵地。令国民党军永远无法仿效的是，上自纵队下到营团干部都把自己的位置靠前了。

莫文骅的态度是，敌人打到哪一级（营、团、师）指挥部，哪儿就是第一线；打到纵队部，纵队部就是第一线；后边就是锦州，没有我们的地方，就是天塌下来，一步也不能退。吴克华已经准备牺牲万人的代价，将援敌钉死在塔山之前。

林彪将有准备的死打称之为"拼命仗"。塔山应当是林彪进入东北以来最大的一次拼命仗。

对自己部队了如指掌的林彪不担心官兵不拼命，担心的是准备不足。4 纵是南满的部队，长期在艰难条件下作战，善于运动奔袭，勇敢攻坚，阵地防御不算长项。思虑至此，林彪又直接命令 4 纵副司令员胡奇才，到扼守塔山村的 12 师坐镇指挥。

胡奇才，湖北省出将军的红安县人，1930年参加中国工农红军，土地革命时期曾担任师政治委员，抗战时期担任过山东军区3师副师长，进入东北曾任辽东军区第3、第4纵队司令员（新中国成立后曾任辽西军区与辽东军区司令员，被授予中将军衔）。

胡奇才平生唯一一次未服从组织安排是第4次负伤——伤在腿脚不能走路，推掉了团政委给的几块大洋说："让我离队，就给我再补上一枪。"那次负伤是红四方面军撤离鄂豫皖西征途中，旗手中弹牺牲，那时他是营政委（营长是陈再道）冲上去接过旗，一颗子弹从左膝关节中间穿过，当即倒地，又咬牙爬起，擎着红旗一口气跑出几里地。

胡奇才的思想是，红军人少装备差，打胜仗主要靠不怕死的精神，光脚不怕穿鞋的，软的怕硬的，硬的怕不要命的。

胡奇才到塔山做了两件生命攸关的事。

一件是强固工事。在34团1营阵地上，他跳上一个3层树干、4层草包垒起的半人高半地下堡垒。跳了几下直颤悠，他让用60炮试一下，1发炮弹落上去，工事塌了。60炮弹都经不住，何况山炮、野炮、榴弹炮和飞机炸弹？他要求所有战壕都要挖1.5米以上，前边还要布上鹿砦、地雷。地堡上要有钢轨，两层枕木加1米以上厚土。单人掩体挖成烟斗式，炮一响人就躲进洞里。

另一件是重兵守村。处于锦榆公路的塔山村，像一个门闩，卡在塔山这扇绝不能被开启的门上，无险可守，却是守中之重。原先村里只放了一个连，后边那叫塔山的小土包却放了两个连。胡奇才指示将塔山村里增至1个营。师长江燮元当即将34团最强的1营摆进塔山村，并在村前的河滩地抢修了工事，将防御正面挡得严严实实。[6]

从地形看，我军处于低洼处，敌人居高临下，对我不利。但塔山正面前沿不宽，敌人很难展开大集团冲锋。正如国民党第62军军长林伟俦事后回忆的那样：我军步兵不冲到阵地前沿，共军连枪都不打，看上去阵地上无人防守，等我军接近障碍地带时却突然开火，"打得我第一线步兵抬不起头来"。步兵无法突破障碍物，炮火又无法将障碍物彻底摧毁，导致步兵在前沿陷入进退两难境地，造成很大伤亡。

塔山实战证明，正是当道屯兵，牢牢掌控住了"门闩"，使敌不能绕村而过，避免了一场现代版《失街亭》的上演。有传说，"守山必守村"是毛泽东的指示。笔者未查到史料依据。

算上胡奇才，这应当是塔山的几道保险了？但林彪还是不能最终放心，因为援敌毕竟多于4纵若干倍。除了在毛泽东的逼劝下冒险南下攻锦，一生作战谨慎到几乎算无遗策的林彪终于下决心做出决定，留出东野战斗力最强的第一纵队为总预备队，摆在塔山后边的高桥，随时南援塔山。

攻击塔山的国民党东进援锦部队于10月10日凌晨4时，在54军军长阙汉骞的指挥下展开。黄埔军出身的阙汉骞军长明白，能在蒋总统关注的关键时刻，立下抢占塔山的头功，含金量必定难以估量的高。

他可以指挥的部队除了54军的8师、198师和暂57师（范汉杰拨过来的杂牌军），还有原属廖耀湘新6军的暂62师（法库被歼后重新组建），以及林伟俦62军的151师。

阙汉骞舍不得让自己的部队打头阵，最先被命令出击的是暂62师，乘落潮偷袭高家滩前沿阵地得手。被命令第二波出击白台山的是151师，该师先是试探性进攻，弄清我守军火力点后，在4架飞机支援下，连续发起了6次集团冲锋。其顽强勇猛为国民党军队之少见，一次进攻被打退，二次进攻紧接着展开。我守军顽强抵抗，白台山7号阵地全排43人，只剩9个人，8人被重炮震昏。

阙汉骞侧攻得手，正面进攻却迟缓了。原因是担任塔山正面阵地进攻的主力第8师官兵正处于满腹牢骚中。军长阙汉骞把军饷换成金条去发财，官兵被拖延好长时间没有军饷到手。他们还怨愤军长和师长们把大凌河北岸钢厂的钢铁，连同修筑工事的上百吨钢筋一块倒卖了。好容易在战前发饷了，结果领到的都是金圆券。不少官兵一边撕着不值钱的金圆券，一边说："你给老子多少钱，老子就给你打多少仗。"

8师官兵更为恼火的是，今天上战场的应该是没参加前一次作战的198师，而不是刚刚打完一仗的8师，部队规矩应当劳逸平均。198师是阙汉骞起家的基本部队，8师是胡宗南原部队编成，阙汉骞以"8师是54军老大哥、范汉杰主任老部下，解锦州之围于公于私8师都该挺身而出"

为由，又一次把 8 师推到了共军枪口之下。

闹情绪的 8 师官兵不向阵地推进，但 8 师的数十门山炮、野炮、加农炮、榴弹炮却没闹情绪，瞬间将负责正面防守的 34 团的大部分掩体炸塌，地堡掀开，钢轨飞上天，枕木碎成片。

面对不利局面，吴克华将纵队炮兵团 110 门大小火炮齐轰被敌占领区，12 师师长江燮元乘势组织预备队反击，总算将失去的阵地又夺了回来。第一天，伤亡敌 1100 余人，我军伤亡 319 人。第二天的战斗更为激烈，阙汉骞集中几十门重炮对小小塔山足足轰击半小时，5 架飞机投下了一串串炸弹、燃烧弹，塔山村前沿河滩阵地几乎夷为平地。一线阵地的官兵并不是在与敌搏斗中伤亡，多数被敌之炮火炸塌工事掩埋。11 日的战斗伤亡国民党军 1300 余人，4 纵伤亡达 563 人。其中坚守塔山一线阵地的 34 团 1 连伤亡最大，两天前 178 人的连队，只剩下 7 名战士。

白天的搏杀结束，我军则组织官兵连夜修复阵地。为消耗敌之弹药，在前沿和丘陵上修了若干假工事；将交通壕连夜挖出前沿若干米远，修上隐蔽掩体，便于派出精干小分队骚扰敌军；还在敌之进攻路线上重新布设地雷。同时，为增加敌之心理恐慌，狙击手在隐蔽掩体里向敌人打冷枪，使敌弄不清子弹从哪儿打来的。

两天的搏杀顿挫了敌的锐气，阙汉骞从狂妄自负变得垂头丧气起来。第 8 师副师长兼参谋长施有仁记述道："由于有海空军助战，我们的攻击部队才在自己炮兵火幕的掩护下，缓慢前移，当海空军活动稍一中止，步兵攻击即顿挫……尤其是前进到距敌阵地一千公尺以内，共产党部队的坚强抗击和英勇出击，更使我攻击部队无法前进。"[7]

施有仁略为含蓄的记述直白地说就是，国民党军官兵最怕的是与解放军面对面的搏杀，尤其是近距离手榴弹与枪械对射；至于近身肉搏拼刺刀，多数国民党军队会见状即退。这是我军在劣势装备和兵力情况下能够守住塔山阵地的重要原因之一。

国民党军第 17 兵团司令官侯镜如是在阙汉骞两天进攻失利的第二天下午，10 月 11 日率 92 军 21 师到达战场的。与此同时，华北调来的国民党独立第 95 师也刚刚到达。侯镜如是 10 月 5 日蒋介石在葫芦岛钦命的东进兵团总指挥:"这是第 17 兵团司令官侯镜如,我这次带他来,要他在葫芦岛负责指挥,你们要绝对服从命令。"

蒋介石不知道的是,这个黄埔一期的门生侯镜如此刻已经背上了两个思想包袱:第一个是,已心萌二志。

1924 年,侯镜如报考黄埔军校的初试考官,就是当时以国民党中央候补执行委员身份,在上海指导国民党上海执行部工作的毛泽东。1925 年 10 月,侯镜如在潮州加入中国共产党,主持入党仪式的就是他在黄埔军校的上级周恩来。1927 年,他在贺龙的 20 军中任教导团团长,与贺龙一道参加了南昌起义。1928 年 4 月,任中共河南省军委书记时被捕入狱,后同安子文等一道被营救出狱。庆幸的是,这段经历蒋介石并不知道。与党失去联系后,侯镜如又回到国民党军队中,在抗日战争中多次立下战功,1943 年被任命为国民党第 92 军军长。

1947 年,中共党员李介人(他的外甥)带着安子文的亲笔信找到侯镜如。信中说:"周(恩来)、贺(龙)二公关怀你,让我给你写此信。如能回来,表示欢迎,过去是可以原谅的。"侯镜如遂有了择机起义的打算。[8]

第二个思想包袱是,顾忌同卫立煌的关系。

林彪大军南下北宁线的 9 月底,卫立煌已经成立了东北剿总葫芦岛指挥所,派亲信东北剿总副总司令陈铁兼主任,统一指挥援锦部队。蒋介石却置卫立煌、陈铁指挥所视而不见,让侯镜如另起炉灶。侯镜如担心卫立煌会掣肘于己,陡增思想压力。果然,在他到达的第二天(10 月 12 日),卫立煌便飞到葫芦岛,低声对侯镜如告诫道:"你这个兵团解锦州之围,并率部与廖兵团会师是不容易办到的。"[9]

侯镜如明白,卫立煌与廖耀湘本为一体,廖耀湘迟疑在锦州数百里之外,即使自己侥幸打进去了,面对遥避锦州战场之外的廖兵团,已成孤军的自己也不一定再回得来。

大战迫在眉睫,主将其心已乱。这应当是国民党军优势兵力突不破劣势的共产党军队塔山阵地的重要原因之二。

经过两天血拼的 54 军提出了主力攻击白台山以西山区、迂回至塔山背后的方案。这是 54 军参谋长杨中藩提出的,是一个很厉害的杀招。国民党军的机械化部队一旦转到地势开阔地带，不仅使4纵的阻击更加艰难，而且直接威胁塔山的侧背，从而陷无险可守的塔山于危险境地。

但杨中藩的正确方案最终被否决了。

在军事会议召开之前，侯镜如私下授意17兵团参谋长张伯权提出了另一个保守的方案。侯镜如半点没有作战积极性，蒋介石让他来他不得不来，所以作战宗旨以保存实力为上策。他对张伯权说："我们如果打不进去，还可以维持几天。"

张伯权的方案是仍然按前两天的打法正面推进，理由是国民党军居高临下，可以发扬火力优势掩护步兵，不必重新耗时改变战斗部署。

诸多久经战阵的国民党军长、师长们并非没有意识到杨中藩意见的合理性，一条偶然因素，致使合理方案被否决了——总统府战地督察官罗奇支持张伯权的意见，提议最难攻取且致伤亡最大的塔山正面阵地，将由独立95师担任主攻，并要亲自指挥95师攻占塔山。

作为蒋介石的亲信督战官罗奇——人称"罗千岁"——曾在独立95师当过师长，很为"没有打过败仗"的老部队骄傲。他要在此战中出风头露一手，并且已用50万元金圆券在95师组织了一支敢死队。罗奇以大总统代言人派头宣称正面进攻"是大总统指示的基本精神，如要变更，得先请示好，否则谁也担不起这个责任"。[10]

面对盛气凌人的罗奇，阙汉骞不再坚持意见了。罗奇索性提出12日休战一天，他要亲自率领95师连长以上军官看地形，侯镜如乐得顺水推舟。

12日，塔山无战事。这一天对4纵说来，是至关宝贵的一天。

侦察分队捕捉了一名敌副团长，审问得知了敌人的主攻方向及攻击计划，连夜调整了我军部署。10师与12师6个团虽然全部投入战斗，但在前线只保持5个营的兵力，而最前沿每个阵地只放一两个排，保留强大机动力量为预备队，加强纵深防御与反向突击。针对敌95师可能的集团冲锋，将炮兵阵地前移，并在我军防守塔山正面阵地的12师后边安排1个团的预备队。

10月13日，塔山攻防战最为残酷的一天。95师果然与其他国民党军不同，他们采用"波浪式"冲击战法：以团为单位分成三波，每个营为一波，轻重机枪集中使用，掩护步兵冲击。第一波受挫，第二波接上去；第二波受挫，第三波跟着上去；前面的倒下了，后面先是踏尸前进，后来推着尸体当掩体向上硬冲；更有未见的独特现象，冲锋时军官走在队伍前边。

攻击开始时，双方炮火都集中在这片区域，当双方混战到一起的时候，双方炮兵便无法火力支援，于是28团阵地后边的预备队不断向敌实施反冲锋。这使得战场双方混战范围不断扩大。

6连机枪班长孔守法和两个战友被割裂到敌人阵地后方。一个新战士说，咱们就三个人，这不是给敌人送肉吃吗？孔守法说，要想活下去，就得跟敌人拼命。三个人脱掉棉衣，里边的黄色衬衣与国民党军士兵军装颜色相近。他们从国民党一个伤兵口中问清了敌人炮兵观测点，于是摸过去，打掉了这个观测点，使敌炮兵失去了"眼睛"。他们继续寻找武器，在敌阵地上找到了一箱手榴弹，便向敌群中拼命投掷。敌惊慌呼喊："共军炮来了，炮来了！"乱成一团。

一个战士受伤，孔守法让另一个战士护送回去，自己仍然隐蔽在敌人阵地上。他认为，在自己阵地上挨敌人炮多，还是在敌后有利。当95师发起最后一波攻击时，孔守法在侧后突然开火，给敌大量杀伤后，乘乱找回了自己的阵地。此战，他与两个战士共打死打伤敌人上百个。[11]

另一个类似孔守法自觉作战的代表人物叫卜凤刚，塔山战役前，17岁的他刚刚入伍。他父亲是雇农，母亲是地主家的佣人，他参军的目的很简单，就是父亲说的那句话："你不要顾家，说什么也要把共产党分给咱的地给保住。"

塔山战斗开始，排长带领他们班守一座地堡。第一天，排长的腿被炸断；第二天，班长胸部重伤；第三天，全班伤亡很大，当敌人再次冲上来的时候，地堡塌了，副班长牺牲。连卜凤刚算上，阵地上只剩下3个人。卜凤刚说："咱们3个人要活活在一块，要死死在一起。"3个人在阵地上又坚守了4天，甚至其中还出击了一次，打死了一个敌人，带回来一个俘虏和一挺机枪。

14日那天，卜凤刚带领两个战友向国民党军阵地爬过去，发动政治攻势："锦州已经给我们打下来了！缴枪吧，我们不为难你们！"竟然有十几名国民党兵带着机枪来投诚了。尽管阵地上炮火连天，卜风刚又爬到最前沿，再次向敌人投去了"政治炸弹"："锦州已经被我们占领了，你们什么办法也没有了，投降吧！"几分钟后，又有十几名国民党士兵跑了过来。战友对卜风刚说，你应该得到一枚毛泽东奖章。

战争的胜利基础是士兵的鲜血与生命，牺牲与士气紧密相连，而士气是不能用枪口胁迫，也不能用金钱堆垒。

罗奇"冲上去是金钱，退下来是子弹"所鼓动起来的士气只可奏效一时，因为那个冥冥世界用不上金圆券；即使加上督战的枪口，也绝对不能使士气持久，因为他不是发自士兵的内心自觉。

没有人要求孔守法和卜风刚在无援的情况下孤军奋战。他们英勇作战的自觉则来自共产党的军功章——可以令人肃然起敬的崇高精神奖赏，以及家中分得的土地——父母兄弟姐妹不再挨饿的物质保障。为此，他们愿意持久地战斗到底，包括付出自己的生命。

巨大的精神奖赏和实在的物质利益值得他们这样去付出。对世代被人压迫的家庭，被人瞧不起的穷小子，他们回报共产党的只有鲜血与生命。

坚守塔山的解放军官兵，从他们进入阵地那一刻起，谁都没准备活着下来。36团宣传队二组组长周殿臣的任务，是负责从阵地上抢运回烈士的遗体。漆黑的夜晚，他在战场上爬行搜寻，敌我双方官兵尸体混在一起。他先分辨军装的颜色，战友军装是浅黄色，国民党军装是深黄色。分辨不清，就寻找棉衣内左胸处的胸标。如果胸标撕扯没了，就摸帽子，战友的帽子与国民党军帽的区别是没有透气孔。确定之后，周殿臣就把烈士的遗体放在自己身上开始往回爬。塔山之战6天中，他背回了267具烈士的遗体。

后来成为中国当代著名作家的高玉宝，那时是35团的1名通讯员，在6号阵地上他看到了令他一生难忘的情景：正是国民党独立95师冲锋的时候，9连幸存的1名战士在爬，想去抓前面的机枪，战士的腿已经断了，只有一片肉皮连着，但断腿被一截树桩挂住了。战士挣扎了几下，从腰间把刺刀拔出来，向断腿处剁了几下，把断腿剁断，然后抓起断腿向已经冲到面前的敌人扔过去。就在敌人愣神的瞬间，战士的机枪响了。战士又从土里扒出来一个眼睛被炸瞎的另一个战士，让他为自己压子弹。

增援连队冲上来，把两个战友抱起来要送他们下去，可两个人都不愿意，说他们可以自己爬下去。失明的战士名叫宁吉高，断腿的战士叫冯兆生。守卫塔山正面阵地的 12 师 34 团，战至最后全团仅存 21 人。高玉宝所在的 35 团，全团幸存者不足百人。[12]

从常规来看，国民党以 4 个军的兵力轮番攻击守卫塔山阵地共产党的一个纵队，激战 6 天，人数、装备、海空支援均占绝对优势，为什么在付出 7000 余人的伤亡，竟然未能拿下一个无险可守的塔山？其中除了部队官兵的牺牲精神与战斗意志与解放军相当差距的根本原因外，在上层指挥上犯了若干致命的错误：

一是紧急关头，形不成统一有力的指挥中心。主帅侯镜如迟到两天，临时主帅 54 军军长阙汉骞指挥不了 17 兵团副司令兼 62 军军长林伟俦，罗奇又出面横加干涉，正宗的葫芦岛指挥所主任陈铁被蒋介石晾在一边，半点作用发挥不了。

二是保存实力，见死不救。应当承认，独立 95 师以顽强与牺牲精神在国民党军中堪屈一指，曾一度偷袭占领了塔山桥头堡阵地。但该师伤亡惨重无法巩固阵地，要求派预备队 21 师增援。侯镜如不想让自己的部队白白送死，命令 21 师原地不动。

三是国民党高级将领普遍笼罩在消极避战情绪中。原定参加葫芦岛东进兵团的是驻秦皇岛刘云瀚的第 68 军，命令已下，刘拒不交防，经活动后傅作义改令第 62 军前去。林伟俦曾以全军棉衣未发拒绝，傅作义不准。林便带着情绪率 62 军到达葫芦岛。

蒋介石原定 92 军全部开到葫芦岛，兵团司令官侯镜如亲自出马，最终只带一个 21 师来。除了侯本人不积极外，华北剿总不愿放行也是原因之一。而驻守烟台的王伯勋的第 39 军接到命令后迟迟拖延，直到塔山阻击战结束后的 10 月 16 日才到达葫芦岛。蒋介石计划的 11 个师实际只到达葫芦岛 9 个师。

国民党上层离心离德已入膏肓。尽管蒋介石使出浑身解数，已经没有办法使他的部队按自己的意旨行事了：

参加葫芦岛东进兵团的国民党 17 兵团司令官侯镜如于 1949 年指示所

属部队于福州起义;[13]

参加过塔山攻击战的国民党海军王牌军舰"重庆号"（曾为英军地中海舰队司令蒙巴顿将军的旗舰、盟军总司令艾森豪威尔的指挥舰）舰长邓兆祥将军于1949年2月率舰起义;[14]

东进兵团中后来起义的将领还有在贵州率部起义的第39军军长王伯勋。[15]

塔山攻击战在蒋介石对阙汉骞"你不是黄埔生，是蝗虫，是蝗虫！"失去体面和风度的痛骂声中收场了。[16]离开葫芦岛时，蒋介石特别让"美龄号"专机在塔山上空盘旋了两圈，望着小小的塔山村，怎么也不能理解：9个师的兵力在海、空军的配合下，怎么就打不过塔山去？

蒋介石的困惑，仍然是中外军事家们至今感兴趣研究的话题。

塔山阻击战使4纵一战成名，有3个团被授予"英雄团"称号。天津战役中，国民党第16军奉命出北平接应35军，军长袁朴途中接到傅作义电报："确悉，东北共军守塔山的第4纵队业已入关，在北平以北。这是一支打恶仗的部队。望特别注意。"袁朴什么也不顾了，掉头就往回跑。[17]

塔山阻击战使塔山名副其实了——在塔山英雄团前线指挥所原址，一座被青松环绕的革命烈士纪念塔高高耸立着，塔下是烈士陵园。那里是查实名字的743位烈士的合葬墓，还有后来葬进来的胡奇才将军墓。

医学生命科学有观点认为，人在极其顽强的意志力下，会使身体器官达到极限以外的超常发挥。

塔山战场上的胡奇才数日几乎不吃不睡不觉得饿，也不觉得困，擎望远镜的胳膊僵硬也不觉得，全部注意力都在硝烟战火中，仗打完了人突然不行了，肚子疼得忍受不了，急送医院，医生说再晚点儿就危险了——急性阑尾炎，差点儿穿孔了。

陆续葬在塔山的将军墓，还有当年指挥这场激战的4纵司令员吴克华、4纵参谋长李福泽、4纵12师师长江燮元和塔山英雄团团长焦玉山。他们都是在临终前告诉后人，一定把骨灰埋在塔山的土里。

这些将军除了塔山之战，他们都身经百战，其中不乏悲壮残酷之战，但他们一致把自己的归宿点选在了塔山。塔山之战在他们心中超过了其他任何一场战斗！

自两年前四平保卫战之后，林彪基本上是在双城总部依靠地图和电报指挥部队作战。这次攻打锦州非比寻常，林彪已经两次登上帽儿山看地形了，并当面同各纵队首长商议部署作战计划。两次看地形，林彪的心中忐忑起来，如此坚固的城堡要牺牲多少战士？参谋处长苏静汇报攻打义县韩先楚采取挖交通沟的做法引起了林彪的注意，立即口授电报：

二、三、七、八、九纵及各师：

此次锦州战役各部需充分发挥义县战斗中挖交通沟的经验，各部须严守以下原则：

（一）每个师需以6个营的兵力（2/3的兵力）全力用于挖交通沟，只留下担任尖刀的部队则在后面进行充分的突击准备的军政工作。绝不可只依靠少数部队挖交通沟。

（二）挖交通沟时要有不怕伤亡、不怕疲劳的精神，大胆进至距敌五六十米处，沿途展开由前向后挖，或前后同时挖。

（三）每个师要挖5条或3条交通沟。

（四）每条沟须高宽各1米达（米达，今统称米）5。

（五）挖沟部队可于夜间接近敌人挖，白天撤回休息，以少数部队控制交通沟。

（六）挖沟时先须以卧倒姿势挖卧沟，然后逐渐挖成站沟。

（七）以上指示必须坚决执行，不许懒散、怕疲劳不执行。今后我东北全军的基本任务是攻大城市，故各部须在此次挖沟中在思想上与作风上打下坚固基础，则今后作战就增加了重大的必胜因素。只要我肯挖交通沟，则不管敌火力如何激烈，工事如何坚固，都将使其大大丧失作用。

（八）各部应立即开始向着自己的攻击目标和地区挖交通沟，此次战役结束后须将挖交通沟做一总结检讨报告。

林、罗、刘

十月七日[18]

作为百万大军的最高将领，就挖交通沟一项工作做出如此详细规定，包括投入的兵力，挖掘的数量、尺寸，挖掘的时间，甚至挖掘的姿势都有具体要求，而且态度如此坚决，口气如此之严厉，在中外军史上当为罕见。

众人皆知的是，跟着林彪打仗，一个突出特点是要能跑路，"胜利是走路走出来的"成为东野官兵一句常说的"口头禅"。自锦州战役后，东野的《阵中日记》又多了一句话："胜利是挖沟挖出来的。"

夜幕掩护下，数万官兵拼命挖掘，锦州城的四周枪炮声停息，代之是彻夜未断的锹镐之声。第二天天亮，国民党守军大吃一惊：锦州城外开阔地上布满了纵横交错的壕沟，并且一直挖掘到了自己的阵地前沿，连说话声都听得到，就是打不着人。

塔山战斗进入白热化阶段的同时，林彪指挥5个纵队横扫锦州外围之敌，虽然东野占有绝对优势的兵力，但战斗的残酷仍然超出了林彪的预料。

锦州城东南的小紫荆山是该处重要制高点。10月6日凌晨2时，8纵23师68团副团长韩枫（离休前为第二炮兵导弹基地司令员）率1个营一举夺下该阵地，并留下8连守阵地。不料，上午10时，敌在火炮支援下，突然一个反击，又将阵地夺了回去。小紫荆山制高点如被敌控制，我军总攻时会受到来自侧面的火力封锁与攻击。

8纵之前在延迟了封锁锦州机场之外，还出现了薛家屯问题：23师在扫除锦州城东3公里薛家屯据点时，组织指挥失误，突破选择和迂回包围都没部署周延，薛家屯虽然打下了，敌人大部跑回了锦州城里，自己反落了200余人伤亡。更为严重的是没有如实上报。此次小紫荆山丢失的原因主要是8连长于沛然惧战逃跑。

有再一再二，不能有再三，压力甚大的8纵想偷偷将阵地夺回来。"再三"的小紫荆山丢失问题便未向总部报告，但是南京的《中央日报》迅速做出反应：《锦州国军反击克紫荆山》。轻易不发火的林彪动了气。[19]

8纵政委邱会作火速赶到68团执行战场纪律。召集全团官兵和23师全师连以上干部，在山坡下野地里讲话十几分钟，宣布两件事：一是副团长韩枫撤职，到炊事班当伙夫，8连长于沛然枪毙。二是明天拂晓后2小时内必须夺回小紫荆山。处决了8连长，邱会作就在68团坐等，直到夺回小紫荆山才走。

据说，晚年时邱会作有时会想起冀东人于沛然："冀东老百姓好哇！给他个机会，让他戴罪立功就好了。"不过，有时也认为，战争，有些事是没有法子的。

林彪向东野全军的通报是10月8日下发的。通报先是表扬了9纵"表现得能攻能守"，尔后对8纵提出批评："8纵一个连5日守锦州工业区小紫荆山，敌向其进攻，该连长畏缩放弃阵地，已于昨日公审枪决。8纵此次锦州附近作战远落于9纵之后，可见不努力者即落伍。"[20]

迟延封锁机场那件事，毛泽东接到东野总部汇报，曾对8纵提出批评，并指示："大军作战，军令应加严。"

当时东野总部刘亚楼给8纵的第三封"你们对执行控制机场命令不坚决"的电报，罗荣桓压下了没有发出（8纵首长后来才知道）。

8纵上下压力陡增。罗荣桓认为，背着沉重思想包袱很难完成接下来更严峻的战斗任务。总攻锦州前，罗荣桓专程来到8纵，逐个找8纵首长和几位师长政委谈话，统一思想后，召开8纵队党委会：

"秋季作战以来，你们纵队发生过执行控制机场命令的问题，有的小仗打得不好，暴露了指挥和部队纪律战斗作风方面的问题。这些问题，你们都严肃处理了，表现了你们的领导水平和能力。出了这些事就没有信心了吗？这是不对的，总部还是认为你们是个好部队，有战功的部队，总部对你们是有信心的。"[21]

这就是政治委员关键时刻稳定部队、提振士气无可替代的重要作用。对部队问题既不掩饰，也不夸大，不因出现问题否定过去成绩，耐心细致的话语中包括着实事求是的哲理，包括信任、关怀与鼓励。

8纵决定一雪前耻。10月13日，8纵23师攻占锦州城东南的八家子，全歼守敌1个营，曾丢失过小紫荆山阵地的68团一举攻占重要据点被服厂，8纵24师打下北大营。锦州总攻中，8纵俘获了敌93军军长盛家兴及18师、54师两个师长。

辽西战役前,邱会作提议,除司令员段苏权与参谋长黄鹤显不离指挥所外,其余纵队首长全部下到部队一线。这是一个身先士卒、振奋全纵士气的超常决定。

后来,在围歼廖耀湘兵团的混战中,8纵政委邱会作等纵队首长都持枪像普通士兵一样参加激战,政治部主任任荣负伤也不下火线。屡屡犯错误的23师在六间房阻击战中,顽强抵抗,付出了很大伤亡,为挡住廖耀湘兵团南逃之路起了重要的作用。

邱会作,江西兴国人,1929年由放牛娃参加红军,参加了五次反"围剿"战争,抗战时期曾任中央军委供给部部长,解放战争时期任东北民主联军第8纵队政委,第四野战军45军政委、15兵团副政委兼政治部主任。1955年被授予中将军衔。新中国成立后担任解放军总后勤部部长,中共九届中央政治局委员。1971年9月被捕入狱,1981年保外就医。

刑满释放后,邱会作携夫人胡敏(1937年参加八路军)一起回延安,找到当年半山坡上的窑洞。邱会作沉吟良久,对夫人说了一句话:"我们参加革命是对的。"邱会作2002年病逝于北京,享年88岁。

毛泽东始终关注着锦州战局。10月10日致电林、罗、刘:"望你们每两日或每三日以敌情(锦州守敌之抵抗能力,葫芦岛、锦西援敌和沈阳援敌之进度,长春敌军之动态)我情(攻城进度、攻城和阻援之伤亡程度)电告我们一次……你们的中心注意力必须放在锦州作战方面,求得尽可能迅速地攻克该城。即使一切其他的目的都未达到,只要攻克了锦州,你们就有了主动权,就是一个伟大的胜利。"[22]

锦州外围战打得不可开交之际,从沈阳出动的5个军廖耀湘西进兵团,不沿着北宁线取最近的路线向南迅速抵达锦州,与塔山方向的东进兵团对林彪形成南北夹击,而是从沈阳朝着新立屯方向,乃至向北朝着锦州相反的方向彰武出动了。

蒋介石当然看明白了卫立煌与廖耀湘的私心:两个人都不愿为范汉杰损失自己的力量。出兵离沈阳只要不太远,锦州一旦失守,可以迅速退回沈阳。蒋介石已经没有时间与两人纠缠哪条路援锦更合理,他只要卫立煌、廖耀湘马上向锦州方向出击。这也是无奈之中对东北将领的某种妥协。

目光如炬的毛泽东立即看穿了廖耀湘的胆怯:"该部署表示极怕我攻锦打援战法。"他轻蔑地指出,卫立煌不过是在用"讨巧"的方法引我们回援。11日致电林彪:"只要不怕切断补给线,让敌进占彰武并非不利。目前数日你们可以不受沈阳援敌威胁,待锦州打得激烈时,彰武方面之敌回头援锦,他已失去时间。"[23]

林彪自然明白毛泽东尽量诱使廖耀湘、继续向西甚至向北对锦州战役的意义。为了不刺激廖耀湘快速援锦,林彪决定把彰武县城让给廖耀湘,命令5纵14师在彰武县城战术性抵抗8个小时后撤出。同时,在彰武西北、东部方向谨慎部署了10个师,责令6纵司令员黄永胜统一负责指挥。

廖耀湘果然中计,占领彰武后,南京立即发了"国军进展神速,击溃共军主力,占领战略要点彰武,切断共军后方补给线"的消息。此时的廖耀湘感觉,能够向蒋介石交差了,便于彰武止步不前了。

但是,交通枢纽彰武被占,通辽车站的物资转运功能随之中断了。这给锦州与塔山正在酣战的东野主力带来了困难,特别是油料和弹药供应一度出现紧张状态。

辽吉省委书记陶铸、省长阎宝航赶赴通辽亲自组织指挥,由辽北的甘旗卡动员了400多头骆驼和若干匹驮马,将弹药、油料紧急运往锦州前线。另外又动员成千上万民众,从通辽经八仙筒、奈曼旗、下洼到北票,硬是新开辟出一条350公里的汽车路,恢复了前线供应。

在通往前线的道路上,汽车、马车、牛车、骆驼队、驴驮子日夜不停,川流不息,支前民工运送粮草、弹药、燃料、被服等源源不断。前边是浩浩荡荡的大部队,后边是一眼望不到头的井然有序的支前队伍。群众见到步兵、炮兵、汽车、担架在路上拥挤不堪,就连夜扩展路基。修桥没有木料,群众马上把自己家的门板摘下来,铺上去,让部队顺利通过。大军所到之处,群众纷纷送开水、绿豆汤、鸡蛋。男人出民工、抬担架,妇女们挺身而出去当向导,老人则烧水做饭,连儿童也默默站岗放哨。[24]

彰武战斗中我军俘虏5个营级国民党军官，正为吃败仗和饿肚子不高兴，在解往后方途中，亲眼看到如此络绎不绝的民工、担架、大车支前，没用军队看押也不逃跑，白天飞机炸扰也不害怕，夜间露宿野外，零下30度严寒中把自己衣服脱下来给伤员盖，他们感慨了：当了二十年兵，从未见过这种情况。自己的伤员、军需只能靠汽车、火车运，没有交通线的地方毫无办法，老百姓逃散一空。

他们的结论是，老百姓这样拥护共产党，我们真该服输了。

多年后，陶铸仍然忘不了当年那激动人心的情景："如此大量部队和如此众多群众集中作战，特别是前方指战员的英勇和人民参战的艰苦热情，以及新区群众斗争浪潮的蓬勃高涨，形成了一幅如火如荼、极为雄伟动人的场面。这样大规模的战争，离开了人民是无法进行的，更无法取得胜利。"[25]

当然，还是毛泽东"人民战争"的定义言简意赅，因为"兵民是胜利之本"。

为攻打锦州，林彪倾其所能调动的部队与家底，不包括在塔山阻援的部队，直接攻击锦州的部队为25万人。调集的火炮数量达到了前所未有的900门之多，其中重型山炮、野炮、榴弹炮、加农炮为320余门，还从千里之外的后方运来15辆坦克。用如此多的重型武器攻打一座城市，在我军历史上还是第一次。

亦有人评论，长春如果不是采取围困方式，这900门火炮与坦克，第一个对着的城市一定是长春。

预定总攻时间为14日11时，但2纵与3纵在反击守军攻击时已乘势进入城内，于是林彪下令总攻时间提前1小时。

14日黄昏时分，范汉杰与卢浚泉在几十名士兵护送下离开了指挥部，司令官要逃跑的消息，很快在司令部中传开。范、卢二人前脚走，93军军长盛家兴后脚集合残部向城西突围。失去指挥的锦州守军立马乱了营，新8军55师师长安守仁立马打出了白旗。

当夜，敌军电台传来了报务员唱的《夜半歌声》："空庭飞着流萤，高台走着狸鼪，人儿伴着孤灯，梆儿敲着三更。风凄凄，雨淋淋……"歌声凄凉绝望，与此刻守军的心情一般无二。

同样是14日黄昏，林彪轻松做了两件事：一件为下令"今晚各纵队应继续作通夜之作战，打得敌人没有机会重整已烂的部署"；另一件则向守卫塔山的4纵和12师发出嘉奖电报，表彰他们英勇顽强阻击国民党东进兵团，为保障攻锦战役胜利做出了突出贡献。

此时，林彪已扫半年多来心头的沉重负担，难得地露出了笑容，犹如曾经视为雷区中高杆上硕大马蜂窝里的"边关锁匙"，如今已如探囊取物。

15日18时，持续31个小时的锦州攻坚战结束，歼灭锦州守军10万人，其中毙伤1.9万余人，俘虏8万余人。东北野战军伤亡达2.4万。[26]

对官兵的伤亡，惜兵如己的林彪一直放在心上重要位置。战后给中央军委的报告中，在总结战绩优点的同时，认真检讨查找出4个问题：

"肃清外围战斗中，各方面先后攻打未注意加以协同，如加以协同，则当能更好配合；战斗进程和战斗后，部队中有不少本位主义表现，有的部队留着敌人不让别人打，以致拖延时间，否则24小时内即可解决。战后又互争胜利品；纵深战斗中，队形仍嫌拥挤，增加多余伤亡；战斗前地形侦察应更加全面充分，此次开始侦察不够充分，但随时即改正了。"[27]

锦州守军中将司令官范汉杰是带着夫人一起出逃的。16日，在一个叫谷窝棚的地方，换上了老百姓的破旧衣服并自称为"沈阳难民"。但范汉杰的广东话和夫人的福建话还是出卖了他们自己。后被转送至东野总部收容所。[28]

国民党第6兵团中将司令官卢浚泉在一个名叫娘娘宫的地方被俘。卢自称为"少校军需官"，还是被查出了身份，送往牤牛屯东野总部指挥所。

林彪问卢浚泉，我曾派人给你送过一封信，希望你能放下武器，你收到没有？卢浚泉说，没有收到，但心里是不愿打的。林彪让他同长春的曾泽生通电，卢浚泉立即给曾泽生拟了一封电报，告知锦州守军被全歼，要曾泽生不要再做什么抵抗了。这封电报对曾泽生起义起了一定作用。[29]

当时，毛泽东曾为其说了一句话："对待卢浚泉应和对待范汉杰有区别，可以给较好的待遇。"[30]

卢浚泉1959年被特赦后，任云南省政协专员，1978年当选为全国政协委员。[31]

攻占锦州，国民党军撤退华北的"大门"完全关闭了，对国民党军来说则是致命的。蒋介石饱含泪水咬牙切齿地说："我和他们拼了！"[32]

时年61岁的蒋介石已经失去了理智。而他不足55岁的对手毛泽东则"极为欣慰"，电示林彪对部队予以"传令嘉奖"。

注释

[1]刘统：《东北解放战争纪实》，东方出版社，1997年版，第684页。

[2]范汉杰：《锦州战役经过》，《辽沈战役亲历记》，中国文史出版社，2012年版，第67页，全国政协文史和学习委员会编。

[3]王树增：《解放战争》（下），人民文学出版社，2009年10月北京第1版，第37页。

[4]《中国人民解放军第41军第三次国内革命战争战史》，1956年初稿；《东北解放战争纪实》，第664页。

[5]袁庭栋：《大决战：辽沈战役》，天地出版社，2013年版，第186—187页。

[6]张正隆：《一将难求》，白山出版社，2011年版，第170—171页。

[7]施有仁：《第五十四军在塔山作战经过》，《辽沈战役亲历记》，第243页。

[8]《大决战：辽沈战役》，第189—190页。

[9]侯镜如：《第十七兵团援锦失败经过》，《辽沈战役亲历记》，第220页。

[10]惠德安：《国民党军在葫芦岛作战侧记》，《辽沈战役亲历记》，第253页。

[11]《解放战争》（下），第47页。

[12]同上书，第50页。

[13]《大决战：辽沈战役》，第191页。

[14]同上书，第194页。

[15]《解放战争》（下），第44页。

[16]《辽沈战役亲历记》，第223页。

[17]《一将难求》，第173—174页。

[18]苏静：《关于锦州战役的回顾》，《辽沈决战》续集，人民出版社，1992年版，辽沈战役纪念馆。

[19]《东北解放战争纪实》，第687页。

[20]同上书，第688页；第四野战军战史编辑室存电。

[21]《罗荣桓传》，当代中国出版社，1991年版，第22章，第4节。

[22]《毛泽东军事文集》，第五卷，军事科学出版社、中央文献出版社，1993年版；阎峻：《林彪军事生涯》1948年（中华民国三十七年），白鹿书苑；《东北解放战争纪实》，第689页。

[23]《解放战争》（下），第85—86页。

[24]《辽沈决战》（上），人民出版社，1988年版，第571—572页，中共中央党史资料征集委

员会。
[25]同上书,第566—567页。
[26]《解放战争》(下),第67页。
[27]《林彪军事生涯》,1948年。
[28]《东北日报》,1948年10月27日。
[29]卢浚泉:《锦州国民党军被歼记》,《辽沈战役亲历记》,第77—78页;《大决战:辽沈战役》,第219页。
[30]《林彪军事生涯》,1948年。
[31]李时新:《林彪的军旅生涯》,内蒙古人民出版社,1997年版,第1427页。
[32]《解放战争》(下),第51页。

第 32 章 "58063"与"过去……约在"

抛开政治立场与人性价值取向来看，郑洞国的顽强坚毅与处变不惊的大将风度，可谓首屈一指。他在后来的回忆录中写道，面对军队与居民粮食严重匮乏，"我为此焦急得食不甘味，席不安枕"。实际情况竟然却是面对饿殍遍地，粮缺兵疲，坐困孤城危境的郑洞国之表现，完全不是"后来语"，仍然是吃住行卧如常，个人生活安排得井然有序，富有情调。

《民国日报》驻东北特派记者杨治兴一直随军采访，有较长时间，"我几乎天天生活在郑洞国的身边，是他的牌友和伴当"，"在长春期间，我和郑洞国相处甚密，时常在柳条路的司令官官邸陪他玩牌"。

司令官的官邸原为伪满首任总理郑孝胥的旧居，因房屋周围遍植柳树，寓所也被称为"柳下居"。门前马路便称为柳条路，应当算作长春最舒服的寓所。

据杨治兴证实，郑洞国除特殊情况，玩牌几乎是他每天晚上的保留科目，而且始终是"那种悠闲自得的神态"，"玩牌他总是赢者"。只有10月16日（前一天锦州被解放军攻下），蒋介石空投下一个措辞严厉的命令——突围的手令，郑洞国"变得焦躁不安了"，他并没有取消玩牌，只是"改变玩牌时间，声言要召开会议，我马上退出"。"晚饭后，我和郑洞国像往常那样照例玩牌，我发现郑洞国的牌势有些紊乱……那天晚上他却成了输家。"[1]

郑洞国在长期间另一高雅爱好是收藏名人字画。围城后期，为安全起见，郑洞国从柳条路舒适的公馆搬到伪满中央银行，一同搬去的还有郑洞国精心收藏的一批字画。元代大家赵孟頫的《浴马图》，新中国成立后他以郑佑民的化名捐献给了故宫博物院。

郑洞国收藏的另外一些珍贵书画，直到长春解放十余年后，在伪满中央银行地下室成堆的作战地图和档案中又发现了两件国宝级书画文物：唐代的《万岁通天帖》和元代大家的《太白山图》（这应该是被俘时，未来得及带走的），这些国宝价格不菲。[2]

被誉为"天下第一藏"的一代收藏大师张伯驹为了一幅《游春图》，竟然变卖祖屋凑足200两黄金将其收购下来。没有巨额钱财，收藏谈何容易？可是，郑洞国侍从副官李国祯却撰文言之凿凿地说，郑洞国"闲暇时除看兵书外，临写《兰亭序》，酷爱书画，雕刻，每到一处必访古董店铺，但无力购买，仅是欣赏而已"。[3]

李国祯显然没有实事求是，或是他感恩提携美化了郑洞国，或是郑洞国以假象以对世人。但是收入有数的郑洞国哪儿弄那百两黄金？在饿殍遍地的愁城之中，也难得他还有那一份雅兴。

在国民党长春守军高官中，许多人都知道郑洞国在家里养了一只可爱的宠物猫，即便是长春市街头饿得奄奄待毙的孩子随处可见，但他那只花猫仍然享受着长春城内最优越的待遇，以至于饲养得全身贵族气，人见人爱。

10月16日下午，在郑洞国柳条路的寓所里，召开了一次"气氛十分沉闷"的军事会议——决定执行从长春突围的方案。多年以后，将军们还记得会议中的特殊"一员"。

新7军少将参谋长龙国钧记起的是："下午1时，我和史说（新7军副军长）都到郑洞国的卧房里。郑洞国斜靠沙发，一言不发，手里玩弄着一只小花猫。"[4]

而郑洞国自己记忆的是，会议上他让史说对突围决定发表意见："史说将军在一旁轻轻抚摸着我养的一只小花猫，也慢吞吞地表了态。"[5]

有资料评论说，生逢乱世，人如草芥，有时人命比不过一只猫——尤其是官宦人家的宠物。

郑洞国面对上万的官兵逃亡与投诚，仍然顽强地维持着城内日益散乱的秩序和飘摇的统治。城内粮食日渐匮缺，他索性把人分成了若干等级：

第一必保的是军人。所有空投粮食概不许他人染指，否则"就地枪决"。

普通百姓，多年的常识与认知是，即使贫穷无粮，只要政府还在，总会开仓放粮赈灾救民，哪怕官库内粮食不多，也不会眼看着老百姓饿死。但"就地枪决"使这种常识变成了泡影，甚至颠倒了多年的认知：军队、警察入室抢夺老百姓粮食得到了认可——法律的形式是《战时粮食管制办法》，而老百姓抢飞机空投的粮食则"就地枪决"。于是大批百姓饿毙的同时，军人一个也没饿死。

　　10月18日是新7军缴械的日子，"这时军部的仓库被打开，我进去一看，里边装的有大米、白面、罐头、饼干、白糖，还有很多桶豆油"。[6]

　　郑洞国的兵团司令部缴械时，东北电影制片厂驻哈尔滨新闻摄影队摄影助理陈喜武奉命现场拍摄："当时，敌兵团部特务团有些士兵脖子上挂着用单裤扎口装着大米的袋子，有的扎口不紧将大米撒了一地……听说我军给他们发吃的，他们便把身上带的大米纷纷倒在广场一处台阶上，白花花的大米足足有二三麻袋。"[7]

　　据长春市市长尚传道证实："新7军3个师囤存的粮食，可以维持过冬。第60军则比较困难，到10月间已濒临最后关头，但也没有听说有饿死士兵的事。"[8]

　　第二必保的是警察和特务。长春大学特务活动经费，经尚传道批准，"把他们以战时政治工作总队长春大学分队名义，向市政府按月请领经费"。郑洞国要牢牢把握国家专政机器的刀把子。有向老百姓征收的警粮做保证，围城期间也没有一个警察饿死。

　　第三要保的是军人眷属。因为直接关系到军心的稳定。留守长春的玉兰给沈阳的丈夫桂荣去信说："留守处发40万元全不够，每月领50斤高粱米吃不了，可卖作为零用。"

　　卖高粱米做什么用？"上次汇来30万元我亦买了8分金子，头一回领40万元也买了5分的耳环。"

　　新1军驻长春留守处的妻子梅桂也给沈阳的丈夫明生写信："近来我有60多斤粮存到，大约可吃两个月。"但有粮吃的梅桂却认为："我在此地生居困苦。"不缺粮的军官眷属大概感觉不到断粮百姓的真困苦。[9]

　　第四保的是政府职员。市长尚传道证实：自己在围城前抢购的100

万斤大豆,"围城近半年,市属人员没有饿死者,完全依靠了这100万斤大豆"。[10]

尚传道前半截话说市属人员一个没饿死是事实,但后半截话不完全真实。长春市政府民政局第一科科长陈运刚承认,最困难的阶段薪酬每月25斤曲子面外,还有私分查封来的大米、白面、高粱米、苞米碴子。"查封"是郑洞国与尚传道给的政策,以征购余粮的名义。当然,查封的收获常常不固定。但曲子面做的馍还是可以吃得上口的。陈运刚肚子不舒服时,时常用两个馍去换一个西葫芦来改善一下。[11]

除了以上四类人,还有两种人是不需要郑洞国操心的:一是正如尚传道说的那样:"文官简任以上、武官团长以上的官员,在白骨累累之上,每天还是过着大米白面、鱼肉荤腥、灯红酒绿、饱食终日的糜烂生活。"

尚传道说的是普遍的实情,但还不够准确。在围城之中,凡是有点权力,包括掌握士兵军饷的连长,甚至管伙食的特务长、警察局的巡长甚至警察,都能过上比较滋润的日子。他们是不需要郑洞国去保的,只要允许他们随便干,不要限制即可。

二是逃进城的地主及富家子弟。张仁智收到父亲4次汇款并卖了乡下5垧土地。手里有钱就可劲花,先是买了15片豆饼,10片当烧柴。后来粮价高了,才把余下3片换了1000斤木柴,2片掺着与高粱米吃。过端午节买了3斤8两猪肉(每斤40万元流通券),吃的是肉炖白菜。[12]

最后一类的普通百姓,省主席郑洞国与市长尚传道是不保的,不操心的。虽然不保的话不能说出口,但精神上的操心还是要表现出来。

一段时间,长春的报纸和广播里时常宣传一个叫杨妹的人,说其每天不吃食物,只喝水,支持党国与政府反抗共匪的"困饿战",过了一段便不宣传了,杨妹结局不知所终。

不久,长春报纸上刊登另一条醒目消息:"长春市长尚传道宣称,市政府为拯救饥饿中的市民,正在居士林按着佛家秘方,研制一种抗饿的仙丹,命名为'长春丹';每吃3丸,即可抗饿一周……"云云。

长春佛教组织居士林林长名叫景印涵,为东北佛教界知名人士。长春丹的基本原料是黄豆与芝麻,3:7比例混在一起,经过七蒸七晒,制成丸状（乒乓球大小），遇有饥馑之年，服 3 丸可绝粮 7 日不致饿死。据说秘方来自一本叫《玉香宝钞》的佛家善书，该书由朝阳寺老和尚提供。尚传道为此方试制特批了一点黄豆与芝麻，景印涵还真制出了一小批。由于长春丹原材料太过稀缺昂贵，制成的这批便由居士林几十名尼姑试用。

长春解放若干年后，才在景老先生的遗作中发现了真相：景印涵制造长春丹是为了使居士林众尼姑渡过此劫，却并不知自己的善心同时被精明的尚传道借用，顺水推舟制造出一幕闹剧，借以安抚饥馑的市民，以收望梅止渴之功效。荒唐的年代出现什么荒唐之事都不足为怪。[13]

郑洞国超常的顽固令强力实施攻心战的肖华既大出意外，又心情焦急。无奈之下，抛出了此前不曾对守敌使用的重型攻心炸弹——全天候对敌广播郑洞国夫人陈泽莲远在上海写给他的一封信：

"桂庭（郑的字）：几个月来为了你的安危，使人时时不能忘怀，寝食不安。桂庭，逐人衰弱与憔悴的不是岁月，而是忧愁。数月来我身体坏透了，较前更清瘦多了！桂庭，你们被围在这孤城，到底要紧不？我得不着一点实际情形，真令我焦急万分。今天看报上说，长春机场又失守，长春情况危急。我看中央不给你设法，你是无可奈何。你到底什么病？现在好些吗？你真是太大意了。你不顾性命在干，这是为了哪个？我想到这一切伤心极了。苦命的我，尚有何言！上天保佑你平安，应该很平安，因为你向来对人很好，心更好，应当有好报。秋风起，更愁人也！"[14]

这是一枚对守军最具震撼力的心理炸弹，是肖华不得已使出的"杀手锏"。事后，诸多投诚的国民党官兵反映，正是郑夫人信中"中央不给你设法，你是无可奈何"使他们对前途彻底失去了信心；"你不顾性命在干，这是为了哪个？"使他们同时心生怨懑；尤其是郑夫人"伤心极了"的情绪普遍传染了守军。他们说："讲别的还能忍着，一提到'家'，这心都碎了。"

但是，令肖华意外的是，郑洞国对全天候广播如同未闻，就似事情发生在别人身上，又似没事人一般，反倒越挫越坚。自得到蒋介石疏散城内人口的依据后，在前两波乞丐、囚犯、街头游民，以及无户籍者、奸匪嫌疑、赌博贩私等名义用尽后，又对普通住户"无名义"地下手了。责成尚传道下达了驱赶指标，规定每个警察要疏散出卡子8个人，每个保长要疏散出3户，否则视未完成任务。[15]

这一波次对有户口的常住老户进行疏散的理由，竟然是《长春市政府疏散市民办法》中规定的"无自活能力之民户"。无自活能力的标准是每个人均存粮45市斤不足3个月者，依据出处则是《长春市政府战时粮食管制办法》。

直白地说，依据《战时粮食管制办法》，我先是抢了你的存粮使你成为无自活能力民户，尔后再以《疏散市民办法》赶你出城。这简直是全天下最不讲理的"两头堵"的野蛮政策。而且都有法律依据，以法律的名义行事。即便没有法律规定，面对武装到牙齿的宪兵与警察，最明智的办法是不要理论。诸多长春老住户就是这样被迫离开了住了几代的老宅。

两军卡哨之间的百姓逐渐多了起来。虽经唐天际牵头的难民委员会全力救助，但"分期分批释放"与"先救将死者"的办法，已经抵抗不住郑洞国大量疏散人口的冲击，致使卡哨之间饿毙者增加起来。

在郑洞国凌厉攻势之下，三个问题致使林彪、罗荣桓面临着十分艰难的选择：

第一，如果全部放难民出城，就要将守军食口的包袱全部接过来；没有了居民对粮食的消耗，"困饿战"将中途流产。林彪最心中没底的是，不知道城内守军的粮食还能支撑多长时间？

第二，"饿死者太多，影响亦不好。""敌现进行恶毒宣传，诬我欲困死长春人民。"（罗荣桓《关于围困长春的报告》中语）[16] 人民战争的目的是解放人民，尽管有时会造成对人民的误伤（数百上千门大炮对处于城市中敌堡的轰击、对敌军"困饿战"中对居民同时围困）。人民误伤过多，与人民军队的宗旨也不相符。

第三，部队巩固面临着严峻考验。人民军队来自人民，儿子与丈夫参军就是为了父母与妻儿生活得更好。宋占林（退休前为长春市二道河子区城建局环卫科长）在卡空里碰到小时候一块儿玩泥巴的伙伴，如今当了八路军并挎上了匣子枪的侦察员王来顺，问起城里头的家人怎么样了？听宋占林告诉说全没了，蹲在地上就哭，呜呜地。长春市参加解放军的有若干个"王来顺",城里死人太多,对城外部队的情绪及巩固亦有相当影响。

1948年9月9日,由罗荣桓组织起草向毛泽东发出了那篇收入《罗荣桓军事文选》中的《关于围困长春的报告》。毕竟"围困长春"的方案是中央军委毛泽东批准的,执行中出现重大情况必须报告并请示意见。林彪、罗荣桓经过反复权衡,向毛泽东报告的围城基本政策仍然是:"已经出来者可酌量分批陆续放出,但不可作一次与大量放出,使敌不能于短期内达成迅速疏散。"这应当是一个艰难而痛苦的选择。

杨滨(杨重),1947年冬奉命撤回解放区后,任东北军区政治部前方办事处副处长(后任师参谋长、志愿军工程兵副司令员等职)。由于曾任60军的副官处长并在长春城市生活工作过,更由于敌工情报工作的缘由,使其对城里情况比任何人更了解和有透彻的分析。他给"围指"首长写了一封信,信写得很直白,没有丝毫委婉,表现了战争年代上下级关系的鲜明特征。杨滨的观点十分明确——即刻全部放行滞留两军卡哨空间的难民。信很长,主要反映了四个方面意见:

一是两军卡空间的百姓已经没有了消耗城中粮食、增加敌军食口包袱的作用。因为他们在出卡之前或出卡之时已被敌军剥夺了几乎全部的粮食。

二是围困的目的之一是希望造成市民与军队争粮,在不可开交的情况下引起混乱与暴动,这种情况局部曾发生几起,但对总体城内秩序并无大碍。长春现在大多为妇女、老人与儿童,青壮年不过10万人,多半是学生,靠这些没有枪杆的人与拿着枪杆的10万武装部队斗争,仅是一种想象。

三是被敌军驱逐到卡空中的百姓,绝大多数是普通老百姓,而现今能留居长春市里的,多数是有存粮的地主或资本家。国民党反动派不要普通老百姓,坚决把他们赶出城来,如果共产党不放行救济他们,是要不要穷苦百姓的问题。

四是这些穷苦百姓早晚是我们的救济对象。现今让他们出来,就是一条生路,人心向我,对敌人瓦解作用更大。[17]

杨滨的信是在九台写就的,送到"围指"后,"二肖"感到事关重大,送到东野政治部副主任周桓手中,周桓阅后转到主任谭政手中,谭政认为应当由林彪、罗荣桓定夺。辗转数日,杨滨的信终于到了林彪、罗荣桓手里。

两天前，9月9日，林、罗、谭刚向毛泽东发出《关于围困长春的报告》，报告确定的方针仍然是"基本禁止出入"。看了杨滨的信后，林彪、罗荣桓为抢时间，决定先斩后奏，不等毛泽东复电，于9月11日，电令"围指"立即放行难民出城。为表示坚决态度，发电使用了少见的林（彪）、罗（荣桓）、高（岗）、刘（亚楼）、谭（政）、周（桓）6位首长共同署名签发。收电方则为肖（劲光）、肖（华）、陈（光）、唐（天际）、解（方）并告12纵、吉林、辽北两省。同时上报中央军委。

"从即日起，阻于市内市外之长难民，即应开始放行。凡愿出来者，一律准其通过。因长春民食早已用尽，如不放出，将使市民大批饿死。望你们依此做出计划，分批地但又是尽早地开放，做到于10天内放完。对出城之难民，应发动地方党及军队力量，尽一切可能组织救济，宣传慰问，对老弱走路无力者帮助人力及马车输送。第一步应就附近各县分批疏散安置，发动群众救济，使其出城后不再死去，或者少死……混在难民中的特务，应予以清查扣留；敌方官兵则一律收容，送吉林解放团训练。中学二年以上学生、技术人员、专家等应努力争取来我区服务。以上开放难民出城，不是对长春敌人解围，围困敌人的工作，仍需继续，不得松懈。……执行情况望随时电告。"[18]

十数万百姓突然涌出长春，对救济与收容陡然增加了压力，好在有8月14日成立的处理难民委员会及十几个县的收容安置系统的基础，又在长春周边乡村增设了一批难民收容所，勉强应对运转起来。

沙秀杰，一名15岁的少女，为反对买卖婚姻，曾给中央人民政府民政部长史良写信告"御状"，终于解除了婚姻而成为名人，而她又是长春围城期间卡空中有些文化的幸存者，她的经历便成为那段历史的见证。她在《离开长春，奔向解放区》一文中记叙了那段难忘的经历：

"一家人随着蠕动的队伍向解放军的洪熙街哨所走去。此时，铁丝网障碍物全部打开了，解放军都不带枪支，也不检查难民，只是立正着站成两排，目送着慢慢走出的难民……刚走出来不远就看见道旁一个用席子搭的棚子，有人围拢着……地上放着两个装满豆饼块的大箩筐，每块足有半斤重，饿扁了肚子的人们虽无力争抢，但两眼却冒着久违的光彩，当领到豆饼时，马上就往嘴里填。一位解放军看了看我们一家老小就多给了两块……小弟机灵，扑通一声跪下了……解放军上前把他抱起来，又给了他两块豆饼，我忙上前道谢。小弟回过头来扑向我，喊了两声二姐！四块豆饼在卡哨里足以救活十几个人的性命，它就像接到了天上掉下来的馅儿饼一样，使人那么地满足和兴奋！"

豆饼是黄豆榨油后经高温压缩而成饼状的粗制品，原理类似于现今的压缩饼干，体积虽小，食物含量却大。解放军开始出于好心，希望给疏散的百姓带更多食物。沙秀杰的母亲念过私塾，不许孩子们吃豆饼，而是全部收到包里。

沙秀杰说："看到别人一家老小都坐在道边大口大口嚼着生豆饼，饿红了眼的我们哪能听进妈妈的话，弟弟妹妹闹哭着坐在地上不走。我也急眼了：'不给吃我就不管你们了！'说完背着大包自己就要走。妈妈无奈，想了一个办法，她把豆饼掰成小块儿放在水壶里用水泡软，找来三块砖头，再找些干草和有人随地扔的破鞋什么的，点着火把豆饼煮一下才给我们分着吃。吃的时候她还不断地提醒我们细嚼慢咽。沿途上有农民拿吃的换衣服、首饰。妈妈用一只银镯子换了四个像鸡蛋大的小土豆和两个黑色的大饼子。……当看到路上被生豆饼撑死的尸体时，我才明白母亲的良苦用心。"

一些难民一下子吃了很多豆饼，加上天热，就又喝了许多水，豆饼在胃里一下子膨胀了许多。本已抓住救命的绳索，由于吃法不当，不幸地胀死了。为防止饥肠辘辘的难民出卡后进食过多，围城各部队都在周边设置粥点，越靠长春城近粥点的粥越稀，而且每人限量。

出卡的人分两种情况，一是从城里新出来体力尚好的百姓，领了豆饼或高粱米便在处理难民委员会安排下，或投亲靠友或向附近各县安排；二是卡空滞留时间久，体质衰弱的百姓要先进难民所，过渡至恢复体力后再行安置。

沙秀杰一家属于第二种情况。一家5口人在卡空里整整熬了14天，其间，沙秀杰曾在一摊粪便里找到几颗没有消化的黄豆，冲洗干净后吃了。

熬到第10天的时候，三弟说了一句"那我就不等了"后死掉了，剩下4口人赶上9月11日后大放行，得以死里逃生。沙秀杰至今仍然不忘在大屯镇难民所过渡的日子。一家人是坐难民委员会安排的马车到难民所的。

难民所"一个长条的大棚子，里面是两面对搭的离地有50公分的通天大木板床，上面铺些谷草。来的人经过登记确定难民身份后，就发给难民一个小票，是喝粥的凭证，红红的高粱米粥加上萝卜咸菜。只要票上打满三个'对号'就要离开难民所，投亲靠友，各奔东西。解放军当时开办难民所的宗旨是调养难民肠胃和恢复难民的体力，时限为3天"。

沙秀杰回忆说："第二天，我拿了些白花旗布，到集市上卖了。当我看到集市的时候，大吃一惊……集市上，都是好吃的东西，有麻花、油炸糕、烙油饼……满街的难民都把身上值钱的衣服脱下来换东西吃。有的甚至吃了过多的油炸糕，撑倒在道旁亮开肚皮，又呻吟不止。解放军就用木板抬着，把他们抬到难民所去，再给他们吃泻药……我高兴地买了4根麻花回到难民所……妈妈说，咱就听解放军的，喝几天粥，把肠胃调养好了，再吃也不晚。"

沙秀杰庆幸地说，解放军天天宣传不要开始就吃干的或油腻的食物，凡是遵守难民所规定喝粥的人，一个也没有被撑死的，最后反而成了身体恢复最佳的人。[19]

2002年6月出版的《长春市志·民政志》之《大事记》中，记载有1948年数则相关大事：

△8月19日，根据中共吉林省委《关于处理长春外围难民的决定》，省处理难民委员会成立，下设兴隆山、净月（小合台）、长南（刘家屯）3个办事处，负责难民救济及遣散工作。至长春解放共收容安置难民154297人。

△同年，上半年长春市有77341户，344752人，解放时仅有177423人。

△11月11日，长春市军民8万人在大同广场（今人民广场）举行欢庆东北全境解放并追悼阵亡将士及本市死难同胞大会。

△同月，长春解放一个月，市政府共发放救济粮376397公斤，受到救

济的有 80230 人。

△从长春解放到 11 月末，已有 13 万难民返回市里安家。[20]

国共双方激烈的长春争夺战，造成了长春诸多老百姓因饥饿而死亡。究竟有多少人饿死？半个多世纪以来，一直是诸多人士关注与争论的课题，并且众说纷纭，莫衷一是。归结起来有以下几种说法：

（1）国民党长春市市长尚传道的说法。他在《长春困守纪事》中说："根据人民政府进城后确实统计，由于国民党'杀民'政策饿、病而死的长春市民共达 12 万人。人民政府进城以后，在卡哨内外地区掩埋尸体 8 万具。"[21]

（2）郑洞国将军的说法。郑洞国正式撰文《困守长春始末》的说法是："据说长春解放时，在城东、南郊一带掩埋的尸体就有几万具。"[22]

（3）国民党《中央日报》的说法。在《长春国军防守经过》的一篇文章中写道："据最低估计，长春四周匪军前线野地里，从 6 月末到 10 月初，4 个月中，前后堆积男女老少尸骨不下 15 万具。"[23]

（4）共产党长春市人民政府民政局的说法。在 1948 年《长春市救济工作报告》（写于 1949 年上半年）中说："进城后共掩埋了 58063 具死尸（加上过去已掩埋者约在 10 万人左右）。"在 2002 年 6 月出版的《长春市志·民政志》再次证实："长春解放前夕有 10 余万市民饿死，解放后掩埋尸体 58063 具。"[24]

（5）台湾著名学者、作家龙应台女士的说法。龙女士在《大江大海一九四九》一书中说，长春争夺战期间，"30 万人以战争之名被活活饿死"。[25]

（6）国民党军统段克文将军 1975 年被释放后，在《战犯回忆》一书中说："长春围城饿死了 65 万人。"而署名"林同"的作者在段克文去世后的纪念文章《另一版本的战犯改造：牢底坐穿的段克文》中记叙，段克文又说"长春饿死民众不少于 16 万"。[26]

此外，还有其他一些说法与数字，多由上述几种说法派生而来。需要说明的几个问题：

（一）尚传道12万人的说法来源。据他讲是"根据人民政府进城后确实统计"，并非他本人组织的统计。尚传道在他的回忆录《四进长春》中说：1957年6月，抚顺战犯管理所组织我们参观东北五大城市。在长春市参观时，市人民政府负责人向我们介绍长春解放前后情况，宣布1948年围城期间，长春市饿病而死的达12万人。解放军进城后共收尸8万余具。当时跟尚传道一起到长春的还有关梦龄，他也证实了尚传道的说法。

三年来为了查清是当时哪位政府负责人的"宣布"及其细节，笔者曾无数次往返长春市档案馆，数不清多少遍查阅那一个时期的档案，并未找到这份应当存档的极其重要的"宣布"。

（二）国民党《中央日报》"尸骨不下15万具"的数字出自长春"陷落"后的第5天，如果以郑洞国10月21日投诚日算，才刚刚过去3天，不知三五天之内该报如何得此数据？当时，市长尚传道与兵团司令郑洞国都没机会去卡空内外统计尸体数字。显然，这15万人的死亡数是没有建立在确切调查统计基础上的一种估计。

（三）国民党段克文将军"饿死了65万人"的说法应当离谱太远。一是围城之初尚传道奉郑洞国之命组织政工队员逐门挨户清查人口，调查余粮，得出的人口数为卡哨（围城）内40万；郊区20万。即便城内40万人全算上，离65万还差25万。究竟是不是因为65万的数字太荒唐，才又改为"16万"？笔者不敢随意肯定。

即便是"16万"，段克文将军当时在国民党长春军政官员中并无重要位置，只是省府参议，挂名伊通县长。[27]也未负责和没有条件进行饿毙人口统计，其数字当属无可靠调查之来源。

（四）龙应台女士的"30万人"说法是推理得出的数字。龙女士首先推理的是围城之中的人口："围城开始时，长春市的市民人口说是有50万，但是城里头有无数外地涌进来的难民乡亲，总人口可能是80万到120万。"[28]

这里，龙女士不是像尚传道先生那样挨门逐户地查户口，数人头，而是用了文学家的想象——"可能"，一下子将长春人口翻了一倍还多。

其次，龙女士对饿死人数用了一种"打折"（恕笔者查了若干词语、典故均没有找到根据）的办法进行推算："饿死的人数，从 10 万到 65 万，取其中，就是 30 万人，刚好是南京大屠杀被引用的数字。"[29]

龙女士死人数字的上限是引用段克文将军的说法，如果以"16 万"来修正"65 万"真是段将军自己的意思，龙女士的引用推理便成了沙滩上的楼阁。

德国哲学家尼采有一句名言："不尊重死亡的人，不懂得敬畏生命。"

笔者窃以为，世界上还有什么比死亡之事更大呢？因此，我们这些活着的人须怀着敬畏的态度，采取极其科学严谨的方法、认真老实的态度去调查核实。有一说一，有二说二，既不能掩盖真相，又不能夸大事实。这既是对死者的尊重，也是对历史的负责。

龙应台女士作为著名作家、学者，《大江大海一九四九》产生了很大影响。搜狐网页推出博客"长春围城——对 30 万平民大屠杀"的文章。但也引起了诸多学者的另外看法。

中国现代史学者，著名作家陈冠任教授认为：历史就是历史，述史者不能像写小说，捕风捉影地任意想象。这样写得越有诗意，越是离谱。这种臆想戏说历史的做法，只能使述史者成为历史的笑柄。陈冠任教授的告诫很中肯："作为两岸有影响的学者，犯下这样的低级错误，实在不严肃，也是不应该的。"

李敖先生为龙应台女士这本书专门出了一本新书《大江大海骗了你：李敖秘密谈话录》，批评龙女士该书的根本性错误是"只看到现象，却没有追求原因"。"只要你动容，不要你问为什么。""因现象引发盲目的同感与同情，真相从此弄混了，是非也被颠倒了。"李敖先生主要是批评该书不应该回避历史大是大非，丢开了正义战争与非正义战争的"价值判断"，而刻意去赢得无数读者的眼泪。

龙应台女士在该书中最大卖点和最抓人眼球的是，臆想出饿死"30 万人"，并同"南京大屠杀"联系在一起。

许多史学家、作家、记者为证实南京"30 万"同胞死难，都以严肃认真的态度用资料、实物来说话。迄今最全面评叙这段惨痛历史的《南京大屠杀全纪实》所以厚重可信，是因为作者何建明先生在无数的漫漫日子里，与当年那浩如烟海的史料与实物做伴。龙应台女士缺乏史料与实物支撑的长春饿死"30万人"，所以轻浮而不可信，是省略了作为一个述史者理应付出的那些艰辛过程。

（五）长春市民政局的说法应当一分为二。其中"58063"的死亡数应当是准确的，因为是数尸头得来的。从"58063"到"10万人左右"之间的4.2万差距，民政局的根据是"加上过去已掩埋者"。

"过去"，指的是新中国成立前的国民党统治时期，或是百姓自发掩埋，或是国民党政府组织的掩埋。不知长春市民政局根据何来？

笔者曾发动若干相关同志遍查图书馆、档案馆、资料室所有相关资料，没发现"4.2万"的确切依据，例如国民党民政局掩埋尸体汇总资料，或哪位官员的说法。

这是不是对国民党"杀民养军"行为严重后果的一种估计？不然为什么用了"约在"和"左右"字样，并写在括号内？当然，笔者这种说法也没有数据资料支撑。

曾经主审过9部地方志丛书的长春历史专家于祺元老先生，当年曾一直处于围城之中。他在2014年《我从饥饿中走来》一文中认为，"原有饿死人的数据依据不充分"。他不认可饿死10万人的种种说法，因此只引用了长春市民政局"58063"具尸体的数字，对括号中"10万人左右"的说法不予引用。[30]

他亲身感受的看法是，所谓"过去"——国民党民政局（局长申惠文）已处于停摆状态。尤其后两个月，巷街草丛中的饿殍根本没有掩埋，都是进城后共产党组织的"埋死"，所以"4.2万"跟"过去"基本搭不上边。

他认为，任何估计都不如数尸头来的准确。"58063"之外虽然还有些许遗漏误差，绝不会有数万之巨。他强调，死因还应包括战斗死亡、轰炸死亡、生病死亡、杀害死亡、意外死亡（例空投米袋子砸死）等等，尽管占死亡总数内比例较小。

笔者赞同于祺元先生的意见。不赞成"过去"、"左右"的估计，以及"约在"的表述。应当指出，长春百姓大批饿死主要集中在8月至9月上旬这一段时间：

一是经尚传道挨门逐户调查，城内粮食"只能吃到7月底"，说明7月底之前城中是有粮的。

还应说明一个情况，"二肖"围城部队到达指定围城地点的时间为6月22日。那时，长春尚未围严实，粮贩偷运粮进城，"每日尚能由市外吸收粮食约五六十石"；"当时敌军粮征收机关每日能收购二三十吨"。那时，市内、市外市场都有大量"交易"，离长春最近的新立城集市最为"繁荣"，即便有饿死者也不会大批量死亡。而9月11日林彪、罗荣桓已经下令："凡志愿出来者，一律准其通过。"

二是即便再往前延伸一个半月到6月15日——此日为《长春市政府疏散市民办法》郑洞国批示"准照办"的执行日，进入卡空中的百姓无论饿死多少，枪口下的双方都不会冒险去掩埋的。也就是说，解放军进城后组织掩埋的"58063"具尸体中，一定包括了大批死在两军卡空中间的饥民。

那么，"过去"，究竟在哪个时段？1千具尸体便可沟满壕平，1万具尸体呢？4.2万具呢？

历史证明，凡不是下笨功夫数人头得来的结果总是争议不断。希特勒对列宁格勒围困饿死的人口诸多媒体上与资料估计最多达100万人，也有说达85万人，但苏联官方统计的材料公布为64.2万人。

蒋介石下令炸毁黄河花园口段造成死亡的百姓，《辞海》[31]与《中国大百科全书》（简明版）[32]均认为是89万人，仍然有不同的争论数字出现：多为上百万人，少为50万人。理由是决堤之水淹没豫、皖、苏三省44县，1500多万人逃难，又逢战乱年代，数字何能如此准确？

实践证明，不是数着人头与尸头的调查统计，任何权威机构与人士，任何资深典籍、资料做出的评估，都会出现误差。而如果是带着先入为主态度，不经过调查统计的"估计"，一定是不可信的数字。

笔者掌握的大量原始档案资料证明，进城以后的共产党对"埋死"数字的统计几经变化；中共长春市委在10月30日（11月3日由黄相生、张兴华送达）给"高岗并转东北局"的报告中写道："头两三天发现尸体约1万余人（具），这两天发现更多，达3万人（具）。"[33]

当时的中共长春市委书记石磊（化名，本名曹瑛）10月28日向中共东北局做了《入城10天工作情况和接收长春的经验报告》也写道:"(三)由于国民党实行'杀民养军'政策,市民尸体遍地,有死在炕上者,有死在路旁者,有的吊死在梁上,惨不忍睹,共发现尸体30000余具。"

东北局将此件报中央后,毛泽东在审阅时,将报告原文从头至尾加注了标点,并在石磊名字前加上了"长春市委书记"字样,尔后批示全国各战区。[34]

1949年1月中共长春市委《长春市两个月工作简要总结和今后半年布置的报告草稿》写道:"入城后,遍地饿尸,经1月多的时间,共掩埋了56889具。"[35]

由头3天的1万具,到10天后的3万具,再到1个半月后的56889具,最后到58063具,说明统计是严肃而认真的,数着尸头逐步修正的。故而是可信的。

长春解放后,《长春市志·民政志》统计城内还有百姓177423人。[36]《长春市户口调查工作总结》(1949年12月19日)与《长春市志·人口志》的统计均为:"10月19日长春市区解放时,人口为179241人。"[37]各家统计可信地相差无几。加上出城后处理难民委员会收容救济的154297人[38],共计为331720人,或333538人;再上"58063"具,离尚传道卡哨(围城)内40万人,仅差1万人左右。

需要说明的是,尚传道的"40万人"只是一个递进整数的说法。共产党自己的统计"卅七年五月(1948年5月)"为"三九万〇七百六五人(390765)"(见第22章注释第18)。

故此,因饥饿而死的百姓在"58063"之外,不会有太多的遗漏。这是笔者坚持认定的观点和意见。

战乱年代,由于社会秩序混乱,管理机器被打破,或者统计手段不完备等多种因素,居民百姓的伤亡往往得不到统计。

林彪指挥"三下江南"战役共打了7场仗,我军共牺牲官兵2195人,其中有姓名的烈士为283人(其塔木94人、焦家岭16人、城子街24人、德惠138人、靠山屯4人、郭家屯7人),无名烈士为1912人(其塔木535人、焦家岭314人、城子街74人、德惠819人、靠山屯70人、郭家屯 100 人），有名烈士占牺牲总数的 12.9%，无名烈士则为 87% 强。这只是 6 场战斗的数字，另一场张麻子沟战斗伤亡数字根本无统计记载。[39]

有组织的军队尚且如此，一盘散沙的百姓伤亡统计状况可想而知了。

战争，这个人类互相残杀的怪物出现以后，便同流血死亡相伴而行，一些天真的人站在幼稚的角度反对一切战争行为。战争是政治的继续，战争的政治目的决定了战争的正义性与非正义性。

据说，人类有史以来不完全统计已经进行了 14513 次战争，5164 年间只有 329 年未发生战争，一点也不以人们的意志而停息。两次世界大战的历史说明，制止战争唯一的办法恰恰是通过战争。

毛泽东认为，"革命战争是一种抗毒素"。用正义战争消灭非正义战争，是"以战止战，虽战可也"。

综观古今中外战争，在军人与平民之间，平民的伤亡总是要数倍于军人。

有资料称，"二战"中苏联共有 2700 万人死亡，其中士兵死亡 886.84 万人[40]，其余全为平民。中国抗日战争死亡人数相当时间存在模糊性。《中国的人权状况》中说死亡人数为"1000 万以上"；《世界通史》说"中国在 8 年抗战中牺牲 2100 多万人"。[41] 而九十年代以来的数据多为"死亡约 1800 万人"，其中军人死亡人数约 148 万人。

平民的伤亡除了死于战火、饥饿、疾病等原因外，也包括有意与无意的误伤。抗日战争中最大的恶性惨案是为阻止日军第 14 与 16 师团夹击郑州，蒋介石下令炸开黄河花园口大堤，虽水淹了日军第 16 师团，却同时淹死了数十万普通百姓。

有观点说，只要赶上了战争，横竖遭难的必是老百姓。长春百姓或是像锦州那样挨 900 门火炮轰击，或是缺粮而饿毙。哪一种结局都不会离开一个"惨"字。笔者认为，这是一种不近人情的冷酷说法。

李敖先生在《大江大海骗了你：李敖秘密谈话录》一书中，抛开国共两党政治立场，单纯从战争策略——围困战之特性分析了蒋介石下令固守长春的决策弊端，认为"死守孤城"军事上犯了兵家大忌。而又裹胁人民在先，驱逐人民于后，以"饿民战"对抗围困战，结果最后还是投降了。

与其如此，何必当初？要投降早投啊，为什么饿死成千上万的人民以后才投降？

也有观点说，单纯从军事上考量，林彪的"困饿战"实际上败给了郑洞国。理由有四：

一是困饿了几个月，郑洞国的部队无1人饿死，仍保持了基本完整的建制和较强战斗力；共军虽兵力占优，却始终不敢对长春发动攻势。

二是原本期待城内百姓"食口"包袱将郑洞国压垮，却不料郑洞国夺民粮而养军，最后关头守军主力新7军仍有三个月存粮。

三是古今中外"围饿战"少有半途而止的。林彪先是分批救济饥饿严重的百姓，到最后全部放行并予以救济安置，实际接过了"食口"包袱，宣布了"困饿战"的失败。面对心硬如铁的郑洞国，在残忍耐受心理上林彪败下阵来。

四是郑洞国最终投降主要不是因为困饿，而是锦州"大门"的关闭。旁证是国民党军并未受到困饿的沈阳，在锦州被攻下后仅17天，便因绝大多数守军投降而失掉了。

笔者将这些主要的数据和观点一一罗列下来，不知是否会占据一角认知平台。但笔者希望与等待专家学者和广大读者的裁判，或予以证实，或予以批驳。尽管有些观点不一定得到认同，但笔者的一些数据与资料来源则相当可靠——60多年以前那些尘封已久的原始档案。

44年后的1992年仲秋时节，经过改造后任民革中央监察委员、北京市政协委员、曾亲手炮制了那份"杀民养军"的《长春市政府战时粮食管制办法》的国民党长春市市长尚传道再次来到长春。这是他第二次来长春了。他说："我是来谢罪的……当年，我在长春犯下的罪行虽万死不足蔽其辜。"

从抚顺战犯管理所释放后，尚传道为促进祖国统一、国共合作积极努力。1994年3月5日在北京逝世，享年85岁。官方对尚传道后半生的评述是："通过思想改造，为海峡两岸的统一，为改革开放大业，竭尽了全力。"[42]

郑洞国自1948年10月21日投诚离开长春后，再也没有回过长春。

晚年他曾撰文道:"多少年来,每每追忆起长春当时的惨状,我都不免心惊肉跳,尤其对长春人民当时所遭受的巨大灾难和牺牲,更感到万分痛苦和歉疚,此生此世我都愧对长春的父老百姓。"[43]

注释

[1] 杨治兴:《在郑洞国将军身边》,《新七军投诚》,吉林省军区政治部《长春国民党部队投诚》编写组,《长春文史资料》1988年第2辑,第370页,长春市政协文史资料委员会,1988年10月出版。

[2] 王文锋:《1954年小白楼国宝大劫难》,《往事》,2014年,第1期,政协长春市委员会文史资料委员会。

[3] 李国祯:《跟随郑将军的日子里》,《新七军投诚》,第339页。

[4] 龙国钧:《长春解放经过》,《辽沈战役亲历记》,中国文史出版社,2012年版,第331页,全国政协文史和学习委员会编。

[5] 郑洞国:《困守长春始末》,《新七军投诚》,第222页。

[6] 王世廷:《长春警备司令部巡察队》,《新七军投诚》,第467页。

[7] 陈喜武:《珍贵的历史镜头》,《新七军投诚》,第163页。

[8] 尚传道:《长春困守纪事》,《辽沈战役亲历记》,第358页。

[9] 戚发祥、姜东平:《兵临城下的家书》,吉林人民出版社,2008年版,第172页、214页。

[10] 尚传道:《四进长春》,《长春文史资料》1985年第8辑,第74页,政协长春市委员会文史资料研究委员会。

[11] 陈运刚:《孤城末日》,《新七军投诚》,第341页、343页。

[12]《兵临城下的家书》,第177—178页。

[13] 李其颖:《"长春丹"揭秘》,《长春旧事》,2005年版,第138—140页,长春市政协文史资料委员会。

[14] 袁庭栋:《大决战:辽沈战役》,天地出版社,2013年版,第226页。

[15] 同上书,第231页。

[16] 罗荣桓:《关于围困长春的报告》,《罗荣桓军事文选》;刘统:《东北解放战争纪实》,东方出版社,1997年版,第637页。

[17]《东北解放战争纪实》,第637—638页。

[18] 同上书,第639页;《林总电报》,东北野战军司令部编,军事科学院图书馆存件。

[19] 沙秀杰:《离开长春,奔向解放区》,《往事》,2014年,第1期,第23—25页。

[20] 马孟寅主编:《长春市志·民政志》,吉林人民出版社,2002年版,第402—403页。

[21]《辽沈战役亲历记》,第357页。

[22]《新七军投诚》,第217页。

[23]《中央日报》,1948年10月24日。

[24] 长春市人民政府民政局:《长春市救济工作报告》,长春市档案馆存:永久,011-1949-46;《长春市志·民政志》,第402页。

［25］龙应台：《大江大海一九四九》，天地图书有限公司，2009年9月（香港）初版，第200页。
［26］段克文：《战犯回忆》；林同：《另一版本的战犯改造：牢底坐穿的段克文》；见上书，第200页。
［27］关梦龄遗稿：《黑皮自由》，新华出版社，2007年版，第105页。
［28］《大江大海一九四九》，第199页。
［29］《大江大海一九四九》，第200页。
［30］于祺元：《我从饥饿中走来》，《往事》，2014年第1期，第22页。
［31］夏征农主编：《辞海》，上海辞书出版社，2002年1月第1版，第693页。
［32］梅益主编：《中国大百科全书》（简明版），中国大百科全书出版社，1998年10月第2版，第2052页。
［33］长春市档案馆藏，编号为001-01-01-1，永久。
［34］宋宏宴：《毛泽东亲自批转"接收长春的经验"》，引自《往事》，2015年，第1期，第1—2页。
［35］长春市档案馆藏，编号：001-01-02-10，永久。
［36］《长春市志·民政志》，第402页。
［37］吉林省档案馆藏 Z001-1949-5920 永久；顾万春主编：《长春市志·人口志》，吉林人民出版社，1999年版，第28页。
［38］《长春市志·民政志》第402页。
［39］李旸主编：《解放战争长春英烈图片展资料汇编》（上），2008年10月版，第34页及第23页、25页、27页、29页、30页、32页。
［40］徐天新、许平、王红生主编：《世界通史》（现代卷），人民出版社，1997年版，第605页。
［41］同上书，第605页。
［42］张贤达、孙莹：《1992年，"围城市长"尚传道回长春谢罪》，《长春历史话题》，吉林大学出版社，2013年版，第77—78页。
［43］《新七军投诚》，第217页。

第 33 章　瓜熟蒂自落

曾泽生的觉悟经历了相当的曲折与艰涩。

出身于小地主家庭和封建旧军人的曾泽生,既有"唯蒋是国"的正统观念,又有浓厚的滇系地方观念。几十年出生入死,由士兵到军长,真要与过去一刀两断地决裂,也是极其痛苦的选择。

一年前,陇耀丧师海龙,曾有意把肖华劝其起义的信给曾泽生看,曾泽生则说:"你刚吃亏,新败之余,他们就乘机威胁你,不要听他那一套。"言语中充满了排斥性反感。

过了一年后的 5 月,陇耀已接受了刘浩的策反,有意安排张秉昌与李峥先(60 军 184 师 551 团团长与 182 师 544 团副团长,二人被俘后经教育派回滇军做策反工作)见曾泽生,曾泽生则冷冷地说:"这边倒倒,那边倒倒,这样的事我搞不来。"

现实是最合格的启蒙老师。

9 月 12 日,林彪大军突然在北宁线打响,一周内,国民党军占据的北戴河、绥中失守,兴城、义县被围——华北与东北铁路大动脉被切断,似一股强电流,猛然击中了职业军人曾泽生的敏感神经,麻痹混沌的头脑立马清醒过来。一向谨言慎行、喜怒不形于色的曾泽生当着陇耀的面大骂起来:"老蒋简直是个大骗子!我们再也不能相信他'坚守待援'的鬼话了!再也不能上当了!"[1]边骂边把曾请人精心裱好的蒋介石亲笔信撕得粉碎,扔进了纸篓里。

曾泽生第一次将"反蒋起义"的想法说出口,是 1948 年 9 月 22 日晚 22 时,当着两个生死的战友——老乡陇耀与白肇学。此前,这个想法在心里不知翻腾了多少个回合,渺茫无底的前途,明摆着固守与突围均为走不通的死路。即使侥幸不死,被俘虏的前途只能进战犯管理所。还有一条是最后关头放下武器。共产党的政策摆在那儿，官兵的生命财产可保无虞，但部队的建制则要被砸乱——60军从此灭籍在自己手中。

另外一条是潘朔端、高建勋走过的道路，对蒋反戈一击，滇军这支部队建制可以保全。但存在两个风险，一是军事上的风险，一道之隔便是强悍于己的新7军，滇军两师中间还夹着负有监视责任的52师；二是道义上的风险，在正统观念中，起义乃叛臣之举，全军3万官兵会心甘情愿跟自己走吗？所以，他要先探明两位滇军师长的底儿，并做通他们的工作。

话到口边，难以出口，还是好几分钟的沉默，这在以往是没有的。白肇学看出曾泽生的难言之隐，当即表态："我们共患难多年，平时推心置腹，难道今天还有什么不好讲的？"那意思，不管曾泽生说出什么话来，他都能理解与保密。

对陇耀的态度曾泽生早已心中有数，因为陇耀曾几次暗喻过，只是自己没有捅破这层窗户纸。但曾泽生"反蒋起义"4个字真正从口中抛出来的那一刻，两位师长的反应还是超出了预料。

陇耀当即赞同，说早受够了蒋军嫡系的排挤；白肇学却没有明确态度，表示"多研究，才能万全"。既然底牌揭开了，三个人索性敞开心扉，一直说到下半夜3点，陇耀与白肇学各执己见，争辩不已。白肇学同意反蒋，把部队拉出城后，放下武器，解甲归田；陇耀坚持不放下枪杆子，向蒋军报"五华山之仇"。白肇学消沉地说："几十年来，我看到的都是自相残杀，我不是铁石心肠，我的心伤透了。"

曾泽生怕两人争辩下去，伤了和气，阻止说："今天决定不下，明天再研究。"

陇、白二位离开时，已经快凌晨5点了。曾泽生躺在床上，怎么也合不上眼。一早上，便赶去182师，见白肇学疲惫地倚靠在沙发上，满眼血丝，一夜之间像害了一场大病，嘶哑着嗓子说："昨天回来，一直睁着眼，想到天亮。"白肇学苦恼地说：我还是那个意见，"决心不干部队了"。

曾泽生则抛出一句狠话："你看，今天的蒋介石比当年的袁世凯如何？"

白肇学说："更坏！"

曾泽生再逼问道："那你为啥不同意起义呢？"

白肇学被问住了，无语地望着曾泽生，沉默很久，突然挣起身，抓住曾泽生的手："军座，我赞成你！"[2]

从依附于几十年的国民党国家机器上挣脱下来，不啻于壮士断腕。那种扯筋断骨的疼痛，只有亲身经历的人才有切肤感受。笔者所以详记那一夜连双日的阵痛详情，只是要说明他们的英雄壮举，同样可同战场上与敌舍命搏杀相媲美。

"谋反"是一桩事关命运的大事。

此后，曾、陇、白三人在向解放军派出接洽代表的前三周时间，先后又密谋了五次。每次集中研究一两个重大问题：如何向解放军派出接洽代表问题、如何防范新7军与52师及军统特务监视问题、如何秘密摸底各团长态度问题、如何在起义后告知郑洞国与李鸿等问题，他们甚至考虑到蒋介石会对云南施加压力和迫害眷属问题。

其间发生的一件事令曾泽生格外警惕起来：国民党东北剿总司令部直接给52师空投了一批武器弹药。曾泽生假装糊涂把武器弹药分给了182师和暂21师。李嵩知道后，手持剿总电报，硬是将这批武器弹药全部要了过去。52师名义上归60军节制，实际上由郑洞国直接指挥，空投这批弹药郑洞国应当是知道的，这更促使曾泽生下定了起义同时扣押52师师、团两级长官的决心。

10月14日，东北野战军对锦州外围战已近尾声。这天一大早，曾泽生派张秉昌、李峥先两人带着他与陇、白三人签名的亲笔信，出城联络起义事宜。

中共地下党十几年前即做滇军起义工作，今日果然义举了，却不料横出一岔。

"围指"司令部内一致倾向性意见认定是"诈降"：理由一是60军几天前刚派部队进行试探性突围（10月5日按郑洞国令协助新7军的出击行动），而且此次提出撤出城区路线正经过突围未夺去的我军阵地；二是我敌工部刚刚从沈阳内线获悉情报，蒋介石已命令长春守军突围，并安排新3军、新6军准备接应。为此林、罗、刘已命令6纵向通江口前进，5纵向彰武西北前进，堵截长春突围之敌，并要一兵团做好应战准备。此刻，一兵团司令部正在研究落实措施，突然听到60军要起义。

世间什么事都怕碰巧了。一位副司令看过信后气愤地说："连章都不盖，简直是骗人。"随即将信扔在地上。他认为60军是借起义之名，行突围之实。

刘浩认为60军起义的态度是可信的，并自告奋勇表示愿意冒险进城接洽。为加强对60军的策反，潘朔端此前已被任命为东野第一兵团司令部副参谋长，他辨认了信件，确认是曾泽生、陇耀、白肇学3人的亲笔签名，认为"60军起义的可能性比较大"。兵团副政委兼政治部主任唐天际同意刘浩与潘朔端的看法与意见。

两种意见僵持不下，实际上是兵团司令部与兵团政治部的意见分歧。肖劲光不愿意放弃60军起义的机会，他做出了一个积极而稳妥的决定，表明欢迎起义态度，做好防突围部署，并提了一个"测试"的办法，要求60军配合我军消灭新7军和郑洞国的兵团部，同时派出60军的正式代表（张秉昌、李峥先系放俘回去的，现在军中并无职务）具体商洽起义事宜。

16日，东北局致电中共中央，原则同意一兵团的意见，并附上一兵团"二肖"等向东北局的请示，请中央定夺。

"二肖"在请示中，详细报告了60军提出的11条有关起义的协商意见，认为"60军动摇的可能性完全存在，但据来信所提条件来看，似非诚意，而且可能是突围的诡计，其所提（起义集结地点）拉拉屯、石碑岭、兴隆山是我长（春）东南前沿主阵地，二道河子是敌前沿坚固据点，企图不费力气便能占我主阵地，造成突围条件。其他几条都是不关重要的陪衬。对新7军态度及编制等更一字未提，我们难于相信。但也不放弃主动与他建立关系，争取好的前途"。

请示中"二肖"提出三条处置意见，第一条便是"必须表示对新7军态度"。[3]

曾泽生派出张秉昌与李峥先时，曾约定第2天（15日）早上务必返回。由于东野一兵团内部意见分歧和正在向上请示阶段，张、李二人便只好在解放区等消息。这边却急坏了曾泽生，15日数着日头苦等了一天未等回人来，16日又万分难耐地等。越着急越觉得时间出了问题，既过得太快，又觉得太慢。焦灼之中，时不时接到陇耀与白肇学同样焦灼的电话，每次都强捺着焦灼安慰那两个焦灼的师长。

不承想越急越添乱，副官报告：郑司令官电话"请军长马上去"。曾泽生说："告诉他，我正在吃饭。"

还没过5分钟，郑洞国亲自打来了电话："曾军长，有要紧事，马上来一趟。"

听着急促的语调，曾泽生心口猛烈一怔：什么事这么急，这是从未有过的，莫不是消息走漏了？曾泽生下意识地推托："我正在吃饭。"

郑洞国坚持："情况很紧急，你马上就来。"

曾泽生越发疑惑丛生，只能答应。待郑洞国放下电话，慌忙给陇耀、白肇学打电话："郑洞国找过你们没有？"

二人都大吃一惊："联络的人出事了吗？"

听二人说郑洞国并未找他们，曾泽生稍稍稳了一下心："我去兵团部，在我未回来之前，你俩天塌下来不许离开部队。如果郑洞国将我扣留，你们仍按原计划行动。"

当曾泽生提着心走进郑洞国办公室时，面容憔悴的郑洞国递给他一封电报，内容是"立即向沈阳突围"——蒋介石在沈阳亲自下达的命令。曾泽生心头吊着的一块大石头"扑通"落了地，顿时感到全身无比轻松。

侥幸之余，曾泽生不想再次踏入险地："下午开会讨论如何行动（突围），我派参谋长来参加，他可以代表我决定一切。情况我已经了解，一切听从司令官决定。"见郑洞国愁苦地点了点头，曾泽生慌忙告辞，逃跑式急匆匆赶回了军部。[4]

远在西柏坡的毛泽东决定给晾在高台上的曾泽生抛去一块下"台阶"的垫脚石。

接到东北局林彪、罗荣桓附一兵团的请示当天，毛泽东即复电："你们争取六十军起义的方针是正确的，一兵团对六十军的分析与处置也是对的。惟要六十军对新七军表示态度一点，不要超过他们所能做的限度。吴化文退出济南战斗时，曾以电话告诉王耀武说，我不能打了，但我也不打你等语,这是军阀军队难免的现象。只要六十军能拖出长春,开入我指定之区域,愿意加入解放军序列,发表通电表示反对美国侵略,反对国民党反动统治,赞成土地改革及没收官僚资本,拥护共产党及人民解放军,也就够了。你们应当不失时机和六十军代表加紧谈判。"[5]

毛泽东总是比其他人站得要高,总能参透他人的心理,给予宽容体贴地理解与恰当处置。正是毛泽东的处置政策,使东野及一兵团高层迅速统一了思想认识,彻底打消了曾泽生一心投奔解放军的思想顾虑。后来的实践证明,正是毛泽东"不要超过他们所能做的限度"的方针,使60军在起义过程中顺利处置了同新7军的关系,保证了起义目的顺利实现。

决定起义的16日晚,陇耀遵曾泽生意旨,将新7军副军长史说、参谋长龙国钧与两位副师长邀到60军防地,通告了起义的意图。史说表示:"我们新7军绝不干涉贵军行动。不过请贵军约束部下,不要向我部开枪,以免造成误会。"[6]

试想,如果不是毛泽东的政策,坚持要60军对新7军"表示态度"(当然这种表示并不是口头上的),两个军交起火来,或要求60军配合我军消灭新7军与郑洞国的兵团司令部,那将是什么局面?起码不会有后来新7军投诚的结果。

还应当补记一笔的是,林彪的目光透彻度应当是异于常人的,对战场上瞬息万变的重大事件处置非常果断。当时,刘浩(东野一兵团政治部联络部长、东北军区政治部前方办事处长)见一兵团两种意见僵持不下,便以前方办事处长名义给东北局与东北军区政治部写了报告,连同曾、陇、白联名信抄件附上,派人火速送往哈尔滨。[7]

得到报告的林彪立即给"二肖"回电:"应相信60军是真起义。"[8]同时向中央军委做出请示。应当看到,在毛泽东未答复意见之前,林彪给"二肖"的电报具有相当重要的意义。

16日黄昏,已经被焦灼折磨得筋疲力尽的曾泽生终于等来了张秉昌与李峥先,情绪激动的曾泽生立即按"二肖"的意见派出了李佐、任孝宗两位副师长为代表,出城商谈起义相关事宜;为表示起义诚意,还带去了蒋介石的突围手令和郑洞国的突围计划。同时,开始了团、营一级官佐动员工作。

现今诸多史料，对 60 军起义只叙述了过程，而对其起义行动的曲折与心路之艰难则少笔墨。

人自一心，各有所想。要让所有人在一夜之间把心变个颜色，无疑是惯行高速中突然的急转弯：一是所属团、营官佐主要是因为作战勇敢或战功提拔上来的，而近三年来主要是同共产党的军队作战；二是两个月前曾泽生还在要求所属固守阵地，与共军奋战到底，现在"反蒋投共"的话要从自己嘴里说出来，并让官佐们认可，心甘情愿跟自己迈出这"叛逆"的一大步，也实在难为了曾泽生。

开会现场，戒备森严，曾泽生两名卫士持枪站在会议室门口，以防意外。虽然时间迫在眉睫，但他不得不用相当时间，揭露蒋介石对滇军的歧视排挤以作为铺垫，尔后让大家提出解决滇军出路的办法。

几十名团、营官佐嗡嗡议论，并无人发言，过了好一阵，黑角落里才有人说了一声："军长怎么说，我们就怎么办！"有人带头，众人附和："对！军长下命令，我们照办。"

曾泽生无奈地说："这不是下命令的事，关系全军前途大事，要听大家意见，以免将来有二话。"众人唯恐发言有误，招致罪祸，还是要曾泽生下令，曾泽生则坚持大家商议，推来推去，又延长了不少时间。

终于有人发言了，主张立即向沈阳"突围"。曾泽生立即否定说，我们走不到沈阳，早就被消灭了；有人主张"死守待援"，曾泽生说，固守无异于等死；有人主张"尽忠党国，战至最后一人"，有的则提出"到解放区打游击"。曾泽生话语明显地说，蒋介石对我们有怨无德，何必为他"尽忠报国"？

各条路都走不通，会场上一阵难堪地沉默。

终于有人站起来："我认为反蒋起义才是唯一的出路。"站起来的是 182 师 545 团团长朱光云。会场立即出现死一般地沉寂。

曾泽生终于长舒一口气："过去我之所以忍辱负重，犹豫不决，乃是怕连累云南父老。现在终于明白了，正是为了云南父老，应当高举义旗，弃暗投明，我的决心已定，全军实行反蒋起义。"

朱光云，我地下党组织重点培养发展对象。他先后接纳两名共产党员范啸谷、赵国璋为自己当副团长，60军起义前已决定起义，后改单独起义为支持60军起义。朱光云的坚决态度令曾泽生刮目相看，当日深夜，曾泽生给其打电话："你准备几间房子，安好电话，我立即到你团开设军临时指挥所。"

曾泽生之所以将军指挥所设在545团，除了认为朱光云起义态度坚定外，还在于545团部隔壁伪皇宫院内有防空洞——1945年8月9日苏军轰炸长春时，溥仪曾躲进去过，他要防备蒋介石派飞机轰炸。此时的曾泽生尚不知道，朱光云早在半年前就同共产党接上了关系。[9]

应当承认，60军得以成功起义，仅靠上层3个军、师长是不够的，还得益于我地下党长期艰苦地在中层团、营官佐中不懈努力地争取与策反。起义后，曾泽生得知自己最信任的前副官处长、兼特务营长杨重的共产党身份后，深有感慨地说了一句话："我做梦也没想到我的部队里会有那么多共产党员，看来反蒋起义是顺理成章的事。"

相比182师师长白肇学，暂21师师长陇耀早在一年前便与刘浩等有了密切接触。在暂21师的团、营官佐会议之前，陇耀事先为曾泽生安排了"点炮"之人。当曾泽生要求官佐们发表出路意见时，1团团长李树民站起来大声表态："生路只有反蒋起义，跟共产党走！"

李树民跟陇耀情同手足，通家之好，连陇耀夫人的名字都是李给改过的。

无数人生历史证明，当一般按惯性思维行使了若干年的航船突然急转掉头，驶向另一个方向时，支持舵手操转方向的一些人，往往因其与舵手思想行为一致而脱颖而出；而死抱着惯性思维的一些人，尤其是力图阻止航船掉头的少部分人，不是被迅速淘汰，就是因消极而从此沉沦。当然，前提应当是航船改向有必然的合理性。

李树民因坚定支持起义，曾泽生当即交给他一项重要任务："昨天我向郑洞国要来的一个榴炮营，配置在你团翼侧。你立即派人控制它。"

李树民立即命令一营长李绍垣，让其带两个连将榴炮营包围，收缴全部轻武器，卸掉所有炮栓，控制了所有官兵。当60军行动时，将榴炮营全体官兵和12门105榴弹炮、24辆汽车、100多桶汽油及几百箱弹药全部挟持出长春,安全到达了解放区。

国民党60军改编为解放军50军后,暂21师1团团长李树民担任105师副师长。

国民党军60军182师545团团长朱光云后来担任了我四川省军区副参谋长。

国民党军60军184师551团团长张秉昌后来担任了我暂编13军40师师长。

国民党军60军182师544团副团长李峥先后来担任了解放军50军149师447团团长,转业到地方后被选为菏泽市政协副主席。

曾泽生派出城商谈起义的代表国民党60军182师副师长李佑后来担任解放军50军150师师长、副军长等职务,以副兵团职离休。

大浪淘沙。60军起义浪潮淘汰的主要代表人物有52师师长李嵩、60军参谋长徐树民,还有走了半途弯路的52师少将副师长欧阳午。

16日晚,曾泽生完成对182师与暂21师及军直属队官佐起义动员之后,接通了52师师长李嵩的电话:"今晚11点,你带3个团长到我这儿开作战会议,要准时到达。"

见李嵩痛快答应,曾泽生向副官处长张维鹏做了拘押李嵩的部署。曾泽生让张维鹏在11点整实行拘押,并特意交代说:"要提醒欧阳午,李嵩师长他们几个人的生命掌握在我们手里。"

但意外的情况是,没到11点,李嵩便带着1团团长胡家驹、2团团长周曙初、3团团长谢绍贤提前到了。措手不及中,张维鹏按曾泽生安排让政工室主任姜弼武、副主任张第东过来陪同。李嵩见曾泽生还没回来,便不耐烦起来。

张维鹏后来在回忆文章中说:"此时此刻不光李嵩很焦躁,我也很矛盾。因为李嵩平时对我很客气,真有些不忍下手。可是,扣李嵩等人是军长交给我的重任,是对我的信任,不能含糊……关键时刻我不能优柔寡断,误了大事。"

张维鹏先下楼安排传令班长,带人先下了李嵩卫士及几位团长传令兵的枪，并看押起来。尔后，急忙上楼与李嵩闲谈，一分一秒，总算熬到了11点整，预定的4个卫士提着枪走上来。张维鹏方拿出曾泽生的手令交给李嵩。

李嵩看了曾泽生的手令，神色惶恐不安，胆怯地说："我们一定遵命照办。"接着，按着张维鹏的要求，李嵩与3个团长分别给他们的副师长与3个副团长打电话，让他们速到军部来。

11点半，52师副师长欧阳午和3个团的副团长贺良汉、王鹏、熊国祯来到军部，看见几名荷枪实弹的卫士神情严肃地把守在门两侧，意识到发生了重大变故。自己身临险境，但却没了退路，只能硬着头皮跨进门去。只见李嵩等人低垂着头坐在沙发上，一包香烟撕得粉碎，与一堆烟头混在一起，撒了满地。

欧阳午与几个副团长见状目瞪口呆，不知是惊，是恐，是焦，是虑，还是兼而有之。欧阳午很想问个明白，又不知怎样发问才好，于是侧过身来，把探询的目光，惶惑地投向平时与自己交情不错的副官处长张维鹏。

"军长要我转告你们，60军已经决定反蒋起义，希望欧阳副师长本着对上对下负责，服从指挥，跟随全军一起行动。"张维鹏把头转向李嵩发话："李师长，请你同欧阳副师长谈谈吧。"

李嵩与3个团长分别向欧阳午与各自的副团长做了交代，李嵩还拉着欧阳午的手说，千万要服从军长的命令，起义，起义，保全我们的性命。

欧阳午唯唯诺诺：是，是，是，请转告军长，请转告军长，我们听从指挥，拥护起义。

张维鹏扣押了李嵩与3个团长，放回了欧阳午与3个副团长。[10]

有评论认为，曾泽生这一招是相当厉害的手段。国民党军队无论中央嫡系还是地方杂牌，军队都属军阀私有。即便不是自建自养，其官佐多为自己的兄弟，一旦扣押了他们尊崇的长官，就不怕他们不乖乖听话。即便个别的官佐不听话，必然遭到一些对长官忠心的官佐的以命相搏。

拘押李嵩等人为人质，挟持52师一起行动，是整个起义过程相当重要的环节。执行此项任务的人相当关键。

张维鹏，黄埔五期生，由少将副师长兼政治部主任被免职，贬到军政工室当教官，是曾泽生关键时刻拉了他一把，将其调到军部自己身边任副官处长。张维鹏对曾泽生便怀有知遇之恩的亲近感情。

曾泽生不知道的是，张维鹏与李嵩、欧阳午平时处得感情也不错。所以，当陇耀得知曾泽生让张维鹏扣押李嵩时，便对曾泽生说："告诉他，这事办不好，将张维鹏军法论罪。"说过后，陇耀还不放心，又对自己的亲信铁哥们暂21师1团团长李树民安排："派上两个人，跟着他！"[11]

曾泽生与陇耀都不知道的是，7月中旬，张维鹏打发妻子和女儿换上破旧衣服，装成难民，出卡哨拟逃沈阳。长春与沈阳间隔着数百公里凶险的路途。那时张维鹏担心死了，意外得知妻女一路受到了我敌工部门安排的"优待"照顾，平安抵达沈阳。对共产党一直心存莫大感激的张维鹏，那时对解放区便已经心有向往了。

不过，虽然扣押了李嵩和3个团长，念着旧情的张维鹏还是让李嵩等人的卫士把他们的被褥都取来，安排他们休息。

解决完52师的问题，张维鹏又按曾泽生的指令拘押军参谋长徐树民。徐是军统的人，60军1948年3月从吉林撤往长春时，徐曾下令小丰满水电站守军炸毁小丰满未遂。徐树民曾力劝军长曾泽生讨好下属——有特别背景的李嵩，从而在官场上走晋升捷径的"俞济时路线"（俞曾任蒋介石的近臣——侍卫长，俞当58师首任师长时，李嵩为该师的营长；俞的姻亲冯圣法升任58师师长，李嵩随之升任该师344团上校团长），给曾泽生留下了深刻印象。这也是曾泽生扣押徐树民的重要原因。

18日早晨，曾泽生派人将徐树民、李嵩及胡家驹、周曙初、谢绍贤5人一齐押送解放军围城部队领导机关处置。不久，5人被转送东北军区政治部"解放军官教导团"。

1951年11月，李嵩在镇压反革命运动中被原东北军区军法判处死刑。同年12月，李嵩于执行前病故狱中。

李嵩的政治身份介于两可之间：起义前被先行扣押，视其"被俘"有道理；被扣押后向所属部队下达了"随军起义"的命令，视其"起义"，也有道理。"两可"之间的天平，一旦沾上人民大众的血迹，倾斜就在所难免了。

仅就解放战争时期的追究，1946年1月，时任国民党第100军19师副师长的李嵩率部"清查户口"时，下令将查出的三女两男5名共产党工作人员全部活埋。1947年5月，李嵩任国民党吉林省警备处长期间，部属俘虏1名女性解放军工作人员，将其剥光上衣用皮带毒打后，处理不详。同年9月，又在吉林杨家店战斗中俘虏共产党地方武装双阳大队32人，李嵩下令全部集中用机关枪打死。

仅仅是血债，也不足成为追究的大虑，国民党带兵参加过内战的将领有些也有累累血债。但李嵩与他人最大的不同是有着"特务"印记，这是共产党追究的主要对象。

1946年9月，李嵩出任吉林铁路警备处"简任四级"（相当于少将）处长，带领数千人护路武装，"交警"属军统特务系统。李嵩与军统北满站少将站长项乃光一向打得火热。李嵩组建吉林警备处之初，安排64人在"警谍训练班"受训，尔后分派到各部从事特务活动。正是军统特务的背景，李嵩才得到郑洞国的信任，安排李嵩监视60军，并时不时听其汇报。

李嵩也得到了郑洞国的鼎力关怀，几经努力，为已患严重肺病和胃病的李嵩请两个月医病的短假，只是围城之中飞机已无法在长春降落。蒋介石为了嘉勉安抚这位抱病的黄埔六期学生，派飞机专门给李嵩空投了药品、罐头及亲笔慰问信。

李嵩也曾有过光荣的历史。抗日战争爆发，李嵩先后参加过南京保卫战、徐州会战、长沙会战、上高会战、浙赣会战、常德会战、湘西会战。在战犯堆里，李嵩比其他国民党将领处于更加危险的境地，缘于52师改编为解放军后开展了轰轰烈烈的控诉运动，当年最先最强烈要求追究李嵩历史罪恶的，不是中共干部，而是觉悟后的广大国民党基层官兵。

李嵩被昔日属下揭发的主要罪状就是对士兵非人性的刀劈、火烧、破肚、扒皮、抽筋等惨无人道的酷刑。52师第1团迫击炮连连长将抓回的逃兵剥光衣服，用4颗大钉子钉在大树上，折磨整整一昼夜，让士兵活活疼死。第3团抓住逃兵后，先挖一个深坑，里面铺满生石灰，将绑住手脚的逃兵推入坑内，再去浇水，将士兵活活烫死。有的军官将逃兵吊在半空中，下面用火烤，烤得士兵浑身流油，通体焦黑，死了为止。还有的军官把逃兵绑在柱子上，用刀破腹后拽出肠子，再用小刀从逃兵前额上开始往下剥皮，当众将一个活生生的人活活剥下皮来。[12]

还有，对士官的残酷经济剥夺。1948年1月，纳入李嵩"特账"的空额有142名；军部给的"犒赏费"到所属官兵头上仅为13%。

1986年11月，沈阳军区军事法院重新审理了李嵩家眷的申诉，本着中共中央关于落实原国民党起义投诚人员政策"宜宽不宜严"的政策精神，认为李嵩的罪行均发生在起义之前，起义的当时和之后无反抗或破坏起义言行，更主要的是被扣押后，向所属下达了"随军起义"的命令，再审判决为：

"一、撤销原东北军区军法处1951年11月8日对李嵩的判决。二、对李嵩以起义（中的）投诚人员对待。"

从当年国民党将领残酷杀戮被俘共产党人毫不手软，到如今共产党认真纠正新中国成立初期处理国民党起义投诚人员的错误，付出代价的历史在进步。

智者千虑，必有一失。曾泽生扣押了李嵩等人，却忽略了对副师长欧阳午的防备与监控。令曾泽生大意的是，欧阳午虽与李嵩同为蒋介石的嫡系黄埔出身，却并非蒋介石浙江奉化同乡俞济时派系的李嵩可比，属于无后台依附、官场并不吃香的官员。

越无人重视越要自我吹嘘，欧阳午经常吹嘘："毛泽东的弟弟、红军师长毛泽覃是我那个营打死的。""共产党领袖瞿秋白是我那个师抓到的。"此时"投共"，欧阳午担心共产党"饶不了自己"，从张维鹏扣押李嵩处回到师部，使用电话向郑洞国告了密。

这对于60军来说，是相当致命的行为。

万幸的是，郑洞国并未完全相信。他知道52师历来与滇系将领不和，是否有意夸大其事？[13]

欧阳午想看到郑洞国对60军采取的"果断措施"并未出现。无奈之下，只好按着曾泽生的命令，向部队部署了随军部行动。

长春城内一场血腥的火拼虽然没有发生，但欧阳午为自己逆时代潮流毫无价值的片刻选择付出了半生代价。

在东北军政大学学习期间，欧阳午被当作"特务"受到起义学员激烈的批判。学习结业时，欧阳午没有毕业，被转至"解放军官教导团"继续接受审查，后被转到抚顺战犯管理所。1960年11月，欧阳午作为战犯被最高人民法院特赦，落户南京。

虽然中共中央文件早已明确规定，有"破坏起义"行为的人，"不应当算作起义人员对待"，1980年最高人民法院还是重新做出审理决定："撤销原特赦决定，对欧阳午按起义人员对待。"

为其找的理由是，欧阳午的"破坏"行为因"未遂"而未造成后果，并且发现告密无果后，仍向部队下达了起义命令，本着"宜宽不宜严"的方针，故按照新中国成立前参加革命对待。随后被安排为南京市中山陵管理委员会委员、南京市玄武区政协委员；再后，享受离休老干部待遇。

曾泽生认为应当来去正大光明，同时也为争取郑洞国与李鸿竭尽绵薄之力，于16日晚给二人各写一封信。这封信可看作当时国民党军中若干有识之士对时局的共同心声：

"长春被困，环境日趋艰苦，士兵饥寒交迫，人民死亡载道，内战之惨酷，目击伤心。今日时局，政府之腐败无能，官吏之贪污横暴，史无前例。豪门资本凭借权势垄断经济，极尽压榨剥削之能事，国民经济崩溃，民不聊生。此皆蒋介石政府祸国殃民之罪恶，有志之士莫不痛心疾首。察军队为人民之武力，非为满足个人私欲之工具，理应救民于倒悬。今本军官兵一致同意，以军事行动反对内战，打倒蒋氏政权，以图挽救国家于危亡，向人民赎罪，拔自身于泥淖。公乃长春军政首长，身系全城安危。为使长市军民不作无谓牺牲，长市地方不因战火而糜烂，望即反躬自省，断然起义，同襄义举，则国家幸甚，地方幸甚。"[14]

收到信的郑洞国把信放到桌上，冷冷地说："信我留下，就恕不作复了。请你回去转告曾军长，他要起义，请他自己考虑；要我和他一路，我不能干！"但是，郑洞国并未下令新7军和兵团部对60军进行攻击。这是他的明智之处。

17日上午，刘浩与60军洽谈代表李佐、任孝宗两位副师长一齐进城，来到设在朱光云团的60军临时指挥所。曾泽生不在，正指挥部队沿中正大街对新7军布防。

1948年10月17日上午10时许，进入60军若干次的共产党一兵团联络部长刘浩与国民党第60军军长曾泽生的两双手终于紧紧握在了一起。这是一个标志性的时刻。

起义大计虽定，曾泽生仍然有两个顾虑未解：一是对新7军掉转枪口问题。曾泽生说得很委婉，配合解放军消灭新7军"有困难"。二是希望起义之后60军"不要编散"。其实保留原建制是早就商定的大原则。曾泽生担心"交警"背景的52师或被遣散。

当听到刘浩答复"新7军由我军去解决；部队起义后保持原来建制编入解放军序列"之后，曾泽生大出意外，高兴地说："我要向全国发起义通电。"并郑重解下自己的佩枪递给刘浩："这是兄弟的一点心意。"

曾泽生下定决心把这支滇军武装完整交给共产党。

17日午夜12时，60军对基层官兵下达了出城"搞粮"的命令，处于饥饿状态的士兵接到命令个个踊跃。一路上，官佐们只要求士兵赶路，至于到哪儿搞粮，总说就在前边，甚至通过共军阵地，却未发现有解放军。一直走到指定地点，方才宣布部队"反蒋起义"。迎接基层官兵的是解放军准备的香喷喷的饭菜，"搞粮"名副其实了。

在60军向城外开出的同时，解放军独6与独8师正奉命在另一条路向长春开进，全面接管了60军阵地。

接纳一支"交警"特务底子的52师确非易事，出城后的52师曾出现数次问题，一种意见主张将其缴械，或官兵分开。东野总部与一兵团"二肖"坚持教育改造方针。不久，中央军委发布命令，起义的国民党第60军保留原建制，正式编为中国人民解放军陆军第50军。曾泽生与陇耀、白肇学仍然担任军长与师长，52师也未外派师长，由60军内部滇系将领182师副师长李佐调任。

远在西柏坡小山村里的毛泽东，不光是对我军强大的政治工作的优势充满信心，还要存心为国民党军尚未起义的"曾泽生们"树立一个榜样。

他告诉林彪、罗荣桓说:"根据曾泽生最近数日各种表现,较吴化文要好,你们应对他及其所部采取欢迎帮助态度。云南军队被迫来东北作战,又在长春受了苦楚,可能改造成为较好的部队。"[15]

经过艰苦改造的国民党60军即解放军50军脱胎换骨。1949年南下在鄂西战役中歼灭宋希濂残部79军,生俘军长萧炳寅以下6000余人。抗美援朝中打了许多胜仗、恶仗、险仗,共歼敌11000余人,并涌现出"白云山团"。

在抗美援朝战场上,被志愿军总部授予英雄称号的团以上单位,50军唯有这一个团。鲜为人知的是,该团坚守白云山主峰的第5连曾经是当年国民党52师李嵩师长的忠实部属。

曾泽生从朝鲜前线两次回国,毛泽东两次接见了他。第二次,这位当年把国民党领袖蒋介石的亲笔信圣旨般装裱起来的前国民党将军,竟然向共产党的领袖毛泽东郑重提了一个请求:"我志愿申请加入中国共产党。"

1973年2月,中国人民解放军中将、国家一级解放勋章获得者曾泽生在北京病逝,享年71岁。中共中央、国务院、中央军委在八宝山革命公墓为其举行追悼会,朱德、周恩来、叶剑英等党和国家领导人送了花圈。

注释

[1]《围困长春———一个特殊类型的战役》,沈阳军区《围困长春》编委会,《长春文史资料》1988年第1辑,第183页,长春市政协文史资料委员会,1988年7月出版。

[2] 曾泽生:《长春起义纪事》,《长春起义》,中国人民解放军第50军军史编写组,《长春文史资料》1987年第3、第4辑,第146—148页。长春市政协文史资料研究委员会。

[3] 张赞新、孙淑范主编:《长春围困战》,1999年版,第63—65页,中共长春市委党史研究室。

[4]《长春起义纪事》,第153—154页。

[5]《东北野战军作战行动电报汇集》(1948年10—12月);《长春围困战》第66页。

[6] 李树民:《走投无路求新生》,《长春起义》,第232—233页。

[7] 刘浩:《策反滇军工作的回忆》,《长春起义》,第81页。

[8]《肖劲光回忆录》,解放军出版社,1987年版,第14章,第4节;阎崚《林彪军事生涯》1948年(中华民国三十七年),白鹿书苑。

[9] 朱光云:《长春起义片断》,《长春起义》,第222页。

[10] 张维鹏:《跟随曾军长起义》,《长春起义》,第251—252页。

[11] 李树民:《长春起义纪要》,《辽沈战役亲历记》,中国文史出版社,2012年版,第316页,全

国政协文史和学习委员会编。

[12] 中国人民志愿军第 50 军政治部:《中国共产党第 50 军第一届党的代表大会文件汇编》,第 14 页,1954 年编印。

[13] 郑洞国:《困守长春始末》,《新七军投诚》,吉林省军区政治部《长春国民党部队投诚》编写组,《长春文史资料》1988 年第 2 辑,第 225 页,长春市政协文史资料委员会,1988 年 10 月出版。

[14]《长春起义纪事》,第 161—162 页。

[15]《林彪军事生涯》,1948 年。

第 34 章 "从长计议"

起义的曾泽生认为应当同时拉着处于迷途中的患难兄弟、尊重的长官郑洞国一起走一条新路；郑洞国则认为困境中的兄弟、属下误入了歧途。

17日上午，根据崔垂言的建议，郑洞国决定对曾泽生尽义务做一次敦劝，使其回到原路上来。郑洞国派出的代表是兵团副参谋长杨友梅、省政府秘书长崔垂言、长春市市长尚传道三人。事先约定三人乘坐的车前要插上一面小黄旗，60军街上的岗哨见旗方可予以放行。

一夜之间，同一战壕的兄弟已变成了敌对双方，在进行最后一次的思想较量。

尚传道因在报纸上发表"饿死不抢粮"的谈话批评60军52师，与曾泽生闹过矛盾，临行前郑洞国特意嘱咐尚传道"你此去要小心"，意思是要尽量少讲话。尚传道方想起这档子事，内心虽后悔轻率领命，也只好硬着头皮前往了。

好在曾泽生还是很客气。身处险境，杨友梅赔着笑脸：司令官因职务累身，不便前来，特派我们来拜致副司令官，望副司令官再"从长计议"。

箭已开弓，曾泽生回答得很干脆："我们什么都计议好了，就是反蒋起义！"

尚传道解释前嫌，郑司令官说过去哪些事情办得不好，请副司令官多提出来。今后的事情请副司令官多做主张，希望副司令官"从长计议"。

曾泽生解释说，我非与司令官有隙，假如郑司令官有这样的看法，还请诸位回去多做解释。[1]

崔垂言劝道，希望副司令官念多年患难与共之谊，是否"从长计议"，改变决定为好。

曾泽生强调说明起义动因，我们全军官兵不愿再替蒋氏卖命！请转达郑司令官，如果愿同60军一起行动，我们可以代为联络；如有自己的考虑，我们不干涉，也希望不要干涉我们。说完，写了一张便条，嘱杨友梅带给郑洞国。尔后，一直将三人送到大门口，互道"再会"而别。[2]

17日，全天市内寂无枪声，隔街枪口对峙的60军与新7军双方遵守约定，亦未发生冲突，但对守军上层而言，是为最惶恐不安的一天。见杨友梅、崔垂言、尚传道无功而返，郑洞国下令将原设在伪满国务院的兵团司令部搬进了长春第一坚固的伪满中央银行大楼，自己也由柳条路公寓搬了过去。

此前的10月10日至15日，在锦州与塔山打得不可开交之际，蒋介石曾三次下令郑洞国率部突围。上下皆知突围乃死路一条，均以士兵体力虚弱为由复电推托。15日，锦州大门被林彪关闭的当天，蒋介石亲拟一份措辞严厉致郑洞国、曾泽生、李鸿三人的手令，于16日上午空投长春。其中言曰："如再迟延，坐失机宜，致陷全般战局于不利，该副总司令（郑洞国为东北剿总副总司令）、军长等，即以违抗命令论罪，应受最严厉之军法制裁。"

但是，由于16日晚60军的起义，打乱了突围的部署，郑洞国下令已集结于突围一线阵地长春南郊大屯的部队撤回原驻地。没料到的是，17日下午，又从沈阳传来了蒋介石的电令，指示郑洞国务必于18日上午率余部从60军防地向外突围，届时将派飞机轰炸掩护。

收到突围电令，郑洞国即在伪满中央银行兵团部召开秘密会议，入会人员除了杨友梅、史说（军长李鸿伤寒病卧床）、龙国钧外，郑洞国还通知李寓春（吉林省保安副司令、师管区司令）和军统的崔垂言、项乃光，以及蒋介石5月间派来的两名少将督战官李克廷、肖树瑶参加。

郑洞国宣读了电令后要求大家表态，等了半天，新7军的史说、龙国钧默默无语，唯有崔垂言、项乃光坚持突围意见。郑洞国心知军统的特务打仗不行，冲锋陷阵还得靠部队，遂点史说表态。

史说方无精打采地说："现在突围是突不出去的，不过是又要无辜地死伤几万人罢了。"

未等郑洞国答话，项乃光忽然跳到史说面前，用手指着他的脸厉声责问:"难道新7军就这样无用吗?必须突围,拖也要把队伍拖到长白山打游击!"

史说闻言,满面愠色,站起身拂袖而去。兵权在史说手中,他一走,开不成的会议只能不欢而散。

项乃光坚决的态度源于其中共叛徒的经历。自古以来,各类政治与组织集团对变节者都有不成文的处理规矩:"降将可纳,叛徒难容。"

叛徒的生存状况相当尴尬。国民党虽然善于利用共产党的叛徒,但骨子里始终保持着警惕。蒋介石的逻辑是,你能够背叛共产党,就能够再背叛我。所以,他的政策是可以重赏,不可以重用。中共中央特科负责人顾顺章背叛中共,差点儿将中共中央机关一网打尽,最终还是被蒋介石以"怙恶不悛"罪名将其枪毙。[3]

张国焘叛逃至军统,后期被打入冷宫。国共两党均不容的这位中共第一次代表大会主持人、中国工农红军总政委、国民党军统中将最终老死于加拿大多伦多一家养老院。[4]

项乃光与袁晓轩却是被蒋介石国民党特务组织少有重用与信任的两个人,这主要源于他们在特务机关工作生涯中的突出"贡献"。

从共产党营垒中叛逃出去的项乃光,深知共产党的政治道德对叛徒最为严厉,明确的规定是,回头的叛徒可以利用,但是不准重新入党!这等于政治上宣判了变节之人的死刑。更何况他们手上沾了太多共产党人的鲜血。所以,尽管国民党已是风雨飘摇,他们也必须死攀着这艘将沉的破船帮沿不放手。

为苟全生命,破城之前,项乃光与袁晓轩等特务精心策划了两套潜逃方案:一是随部队突围,除计划随新7军与60军突围外,项乃光还极力拉拢李寓春,最终与李寓春拜了把兄弟。因为省保安副司令李寓春有指挥数千人省保安旅的职权。二是化装潜逃。事先在市内照了二寸便衣相片,尔后到各区公所起了国民党身份证,将姓名、职业都伪化,事先准备好民装、路条。这在军统都是容易事。

17日夜,在项乃光的组织下,袁晓轩、关梦龄、张国卿以及郑洞国从沈阳带来的两个军统大特务王中兴、王焕彬也抛下郑洞国不顾,在李寓春的指挥下向长春北部宋家洼子突围，企图与保安旅张贯三（土匪名号为张平推）部汇合。

突围部队二百人左右，主要是李寓春的警卫连与项乃光、袁晓轩的手枪队。结果三次突围都被打了回来，拂晓时，退回到兴安大街警察所，决定执行第二套方案，分头化装潜出卡哨，到北平的约定地点会齐，并部署了在长春的潜伏人员。[5]

共产党叛徒、前八路军洛阳办事处主任、国民党军统少将袁晓轩于1949年在北京被捕，1975年作为国民党将校军官被特赦。

共产党叛徒、前中共中原局友军工作部部长、国民党军统北满站少将站长项乃光成功脱逃台湾，继续在特务机关工作，后被派往香港对大陆进行渗透活动，晚些时候还担任了国民党大陆问题研究所所长。

1948年10月30日，东北局向中央呈报长春市委书记石磊关于接收长春的7条经验教训中的第6条为："此次受降时，本可命令敌交出著名特务头子及地雷布防图，并令其原工兵负责扫除，因事先未注意，致使长春重要特务头子项乃光、袁晓轩等均未捕获。"

毛泽东在审阅该件后批示了"兹将东北局酉陷（酉代表10，陷代表30，意为10月30日）电所述长春接收经验发给你们，望加注意。"[6]

造化弄人，时间会使一切顽固的物质变得松散起来。

40多年后的1992年，前国民党长春市市长、现民革中央监察委员尚传道回长春时带来了项乃光的消息。当了大半辈子军统中将特务的项乃光已经脱离军界，现任台北大学教授。77岁的项乃光请求尚传道来长春时，叩问一下共产党，能不能允许他回长春来看看？[7]

17日白天虽未发生战事，对守军新7军来说，已陷入腹背受敌的极为凶险境地，前有围得铁桶般的共军，原本安全的后背一夜之间突然顶上了枪口。新7军61师少将副师长后来回忆道，黑夜降临，"60军撤出阵地，解放军接防后，我2团的士兵即与解放军形成对峙局面，双方都没开枪，士兵们还互相谈话，我师的3个团长非常恐慌"。

实际上，这也是新7军所有军官们共同的心理。兵团司令部（伪满中央银行）与新7军军部（原关东军司令部）两处距解放军已接收的60军防地只有200米，打掉这两个首脑指挥机关，犹如探囊取物。那样，新7军群龙无首，将不战自乱。自己的士兵们与共军士兵们互相谈话，说明军心已变。

17日晚，是新7军军官们彻底不眠之夜。

是夜，新7军副军长史说坐卧不安，犹豫不决。不速之客《民国日报》记者、郑洞国的牌友与伴当杨治兴的到来，促成史说下定了投诚决心。据史说事后回忆："杨治兴到我家里，向我建议：'在这样情况下，何不声明脱离国民党，军队退出内战，与解放军商议停战？'我问杨：'郑司令官意下如何？'杨答：'郑也有此意，但不便明说。'我认为这是郑的授意（其实是杨假传'圣旨'，1960年我与郑谈起往事，郑说当时他并未与杨谈过此事）。于是，我决定翌日（18日）派代表，与解放军联系。"[8]

18日，是新7军抉择命运的关键一天。就在将领们举棋不定之际，下边的一些部队迫不及待自己寻找出路了。

第一个探险出头的是暂编61师第2团上校团长姚凤翔，因为他的部队由原先全军的最后方，现今变成了与解放军对峙的最前方。他向纷纷告急的各营营长下的第一道命令是："不准开枪！"

令姚凤翔意外的是，一路之隔的解放军竟然找上门来，而且是自称周姓的一个团长，姚虽然对在双方枪口紧张戒备中竟敢单刀赴会与敌见面的一团之长的真实身份表示怀疑，但还是达成了互不侵犯协议，并派出通讯兵在两个团之间架设电话线以加强联系。

尔后，姚凤翔便到师部、军部打探意图。可跑了一上午，也未得到军部、师部明确指示。到了中午，军部炮兵指挥官王及人跑来，把刚从史说与龙国钧口里听到的一句话"要我们起义做60军的尾巴办不到，放下武器是可以的"告诉姚凤翔。姚凤翔觉得史、龙二人是特意让王及人送态度来的，便同解放军联系自己要过去谈一谈。

刚同解放军约定好，另一部电话机响了，是王及人代接的。王及人说："军长要你讲话，怎么样？最好说你不在家。"因为李鸿此时给姚凤翔的电话，必无好话。见姚点头，王及人告诉总机："不在家。"

下午，军部副官处长杨振汉来了，听说姚凤翔要去见解放军，表示愿意同去。1点多钟，姚凤翔见到了单刀赴敌营的果然是解放军独9师2团团长周黎，不禁肃然起敬，立即表示要把自己这个团先拉过来。周黎笑着告诉姚凤翔："我们要争取的不是你这一个团，而是整个新7军。"

会谈后，姚凤翔回团部，杨振汉回军部，不久姚凤翔接到了龙国钧的电话："表示没有意见，可以那样做（指放下武器）。"

自龙国钧打来电话后，新7军各单位纷纷主动找姚凤翔帮助联系投诚，姚凤翔一时成了与解放军联络的核心人物。

可见，只要你的路子走对，就会有人跟上来。

新7军投诚呈现了纷繁复杂的局面。让一支在印缅战场上打败过日军的国民党嫡系王牌（38师）部队投诚，虽然已到山穷水尽地步，"放下武器"几个字如鲠在喉，很难吐出口。以史说、龙国钧为首的新7军将校官佐均不想做无谓的牺牲，由于郑洞国的顽固坚持，以及李鸿态度的暧昧，投诚一度并不顺畅。

为加强同郑洞国的联系与请示，史说留杨治兴住到自己家，史说知道郑洞国爱面子，还曾对杨治兴表示："我们替郑先生背上黑锅，给大家以生路。"但他却不知道郑洞国反对放下武器。

18日中午，郑洞国得知新7军通过姚凤翔同解放军联络，只身驱车来史说家找杨治兴，询问新7军的动向。杨治兴毫不隐瞒，将史说的态度和盘托出。下午，郑洞国亲自来到新7军军部，召集史说、龙国钧和3个师长开会。军长李鸿已从家中移居军部，卧病在隔壁房间未能参加。

郑洞国坚持要求部队按蒋介石的命令突围。61师师长邓士富说，我们的部队不能打了，建议维持现状，实际上，此刻他的部下姚凤翔团长与军部副官处长杨振汉正在与解放军接洽。暂56师只剩下1个残缺的团，师长张炳言没有发言权。新7军主力38师师长陈鸣人则推托说："我听副军长命令。"

于是，郑洞国把目光投向史说，史说却一声不吭。郑洞国把希望寄托到军长李鸿身上，结果"他虽在卧病，看来并不那么严重，却故意装成不能多说话的样子，军部的高级人员也有意无意地避开我，我感到情况有点异样"。[9]

众人在场，史说觉得自己与郑洞国双方都有话不便出口，而兵团司令部又有特务窥视不能谈，想留郑洞国在军部吃晚饭，再报告与解放军接洽情况。没料到，郑洞国突然站了起来，不发一语，冲门而走。史说等人忙出门去相送，郑洞国已上车走了。史说错愕不知何故。

郑洞国怀疑史说等人，"在此危急关头，莫非要挟持我向解放军投诚"？

实际上，在郑洞国强令新7军突围会议的同时，史说派出的新7军王及人、杨振汉和姚凤翔等代表，正在同解放军洽谈，并提出了7名签字代表名单。这7名代表除了军直新闻处长杨天挺、王及人、姚凤翔外，另外4名都是各师推举产生的副师长、政治部主任等人。

周黎团长认为，新7军主要将领未出席，对谈判诚意表示怀疑。王及人提出了一个解决办法，在正式会谈签约前将两个重炮连（实际为营编制）的24门重炮和车辆、弹药及全部装备与人员，开到解放军指定位置先行交管。周黎团长代表我军表示欢迎。

晚8时许，王及人等人赶回军部。史说、龙国钧正在焦急等待消息。听了汇报，即让王及人下达手令，命令重炮一、二连立即撤出阵地，开赴解放军指定地点。同时，令接通军部与解放军的电话线。

当晚11时许，东野一兵团参谋长解方（沛然）亲自主持会谈。会谈双方条件原本差距不大，很快达成协议并签字。决定19日10时新7军将放下的武器（含电台及密码、仓库及物资）集中于指定地点或移交给解放军。并在王及人携带的1/50000地图上，用红色铅笔标明军直和3个师分别缴械地点，双方各执1份。

洽谈结束后，东北局向中央写出报告，其中有：缴枪"先缴38师的，缴枪后以团为单位，完全徒手开到城外指定地区待命"；"各师政治部工作人员率领干部押送武装，负责分头率领到各指定地区"；"收缴武器时先占要点，先缴重武器，分头点验"等等。

有史料分析，以郑洞国在新7军中的威望，以及从印缅战场开始与将领们的友情（李鸿、史说、龙国钧都曾是其提携过的部下），似乎不应失掉对新7军的最终控制权。实际上，新7军的反叛是蒋介石自种的恶果使然。

郑洞国部所以能固守长春数月之久，主要依赖于坚固堡垒，在沈锦线打得不可开交之际，蒋介石三番五次严令长春守军突围，等于武士脱了盔甲往箭阵中闯。

长春守军将领都看明白了，蒋介石所以让他们突围送死（如能突围早就突了），无非牵制调动北宁线林彪主力北上，以减轻国民党东北最精锐的廖耀湘兵团的压力。对蒋介石这种"丢卒保车"的手段，将领们口虽不言，心里却异常反感。

郑洞国当然也看得明明白白，但愚忠使他明知不可为而努力为之，同时也是愚忠使其失掉了在将领中数年建立起的尊重与权威——失掉了军心，他自然控制不了新7军了。

19日清晨，新7军全部家眷集中于军部地下室。8时，完成通讯网向我军的移交。10时，新7军军部门岗的两名卫兵走出来，把旗杆上的国民党旗降下来，拿进屋里，没有什么仪式。尔后，门岗换上了解放军。

与此同时，1楼副官处90余名军官（含长春警备司令部、后方医院军官）向5名解放军交出佩枪和弹药。几乎没有排队的，有的人排好队又走了，一会儿再回来排；多数人徘徊在走廊里，心情忧郁与不安；交枪的气氛压抑而严肃，最终军官们还是都交出了自己的武器。

交了枪的登记注册，当面发给投诚臂章。臂章是一条白布，中间印有红色"诚交"二字，上面盖有"东北野战军司令部"的四方形官印。臂章上写有××号码的黑字。

10时开始缴械，计划12时完成。由于蒋介石派重型轰炸机对长春东部狂轰滥炸，缴械延至下午4时结束。新7军是蒋军嫡系中最精锐部队之一，也是嫡系中第一个投降解放军的部队。至此，新编第7军从国民党军队编制序列中永远消失了。

姚凤翔是最先同解放军接触的国民党军官，真到了部队解体的时刻，内心也不好受。后来，他叙述了那天的心情说："我同排以上军官做了一次最后见面。在这次见面中，除了告诉他们在解放军代表接收之前好好掌握部队之外，我们都没有说什么，大家都泣不成声地流下了惜别之泪。这是因为大家都是老同事，是在抗战8年中，相依为命同甘共苦成长起来的。"

应当说，是蒋介石发起的内战，毁了这支抗战劲旅。

新7军投诚当日，国民党吉林省保安司令部下属各旅、吉林师管区，连同国民党军驻长兵站，以及松北五省流亡政府一齐投了降。各种史料记载的长春解放时间均为1948年10月19日。

有趣的是，中正广场（现人民广场）一隅——伪满中央银行国民党东北剿总第一兵团司令官郑洞国仍在顽抗。这种"孤岛风景"解放战争中仅存于长春。据说，解放军若想攻下该处据点，30分钟即可，却容许其存在了三天。

毛泽东认为，争取一名国民党兵团级，尤其是蒋介石的黄埔嫡系高级将领起义或投诚，比在肉体上消灭他更有价值。

10月18日，毛泽东致电东北局，林、罗、刘并转肖、肖、陈（陈伯钧，一兵团副司令员）："关于逼迫和争取郑洞国起义的重要性，今晨已告你们，望令肖肖陈及各部对长春取威迫政策，堵塞其一切可能的逃路，暂时不攻击他，以促其变化。据恩来称，郑洞国系黄埔一期生，人还老实，在目前情况下可能争取其起义，则对整个黄埔系军队的影响当会很大。你们除将恩来致郑洞国电派人送交外，林彪及肖劲光亦可写信给他，肖肖陈并应选派适当人员与郑进行谈判。"[10]

周恩来与郑洞国有黄埔师生关系。为使郑洞国幡然觉悟，周恩来给郑洞国写了一封措辞诚恳的信。信中说：

"兄今孤处危城，人心士气久已背离，蒋介石纵数令兄部突围，但已遭解放军重重包围，何能逃脱。曾军长此次举义，已为兄开一为人民立功自赎之门。届此祸福荣辱决于俄顷之际，兄宜回念当年黄埔之革命初衷，毅然重举反帝反封建大旗，率领长春全部守军，宣布反美反蒋，反对国民党反动统治，赞成土地改革，加入中国人民解放军行列，则我敢保证中国人民及其解放军必将依照中国共产党的宽大政策，不咎既往，欢迎兄部起义，并照曾军长及其所部同等待遇。时机紧迫，顾念旧谊，特电促速下决心。望与我前线肖劲光、肖华两将军进行接洽，不使吴化文、曾泽生两将军专美于前也。"[11]

周恩来这封信，18日夜解方（沛然）参谋长与新7军7名代表会谈开始前，曾在会上宣读，会谈后交与王及人带给史说。19日晨，史说派一个参谋去送，当时街上秩序大乱，信未送到，这个参谋也未向史说报告。

有资料说，郑洞国若看到周恩来的信，或许不会做3天顽抗了。事实并非如此，郑洞国虽未看到信，跟史说住在一起的杨治兴已将此事告知了郑洞国。史说为了争取郑洞国，让杨治兴于19日下午再去一次伪满中央银行的兵团司令部见郑洞国，除了告知新7军放下武器消息外，还告知了中共对他的态度。

杨治兴回忆说："我接着对他说，解放军一定请你放下武器，走向人民，中共方面周恩来给你发来电报，请你'不负黄埔之初衷……如一转念即当以起义相待'。"[12]

但是，郑洞国的政治天平一直倾向国民党。

郑洞国的顽固态度将自己推离了新7军，也使周边原本忠心的部下离心，只是源于感情不忍转身离去。早在17日上午史说主持新7军讨论起义投诚议题时，兵团副参谋长杨友梅便打电话告诉新7军参谋长龙国钧说："我们即刻把郑洞国接到军司令部来，然后内部由他号召起义，向外宣布说他受了新7军的胁迫。"

印缅远征军时，郑洞国任新1军军长，史说任参谋长，龙国钧任副参谋长。史说表示："我们为了郑的生命安全及个人体面，将一切罪过都背起来吧。"

龙国钧担心："在我去接时，万一郑不同意，翻了脸，岂不是自己钻进老虎嘴里送死？"杨友梅"再三告诉我没有问题，他敢担保我的安全"。

龙国钧去了后向郑洞国报告："有些重大问题无法决定。倘若司令官亲自参加，问题就容易解决些。"郑洞国听了后许久不作回答，大约过了5分钟，躺在床上的他忽然撑起半个身子，指着龙厉声责问："龙国钧，你和史说随我做了几年事，我没有亏待你们。你们今日为什么学张学良、杨虎城卖我求荣呢？"

用兵虽狠，治军虽严，但一向性情温和谦恭平易近人的郑洞国从未发过如此大的脾气，龙国钧顿感已身陷险境。好在郑未对龙国钧动杀机，龙国钧一秒一秒强挨过了两分钟，起身疾步下楼。不甘心的杨友梅追到楼梯口要他去再谈谈。龙国钧想起了张学良的教训,头也不回地疾走了。

18日下午,得知新7军即将与解放军洽谈,焦急中的杨友梅又主动找龙国钧通话:"郑先生还是为了面子,希望把银行大楼作为据点,打一两日,再和谈放下武器。"

龙国钧感到很为难:两天的小打中也不能没有伤亡,死的人记在谁的账上?

虽然杨友梅一枪也不想打下去了,但19日早晨,兵团部特务团还是与解放军发生了小的枪战,起因是特务团有人利用围墙作掩体向外打冷枪。包围伪满中央银行的是独9师2团2营,正是周黎那个团的。

据2营教导员罗兆雄回忆,子弹伤了营长柳士义。柳营长"要到前边去看看银行大楼好不好打,能从哪攻进去","当他穿过马路走进中正广场20米处时,被中央银行打出的冷枪击中"。好在"伤势不太重。子弹正好夹在左胸下两根肋骨之间"。

为此,罗兆雄受到了团政委向军的批评:"一个教导员连营长也管不住,以后你们营领导谁也不准到前边去。不能太鲁莽了。郑洞国就在你们前面银行大楼里,现在他还拒绝放下武器,准备负隅顽抗,并和南京保持联系,企图逃跑。你们要提高警惕,防止敌人突围或坐飞机逃跑。"[13]

就在19日新7军缴械的同时,郑洞国收到杜聿明从沈阳发给他的电报,说准备派直升机到长春来接他出去,问有没有可供降落的地点。

坐飞机出逃曾经是郑洞国来长前设计的一条后路,后来,他在《困守孤城七个月》中谈到"我到长春去时的种种想法"时写道:"我判断,沈阳、锦州可能先长春而解放。到了那时,长春成了东北唯一孤点,我或者还有可能乘飞机离开,把善后问题交部下去处理。这样,我不仅对蒋介石可以交代,就是对国内外的观感也比较好些。"[14]

令郑洞国意外的是,杜聿明的电报是秉承蒋介石的指示发出的。郑洞国给杜聿明回了一电:"已经来不及了,况亦不忍抛弃部属而去,只有以死相报。"这是否是郑洞国决心对蒋介石"以死相报"的缘由之一?在郑洞国的诸多回忆文章中,自己并未谈及这一点。

抛开政治立场取向,单纯从军人气节上评价,有资料认为郑洞国是国民党高级将领中少有的。不过郑洞国当时并不知道的内情是,沈阳当时并没有直升飞机。就是有,驾驶员也不敢在长春降落。所以,后来杜聿明说这封电报"是自欺欺人的一种骗郑洞国的花招而已"。[15]

被伤了营长的2营官兵自然不甘心,步枪、轻重机枪、战防炮对银行大楼一齐还击,还是团长周黎打来电话,命令停止攻击。

据郑洞国兵团司令部直属特务团迫击炮连第2排准尉排长彭云鹏后来证实:"不知何故,解放军迫击炮向我特务团驻地的一角定向猛轰了一气,发射炮弹20余发。幸好伤亡不大,死1名,伤21名,炸死马一匹。后来,听说是有人不服从命令,胡乱向解放军开枪而造成的。大家因祸得福,晚上全团加餐吃马肉,开饭时郑洞国还到各连、排视察了一番。"[16]

肖劲光在他的回忆录《解放长春》中也写道:"据我们的同志目睹,接收中央银行时,郑洞国的桌子上放着吃剩的马骨头。"[17]

此次冲突令杨友梅更加焦急,为防止事态进一步恶化,一方面,命令特务团不许向解放军开枪;另一方面,想方设法促使郑洞国改变态度,使对峙状态和平得到解决。既然龙国钧说真打死的人无法记账,那就假打!绞尽脑汁的杨友梅终于设计出了既能保全郑洞国颜面,又有保全其性命的"苦肉计"来。

19日下午,杨友梅安排一名罗姓少校乘车来接解放军代表到兵团司令部洽谈。经请示解方(沛然)参谋长,解放军方面代表由独9师1团政委朱军和参谋长师镜前去。杨友梅安排少将参谋处长郭修甲代表洽谈。洽谈中间,不放心的杨友梅还客气地到场露了一下面,表示对郭修甲的支持。

郭修甲说,我们愿意放下武器,只是郑司令官不干,经劝说后,郑说,由你们办吧。郭修甲提出了三个条件:一是放下武器后,要保证所有人员生命财产安全;二是郑洞国不在报纸和广播电台发表谈话;三是(解放军)对外宣传时,讲郑洞国伤后被俘,不要说自动投降。

前两条双方无疑义,唯对第三条有争议。郭修甲解释主要是给郑留点面子。朱军表示不能同意,郭修甲便不再坚持。双方谈妥:21日清晨,我方接收时,敌兵团部特务团对空射击20分钟,然后放下武器。

20日全天,伪满中央银行一带非常平静。双方遵约定没有互相对射情形出现。该日深夜,我军机要处突然截获了一封长春国民党守军发出的莫名其妙的电报文,原来是郑洞国躲在兵团司令部地下室发给蒋介石的一封电报:

> 10月19日下午7时亲电谨呈,职率本部副参谋长杨友梅及司令部与特务团(两个营)全体官兵及省政府秘书长崔垂言共约千人,固守央行,于10月19日竟日激战,毙伤匪300人,我伤亡官兵百余人。入夜转寂,但匪之小部队仍继续分组前来接近,企图急袭,俱经击退。本晨迄午后5时,仅有零星战斗。薄暮以后,匪实行猛攻,乘其优势炮火,窜占我央行大楼以外数十步之野战工事。我外围守兵,均壮烈成仁。刻仅据守大楼以内,兵伤弹尽,士气虽旺,已无力为继。今夜恐难度过。缅怀受命艰危,只以德威不足,曾部突变,李军覆灭,大局无法挽回,致遗革命之羞,痛恨曷已。职当凛遵训诲,克尽军人天职,保全民族气节,不辱钧命。唯国事多艰,深以未能追随左右,为均座分忧,而竟革命大业为憾。时机迫促,谨电奉闻。职 郑洞国。10月20日23时。[18]

这是一封应当令蒋介石十分感动并痛心不已的诀别电。

第二天,郑洞国终于离开盘踞了三天的伪满中央银行。他在《困守长春始末》中写道:

> 21日凌晨,中央银行大楼外突然响起剧烈的枪声,我尚以为是解放军向我的司令部发起最后攻击,觉得该是自己"成仁"的时候了。我身着戎装,平躺在床上,伸手至枕下欲取出早已准备好的手枪自戕。岂知我摸了又摸,手枪居然不见了。原来左右已发觉我的精神异常,预先就将我的手枪取出收藏起来了。我生怕再稍迟一刻便做了解放军的俘虏,慌慌张张地起来在室内到处搜寻任何可以了结自己生命的器械。这时,一直守候在门外的卫队长文健和4名卫士闻声拥入,呼喊着将我死死抱住。住在邻室的我的本家侄子,时任吉林省政府秘书处

处长的郑安凡也跑了进来，直挺挺地跪在地上连声哀求："二叔，不能啊，你可千万莫走绝路！"言毕大哭。我狠狠地顿足叹气，颓丧地倒在床上。稍顷，杨友梅将军带着一些幕僚走进房间，也含泪道："桂公，事情已到了最后关头，请您赶快下去主持大计！"然后命人不由分说地将我从床上扶起，拥向楼下。[19]

21日，师镜参谋长负责进伪满中央银行接郑洞国出兵团司令部。他在《陪同郑洞国先生走出银行大楼》一文中详细记叙了当日5时许的情景：

"我一个人进了会议室，见沙发上坐着三个人，他们一见我进来都愣了，便站起身来。我当即问道：'哪位是郑司令官？'站在中间的人说：'我就是。'其他两人，一位是兵团副参谋长杨友梅，另一位是省政府秘书长崔垂言。我说：'我们的部队马上就要进来了，现在请司令官随我出去。'郑当即问我：'我提出的三个条件你们都全部答应了吧？'我反问他：'哪三个条件？'"他听了后，颓然一屁股坐在沙发上说：'唉，30年来，春梦一场。'是时，银行外面枪声大作。我又催促说：'郑司令官，部队进来了，请走吧。'……我陪同郑等走下三楼。刚走出正门，正遇上东北电影制片厂摄制组的同志摆好摄影机，准备摄下这一珍贵的历史镜头，可郑却把脸扭了过去。这时，中央银行正门前的广场上，成群的敌兵团部官佐正在集合，陆续地离开银行。郑见此情景，长叹一声。"[20]

那年，郑洞国45岁。

在郑洞国下到一楼之前，大楼外响起了激烈的枪声，郑洞国残部实施了猛烈的"还击"和顽强"抵抗"。这是国共双方几十年战史上绝无仅有的名副其实的一次"假打"。

双方均是真枪实弹，只不过解放军一枪未放，全是郑洞国兵团部特务团在射击，目标全部朝着天空的乌云与蒙蒙细雨。20分钟后，"战斗"结束，战斗"结果"战场上的双方无一人伤亡，特务团400余官兵全部放下了武器。唯一的例外，在战场外伤了解放军"围指"司令员肖劲光的司机。

肖劲光回忆说："当时潘朔端和我的秘书罗钰如同志正乘坐我的吉普车到前方来，我的司机高桥还被流弹击中了腿。"[21]

虽然共产党东北局《东北日报》在 21 日头版已报道了郑洞国投降的消息，但 23 日国民党喉舌《中央日报》头版头条还是发布了大字标题：长春国军战至最后一弹，郑洞国将军成仁，三百余名官兵殉职。

这可苦了郑洞国一家人，夫人陈泽莲悲痛中命儿子郑安腾冒险欲往东北为父奔丧。

紧接着，《东北日报》又在头版《中国战争形势发生巨大变化》通栏标题下，发布了郑洞国兵团部与新 7 军投诚的消息。为证实国民党在造谣，还特意发表了郑洞国和李鸿到达哈尔滨火车站的照片，照片上郑洞国是一幅正面像，没有像 21 日走出兵团部时那样"把脸扭了过去"。

后来，有人看到了郑洞国在哈尔滨车站的照片，也替《中央日报》鸣不平，其实，不止国民党方面，就是共产党方面对郑洞国那封精心虚构的"竟日"激战，"毙伤匪 300 人"的战果，以及大楼外"壮烈成仁"，大楼内"兵伤弹尽"战斗的情景的打法都不能理解。

没打就是没打，不应该向自己追随半生的尊敬师长蒋介石说谎。因为"假打"的行为，同电报中表示的那种对党国赤胆忠心与悲壮成仁的诀别态度并不一致。这便是人称忠厚之人的郑洞国在长春期间另一桩不厚道、不老实的事情。

据说，身在锦州前线的林彪看到秘书谭云鹏递给他的破译的郑洞国 20 日晚给蒋介石的诀别电报后，难得一笑的东野百万大军统帅竟破例笑了："解放长春根本没有打仗，哪来的浴血抵抗？"

其实，不管郑洞国谎报"真打"，还是杨友梅真的"假打"，道理可明摆在那儿：倘若真打，立马便可为党国"尽忠"，而假打则无"成仁"之虞。

后来，国民党东北剿总第一兵团司令官郑洞国与共产党东北野战军第一兵团司令员肖劲光，这对当年的守军与围军主帅竟然成了好朋友。肖劲光问起了当年百思不解的 3 天假打时说："为什么这样？"

郑洞国只说了句："不得不从长计议。"[22]

究竟"从长计议"的是什么？恐怕只有郑洞国自己知道。这是一个谜。

有评论说，郑洞国的人生大体可分三段：第一段为抗日名将，有功于国家与民族；第二段为国民党打内战的干将，有罪于人民；第三段为跟共产党走的爱国民主人士，新中国成立后先后担任国防委员会委员，全国政协委员、常委，中国国民党革命委员会副主席，致力于两岸国共合作。

过了 6 年后的 1954 年 9 月的一天，毛泽东邀请郑洞国到丰泽园赴家宴。郑洞国心里虽高兴，但也有些紧张，令他想不到的是，毛泽东见他进屋，竟主动迎他到门口，坐下后还要给他点一支烟，并用湖南话与他唠起家乡嗑。这在动辄咆哮的蒋介石那儿是不可想象的。

有资料说，郑洞国前半生佩服与忠心黄埔校长蒋介石，下半生景仰敬佩毛泽东。为研究与弄明白国共两党败胜根由，盛年解甲的郑洞国时常学习毛泽东的著作。那天，在与毛泽东闲谈中，他突然问了一句：你的马列主义为什么学得这样好？郑洞国直到离世，一直保存着一本 1948 年他刚到解放区时得到的东北版《毛主席选集》。他认为毛泽东写得最好的文章是《中国革命战争的战略问题》。

郑洞国 1991 年逝世，享年 88 岁。同时，永远带走了"从长计议"的谜底。

大陆与台湾都为其举行了追悼仪式，这在数百名留在大陆的黄埔系将领中，他是两个同时被两岸追悼将领中的一位。传说，在对待如何歼灭国民党问题上，郑洞国犹如"徐庶进曹营"，未曾发过一言。

不过，有一点需要提及，不管郑洞国内心怎么想，在放下武器上是主动还是被动，是积极还是消极，反正最终是放下了。毛泽东在淮海战役中，曾以他为例对他的老上司杜聿明及邱清泉、李弥将军等指划了出路："你们应当学习长春郑洞国将军的榜样……立即下令全军放下武器，停止抵抗。"[23]

在长春的国民党军政要员中，最走霉运的要算尚传道了。17 日晚跟郑洞国商定好了，随郑一齐突围出去。18 日到伪满中央银行兵团司令部坐等，从早晨一直等到下午 2 点也未等回郑洞国（郑此时正在新 7 军召集将领会议研究突围），却等来了《长春日报》社社长金鸿润的一张纸条，说他有一个姓孙的亲戚能搞到解放军的路条。

活动了心思的尚传道便去了金家。不料，下午 3 时许，进城接手 60

军防地的解放军，切断了通往伪满中央银行的通道。19日新7军投诚后，金鸿润又被隔断在报社。20日一早，金的孙姓亲戚到金家把尚传道接到自家，安置在二楼的阁楼上。

果然，尚传道"这人并不是可以信赖的"预感应验了："上午9时左右，有两位解放军战士提着卡宾枪到阁楼上来把我逮捕了。"[24]

时年38岁的国民党长春市市长尚传道，成了解放长春战役国民党军政高官中少数俘虏之一，随后不久便开始了十余年的抚顺战犯管理所改造生涯。

国民党长春军政要员中命运最惨的是新7军中将军长李鸿。

在印缅战场上李鸿作为114团团长与新38师师长，帮助孙立人屡建奇功，因解放英军及攻占八莫等战功曾获英国女皇金十字勋章和美国政府银星勋章。新7军投诚后，史说、杨友梅、龙国钧等将领都到解放军军事院校担任了高级教官。当时，肖劲光、肖华以及湖南老乡何长工等中共领导都劝李鸿留下为新中国人民做事。

李鸿仍然心系国民党。

在得知老长官孙立人已请示蒋介石明示"联系来台，共赴时艰"允诺后，于1950年初化装成商人，带着妻子、岳母和1岁多的女儿转道香港；又不听卫立煌不要去做"张学良第二"的劝告，不顾一切去了台湾。同去的还有38师少将师长陈鸣人、少将副师长彭克立、113团团长曾长云。彭克立临行时，妻子待产已住进了医院。

没料到，到了台湾不久，即被蒋介石下令抓了起来。在保密局，4个人受尽了老虎凳、针刺指甲、灌辣水等酷刑，逼迫承认是大陆派来策反孙立人的"匪谍"。"匪谍"罪名没有坐实，最后以"贪生怕死，弃守长春"的罪名判处李鸿等4人无期徒刑。

1975年蒋介石去世后，改判为15年，可他们已坐满了25年牢。李鸿入狱时47岁，出狱时已73岁。

一并受株连的还有李鸿的妻子马真和儿子李定安。李鸿被抓的同时，妻子已有身孕，也未逃过牢狱之灾。临产时，并未允许到狱外医院，而在牢房附近一个小空房内，从外边找一个护士接生，缝合伤口时，连麻药也未有。李定安在狱中一直长到7岁零2个月，方才以上学名义放出来。

李鸿等人被抓，孙立人悲愤莫名。此时他也失去了自由，被幽禁在家。围墙之内，有外派副官常年把守；围墙之外，有军情局加盖的一栋三层楼居高临下监视。孙立人自1956年开始，一直被幽禁了33年，成为名副其实的"张学良第二"。

有评论认为，李鸿等人一方面是受到孙立人的牵连，打击李鸿，就是削弱剪除孙立人的羽翼。蒋介石打击孙立人有两个原因：一是孙立人不是蒋介石嫡系黄埔出身，而是美国南方军事名校弗吉尼亚毕业生，这就从根上坐定了是另外的派系；二是政治上的酷似麦克阿瑟的低能特点，只知规定，不知变通，蒋经国与宋美龄的意见时常遭拒。逃台之初，蒋介石为得到美国人的支持，亲美派的孙立人便被任命为陆军总司令，后来成为蒋经国执政道路上的障碍，蒋介石自然向其下手了。[25]

另一方面，蒋介石对几百名黄埔将领在损兵折将后乖乖当"共匪"俘虏，而不能以身殉国"深恶痛绝"。鲜有一个兵败自戕的黄伯韬，并非黄埔出身。所以时常在城破后急促宣布将领"成仁"，是他太需要"殉国"的将领提振国军颓废的士气了。

就在他准备为黄埔五期得意门生青年军206师师长邱行湘"壮烈成仁"举行追悼会时，邱行湘却带着共产党陈赓将军赠送的几十罐猪肉罐头，北渡黄河，走进解放区。[26]

《中央日报》第一天报道了郑洞国"成仁"，第二天共产党的《东北日报》便刊登出郑洞国走出哈尔滨站台的照片。在骨子里，蒋介石对戍守东北兵败而未"殉国"的黄埔高级将领廖耀湘、范汉杰、郑洞国等人，包括李鸿在内，是失望至极的。

有评论说，尽管郑洞国"战伤被俘"，但有刘戡的"壮烈"先例在，一个人要为党国"成仁"谁能拦得住？（曾在陕北紧追毛泽东而不得的黄埔一期生29军军长刘戡被彭德怀击败后欲自杀，但手枪被军参谋长刘振世夺了下来；不久，刘戡在突围中拾着一颗手榴弹，他看了一眼，随即拉响了手榴弹上的拉环。时为1948年3月1日。"成仁"后的刘戡即被蒋介石追认为陆军上将）。所以，惩戒留在"共匪"那儿的郑洞国而不得，送上门的李鸿没有好果子吃，也不奇怪了。

25 年牢狱之灾使一心向蒋的李鸿终于弄明白了，自己应把根扎在哪里？1988 年 8 月，李鸿病逝于台湾，终年 85 岁。骨灰由妻子马真护送回大陆，安葬在老家长沙。

得知李鸿有重返国民党军队的想法，临行前，郑洞国曾劝道："尽管你因病没参与长春投降，但蒋公为人，心胸狭窄，恐怕不会理解和容忍原谅的。"为了李鸿的安全，郑洞国少有地批评了校长蒋介石。无奈李鸿去意已决。

据说，郑洞国晚年曾很庆幸地对后代说了一句话："这后半生幸亏跟着共产党。"

注释

[1] 曾泽生：《长春起义纪事》，《长春起义》，中国人民解放军陆军第 50 军军史编写组，《长春文史资料》1981 年第 3、第 4 辑，第 162—163 页，长春市政协文史委员会。

[2] 尚传道：《四进长春》，《长春文史资料》1985 年第 8 辑，第 91 页，政协长春市委员会文史资料研究委员会。

[3] 郝在今：《中国秘密战》，金城出版社，2014 年版，第 264 页。

[4] 金一南：《苦难辉煌》，华艺出版社，2009 年版，第 487 页。

[5]《四进长春》，第 93—94 页。

[6] 长沙、长春党史办与平沙史志办合著：《铁骨丹心——记老党员曹瑛》，长春出版社，1999 年版；张赞新、孙淑范主编：《长春围困战》，1999 年版，第 83—84 页，中共长春市委党史研究室。

[7] 王庚申：《苦乐相伴的 30 年文史工作经历（一）》，《往事》，2014 年，第 2 期，第 36 页。

[8] 史说：《困守孤城的新编第七军》，《新七军投诚》，吉林省军区政治部《长春国民党部队投诚》编写组，《长春文史资料》1988 年第 2 辑，第 246 页，长春市政协文史资料委员会，1988 年 10 月出版。

[9] 郑洞国：《困守孤城七个月》，《辽沈战役亲历记》，中国文史出版社，2012 年版，第 270 页，全国政协文史和学习委员会编。

[10] 阎峻：《林彪军事生涯》，1948 年（中华民国三十七年），白鹿书苑。

[11]《周恩来年谱》，人民出版社，1989 年版，中共中央文献研究室编；袁庭栋：《大决战：辽沈战役》，天地出版社，2013 年版，第 248 页。

[12] 杨治兴：《在郑洞国将军身边》，《新七军投诚》，第 377 页。

[13] 罗兆雄：《第一个由城南进入市区的部队》，《新七军投诚》，第 142—143 页。

[14]《辽沈战役亲历记》，第 267 页。

［15］《大决战：辽沈战役》，第251页。
［16］彭云鹏：《我在兵团部特务团》，《新七军投诚》，第356页。
［17］肖劲光：《解放长春》，《长春起义》，第60页。
［18］刘统：《东北解放战争纪实》，东方出版社，1997年版，第720—721页；郑洞国：《我的戎马生涯》，团结出版社，1992年版，第6章，第12节。
［19］郑洞国：《困守长春始末》，《新七军投诚》，第234页。
［20］师镜：《陪同郑洞国先生走出银行大楼》，《新七军投诚》，第149—150页。
［21］《长春起义》，第59页。
［22］同上书，第60页。
［23］《敦促杜聿明投降书》，《毛泽东选集》第四卷，人民出版社，1991年6月第2版，第1370页。
［24］尚传道：《长春困守纪事》，《辽沈战役亲历记》，第364页。
［25］唐继革：《被遗忘的传奇人物刘方吾》，引自《往事》，2015年，第2期，第41页。
［26］黄济人：《将军决战岂止在战场》，中国青年出版社、重庆出版社，2013年版，第12页。

第35章　送命的5天与夺命的3天

当东进兵团在塔山方向打得血肉横飞之际，西进兵团的廖耀湘在曲线援锦的路途上不紧不慢地徘徊。在南京《中央日报》播发了"国军进展神速，击溃共军主力，占领战略要点彰武，切断共军的后方补给线"的消息后，廖耀湘认为西进兵团的任务到此为止了。因为，他对锦州的前途根本没看好。

廖耀湘与卫立煌共同拿定的西进主意是边走边看。如果塔山进展顺利，锦州又守得住，就加速前进，在锦州城下三路夹击共军的盛宴中分一杯羹；如果锦州失守，就立即撤退。两人稍有不同的是撤退方向，卫立煌主张撤回沈阳固守，廖耀湘主张把部队撤往营口退向关内。他认为退回沈阳无疑成为"长春第二"，等于"慢性自杀"。[1]

出身黄埔六期的国民党军少壮派廖耀湘，是那个时段国民党高级将领之中头脑比较清醒的一个。

但是，正如西进由不得他一样，他的判断与想法要由蒋介石做主。打下彰武的当天，蒋介石派总统府参军（实为监军）罗泽闿到了前线。廖耀湘亲自陪同这位钦差大臣视察新开河上架设的浮桥以及河岸的流沙，详细阐述主力置于河东的极端重要性。

罗泽闿一回到沈阳便电告了蒋介石。晚上，蒋介石急令廖耀湘：星夜渡过新开河，进占新立屯，尔后迅速向锦州前进。"如再延误将以军法从事！"[2]

14日，廖耀湘怀着沉重的心情下达了部队渡过新开河的命令："你们一定要送掉兵团的主力，那我也不能再负责任。"

15日，廖耀湘顺利进占新立屯。

16日，传来了惊人的消息：锦州陷落了！廖耀湘心情十分激动并感到恐惧，因为"兵团好似水上漂流着的两不靠岸的无根浮萍"，当即下令全军停止前进。

他清楚地知道，攻击锦州加上阻击牵制自己的共军应当数倍于己，兵团置于野地随时有受到攻击与围歼的危险。他在考虑两种撤退方案：当然理想是撤往营口，退而其次是沈阳。但他必须等待上头命令，而要紧的是争取时间。

廖耀湘未敢把锦州陷落的消息告诉各位军长，他一面请示卫立煌："一切马上须重新考虑。"卫立煌也做不了主，廖耀湘立即跟卫商定下午赶回沈阳面议。一面给蒋介石发电报，请示下步行动。

没得到蒋的指令，下午却迎来了杜聿明。东北战局一团糟，蒋介石决定临阵换将了，把已在徐州剿总的杜聿明又调回东北"救火"，并要求他立即赶往廖耀湘部了解情况。杜聿明是知道蒋介石的下步意图的——10月16日，蒋介石由沈阳飞北平途经锦西降落，交代侯镜如继续指挥东进兵团收复锦州。对廖耀湘力主撤退营口，杜聿明内心虽赞同，却也没有多说什么。

17日，是蒋介石思维最为混乱不堪的一天。他先给卫立煌空投了两次手谕。前一个手谕为"据空军侦察报告，窜锦州共军大批向北票、阜新撤退，令廖耀湘兵团迅速向黑山、大虎山、锦州攻击前进"。第二个手谕是：设法增援长春，帮助郑洞国突围。蒋介石很快接到军统密报，卫立煌认为锦州失守，廖兵团再无西进必要，但慑于蒋收复锦州的命令，也未敢下令廖兵团撤退。

18日，得知自己命令未被执行，蒋介石再飞沈阳，召集会议，硬要卫立煌继续向锦州攻击前进："协同葫芦岛、锦西间已集中部队，一举收复锦州。"卫立煌因历次会议上受到蒋介石责备，默不发言。蒋介石一再逼问："俊如（卫立煌的字）意见如何？"

卫立煌推说："请光亭（杜聿明的字）、大伟（赵家骧的字）讲讲。"

油滑的杜聿明推说自己刚到东北，情况不明，便顺着卫立煌的话把参谋长赵家骧推到前台。

赵家骧摊开地图，详细介绍林彪兵力分布，最后结论是：共军总"兵力超过我军近两倍，而且无后顾之忧，可集中兵力同我决战。而我军既要保卫沈阳，又要收复锦州，南北分进，既不能合击，又有被敌军各个击破之虞。所以继续向锦州攻击，是值得慎重考虑的"。

蒋介石听了十分不满，又让身边的罗泽闿表态。罗完全仰承蒋的意旨，表示委员长的意见正确。蒋介石脸上有了笑容，又逼问杜聿明表态。杜聿明只好说实话，认为敌我力量悬殊，还是以守为攻为好。蒋介石见除了身边的参军，没人同意他的主张，怏怏不乐地说了一句："你们研究研究再说。"便飞回北平。[3]

廖耀湘自16日下午提出撤退意见，到18日仍未得到命令，焦急中他只能抓紧进行撤退的准备。撤退营口，面前有两条退路：一条是由巨流河车站南渡辽河，经辽中退往营口。这条路上要经过4条大河，行军速度慢，共军很可能在半路拦截或抄近路直取营口。另一条是由新立屯南下，经黑山、大虎山以东撤往营口。这是一条狭长的走廊，没有像样的公路，但距离短，没有大的河流障碍，2天半急行军便可到达。而且，即便退不到营口，退回沈阳也必须突破黑山。

3天的等待中，廖耀湘把一切都安排就绪了，步兵进入攻击准备位置，炮兵进入阵地……18日，他给卫立煌打电话请求下达命令，卫立煌却不敢拍板了。因为蒋介石第二天要在北平召开会议，要等他从北平领回精神后再做决定。[4]

19日，蒋介石在北平圆恩寺行邸再次召集会议，除了从沈阳被召去的卫立煌、杜聿明，出席会议的还有华北剿总司令傅作义。会议开了四五个小时，卫立煌坚持固守沈阳，蒋介石坚持收复锦州，意见对立，无法统一。蒋介石头涨眼红，大骂卫立煌。

聪明的杜聿明参透了蒋介石的心思：决心放弃东北，还要顾全个人尊严和国内外政治压力，明令撤退东北的话，不能出口，希望部属替他出主意。杜聿明于是提出了两个折中方案：一是东北军队迅速从营口撤退；二是廖耀湘继续西进，攻击成功则收复锦州，攻击失败则撤退营口。蒋介石立马赞成第二方案。卫立煌很是为难，沉默不语。

蒋介石一再问在屋子里转来转去的傅作义："怎么样？"

傅作义犹豫很久，只说了5个字："这是两条心。"

看看到下午6点多了，蒋介石宣布"吃了饭再来开会"。晚饭后，杜聿明借口腰疼坐不住说："不能去开会。"傅作义说他就不去了。卫立煌说他也不去了。那天晚上，蒋介石一个将领也未等到。

而杜聿明房间里却不请自来了不速之客——蒋介石的亲信参军罗泽闿，带来了蒋介石要杜接替卫立煌的旨意。杜聿明自然不愿再往火坑里跳，两人谈到下半夜2时许，杜聿明也不领命。

第二天早上，蒋介石亲自出马，向杜聿明交了底牌："锦州是我们东北的生命线。我这次来时，已经同美国顾问团商量好，只要我们保全锦州，美国就可以大量援助我们。现在应研究如何把锦州的敌人打退，将沈阳主力移至锦州，保全锦州。以后我们一切都有办法。"

杜聿明后来说："这是蒋介石必须收复锦州的又一个谜底。"[5]

在军事上并非缺少见识的蒋介石，明知再夺锦州对数十万国民党军来说存在着巨大风险，为什么铤而走险？原来是为了得到美国的援助，挽救经济与军事上的困境，才不得不屈从美国人的旨意行事。

美国不希望中国的东北全部被共产党拥有，美国的军事影响力至少要维持在东北的"大门"——锦州、葫芦岛、营口一线的海岸和狭窄的辽西走廊咽喉部分。这样才能遏制和阻止赤色苏维埃的势力向华北渗透。

看见尊崇的校长露出了难得一见的窘态，忠心的杜聿明心软了：明知东北是救不活的死棋，还是愿意替蒋介石背这个丢失东北的罪过；为不使蒋介石为难，照顾各方面关系，提议自己还是在卫立煌领导下。

20日下午，杜聿明就任东北剿总副司令兼冀热辽边区司令官的任命令发布。尔后，杜聿明和卫立煌同机返回沈阳。在飞机上，卫立煌表示说，"我不同意就不参加意见，也不执行他的命令"。无奈的杜聿明只好打电报让廖耀湘回到沈阳商议。

蒋介石没有等来卫、傅、杜三位高级将领的那天晚上，有一件事，包括蒋介石在内没有第三个人知道。没有去蒋那儿开会的卫立煌拜访了同样未去开会的傅作义。傅问卫："听蒋先生今天的言谈，沈阳没救了，我们华北该怎么办？"

卫立煌沉默良久,告诉傅作义,廖兵团一完,林彪就会增至百万大军,因此,"你绝不可以守城。国共问题是可望用政治来解决的。蒋的政权是否存在,只是少数人的生死存亡问题,不是中国人的生死存亡问题。"

卫立煌的话震动了傅作义。20年后,当重病在身的卫立煌躺在北京的医院里,医生禁止一切探访时,傅作义在卫立煌的坚持下进入病房。20年前那个晚上,卫立煌临走时,傅作义对他说,自己绝不会让北平古都遭到破坏。

毛泽东所以关闭锦州大门,就是为了封闭聚歼东北国民党军于东北,而不影响到已经启动的淮海战役。现今陆路"大门"已关闭,毛泽东对国民党军从海路旁门——营口逃入关内的担心越发增强。

10月17日,毛泽东彻夜无眠。子时(夜里11点至1点),毛泽东致电林、罗、刘、谭:"你们下一步行动,我们认为宜打锦(西)葫(芦岛),并且不宜太迟,宜在休整十五天左右以后即行作战,先打锦西,后打葫芦岛,争取十一月完成夺取锦葫任务。"

寅时(夜3点至5点),毛泽东再发一电:"有一种可能是蒋、卫将长敌接出后,放弃沈阳,全军走路南撤,向你们压迫,企图重占锦州,而将主力放在津榆(山海关)线。如果是这样,则你们更应争取尽可能迅速地攻占锦、葫、榆、滦、唐诸点,威胁平津,迫使蒋、卫空运一部兵力增援平津,以利回头歼灭敌主力。"[6]

但是,林、罗、刘同日给毛泽东的电报认为,不宜对锦西立即发动攻击,而应先集中力量解决长春突围之敌。理由是,锦西之敌已不敢单独向锦州靠近,必等廖耀湘到达相当位置才可能前进;而留着锦西之敌不打,可以诱使廖兵团继续南下,一直引其到大虎山、沟帮子、锦州一线,将其分割围歼。

此时,拿下锦州的林彪胆量和胃口突然变大了起来。本应休整半月至1月的部队,林彪决定"休整三四天后即开始行动"。

18日,长春形势明朗,毛泽东于亥时电示林、罗、刘,再次强调速派部队置沈阳与营口间的重要性:"我们所最担心的是沈敌从营口撤退,向华中增援。据悉,蒋介石在天津征集五万吨轮船,似是准备十一月从营口撤兵……我们不知道你们部队是否可以利用蒋、卫踌躇不决之时，很迅速地攻下锦葫，然后迅速以主力回围沈阳……须以一个纵队控制营口，构筑坚守阵地，阻绝海上与陆地的联系，使蒋、卫不敢走营口。即使他们走营口，我可先行抗击，以待主力到达聚歼。"[7]

19日，长春守军新7军缴械，战场走势迅速向我军倾斜。当日，林、罗、刘向中央军委连发三封电报。其中晚9时发出的第三封电报，决定放弃打锦、葫，全力围歼国民党廖耀湘第9兵团："如沈阳之敌仍继续向锦州前进时，则等敌再前进一步后再向敌进攻；但有若干征候敌不再前进，或有向沈阳撤退转向营口撤退的象征时，则我军立即迅速包围彰武、新立屯两处敌人，以各个击破的方法，将新1、新3、新6、71、49军全部歼灭，使之不能退回新民、沈阳和退至营口。目前，该敌有随时缩回沈阳的可能，故我军须采取迅速行动方针。盼军委即回电指示。"[8]

19日，毛泽东又是彻夜不眠，连发4封答复和指示林、罗、刘的电报。20日凌晨4时及7时那两封载入史册的答复，4时的电报称："你们行动方针已有电示，即不打锦葫而打廖耀湘。我们完全同意你们建议，如廖兵团继进，则等敌再进一步再进攻之；一经发觉敌不再进，或有退沈阳退营口的象征时，则立即包围彰武、新立屯两处敌人，以各个击破为方法，以全歼廖兵团为目的……高（岗）伍（修权）建议以十二纵及三个独立师由钟伟指挥，由四平以北上车赶于二十四日以前全部运抵清源，以急行军开至鞍山、海城，堵塞敌向营口退路。此计划甚为必要。请即电高伍照此速办，愈快愈好……去彰武、新民与敌接触的时机不可过迟，也不可过早，似宜适时隐蔽开至法库以北，待你们主力业已发起攻击，抓住了廖耀湘时，突然断敌向沈阳退路为宜。"

3个小时后，毛泽东在7时的第四电中指示林、罗、刘："原对锦葫防御之两个纵队及三个独立师，仍任该方防御，不再增加兵力。""以一、二、三、五、六、七、八、九、十共九个纵队二十七个师全部，分割包围廖兵团五个军十二个师……高伍提议六个师（十二纵加三个独立师）位于营口以北，我们觉得似宜增加一个师，共七个师位于营口以北，阻敌逃路，其中应有二至三个较有战斗力的师。"[9]

自 1948 年 10 月 17 日始，国共双方东北战场呈现了复杂而微妙的态势：锦州被解放军攻占是一个重要节点，表明战场有利态势倾斜于共产党；国民党企图东、西并进，夹击解放军的主动权已经丧失，而解放军或回头歼灭锦、葫之敌，或回头打廖耀湘兵团则手握两个主动选择的权力。同时，国民党军虽然失了先手，优势仍然存在，尤其是数十万装备精良并有空军支援机动性强的劲旅，随时有奋力一搏，尔后迅速退出战场的可能。

因此，对国共双方来说，战场形势又瞬息万变，既存在巨大的获胜机遇，也存在一着不慎、满盘皆输的风险。机遇与风险同在，关键取决于战争指挥者如何把握。所以，自那个节点开始，国共双方最高决策层都在进行紧张的磋商。这是战争智慧与政治意志的空前较量。

无数战争史证明，将帅同欲则胜，将帅离心则败；作为最高统帅，多谋自然善断，寡谋一定乱断。血火战场上的胜与败结果，一定是敌我双方共同制造的。

在那个关键节点上，国民党最高统帅蒋介石犯了一个致命的错误，为了一个不能达到的"收复锦州"的目标固执己见，与将领扯皮争吵而不能迅速做出决策，致使廖兵团在新立屯不进不退，苦苦等了整整 5 天（16—20 日），断送了他们求生的最后机会。

同样在那个关键节点上，共产党军队最高统帅毛泽东，原本意图要求林彪打下锦州后，回师打锦、葫。当林彪第一次（17 日）提出诱使廖兵团继续前进并围歼想法时，毛泽东（18 日）仍然要求林彪迅速攻打锦、葫，尔后回围沈阳。当战局明朗，廖兵团滞留 5 天之久，林彪再次提出不打锦、葫而打廖时，从善如流的毛泽东则放弃自己的意见，立即予以批准。一个重大的战役计划，从酝酿到决策，仅仅 3 天（17—19 日）时间。

20 日那个早晨，当在北平圆恩寺行邸的蒋介石还在亲自做杜聿明的工作的同时，远在锦州牤牛屯的林彪已经向部队下达了"隐蔽地向新立屯、大虎山、黑山方向回师东进，从两侧迂回包围西进兵团（廖耀湘部）"的命令。

20 日当晚 6 时，杜聿明在沈阳等待廖耀湘到达并下达蒋介石口头命令时，林彪、罗荣桓、刘亚楼、谭政联名围歼廖耀湘兵团的战役政治动员令已下发至各纵队、各师。

久经沙场的蒋介石，应当知道 10 万大军滞留于野地的后果，所以久拖不决，一是认为共军根本不可能一口吃掉他的 10 万大军，何况国民党全军五大王牌主力有两支王牌（新 1 军、新 6 军）在其中；二是认为攻锦作战后共军必经一段长时间恢复才能作战，国防部给他上报的统计数字是"毙伤匪 6 万以上"。

有评论认为，蒋介石失败的重要原因除了骨子里瞧不起人民的伟大力量外，他所领导的统治架构整体腐朽了。以"毙伤匪 6 万以上"作为依据的决策岂能不谬误？

统帅的正确决策有赖于优秀将领贯彻实施。诸多史料都用相当篇幅来研究，廖兵团为什么不可理喻地滞留 5 天？

一代抗日名将廖耀湘在西进途中，考虑最多的是兵团的命运，而且准备在必要时，独断专行，撤退营口。多年后，他在回忆文章中说，我当时的想法是："只要能救出兵团主力，我就决定干，个人的罪责，出去以后再说。"在苦等的 5 天之中，还找三个亲信军长潘裕昆、龙天武、李涛秘密商量了"擅专"方案。但最终为什么没有独断专行，"不可以等待蒋介石每每不合时机的指示"呢？[10]

是林彪极漂亮的疑兵计诱导了廖耀湘误入歧途。

为诱使其继续离沈向锦前进，林彪可谓锦计迭出：一是下令在廖兵团前面的第 5 纵队不抵抗地边打边撤，使廖耀湘"顺利占领新立屯"，造成共军主力皆在锦州的假象；二是锦州被陷后，廖耀湘惊恐中下令停止前进的犹豫中，林彪指示攻锦的 7、9 两纵队移动一部分重炮到塔山方向，并将锦西附近两个独立师、11 纵的 1 个师大摇大摆向锦、葫方向佯动，大张旗鼓通知铁路沿线地区准备部队房舍粮草，进一步强化攻打锦、葫的假象。

这样，一方面，促使蒋介石坚定廖兵团沿北宁线攻击前进收复锦州的决心；另一方面，也使廖耀湘慌乱的心安稳下来。廖耀湘后来在回忆录《辽西战役纪实》"锦州被解放后的想法"一节中写道，他与卫立煌"一致以为"，锦州解放军主力将回师先打辽西兵团（锦、葫），而回师新立屯、黑山、大虎山地区的时间要在"10 天左右"。[11]

正是这两项误判，使准备"独断专行"的廖耀湘最终没有"独断专行"。

廖耀湘苦苦等待的命令，终于在20日晚上，于沈阳的卫立煌家中由杜聿明传达——是蒋介石口头命令：廖兵团沿黑山、大虎山攻击前进，全力攻取锦州，如遇顽强抵抗，并有增援模样，即向营口逐次抵抗撤退。

当晚，自认为"进犯黑山的部署久已完成"的廖耀湘以电话通知71军军长向凤武于次日（21日）拂晓开始攻击黑山。岂不知，廖耀湘得到的"71军先头部队的前锋到达黑山"的战报并不准确，他们距离黑山还有60里以上，而且官兵们正在为总是把71军放在前锋位置而牢骚满腹，怕再次当"替罪羊"。

71军虽然是中央军的嫡系部队，却不是廖耀湘的基本起家部队。军官大多是原军长陈明仁提拔起来的，大家都觉得跟着陈军长打仗不会吃亏。更重要的是，现任军长向凤武与他的师长们都与廖耀湘有宿怨。

那是1946年攻打四平时，71军的87师拨归新6军军长廖耀湘指挥，87师损失惨重，廖耀湘不检查自己指挥是否得当，把责任全部推到师长黄炎身上，上报黄炎"作战不力"。黄炎被"撤职查办"，时任副军长向凤武因随师行动也受到"申斥"。现今，不但黄炎重新当上87师师长，向凤武还当上了军长。眼下，廖耀湘又将71军推到了攻击最前线，71军在21日的攻击战果便"只是向黑山搜索靠近"。[12]

黑山、大虎山（亦称打虎山）位于新立屯正南方，犹如一处隘口，北宁与彰武两条铁路交会于此，又有公路蜿蜒其中，为西去锦州、东往沈阳必经通道。西面为医巫闾山脉，东面是连绵90余公里的沼泽水网地带，大山和沼泽之间是一条宽20公里的狭长走廊。黑山以北数千米长的丘陵地带，把公路挤压得更加狭窄，不便大兵团展开作战。

林彪在此狭窄关隘地区安排迎击廖耀湘，也是藏有深意的：一方面，要将这一庞大军团阻挡封闭于此，使其不能向锦州前进；另一方面，要咬住拖死使其不能向沈阳、营口夺路而逃。因此，担任阻击任务的部队便十分重要。林、罗、刘将任务交给了第10纵队。

10纵司令员梁兴初，打铁匠出身，从红军班长开始，排长、连长、营长、团长、旅长，一级未落地干到 6 纵副司令员兼师长时，已经是 1947 年（其间还不算担任副职），伴随他成长的还有数不清的满身伤疤。那时，他的名气还未大到在朝鲜战场上当 38 军军长时被彭德怀亲笔题写"38 军万岁！"，却对自己充满了信心。

这一年的 8 月，梁兴初被叫到总部，林彪、罗荣桓都在屋里，林彪抓起一把黄豆递给他，仍然自顾自不紧不慢地踱着步。梁兴初说，到总部来，也不给点肉吃。敢在林彪面前偶尔开个玩笑，梁兴初是个例外，他是参加过平型关战役的林彪老部下。

罗荣桓负责谈话，让梁兴初去 10 纵当副司令员，并征求他的意见。梁兴初直通通答复，若征求我的意见，不去！要去就把副字拿掉。他认为自己能当好司令员。

钟摆般一直在踱步的林彪突然停住了脚步，没有说话。见罗荣桓笑了也未说话，梁兴初补了一句：宁当鸡头，不做牛尾。

1947 年 8 月 18 日，东北野战军第 10 纵队正式组建，纵队司令员为梁兴初、政治委员周赤萍。[13]

一年后的 10 月 21 日，林、罗、刘发给梁兴初、周赤萍的电报为："长春敌 10 万起义投降，锦州敌 10 万被歼，沈阳陷于孤立，有企图向锦州突围，与锦西北上之敌会合，妄想夺路逃回关内。令你们即返黑山、大虎山，选择阵地，构筑工事。顽强死守，阻击敌人，掩护主力到达后，聚歼前进之敌。"

电文虽不足百字，却十万火急。因为廖耀湘兵团先头部队已接近黑山，廖耀湘正式攻击命令几乎与林、罗、刘的命令同时下达。

10 纵为后组建的新部队，所属 3 个师装备都不太好，只有 3 个炮兵营、30 多门炮，炮弹也不足。配属的内蒙古骑兵 1 师还欠 1 个团。黑山与大虎山正面宽约 16 公里，如此宽大的正面，只能将 3 个师一线摆开。师采取两个梯队战斗队形，两个团在前，1 个团做预备队。骑兵 1 师为纵队总预备队——这同廖耀湘把非自家的基本部队 71 军推到第一线打头阵的做法截然相反。

纵队召集师、团指挥员的战斗部署动员会，结束时已是午夜。诸多"正史"在记叙这次会议时,都将那些"首长和各兄弟部队在看着我们""只准打好,不准打坏""死守黑山,抗击敌人""人在阵地在,与阵地共存亡"的规范用语和标准表达列入显著位置。其实,在师团干部会上,政委周赤萍用的是这样的非规范用语,表达阻击战的意义与决心:

"在10万大敌面前,我们处于劣势;但从整个战役来看,我们处于优势。要我们10纵一口吃掉敌人,当然是不可能的。然而我们却能够狠狠咬住他们,只要我们一口咬住不放,引来的必然是无数把钢刀锐箭,将敌人剁成血泥肉酱!这样即使我们被扯掉了几颗牙齿,有什么值得吝惜?即使有些伤痛,有什么不能忍受?"

纵队司令员梁兴初下达命令的用语更加不合标准:"就是一条,在我们10纵的阵地上,决不允许一个敌人过去!谁的阵地丢了,不用请示,立即反击,反击不下来,别来见我。没有不能打的兵,只有不能打的将,我梁大牙('梁大牙'的外号是早在红军时得的)先向大家表个态,把话扔在这里,打剩1个团,我当团长;打剩一个连,我当连长。或者功臣,或者罪人,没有别的选择。战后如果见不到我了,那就是光荣了,或是军法从事了。"[14]

现今,从两个高级将领嘴里说出这般不规范不标准的话,是很难登载公开场合的媒体和正统史书的。但这的确是当年真实的思想与语言。

1948年的深秋季节,整个东北除了沈阳、锦州、长春三个孤立之点和地区为国民党军占有外,绝大部分区域已是共产党和其组织的农会天下,国民党军的粮食来源已十分困难,卫立煌下达了"抢夺小麦之战",决定各部队自行向当地征购,并规定20%的提奖办法。岂不知征购变成了抢夺。

廖耀湘兵团西进途中,粮食问题的解决办法是"就地征收粮秣(掠夺粮食),以空出来的吨位,增运弹药"。10月11日,廖耀湘在巨流河兵团指挥所(列车上)召集各部团以上军官提出6项训示,其中第(五)为:"必要时可摧毁所到达地区共产党的一切地方组织。"第(六)为:"可以毁坏不能运走的可能资敌的一切物资。"

于是,国民党西进兵团一路烧杀抢掠,仅据彰武二区14个村调查,被国民党军抢去牲口1001头,大车数百辆,鸡15000只,猪、羊1500

头。所过之处，见村公所与农会即行捣毁，14个村被杀害的村干部200多人。[15] 彰武台门地区的各个粮栈也被掠夺一空。

抢掠大批粮食并非充为军用，在这方面新1军许多军官善做买卖。此前50师副师长罗锡畴曾捞得油水100多两黄金，此次军官们将若干粮食抢到手，也纷纷效仿罗锡畴，争先恐后用汽车、大车运往新民和沈阳，在市场上高价出售。沈阳投机商乘机在新民设立了粮食收购站，军商联手倒卖。新1军50师少将副师长陈时杰"爆料"：西进途中，各部队军需、副官中很多人都发了大笔横财。[16]

战争的胜负，不仅仅在战争双方军事力量的大小，主要在于民心向背。

廖耀湘兵团一路烧杀抢掠，造成十室九空，翻身农民再度流离失所，自以为摧毁了共产党生存的基础，岂不料反倒帮助了共产党。广大人民视国民党军为瘟神，71军先头部队抵达黑山地区时，人民一片恐慌；当得知解放军要在黑山阻击国民党军时，群情激昂。

令梁兴初、周赤萍的10纵官兵未想到的是，连夜开进的部队到达时，天还没有亮，可黑山城里城外，人声鼎沸，骡马长嘶，车轮滚滚。成千上万的群众早已等候在街头路口，一辆辆大车满载着各种修筑工事的材料。老人和孩子递过来热水，妇女们则把干粮和鸡蛋往官兵们手里塞，男人们手里拿着锹、镐、锯、斧，准备跟部队一块儿奔向各处阵地修筑工事。

由于部队未来得及换棉衣，官兵们都裹着毯子，远看像一群"毯子队"。寒风中一个衣衫褴褛的老大娘，举着一件破棉袄，希望它能披在哪个战士的身上。老人的儿子被国民党军拉去当差后死了，那件破棉袄是他儿子平时穿的。打铁匠出身的梁兴初望着老人，心中一阵酸楚。

名为黑山，山并不是黑色的，在清晨的光线下呈现一片苍白。阵地上没有树木，连草也很少，尤其是城东必守的101高地，全部由灰白色的岩石构成的坚硬秃岭，根本无法挖掘工事和掩体。附近的老乡得知后，又跑回家摘下自家的门板，拿着木料和麻袋再赶回来。男人们跑到铁路上拆铁轨、挖枕木，高喊着号子往各个阵地上送。很快，多数阵地都铺设了一层钢轨，数层木板和1米厚的泥土，大虎山阵地前，硬是挖出了一条防坦克战壕。为在101高地石头上垒出工事来，往高地运土的百姓排成长龙。老人与孩子用簸箕一点一点往上端。妇女们见麻袋用完了，把家里仅有的布口袋拿出来装土，在石头山上又堆起了一座土山。

廖耀湘攻击黑山的命令在梁兴初阵地构筑没有最后完成时，下达给攻击黑山总指挥71军军长向凤武，那是22日。向凤武也学习廖耀湘，将配属71军的207师3旅安排在攻击正面，让71军的两个师从侧面展开迂回。仗打到天黑，官兵皆不出力，没有任何结果。

23日，廖耀湘改命亲信新1军军长潘裕昆为总指挥，要求他23日必须占领黑山。最残酷的战斗自23日起。

林彪给梁兴初的任务是"坚守3天"。梁兴初内心清楚，面对5倍于己的国民党军最精锐兵团，这三天是要用一分一秒来安排的。23日，这一天，潘裕昆投入了自西进以来一直没有战斗的新1军。进攻自重炮轰击后开始，并动用了作战飞机掩护，接近中午时分，攻占了黑山前沿阵地。中午时分，梁兴初部突然发动反击，一举夺回了被攻占的几个前沿据点。

15时许，潘裕昆组织第二轮攻势，50分钟后再次受阻，太阳快落山时，潘裕昆命令71军全部投入正面战场，发动了第三轮凌厉攻势。71军91师将要接近核心阵地即将成功之际，梁兴初部官兵舍命赴死地惨烈掠杀，使敌91师官兵没有交锋便掉头回去，带动其他部队争相撤退。

暮色中的潘裕昆意识到，今天占领黑山的任务已经完不成了。夜战是共军的长项。

勃然大怒的廖耀湘下令将71军91师师长戴海容就地正法。吊诡的是，戴在被行刑前已不知所踪。有"远见"的戴海容乘乱一路跑回沈阳，用重金买了飞机票，带着夫人和几名亲信飞到北平。飞机一落地便被宪兵围上了。引起宪兵注意的是那只沉重的大皮箱——里面装了一千多两黄金。戴海容只能忍气吞声将一半黄金贿赂了宪兵后再度脱逃。

几个月后，武汉警备司令陈明仁奉命组建新71军时，本想让其当副军长，因在黑山临阵逃脱与北平机场"金条事件"泄露，被关押起来。后经朋友活动获释，一溜烟跑到了香港，先见之明地免除了像其他将军那样进共产党的战俘营。[17]

23日夜，一晚无战事。双方将领都在算计第二天对方的底牌。

兵力捉襟见肘的梁兴初在设法弄清廖耀湘明天攻击的重点方向。28师侦察队及时送来了敌87师师部一名口袋装满送往各团作战命令的"舌头"，立即清晰了28师阵地将是廖耀湘的重点攻击方向，连夜调整了部署。

廖耀湘正在阅读一份战场缴获的"共军文件"，内容为"战斗到最后一兵一卒，固守大虎山阵地，俟后续主力部队的到达，将敌人包围歼灭之"。廖耀湘的恐慌已不仅仅是作战命令的丢失了，而是兵团自身正面临着越来越迫近的巨大危险。他当即果断决定：改令攻下黑山为强行通过黑山，全军向营口撤退。

24日，天刚麻麻亮，廖耀湘集中了6个师，200门火炮，200架次飞机发动全线进攻。密切注视战场动态的梁兴初发现，黑山城北的正面防御线上，地势开阔，便于机械化运动，却没有大的战斗发生，倒是侧翼101等几处高地火光冲天，令其心惊——善战的廖耀湘放弃正面攻击，采取迂回战术。

所以集中攻击101等几处高地，一是此处石山阵地工事不坚固；二是101高地靠近黑山城，突破此处就会割裂守军整个防御体系；三是此为守军防线的侧背部。梁兴初对负责此处防御的28师师长贺庆积说："敌人躲开了我们的刀锋，从侧翼攻击刀背，你要把刀尖给我翻转过来！"

战至下午，敌207师得到了廖耀湘几乎所有重炮的支援，成吨的炮弹泼在28师阵地上。下午3时许，先是石头山阵地失守，接着是92号高地失守，101高地失守。随着三个制高点阵地失守，牵动了整个黑山阻击线岌岌可危。

贺庆积哑着嗓子请示梁兴初：部队伤亡太大，非常疲劳，准备等晚上乘夜色再反击。梁兴初的态度不容置疑："你疲劳，敌人不疲劳？你伤亡大，敌人伤亡不大？你休息过来了，他们喘过气了，工事也修好了。你说这个账怎么算合算？一刻也不能等，马上组织反击，夺下101高地天就该黑了，黑夜就是我们的天下了！"

贺庆积立马醒悟过来，高叫一声："明白了！"

等梁兴初赶到28师指挥所时，政委晏福生说贺师长一直在高地一线。对梁兴初说过"明白了"的贺庆积随后集中所有山炮、迫击炮向101高地猛烈轰击，尔后命令师预备队连续三次冲锋，付出重大牺牲后，重新夺回了三处制高点。

处于黑山阻击防线薄弱环节（主要是工事薄弱，易攻难守）的28师官兵十分清醒，明天将是防御更为残酷艰难的一天。夜晚，贺庆积赶回师部，提出在前沿阵地开设师指挥所，遭到众人反对，副师长说要去也是我去。贺庆积火了：师长和副师长谁职务高服从谁！

这个夜晚，101高地上人来人往，28师官兵和当地老百姓再次扛着铁轨、木料和泥土，在这座被炮火烧焦的石山上紧急加固工事。在101高地邻近的92号高地上，贺师长的临时指挥所也在搭建。官兵们夜色中看过去，心中弥漫起一种难以名状的感觉：明天恐怕要战死在这里，能和自己的师长一起战死，死而无憾！[18]

主攻部队受挫，令廖耀湘十分不安。24日，就在黑山、大虎山发生激战之际，廖兵团主力正缓慢向前移动，第49军已推进到黑山东北通往沈阳的公路上，兵团部所在的胡家窝棚离黑山县城仅有6公里——已经撤行至走廊附近。他寄希望于他的新6军明天一举突破走廊地带，迅速离开这个倒霉的地方。

25日，廖耀湘倾其全力，用3个军中所能展开的5个师和兵团的全部炮兵、10架飞机轮番轰炸。101高地已降低2米，成为99高地。同时，以10万元价码奖赏组成300多名敢死队，下午4时，在三面围攻下，终于占领了99高地。控制了99高地后又乘势夺下了92高地与石头山。下午6时，梁兴初用上了最后的预备队——5个连的兵力分四路发起总攻，打了守军一个措手不及，又夺回了失去的阵地。

夜色降临，双方均息战。打得筋疲力尽的10纵司令员梁兴初苦苦思索，明天怎么组织更加残酷的阻击。面对10万剽悍的强敌，他已经没有半个连的预备队了。但梁兴初只发愁到26日凌晨3时，林、罗、刘便给他发来了期待已久的那一声春雷："北上主力已到达，敌已总溃退。望即协同1、2、3纵队，从黑山正面投入追击。"

林彪算计得很准，黑山阻击战只要守上三天，东野主力一定会赶过来。

黑山阻击战是辽沈战役中与塔山阻击战一样具有决定意义的一场血

战,是 10 纵战史上光辉的一页。正是这一战,10 纵毙伤敌 8015 名,生俘 6299 名,死死挡住了廖兵团逃亡之路,为全歼廖兵团立了首功,也使二等的新纵队 10 纵一战而晋升为一等主力纵队。为此,4144 名官兵牺牲了生命。

许多战史都认为,黑山阻击战是军民血肉共同浇注的丰碑。在连日苦战中,101 高地旁边的下弯子村人民冒死往高地送饭送干粮 2000 多斤。在修筑工事、运送弹药、送饭送水过程中,往返达 900 多人次。罗天瑞大娘被炮弹震昏,满脸是血地躺在地上,怀里仍死死抱着一口袋干粮。全村牺牲在 101 高地上的老乡竟达 400 多人。[19]

在胡家窝棚的廖耀湘改变决心了:黑山三天强攻不下,廖耀湘放弃了西进锦州的决心,已下令 25 日黄昏停止攻击,不再走黑山去营口的大路,决定向东南方的台安、大洼方向开进,从营口走海路撤退关内;下达了由 49 军军长郑庭笈突击开路、71 军担任队尾掩护全兵团撤退的命令。

正是这两项自私的决定,加速了廖兵团命运的断送。

注释

[1] 廖耀湘:《辽西战役纪实》,《辽沈战役亲历记》,中国文史出版社,2012 年版,第 152 页,全国政协文史和学习委员会编。
[2] 同上书,第 150 页。
[3] 杜聿明:《辽沈战役概述》,《辽沈战役亲历记》,第 20—21 页。
[4] 廖耀湘:《辽西战役纪实》,《辽沈战役亲历记》第 155 页。
[5] 同上书,第 25 页。
[6] 阎峻:《林彪军事生涯》,1948 年(中华民国三十七年),白鹿书苑。
[7]《毛泽东军事文集》第五卷,军事科学出版社、中央文献出版社,1993 年版;刘统:《东北解放战争纪实》,东方出版社,1997 年版,第 730 页。
[8]《中国人民解放军第三次国内革命战争史料选编》,第 3 辑,第 2 册;《东北解放战争纪实》,第 731 页。
[9]《毛泽东军事文集》第五卷;《东北解放战争纪实》,第 732 页。
[10]《辽沈战役亲历记》,第 155 页。
[11] 同上书,第 154 页。
[12] 胡锻夫:《第七十一军辽西作战和被歼经过》,《辽沈战役亲历记》,第 207 页。
[13] 张正隆:《一将难求》,白山出版社,2011 年版,第 22 页。
[14] 同上书,第 28 页。

[15]《东北解放战争纪实》,第782页;《东北局1948年电报稿》。
[16]陈时杰:《新编第一军在辽西》,《辽沈战役亲历记》,第180页,183页。
[17]王树增:《解放战争》(下),人民文学出版社,2009年10月北京第1版,第140—141页。
[18]同上书,第114页。
[19]郭峰、陈沂:《决战胜利的基础》,《辽沈决战》(上),人民出版社,1988年版,第573—574页,中共中央党史资料征集委员会。

第 36 章　决战辽西

当廖耀湘兵团在黑山被东野10纵阻击得寸步难行之际，25日这天，蒋介石再次飞抵沈阳，在北陵机场召见了卫立煌，给他下的指示是，严令廖兵团"按照原定计划日夜兼程，继续西进"。所谓"原定计划"，即向锦州方向推进，进而收复锦州，从陆路上撤出东北。

此时，蒋介石应当知道廖耀湘身处险境，可没有人能够参透蒋介石为何一意孤行其不能实现的目标。除了为得到饥不可耐的美援而屈服于美国人的意旨外，另一个解释是，如果从海上撤出东北地区如此庞大的部队，运力不足姑且不说，没到海边就将会遭到共军的分割围歼；即使到了海边，因为等待船只，大量部队麇集海滩，一旦遭到攻击，岂不要被赶下海去？

一周后的11月3日，事先已抢占营口的国民党第52军，由于没有更多舰船运输，全军被歼大部，佐证了蒋介石坚持陆路撤军的部分合理性。

被迫于黑山的三天滞留，廖耀湘感到兵团的危险在步步逼近，他果断放弃了再攻黑山应当是明智的。但是，从一开始就因"偏心"而铸下的那个错误，导致在此次战役中连环出错，终于无法弥补。

廖兵团5个军的战力依次为新6军、新1军、新3军、49军、71军，新6军是廖耀湘起家的基本部队，在最初攻黑山和大虎山的时候，他舍不得用最精锐的新1军和新6军，让战力不强且积怨在胸的71军打头阵，71军消极怠战，攻击未果。

当决心撤往营口时，他又下令71军断后掩护，让战力再次的49军为开路先锋，把三个战力最强的军"宝贝"般裹在中间。结果次军弱将偏偏碰上了林彪一员大将苏静和一支拈在手中的战场机动部队——独立第2师。

左叶为师长的独立第2师——非主力部队，自战役发动以来，执行的作战任务基本是在战场边缘钳制与机动。20日，林彪命令他们从盘山南下进攻营口，阻止敌军从海上增援或逃跑。考虑到这一任务的极端重要，林彪派出东野作战处长苏静带一个重炮营从锦州出发，去寻找独2师并实施统一指挥。22日，林彪发现廖兵团并没有撤退营口迹象，又命令左叶北上新民侧击廖兵团。

独2师23日到达盘山时，苏静处长也到了。

25日中午，他们得到了营口已被敌军占领的消息，判定廖耀湘肯定要从营口逃跑。他们不知道的是，此刻毛泽东正在为此焦急不安，对林彪的疏漏表示出极大不满：

"你们事先完全不估计到敌人以营口为退路之一，在我们数电指出之后，又根据五十二军西进的不确实消息，忽视对营口的控制，致使五十二军部队于二十四日占领营口，是一个不小的失着……如果敌人集结一起从打虎山向东，正面无重兵堵击，不能收夹击之效，则敌有全部或大部跑到营口的可能。长春各独立师现到何处？"[1]

令毛泽东与林彪不知道的是，此时的苏静与左叶正以鸡蛋碰石头的赴死决心，率领独2师向着廖耀湘奔往营口的路上迎撞上去。幸运的是，他们碰上了一个软弱的对手。

49军军长郑庭笈是个胆小的将军：当71军进攻黑山受挫，廖耀湘不得已甩出王牌李涛的新6军时，处在二线的郑庭笈打电话给李涛说：要走不走，这样打，我们都要到哈尔滨扫茅房（俘房营）。他建议李涛说服廖耀湘不要久留黑山，改道后撤，另寻退路。当廖耀湘下令49军为兵团开路先锋时，怕死的郑庭笈竟然脱离49军部队，跟在新6军22师之后行动。

25日晚22时左右，独2师到达了大虎山至台安的公路与绕阳河交汇处，正赶上大批国民党兵蹒跚前行。独2师对其形成包围圈后，左叶下令："不许开枪，上去就掐脖子，哪个敢反抗就用刺刀捅。"仅仅20分钟，用刺刀将敌制服。俘虏供认，他们是105师前卫团，后边是49军与新3军的两个师。

苏静意识到，49军几乎已逃出了即将合围的包围圈。苏静与左叶率领部队以前所未有的凌厉攻势发起攻击，一举击溃了105师。

独2师义无反顾的进攻加上重炮营的准确袭击，立即给郑庭笈造成致命的错觉：遭遇的是林彪的主力部队，而且这些部队早就等在这儿准备将自己吃掉！

如果郑庭笈在受到攻击时，使用49军主力向前反击，一个战斗力不强的独立师是挡不住国民党数万精锐的，起码他的49军和跟在后边的新3军14师，有可能避免被全歼的命运。由于郑庭笈退缩在后边，直到疲惫的新6军22师也被独2师打散了，他才知道他们的前卫部队105师也没有了。于是，郑庭笈不敢向廖耀湘报告实情，转而越级报告了远在沈阳的卫立煌。

卫立煌当即下令郑庭笈率49军和新6军22师、新3军14师寻路撤往沈阳。而这一切，身为兵团司令官的廖耀湘直到第二天也就是26日黄昏才从22师得知。

多年后，心态已平和的廖耀湘在他的回忆录中仍流露出对郑庭笈的不满："郑庭笈没有执行他的兵团战略前卫的任务，没有使用他的主力对敌攻击或继续向翼侧搜索，看看解放军的包围圈究竟有多大。反之他却在新22师之后和新22师掩护之下，停止于大虎山以东陈家窝棚地区（大虎山至老达房往沈阳的公路上）。"[2]

更为糟糕的是，49军向后退缩的举动，引起了后边部队连锁反应：本来已经冲到东北野战军合围圈边缘的国民党军，又开始纷纷往后跑，却不料，后边恰恰是林彪预设的口袋。

对于廖耀湘的指责，国民党一些将领也曾替郑庭笈鸣不平：廖长官认为49军不行，为啥不把硬头活分给自己的新6军或新1军去承担？总让"老家底儿"以外的部队去撞共军的枪口，人家自然不会替他真心卖命喽。

后来，得知堵塞营口退路的只是共军一个土枪破炮的地方部队时，一些国民党将领后悔不迭，怪自己运气太差。独2师的官兵们却不服气：土枪破炮在不怕死敢拼命的人手里，照样打得美式大炮与坦克狼狈溃散；至于说到运气，它只往勇敢的人们身上撞！

郑庭笈"营口之路已经被截断"的判断，严重扰乱了比其他将领头脑清醒得多的廖耀湘的思路，南下营口的决心动摇起来。他不知道的是，由于郑庭笈的怯战，已经失去了突破营口通道的机会，东野第8纵队经过两天两夜急行军，按林彪命令赶到了预定地点，接替了独2师的阵地。

就在此时，卫立煌发来电报，要求廖兵团迅速撤回沈阳。手里拿着电报，廖耀湘既恐惧，又羞愧，因为自己回营口的计划彻底失败了，而回沈阳也是没有出路的"慢性自杀"，犹豫不决，迟迟不下命令。一旁的兵团参谋长杨焜焦急地催促道："现在是万分紧急的时刻，卫立煌要你退沈阳，那你就依照他的命令办好了。是他要你这样做，责任由他承担。"

廖耀湘感到没有再违反卫立煌的一贯主张和他现在电令的理由，于是痛苦地计算撤往沈阳能带回多少印缅回国的主力师？他要求潘裕昆指挥新1军、71军、新6军第169师沿大虎山至新民铁路以南地区向沈阳撤退，车辆及不能带走的重炮可以弃毁。

这是一个舍车保帅的方案。廖耀湘在计划带回沈阳部队时，并未对上述部队生还抱有希望。他躺在床上痛苦地萦回思索了约一个钟头，尔后向新1军军长潘裕昆下达了命令。

潘裕昆在接受命令时也很痛苦激动："这是很危险的，没有把握。"

廖耀湘说："这是卫总司令的命令。"

潘裕昆声音颤抖地说："我将尽我的力量去做。"

随后，廖耀湘下令22师乘夜色把在第一线的各团撤下来为先头师，于次日（27日）通过49军军部，并在49军的掩护下，经大虎山至老达房公路渡辽河，尔后向沈阳撤退。他将同22师先头团行动。22师行动后，49军及新3军14师再跟进。尽管在计划时，他认为有可能将这部分部队一并带回沈阳。

廖耀湘一切措施的着眼点是，首先把自己的基本部队22师带出去。[3]

廖耀湘于26日下半夜亲率新6军22师先头团第64团向49军军部陈家窝棚开进，新6军军长李涛随其一起行动。天还没亮，他们便到达了49军军部，于拂晓前向老达房继续前进。但一切都晚了，沈阳的退路被东野6纵的黄永胜部堵死了。

锦州战役阶段，东野6纵有"攻坚老虎"之称的17师被林彪派往攻打锦州，6纵其他主力被部署于彰武、新立屯以东。任务有两项：既要阻击廖耀湘西进兵团援锦，又要严防长春郑洞国兵团突围。同时担任这两项任务的还有第5、10、12纵队及1纵3师和两个独立师。林、罗、刘在电令中明确规定：以上各部队"统归6纵首长黄（永胜）、赖（传珠、政委）指挥"。

林彪将15个师的兵力交给黄永胜指挥，对手又是国民党东北最精锐的廖耀湘兵团，可见对黄永胜的极端相信与器重。

黄永胜，湖北咸宁人，原名黄叙全，17岁参加北伐军时改名黄永胜。1927年参加秋收起义，9月起义失利，毛泽东在永新县三湾村改编起义军，最后自愿留队700余人中的3营9连4班班长便是黄永胜。大浪淘沙，在那主要因开小差而减员80%的状态下，黄永胜义无反顾地跟着毛泽东上了井冈山。[4]

红军四渡赤水后抢渡乌江，已是红3团团长的黄永胜指挥全团（任前卫团）一举突破了乌江天险，获一枚红星奖章。红军时期获此奖章的人很少，获此荣誉的人，犯了死罪可罪减一等，那大概是老百姓的一种演绎的传说。但先后6次负伤则衬托着黄永胜的勇敢与忠诚。

黄永胜所以被林彪看重，是当8纵司令员的1947年秋季，刚成立1个多月的8纵3个师不足3万人，却在杨仗子三战三捷，9天时间歼敌16000人。尔后，被林彪调任东野一等主力纵队6纵担任司令员。6纵的前身是叶挺独立团。

有史料评论，林彪围歼廖耀湘的战法是12个字："拦住先头，拖住后尾，夹击中间。"

当10纵梁兴初部在黑山实施"拦头"的任务时，黄永胜始终跟在廖兵团后边，若即若离地密切监视其动向，实施"断尾"任务。辽沈战役开始以来，尽管塔山、锦州、黑山一带打得翻天覆地，东野一等主力纵队6纵一直做"壁上观客"——林彪藏在袖子里的一只铁拳头。虽然一枪没放，却比其他纵队跑路更多。

以打巧仗著名的林彪，不愧为运动战的专家，参透了大兵团运动战的玄机，他的"巧"在于对战机的把握、战场的选择，对部队的了如指掌，以及走一步看几步的远见。面对廖耀湘的迟疑不决且一变再变兵团前进方向，林彪使出拿手的游击战法，把6纵几万人马当成长拳纵横挥舞起来。

23日，黄永胜接到命令，率部攻击彰武，结果城内只有几百个民团，大军扑了个空。当晚，林彪又令6纵南下至泡子地区寻敌。黄永胜拉起队伍就走，第二天（24日）到达泡子，结果又扑了空。黄永胜判断敌主力应在新立屯以南，请示东野总部继续前进。林彪电令其就地隐蔽，等敌进攻黑山时，视情况听命。

24日晚7时，东野总部电令："廖兵团有由大虎山东南向台安撤退模样，你纵必须以强行军的速度经新民西南、新立屯东南、绕阳河西岸之半拉门以西，进至郭家窝棚、靠山屯、刘家窝棚一带，坚决阻截敌向东南撤退。"

黄永胜命令部队连夜行动，经一夜连半日十几小时急行军，于次日（25日）中午时分赶到指定位置，尔后下令全纵构筑工事。

筋疲力尽的官兵工事即将完成时，东野总部又来电令："你纵务于26日拂晓赶到大虎山以东的前后十八家子、关家窝棚、励家窝棚一带，切断廖兵团的退路，造成对敌夹击之态势。"

几天内，行军与攻击方向一变再变，说明战场情况瞬息万变，稍有迟疑将失去战机。黄永胜清楚，围歼廖兵团的口袋已撒下，只差扎紧袋口，而6纵的任务就是赶去扎袋口。他下令部队轻装，除了枪支弹药，其他的全部扔掉，包括衣服、背包、干粮袋。

部队出发前，纵队机关有人提醒：按规定应给野司总部回复个报告电报。据说，黄永胜眼睛一瞪：回什么电？再架电台，廖耀湘跑了，林总要我脑袋！

这一夜的急行军不啻于全纵（两个师）3万人舍命越野大长跑。

浑身汗湿的一名连长肩上扛着两支步枪站在路边，看着同样浑身汗湿的连队，急了眼似的从身边跑过，还是不断大声催促："快，快！跟上！别让廖耀湘跑了！"一个连、一个营、一个团的一路急跑，队伍时而跑得有些乱了建制，指挥员们便不时在跑动中整理队伍，吆喝声、脚步声、枪弹撞击声拌在一起。

一名斜挎驳壳枪、肩上扛着一挺轻机枪的干部站在路边高台上大声喊："同志们，前面就是廖耀湘10万人马等我们会餐去！先到打牙祭，去晚了连屁都闻不到了！"队伍中"哄"的一阵笑，还伴随着"嗷！嗷！"的喊叫声。

营长跟着尖刀班，团长跟着尖刀连，副司令兼16师师长李作鹏带着前方指挥所跟着前卫营前进。

人毕竟是血肉之躯，不时有个别士兵腿跑抽筋了，跳着向路边歪倒，让出路让同伴顺利前进；有的跑吐了血，一阵干呕后躺在地上，仍然不甘地扬起头想再追上去；其他人从他身边跑过，只略偏了一下头，便继续前进。官兵们互相拉扯着，搀扶着，大口大口喘着气，脚下不停地跑，再跑……

26日凌晨4时，6纵终于同廖兵团新3军的前卫部队猝然而遇了。

黄永胜部所以能截住新3军，仍然跟廖耀湘那个偏心"老家底儿"的心病直接相关。

25日晚，廖耀湘让71军替换下新6军169师和207师3旅的阵地，各军长都表示同意，唯独一眼看明白了廖耀湘再次让71军断后为兵团挡子弹而怨气在腹的军长向凤武，竟然提出71军在黑山打了3天，伤亡巨大，官兵疲惫，要求拂晓再接防；向凤武找的另一个理由是夜间交接阵地容易被共军偷袭。

对这个不合时宜的要求，廖耀湘竟然破天荒地同意了。就在这个夜晚，黄永胜率领6纵3万主力轻装奔袭上百里，赶到了袋口处。

后来，有将领埋怨廖耀湘不该迁就向凤武而使整个兵团耽误了一夜宝贵的逃生时间；也有人替廖耀湘辩解说，错误都记在廖长官一人头上也不公平。依据是兵团参谋长杨焜25日下午便从空军侦察那儿得知，"在彰武以南发现一个长约5华里的大行军纵队，向无梁店方向前进"。杨焜通知空军对其轰炸，并告知离其最近的新3军注意后，却忘记了将这一重大情报报告兵团司令官廖耀湘，以至廖耀湘并不知道有共军部队正在向黑山以南自己的后尾插入，因此放慢了撤退速度的决策。[5]后来才知道，那5华里长的行军纵队正是黄永胜的6纵。

应当说是各军长、师长，包括兵团司令部的若干错误叠加，共同铸成了廖兵团的大错。

6纵两夜1天强行军250里，又遭遇强敌，一直没来得及向东野总部回电，林彪一时间找不到他们。不知出了什么事？是否堵住了廖耀湘？他在司令部不断催问刘亚楼，有没有6纵回电？一向不露声色的林彪也沉不住气了："这个黄永胜，简直乱弹琴，怎么一点消息也没有？要让廖耀湘跑了，一定严加处理。"

刘亚楼比林彪火气还大，再次给6纵发去电报，命令他们立即向大虎山东南地区追击，寻敌围歼，否则将受严厉处分。

敌我双方都是久经战阵的部队，双方一交火，李作鹏立马判断遇上了敌之主力。16师46团尖刀班打死姚家窝棚村口哨兵后，突入村内，受到四面夹击，全部牺牲。46团毫不犹豫组织5个连兵力围攻，付出数百人伤亡代价，才将村内一个整营敌人肃清。

在一线的李作鹏下令乘隙打开电台，向总部与黄永胜报告。总部除了那封刘亚楼严厉警告的电报，还有"不要与敌纠缠，按原定目标继续前进"的电令。

李作鹏毫不犹豫回电："敌情严重，不能继续前进，要查明情况再告。"

一个优秀的指挥员自然视上级军令如山，一定会千方百计去完成，但又绝不会机械地执行上级命令。

7时许，16师侦察队奉命抓"舌头"。伏击了一个车队，抓获1名国民党军少将参议，证明迎面的部队正是6纵要堵截的廖兵团的新3军。李作鹏立即向东野总部做了报告，要求就地阻击。在战场瞬息万变的关键时刻，如果机械按总部的电令向后继续运动，拼了命的新3军定会潮水般冲破包围圈脱逃而去。

实践证明，李作鹏的果断抗命做对了。

细心的黄永胜跑到离前敌三四百米的一线，亲自审问18师前卫营俘获的一名敌军通信兵，审问出了当面之敌为新6军；于是再审那个国军少将参议，弄清自己手中的两个师要面对的是整个廖兵团时，他做出了两项决定：

一是确认并支持李作鹏不执行"继续南下追歼敌人"的命令而就地拦截阻击的决定；

二是修改总部"向敌采取突击的战术"为"就地死守"。

6纵设在腰家窝棚的指挥所，阻击战开始不久便挨了两发炮弹，差点儿把小房盖掀翻了，万幸没伤着军政两主官黄永胜、赖传珠，否则不知这仗还怎么打下去。转移到辛家窝棚后，黄永胜做了一个决定，将现有的两个师全部交副司令员李作鹏统一指挥，尔后在新指挥所里大喝一声："我的指挥位置就在这里，打剩一个人也在这里！"

林彪收到黄永胜电报，得知6纵堵住的正是廖耀湘兵团，对黄永胜在电报问题上的"不敬"非但没有一丝计较，竟破例笑了好几声，自言自语地说："这个黄永胜呀。"

一向对下只有严厉而少褒奖的刘亚楼也一连声称赞6纵："做得对，干得好！"因为没有这一系列的"不敬"，放跑了廖兵团，东北解放起码还得晚上一二年。

最残酷的战斗发生在26日这一天的两个地儿：励家窝棚与翟家窝棚，这是廖兵团逃往沈阳必经之路。新3军军长龙天武动用了军的最强主力14师，从三面包围强攻6纵16师46团守卫的励家窝棚阵地，该团死战不退，龙天武只得联合新1军向西北绕道翟家窝棚突围。

李作鹏见状，下令18师54团跑步占领阵地。敌军为冲出阻截线，又加入了新6军，整营整团地集团冲锋。26日这一天，6纵16师在励家窝棚一昼夜，打退敌人进攻14次，其中有9个连队都打得只剩下六七个至十来个人。46团的团营两级干部全部伤亡，47团两个连奉命攻击敌14师侧背，造成很大伤亡后，两个连主动合并为5个班，继续与敌人死缠乱打，不许其脱逃一步。

26日18时，黄永胜给东野总部回了比较全面的报告，林彪自然知道6纵阻击的艰难与惨烈，复电指示黄永胜："顶不住可以向后撤一点。"

黄永胜、赖传珠、李作鹏研究后决定，半步也不后撤！就是把6纵打残了，拼光了，只要消灭了国民党最精锐的廖兵团12个师也值！

实践证明，6纵不后退半步的决策是正确的：一是敌我双方已交错纠缠在一起，不一定撤得下来；二是6纵的两个师跨着北宁铁路，东南至姜家屯，东北至黑山、新民间公路，形成东西"品"字弧形阵地，把廖兵团退却沈阳的铁路、公路、大小道路全部切断了。

一贯信奉"将在外"的林彪，再一次放任居于一线的指挥员根据实际"打抗命仗"，终于将围歼廖兵团口袋阵的袋口扎死了。

6纵在阻截廖兵团中付出了很高代价，全纵伤亡达3183人，其中阵亡2000余人。伤亡比例如此接近，主要是受了重伤也不下火线。46团"红一连"打得只剩下6个人。机枪班唯一剩下的射手史学义已经失去了右臂，单用左手向敌射击。46团1营长李云庆被炸断了一条腿，仍然拖着断腿来回指挥。

不过，真正使6纵扬名的还是那一天两夜250里的强行军。

战后，6纵政治部主任邓飞审问廖兵团参谋长杨焜："你知道我们是哪个部队？"

"是6纵队。"

问："既然知道挡在你们面前的是6纵队，为什么还往这里跑？"

答："我们计算你们赶到这里需要两天时间，没想到你们一天就赶到了。"

1949年后，黄永胜先后担任四野第45军军长、13兵团司令员，新中国成立后任志愿军第19兵团司令员、广州军区司令员，1955年被授予上将军衔，并担任新中国成立后第7任总参谋长、第9届中共中央政治局委员；1973年被开除党籍，1981年被最高人民法院特别法庭判处有期徒刑18年，后因病监外执行。1983年5月病逝，享年73岁。

晚年的黄永胜认为共产党内最能打仗的是毛泽东和林彪，说自己所以从秋收起义就跟着毛泽东，是毛泽东指挥打仗他服，那时毛泽东不指挥就不行。他还认为自己经历的最好上级除了毛泽东，就是罗荣桓，当然还有林彪。即便在保外就医时，提到罗荣桓，黄永胜便十分动情："罗帅对我的教育，我是刻骨铭心的，终生不忘。"

跟着毛泽东上井冈山时，黄永胜所在连第一个党代表是罗荣桓。黄永胜入党仪式就是由罗荣桓亲自主持的。1959年罗荣桓病逝时，时为广州军区司令员的黄永胜写了一篇近万字的回忆文章，其中2/3篇幅是写罗荣桓怎么帮助、教育他成长进步的。[6]

廖耀湘向兵团下达的撤往沈阳的命令已经无法执行，10余万人的机械化大军完全被包围在黑山、大虎山以东，无梁店以南，魏家窝棚以北，励家窝棚以西约 120 平方公里狭窄范围内。

林彪的口袋阵局是：1 纵、2 纵、3 纵、10 纵、炮纵在黑山正面，由西向东攻击；7 纵、8 纵、9 纵在大虎山以南，由南向北攻击；5 纵、6 纵在北宁线上，由东向西攻击；北边有 12 纵和长春南下的肖劲光六七个独立师在蹲伏着。除了 4 纵与 11 纵留在葫芦岛方向，与塔山当面的杜聿明对峙外，东野围歼廖兵团的部队达 40 万以上。

促使廖兵团迅速崩溃的是兵团司令部突然被砸烂了，使其无法指挥整个兵团。

砸烂廖兵团司令部的是东野 3 纵 7 师的前卫营 21 团 3 营。26 日清晨，追击 71 军的 3 营一直尾随逃敌至黑山东北的胡家窝棚，发现村子四周有很多大小汽车，估计是敌人一个指挥部，便冲了下去，但被胡家窝棚强大的火力——重炮、迫击炮及各种机枪压缩在没有遮蔽物的旷野中。

该营 8 连 2 排在排长任炳全带领下，乘隙冲到了村东的敌炮兵阵地，一下子缴获了 18 门重炮、近百辆汽车，俘虏了几十名军官。村子里冲出大批敌人与二排争夺重炮，由于寡不敌众，二排除 1 名战士从肉搏阵中冲出来向营部报告情况，全排二十几人全部战死。

8 时，当后续部队赶到，3 营冲进村子发现打的是廖耀湘的兵团司令部时，很是惊讶。远在战场之外锦州牤牛屯东野总部的林彪突然收不到廖兵团司令部的电报信号，大为疑惑不解。

3 纵的一支小部队总攻尚未开始就端掉了廖耀湘的兵团司令部与新 6 军军部。攻击虽然偶然，但意义重大，它不仅使廖兵团 10 万大军因此失去指挥而陷入混乱，更主要的是使林彪精确地判明了廖耀湘的具体位置。

当然，帮助林彪确认廖兵团准确位置的还有廖耀湘本人。廖兵团参谋长杨焜后来回忆：

"10 月 26 日拂晓，兵团指挥所在胡家窝棚被袭击打乱后，他指挥各军、师向营口撤退以及后来向沈阳撤退的部署，都是用无线电话明语讲的。我一再劝他不要性急，要使用密语，他不肯听。这不啻于把我们的全部行动路线通知给解放军，使其做出妥善的全部歼灭的部署。"[7]

林彪随即命令，果断而坚决："黑山以东之敌正向东南退却，2纵及17师（6纵）立即出发向胡家窝棚（黑山东北）东南地区猛追敌人。"

曾经远征缅北战场叱咤风云的"逐次抵抗大师"廖耀湘，在1948年的初冬时节里表现失常了。东野3纵队那个3营和全部牺牲的任炳全2排，以及胡家窝棚这个地名，便永载解放战争史册的重要一页。

27日，是廖兵团全面崩溃的1天。

26日下午，林彪命令各纵队："现敌已成混乱，我各部队速向二道境子、半拉门方向猛追，乘机歼敌。"到晚上，林彪干脆把指挥权下放给各个纵队与各师，要求"今夜及明日、后日，各部队均应主动寻敌攻歼"。27日，林彪基本没下命令，他自信自己的部队。

料定难逃全军覆没的命运，廖兵团军师长们开始自寻生路了。

26日晨，新3军遭到攻击，廖耀湘命令军长龙天武快去掌握部队。龙天武嘴上答应着，却随即抛下部队，跳上一辆吉普车，带上一辆拉行李的卡车，与南京国防部派到东北剿总督战的少将参议郭树人，率先开始了逃亡之旅。在过一条小河时，两辆车全部陷入了泥水中，二人只好涉水过河。两人只有一个卫兵跟随，没日没夜地在荒野上狂奔。龙天武一走，新3军陷入混乱之中。

混乱中，廖耀湘呼叫新1军军长潘裕昆，岂不知潘裕昆比龙天武逃得还早些。潘裕昆所以能脱逃出去，是他的军主力50师凭借村庄里的房屋和围墙还在抵抗。潘裕昆一路逃亡，还收容了几十名溃败的官兵。28日黄昏，他与龙天武在新民火车站不期而遇，并顺利搭上了一列开往沈阳的火车。

廖兵团其他高级将领便没有龙天武与潘裕昆幸运了。当损失惨重的第71军接到"夺路撤回沈阳"的命令时，"全军上下欣喜若狂"，丢弃了伤员和所有重武器，撤到胡家窝棚时，官兵们茫然而恐惧起来：军长向凤武不见了！

之前，当廖耀湘将71军拨归新1军军长潘裕昆指挥后，71军的军官们很是不服，论资格他们的向军长要比潘裕昆老得多。于是向凤武发了几句牢骚后，突然从军部消失了，接着军参谋长王多年也找不到了。于是各师各团乱成一团，各自为政，不知从哪个方向可以逃出去，很快被包围起来。

71军军长向凤武脱离部队后，带着副参谋长陈桂谟计划化装成老百姓，从台安经营口渡海逃往关内，结果还是被俘虏了。

胆小的49军军长郑庭笈一直未敢像龙天武与潘裕昆那样脱离部队只身逃亡，他只是带着第195师师长罗莘裘逃到该师一个步兵团里。27日夜半，又与罗带着特务连突围，盲目地向辽河方向逃窜，走有20华里许，于28日拂晓被东野7纵的部队俘获。

新6军军长李涛化装成乞丐，穿着一件女式上衣和一条花棉裤，居然在混乱的战场上没受到盘问。也许他迷失了方向，连续跑了十几天，仍旧在战场内转着圈子。当被6纵俘虏终于承认自己是新6军军长李涛时，含泪提出一个请求，给他换身军官服装。

兵败如山倒。高级将领们各自逃命，廖兵团各军、师、团群龙无首。除了新1军30师、新6军169师抵抗了一阵外，其他部队几乎是不战而降。

5纵作战科长侯显堂带两个通讯员路上碰到一个营的敌人。侯显堂干脆喊话，要求敌人投降，结果三个人带回了400多个俘虏。

廖耀湘起家的基本部队22师一部，突围中冲到了8纵司令部门口，司令员段苏权与政委邱会作带着一个警卫班和通讯侦察分队，不仅打败了这支名扬中外的"虎师"，而且捉了600多个俘虏。

斗志与信心是一支军队的魂魄，战场上失去了斗志与信心，会出现难以预料的丧魂落魄的现象。

战斗到最后，攻击变成了俘虏收容：6纵16师48团两个排的战士都端着枪，站成一座门的队形，告诉敌人，凡放下武器从这个"解放门"过去，就算解放了，不以俘虏对待。不长时间，就有2000多人从中间过去，一登记，竟然有廖兵团5个军9个师的番号。

负责"拦头"与"断尾"任务造成巨大伤亡的梁兴初部10纵与黄永胜部6纵，在围歼战中分别生俘廖兵团6299人与26137人，单是李作鹏的6纵16师就俘虏敌军18000余众。

28日凌晨，东北野战军围歼廖耀湘兵团的战斗基本结束，廖兵团5个军和特种部队10万余人被全歼。东野总部中的林彪不断询问廖耀湘的去向，东总政治部给各部队缉拿廖耀湘的电令，附上了"湖南口音，矮胖，眼睛近视"等明显特征。

27日，曾经不可一世的10万大军统帅廖耀湘经历了被部下抛弃的惊心动魄的处境。面对3000多昔日的官兵，尽管杨焜、李涛扯破嗓子喊叫："司令官、军长都在这里，你们保护着出去，保证你们升官受赏……"官兵们仍然不睬不理，奔逃如故。

人们知道，保命比升官受赏重要得多，没了脑袋官帽也无处戴。

28日是廖耀湘一生中最漫长的一个白天，他蜷缩在高粱秸垛里，忍受着饥渴和寒冷，跟他在一起的只有新22师副师长周璞一个人。几天之后，两人在靠近锦州的中安堡一家名叫"谢家饭店"的小客栈被带走了。于是，这个不起眼的小客栈与他的掌柜谢连方，就留名于中国现当代战争史。

捕获廖耀湘的是东野3纵后勤部。被俘虏的廖耀湘开初很傲慢，见到三纵司令韩先楚后变得恭敬起来，说你的部队第一棒就打碎了我的兵团"脑袋"，使我陷入无法指挥、再也不能掌握部队的境地。

韩先楚命令7师政治部主任刘振华负责把廖耀湘押到沈阳去："林总要见他，林总和廖耀湘是黄埔的同学。"临走，韩先楚把自己披的那件大衣给了廖耀湘。

在去沈阳的途中，神经松弛下来的廖耀湘与身边押送的解放军干部聊天。当他听到解放军官兵唱"吃菜要吃白菜心，打仗就打新6军"这首歌时，甚至还笑了。[8]

东野3纵与新6军誓不两立。1946年的四平之战，廖耀湘自本溪以猛烈炮火北上增援，令宽大防线上阻击的3纵伤亡严重。几天前，3纵官兵终于冲进廖耀湘在胡家窝棚的兵团司令部。现在官兵们唱起这首歌觉得特有意思，尤其是当着廖耀湘的面亮开嗓门唱。

廖耀湘，湖南邵阳人，生于1906年，曾就读法国圣西尔军校，参加过淞沪会战、南京保卫战、昆仑关战役及湘西会战等，多次与日军残酷战斗。1942年任新22师师长期间，掩护入缅军队战略撤退，以1个师之兵力与日军 3 个师团的 6 个联队周旋，战斗半月之久，使日军伤亡惨重，始终摸不清 22 师虚实，将穷追不舍的日军引入预设区域，廖耀湘遂获"逐次抵抗大师"美誉。

1944 年率部参加围歼日军 18 师团，又被盟军加上"森林之王"桂冠。结合对日作战实际，抗战期间著书《小部队战术》《森林战法》《街市与乡村战法》，被史迪威带回美国作为美军教材。

一代抗日名将，却在内战中惨败于人民解放军。

廖耀湘被俘后在战犯管理所接受改造 12 年，于 1961 年 12 月获得特赦，后被邀担任全国政协委员，参政议政建言颇多。1968 年因心脏病突发而猝逝北京，享年仅 62 岁。后来，全国政协机关由全国政协副主席刘澜涛主持为其举行了追悼会。[9]

不过，具有讽刺意味的是，1981 年台湾出版的顾祝同《墨三九十自述》一书中却记载着，廖兵团"被共军包围猛击，廖耀湘不幸殉国"。

年初，被蒋介石捧劝至东北剿总的卫立煌并没有得到蒋介石的真正信任，始终被特务暗中监视，一举一动都被报告到南京。有时蒋介石嫌特务汇报不及时，便直接打电报向剿总参谋长赵家骧询问："现在卫总司令在干什么事情？"赵家骧给蒋回电说："总司令端坐总部，一言不发。"[10]

没有证据显示卫立煌在最后时刻背叛蒋介石。

在沈阳岌岌可危之际，卫也没有出逃计划。即使在廖兵团被歼东北地区只剩下散布在沈阳及周围的营口、新民等几个据点内十几万国民党部队，52 军军长刘玉章袭占营口的情况下，卫立煌也未下令沈阳守军向营口撤退；尽管他知道那道海路一直敞开着。

他没有挽救国民党在东北最后的部队，原因十分复杂。从本身看，他认为这十几万部队不待走到营口，就会在中途被解放军包围歼灭。从最高统帅部那儿看，他的东北剿总司令已经空有其名，副总司令杜聿明的到来，已经替代了他的职权；即便是近在咫尺的沈阳城，蒋介石也已下令第 53 军军长周福成负责防御指挥，也就是说周福成已取代他成为该城的最高军事指挥官。

面对即将逼近沈阳的东野解放军，他必须留在沈阳，蒋介石需要他这个上将剿总司令坐在那儿稳定军心,尽管他什么也做不了。否则,便会顶上"临阵脱逃"的罪名。

30日中午,在北平西苑机场,听到杜聿明汇报"沈阳可能靠不住了"时,蒋介石"沉默不语"。杜聿明接着说出了他认为最紧要的事:"对卫总司令的安全应该考虑……"未等杜聿明说完,蒋介石用别的话岔了过去。

此时,空军副司令王叔铭向蒋介石报告沈阳各机场情况,特意说到自己在沈阳民航机场"留了一架飞机等卫先生"。蒋还是未回答王叔铭的问题,对杜聿明说完了"你回葫芦岛等命令",便向他的专机走去。

杜聿明知道自己没有进言机会了,便推了一下跟在蒋介石身后的王叔铭。王叔铭明白了,上前一步,小声问蒋:"是不是把卫先生接出来?"蒋介石说:"叫他到葫芦岛指挥。"有了蒋的这句话,杜聿明和王叔铭都松了一口气。[11]

10月30日下午4时,卫立煌的飞机离开沈阳,同机抵达葫芦岛机场的除东北剿总参谋长赵家骧,还有从廖兵团逃脱的新1军军长潘裕昆、新3军军长龙天武等。

11月7日,卫立煌由葫芦岛到北平。11月10日,蒋介石发布命令:"东北剿总司令卫立煌迟疑不决,坐失军机,致失重镇,着即撤职查办。"[12]

卫立煌当了9个半月"东北王"后沦为阶下囚,被宪兵与特务软禁于南京的家中。蒋介石已起杀心,还是共产党有意无意地救了他。1948年12月5日,共产党公布战争罪犯名单,43名国民党战犯中,卫立煌赫然排在第28位,这让蒋介石最痛恨的"通共"嫌疑不解自清。不久蒋介石"下野",李宗仁代行总统之职,方恢复卫立煌的自由。1949年初,乘国民党政权垮台混乱之机,卫立煌遁逃香港。

国民党52军袭占营口,毛泽东批评为"一个不小的失着"。林彪自知问题不小,即令公主岭附近监视沈阳之敌的钟伟12纵队昼夜南下营口,谁知铁路已被破坏,只能步行,待到达铁岭时已是10月30日了。围歼廖兵团接近尾声之际,林彪电令独立2师与7、8、9三个纵队迅速南下营口。

11月2日,9纵3个师攻入营口市区,52军组织集团反攻。恰巧11

月1日装船的舰艇需2日涨潮时方能离港，9纵26师把大炮拖到码头上，向逃离的船只猛轰，一艘满载3000余人的轮船中弹起火，剧烈爆炸，多数官兵被大火烧死。刘玉章的52军在营口被歼14800余人，有1万余人侥幸逃脱，也算一个小的遗憾。此为辽沈决战中唯一逃脱的国民党军。

毛泽东当时的不满，主要是怕廖兵团从海路逃走，待到廖兵团10万精锐被全歼，"庆祝你们歼灭12个师的伟大胜利"的电报，毛泽东欣喜之情充溢其间，脱逃那1万余人自然不算什么问题了。

52军在国民党军中只能算二流主力，到台湾后成了绝对一流主力。朝鲜战争爆发，蒋介石欲出兵朝鲜，整装待发的就是52军，总计3万3千人。[13]

麦克阿瑟并没给蒋介石面子，或许认为蒋的残兵败将对韩战起不了什么作用。

沈阳基本无战事。

接到蒋介石要其代行卫立煌指挥权力的命令，周福成感激涕零，决心与城共存亡。沈阳城内还有8万部队，除了53军原为张学良的东北军，还有青年军207师两个旅、新1军1个师（划归新1军的非嫡系地方部队）和几支守备纵队。这些部队中207师做了些许抵抗，其余部队或起义或投诚。自11月1日东野1纵、2纵、12纵攻入城内后，到11月2日便肃清了全城守军。

起初，企图顽抗的周福成面对副军长和几位师长放下武器的劝告勃然大怒，其部下纷纷离他而去，自寻出路。当2纵6师16团1连连长黄达宣冲进周福成司令部时，里边的国民党官兵或坐或躺，没有一个抵抗的。这时从楼上走出一个人，自称是"周福成"，说："我们正在和你们商量投诚事宜。"

可是，黄达宣连长不知道周福成是什么人，只是觉得太可笑："都什么时候了，还来谈什么投诚？"于是，把沈阳新任3天的城防司令周福成送到俘虏队伍中去了。

国民党西进兵团廖耀湘部全军覆没后，东进兵团便从葫芦岛退走了，包括侯镜如的17兵团、林伟俦的62军、黄翔的92军、王伯勋的39军、阙汉骞的54军。这些部队大多打得建制不全了，且原本属华北的部队，由杜聿明指挥撤退并各自归建。

在东北打响内战第一枪的是杜聿明，撤走最后一个蒋军士兵的也是杜聿明。随着国民党旗在葫芦岛上落下，东北已经没有国民党军的一兵一卒了。

三年前的1945年11月25日，中共东北局及其军队被强行驱逐出东北行政中心城市沈阳，并一连赶过松花江北；三年后的11月4日，中共东北局书记林彪、副书记罗荣桓带着东野总部机关，乘火车开进沈阳城。

那一天，是一个历史标志，它宣布了国共东北争夺战的最终结果：国民党统治在东北的彻底完结和共产党政权在东北的永久确立。

辽沈战役震惊世界。

路透社11月1日电："国民党在满洲的军事挫折，现在已使蒋介石政府比过去20年存在期间的任何时候都更加接近崩溃的边缘。"

《泰晤士报》评论说："中共占领东北，又将出现一个由北向南的征服形势……中国如果要统一，似乎将从东北出发了。"

共产党东北争夺战的胜利意义，美国人给了很好的诠释。美国政府认为："满洲的丧失对政府是一个大悲剧，因为满洲是中国工业最发达的地区，这亦是原来吸引政府到那里去的原因。军队和资源的损失，尤其值得注意，没有军队和资源，在华北的安全的抵抗就成为不可能。"

美军顾问团团长巴大维一席话更令国民党人震撼："满洲和它的30万左右最优秀军队的丧失，是对政府的一个令人吃惊的打击。就我看来，军队的丧失是最严重的结果，这实在是国军死亡的开端。"

国共两党领袖也都对东北争夺战的意义及其影响有了各自深刻的评价。在林彪、罗荣桓进入沈阳10天后的11月14日，毛泽东在为新华社撰写的评论《中国军事形势的重大变化》一文中写道：

"原来预计，从一九四六年七月起，大约需要五年左右时间，便可能从根本上打倒国民党反动政府。现在看来，只需从现时起，再有一年左右的时间，就可能将国民党反动政府从根本上打倒了。"[14]

毛泽东这段话的意思起码包含了：有雄厚工农业基础为基地的东北在

手，打倒国民党政权的时间将大大提前。

蒋介石则从丢失东北的另一面，证明了毛泽东的判断。几年后，在台湾回顾往事的蒋介石在《苏俄在中国》一书中谈到东北时写道：

"是我们政策和战略上的一个重大错误……将我们国军精锐主力调赴东北，陷于一隅，而不能调动自如，争取主动，最后东北一经沦陷，华北乃即相继失守，而整个形势也就不可收拾了。"

注释

[1] 阎峻：《林彪的军事生涯》，1948年（中华民国三十七年），白鹿书苑。
[2] 廖耀湘：《辽西战役纪实》，《辽沈战役亲历记》，中国文史出版社，2012年版，第159页，全国政协文史和学会委员会编。
[3] 同上书，第165页。
[4] 张正隆：《一将难求》，白山出版社，2011年版，第380页、386页。
[5] 杨焜：《辽西战役补述》，《辽沈战役亲历记》，第170页。
[6] 《一将难求》，第383页。
[7] 《辽沈战役亲历记》，第171页。
[8] 王树增：《解放战争》（下），人民文学出版社，2009年10月北京第1版，第146—147页。
[9] 李以劻：《我所知道的廖耀湘》，《文史资料选集》合订本第50卷，中国文史出版社，2011年6月北京第1版，第168—176页，政协全国委员会文史和学习委员会编。
[10] 《解放战争》（下），第152页。
[11] 杜聿明：《辽沈战役概述》，《辽沈战役亲历记》，第36页。
[12] 袁庭栋：《大决战：辽沈战役》，天地出版社，2013年7月第1版，第209页。
[13] 张正隆：《鏖战锦州城》，军事科学出版社，2007年版，第114页；王树增：《朝鲜战争》，人民出版社，2009年4月北京第1版，第29页。
[14] 《毛泽东选集》第四卷，人民出版社，1991年第2版，第1361页，中共中央毛泽东著作编辑出版委员会。

第 37 章　人心向背之谜底

没有谜的历史是索然无味的历史。

东北的结局如同多米诺骨牌倒下的第一块，引起了连锁反应，由此开头，国民党兵败如山倒，一年之内便被赶到海岛上去了。多年以后，国际国内，包括国共双方诸多人士，都在认真探讨与研究一个不可思议的课题：3 年前如此强大且有美国支撑的国民党，为什么就被弱小的共产党打倒了，而且倒得如此之快捷、之彻底？

世界两强的美国人没有料到，苏联人也未料到，甚至当事的国共两党也不曾料到。内战之初，雄心勃勃的蒋介石消灭共产党的时间表为"6 个月"；内战一年后，毛泽东的时间表为"对蒋介石的斗争，计划用 5 年时间来解决"（小河会议）。

怀着极大兴趣的人们甚至将其当作斯芬克思之谜来研究。斯芬克思，智慧的象征，见于希腊神话的狮身人面怪物，爱以谜语难人。换言之，研究者们把这个议题当作智慧之谜底来破解。

共产党的胜利与国民党的失败自东北开始，所以林彪的看法至关重要。林彪是个谨言的人，那还是北平和平解放以后，林彪、聂荣臻与傅作义坐在一张饭桌上，也许是多饮了几杯酒，傅作义将藏在心中的疑问掏了出来："林将军，你岁数比我小，经历也不如我，为什么是你胜利而不是我胜利？"

林彪回答得也很直爽："傅将军，战争的最终胜负不取决于哪个人，重要的是人心向背。华北这场战争，即使不由我林彪指挥，国民党军队也是要失败的。"[1]

人心向背，决定战争胜负。华北如此，东北也是如此，全国自然还是如此。那么，人心为什么面向着共产党，而背向国民党呢？

三年前，尤其是抗战胜利后，国民党领袖蒋介石的威望如日中天，抗战8年来，蒋介石已经3次上了《时代》封面，被该刊誉称为"胜利的头号建筑师，如今和平的第一个希望所在"。不仅美国人支持他，苏联政府也公开支持他。

1946年5月，蒋介石、宋美龄夫妇自重庆还都南京，抵达时"自飞机场至市内，市民夹道，肩摩踵接"，争睹领袖风采，气氛空前。

那时率先打入长春的国民党军受到了人民群众热烈欢迎，涌现了一大批倍感荣耀的"光复新娘"。新7军军长李鸿娶的妻子马真便是长白师范学院（现吉林大学）音乐系的高才生，满族人，正宗镶黄旗，说起来还是个格格。

而此前进入长春的八路军，由于衣衫褴褛，被称为"穿二尺半大棉袄的"，并未受到人们的欢迎与亲近。街上出了偷的、抢的，多半会以为是八路干的。甚至在林彪的部队败退松花江北时，竟然出现了群人欢呼的场景。

曾几何时，民心却悄然发生了变化。从哪儿开始的呢？

千百年来，人类孜孜以求第一位的是寻求安全的生存环境，第二位才是生存的质量。可定律背反的历史却是为了生存质量的贪欲，往往抛弃与破坏了人类第一位的追求，所以老百姓厌倦流血与死亡。而流血与死亡最直接的方式是战争。

换言之，老百姓厌倦战争。

经过十四年抗战，3500万同胞血洒于炮火，没有任何愿望比停止战争休养生息再强烈的了。那一刻，谁能让老百姓安全地过活，老百姓自然心向谁。毛泽东放弃国共多年宿仇，怀着巨大的诚意，冒着身家性命之险去了重庆，为的是谈判和平。

实际上，共产党人和平的愿望还体现在少被史书提及的1946年初。国民党、共产党、民盟、无党派共同召开的政治协商会议之后，中共与民盟共占组成新政府三分之一——达到实施否决的法定数字。共产党为了实现和平做了三件事：一是确立了未来联合政府的人选：毛泽东、朱德、林伯渠、吴玉章、刘少奇、张闻天、周恩来7人。二是讨论了中共中央搬迁问题。《毛泽东年谱》：2月2日"中共中央致电陈毅，指出必须巩固华中现有地区，因中央机关将来可能迁淮阴办公"。[2] 三是中共中央给各解放区下达的军队缩编复员指标是：3个月内复员转业官兵三分之一，达24万人。[3]

这些表达期望与国民党人和平民主建国诚意的举措，为的是争取4万万普通百姓那个起码的和平生存愿望。4万万百姓自然看在了眼里。

遗憾的是，拥有中国最强大武装的最高领袖蒋介石却陷入迷途。不认为最有力量的是普通的老百姓，以其400万军队为选民，以美式飞机大炮为选票，将4万万人民重新推入了流血与死亡的战争。

在这场以暴力反抗暴力的战争中，人们的心愿自然转向了那个最不正统且被政府称之为"匪"，但却能给老百姓带来永久和平的残旅弱军一边。

老百姓很快发现，跟着共产党以暴反暴，不仅能获得永久和平的生存环境，而且能够获得比前政府更多更大的实惠——土地。

"打土豪，分田地"曾经是共产党号召百姓的一种响亮口号。到了1947年9月13日，中共全国土地会议通过了《中国土地法大纲》，把给百姓的实惠法律化，而此前国民政府土地改革从未超越实验阶段。

矛盾的是，几百年来土地都在少数人手里，而这种少数人占有绝大多数土地的制度，受到政府的法律制度保护，要把少数人手里的土地平均分给多数人，连带的可怕结局是推翻维护这种制度的政府。现今的政府拥有400万强大的军队。

有意思的是，共产党的《中国土地法大纲》正式颁布的时间，竟在该法通过之日后的1947年10月10日——中国国民党与中华民国"双十节"。[4] 这是一种巧合，还是年轻的后起之秀共产党立志靠这个"土地法大纲"把国民党彻底打倒？史书对此并无记载。

老百姓最有良心，最懂知恩图报。你给他们一分好处，他们会给以十分还报于你。你给了他们永远消灭战争的生存环境，尽管以暴制暴的战争进行中还是一种憧憬，他们就会为了这种憧憬以命相报；尽管共产党还很穷，就因为你给了他们土地的实惠，他们就可以勒紧裤带把土地上的收获先给你使用。

1949年3月23日，已经第三次下野的蒋介石在奉化溪口的"一栋小平屋"里对两个亲信黄埔学生，国民党陆军副总司令关麟征和华中剿总副总司令宋希濂嘱咐说，你们都是我的学生，"千万不可轻信旁人对我的毁谤诬蔑"。

关麟征总结国民党失败原因认为，国统区发行"金圆券"导致经济崩溃，是次要原因之一："我们银行准备金不足，但总算还有银行；还有不少准备金，钞票也是精印出来的。请问毛泽东的银行在哪里？准备金在哪里？他们的钞票是在布条子上盖一颗印，写上多少元就算是多少元，怎不见他们的金融受到影响！这是事实呀！这个事实是根据军事上的成败而存在的。人家天天在打胜仗，所以布条子也可以取得人民的信任。我们天天打败仗，什么券人民也不信。"[5]

关麟征这段著名的话曾被不少报章引用，因为他形象地描述了共产党在人民群众那儿得到的无比信任。但是，这段话最大的缺陷是把人民的不信任归结到国民党军事上的失败，而没有说明国民党军是先失去人民，尔后才打败仗的根源；也没有说明，国民党金圆券失去信任主要不是因为军事上的失败，而是蒋介石通过金圆券币制改革，以法律手段强行掠夺普通百姓手中仅存的黄金、白银及外币，而后悉数运往台湾。

究竟通过金圆券攫取了多少财富？只有蒋介石及财政部长王云五、央行总裁俞鸿钧等少数几个人知道。据统计，仅上海中央银行两个月间便收黄金、白银、外币共值美元3.73亿元。[6]

为了推行金圆券币制改革，蒋介石委派蒋经国坐镇金融重镇上海。铁面且雄心勃勃的蒋经国老虎苍蝇一起打，而且重点打大虎，连行政院长孙科的经纪人、黑社会老大杜月笙的少爷该杀的杀，该抓的抓，令其交出黄金、白银、外币兑换金圆券，一时被叫好为国民政府的"经济沙皇"。

当打到首虎杨子公司孔令侃（孙祥熙之子）——背后的强人宋美龄时，正在前线指挥侯镜如与廖耀湘东西两兵团解救被围之锦州的蒋介石，甚至拒绝了傅作义等干将重臣的劝阻，不顾一切地抛下数十万危在旦夕之国军精锐，于10月8日飞赴上海，从蒋经国手中接出孔令侃，10月9日将其带回南京，10月10日金圆券应声再度暴跌。[7]

留下被免去特派督导员之职的蒋经国一周内欲哭无泪，只能以酒买醉。蒋介石"放侃"并非不清楚这要亲手毁掉干系党国经济金融支柱的币制改革，但蒋更清楚的是，支撑蒋家王朝的经济基础是孔宋两大家族，得罪了孔宋两大家族无疑等于挖掉了蒋家王朝的基础。

蒋介石几乎带走了全国蒋管区的黄金、白银、外币、能够拆卸走的工厂机器及科技工程人员，尔后在多雨湿热的台湾岛上说了一句话："共产党是决不会成功的。"因为他留给共产党的是饱受战火、满目疮痍的破烂摊子和亟待救助的穷苦百姓。

为了应对千疮百孔的经济局面，陈云召开华东、华北、华中、东北、西北五省财政会议，拟定在城乡发行2400亿公债（旧人民币）。毛泽东急切致电询问："（一）2400亿元的用途；（二）为什么需要2400亿元之多，是否可以减少；（三）估计城市工商业家对此项公债的态度如何，是否会拥护，如不拥护，是否有失败之可能；（四）利息4厘是否适当，为什么是适当的；（五）为什么规定明年11月起还本付息，3年还清，期限是否太促，为什么要如此规定？"这一连串疑问，毛泽东本着一个思想："安贫者能成事。"[8]

老百姓的眼睛最雪亮。一个以洗劫老百姓手里仅有的黄金、白银、外币的金圆券改革，一个以"安贫"为出发点的公债发行。数月便见到端倪；一文不值的金圆券已成为煮釜之薪，而共产党之公债却成了抢手货。

不仅在军事战场上，即便在经济战场上的国共争斗，人心的向背仍然是胜负的决定因素。战争，从某种意义上打的是经济基础，亿万升斗小民心甘情愿献出仅有的涓涓细流，汇集起来必成"波涛汹涌"之巨浪，那正统的逆流一定会被奔腾向前的江河吞没于无形。

那是在人民解放军百万大军横渡长江以后，毛泽东邀请柳亚子泛舟颐和园，柳亚子好奇地询问毛泽东：解放军有什么妙计得以迅速进军江南？毛泽东给了一句十分经典的回答："人民的支持是最大的妙计。"

几个月后的1949年10月1日，在广州原黄埔军校校长官邸，蒋介石坐在藤椅里面无表情地收听北京开国大典实况录音。收音机里传来毛泽东那充满感情地向游行队伍呼喊"人民万岁！"时，不知道蒋内心作何感想？

人民是哪些人呢？毛泽东的解释是："人民是什么？在中国，在现阶段，是工人阶级，农民阶级，城市小资产阶级和民族资产阶级。"[9]

他们是毛泽东呼喊"万岁"的对象。毛泽东在呼喊时，一定记着自己多次说过并烙刻在脑子里的那句话：人民，只有人民，才是创造世界历史的真正动力！这是他亲身实践并得到验证的真理。

一个共同的看法，包括国共两党、中外各界、上下官民一致认为，国民党迅速失败源于全面腐败。

国民党政府监察院监察委员何汉文曾撰文说："抗日战争胜利后，国民党利用接收敌伪物资产业的机会，进行了形形色色的劫夺和贪污。其贪污数量之大，范围之广，情节之恶劣，的确是古今中外所仅见……劫收的敌伪物资和拍卖所得的总值有5万亿。相当于国家预算支出（1945年度为1.18万亿元）的4倍多。固然扩大了豪门资本的实力，许多军人、官僚、特务、党棍在劫收中捞了一大把。"[10]

为了免掉自己在日伪统治时期的汉奸罪责，"沦陷区"官员出了一个让重庆归来的"同志"一夜暴富的"金点子"，将南京伪央行的纸币一律兑换成重庆政府的新法币。本应1∶1兑换率，通过行政或军事命令，改为1∶200，使握有重庆法币的大员们一夜巨富，连低薪的重庆公务员都似中了彩票一般。有资料说，国民政府大员在兑换中获得暴利，仅南京一地达30万两黄金之巨。

无数历史事实证明，凡发生巨大社会变化与动荡之时，也是隐蔽于官僚体制内的污浊泛滥之际，骤然缺少的约束机制会给贪腐创造极大的机遇与便利，而官僚阶层的贪污腐败则是一剂倾覆任何政权的致命毒药。

日本投降后，国民党军政大员最关心的是两个字"接收"。表现在经济上，小到汽车、房产，大到金库银行，伪满占据的巨额财产一夜之间失去了主人，谁先贴上封条，便是谁的财产。对此，连蒋介石自己也不讳言。在即将败退台湾之前，面对上百位高级将领，蒋介石结论说："我们的失败，就是失败于接收。"

贪腐犹如鸦片，只要沾上了，休想再放手。国共三年内战期间，相当多的国军将领身兼军人与商人的双重身份。有未经证实的资料说，高级将领中有 2/3 左右（尤其非嫡系的杂牌军，他们的部队要靠自己赚钱来养），生意是他们的主业，军事只是副业。

1946 年，行政院长宋子文自 3 月开放外汇市场和公开出售黄金，半年后收效甚微。于 8 月份上调汇率，"正在津浦、陇海前线指挥作战的高级将领也不甘落后，把领到军饷运来抢购黄金、美钞，有时由南京开往徐州等地前线的运钞专列还没到目的地，中途又掉头开回上海"。[11]

有两件耳熟能详的典型例子均发生在淮海战役期间：

一件是发生在海州司令官李延年身上。淮海战役第一阶段，南京国防部计划李延年带部队由海州沿陇海铁路向徐州收缩。这有极大风险，因为陈毅、粟裕的大军就在陇海铁路北边。所以李延年决定命令将在第二天晚上下达。

当晚，一个姓唐的人敲开了李延年的房门对李说，你撤走时可要带上我呀。后经查明，此人为徐州剿总司令刘峙在海州海盐生意的代理人。如此绝密的军事行动计划，刘峙宁肯事先告知自己的生意代理人也不告知战区司令官。李延年晚年在回忆录中愤怒地写了一句话："国民党不败才是奇怪了！"[12]

另一件是发生在徐州"剿总"副司令官杜聿明身上。杜将率徐州主力 5 个军撤退江淮，这是只有少数高层掌握的绝密，连作战厅长郭汝瑰都未告知。为对陈毅、粟裕掩盖意图，撤退的头一天晚上，杜聿明以给母亲过寿名义在戏园子听戏。杜当时只下了一道命令给徐州警备司令，当晚封存徐州银行钱庄，准备运走黄金与外币。

令杜聿明大吃一惊的是，警备司令封存报告结果是：所有银行、钱庄的经理和家眷都离开了徐州。撤退的当日，城市已经陷入巨大的混乱，徐州机场已被达官富商挤得水泄不通，连"剿总"司令官刘峙都未能先走成。以致撤退当日华东野战军在《全歼当面敌人争取战役全胜的政治动员令》中，就指出敌人放弃徐州的意图已明。最使杜聿明大惑不解的是巨富者撤退居然早于军队！绝望之中他说了两句话：一句是"老头子（蒋介石）钱就是命"，另一句是"看来我们是没有希望了"。[13]

还是在奉化溪口的"一栋小平屋"里，蒋介石对关麟征分析了军事上失败的主要原因和根本原因。蒋介石回忆道："抗战胜利后，我们的军事力量，较以往任何一个时期都要强大得多，为什么在短短三年的时间里，会弄到今天这个地步呢？军事上失败的最主要原因，就是我们军队的战斗意志太薄弱了！""许多中上级军官，利用抗战胜利后到各大城市接收的机会，大发横财，做生意，买房产，贪女色，骄奢淫逸，腐败堕落，弄得上下离心，军无斗志。这是我们军事上失败的根本原因。"[14]

蒋介石找的原因对不对？对的。但既不是主要原因，又不是根本原因。中国最普通的老百姓都知道的一个道理：上梁不正下梁歪。蒋介石屡屡失败而不接受教训的根本原因，从来不从自身寻找原因，而屡屡诿过于他人。实际上，国民政府及军队腐败的源头和根子，就在蒋宋孔陈四大封建官僚家族身上。

有评论认为，抗战胜利后接收中最大的劫夺者是蒋宋豪门。根据是一切敌伪工商企业的接收，尽管你抢我夺，最后的处理权都掌握在行政院长宋子文手里。名义上接收权为中央，实为择肥而噬。

当时，《大公报》曾指出："我们这国家，一点儿积蓄，已集中到少数几个人身上。"这里的"少数几个人"是指蒋宋孔陈四大家族。论财富，中国已无有出其上者。那么，四大家族在其统治期间到底聚敛了多少财富呢？《中国全史》第九卷以"四大家族财产知多少"为题载文，披露了诸多不为人知的秘密。

该文引用美国华盛顿州民主党议员沙瓦治的调查结论说："战争时期中国官场要人在美国的存款达到10万万到20万万美元。实际的数字恐怕还要大。""几位发财的中国大亨，在南美沿亚马孙河两岸购买大块地皮，其长约等于重庆到巴东。"

"1943年1月，蒋介石夫人在两家银行（美国大通银行和花旗银行）或其中一家银行存了1亿5000万美元。"

"美国人说，这个家族的许多成员（其中包括宋美龄）被发现拥有从东海岸到西海岸的城市里的公寓大楼和办公大楼。"

美国作家斯特林·西格雷夫说，从1944年起，除宋庆龄外，宋家所有成员花在美国的精力都超过花在中国的精力，他们全力以赴地共同聚集了大概地球上最大的一笔财产，这笔财产大概远远超过20亿美元，也许有30亿美元。因此，当时的《大英百科全书》说，宋子文"享有世界上最大的富翁的名声"。

对于四大家族的贪腐，连美国政府都看不下去了。美国总统杜鲁门在对作家默尔·米勒发表谈话时，忍不住暴出粗口："他们全都是贼，他妈的，没有一个不是贼……他们从我们送给的38亿美元中，偷去了7900万美元。他们偷了这笔钱，把它投资在圣保罗的房地产中，有些就投资在纽约这里。"[15]

但是，出于维护美国在华利益的理智出发，对蒋宋家族的财产（含数额），美国政府则始终予以保密。这是蒋家王朝财产总数难以为世人所知的主要原因。

蒋宋孔陈四大家族，尤其是宋美龄的奢侈，在当时的社会物质条件下，堪称无与伦比。当有人举共产党延安的节俭风气暗喻宋美龄应当有所收敛时，这位第一夫人的理由是，那是他们（共产党）还没有尝到过权力的滋味。

享有权力的中华民国第一夫人宋美龄，奢侈享誉世人的应当与一个叫孙殿英的有关。孙殿英的出名不是因为他29岁就当上了军长，而是炸开了乾隆和慈禧的陵墓，盗走了他们身上的全部稀世珍宝，包括龙袍与凤冠，直至慈禧被剥光了身子。慈禧嘴里的夜明珠送给了宋美龄，宋美龄将其缀在舞鞋上，让人关了灯，夜明珠强烈的蓝光，伴随着宋美龄优美的舞步全场飞舞。为此，蒋介石仍然让土匪式的窃宝大盗孙殿英大摇大摆地继续担任军长。

值得肯定一句的是，后来宋美龄将这颗国宝夜明珠留在了台湾博物院。[16]

理论界认为，四大家族的官僚资本是中国半封建半殖民地社会的产物。一些"同情"蒋介石的人常常拿蒋介石"一念至诚不为私而为公"的标榜说事，因为蒋介石在聚财上的"战术"很具有欺骗性。

以金圆券洗劫全国百姓的黄金、白银、外币便是最终不留半点念想在大陆的一次大暴露。有人说尽管金圆券手法卑劣，但最终都收入国民政府的国库之中。经济学家许涤新则一针见血戳穿了这种伪装:"在国民党统治下,国家的一切不过是南京政府官员的私产。"

蒋宋孔三家相互利用表现得最明显、最集中也是最成功的是蒋介石与宋美龄的婚姻。这个政治联姻使蒋介石通过宋子文和孔祥熙,密切了与江浙财阀的联系。对外则争取了英美政府的支持和外国资本的投资,稳定了南京政府的财政基础;而孔宋家族则通过蒋介石的军政大权,为家庭财富增值取得了可靠保证。至于陈立夫、陈果夫兄弟挤入四大家族之列,则是靠着蒋介石的"政治导师"、他们的叔父陈其美的关系。

简言之,四大家族完全是由蒋介石军事集团的刺刀打出来的,而蒋介石军事集团又依赖于宋孔的财政支持。作为军事统帅、金融统帅、行政首领蒋介石的刺刀杀向哪里,四大家族的势力——发展财富的区域便延伸到哪里。

著名旅美华裔历史学家黄仁宇先生引用若干西方人的观点,给了蒋介石一个恰若其分且揭示实质的说法——"另一个军阀"。无可否认的是,"蒋介石在长江流域下游维持了'他自己的'地理基地。他的政治资本就是军队,他的管理非常个人化。他君临其他军阀的方式,就像董事会中持股最多的股东下达企业决策"。

黄仁宇在其著名作品《黄河青山》一书中还写道:"在国民党半数以上的部队里,组成分子属于军阀、准军阀和前军阀……他们只是被动地服从总指挥官,要不是潜藏敌意,就是公开反抗。"[17]

黄仁宇先生观点的重大意义在于揭示了一个奥秘:抛却形式剥开内核看实质,蒋介石从来没有真正统一过中国。这是我们找到了解开蒋介石军队内部山头林立、一盘散沙、见死不救,甚至互相倾轧等不治之症的一把钥匙。这也是貌似强大的国民党仅仅三年就被弱小的共产党打倒的重要原因。

作为国民政府的总统——"另一个军阀"的蒋介石,他的统治从来没有遍及中国硕大的版图。"国家统一"这句话早已名存实亡。

山西是阎锡山的地盘,甚至到了1942年,蒋介石的中央军依旧不能进入山西一兵一卒。广东与广西是粤系与桂系的天下,蒋介石的三次下野两次都跟白崇禧有关。云南是龙云与卢汉滇系的地盘。新疆的盛世才与苏联的关系，西藏的达赖喇嘛与英国的关系，都远比与重庆陪都的国民政府要密切。至于遥远的西北省份甘肃、青海、宁夏的地方政权则主要被马姓民族首领或非中央系的军人控制着。

这些较比最大军阀蒋介石相对要次些小些的军阀，在自己的地盘内行使政治人事、经济税收、军队扩建，犹如董事会中的股东在自己的企业中行事一样，蒋介石不能也无力去干涉。

抗战给蒋介石带来了统一的机遇。诸多"小股东"——次等军阀曾甘愿贡献自己的"股份"——出钱出人奔赴抗战前线。例如川军、滇军、桂军，因而演绎了威武雄壮的血战台儿庄。当然也有的贡献"股份"是保卫自己的家园。例如阎锡山在日本人要进入他苦心经营二十多年的地盘时，竟然破天荒允许此前的两股敌人——国民党中央军、共产党八路军进入山西，帮助自己抵抗日本人。

总之，在对待共产党的态度上，尤其是共产党摧毁地主劣绅的土地政策及官僚资本与封建统治制度方面，国民党大军阀、次军阀与准军阀的态度是一致地反对。这种反对的程度则建立在军阀自己获利或失利大小的基础上。换言之，如果最大的"股东"蒋介石损害他们的程度超过了共产党，他们就会毫不犹豫地把反对的主要矛头对向"董事长"。

淮海战役国共双方打得势均力敌的生死关头，蒋介石下令调动白崇禧辖区内部队驰援陷入重围的黄维兵团。白崇禧先是利用川籍官兵思乡情绪煽动20军抗命，同时下令华中剿总运输司令部不许将该军装船。蒋介石无奈之下又下令调动第2军参战。第2军第9师在汉口集结完毕，白崇禧派出警卫把运输轮船看守起来。蒋介石亲自给白崇禧下令，两人在电话中吵了半个多钟头，第2军还是没有被调动出去。

事后，有人询问拒绝调军的缘由何在？如果当时能迅速将主力调往淮海战场是否结局不会如此糟糕？白崇禧回答得十分坦率："不糟又怎样？打胜了还不是老蒋的天下、老蒋的成功！北伐时我打的胜仗还少吗？结果怎样呢？现在叫他也尝尝失败的滋味。"

白崇禧的意图很明显，就是希望蒋介石仅存的嫡系主力部队在徐蚌地区被共产党消灭。那时蒋介石必须下台,而后由副总统李宗仁取而代之。就好比董事会中第二大股东处心积虑地搞垮第一大股东,从而取而代之成为董事会里的董事长一样。

这就是国共三年内战中,国民党军内部结构关系的真实写照。国民党军已经在内部利益的争夺中伤筋动骨,并耗尽了艰苦抗战中积蓄起来的凝聚力与精气神,实际只剩下了一个外表强大内里空虚的躯壳。

全面深度的腐败,造成了国民党军骄奢淫逸,上下离心,军无斗志。而腐败又是制度造成的:蒋家王朝——"另一个军阀"与其他次军阀、准军阀,这种形式上统一,实质上是一种"分而治之"的社会制度与统治架构。

各个军阀为了自己的利益绝对不会真正地融为一个整体。尤其在保护各自利益,或争取利益最大化时,一定会与最大的"股东"分道扬镳。这也是中国偌大国家和民族百年来面对外寇侵略始终一盘散沙,形不成合力的根本症结所在。

这种制度上的天然缺陷,解决的唯一途径是改变和消灭这种制度,连带的是维系在这种制度上的统治机器——蒋家王朝。

最能说明问题的是非黄埔嫡系的两位统兵各达 50 万精锐的卫立煌与傅作义。他们在国共决战最后关头的表现与蒋介石的关系可以用 4 个字来概括——同床异梦。

将东北国军主力撤入关内是蒋介石的基本出发点,从全国军事战略布局上看无疑是正确的,因自始至终遭到了卫立煌顽强地抵制而流产(当然流产的原因多多)。有一点可以肯定,卫立煌所以反对入关,怕失去"东北王"的诸侯地位是一个重要原因。

辽沈战役刚刚结束,如果仅从纯军事角度看,国民党国防部关于华北战区的决策可圈可点:让傅作义放弃孤守华北,将华北主力完整移至江南,这会给共产党带来两个后果:一是 52 万华北主力突然南下至淮海战场的侧后,将给正在进行淮海战役的解放军陈毅、粟裕造成巨大威胁;二是数十万华北主力毫无损失撤至江南,将给未来的渡江战役及江南作战产生难以估量的严重后果。

令共产党人庆幸的是,傅作义根本不愿意南撤:自己终究不是蒋介石的嫡系，一旦离开自己起家的华北，在派系激烈的国民党军中，很可能沦为寄人篱下甚至被吞并的地步。蒋介石在其发展过程中对其他军阀多次这么干过，所以西北军出身的傅作义从未放弃向西的念头。

试想，如果卫立煌与傅作义都按着蒋介石的意图迅速撤军入关和撤军江南，还会有后来震惊世界的辽沈战役和平津战役吗？如果东北与华北总共百万国民党军精锐全部撤至长江以南，解放战争的历史还会如此吗？

历史就是历史，历史不容假设。

因为人类社会从来不以人们的自我意识为转移，而是按着特有运动规律发展。国民党军队这种嫡系与非嫡系的天然思想鸿沟，以及大军阀、小军阀、准军阀之间各自的利害关系，使得国共战争的历史只能按此运行轨道向前发展。

与国民党截然相反，并在广大人民眼中形成鲜明对照的是共产党的极其廉洁。共产党作为一个政治集团，与国民党尤其四大家族的最大区别是没有自己的集团利益和个人资产。这始于红军时期，毛泽东的"指挥所常常设在破旧的大庙里，大庙的神龛下铺着稻草……他的身上生了成群的虱子，他常常研究战术，身上咬得不行，就把衣服脱下来，捉虱子，一边捉，一边发表意见。有时候警卫员帮助他捉虱子"。[18]

到了陕北延安，已成为共产党领袖的毛泽东时常为抗大学员做报告，人们或许不记得他报告中讲了些什么，但他那双膝带补丁的裤子的相片，中国普通的老百姓却永远忘不了。抗战胜利后，已经拥有近亿人口、百万军队的统帅毛泽东，去重庆谈判那套可以出席正式场合的行头却是现置办的，那顶盔式帽也是借的。

抗战胜利后，蒋介石放手让他的集团成员乘接收之机劫掠国家财富以笼络人心。那时，共产党也算是五分天下占其一，若要享受，各种条件俱全。毛泽东不允许他的集团成员利用权力侵占半点人民的利益。老百姓正是从共产党的各级官员和士兵们身上穿着与自己同样的补丁衣服，吃着与自己同样的黑豆、糙米，甚至野菜，而且没有房产，不捞黄金，不做买卖，因而产生了亲切的认同感。

当然，共产党也争地盘，跟国民党打得头破血流。但老百姓又发现，共产党流血牺牲抢占来地盘，竟然把地盘上乡绅土豪的房子与土地都分给了穷人，国民党却要拼死维护原有房子与土地主人的所有权。老百姓人心相背就这么简单地产生了。

抗战胜利后，中国社会中产阶级和知识分子群体曾有一段似是而非的模糊观念。他们认为国民党虽不那么可心，但势力强大；共产党虽然清廉得令人敬佩，毕竟太弱小。他们的主要愿望是，国共两党无论谁当政，只要不打仗就好了。仗还打起来了，而且越打越不可开交。

有意思的是，他们很快发现，国共两党争斗犹如两个人在决斗。一个是亮甲长枪却背着黄金银元的沉重包袱，汇率升跌，房价涨落，甚至小妾的情绪都时时影响了他的精神；另一个虽然烂棍破矛，且衣衫褴褛，口袋里甚至没有半文铜板，却充盈着昂扬的斗志。鉴于此，社会中产阶级和知识分子群体很快看清了国共争斗的最终结局。他们对自己究竟站在国共的哪一方，做出了明智的选择。这是另一种类型和阶层的人心向背。

作为大党大军的领袖，蒋介石与毛泽东有一个共同的特点，爱才如命。尤其是优秀的军事干才，必钟爱保护并破格任用。但两人有明显不同的爱法：蒋介石爱才护才用才率性得无底线，毛泽东则有严格的原则底线。仿佛上帝有意安排的测试，让蒋介石与毛泽东都遇到了爱将杀妻（友）案的难题，处理结果却大相径庭。[19]

1935 年，黄埔四期出身战功卓著的中校团长张钟灵（字灵甫），因怀疑其妻吴海兰生活作风不贞，不分青红皂白向其后脑勺开了一枪。在强大的社会舆论压力下，蒋介石将其关进了模范监狱，除了不能走出大门外的自由，并未受牢狱之待遇。仅一年后便秘密释放，张钟灵从此变成了张灵甫。后因战功屡屡提拔，最终将国民党五大主力之一的"国军模范"74 师交到了他的手里。

两年后的 1937 年，毛泽东遇到了同样问题。在四渡赤水与攻克娄山关战斗中立下殊勋的红军团政委黄克功，因为对陕北公学女学生刘茜逼婚不遂，不忍其忿，将其枪杀。此事在延安引起轰动，黄克功给毛泽东写信承认罪行，要求将功赎罪死在战场上。毛泽东最终还是决定将其公审并处决。宣判时，毛泽东委托陕甘宁地区高等法院院长、黄克功案件的审判长雷经天宣读他写的一封信：

> 黄克功过去斗争历史是光荣的，今天处以极刑，我及党中央的同志都是为之惋惜的。但他犯了不容赦免的大罪，以一个共产党员、红军干部而有如此卑鄙的，残忍的，失掉党的立场的，失掉革命立场的，失掉人的立场的行为，如为赦免，便无以教育党，无以教育红军，无以教育革命者，并无以教育做一个普通的人。因此中央与军委便不得不根据他的罪恶行为，根据党与红军的纪律，处他以极刑。正因为黄克功不同于一个普通人，正因为他是一个多年的共产党员，是一个多年的红军，所以不能不这样办。共产党与红军，对于自己的党员与红军成员不能不执行比一般平民更加严格的纪律。当此国家危急革命紧张之时，黄克功卑鄙无耻残忍自私至如此程度，他之处死，是他的自己行为决定的。一切共产党员，一切红军指战员，一切革命分子，都要以黄克功为前车之戒。请你在公审会上，当着黄克功及到会群众，除宣布法庭判决外，并宣布我这封信。对刘茜同志之家属，应给以安慰与抚恤。[20]

这样一封信，今天读起来，仍然让人发自内心地感动。一腔浓厚平民意识的毛泽东，最为痛恨的是贪官污吏依权仗势欺压普通百姓。在毛泽东眼里，刘茜不过是普通百姓的一员。或言之，毛泽东及其红军艰苦卓绝的奋斗牺牲，就是为了千千万万个刘茜。因此，造成刘茜惨死的人无论是谁，功劳多大，都必须付出同样的代价。随后，在延安召开了5000人公审大会，对黄克功执行枪决。当时，黄克功年仅26岁。

毛泽东人才观的底线是对人民群众的态度。从张灵甫与黄克功两个典型案例中，我们找到了广大百姓之心面向共产党而背向国民党的重要原因佐证。

说到国共东北争夺战胜败的成因，美国著名学者胡素珊认为，国共两党在人才方面的政策盈亏起了相当作用。

胡素珊在《中国的内战》一书中写道：失去社会支持导致局势恶化的

"关键在于蒋介石对东北人不相信。于是中央政府采取了曾在云南（杜聿明炮轰五华山，软禁'云南王'龙云）施行过的办法，以维护对该地区严密的军事控制，目的是防止'老帅'张作霖家族控制的、半自治的旧有权力基础再度抬头。被派来接收该地区的军队中，十支里有九支是由来自中国的其他地方的士兵组成的。政府没有采用日本占领前原来的划界方法，而是将原来的三个东北省份划分为九个行政区，委任外省人担任几乎所有的最高职位"。[21]

胡素珊认为，东北问题的前世今生都与张学良这个人物有关。

张学良因为逼蒋抗日拘蒋后随蒋去了南京，胸怀狭窄的蒋介石背信弃义又软禁了张学良。当日本投降后，东北各界人士认为，应当释放张学良，并让东北军回家乡，蒋却把张移送台湾更加严密禁闭。同时，彻底整编裁撤5个军20万东北军，由每军4个师、每师3个团的甲种编制，混编成每军两个师、每师两旅、每旅两团的乙种编制，取消了东北军8个师的番号，并将东北军拆分调往各战区分割使用，尔后派往各前线打头阵。

到抗战结束时，原东北军的军师两级的番号已全部在大陆消失。这是东北各界人士心中无可弥补的惨痛，并激起了广泛愤恨。

胡素珊还认为，蒋在东北一个重大失策是对张学良和他的父亲张作霖在东北历史上占有特殊位置麻木不仁，尤其是张作霖誓不与日本人苟合的民族骨气，受到人们尊崇的事实视而不见，对被迫背井离乡急于还乡的东北军将士的情怀不屑一顾。

蒋介石因心胸狭窄所犯下的这些错误，恰恰给了心胸宽广的毛泽东团结、依靠东北地方势力和广大百姓的良机。

胡素珊写道，毛泽东的共产党意识到，"绝不能和中央政府一样，对东北人民采取傲慢和轻视的态度，共产党尽可能地安排东北本地人担任政治和军事职务。曾由张作霖和张学良统领过的残余的老东北军中的大部分人都转投了共产党，其中包括张学良的弟弟张学思……张学思被委以重任，他同时担任了辽宁省长和东北行政委员会——该委员会是当时共产党控制的东北地区的最高行政机构——副主席的职务"。[22]

张学思并非共产党人，共产党允许他的部队作为一支非共产党军事力量保持独立的身份，但必须接受东北野战军司令林彪的指挥。这支老东北军部队离开华北，向东北进发时，它的人数只有3000左右。然而，部队回到东北后，许多以前的同志重返队伍。到1946年年初，据估计，这支部队的人数达到2.5万。

已经加入了中共的原东北军还有两个重要将领，他们是吕正操与万毅。两人都毕业于东北讲武堂，都曾在东北军里担任过重要职务。蒋介石把东北军亲手驱逐到共产党一边，使得他们誓与蒋为敌到底。吕正操与万毅由于在反蒋斗争中的功绩，分别被共产党授予上将与中将军衔。

日本投降的那一年，林彪带入东北的部队只有10万余人。三年后拥有百万大军的林彪，十分之九的官兵是东北本地人，这同蒋介石接收队伍十支有九支是东北以外的形成了强烈反差与对比。林彪部队被东北老百姓理所当然称之为"咱们的子弟兵"，而蒋的部队则被认为是来抢占满洲果实的"外省武装势力"。

毛泽东则乘势把蒋介石憎恨的、不屑的、杂牌（非黄埔）的、地方的所有派别人士、普通民众及社会力量，统统团结吸纳到共产党的周围与民族大家庭中来，貌似强大正统的蒋介石及中央政府很快地陷入"十分之九"的反对力量之下——西楚霸王项羽式的孤家寡人境地。

自从人类划分为阶级以后，阶级的核心便是政党，而政党的核心则是领袖，领袖的根本标志是思想与意志。换言之，领袖的思想，即理论与信仰要能够征服其政党及其代表的社会群体；领袖的意志，即人格魅力与奋斗精神要能吸引其政党并带动的社会群体。

应当承认，蒋介石与毛泽东都是意志超强、百折不挠的巨人，但从思想的深度与高度比较，逊色的蒋介石不敌卓越的毛泽东。

中国现代史上曾经开展了一次关于明朝亡国经验教训的全国大讨论。这场大讨论发生在明亡300周年之际的1944年。也就是说，它发生在抗战即将胜利的前夕。讨论的核心围绕着如何建设一个新的中国，以及怎样建设一个新的中国展开的。有意思的是，这场大讨论的序幕是由国民党首先拉开的。

最引人注目的是，抗战领袖蒋介石发表了《中国之命运》一书。该书

据说是被世人追捧为"大儒"和"国学大师"陶希圣之手笔。该书虽然穷尽全力,却表达了两个致命的问题:

第一个最主要的思想倾向是,在抗战即将全面胜利之时,表现出胜利者的姿态和自居的正统意识,前进动力的危机意识则荡然无存。全力阐述中国的命运取决于中国国民党,国民党是中国复兴和国家建设的"大动脉""总枢纽",把一副"舍我其谁"的高傲自大表达得淋漓尽致,从而把其他党派、组织统统安排在"非我族类"之列。这是蒋介石实行一党独裁统治的思想基础。[23]

该书另一最大的败笔是,蒋介石简单将明亡归咎于"外寇"与"流寇"。而当时的历史条件下,"外寇"和"流寇"自然指的是日本帝国主义和中国共产党。蒋介石认为,明主要不是亡于"外寇",而是亡于"流寇"。他的论据是:"满族原是少数人口的宗族,为什么能征服中国呢?300年的明室,在李闯王与张献忠等流寇与满族的旗兵,内外交侵下,竟以覆灭。自满族入关以后,中国的民族思想,便渐渐覆灭了。"

1940年,钱穆的《国史大纲》中关于明亡教训的观点是:"对流寇常以抚议而误兵机,对满洲又因格于廷议而不得言和,遂至亡国。若先和满,一意剿寇,尚可救。"蒋介石正是从这些道学思想观点出发,得出了"日本人为疥癣之患,共产党乃心腹之患"以及"攘外必先安内"的荒谬思想理论与剿共政策。

高傲自大,唯我独专,非族必剿,藐视人民,是国民党的不治之思想绝症。

具有讽刺意味的是这种骨子里的骄傲是对内;对外——日本帝国主义则是由内自外的自卑与恐惧:从1931年九一八事变到1937年七七事变,其间达6年之久;从七七事变再到太平洋战争爆发的1941年,又过去了4年;其间经历了南京大屠杀一系列惨痛,蒋介石的国民政府竟然10年未正式向入侵的日本军国主义宣战。

一直到美国向日本宣战的1941年12月8日的第二天,12月9日,国民政府才正式向日本颁发战书。原因是因为美国卷入了对日战争,蒋介石看到了胜利的曙光。此前所以不宣战,对日和谈的窗户就没有最终关死。[24]

与蒋介石的国民党所不同的毛泽东及共产党，则始终充满了忧患与危机意识。

面对即将到来的抗战胜利和解放区与人民军队的快速发展，却不骄不躁。也是在1944年国民党大讨论的同时，3月，重庆《新华日报》发表了郭沫若《甲申三百年祭》的著名史论著作。文中叙述了明末李自成农民起义军在攻入北京推翻明朝以后，若干首领腐化并发生宗派斗争，以致陷入失败的过程。

一个月后的4月12日，毛泽东在延安高级干部会议上说："近日我们印了郭沫若论李自成的文章，也是叫同志们引为鉴戒，不要重犯胜利时骄傲的错误。"到了这一年的11月21日，毛泽东给郭沫若写信告知："你的《甲申三百年祭》，我们把它当作整风文件看待。小胜即骄傲，大胜更骄傲，一次又一次吃亏，如何避免此种毛病，实在值得注意。"[25]

蒋介石的国民党在即将胜利的前夕，思想基调为骄傲自满。《中国之命运》发表之初，亦遭到了国际舆论的广泛批评，认为即将胜利的国民党不该唯我独尊，搞一党独裁统治。一位在中国传教多年的外国牧师特地从成都赶往重庆，面劝蒋介石删除第7章，理由是："这一章说中国国民党是建国的动脉，委员长是国家的领袖，不应自居为一党领袖。"那位好心牧师的意思是，你自己著书不该自捧自封自己。蒋介石不为所动。

与之鲜明对比的是即将取得胜利的毛泽东及共产党，则越发谦虚谨慎。1949年3月5日在中国共产党七届二中全会上，毛泽东发表了那篇著名的讲话。他充满忧患地向全党发出警告：

"可能有这样一些共产党人，他们是不曾被拿枪的敌人征服过的，他们在这些敌人面前不愧英雄的称号；但是经不起人们用糖衣裹着的炮弹的攻击，他们在糖弹面前要打败仗。"

他向全党提出，胜利只是"序幕还不是高潮。中国的革命是伟大的，但革命以后的路程更长，工作更伟大，更艰苦"。他要求他领导的党"务必使同志们继续地保持谦虚、谨慎、不骄、不躁的作风，务必使同志们继续地保持艰苦奋斗的作风"。[26]

10 天后，毛泽东离开西柏坡前往北平。出发前，他对周恩来说，今天是进京的日子，进京赶考去。周恩来说，我们应当都能考试及格，不要退回来。毛泽东说，退回去就失败了。我们决不当李自成，我们都希望考个好成绩。

领袖之所以形成凝聚人心的伟大格局，首先依赖于思想及理论的力量。理论既是实践的结晶，又是行动之先导。

蒋介石的悲剧在于思想的骄傲自大与理论的盲目。他自以为可以主宰一切，不把人民的和平意愿当回事，不把人民的起码生存利益放在眼里，以功臣自居，肆意劫掠抗战胜利果实，犯了李自成式的错误，走向了人民的反面。

而他的对手毛泽东恰恰在他的反面赢得了人心。或者用外国人通行的说法，斯芬克思的谜底便是，蒋介石悖逆民心的错误，送给了毛泽东获得民心的机会。

注释

[1] 林星雨：《林彪传》，花城出版社，2006 年版，第 367 页。

[2] 王树增：《解放战争》（上），人民文学出版社，2009 年 8 月北京第 1 版，第 75 页。

[3] 同上书，第 87 页。

[4]（美）胡素珊：《中国的内战》，当代中国出版社，2014 年 7 月第 1 版，第 255 页。

[5] 何家骅：《国民党怎样失去大陆》，《明报月刊》，1989 年，第 11 期；刘统：《东北解放战争纪实》，东方出版社，1997 年版，第 780 页。

[6] 张同新、何仲山：《蒋介石败退台湾真相始末》，武汉出版社，2011 年版，第 143 页。

[7] 吴少秋、陈方远：《20 世纪中国全记录》，北岳文艺出版社，1995 年 1 月第 2 版，第 645 页。

[8] 王树增：《解放战争》（下），人民文学出版社，2009 年 10 月北京第 1 版，第 627 页。

[9]《毛泽东选集》第四卷，人民出版社，1991 年第 2 版，第 1475 页，中共中央毛泽东著作编辑出版委员会。

[10] 何汉文：《大劫收见闻》，《文史资料选辑》合订本第 19 卷，中国文史出版社，2011 年 6 月北京第 1 版，第 184 页，全国政协文史和学习委员会编。

[11] 何汉文：《记上海黄金风潮案》，文史资料出版社，1985 年版，第 138 页。

[12] 刘统：《解放战争全记录》，青岛出版社，2010 年版，第 495 页。

[13] 文强：《徐州"剿总"指挥部的混乱》，《淮海战役亲历记》，文史资料出版社，1983 年版，第 93 页。

[14]《解放战争》（下），第 499 页。

[15] 白乐天:《中国全史》第九卷,光明日报出版社,2000年版,第2228—2231页。
[16] 王波:《游击战之光》,解放军出版社,2015年版,第123页。
[17] 黄仁宇:《黄河青山》,生活·读书·新知三联书店,2007年2月北京第2版,第224—225页。
[18]《游击战之光》,第77页。
[19] 张琦:《黄克功与张灵甫:枪杀伴侣案》,《非常关注》,2015年,04期,第41页;《西安晚报》,2014年12月15日。
[20]《毛泽东文集》第二卷,人民出版社,1993年12月第1版,第39—40页,中共中央文献研究室。
[21]《中国的内战》,第155—156页。
[22] 同上书,第177—178页。
[23] 周海峰:《蒋介石传》,作家出版社,2006年版,第233页。
[24] 王树增:《抗日战争》第三卷,人民文学出版社,2015年8月北京第1版,第438—439页。
[25]《毛泽东文集》第三卷,人民出版社,1996年8月第1版,第227—228页,中共中央文献研究室。
[26]《毛泽东选集》第四卷,第1438—1439页。

第 38 章　东北争夺在继续

国民党最后一面军旗在葫芦岛的消失，标志着国共两党东北争夺战以国民党的完败落下了帷幕。毛泽东却认为，东北争夺战并没有结束，接下来的任务更复杂，更艰巨。

国民党政府为获得苏联支持自己而不支持共产党，所输送出去的那部分国家主权和利益，仍然在苏联人的财富仓库里，而钥匙则握在巨人斯大林手中。这部分主权和利益是4万万中国人民的。而且饱经战火蹂躏的嗷嗷待哺的中国人民急需这些来疗伤。即便不是这般急需，中国主权与利益理应由中国老百姓来享有。

内心一百个不甘的毛泽东，既对骨头不硬的蒋介石充满了鄙视，又对斯大林的狭隘民族利益与大国沙文主义储满了不满。

斯大林，原姓朱加施维里，之所以改姓为"斯大林"——俄语的意思是"钢"。正如他的名字一样，被捕流放达7次之多的斯大林，意志像名字——钢铁一样坚强。

美国总统罗斯福生前绝对倚重的曾跟斯大林打过无数交道的高级智囊哈里·霍普金斯，告诉继任总统杜鲁门的话，代表了国际上对斯大林的深入透彻看法："斯大林是一个坦率、粗鲁、固执的俄国人，他是一个彻头彻尾的俄国利益维护者，他最先想到的永远是俄国。"[1]

根据美英苏三国《雅尔塔协定》派生出来的国民党政府与苏维埃政府《中苏友好同盟条约》，是斯大林乘人之危为苏联夺取的利益，犹如叼在嘴里的肥肉，自然不愿吐出来。作为世界级战略家，斯大林在国共三年内战中最大的误判，是目光短视地认定蒋介石的国民党能够长久统治中国。虽然在意识形态上他倾向中国共产党，但信仰、理念维系的脆弱友谊，都会在国家和民族利益的面前让步。

重庆谈判期间，苏联大使故意同中共领导人保持距离。毛泽东的秘书胡乔木曾回忆说，当时毛泽东轻蔑地说，苏联使馆胆子小，请我们吃饭要走后门。[2]

大使馆的行为自然是苏联政府态度的晴雨表，斯大林意欲何为？有一件事可以说明，重庆谈判签订《双十协定》以后，斯大林邀请蒋经国以蒋介石私人代表身份访问苏联。访问期间，斯大林明确表示"支持国民政府"，并拒绝充当中国问题的调解人，因为他"不相信中国共产党会接受他的意见"。

阅人无数的斯大林目光很锐利，毛泽东从一开始就没有接受过——"共产国际"实为苏维埃的意见。这除了毛泽东一贯坚持的"独立自主""自力更生"思想之外，还在于苏维埃的"共产国际"方针并不适合中国国情。这是斯大林与毛泽东两个有共同信仰的巨人长期关系不融洽的主要原因。

从未到过中国的斯大林认为，"中国没有发展起义的前景，中国同志应该寻求同蒋介石的妥协，他们应当参加蒋介石的政府，解散他们的军队"。这是毛泽东所不能容忍的。因此，在国共三年争斗初期，中共并未得到苏联的支持。所以，毛泽东在斯大林向蒋经国表述"支持国民政府"后，也大声说了一句有骨气的话："苏联不帮助我们，我们也不怕！"[3]

此外，整个抗战时期及其以前相当长一段时间，斯大林对中共采取轻视而冷淡的态度。1940年，中共领导的东北抗联残部退往苏联，却仍不断返回东北进行侦察与战斗，苏联给了一些支持，却有意让抗联脱离中共中央领导，成为苏联控制的一支对日本关东军的特种侦察部队，在伯力会议上提出整个抗联队伍编入苏军。周保中坚持中共抗联大旗不能倒，如不答应就率部返回东北，宁可全部战死。

苏方做了让步，但抗联要求苏联帮助沟通同延安的联系，苏方总是以联络困难为借口，实际上苏共同延安一直有电信联系。后来解密的俄罗斯档案说明，东北抗联要求转发延安的若干份报告都长年躺在苏联档案柜里。毛泽东后来得知了苏联的做法。[4]

1949年9月，毛泽东接见周保中的第一句话便是"我们的民族英雄回来了"。称赞周保中铮铮民族骨气的同时，隐含着对斯大林的不满。

当惯了"共产国际"（后来虽然已经没有了这个组织）领袖的斯大林希望中共也像其他国家的共产党那样，处处事事听其指挥，但在"共产国际"大家庭中，毛泽东是一个特殊的例外。毛泽东对"共产国际"最伟大的一次荫泽子孙万代的反叛，是毫不犹豫地拒绝了斯大林关于国共"划江而治"的意见。

三大战役的惨败致使国民政府总统蒋介石第三次下野，副总统李宗仁代之，蒋李虽为党内死敌，在反共方面有着共同立场。虽下野仍为国民党总裁的蒋介石，倾全力支持李宗仁国共以长江为界以停止内战，实际是要保住"东南半壁江山"，并企图一旦获得喘息之机，卷土重来。

为达目的，隐于幕后的蒋介石开动所有宣传机器，呼吁停战、倡导和平，动员各民主党派向共产党施压；同时，将国共"划江而治"的方案送达莫斯科，请求斯大林向中共进行调停。

曾几次拒绝充当国共调解人的斯大林这一次却例外地积极。1949年1月10日，斯大林致电毛泽东，名义上是询问意见，实际随电附上了拟好的答复意见。收到电报第二天，毛泽东即速回电说明：我们倾向于南京政府无条件投降。[5]

其实，"南北朝"的策划始作俑者是美国人，其构想比蒋、李更早一些。1947年3月，美国总统特使魏德迈来华，南巡广州、台湾，北察沈阳、抚顺，然后为国民党制定了军事上把中国分为6个区的计划，建议国民党重点经营西北、西南、华南3个区。1949年2月，国民政府驻美大使顾维钧的秘密报告，把美国政府渴望以长江为界、隔离中国南北、以保护美国在华势力与经济利益的目的全盘托出。

也就是说，在"划江而治"问题上，美苏蒋三家再次坐到了一条板凳上。但中共面对的已不是三年前美、苏两强加一较强的蒋，共同对付一弱的共产党之"三国四方"格局了。如今，三年前最弱的一方已有足够力量让美苏两强退避三舍了。

对斯大林在国民党"划江而治"上"表现出那么高的兴趣"及其做法，鉴于种种原因，相当长一个时期，中苏媒体都采取了谨慎的回避态度，西方的媒体则毫无顾忌地多次予以披露。菲力普·肖特在《毛泽东传》中则更为详细地记叙了这一段历史：

"这位苏联领导人（斯大林）本人曾经明确表示过：那年春天他曾经敦促毛，不要把他的军队派过长江去，控制好北半个中国就够他自我满足了。他曾经解释说，避免触怒美国是比较谨慎的。但毛知道，斯大林也知道，一个分裂的中国符合俄国的利益而不符合中国的利益。毛向米高扬（斯大林的特使）当面指出：'有真朋友也有假朋友，假朋友只是表面上对你好，说一套做一套，他们欺骗你……我们将会出于自己的立场反对之。'"[6]

菲力普·肖特这段记述起码说明了以下事实：一是斯大林希望国共"划江而治"是怕触怒美国人从而将苏联卷入更大的战争，而毛泽东始终认为美帝国主义是纸老虎；二是任何一个国家都不希望自己的接壤近邻是一个强大的国家，一个"划江而治"的分裂中国符合苏联的安全利益；三是毛泽东以真假朋友的比喻，表达了对斯大林的不满。

毛泽东的不满在于国共"划江而治"的严重恶果会导致1500年前"南北朝"的重演，使中华民族陷入惨痛分裂与战乱悲剧。

南北朝，自公元420年东晋灭亡到589年隋统一的170年间，中国历史上形成南北对峙的分裂局面。南朝历经宋、齐、梁、陈四个朝代，北朝从北魏分裂出东魏、西魏，又被北齐、北周取代，先后共五个朝代。中华民族四分五裂，频繁战乱使人民流离失所。

1955年，刘晓出任中国驻苏大使。临行前，周恩来提起了那笔旧账："当时军事、政治形势都很好，我们准备南下过长江，解放全中国，苏联对此有看法，要求我们停止内战，实际上是搞南北朝。"

这是毛泽东最不能容忍的，因为这背离了共产党人流血奋斗的初衷。一直到七八年后的1956年，毛泽东在他那篇著名的《论十大关系》的雄文中，仍然对斯大林表示了不满："解放战争时期，先是不准革命，说是如果打内战，中华民族有毁灭的危险。仗打起来，对我们半信半疑。仗打胜了，又怀疑我们是铁托式的胜利。一九四九、一九五〇两年对我们的压力很大。可是，我们还认为他是三分错误，七分成绩。"[7]

西方一些媒体，包括苏联媒体在内，认为中共领导人在斯大林支持国共"划江而治"问题上，似乎缺少胸怀与雅量，毕竟在中共取得胜利后，斯大林承认了自己的错误，并向正在苏联访问的刘少奇做了类似道歉的表示："我们是妨碍过你们的，因为我们常常不够了解你们事情的实质，可能讲错话。"[8]

不过，也有媒体认为，领袖也是人，在涉及国家主权和民族重大利益方面，任何人都难以有包容的胸怀。实际上，有些真正的内情，包括嗅觉警犬一般灵敏的记者也难以得知。

斯大林与毛泽东两个有同样信仰的巨人之间的不睦与矛盾由来已久。毛泽东自己解释的是："第二次世界大战结束、日本投降以后，斯大林和罗斯福、丘吉尔开会，决定把中国全部都给美国，给蒋介石。当时从物质上和道义上，尤其是道义上，斯大林都没有支持我们共产党，而是支持蒋介石的。决定是在雅尔塔会议上做出的。斯大林把这件事告诉了铁托，在铁托自传中有这段谈话。"[9]

这段话是毛泽东在 1956 年 9 月 24 日，会见南斯拉夫代表团时讲的。毛泽东这段话传达了两层不满：一是斯大林不该乘人之危在雅尔塔会议上劫掠了中国利益；二是物质与道义上，不支持共同信仰的中国共产党，而支持蒋介石。如果说斯大林当时不了解共产党才支持蒋介石的话，那么在共产党已经取得了胜利，斯大林就不该再支持蒋介石并与之保持关系。

实质上，毛泽东对斯大林最主要的不满，是他不肯归还蒋介石出卖给苏联的中国人民的主权与利益。

1949 年 4 月 23 日凌晨，解放军第 35 军 103 师侦察连冲进了南京国府路总统府。侦察员徐传翎、魏记善、何鹏，每个人都在蒋介石那把能转动的座椅上坐了坐。侦察员卢登秀与王安滋爬上总统府门楼，扯下了已经被冲锋枪打破了的青天白日旗。5 名普通侦察员得以留名青史，缘于他们的行为标志着国民党剿共大本营已落入人民之手。

与共产党死敌的国民政府有外交关系的使馆人员如何表现？尤其鼎力支持国民党打共产党的那些国家是否惊慌失措？很快查明，混乱的南京市内只有使馆区异常安静，使馆里的外国人像什么事也未发生一样，都没有逃走。只有一家例外，是苏联大使馆！按理说，逃走的应当是共产党多次谴责的美国人，苏联人的行为令人费解。

早在二月初，国民政府迁往广州之时，曾通知各国政府使馆一起南迁，出乎国民党方面预料的是，似乎是看穿了广州也并非国民党的最后落脚之地，没有一家使馆愿意跟着国民党政府走，只有苏联例外！

此前，在解放军接管北平时，也是苏联使馆率先关门。为此毛泽东在西柏坡会见了斯大林的特使米高扬。米高扬见面就说："我们只带着两个耳朵来听的，不参加讨论决定性意见。"

没有表示意见，实际上已经表明了意见——苏联政府仍然要保持同即将垮台的国民政府之间的关系。这使共产党人感到不安——国民政府过去对苏联的最大益处，现今对苏联的唯一用处，是中苏双方签字的那份《中苏友好同盟条约》。该条约有效期为30年，现今刚刚过去3年。

这个条约对苏联最大的好处是，除了外蒙古独立出去成为苏联控制的附属地之外，还使虽有世界最大版图却没有不冻港的苏联从此有了大连旅顺港可用，同时又通过中苏共同经营中长铁路，从而控制整个东北的经济动脉。

毛泽东认为，苏联巨大获利的背面是对中国的巨大损害。英国著名学者迪克·威尔逊在《毛泽东》一书第3部第17节中，以"虎口取食"为题，详细记述了毛泽东向斯大林讨要主权与利益的曲折过程。迪克·威尔逊这个形象的题目来自1957年毛泽东一次谈话中的回忆："我们要签订中苏条约，他（斯大林）不订；要中长路，他不给；但老虎口里的肉还是能拿出来的。"[10]

目空一切的斯大林预先料到了毛泽东的用意，尽一切热情来拉近同毛泽东的关系。除了向刘少奇道歉以外，还在各国中第一个表态承认毛泽东领导的中华人民共和国。在即将胜利的一年前，毛泽东曾两次提出出访莫斯科，都被斯大林以各种理由搪塞了。这一次，斯大林没有了不与毛泽东见面的理由了。毛泽东的理由名正言顺：世界各国共产党齐聚莫斯科为斯大林70岁诞辰祝寿。

菲力普·肖特写道：在1949年12月16日的料峭寒风中，"下午6时，克里姆林宫圣凯瑟琳大厅的重门打开了，毛发现斯大林和苏共政治局的全班人马等着会见他。这是一次特意的安排，作为对待一位例外的贵宾的例外的姿态"。而此前三年，斯大林曾多次用嘲笑的口吻讥讽毛为"人造奶油"和"红萝卜"（红皮白心）式的共产党。

斯大林故意问毛他"这次来访想要点什么"，毛回答说："好吃又好看的东西。"斯大林充分而精确地了解毛要的是"俄国废除同蒋介石签订的中苏友好条约，并由中苏两党重新谈判一种新联盟条约"。斯大林找出的借口是，"与蒋之间的协议源于与英美达成的雅尔塔协定"。

接下来谈判陷入僵局。迪克·威尔逊在"虎口取食"一节中继续写道："至于斯大林，由于他要求在华享有和中国过去被迫给予西方人的极为相似的特权，因而加重了毛的忧虑。例如，他提议建立一个联合股份公司来开采新疆的自然资源；他还要求毛拿出土地建立一个橡胶种植园——这两个建议极易让人联想起昔日令人望而生畏的欧洲帝国主义国家。"

毛泽东在苏访问时间为9周，两周之后，谈判陷入搁置状态。得知谈判不顺利，国内中央政治局意见让毛泽东回国，但毛是个不达目的决不罢休的强者。

他与斯大林都是为了民族和国家利益不惜抛弃一切的人。毛泽东牺牲包括爱妻在内的多位亲人，越挫越勇；斯大林最令苏联人民难忘的是，德军俘获了他在前线战斗的儿子并企图用其换回德军将领，斯大林给了一句"门都没有"的答复，换来了儿子惨死的噩耗。

两个世界巨人都认为祖国和民族的利益高于家庭个人利益。为了祖国和民族，他们可以牺牲家庭与感情，包括他们自己在内也丝毫不会有半点犹豫。

两人都在等着对方先眨眼睛的"拜占庭式"的意志较量，一直进行了近两个月。得知毛泽东炸肺式拍打着桌子对苏联联络官咆哮："我一天就是三件事，吃饭、拉屎、睡觉。"斯大林让人告诉他说，他已外出了。

毛泽东的怒火有相当部分来自对蒋介石的恼怒，如果当初腰杆子硬一些，怎么会被苏联拿去那么多东西？！

最终，还是斯大林退让了。毛泽东当时恶作剧地问道："可拿雅尔塔怎么办呢？"斯大林大度地回答："让它见鬼去吧。"

6周后的2月14日，有斯大林、毛泽东在场情况下，中苏两国外交部长周恩来与维辛斯基签订了新的《中苏友好同盟互利合作条约》，即毛泽东认为的那种"既好吃又好看的东西"。

同时签订的还有《关于中国长春铁路、旅顺口及大连的协定》、《关于贷款给中华人民共和国的协定》。苏联政府同时声明：1945年8月14日与国民党政府签订的《中苏友好同盟条约》及其配套的各项条约协定均告无效。

根据这些条约，苏联将中长铁路经营管理权、旅大苏军根据地等设备全部转交给中华人民共和国政府；苏联将在东北从日本获得的财产（工厂、机器、设备等）全部无偿移交给新中国；苏联政府向中国提供总数为3亿美元低息贷款（年息仅1%）。

当然，这对世界大国领袖斯大林说来，有一种说不出的痛楚，尤其是当年彼得大帝与日本人流血争夺来的进入太平洋最便捷的不冻港旅顺与大连的重新交出。

再一次打破先例，这位苏联领导人出席了毛在"都市宾馆"大舞厅主持的一个招待会。对于斯大林来说，离开克里姆林宫是如此非同小可，以至于俄国保安官员们坚持要放置一块防弹玻璃以分隔领导人与普通宾客，其结果是谁都听不到祝酒词，直到毛要求把它给撤了。

迪克·威尔逊在评价毛泽东访苏之行的成果时认为："从某种意义上说，出于中国人的自豪与自尊，毛在同斯大林周旋的过程中已经站起来了。"[11]

威尔逊应当是在蒋介石同斯大林的交道与周旋的对比中发现了毛泽东的不凡。其实，这个英国人只是看到了一个表象。实质上，毛泽东领导的中国共产党30年来流血奋斗的根本目标，就是要"中国人民站起来"。这个目标在新中国成立之初中国政协一届全体会议上被列为开幕词的题目，并多次引用："占人类总数四分之一的中国人从此站起来了。""一个被人侮辱的民族，我们已经站起来了。"

毛泽东经过艰苦努力，收回了被蒋介石出卖的大部分利益。由于种种原因，蒙古的主权却没有收回来，这成了毛泽东一生的遗憾。

15年后的1964年7月10日，年已古稀的毛泽东接见日本社会党人，谈起此事仍然耿耿于怀:"苏联占的地方太多了。在雅尔塔会议上就让外蒙古名义上独立，名义上从中国划出去，实际上就是受苏联控制。外蒙古的领土，比你们千岛的面积要大得多。我们曾经提过把外蒙古归还中国是不是可以，他们说不可以……一百多年以前，把贝加尔湖以东，包括伯力、海参崴、勘察加半岛都划过去了。那个账是算不清的。我们还没有跟他们算这个账。"[12]

毛泽东的谈话被日本3家主流媒体刊登在显要位置，随后迅速在全世界传开，被很多人称为"要跟苏联算领土账"。

毛泽东心有不甘的是，蒋介石的国民党政府弄巧成拙，自己将把柄交到了斯大林手里——为了掩饰出卖领土主权的丑行，国民政府谈判代表团提出外蒙古独立必须经蒙古人民投票决定。

1945年10月20日，蒋介石派内政部常务次长雷法章前往"观察"。"观察"实际上毫无意义，外蒙古被苏联控制长达20余年，反对者都被清洗掉了。参加投票的有487409名公民，一致赞成外蒙古独立。这是斯大林当时抵挡毛泽东讨要外蒙古的有利盾牌。

在相当长一段时间，中苏两党关系趋冷，在斯大林与毛泽东之间夹杂了一个人——王明。他对两个巨人之间的纠葛与矛盾起了关键作用。毛泽东与斯大林的矛盾，王明应负相当责任，或者说有始作俑者的作用。

有评论以为，中苏两党及毛泽东与斯大林之间的关系，在抗战时期远不及国民政府蒋介石与斯大林关系融洽。最明显的标志是，苏联出兵东北这件震惊世界的举动，竟然未向同宗一脉的中共透露半点口风。

毛泽东对王明曾十分尊重，他回国时，毛泽东曾亲自去机场迎接。毛泽东最不能容忍王明的是两条：一是王明强调认为中共只是共产国际一个支部，要不折不扣执行共产国际指示，而不管其指示是否符合中国实际；二是"二战"中要求把保卫苏联作为中国共产党和八路军的中心任务，而不管中国抗战当时是何等艰苦。

延安整风期间，王明的思想路线受到了批判。当时刚从苏联回国不久的师哲，看到了批判的东西哪里是王明的，分明是共产国际和斯大林的。

心胸坦荡的毛泽东自己也直言不讳："过去的王明路线，实际上就是斯大林路线。它把当时我们根据地的力量搞垮了百分之九十，把白区几乎搞垮了百分之百……第二次是抗日战争的时候。王明是可以直接见斯大林的，他能讲俄文，很会捧斯大林。斯大林派他回国来。过去他搞'左'倾，这次则搞右倾。在和国民党合作中，他是'梳妆打扮，送上门去'，一切都服从国民党……蒋介石则是'一个耳光，赶出大门'。"[13]

师哲百思不解地问毛泽东，同样是中国共产党员，王明跟我们的最大不同在哪里？毛泽东沉默了片刻，说了一句话：他为别人考虑得太多了，为我们自己考虑得太少了。

1956年1月，王明以治病为由赴莫斯科，行前写信给中共中央，要求解除他的中央委员职务："等我的病好到可以工作时，再由组织另行分配工作。"他的"病"再也未好，1974年3月在莫斯科去世，享年70岁。

一个中国人长期以别国利益为中心利益，以别国目标为中心目标，以别国指示为中心指示，他无法活在中国人民心中。王明去世第二天，《真理报》称其为"国际共产主义的老战士"、"苏联的老朋友"，他的"形象将铭记在苏联人民的心中"。[14]

访苏期间，毛泽东曾试图改善同斯大林的关系，毕竟个人感情同国家利益比较起来，前者应当服从后者。菲力普·肖特写道："毛这位世界共产主义次最强领导人，是不靠俄国人有意义的帮助，而能够单独取得政权的不多几个人之一。对这班苏联领导人来说，他到此时仍然是一个谜。用中国人的惯常做法，毛泽东想把话说开，从而解开以往的思想疙瘩。"

"毛开始对这位苏联领导人说：'很长一段时间以来我一直受批判，坐冷板凳，没有地方表达我的观点……'他可能打算接下来为在那些艰难岁月里得到过共产国际的支持而感谢他（在这一过程中他也可以含蓄地提醒斯大林，他曾经落到莫斯科的中国被保护者们的手中而备受侮辱的事）。但是，就在这一当口，斯大林打断了他的话，'你现在是一个胜利者了，而胜利者总是对的。那是条规律'。"

应当说，是斯大林关闭了与毛泽东感情沟通的窗户。

毛泽东是一个感情丰沛的常人，又是掌握原则的巨人。有评论认为，斯大林与毛泽东这两个有共同信仰的巨人，至死感情都未得到真正的融洽。

用毛泽东自己的话说，自己"从感情上说对他（斯大林）就不怎么样"，因为"他和列宁不同，列宁是把心给别人，平等待人，而斯大林则站在别人的头上发号施令。他的著作中都有这种气氛"。[15]

但毛泽东的丰沛感情总能服从政治原则。换言之，为了国家民族和理想信仰，他可以毫不迟疑地将个人感情抛弃一边，尽管这会给他带来诸多痛苦。

赫鲁晓夫上台后对斯大林全面否定并展开批判。国内有些人想起了斯大林对中共的一些做法，似有同感迎合之意。毛泽东当然也想起了访苏期间受到的冷遇。"一九五〇年我和斯大林在莫斯科吵了两个月，订立了中苏友好同盟互助条约。对中长路、合股公司、国境问题，我的态度是：第一，你提出，我不同意者要争；第二，如果你一定要坚持，我可以接受，但保留意见。这是因为要顾全整个社会主义的利益。还有两处势力范围，东北和新疆，不准第三国的人住在那里，现在取消了。"

与众不同的是，毛泽东说："老祖宗（斯大林）也有缺点，要加以分析，不要那样迷信。""但一棍子打死，我们就不赞成。他们不挂斯大林的像，我们挂。"

为了使党内各级负责同志能坚持原则，保护旗帜，毛泽东郑重提出了对马列主义的态度问题："正确的崇拜，如对马克思、恩格斯、列宁、斯大林正确的东西，我们必须崇拜，永远崇拜，不崇拜不得了。真理在他们手里，为什么不崇拜呢？我们相信真理，真理是客观存在的反映。"[16]

功是功，过是过，是非皂白，一清二楚。既不盲目迷信权威，教条主义地生吞活剥；又坚持原则，对真理充满了敬仰与坚定追求。其思想核心是一切从实际出发。

可以说，实事求是毛泽东一生的行为准则。

注释

[1] 丁晓平：《1945·大国博弈》，华文出版社，2015年版，第78页。

[2] 《胡乔木回忆毛泽东》，人民出版社，1994年版，第13章；张正隆：《中国1946》，白山出版社，2014年版，第102页。

[3]《毛泽东文集》第四卷,人民出版社,1996年8月第1版,第77页,中共中央文献研究室。
[4]徐焰:《苏联出兵东北》,解放军出版社,2015年版,第106—107页。
[5]同上书,第327页。
[6](英)菲力普·肖特:《毛泽东传》,中国青年出版社,2004年1月北京第1版,第339页。
[7]《毛泽东文集》第七卷,人民出版社,1999年6月第1版,第42页,中共中央文献研究室。
[8]《毛泽东传》,第340页。
[9]《毛泽东文集》第七卷,第121页。
[10](英)迪克·威尔逊:《毛泽东》,中央文献出版社,2000年8月第1版,第226页。
[11]同上书,第227页。
[12]闻泽:《毛泽东与苏联算领土账》,《夕阳红》,2015年,第22期,第53页;外交部解密档案:"外发(64)午760号"。
[13]《毛泽东文集》第七卷,第120—121页。
[14]金一南:《苦难辉煌》,华艺出版社,2009年版,第486页。
[15]《毛泽东文集》第七卷,第125页。
[16]同上书,第369—370页。

第 39 章　领袖之胸怀

胸怀有多宽阔，事业就有多广大。

有评论认为，毛泽东一生政敌多多，却没有一个私敌。毛泽东能用宽广的民族情怀包容中国，包容那些政坛宿敌、阶级敌人、战争罪犯，因而他赢得了民心。

有人做过一个统计，国共争斗几十年，蒋介石屠杀共产党人数百万。被国民党俘虏（含诱降）的共产党高级将领与官员不在少数，除了当叛徒的例如张国焘，能够活下来的几乎查无人头；即便当了叛徒的，例如顾顺章，蒋介石用过了，厌烦了，就杀掉了。

杀人如麻的蒋介石似乎杀人成瘾。从共产党领袖及先驱瞿秋白、罗亦农、肖楚女、向警予，到红军重要将领方志敏、刘畴西、刘伯坚，再到被王耀武捕获的红军 21 师师长胡天桃……共产党人横尸遍野，血流成河。而被共产党杀掉的国民党高级将领，自井冈山开始至解放战争结束，只有区区两人。

一个是第一次反"围剿"中俘获的敌师长张辉瓒。毛泽东曾指示要好好看管他，不要杀他。由于张辉瓒部曾在东固一带烧杀抢掠，民愤很大，红一方面军中有人不经请示，就将张辉瓒交给东固人民批斗，结果在民众一片愤怒的喊杀声中被处死了。毛泽东知道后十分不快，多年以后还对陆定一说：如果不杀张辉瓒，把他放回去，可能更好。[1]

另一个是郝鹏举，一生五次倒戈叛变的将军。1930 年，蒋冯阎中原大战，郝背叛培植他的冯玉祥投靠蒋介石，被任命为第 25 路军少将参谋处长；抗战爆发后，已是胡宗南 27 军参谋长的郝鹏举再次投靠汪精卫伪政府，先后出任伪军第一集团军参谋长、汪伪政府训练部次长；日本投降后，郝鹏举又投靠国民党，被蒋介石任命为新编第 6 路军总司令；但令其感到岌岌可危的是，国民党总是让他的部队当与中共部队作战的炮灰，于是郝鹏举率部投奔了共产党陈毅的部队，实现了第四次倒戈；第五次叛变则在1947年1月，郝鹏举再次率部进入国统区。一个月后，陈毅与粟裕指挥华东野战军，一举歼灭郝部，活捉了郝鹏举。战斗发生时，周围十几万国民党军，没有任何一支部队对郝部实施救援。延安《解放日报》称"郝鹏举是中国军阀中著名的反复无常的一个"。

不久，山东敌情严重，中共华东局决定将之前战役中被俘的国民党军高级军官全部北撤。为防止意外，负责押送的干部在没有得到上级批准的情况下，将郝鹏举处决了。这是解放战争中第一个、也是最后一个俘虏后被处决的国民党军高级将领。事后，中共中央和毛泽东追查此事，陈毅主动检讨并承担了责任。[2]

三年解放战争期间，国民党军队起义、投诚、俘虏与和平改编，被共产党方面接收的军官达8万人，其中将领达1500余名，共产党做到了一个不杀，大部不抓，放下武器就是一家人，站队过来同样重用，不管过去有什么过错。

陈明仁在四平战役中给林彪东野主力造成1.3万人死伤，当年参加攻城的官兵张口就是"陈明仁这小子……"，1949年夏，已是国民党第7兵团司令官的陈明仁与程潜在长沙酝酿起义。当林彪四野奋勇逼近湖南时，毛泽东5天之内3次电告林彪，要善待陈明仁。[3]

这年9月，陈明仁应邀参加全国政协第一次会议，说起四平战役，很有负罪感。毛泽东安慰说，你是坐在他们的船上，各划各的船，都想划赢，这是理所当然的。我们会谅解的，只要站过来就行了，我们还要重用。毛泽东果然保留了陈明仁第7兵团的建制，改编为中国人民解放军第21兵团，仍然让陈明仁当司令员。

解放战争时期有188万国民党官兵掉转枪口对向了国民党，其中有整个兵团、整军、整师、整团的反正，不乏若干高级将领。对此，蒋介石格外伤心，哀叹道："尤其使我痛心的"是"许多受我耳提面命的高级将领被俘"，"而不能慷慨成仁"；许多下级官兵被俘，编入解放军来打国民党军，"而不能相机反正"，这是"有史以来所未有的奇耻大辱"。[4]

蒋介石毕生信奉曾国藩，时常自省自警地检讨自己，总是没有挖到心胸的根子上，总是把过错归结到下属他人身上。从来未对多年禁闭张学良、武力"逼驾"龙云、诿过卫立煌等一系列失掉人心的决策吸取教训。

有评论认为：在政治上，蒋介石一生没有真朋友。

从中共成立到新中国成立28年，其间除了8年抗日战争，因为军阀混战、国共战争等，若干中国老百姓的家庭惨遭破坏。例外的是蒋介石家族，只有1人死于战火——蒋介石的发妻、蒋经国的母亲毛福梅。不是死于共产党之手，而是死于日本飞机轰炸。

按中国老百姓的传统说法，共产党人对蒋介石并无私仇，但毛泽东直系亲人有5人死于国民党之手。令毛泽东终生痛彻心扉的是发妻杨开慧1930年的惨死，27年后赋诗《蝶恋花·答李淑一》，诗中以"骄杨"比爱妻，诗尾一句为"泪飞顿作倾盆雨"。

历史学家黄仁宇曾给郑洞国当过副官，杨开慧是他三舅母的亲戚，透过三舅母，黄仁宇了解了一些细节。他在《黄河青山》一书中记叙了杨开慧被处死的惨状：

"法官判处死刑时，会让犯人选择枪毙或砍头。她选择前者，因为她不想让头颅被挂在公共场合示众。在毛泽东被宣布是公敌时，他的妻子留在家中，拒绝逃跑。因为她认为自己并没有涉入政治，不应为丈夫的行为负责。她的审判是形式，甚至连死刑都不是由法官宣判，而是由省主席何键直接下令。刽子手并没有让她迅速死亡，她身负枪伤，倒地上挣扎。后来处理遗体的人发现，她的指甲里全是泥土。"[5]

随着毛泽东"匪首"声望日隆，国民党对其家族迫害不断增加，以毛泽东老家湖南军阀何键最为积极。那边蒋介石开出10万大洋人头赏格，湖南这边就开始抓人杀人。毛泽东的堂妹毛泽建与杨开慧一道被处决。[6]

活人杀完了，何键又几次派人去掘毛泽东的祖坟——这在中国民间是头等侮辱祖宗的行为。

抗战期间，何键被解除兵权，闲住重庆。有人看他寂寞，推荐了一本《延安一月》，他看后沉默良久说："共产党组织民众，唤起民众是扎实的，毛泽东真有一套理论和办法。"双手沾满鲜血的何键，1956年4月25日，因脑溢血死于台北。其实，何键不亡命海岛，毛泽东也不会拿自家私仇把他怎么的。

蒋介石每当下野之际，都回奉化溪口老家，犹如受了挫折与委屈的儿子回到父母身边，求得安慰与心理疗伤，尽管父母早已不在，老家的祖屋在，父母的庐墓也在。1949年4月23日，蒋介石率全家人最后一次回溪口。第二天上午，他在先祖母墓前伫立良久；下午又再拜别祖堂："溪口为祖宗庐墓所在，今一旦抛别，其沉痛之心情，更非笔墨所能形容于万一。"蒋介石此刻一定想着毛泽东的祖坟被刨过多次。

1949年4月25日，时年62岁的蒋介石离开故园，直至离世也未能再见故乡一面。

这年5月，解放军进占奉化，毛泽东当即指示，要告诫部队，不要破坏蒋介石的住宅、祠堂及其他建筑物。到了60年代，周恩来请有关人士将"奉化庐墓依然，溪口花草无恙"的照片辗转寄往台湾；还安排住在上海的蒋介石内兄（毛福梅的二哥）毛懋卿做浙江省政协委员，并要他照顾蒋介石在浙江奉化的亲属和陈诚在浙江青田的姐姐。[7]

这些情况通过各种渠道传到蒋介石耳中，蒋氏做何感想？没有史料记载。

新中国成立后，共产党对国民党遗留的1000万军政人员实行"包起来"与"招回来"的政策，毛泽东认为，中国已归人民，一草一木都是人民的。任何事情我们都要负责并管理好，使所有人都有出路。对做过错事、走了歧路想回头的人，不管过去对共产党做过什么，在承认错误的基础上，都予以原谅与包容。

共产党的政策举世罕见。

毛泽东在七届二中全会那篇著名报告结尾处有一句话，一段时间以来并没有被人们完全领会与理解："我们不但善于破坏一个旧世界，我们还将善于建设一个新世界。"人们对毛泽东"世界"的理解多偏重于物质，而思想深邃的毛泽东所要建设的新世界不仅是物质的，更是精神的。在打倒蒋介石腐朽陈旧集团的同时，他要将受蒋介石陈旧思想影响的人改造成为有崭新思想的人。

逃到海岛上的蒋介石给毛泽东留下了926名战犯。其中不仅包括对蒋介石忠心耿耿的被俘将军,例如杜聿明、黄维、王耀武、廖耀湘等赫赫战将,还有双手沾满了共产党人鲜血的军统大特务袁晓轩、沈醉、文强。

有人做过设想:如果这926名不是战犯而是共产党,又落到蒋介石的手里,那会是个什么结局?有极端的评论是,30年来,蒋介石杀的人,绝不止926名。

杜聿明这个蒋介石最忠诚的学生被俘于淮海战场陈官庄,被俘时拿起一块小石头往头上乱打,头破血流,不省人事,誓做蒋介石的忠臣。令杜意料不到的是,蒋介石的心胸在这位忠诚的学生面前表现得淋漓尽致。

淮海战役酣战之时,杜母高太夫人年届七十,为激励杜在前线的斗志,蒋介石下令在上海为杜母隆重祝寿;当杜聿明被俘,其妻曹秀清从上海赶到南京要求见蒋,本以为蒋会好言抚慰,殊不料侍从室传话出来:"总统正在开会。"悲愤中,曹秀清闯进总统府大声疾呼:"请总统答话!"演出了《中央日报》登载的"曹秀清大闹总统府事件"。

1953年,杜的长子杜致仁求学美国哈佛大学,此时杜家已中落,杜致仁只得贷款于台湾银行,三年自己负债达7000余元。眼见还有一年即可毕业,还需3000元才可领毕业文凭,但台湾银行突然中断信贷。曹秀清无法,给蒋介石写了贷款3000元的申请。半月后蒋介石批示准借1000元,分两年支付。杜致仁收到500元后大失所望,自杀于卧室。

就在杜致仁自杀后第二年的1957年,杜聿明的女婿杨振宁获得诺贝尔物理学奖,又逢杜聿明母亲逝世台湾。门前冷落多年的"杜府"骤然车水马龙、门庭若市,蒋介石下令厚葬杜母,蒋经国亲临吊唁,台湾军政大员陈诚、顾祝同、张群、何应钦或登门,或送挽联。直到蒋介石传召曹秀清,她才知道,蒋介石是让她出使美国,动员杨振宁回归台湾。[8]

此时,杜聿明正躺在共产党战犯管理所单人房间的病床上。他有胃溃疡,炊事员给他吃软的果子酱与面食;不能吃凉的,就给他吃热的炖鱼与烧鱼。他有结核病,特效药是链霉素,当时国内不能生产,政府派专人到香港、澳门等地,不惜重金买回来。他有4种病(有一种是共产党检查出来的——脊椎结核),本来从东北离职后要去美国治疗的,是蒋介石扣下了他，让他抱病上战场，直到被俘，病得倒下去。现今四种病全被共产党治好了。

虽然他指挥部队打死了若干共产党的人，但共产党对他没有别的要求，只要求他认识过去的罪过，并改变过去的立场，站到人民方面来。他读了毛泽东的《论持久战》后写了万余字读书心得笔记，却要求将读后感寄给校长蒋介石。

6年后，顽固的他终于说了一句话："没有你们为我治病，我早完了，共产党是我的再生父母，毛主席是我的救命恩人啊。"

共产党倾全力为他治病时，并不知道几年后他的女婿杨振宁会获得诺奖。1957年，杜聿明给美国的女婿带去一封信，短短几句话中最重要的一句是告诉"亲爱的宁婿"：诺贝尔奖是中华民族的光荣。杜聿明让杨振宁记住的"中华民族"自然不是指孤岛台湾。他暗示"宁婿"倾心大陆是对共产党挽救自己生命的感激，还是对国民党的失望？

1959年，55岁的杜聿明获特赦，后被任命为全国政协文史专员。两年后，曹秀清辗转绕道回北京与杜聿明团聚。周恩来受毛泽东委托，对曹秀清回大陆表示欢迎。当杜聿明知道大儿子噩耗，他实在想不通，为什么自己为蒋介石如此卖命，蒋会如此薄情。

曹秀清告诉他："因为你被释放后写了若干文史资料，台湾骂你是叛徒。"杜火冒三丈："我投降的是人民，追随的是时代，只要我没有背叛真理，我就不是叛徒。"

1981年5月，杜聿明病逝于北京，享年77岁。邓小平、邓颖超等党和国家领导人出席了追悼会，沉痛哀悼共产党曾经通缉的43名战犯中级别最低、最"战绩卓著"的前蒋介石忠诚学生，现中华人民共和国普通公民。[9]

自1959年首次特赦始，到1975年3月19日的第6次、也是最后一次特赦，蒋介石留在大陆的926名战犯，除病逝者外，全部得到了释放，成为中华人民共和国公民。其中包括在重庆渣滓洞以非人刑具折磨江竹筠的沈醉、残杀杨虎城将军与宋绮云两家6口的主凶周养浩。

为了使他们得到妥善安排，为新中国建设发挥力量，周恩来发明了一个属于国家干部身份的职务——文史专员。在全国政协和各省市政协所辖的各个专委会中，增设一个文史资料研究委员会，委员会下设一个文史专员办公室。

杜聿明等1959年特赦参加工作后，每月工资100元，几乎高出国家工作人员一倍的俸禄，使其惊讶不已；后来当了全国政协常委，享受了副部级待遇。他在北京崇文门附近那栋部长楼的隔壁邻居，是同样担任全国政协常委的著名数学家华罗庚。

国共流血争斗毕竟是政治产物，必然有深刻的阶级烙印嵌入人们的头脑。辽西战役中被俘虏的国民党新3军军长郑庭笈的妻子冯莉娟在郑改造期间，与其离了婚。带着孩子的冯莉娟也是为了找工作时不受某些限制。

周恩来得知后，特赦大会上有意安排郑正读中学的女儿郑心楠代表获赦人员家属上台发言。在郑庭笈出任全国政协文史专员后，周恩来又指示文史资料办公室将冯莉娟调来当打字员。而三天两头负责到打字室取材料的人正是郑庭笈。不久，郑冯夫妻把复婚时间定在了1960年的国庆节——对新中国感恩之心不言而喻。

有感于郑庭笈与冯莉娟的离合，1963年深秋，周恩来专门接见了在京特赦人员和他们的家属，并说了一段让所有获赦人员及家属深思的话："中国革命是一个复杂的过程，有些时候很难用谁对不起谁来诠释历史。国共两党恩恩怨怨，但是我们毕竟有过两次成功的合作，合力打击过共同的敌人。"周恩来是在诠释毛泽东的一贯思想："如何看待国家，如何看待个人，最好的办法就是运用历史唯物主义和辩证唯物主义。"

这种把个人行为放到特定环境下去看待的态度，没有海纳百川的宽广胸怀，无论如何是难以做到的。

经过数年努力改造，杜聿明及郑庭笈等一大批曾在东北打内战的干将，抛弃了反人民反民主的立场与思想，从而成为社会主义的合格公民。这算不算国共两党满洲争夺战的继续？笔者以为，起码在意识形态领域应该是。

中外诸多重要研究机构共同认为，共产党对末代皇帝溥仪的改造，堪为古今中外之奇迹。

毛泽东看了溥仪写的《我的罪恶的前半生》材料后，让周恩来告诉溥仪:"里头检讨的东西太多了。有些事情他要负责,有些事情是别人背着他干的,他就不必承受所有的后果。"后来,根据毛泽东的意见,公安部群众出版社在出版溥仪的书时,不仅去掉了书名"罪恶的"三个字,改为《我的前半生》,而且增删了相关内容。

溥仪最震撼的是1960年毛泽东在家请他吃饭的一件事。毛泽东几次把红烧肉夹到溥仪碗里,而后自己夹了一块,无意中说了一句,今天跟您借光开一下荤。溥仪睁大了眼睛:有谁能限制毛主席吃肉的资格?当得知毛泽东自己取消了吃肉时,溥仪震惊得沉默了,他想起了自己当皇帝时的膳食。席间,毛泽东关切地问起溥仪的婚姻状况,建议他早日组建家庭。

溥仪跟同为战犯的杜聿明是好友。他告诉杜聿明:"我现在经常回顾历史,中国许多末代皇帝的下场都是很悲惨的。崇祯在自杀之前,还用宝剑先砍死自己的儿女,怨他们不该生在帝王家。南唐李后主被俘后,只在词中写了两行字,'小楼昨夜又东风,故国不堪回首月明中',便招来杀身之祸。"

杜聿明说:"谁叫他被俘后还去怀念前朝呢,所以被毒死也是应该的。"

溥仪反驳说:"蜀后主刘阿斗不但不怀念故国,还说'此间乐,不思蜀',不一样被害死了吗?因此呀,我这个清朝末代皇帝能够自由生活,安度晚年,真是多亏了共产主义,多亏了毛主席、周总理。"

1963年,曾经连腰带不会系、扣子不会扣的末代皇帝——中华人民共和国公民溥仪身穿中山装(民主的象征),与李淑贤女士,在5月1日(劳动人民的节日)那一天举行了婚礼。这条消息既震惊了世界,又令诸多外国人大惑不解——是对毛泽东神秘感的增强。[10]

与大陆形成鲜明对照的是一些死心塌地跟着蒋介石最终跑到台湾的国民党军政高级将领,结局多不理想。有的被虚职闲置,有的做了替罪羊,有的被弃之如敝屣。最有代表性的是白崇禧。

在国民党内部,白崇禧反蒋历史悠久,但在反蒋与反共之间,白崇禧骨子里浸润的是后者,这一点蒋介石心知肚明。最血腥的历史是1927年担任上海戒严司令任上:"四一二"政变中缴工人纠察队枪支,并下令用机关枪向示威人群扫射,那是蒋白配合的高峰。

当然,白崇禧也帮过共产党。1934年红军强渡湘江,白崇禧对红军采取"不拦头，不斩腰，只击尾"的策略，让开正面，占领侧翼，促其离开桂境。11月22日，在红军逼近湘江时，全州至兴安60公里湘江防线，已无桂军防守。林彪、彭德怀的红一、红三军团乘机抢渡湘江。

白崇禧帮共产党是在帮自己。蒋介石9个师的中央军在薛岳带领下，正等着他的18个团的桂军与红军杀成一团时，从恭城、桂林一带进入广西。当时有人提醒白崇禧，撤军全州与石塘，蒋委员长的湘江防线便为红军敞开了一道口子，必然导致围歼红军计划流产。白崇禧的观点是，老蒋恨我们比恨朱毛更甚，"管他呢，有匪有我，无匪无我。我为什么顶着湿锅盖为他制造机会？不如留着朱毛，我们还有发展机会"。

蒋介石的惯例是用人先给钱。由于事先收了蒋介石两个军、3个月的经费，白下令桂军在红军主力通过后，俘获红军一些掉队人员、伤病号及挑夫，又雇用一些平民化装成俘虏，拍成"俘虏七千"影片送给蒋交差。[11]

也许是记着白崇禧有过一好（尽管白崇禧完全是为了桂军自我），1949年渡江战役发起前（北平和谈期间），毛泽东在会见李宗仁和白崇禧的私人代表时曾许诺，如果白崇禧喜欢带兵，一旦和谈成功，"我们可以请他继续带兵，请他指挥30万军队"。毛泽东说："这样做，不是我们没有力量打赢他，而是国家和人民少受损失。"

当时，处于长江中游的国民党华中剿总司令白崇禧，兵力为12个军、40个师、24万人（包括非正规军1.1万、特种兵2.1万），而他的正面是林彪的第四野战军加上统归林彪指挥的第二野战军陈赓兵团。明知胜算无望，反共第一的白崇禧拒绝了，宣称自己决不投降。这是一次促进自我毁灭的拒绝。[12]

1949年渡江前夕，整个国民党军事集团兵力最多的是汤恩伯集团与白崇禧集团，战力最强的是白崇禧集团，被称之为国民党残余部队中"最坚硬的一块"。蒋介石将长江防线划为两大战区，上海至汇西湖口之间800公里由汤恩伯负责，湖口至湖北宜昌之间1000公里由白崇禧负责。并非中央军嫡系的桂系替蒋介石鼎力撑着半壁摇摇欲坠之"江山"。

汤恩伯接到蒋绝密手令是死守上海一个月，将上海存有的价值3亿美元的黄金白银完全运往台湾，固守长江之谈不过是对白崇禧虚晃一枪。即使在长江防线被突破后，共产党最有力的对手仍然是白崇禧，甚至让林彪也吃了些许苦头。白崇禧把自己几十年的家底拿出来替蒋介石与共产党血拼，最后被林彪歼灭了整个桂系军队，不得不于1949年12月30日飞往台湾投奔蒋介石。

没有一兵一卒的白崇禧在蒋介石眼里已经没有了利用价值，自然没有职务与权力给予。白崇禧只能与旧部下棋，或跟同样被冷落的何应钦偶尔打打猎，打发寂寞的日子。1952年的一天，蒋经国派人对他的宅院进行搜查，大量的黄金和美元被搜走。蒋介石对此的解释是："每个人都应该这样来一次。"为蒋的反共事业曾鞠躬尽瘁的前"广西王"白崇禧，自此在大小蒋面前小心谨慎，郁郁寡欢，病逝于74岁。[13]

同国共东北争夺战有关并跟随蒋介石逃到台湾的国民党高级军政官员，大多晚景凄凉。

在中华民国外交部长任上签订了《中苏友好同盟条约》的王世杰，当了蒋介石"擅专签约"的替罪羊。按蒋历来"忠心"部属的标准本应闭嘴，但曾任过武汉大学校长的文人阁员却管不住嘴，结果涉入"吴国桢案"被革职查办，6年后复出任闲职"中央研究院院长"。晚年独坐低吟苏东坡《西江月》："中秋谁与共孤光，把盏凄然北望。"思乡之情溢于言表。

负责办理东北接收事宜的东北行营主任熊式辉上将，有辱蒋介石的重托与信任，先败于斯大林，后败于共产党。尽管熊式辉失败不过是蒋失败的一个标志，却自此失宠于蒋，由"东北王"变为虚职。国民党逃离大陆时，熊式辉举家迁往香港；1954年返台，蒋介石连面也未见，最终完全沦落为一介草民，1974年病故于香港。接收失败前说的那句"名落孙山，句句狗屁"竟成了自己的谶言。

曾经把长春由直辖市改为省辖市为自己本派系争得一块地盘，并曾为蒋介石献计要毛泽东赴重庆谈判的总统府秘书长吴鼎昌，原打算毛泽东不赴渝，便将不想和平的帽子扣到共产党头上，结果弄巧成拙：毛泽东来重庆了！妙计成了"馊主意"，尽管是蒋批准的，也难逃被迁怒的结局。蒋的冷遇使其不得不离台，67岁病逝于香港。

蒋介石一贯或一生的处世交往原则是实力为第一，利益作纽带。失去了部队，没有了利用价值，必定遭受白眼。曾经作为蒋介石三大重兵集团之一的汤恩伯，逃到台湾后，只担任了"总统府顾问"虚职。1954 年，汤恩伯去日本做手术，落魄得只能坐飞机普通座位，被同机坐头等舱的台湾驻日"大使"董显光发现，要与其调座位。堂堂国军上将竟不能享有一个外交官的待遇，赌气的汤恩伯敬谢不敏，坚持坐普通舱。汤恩伯病逝时年仅 54 岁。

曾在陕北舍命追击毛泽东的胡宗南，是国民党高级将领中最迟飞往台湾的一个，时间已是 1950 年 3 月底。本来蒋介石要让他留在西昌跟共产党打游击的，只是有人向蒋进了一言：送一个胡宗南这样的将领让共产党俘虏，既违背党国利益又违反指挥道德。蒋介石才派飞机将其从大陆最后一个战场上接回。

先前，蒋已给胡发电："如西昌不能不放弃，吾弟是否仍将领导各部队行游击作战？"胡复电："由参谋长罗列负责领导。"[14] 国民党内部历来是有势人人捧，墙倒众人推。失兵丧地的胡宗南到台后，46 名监察委员联名弹劾，蒋介石虽然对胡宗南复电态度十分失望，但让胡获罪的同时将证明自己用人不察，因而止住了这场倒胡风波。失去宠信的胡宗南从此郁郁寡欢，66 岁病逝于台北。

在胡宗南逃往台湾的几个月前，共产党曾派胡部 24 旅旅长张新（被俘后成为中共联络部工作人员）前去劝胡宗南起义。胡宗南说了一句："士为知己者死，你想到过校长没有？"便将张新关了起来。在台湾遭蒋冷遇后，不知胡宗南有过后悔没有？没有史料予以记载。

蒋介石率先逃离大陆，留下若干将领替自己挡子弹。得知蒋氏父子早已逃到台湾，将领们则纷纷仿效之，受到蒋的责罚。中国自古以来的规矩是，州官可以放火，百姓不许点灯，何况是可以任免州官的总统？

第 6 兵团司令官李延年被判处 12 年有期徒刑，假释后，每日三餐以辣椒盐水蘸馒头，抽烟钱都要向昔日旧部借讨。1974 年在极度贫穷中病故，台湾无一张报纸对这位昔日的兵团司令官发表哪怕是只言片语的报道。

虽非宿命，却也碰巧。凡是跟国民党第 74 师（军）番号沾上边的将领都遭遇了噩运。那个曾因对 74 师张灵甫见死而不救的李天霞师长后来虽幸运升为第 73 军军长，但终未逃脱被蒋判处 8 年徒刑的牢狱之灾。蒋介石是否想起了当年李的"前科"不得而知，而现任第 74 军军长劳冠英也未有善终的结局，出狱后不得不以开杂货店维持生计。[15]

与心胸狭窄的人相处，恰巧此人是个领袖，你会永远心怀忐忑——弄不明白他的雷霆之怒何时爆发，自己将要承担什么后果？

如果你有幸遇上一个心胸宽广的领袖，你不仅会获得事业成功及光明前途的机会，更重要的是你会收获安全感，而这是人生的第一需要。

为此，以 1949 年前后国共决战胜败最终揭幕那个分界点开始，台湾沮丧一片，大陆欣欣向荣。一些在国民党败亡最后关头，包括已成为共产党缉拿的战犯，只要站到人民一边，毛泽东一律不计前嫌，凭功量才任用。

曾被共产党列为 43 名国民党战犯第 26 位的武汉行辕主任程潜和陈明仁于长沙起义后，毛泽东在第一次政协会议期间，将程潜接到丰泽园的菊香书屋，请他吃湖南家乡饭；1952 年秋天，又请他到中南海划船游览，亲自为年已古稀的程潜操舟。程潜先后担任国防委员会副主席、全国人大副委员长，享年 86 岁。

曾被共产党列为第 31 位战犯的傅作义在北平和平解放后不久，毛泽东即接见了他。那天，毛泽东紧握着傅作义的手说了一段让他心里热乎乎的话，过去我们在战场见面，清清楚楚；今天我们是姑舅亲戚，难舍难分。毛泽东征求傅作义对工作的想法，傅作义表示想回到河套做点水利工作。毛泽东说，河套工作面太小了嘛。1949 年 10 月 19 日，傅作义被任命为中央人民政府水利部部长。

1974 年 4 月，傅作义病危，同样身患重病的周恩来到医院看望，他拉着傅作义的手说："傅先生，毛主席说你对北平和平是有功劳的。"已经说不出话的傅作义为毛泽东这句话流下了眼泪。

曾被共产党列为第 28 名战犯的卫立煌，被新中国建设成就鼓舞，1955 年 3 月 15 日从香港返回广州。一天后就收到了毛泽东的致电："先生返回，甚表欢迎，盼望早日来京，籍图良晤。"

卫立煌所以敢回到大陆，是抗战时期曾给过八路军 100 万发子弹与 25 万枚手榴弹。他相信毛泽东是一个总不忘记别人好处的领袖。到京后，感情丰沛的毛泽东留他吃饭后，又陪他看电影。后来，卫立煌担任了全国政协常委、国防委员会副主席。

曾经在辽西战役中担任国民党东进兵团总指挥、在塔山跟林彪所部打得昏天黑地的第 17 兵团司令官侯镜如，被蒋介石委任为福州绥靖署副主任兼华东军官团总团长。后来策动旧部起义，毛泽东与周恩来始终记在心里。1952 年由香港回大陆定居后被选为全国政协常委、北京市人大常委会副主任。1988 年担任黄埔军校同学会会长，第二年被选为全国政协副主席。

最能体现共产党人伟大胸怀的，表现在对一个小人物的态度上。此人是何键的长门女婿、湘军第 19 师师长李觉。

红军由湘江战役之前 8.6 万人突出重围后仅剩 3 万余人，跟凶狠骁勇的湘军有重大关系。李觉以代保安司令职率领湘军 16 师（19 师留在了何键身边）与补充总队共 11 个团组成追剿军第一路，进攻林彪红一军团 5 个团。李觉在正面凶猛攻击的同时，两翼大胆穿插迂回，一支小部队竟然摸到了林彪红一军团指挥所。仓促中，林彪、聂荣臻都被迫拔出手枪，由军团指挥员眨眼成了普通战斗员。

差点儿端掉林彪指挥所的李觉幸运的是，国民党垮台最后关头参加了湖南起义。全国解放后在湖南省政府任职，后选为全国政协常委，晚年与何键的女儿——何玫过着安静舒适的生活。

大概是鉴于岳父何键对杨开慧的所作所为，李觉一生都在谨慎小心地保守自己参加并指挥湘江战役这一段自认为生命攸关的"秘密"，一直到 1987 年去世也未敢承认。实际上，共产党有关部门在多年前已根据国民党《陆军第十六师于全县觉山沙子包一带剿匪各役战斗详报》，知道了当年李觉在湘江指挥的那次给红军造成惨重损失的趾高气扬的作战。[16]

1965 年 7 月，曾经的国民党第 2 号战犯、国民党代总统李宗仁从美国回到大陆。消息轰动了全世界，成了国共两党"人心向背"最强大的佐证。毛泽东热情接待了这位昔日的次最大对手，并在生活上给予周到安排。李宗仁晚年生活安定，有一件事却始终不能释怀——要弄清楚蒋介石是否真对自己下达过暗杀令。

1949 年 10 月，李宗仁勃然大怒地拒绝了"公开呼吁蒋介石复位总统"

的建议后，即得到警告，再不知趣辞职，可能有生命危险。半信半疑的李宗仁以出巡为名迅速离开了。他始终不相信是真的，因为"我和蒋先生是换过帖的兄弟"。

于是，他找当年负责执行任务、如今的文史专员沈醉当面核实。在得到了明确答复和证据后，李宗仁表情极其痛苦。他告诉沈醉："今日请沈先生来，无非就是核实一点儿事情，好给自己一个交代。我活得糊涂，可不能死得不明白啊！"[17]

1975年3月19日，中央政府特赦了全部国民党战犯，并允许自由选择去向：回原籍的政府安排工作；年大体衰的享受国家养老；愿去香港、台湾的给足路费并提供方便；去了以后愿意回来的照样欢迎。

应当承认，被特赦的6批战犯，每个人都有一篇思想轨迹艰难的嬗变历史，当然也有始终不变的个别者。最后一批特赦的293名战犯中极个别者例如军统少将段克文，始终对共产党未曾改变看法和不满。但毕竟他坐了二十多年的牢，也予以释放并任其自由选择去向。

一些战犯则要求共产党对其抗战功绩能予以公开肯定。例如国民党第12兵团中将司令官黄维。他的要求在当时没有得到满足。黄维比杜聿明还多一种病，用他自己的话说，"我躺在病床上不能动弹，生活完全不能自理，就连大小便也不能下床，都是由管理员老江他们负责照料。这一躺就是四年，俗话说，久病床前无孝子。骨肉亲人之间尚且如此，何况我还是个战犯，曾经是共产党的罪人"。尽管心有遗憾，黄维还是代表最后一批特赦战犯向毛泽东主席发出了感谢信，相信他是真诚的。

时间是弥合历史创伤的良药。黄维生前没能得到满足的愿望落到了后代身上。2005年，在人民大会堂举行纪念抗战胜利60周年大会，国民党正面战场的功绩被肯定。作为抗日将领家属，黄维的女儿黄慧南代父亲领回一枚纪念勋章。

1975年3月19日被特赦的战犯中，有蔡省三、张铁石等10个人要去台湾，其中9人的亲属都在台湾。最年轻的蔡省三虽没有亲属在台，但属于蒋经国的"太子党"。临行前，他特意去北京王府井买了一幅刺绣，准备送给老上级蒋经国。然而，来自台湾方面的态度令10人大吃一惊：拒绝这些坐了共产党二十余年监牢的人入台。

他们满怀着一线希望焦灼地等待，过港签证5次延期后，台湾方面仍然不改变态度。此时，张铁石突然失踪，20多天后传来了他自杀身亡的消息。无奈之下，其他9人，4人去了美国，两人留在了香港，3人返回了大陆。

还是这一年的4月5日，农历清明节，晚11时50分，蒋介石去世，享年88岁。

没有史料证明台湾此次绝情之举是否与蒋介石有关。但有史料记载的是，去世那天早晨8点15分，台北市郊草山脚下的士林官邸内，蒋介石走出了卧室。昼夜监护其健康的医疗小组在一张例行的病历卡上记下："昨夜，蒋公睡眠安稳，故精神颇佳。"[18]

1949年秋末，树叶在秋风中瑟瑟落地之时，集大半生政治军事旋涡中搏击经验的蒋介石，在离开大陆前做了一个惊人准确的预言："最迟到明年春，世界反共联军就会和我们一起驱逐赤俄势力。"

果然，第二年——1950年6月25日，爆发了朝鲜战争。欣喜中的蒋介石向麦克阿瑟发电报称：愿意出3.3万强兵，参加朝鲜战争。随着朝鲜战争的结束，蒋介石反攻大陆的念头逐年销蚀殆尽。

在台湾的蒋介石，一直在心中眺望那无法靠近的故园山河。他在台湾的行馆，多是和故乡类似的景色。故乡，除了河流、树林、祠堂、祖屋，还有血亲故友。不可理解的是，蒋介石为什么无情拒绝同样希望同血亲故友团聚的张铁石等曾经忠实的部属？这是不是蒋介石最终败于对手毛泽东的原因之一？

古今中外无数历史说明，卓越的领袖必须具备三个素质：一是远见的目光；二是顽强的意志；三是宽广的胸怀。

抛开政治、阶级、信仰等其他因素，国外一些评论认为，仅就领袖个人自身素质而言，在目光的深邃高远方面，蒋要逊色于毛；在顽强意志方面二人不相上下。蒋介石24岁那年拍下绝命照留给母亲王采玉，率敢死队身先士卒攻入浙江巡抚衙门，并活捉巡抚曾锟，39岁出任国民革命军总司令，此前他是革命者。蒋介石数十年沉浮政治军事激流，曾三次下野，始终数折而再起。毛泽东34岁率众上井冈山，也是数次被排挤出领导核心，矢志不渝，终成人民大业。

在胸怀方面，蒋介石与毛泽东则有天地之差距。

蒋介石与人打交道首要的是利害，少有感情色彩，利重则聚，利尽则散。作为曾经强大的政治集团的领袖，蒋介石管理带领集团的最大败笔是实行了特务统治制度，即使是对最忠心的嫡系将领（例如杜聿明）或非嫡重臣（例如卫立煌）也无例外。这是国民党始终形不成凝聚合力的重要原因之一，是蒋介石低迷的心胸与气度指数的主要标志。

毛泽东则恰恰相反，海纳百川般宽广的胸怀使他形成了独特的领袖人格魅力，使得他领导的政治集团成员，心甘情愿跟随着他去奋斗。宽广的胸怀与真挚的情感是不可分割的孪生兄弟，在胸怀宽广感情丰沛的毛泽东面前，连他的政敌也心甘情愿做其思想上的"俘虏"。

注释

[1] 胡哲峰：《毛泽东武略》，人民出版社，2001年5月第1版，第365页。
[2] 王树增：《解放战争》（上），人民出版社，2009年8月北京第1版，第220—223页。
[3] 王树增：《解放战争》（下），人民出版社，2009年10月北京第1版，第631页。
[4]《毛泽东武略》，第366页。
[5] 黄仁宇：《黄河青山》，生活·读书·新知三联书店，2007年2月北京第2版，第238页。
[6]（英）菲力普·肖特：《毛泽东传》，中国青年出版社，2004年1月北京第1版，第349页。
[7] 金一南：《苦难辉煌》，华艺出版社，2009年版，第479页。
[8] 黄济人：《将军决战岂止在战场》，中国青年出版社、重庆出版社联合出版，2013年5月北京第1版，第311—312页。
[9] 同上书，第98页、第182页、第313页、第449页。
[10] 同上书，第358页。
[11]《苦难辉煌》，第233—235页。
[12]《解放战争》（下），第569页。
[13] 同上书，第687页。
[14] 同上书，第703页。
[15] 同上书，第633页。
[16]《苦难辉煌》，第254—256页；天亮：《"湘江战役"留给历史的谜团和争议》，《夕阳红》，2016年，第19期，第18页。
[17]《将军决战岂止在战场》，第432—434页。
[18]《苦难辉煌》，第480页。

第 40 章　家与国

胸怀，不应仅仅理解为气度与容人雅量，最主要的是胸中装的是什么？是少数人、少数利益集团，还是多数人、全体人民的利益。

胸怀狭窄者，只能装得下前者。只有胸怀如海如山者，才能装得下后者。包容群众者获得群众，包容天下者得天下。

心胸狭窄的蒋介石把他的曾经帝国"拱手送给"了心胸宽广的毛泽东；而平民意识浓厚的毛泽东把蒋个人的帝国——蒋家王朝，改变了内核，变成了广大人民共同拥有的国家——这是毛泽东胸怀天下与人民的根本体现。

蒋介石曾经的"民国"并非人民之国，实为蒋家个人的王朝。在 1975 年 4 月 5 日以后，蒋经国继位国民党中央委员会主席和中华民国总统得到了最终证明。为了"国即蒋家，蒋家即国"，蒋介石进行了近四十年的苦诣奋斗。

1937 年回国的蒋经国在迈向最高宝座台阶的过程中，第一个显赫的职务是江西省第四区行政专员兼赣州县长。第二个重要的职务是青年军政治部主任，中央干部学校教育长，使其与国民党少壮派建立了渊源。第三个重要职务，应当是体现为国建勋的军事委员会委员长东北行营中将外交特派员，那是在"八一五"后接收东北期间。

蒋经国虽一生未曾领兵打仗，却授为二级上将衔。蒋家王朝到台湾孤岛后，蒋经国由国防部部长到行政院副院长、院长，在蒋介石逝世后，终于顺理成章坐上了蒋家王朝的最高宝座。孙中山建立国民党的初衷"天下为公"，在蒋介石手里变成了"天下为蒋"。

与蒋介石截然相反的是，毛泽东下定决心让爱子毛岸英成为一个合格的农民、工人，从而融入老百姓的队伍。1945 年 12 月回国的毛岸英，毛泽东让他到"著名的劳动英雄吴满有处一道生活。吴战前来到延安时还是个饥馑的难民,从共产党人那儿分得一小块土地后,侍弄得相当成功"。在英国人迪克·威尔逊眼里,毛泽东是要儿子"去去骄娇二气"。毛岸英"干了一年农活,手上长出了茧子"。[1]

几年后,合格农民毛岸英又当起了工人,在北京机器总厂做工,并逐渐当上了这个厂的党支部副书记(相当于副科)。没人知道他是中央人民政府主席毛泽东的儿子。而那个时候蒋经国踏上第三个重要职务台阶的中将外交特派员已经过去5年之久,不仅有了优裕的生活待遇,而且有了一片事业基础。

1950年春,毛岸英与刘思齐结婚,毛泽东送的唯一的结婚礼物是自己穿过的一件大衣,并对儿媳说:"白天岸英穿,晚间你盖都有份。"毛岸英打算一直在工人之中工作10年以上,但在婚后半年,又去了战火纷飞的朝鲜。

得知毛泽东让自己带上毛岸英上凶险的战场,彭德怀曾经很犹豫,毛泽东说服彭德怀的理由是,自己的孩子应当同全国老百姓的孩子一样去"抗美援朝,保家卫国"。28岁的毛岸英牺牲在美军的一次空袭中。

毛岸英8岁与母亲杨开慧入狱,在母亲牺牲后流落街头,与父亲毛泽东分别19年后重逢,又被派去当农民、工人,直到5年后将遗体永远留在了异国他乡。

一些外国人从本国传统的习惯思维出发,感到毛泽东为了自己的建国大业对家庭亲人一直不负责任,认为毛泽东利用自己的儿子上前线来证明出兵朝鲜的正确并激励部队的战斗意志,是个感情淡漠的人。

包括对毛泽东研究甚多的菲力普·肖特在这方面也持有某些偏见。他认为:"岸英与父亲的关系一直都不很亲密。"而迪克·威尔逊的看法是:"在他的孩子们的儿童时期,他爱他们,但一俟他们成年,他便显得严厉而冰冷了。"更为极端的话是,最后"没有人赢得他的心"。[2]

倒是菲力普·肖特说了一句公道话:"毛是一个发号施令的人,他坚持他的孩子们的行为要无可指责,并受到与其他任何人同等的待遇。"

骨子里充满了平民意识的毛泽东,不会似蒋介石那样利用权力为自己的子女谋取无尽的权力与利益;如果用权的话,毛泽东只能让自己的子女多于普通百姓去吃苦与牺牲。正如他的警卫员李银桥回忆他曾对孩子们说的那样:"你是毛泽东的孩子,那可是你命苦的地方。"[3]

实际上,毛岸英的牺牲使毛泽东陷入了多年的深沉痛苦之中。迪克·威尔逊引用江青的话说:"毛得到的这个消息给他们的个人生活蒙上了一层'深深的忧郁'。"[4]

毛泽东逝世后,有关人员在清理遗物时发现一个他在生前一直自己保存的箱子,里边装的竟然是毛岸英入朝前穿过的衬衣、袜子等用物。感情丰沛的毛泽东把巨大的痛苦深深埋藏于个人内心深处。可以想见,在夜静更深之际,一位古稀老人抚摸着这些遗物,内心不能与人倾诉的痛苦创伤,将是何等煎熬与折磨。

与毛泽东不同之处,蒋介石在治国之际,把自己的家庭经营得风生水起。虽然他丢了国——"民国"缩小到一个省的海岛上,他的小家族却异常兴旺发达。晚年儿孙绕膝,其乐融融。以世俗的眼光看,这是他比老对手毛泽东成功之处。毛泽东获得了整个中国,却付出了家庭残破的代价。

不过,从蒋介石与毛泽东各自的理想追求看,以蒋介石"国即是家,家即是国"的目标评价,蒋介石是一个失败者。毛泽东的理想与信仰的国,则是由老百姓亿万小家所组成的人民共同之国。以这个目标评价,毛泽东达到了自己的理想,是真正的胜利者。

毛泽东最大的成功是实现了中华民族的真正(而不是蒋一度形式上的)统一,结束了以蒋介石为首的军阀割据、战火频繁的散乱分裂中国,实现了中华民族数百年来的统一与强大,连带终止了屡遭外国侵略与侮辱的历史,使倒下的中国人民从此站了起来——亿万人民都有了没有战乱、摆脱贫困、建设家园的幸福开端。

菲力普·肖特在《毛泽东传》结尾处写道:"在中国历史上短短一代人的一个时代里所发生的浓缩了的变化,需要西方用几百年的时间才能完成。毕毛之一生,中国从半殖民地跃升到一个大国的地位……毛抓住了他的那个时代痛苦的、无法平息的那种精神。"[5]

英国史学巨匠汤因比则赞誉:"毛泽东比我们时代先进50年。"[6]

而中国亿万获得了天伦之乐家庭的普通老百姓,表达的方式则比外国人直接得多。他们真挚的感情体现在至今仍在唱着的一首名为《东方红》的歌里：

"东方红，太阳升，中国出了个毛泽东，他为人民谋幸福，他是人民大救星……"

注释

[1]（英）迪克·威尔逊：《毛泽东》，中央文献出版社，2000年8月第1版，第190页。
[2] 同上书，第395页。
[3]《毛泽东传》，第349页。
[4]《毛泽东》，第229页。
[5]《毛泽东传》，第493页。
[6] 程世平：《文明之源——论广泛意义上的宗教》，四川人民出版社，1997年版，第237页。

参考书目

本书文字、数据、观点等并不全部出自我本人，写作过程中还吸收了多人的劳动成果，为表敬意，恭录如下：

[1]《毛泽东选集》第四卷，人民出版社，1991年6月第2版，中共中央毛泽东著作编辑出版委员会。

[2]《毛泽东文集》第四卷、第五卷，人民出版社，1996年8月第1版；第七卷，1999年6月第1版，中共中央文献研究室。

[3]《毛泽东军事文集》，军事科学出版社、中央文献出版社，1993年版。

[4]《毛泽东年谱》，人民出版社、中央文献出版社，1993年版，中共中央文献研究室。

[5]《辽沈决战》，人民出版社，1988年版，中共中央党史资料征集委员会。

[6]《辽沈决战》（续集），人民出版社，1992年版，辽沈战役纪念馆、《辽沈决战》编审小组。

[7]《东北人民解放军司令部阵中日记》，中共党史资料出版社，1987年版。

[8]《辽沈战役亲历记》，中国文史出版社，2012年2月北京第1版，全国政协文史和学习委员会编。

[9]《东北解放战争纪实》，刘统著，东方出版社，1997年8月第1版。

[10]《解放战争全记录》，刘统著，青岛出版社，2010年8月第1版。

[11]《围困长春——一个特殊类型的战役》，沈阳军区《围困长春》编委会，《长春文史资料》1988年第1辑，长春市政协文史资料委员会，1988年7月出版。

[12]《长春起义》,中国人民解放军陆军第50军军史编写组,《长春文史资料》1987年第3、第4辑,长春市政协文史资料研究委员会编。

[13]《新七军投诚》,吉林省军区政治部《长春国民党部队投诚》编写组,《长春文史资料》1988年第2辑,长春市政协文史资料委员会,1988年10月出版。

[14]《毛泽东》,(英)迪克·威尔逊著,中央文献出版社,2000年8月第1版。

[15]《毛泽东传》,(英)菲力普·肖特著,中国青年出版社,2004年1月北京第1版。

[16]《毛泽东武略》,胡哲峰著,人民出版社,2001年5月第1版。

[17]《毛泽东评说中外战争》,毕桂发主编,解放军出版社,2001年1月第1版。

[18]《跟毛泽东学领导》,刘峰、路杰主编,红旗出版社,2001年1月第1版。

[19]《蒋介石传》,周海峰著,作家出版社,2006年2月第1版。

[20]《蒋介石自述》(上),师永刚、张凡编著,华文出版社,2011年5月第1版。

[21]《蒋介石败退台湾真相始末》,张同新、何仲山主编,武汉出版社,2011年10月第2版。

[22]《蒋经国家事》,黄龙翔编,北方妇女儿童出版社,1988年7月第1版。

[23]《跟随蒋介石十二年》,居亦侨著,湖南人民出版社,1988年12月第1版。

[24]《解放战争》,王树增著,人民文学出版社,(上)2009年8月北京第1版;(下)2009年10月北京第1版。

[25]《朝鲜战争》,王树增著,人民文学出版社,2009年4月北京第1版。

[26]《抗日战争》(第一卷),王树增著,人民文学出版社,2015年6月北京第1版。

[27]《苦难辉煌》,金一南著,华艺出版社,2009年1月第1版。

[28]《大决战:辽沈战役》,袁庭栋著,四川出版集团·天地出版社,2013年7月第1版。

[29]《战争论》(第一卷),(德)克劳塞维茨著,解放军出版社,2013年1月第2版。

[30]《黄河青山》,黄仁宇著,生活·读书·新知三联书店,2007年2月北京第2版。

[31]《兵临城下的家书》,戚发祥、姜东平主编,吉林人民出版社,2008年11月第1版。

[32]《黑皮自白》,关梦龄遗稿,新华出版社,2007年3月第1版。

[33]《1945·大国博弈》,丁晓平著,华文出版社,2015年7月第1版。

[34]《中国的内战》,(美)胡素珊著,当代中国出版社,2014年7月第1版。

[35]《中国秘密战》,郝在今著,金城出版社,2015年1月第2版。

[36]《苏联出兵东北》,徐焰著,解放军出版社,2015年8月第1版。

[37]《将军决战岂止在战场》,黄济人著,中国青年出版社、重庆出版社联合出版,2013年5月北京第1版。

[38]《中国1946》,张正隆著,白山出版社,2014年1月第1版。

[39]《枪杆子:1949》,张正隆著,人民出版社,2008年9月第1版。

[40]《林彪传》,林星雨著,花城出版社,2006年1月第1版。

[41]《林彪军事生涯》,阎峻著,白鹿书苑。

[42]《林彪的军旅生涯》,李时新著,内蒙古人民出版社,1997年9月第1版。

[43]《游击战之光》,王波著,解放军出版社,2015年8月第1版。

[44]《长春解放前夜》,于祺元著,长春市政协文史资料委员会,2008年8月出版。

[45]《20世纪中国全记录》,吴少秋、陈方远主编,北岳文艺出版社,1995年1月第2版。

[46]《文史资料选辑》合订本第五、六、十四、十九、五十卷，中国文史出版社，2011年6月北京第1版，全国政协委员会文史和学习委员会编。

图书在版编目（CIP）数据

围困长春/李发锁著. -- 北京：人民日报出版社，2017.12
ISBN 978-7-5115-5292-1

Ⅰ.①围… Ⅱ.①李… Ⅲ.①纪实文学—中国—当代 Ⅳ.①I25

中国版本图书馆CIP数据核字（2017）第305653号

书　　名：	围困长春
作　　者：	李发锁

出 版 人：	董　伟
责任编辑：	陈　红
封面设计：	左左工作室
版式设计：	大有图文

出版发行：	人民日报出版社
社　　址：	北京金台西路2号
邮政编码：	100733
发行热线：	（010）65369509　65369527　65369846　65363528
邮购热线：	（010）65369530　65363527
编辑热线：	（010）65369844
网　　址：	www.peopledailypress.com
经　　销：	新华书店
印　　刷：	大厂回族自治县彩虹印刷有限公司

开　　本：	710mm×1000mm　1/16
字　　数：	541千
印　　张：	36.5
印　　次：	2017年12月第1版　2018年9月第4次印刷

书　　号：	ISBN 978-7-5115-5292-1
定　　价：	76.00元